欧光安 著

爱尔兰文艺复兴戏剧的
现代中国译介论稿

武汉大学出版社
WUHAN UNIVERSITY PRESS

图书在版编目(CIP)数据

爱尔兰文艺复兴戏剧的现代中国译介论稿/欧光安著.—武汉:武汉大学出版社,2023.6

ISBN 978-7-307-23733-9

Ⅰ.爱… Ⅱ.欧… Ⅲ.戏剧文学—文学翻译—研究—爱尔兰—中世纪 Ⅳ.I562.073

中国国家版本馆 CIP 数据核字(2023)第 069748 号

责任编辑:罗晓华　　　责任校对:李孟潇　　　版式设计:马　佳

出版发行:**武汉大学出版社**　　(430072　武昌　珞珈山)

（电子邮箱:cbs22@ whu.edu.cn 网址:www.wdp.com.cn）

印刷:湖北金海印务有限公司

开本:720×1000　1/16　　印张:24.5　　字数:349 千字　　插页:1

版次:2023 年 6 月第 1 版　　2023 年 6 月第 1 次印刷

ISBN 978-7-307-23733-9　　定价:76.00 元

序　一

　　五年前查阅国家社科基金中标项目时，看到"爱尔兰文艺复兴戏剧在现代中国的译介及其对早期中国现代戏剧的影响研究"一项，我很是惊讶。一是发现竟有一位已有专攻而我却不知其名的同道中人，二是感叹该项目聚焦之妥当与价值之突出。于是期待起来，盼着西欧岛国文学的东方大国接受研究结出新的硕果，为两国文学交流的一段佳话做出全面、系统的梳理和细致、精到的评述。五年后仍未与作者谋面，但因机缘巧合，终于看到了书稿，惊叹于史料发掘之难与考证之细，禁不住想说几句题外和题内的话。

　　爱尔兰文学及在中国的接受研究是近些年才兴起的。改革开放之前，俄苏文学是中国高校外国文学研究与教学的主流；此后到世纪之交，英国文学的研究与教学是主流；而现在，美国文学的研究与教学已远居其上，这是俄苏、英、美综合国力及对华关系的变迁在其文学的域外接受中的反映。同理，21 世纪以来，爱尔兰文学的研究与教学——中国《英国文学史》和《英国文学选读》教材中列出的作家与作品有不少应归属爱尔兰文学，因此去除殖民霸权的痕迹，爱尔兰文学的教学就算搭上了英国文学教学的便车——渐成热潮，这是中、爱友好外交关系的延伸和 20 世纪末以来"凯尔特虎"提升文化软实力的印证。其实，爱尔兰文学在中国及别国接受的些许复兴，正是爱尔兰长期以来去殖民努力的成果：在被英国殖民的 7 个世纪里，只有与作为英国地方文学的"苏格兰文学"同类的"爱尔兰文学"一说，但自 1922 年独立建国以后，这一地方文学就应该升格为与英国文学并列的国别文学。在爱尔兰独立一个世纪后仍将其文学列入英国文学，是无意中顺应了英帝国的文化霸权，因而严格说来是伤害民族感情的。

可见，理清"爱尔兰文学"这一概念对于两国文学史研究是极有意义的。狭义的"爱尔兰文学"当然指在西欧边陲的爱尔兰共和国(爱尔兰岛南部 26 郡)境内产生或由该国公民在国内或海外创作的作品总集，而广义的"爱尔兰文学"包括北爱(归属英国的爱尔兰岛北部 6 郡)文学(即事实上的"爱尔兰岛文学")和爱尔兰裔移民(尤指迁往北美和英国的移民)创作的文学(即作为外延的"爱尔兰移民文学"或"海外爱尔兰文学")。因国家是基于现时共同接受的疆域界定的，前者作为国别文学便无疑义，而后者则是多义因而存在疑义的，说话者可依据地域、族裔、主题、文化身份、心理认同等标准做出于己有利的选择。例如，为提升"文学大国"形象，爱尔兰负责本国文学对外传播的机构"文学爱尔兰"(原名"爱尔兰文学交流"协会)在外宣手册中推介狭义的本国文学后，总会热心地列出"海外爱尔兰文学"名家、名作，以彰显地理小国在文化上的巨大凝聚力和国际影响力。选择狭义或者广义，背后是有特定考量的。

但复杂的是，后期英国移民的后裔(即"新不列颠人")多已成了说着爱尔兰英语的新教权贵，既不愿认同本土的天主教民众，也难以融入故国的主流社会，只能夹在两种身份之间进退两难。他们主要在爱尔兰生活，但又在英格兰学习、居住、创作过较长时间，因而兼具"爱尔兰特性"和"英格兰特性"，那么他们的作品该归属哪国文学呢？同样难以断言的是，在殖民时期生于爱尔兰但成名于伦敦的作家(18、19 世纪时极多，但很少回到落后、贫穷的故土安度晚年)，以及生于英格兰或苏格兰但前往爱尔兰居住或谋生的作家(有些定居了较长时间，因而多少爱尔兰化了，另一些则是作为殖民官员前来统治或镇压天主教徒的，故从未爱尔兰化)，又该归属哪国呢？这些"英爱作家"是英、爱两国至今不能断然切分的，只能为两国共享：在爱尔兰创作或书写爱尔兰主题的作品为爱尔兰文学，其余则为英国文学。而迫害天主教民众的殖民官员作家(如《仙后》的作者斯宾塞)则是爱尔兰绝不愿纳入其国别文学的。

对于归属有一定争议的作家，探讨其"爱尔兰特性"或爱尔兰主题的多寡是可以为己方增添话语权的。可以说，在有关辩论的背后是隐约的殖民霸权与去殖民努力的较量。2008年初访问爱尔兰时，笔者在都柏林作家陈列馆看到"18世纪下半叶的英国剧坛被爱尔兰剧作家占据了"一句(彼时英国剧坛确有不少名家生于爱尔兰)，瞬间对爱尔兰独立建国的根基——文化民族主义——有了深刻的印象。对于"英爱作家"的归属，爱尔兰文艺界及官方的态度由此可见。将历来多在英国文学史上评介的这类作家(如不可或缺的叶芝、王尔德)和自我流放到欧洲大陆的作家(如叱咤风云的乔伊斯、贝克特)回收为故土所有，这是一百年来爱尔兰爱国者的心声。2014年12月10日，爱尔兰总统希金斯阁下在国事访问期间特地参访上海孙中山故居，并在演讲中重点回顾生于爱尔兰的诺贝尔奖作家萧伯纳与爱尔兰的关系，及1933年2月中旬在上海受到中国民权保障同盟和鲁迅、林语堂、梅兰芳等各界名流接待或拜见的盛况。这一外交盛事无疑在中国友好人士心中唤醒了萧伯纳的"爱尔兰特性"，起到给爱尔兰裔作家的海外形象纠偏并扩展爱尔兰文学的定义的特定作用。其实，早在1956年7月纪念萧伯纳诞辰100周年时，因英国是进入朝鲜的"联合国军"第二大派出国，中国文艺界及官方就只强调其"爱尔兰特性"。在涉及"英爱作家"的文学外事活动中，选择某一特性就是彰显政治立场。

现代爱尔兰文学的一座高峰无疑是文艺复兴时期(19世纪末至20世纪初)的"英爱文学"。在1892年的演讲"爱尔兰去英国化的必要性"中，文化民族主义领袖道格拉斯·海德号召民众拥抱真正的爱尔兰传统。随后，爱尔兰诗歌和戏剧大抵同现实主义分道扬镳：主将威廉·叶芝的早期诗歌对爱尔兰神话和农民形象作了个性化、特质化的运用；干将约翰·辛格为了创作真正的爱尔兰戏剧，特意赶到西部的阿兰群岛，在凯尔特语(现称爱尔兰语)地区体验未受英国文化蒙蔽的生活；恩主格雷戈里夫人(伊莎贝拉·奥古斯特)也将凯尔特文化和爱尔兰英语融入了戏剧创作;后期干将乔治·摩尔则按照从欧陆所学批判现实主义、自然主义等文艺思潮创作了"欢呼与告别"小说三部曲。其中,叶芝在给民族主义注入新动力的过程中,努力用英语开创一种有别于本土凯尔特语文学的现代爱尔兰文学。其独幕剧《胡里痕的凯瑟琳》(1902)标志着文艺复兴运动中心时刻的到来:有一批批热血青年为独立而战,失去了"四块绿色田野"(岛上的四个省)的"贫穷老妇人"(被欺压的爱尔兰)就能变身年轻、神圣的"凯瑟琳女王"。1904年,叶芝同格雷戈里夫人创办阿贝剧院,使文艺复兴戏剧有了固定的演出场所。此后,文艺复兴步入高潮,涌现出许多名垂青史且流芳海外的作品。

爱尔兰文艺复兴风起云涌的年代正值中国封建制度崩溃、列强瓜分危机加剧、文言文学没落之际。稍后,在爱尔兰爆发复活节起义(1916)和独立战争(1920)的前后,中国也发生了历史性的辛亥革命和弘扬爱国主义的五四运动。有了反殖民、争国权的共同目标,西欧弱国冥冥之中成了当时的东亚弱国的难兄难弟,其文学成就与革命经验更是中国、印度和越南等饱受列强欺凌的弱国学习的榜样。事实上,北京《新青年》最早发表的爱尔兰文学译本,是刘半农1916年10月1日在复刊后的第2卷第2号发表的复活节起义三位领袖的诗文《灵霞馆笔记——爱尔兰爱国诗人》,而天津《益世报》最早登载的有关爱尔兰革命的报道,是1922年2月23日、24日周恩来连载的长篇通讯《继爱尔兰而起者之埃及》中的"爱尔兰独立自治之道"和"英爱条约"两节。接受的大门业已大开,至中国新文学运动兴起之时,爱尔兰文艺复兴文学经由国内高校外文系毕业生(多为北京"文学研究会"成员)和留学东洋的青年学子(多为上海"创造社"成员)之手,在急切的译介(为挣"面包"计)与热情的评述(为引进文学新观念计)中传入中国,并在翻译文学史、改写文学史和话剧史中留下浓墨重彩的一笔。尽管当时中国的先进文艺青年多把叶芝等人当作英国作家,把爱尔兰文学当作英国的某一地方文学,但这波热潮依然是爱尔兰文学东传的第一个高潮。

这个高潮是中国新文化运动中一道亮丽的文学传播景观。借鉴翻译传播学的思路,系统梳理、细致评述相关史实,解决跨国传播过程中的七个问题(作者→原作→译者→译作→媒介→受众→效果),即阐明在何种语境下、出于何种目的、由何人翻译/评述/改写了哪些作家的哪些作品、对何人产生了何种影响、留下了何种翻译文学或仿写文学等系列问题,这是具有重要学术价值和史学意义的,但也对研究者的综合能力(尤其是收集、梳理原始史料并在语境化比较研究中进行深度解读的能力)提出了挑战。但《爱尔兰文艺复兴戏剧的现代中国译介论稿》一书较充分地解答了上述问题,即较系统地呈现了爱尔兰文艺复兴戏剧传入中国的路径、成果和影响,较大程度上填补了相关接受研究的空白(先前的研究只有零星或片面的成果),因而读来令人欣慰。其优点至少有三:

一是聚焦爱尔兰文艺复兴戏剧,专攻叶芝、辛格、格雷戈里夫人等一国且同期的剧作家作品在中国的译介,比探讨英语世界的整个"英语戏剧"、整个爱尔兰文艺复兴文学和由两个分离的阶段拼合而成的整个"爱尔兰戏剧运动"在中国的接受,理论上更加严谨,概念上更加清晰,操作上更加可行。这一恰当的聚焦是史料梳理得以充分、相关评述得以深化的前提,也即该项目立项的基础。

二是史料收集完备,线索耙梳细致。民国时期发表于各种报刊的文艺史料及由昙花一现或延续至今的出版机构推出的连载本或单行本均极其繁杂,有的已无处可查甚至不复存在。但本书作者通过各种途径查证了大多数所需的一手文献(这一点比从事当代文学研究要艰难许多);对于已无处可查的原始史料,作者则引证名家全集中的重刊。这一"文献功夫"是该项目得以完成的保障。

三是重点突出,且论述中常见亮点。爱尔兰文艺复兴戏剧是中国话剧诞生的重要触媒,尤其独幕剧因其独特的地方特色和高超的艺术性受到了中国话剧先驱和先进文人的热捧。本书前四章依译介者划分,对其相关活动与代表作进行细致的分类评述,并将其主要观念准确地浓缩在标题中;

第五章对《月亮升起》复译现象的考察恐怕是国内最齐全的，第六章则是必然的总结与深化。

总之，爱尔兰文艺复兴运动是中国新文化运动中的热门话题之一，其戏剧成就是中国同仁借以"改造旧文学、创造新文学"的样板之一。本书作为相关史学研究的成果，全面展现了当时的动态，也深入考察了相关遗产，在同类著作中独树一帜。

曹　波

2023 年 2 月 4 日于湖南师范大学

序　二

　　在世界文学的大花园中，繁花似锦的英语文学占有比较特殊的地位，近现代以来，通过翻译进入汉语文化语境的作品众多，对中国现当代文学的繁荣与发展贡献甚大，历来为研究者所重视。

　　作为英语文学中的重要组成部分，爱尔兰文学一直为国内学术界所关注，相关研究也比较丰富。欧光安教授在此领域积累颇丰，根据博士论文修改完成的专著《主题·民族·身份——叶芝诗歌研究》(2016)通过呈现叶芝早期诗歌中的个体与民族文化身份、中期诗歌中的爱情与政治身份、后期诗歌中的哲学身份等，尝试比较全面地分析叶芝的爱尔兰身份，体现了研究者"现实的、本土化情怀"。目前这部厚重的书稿《爱尔兰文艺复兴戏剧的现代中国译介论稿》是其"本土化情怀"的又一体现，进一步深化了作者通过"拿来"而"为我所用"的文化开放心态。

　　爱尔兰戏剧运动始于19世纪末，历时30多年，涌现出了10多位著名剧作家，出版了近百部戏剧作品，在世界戏剧史上留下了浓墨重彩的一笔，其力图从本民族传统中汲取养料，服务于改变现实社会的主旨，对新文化运动的中国文化界别具吸引力。茅盾先生于1919年10月率先翻译出版了格雷戈里夫人的剧作《月亮升起》，之后许多既不满意中国传统戏曲，又不太满意新戏的新一代有志之士大量译介爱尔兰文艺复兴戏剧，并尝试借鉴欧美"小剧场运动"的理念，特别是借鉴爱尔兰"阿贝剧院"的做法，在中国设立相应的小剧院，产生了一定的社会影响。鉴于这方面的研究成果相对较少，欧光安教授尝试予以比较全面的研究与介绍。

　　本书以"'国剧运动'与爱尔兰文艺复兴戏剧的译介"展开，以"爱尔兰文艺复兴戏剧对早期中国现代戏剧的影响"收尾，其间重点围绕"'国剧运动'与余上沅对爱尔兰文艺复兴戏剧的译介""'样貌与神韵'：茅盾对爱尔兰文艺复兴戏剧的译介""'翻案'与'风韵说'：郭沫若对爱尔兰文艺复兴戏剧的译介""'翻译而非翻案'：田汉对爱尔兰文艺复兴戏剧的译介"，以及"格雷戈里夫人戏剧在现代中国的多次复译及其他"等展开论述。本书不仅重点探讨了著名作家茅盾、郭沫若、田汉等对爱尔兰文艺复兴戏剧的译介及其影响，而且分别介绍了推动"国剧运动"的著名翻译家余上沅及其对爱尔兰文艺复兴戏剧的译介，以及黄药眠、罗家伦、王学浩、李健吾等人对格雷戈里夫人的戏剧作品《月亮升起》的译介或复译，以求比较全面地展现爱尔兰文艺复兴不同时段重要剧作家的作品及其在中文世界的翻译与传播，特别是爱尔兰文艺复兴戏剧运动的"文艺救国"之策对中国现代戏剧发展的借鉴意义，尝试勾勒其对中国现代"小剧场运动""新浪漫主义戏剧"和中国现代独幕剧的影响。

　　欧光安教授非常注重对中国现代戏剧发展的整体把握。他认为，中国现代戏剧的发生和发展是多种因素综合作用的产物，并非某一欧美戏剧单方面影响所致，但是同样不可否认的是，爱尔兰文艺复兴戏剧确实对其产生了重要影响，是不可忽视的一个重要因素。为了说明此点，需要在充分掌握、仔细梳理文献的基础上进行辨别、论述，体现了有一份材料说一份话的慎重与严谨。本书的资料比较翔实，每个部分的论述都在尽可能充分了解、辨析资料的基础上进行，从而努力实现这一目标："从爱尔兰文艺复兴戏剧译介活动本身出发，具体而微地探讨其对我国现代戏剧的影响，对相关译者在中国现代翻译文学史上的地位进行客观中肯的评价，其目的在于突出并肯定爱尔兰文艺复兴戏剧在中国现代的译介这一文化现象在中国现代戏剧发展史及中国现代翻译文学史上的重要价值与地位。"

　　本书非常重视翻译活动在中国现代文化活动中的地位与作用，强调对翻译理念的探讨及翻译实践的分析。欧光安教授不盲信权威，基于文本细读，对上述很多翻译名家的译作进行具体分析，并结合其翻译理论（思想或观点）进行辨析，对名家的翻译敢于客观地提出自己的不同意见。如认为郭沫若采取"归化"的译法，但是又不能在全文中保持一致，就是一个较为明显的不足等论述，不仅能为读者欣赏名家的翻译实践提供帮助，也能为读者了解中国现代翻译史上关于"直译""死译"及"意译或归化"等概念的讨论，进行文化史的溯源提供线索。另外，书中提及茅盾对翻译文学的重视至今仍有现实意义："我觉得翻译文学作品和创作一般地重要，而在尚未有成熟的'人性文学'之邦像现在的我国，翻译尤为重要；否则，将以何者疗救灵魂的贫乏，修补人性的缺陷"，这为读者了解中国特殊历史时期翻译对中国文学与文化的重要性提供了有价值的参照。

为了实现"通过译文分析和历史文化语境回望，试图还原出爱尔兰文艺复兴戏剧在中国现代的译介这一文学现象的基本样貌，进而对相关影响进行相应的探索"这一目标，本书尝试采用韦勒克"内外结合"的方法进行研究，不仅重视对译作的分析，也非常重视对译者，特别是那些不太为后来的研究者所重视，几近湮没无闻的译者的介绍，为读者了解当时的文化环境勾勒出比较清晰的框架。本书把所研究的译者及其译作置于特定的历史时空当中，对很多不太为学界重视的译者的追根溯源特别有意义。其中对王学浩这位译者的重视，以及比较详细的文献回望与介绍非常有趣，体现了现代研究者注重对被历史忽略或遗忘的译者的挖掘，进行补偿性的增补，在突出"主干"的同时，体现"旁枝逸出"的摇曳多姿。这种处理方式与一般学术论文聚焦主要人物，突出主要研究问题等有较大的不同，这种重视，至少是不偏废"历史小人物"的新史学观也体现在对很多译者（作家、教师、报人）生平的补充性介绍当中，既能尽可能地还原当时的历史语境，也增加了可读性，平添了诸多阅读的乐趣。

但是这种阅读的乐趣丝毫没有减少本研究的严肃性，而是互为助益。作为立足通过相应的文献来说话的"实证研究"，本书的很多脚注特别能够体现欧光安教授认真的学术态度。比如说翻译叶芝剧作《沙漏》(1924)，署名"苏兆龙"的译者，相关记载并不多，欧光安教授没有满足于分析其译作，而是积极搜寻相关资料，经过数年努力，为读者提供了比较详尽的信息：苏兆龙的出生时间、地点，受教育经历，作为编辑的工作经历以及与莎剧翻译大家朱生豪及英汉词典大家葛传槼一起编纂《英汉作文文法两用辞典》(1934)等，为以后的翻译(史)研究提供了非常宝贵的文献资料。类似的例子还有很多，如对翻译辛格作品早于郭沫若的北大学生鲍文蔚比较详细的介绍，对易卜生《国民之敌》的翻译者陶孟和的补充说明，对撰写《独幕剧 ABC》(1928)，并翻译《世界文化史》《艺术的起源》等书的译者蔡慕晖的介绍等，都能体现欧教授非常严谨的学术态度。此外，欧光安教授也经常以脚注的方式对一些重要的翻译概念，特别是一些著名作家秉持这些翻译概念所进行的翻译实践进行对比分析，如文中对鲁迅和田汉"直译"《爱尔兰文学之回顾》的分析："鲁迅也采用直译方法，但较少过于依循原文语法语序的痕迹。"相比较而言，"田汉译文以直译为主，有硬译的痕迹，鲁迅译文以直译为主，语气畅通，且信息量更多"。这些基于译例的分析言之有物，极具说服力。

　　基于扎实的文献整理与阅读进行的研究，基于译文分析进行的语言层面的辨析，特别是关注爱尔兰文艺复兴戏剧注重借鉴本民族的历史资源服务于当下的主旨，对中国现代戏剧的产生与发展极具启迪意义，这既是本书的特色所在，也是可以在此基础上进行学术方面"转型升级"的基础：从文献学意义上的"存在什么影响"，扩展到文化意义上"影响是如何发生的"，期待欧光安教授更多的研究成果问世，嘉惠学林。

　　2022 年，本人利用学术休假的机会，来到新疆的石河子大学外国语学院支教，有缘结识欧光安教授，感佩其致力于学术的热忱与执著追求的精神。他的国家社科基金项目"爱尔兰文艺复兴戏剧的现代中国译介"顺利完成，即将出版，嘱咐我为之作译，虽力有不逮，但却之不恭，谨以此文呈现拜读其大作的学习心得，也想以之纪念在新疆石河子大学的特殊时日。

　　是为序。

王玉括

2023 年 4 月 15 日于南京仙林

目　　录

绪　　论

被称为"诗人与歌者的国度"的爱尔兰，自中世纪以来历经了波折苦难的历史进程。11 世纪时在不列颠岛上已经站稳脚跟的诺曼人开始进据爱尔兰，英格兰人相继跟进，当然，崇尚自由与英雄的爱尔兰人不会自甘沦为奴役，面对野心勃勃的侵略者，他们奋起自卫，屡屡抵抗。17 世纪上半叶，克伦威尔率军进击爱尔兰，将 11 世纪肇始的侵袭过程推入一个巅峰，自此爱尔兰逐渐为英格兰所占领。1800 年《合并法案》(*Union Act*)获得通过，法案于 1801 年 1 月 1 日生效，如此爱尔兰便正式成为英国的殖民地。19 世纪上半叶，饱受殖民者奴役的爱尔兰人民奋起反抗，从政治和军事等方面谋求民族独立。

19 世纪下半叶，历经芬尼亚运动和土地运动等，以及英国殖民当局部分满足爱尔兰人民的要求之后，政治独立运动稍有停歇，而文艺界人士纷纷揭竿而起，力图以文艺复兴的方式推动民族的独立和复兴。道格拉斯·海德博士(Dr. Douglas Hyde)等人成立"盖尔语联盟"(The Gaelic Union)，以保存传统的盖尔语言与文化。格雷戈里夫人(Lady Augusta Gregory)早年也以搜集民间文学作品为职责，翻译并保存传统民间文化。1897 年起于一次偶然的相遇与谈话，叶芝(William Butler Yeats)与格雷戈里夫人等人立志成立一个剧团，以鼓励戏剧创作，来推动文艺的复兴。这便是 1899 年成立的"爱尔兰文艺剧院"(Irish Literary Theater)。由于首创者之间文艺意见的分歧，加之文艺运动的向前推动，爱尔兰文艺剧院最终发展为"爱尔兰民族戏剧社"(Irish National Theater Society)。该团体成立于 1902 年，由叶芝担任会长。

戏剧社的成立极大地推动了戏剧的创作，叶芝和辛格（John Millington Synge）等人不断推出新的戏剧，但演出场地成为制约当时戏剧发展的关键因素，深刻反映爱尔兰人民生活的戏剧不被伦敦的剧院接受，而都柏林当地的小剧场又不具有足够的影响力。1904年，叶芝在伦敦居住时期结识的友人霍尼曼女士（Miss A. E. Horniman）决定出资筹建一座持久的剧院，供叶芝等人演出戏剧，这便是爱尔兰近代文学史上赫赫有名的阿贝剧院（Abbey Theater）。阿贝剧院首演了叶芝的两出戏剧——《倍勒沙滩》（On Baile's Strand）、《凯瑟琳·尼·胡力罕》（Cathleen ni Houlihan），以及格雷戈里夫人的喜剧《谣传》（Spreading of News）。从此阿贝剧院成为爱尔兰文艺复兴戏剧运动的核心阵地，而叶芝等人发起的这一戏剧运动也持续至20世纪20年代，也就是爱尔兰自由邦（Irish Free State）成立之后。

爱尔兰文艺复兴戏剧运动不仅在爱尔兰声势浩大，也对当时的世界文坛产生了重要影响，英国、美国、日本的文艺界相继翻译和介绍叶芝、辛格等人的剧作。而这一时期留美、留日的中国学生如余上沅、田汉、郭沫若等人，或直接以原文阅读的方式接触到这些戏剧，或通过译文来了解叶芝等其人其作。之后这些留学生们又把爱尔兰文艺复兴戏剧翻译和介绍给国人，推动了早期中国现代戏剧的产生和发展。

近代以来，伴随不同的发展历程，中西之间进入各自的历史阶段。欧美各国历经工业革命和科技革命，经济和军事实力增强的同时裹挟着殖民化过程。明清以降实行的闭关锁国政策，使得近代中国在经济和军事实力上面对欧美列强时处于下风。鸦片战争之后，《南京条约》等一系列丧权辱国条约和协议的签订，激起无数爱国仁人志士苦思救国之道。被誉为"近代中国留学第一人"的容闳，自归国后一直奔走观察，希望觅得使国家强大的谋略，终于得曾国藩器重，委任其督办组织数批学童留美，培养了詹天佑等近代放眼看世界的重要人才。实际上，与容闳一道留学的有四位，其中有黄宽、黄胜兄弟，黄宽入爱丁堡大学，获医学博士学位，回国后在广州悬壶济世。容闳肇始的这一波留学运动，其时间与洋务运动大致相当，而主要学习借鉴者乃魏源名句"师夷长技以制夷"中所谓"技"。"中学为体、西学为用"观念主导之下，近代中国科技尤其是军事技术确实颇有进步，然而甲午海战的失利促使时人进一步反思——仅靠技术的进步能否实现民族的复兴？曾国藩的好友兼亲家郭嵩焘担任中国驻英法首任公使时，便大为激赏当时留英学习海军战术的年轻学子严复，其视野在清末重臣中独为开阔。严复亦不负所望，将《天演论》《原富》等西方著名思想著作译出，影响巨大而得名"盗火者"。与严复几乎同时，林纾以不懂外文之身份而译出数十部西方小说，其影响与严复译作相比亦不遑多让。有意思的是，两人所使用之译文语言均为文言。

20 世纪初，近代中国出现另一波留学高潮。与 19 世纪中后期容闳等主导的学童留洋不同，这一波留洋学生大多在国内受过初等和中等教育。此外，经过数十年的发展，国人对时代的认识较之前更为精进。是以，历经八国联军侵华、辛亥革命、张勋复辟、袁世凯称帝等历史事件，这一波留学生意识到需在文化和观念上实现更新方能实现民族独立与复兴。这就与爱尔兰文艺复兴发生的背景较为相似。鲁迅在仙台医学专科学校学习时，一次看见幻灯片上放映一群看似体格强壮却神情麻木的中国人围观同胞被斩首，便要发出铁屋中的呐喊，认为只有改变国人的精神才能救国，而善于改变精神的"当然要推文艺"。胡适则在赫贞江边与任鸿隽、梅光迪等纵论古今文字，一方面是时势使然，一方面亦是个人纵气使然，在这些争论文字和话语中，诞生了新文学运动的萌芽。新文学运动，一方面力争推翻原先的封建腐朽文字和文学，另一方面则积极译介国外文学，尤其是现实主义文学，1918 年 6 月 15 日《新青年》专刊"易卜生专号"的出版成为标志性事件。如此，在相似的历史文化语境中，爱尔兰文艺复兴运动自然成为近现代有志之士模仿与学习的对象。如序一中曹波教授指出，刘半农早在 1916 年 10 月 1 日复刊后的《新青年》第 2 卷第 2 号即发表有关爱尔兰爱国诗人的文章。当然，爱尔兰文艺复兴运动中戏剧成为唤醒民族独立和复兴情绪的主要媒介，因此从现代中国对爱尔兰文艺复兴文艺的接受来看，爱尔兰文艺复兴戏剧成为主体，并对现代中国戏剧的形成发挥了不可忽视的重要影响。

第一节　译介文献综述

爱尔兰文艺复兴戏剧因为其巨大的影响，在现代中国得到了作家和译者们的热情"回响"。就戏剧作品的翻译而言，茅盾应该是最早将爱尔兰文艺复兴戏剧译介到中国的译者。1919 年 10 月，茅盾翻译的格雷戈里夫人名著《月亮升起》即刊载于当月 10 日的《东方杂志》。此后，他陆续翻译了叶芝的《沙漏》和格雷戈里夫人的其他 5 部剧作。20 世纪 20 年代，爱尔兰文艺复兴戏剧运动直接触发了余上沅等发动"国剧运动"。同样在 20 年代，郭沫若翻译了辛格的全部 6 部剧作，田汉翻译了辛格的《骑马下海的人》，撰写了《爱尔兰近代剧概论》。20 世纪 20—40 年代，格雷戈里夫人的剧作《月亮升起》和《谣传》被数次重译和改编。此外，爱尔兰文艺复兴戏剧运动中并非特别知名的作家唐萨尼，其剧作《丢失的礼帽》在现代中国也至少有 3 种译文。在中国现代，介绍爱尔兰文艺复兴戏剧的文章，长长短短，也不下数十篇。搜索现代之前国内对爱尔兰文学的译介，几乎是阙如的状态，而中国现代的爱尔兰文学译介的成果异常丰硕。因此，从这一角度来看，中国现代对爱尔兰文学的译介，其主体就是爱尔兰文艺复兴戏剧。除此之外，主要是叶芝的部分诗作得到译介。

鉴于上述特点，在现当代以来的翻译文学史写作中，对爱尔兰文艺复兴戏剧在现代中国的译介研究，应该占据一席之地。可实际情况并非如此。现当代以来的翻译文学史中，爱尔兰文艺复兴戏剧在现代中国的译介研究，一开始是作为英国文学的附属而被提及，直到 21 世纪初期，才逐渐受到重视，而至今日，已有不少代表性成果出现。

综括学术界对爱尔兰文艺复兴戏剧在现代中国的译介研究，大致可分为翻译文学史、翻译家研究、专著研究和单篇论文研究四个范畴。

一、翻译文学史

现当代以来的翻译文学史书写，对于爱尔兰文艺复兴戏剧在现代中国的译介研究，只零星出现在英国文学篇章或译者研究中。

　　陈玉刚主编的《中国翻译文学史稿》1989 年由中国对外翻译出版公司出版，其中仅在第二编第七章"郭沫若的翻译活动与贡献"第二节"郭沫若对外国戏剧的翻译"中，提到了郭沫若曾翻译"爱尔兰剧作家约翰·沁孤的《悲哀之戴黛儿》"等六部戏剧。① 在"茅盾的翻译活动与贡献"部分，未提到茅盾翻译的叶芝和格雷戈里夫人戏剧。2003 年，谢天振、查明建主编的《中国现代翻译文学史》由上海外语教育出版社出版。该著作在体例上与陈玉刚主编的著作相近，分作家翻译活动和国别翻译，内容上则更加聚焦中国现代时期。该著作在第四章第二节"郭沫若的翻译活动"中提到了郭沫若在 20 世纪 20 年代曾翻译"爱尔兰作家约翰·辛格的全部剧本"，并简要指出郭沫若对"爱尔兰文艺复兴运动代表作家约翰·辛格全部剧作的翻译，填补了现代翻译文学史上的空白"②。这一评论显得难能可贵。同样，在茅盾翻译活动的论述部分，也未提及茅盾对爱尔兰作家戏剧的译介。以上两部著作均提到了田汉曾翻译剧作《檀泰琪儿之死》，但均未指出此译著乃由三部不同国别的戏剧译文组成，其中一部是辛格的《骑马下海的人》。

　　同样在 2003 年，学者王建开撰写的《五四以来我国英美文学作品译介史（1919—1949）》由上海外语教育出版社出版。由于该著作主题集中于英美文学作品译介，因而爱尔兰作家及其作品得以占据一席之地。其中作者列出《西洋文学》1941 年 5 月第 9 期有叶芝特辑、《时与潮文艺》1944 年 3 月 15 日第 3 卷第 1 期也有 W. B. Yeats 专辑。③ 显然，叶芝是被归属于英国作家而得以收入。此外，乔伊斯的意识流小说译介也得到介绍。④ 值得注

---

　　① 陈玉刚：《中国翻译文学史稿》，北京：中国对外翻译出版公司，1989 年，第 208 页。

　　② 谢天振、查明建：《中国现代翻译文学史》，上海：上海外语教育出版社，2003 年，第 87 页。

　　③ 王建开：《五四以来我国英美文学作品译介史（1919—1949）》，上海：上海外语教育出版社，2003 年，第 153 页、第 154 页。

　　④ 王建开：《五四以来我国英美文学作品译介史（1919—1949）》，上海：上海外语教育出版社，2003 年，第 181 页。

意的是，该著作简要介绍了格雷戈里夫人戏剧《谣传》和《月亮升起》的改译和改编情况①，尤其是《月亮升起》一剧的改编，作者论述有 2 页之多，是相当难得的。由此可以反映出，爱尔兰文学尤其是爱尔兰文艺复兴运动作家的作品在现代中国的译介已经开始受到关注，但遗憾的是，它们依然被归入英美文学译介的范畴。

2005 年北京大学出版社出版的《中国翻译文学史》由孟昭毅、李载道主编。其中第十三章专论郭沫若的翻译贡献，此章第二节题为"戏剧文学翻译及贡献"。由于是戏剧专论，因此其中有不少篇幅论及郭沫若对辛格作品的译介。作者指出，就《悲哀之戴黛儿》等 6 部辛格剧作而言，郭沫若是把"它们翻译介绍到中国来的第一个译者"；而郭沫若之所以翻译它们，主要是因为"时代的要求以及译者本人的思绪和作品的思想产生共鸣"；就贡献而言，郭沫若对"爱尔兰文艺复兴运动代表作家约翰·沁孤全部剧作的翻译，填补了我国现代翻译文学史这方面的空白……在当时是独一无二的，在国内的今天也仍然是独一无二的"。②

2006 年马祖毅等编著的《中国翻译通史》共分 5 卷，古代部分占 1 卷，其余 4 卷为现当代部分，在体量上不可谓不大。现当代部分的第 2 卷为外国文学专章，但无论是英国文学一章，还是欧洲其他国家文学一章，都未收入爱尔兰作家作品在现代中国译介的介绍。

2007 年，查明建、谢天振主编的《中国 20 世纪外国文学翻译史》由湖北教育出版社出版。该著作与 2003 年《中国现代翻译文学史》相比，体例上有所变化，著作分两卷，上卷为现代部分，下卷为当代部分。在现代部分，爱尔兰作家作品在现代中国的译介有了进一步的凸显。在第三章第三节、第四章第三节"英美文学的翻译"中，乔伊斯的小说译介被作为单独的

---

① 王建开：《五四以来我国英美文学作品译介史（1919—1949）》，上海：上海外语教育出版社，2003 年，第 236 页、第 237 页、第 240 页、第 241 页、第 242 页。

② 孟昭毅、李载道：《中国翻译文学史》，北京：北京大学出版社，2005 年，第 160 页、第 161 页。

条目进行分析①，叶芝诗作译介也作为单独条目出现②。但同样乔伊斯和叶芝是被归属于英国作家行列。此外，该著作辟有专节论述郭沫若和茅盾的翻译活动，但未提及两位译者对爱尔兰作家作品的译介。

2009 年，杨义主编的《二十世纪中国翻译文学史》（五卷本）出版，其中"五四时期"作为单独一卷。20 世纪 30 至 40 年代则作为一个分期，出版了两本著作，一本是《英法美卷》，一本是《俄苏卷》，这样细分在内容上显得更加细致。或许是该书体例的原因（按重点要目进行介绍，如"儿童文学翻译""翻译方法"等），无论是《五四时期卷》还是《三四十年代·英法美卷》，对爱尔兰作家的译介介绍依然比较少，仅在"现代主义诗歌翻译"一节用一小段篇幅对叶芝诗歌在 20 世纪 30—40 年代的译介做了介绍。③

综括以上论述可知，爱尔兰作家作品在现代中国的译介，在现代文学翻译史著作中要么阙如，要么只被当作英国作家来对待。

二、翻译家研究

郭著章等编著的《翻译名家研究》于 1999 年由湖北教育出版社出版，其中郭沫若翻译研究和茅盾翻译研究各占一章。郭沫若一章中未提及其对辛格戏剧的翻译，茅盾一章对茅盾翻译活动和思想有详细的叙述，正文中也未提及其对爱尔兰作家的译介，但附录中列出了叶芝的《沙漏》、格雷戈里夫人的《狱门》等译作信息④，也算难得。2010 年，温中兰等编著的《浙江翻译家研究》由上海交通大学出版社出版，其中第二章第四节题为"茅

---

① 查明建、谢天振：《中国 20 世纪外国文学翻译史（上卷）》，武汉：湖北教育出版社，2007 年，第 143-144 页、第 346-347 页。

② 查明建、谢天振：《中国 20 世纪外国文学翻译史（上卷）》，武汉：湖北教育出版社，第 156-157 页、第 354 页。

③ 李宪瑜：《二十世纪中国翻译文学史·三四十年代·英法美卷》，天津：百花文艺出版社，2009 年，第 73 页。值得注意的是，上述著作中对王尔德和萧伯纳作品在现代中国的译介，都辟有专章或专节进行讨论，但正如本章前文所言，王尔德和萧伯纳虽出生于都柏林，但就其作品内容、特色以及作家与爱尔兰的关系两个方面来看，他们都应属于英国作家。

④ 郭著章等：《翻译名家研究》，武汉：湖北教育出版社，1999 年，第 179 页。

盾——浙江左翼译家军的领军人物"。该节较为详细地论述了茅盾的翻译活动和思想,但遗憾的是,无论是正文还是附录"译事年表"都没有提及茅盾对爱尔兰作家作品的译介。2017 年 4 月,上海外语教育出版社出版了方梦之、庄智象主编的《中国翻译家研究》,分为历代卷、民国卷和当代卷。该著作体量庞大、特色鲜明,对中国翻译史上有名的译家之翻译活动和翻译思想有较为深入的探讨。该著作民国卷部分,郭沫若和茅盾各为一章。在郭沫若一章的正文中提到了郭氏翻译过辛格的 6 部"戏曲",在附录部分详细列出了这 6 部"戏曲"的名称。① 茅盾一章则未提其对于叶芝和格雷戈里夫人戏剧的译介。

由此可见,综论性的翻译家研究著作中,也很少提及爱尔兰文艺复兴戏剧在现代中国的译介。而只有到了专门的翻译家研究著作中,这一情形才得以改观。

2009 年傅勇林等主编的《郭沫若翻译研究》(四川文艺出版社),是目前最为集中探讨郭沫若翻译活动和思想的一部著作。该书以 2007 年度四川省教育厅人文社会科学课题"郭沫若翻译思想研究"为基础,分上编"综述"和下编"译作评介"两部分。上编重点综述郭沫若的翻译活动和思想,下编从源语区分郭沫若的德语译作、英语译作、俄语译作、日语译作以及《鲁拜集》。在下编第六章"英语译作"部分,其翻译的辛格戏剧集《约翰沁孤的戏曲集》占据一小节的篇幅。在此节中,作者首先简要叙述了郭沫若翻译辛格剧作的基本概况,然后重点阐释了翻译辛格剧作对郭沫若本人历史剧创作的影响。作者指出,郭沫若在创作历史剧《聂嫈》时,对于情绪以及心理的"具象化",是"受了爱尔兰作家约翰·沁孤的影响"。但同时,作者也敏锐地指出,辛格作品中多用爱尔兰方言,而郭沫若没有用方言翻译,"是这部戏曲集的最大遗憾之处,不能形象再现沁孤剧中的偏僻乡村生

---

① 方梦之、庄智象:《中国翻译家研究·民国卷》,上海:上海外语教育出版社,2017 年,第 554 页、第 568 页。

活"①。这当然是见仁见智的问题，使用方言翻译固然可以"形象再现"原剧地方色彩，但可能不便于更大范围的演出。囿于研究体例和范式，该著作未能引用《约翰沁孤的戏曲集》原文和译文对郭沫若翻译特点和思想做进一步分析。

2019 年学者王志勤在四川大学出版社出版《跨学科视野下的茅盾翻译思想研究》，这是目前唯一一部集中探讨茅盾翻译活动和思想的著作。该书分为四个部分，第一章从纵向的维度来考察茅盾翻译思想的发展变迁，第二章从横向的维度来阐释茅盾翻译思想与翻译实践的互动，第三章探讨茅盾翻译思想形成的原因，最后一章则试图厘清茅盾翻译思想在当代的现实启示。在第二章第二节"茅盾翻译思想与戏剧翻译实践的互动"中，作者对茅盾的格雷戈里夫人和叶芝戏剧译介有较大篇幅的介绍。作者指出，茅盾翻译的"爱尔兰戏剧最多"，而其中又以"格雷戈里夫人戏剧最多"，原因是"前者在思想上提倡民族解放主义精神，在文学艺术技巧上结合了写实主义和浪漫主义，为世界文学作出了重要贡献，（后者）格雷戈里夫人的民族历史剧通过描写爱尔兰人民的真实生活，表现出深刻的民族精神"②。在分析茅盾的翻译特点时，作者选用了茅盾对格雷戈里夫人的《月方升》和叶芝的《沙漏》的译文各一例，指出译者的"省译"现象。在"改译"和"误译"部分的分析中，作者引用了格雷戈里夫人的《市虎》《海青·赫佛》和《狱门》中的例子。限于篇幅和体例，作者未能将茅盾对格雷戈里夫人和叶芝戏剧的译介作整体评价和具体分析，但已有研究已经显得相当难能可贵了。

三、专著研究

近年来，随着爱尔兰文学整体上在国内研究界日益受到关注，关于爱

---

① 傅勇林等：《郭沫若翻译研究》，成都：四川文艺出版社，2009 年，第 201-202 页。

② 王志勤：《跨学科视野下的茅盾翻译思想研究》，成都：四川大学出版社，2019 年，第 82 页。

尔兰文艺复兴戏剧作家作品在现代中国的译介，部分研究专著对此有专章或专节的论述。

2009 年，学者谭为宜出版《戏剧的救赎：1920 年代国剧运动》(人民日报出版社)，这是国内第一部集中论述国剧运动的专著。该著作从国剧运动发生的历史文化背景、国剧运动酝酿情况等 6 个方面，对国剧运动做了全面的梳理与分析。在第二章第二节"西方戏剧艺术的影响"部分，作者用接近 3 页的篇幅论述了爱尔兰戏剧运动(即爱尔兰文艺复兴戏剧运动)对国剧运动的影响，指出余上沅等"这群炎黄的子孙、海外的赤子"要倡导国剧运动的原因，并不是"要建造一座想象的艺术空中楼阁"，其根本目的在于"唤醒一种民族文化的觉悟"。① 遗憾的是，相关论述未能进一步展开。

2012 年 2 月，戏剧翻译研究专家孟伟根在浙江大学出版社出版专著《戏剧翻译研究》。该书从戏剧符号学与戏剧翻译、国内外戏剧翻译的核心概念和理论等八个方面，对戏剧翻译研究做了较为全面的论述。在第四章第一节，作者对郭沫若的戏剧翻译"诗性的移植"做了阐释，其中再次肯定了郭沫若对辛格 6 部剧作的翻译。但囿于体例，相关论述也未展开。

2015 年，学者安凌出版专著《重写与归化：英语戏剧在现代中国的改译和演出》(暨南大学出版社)。该书对于英语戏剧在现代中国的改译和演出情况做了全面细致的考察，重点介绍了莎士比亚、萧伯纳、王尔德、巴蕾、奥尼尔、高尔斯华绥戏剧的改译和演出，此外，还专门辟出一节论述了格雷戈里夫人的《月亮升起》一剧在现代中国的改译和演出情况②，重点探析了格雷戈里夫人剧作原文的特色以及改编剧《三江好》的内容和特点。这应该是目前关于这一领域最为详细的考察之一。需要指出的是，格雷戈里夫人此剧确实是属于该著作题目中所说的"英语戏剧"，但作者同时明确

---

① 谭为宜：《戏剧的救赎：1920 年代国剧运动》，北京：人民日报出版社，2009 年，第 59 页。

② 安凌：《重写与归化：英语戏剧在现代中国的改译和演出》，广州：暨南大学出版社，2015 年，第 144-156 页。

指出《月亮升起》是一部爱尔兰文艺复兴剧作①。该著作虽侧重"改译"和"演出"研究，但也涉及相关戏剧的翻译文本分析。

2017 年，国内相继出版两部相关领域的重要著作，分别是马慧的《叶芝戏剧文学研究》(人民出版社)和田菊的《爱尔兰戏剧运动在中国的百年回响》(中国社会科学出版社)。《叶芝戏剧文学研究》聚焦叶芝的全部剧作，从创作背景、主题流变、戏剧人物、戏剧结构、戏剧性、悲剧精神、戏剧理论、接受史 8 个方面进行了全面论述，是国内研究叶芝戏剧的代表之作。在"叶芝戏剧的接受史"一章的第三节"叶芝戏剧与中国国剧运动"中，作者也从国剧运动发生的历史文化背景、叶芝戏剧思想的影响、运动的实践及结果以及运动的当代启示等方面做了阐释。相较于谭为宜著作的相关章节，该书的相关论述更为细致。但相关论述也主要依循余上沅等著的《国剧运动》和《余上沅戏剧论文集》，一手材料的使用较为缺乏。《爱尔兰戏剧运动在中国的百年回响》则聚焦于爱尔兰戏剧运动，对运动的概况、运动在中国的译介、运动作品在中国的改编和演出及运动对中国的影响做了细致的阐述。在第二章"爱尔兰戏剧运动在中国的译介"中，又分为整体性译介和主要剧作家及作品的译介两部分。因为该书是从百年(20 世纪 10 年代至 21 世纪 10 年代)的跨度来考察爱尔兰文艺复兴戏剧在中国的译介，因此译介大致分为现代和当代两个大的分期，现代部分主要集中于 20 世纪 20—30 年代，当代部分主要集中于 20 世纪 80 年代之后。在第三章"爱尔兰戏剧运动在中国的改编和演出"中，作者选取格雷戈里夫人的《月亮升起》(后改编为《三江好》)、辛格的《骑马下海的人》、辛格的《圣泉》、辛格的《西方世界的花花公子》、奥凯西的《朱诺与孔雀》为例，重点考察了这几个剧作在中国近百年的改编和演出情况。在第四章第一节，作者也探讨了爱尔兰文艺复兴戏剧对于国剧运动的影响，与以往研究相比，增加了对剧场演出方式的影响、对熊佛西"民众戏剧"的影响、对戏剧人才培养模式的

① 安凌：《重写与归化：英语戏剧在现代中国的改译和演出》，广州：暨南大学出版社，2015 年，第 145 页。

影响以及叶芝戏剧观对余上沅的《塑像》创作影响的分析，尤其是最后一节的阐释，在相关领域尚未见到同类分析。但囿于体例，该书在概论部分未能更多地使用一手文献；在分析部分，重在改编和演出情况的介绍，较少对翻译文本进行研究。

四、单篇论文研究

除了翻译文学史、翻译家研究、专著研究外，还有不少单篇论文对爱尔兰文艺复兴戏剧在现代中国的译介有或多或少的论述。

国内爱尔兰文学研究著名学者陈恕撰写的文章《爱尔兰文学在中国——世纪回眸》是这方面的代表作，该文对爱尔兰文学在中国现代以来的译介做了简约但条分缕析的阐释，其中第一节重点论述爱尔兰文学在 20 世纪 20 年代中国的译介情况，主要涉及爱尔兰文艺复兴作家。[①] 该文后来作为一节收入《认识爱尔兰：历史遗产与当代经验》一书，该书是第一届中国爱尔兰研究国际学术研讨会的优秀论文集，可以看出爱尔兰文学研究在国内逐渐受到关注和重视。

学者刘珏 1986 年发表的文章《郭沫若早期剧作与爱尔兰近代剧之比较研究》(《郭沫若研究》第二辑)是国内较早研究郭沫若戏剧(含翻译)的文献，作者认为郭沫若出于对话剧文学的兴趣，对爱尔兰近代剧产生兴趣而进行翻译和介绍，郭沫若将所受的影响化为剧本创作，以创作来奠定剧本的文学地位，是对中国话剧运动的主要贡献。研究者步凡于 2009 年发表两篇文章《爱尔兰戏剧中的女性形象在现代中国文学中的转变》(《北京科技大学学报(社会科学版)2009 年第 6 期)、《从莎乐美之吻到母亲的泪水——爱尔兰戏剧中的女性形象在现代中国文学中的映射》(《中爱关系·跨文化

---

① 陈恕：《爱尔兰文学在中国——世纪回眸》，选自《认识爱尔兰：历史遗产与当代经验》(陈恕、王展鹏主编)，北京：外语教学与研究出版社，2009 年。该文章后来收入冯建明主编的《爱尔兰作家和爱尔兰研究》(上海：上海三联书店，2011 年)，内容部分不同。此外，陈恕还著有《爱尔兰的戏剧运动》(《外国文学》1986 年第 5 期)、《爱尔兰和世界性特征》(《外国文学》1986 年第 6 期)、《诗人——叶芝》(《外国文学》1988 年第 1 期)、《爱尔兰文学在中国》(英文作品)等。

视角》2009 年 12 月），这两篇文章主要以王尔德的《莎乐美》、叶芝的《心愿之乡》和辛格的《骑马下海的人》中的女性形象为研究对象，探讨其被田汉、李健吾等现代作家的改译情况。田菊的论文《"爱尔兰戏剧运动"在中国的百年回响》（《中华戏曲》2015 年第 2 期）可以说是其著作的微缩版，相对而言将侧重点放在了现代时期。崔月琴的论文《探寻"理想的实在"：茅盾与叶芝戏剧的译介》（《文化艺术研究》2019 年第 4 期》探讨了茅盾对叶芝戏剧《沙漏》的翻译，认为茅盾以表现人生的目的为出发点，评判性地评论爱尔兰戏剧复兴运动，为本土戏剧实践探索未来的出路。

在单个作家的译介研究中，以叶芝译介研究最为丰富，2011—2012 年就有三篇重要文章。2011 年胡则远发表文章《叶芝在中国的译介与接受》（《中文学术前沿》2011 年 11 月），2012 年王珏文章《中国叶芝译介与研究述评》与傅浩文章《叶芝在中国：译介与研究》一起发表于《外国文学》第 4期。这 3 篇文章基本将 20 世纪以来叶芝作品在中国的译介情况做了全盘的梳理。① 辛格作品译介研究近两年才开始出现，2017 年张慧发表文章《郭沫若对约翰·辛格戏剧的译介与借鉴》（《现代中国文化与文学》2017 年第 4期），2019 年黄伊柔撰写硕士论文《发现辛格：郭沫若对辛格的译介研究》，都聚焦于郭沫若对辛格作品的译介。格雷戈里夫人戏剧在现代中国译介的研究则更少，目前能查到的重要文献是崔月琴发表于《中国比较文学》的文章《格雷戈里夫人戏剧在中国的接受——以茅盾的译介为中心》（2021 年第 5 期）。

此外，翻译家研究的单篇论文中，也有不少涉及爱尔兰文艺复兴戏剧在现代中国译介的研究情况。20 世纪 80 年代任晓晋的两篇论文《茅盾翻译理论评析》（《南外学报》1986 年第 2 期）、《茅盾翻译活动初探》（《外语研

---

① 胡则远后来著有《从民族主义走向世界主义：多维视野下的叶芝研究》（中国社会科学出版社，2016 年）；王珏著有《叶芝中期抒情诗中的戏剧化叙事策略》（上海外语教育出版社，2014 年）。傅浩是叶芝研究大家，自 20 世纪 90 年代以来翻译了叶芝的全部抒情诗，撰写《叶芝评传》等著作，编有《叶芝选集》等多部著作，撰写叶芝与爱尔兰文学等方面的论文多篇。

究》1988 年第 6 期)是至今为止探讨茅盾翻译思想的权威文献,其中都提到了茅盾对爱尔兰文艺复兴戏剧作家的译介活动。刘帆的硕士论文《茅盾外国戏剧翻译研究》(2019 年)较为全面地梳理了茅盾的外国戏剧翻译,分析中部分涉及了格雷戈里夫人等爱尔兰作家。廖思湄的论文《郭沫若戏剧译介与"翻译诗学"价值体现》(《青年文学家》2009 年第 16 期)认为郭沫若对西方戏剧的译介中形成"翻译诗学"思想,使得作者与观众的心灵相通并产生共鸣。李成坚、黄伊柔的论文《郭沫若对辛格戏剧翻译的始源考据研究》(《外国语文》2018 年第 6 期)认为郭沫若对辛格剧作的接受是其思想和文学观念转变的文化实践。2003 年王林的博士论文《论田汉的戏剧译介与艺术实践》较为全面地分析了田汉戏剧译介的历史文化环境、形成的戏剧美学思想,以及对创作的影响。但相关论述主要集中于王尔德的《莎乐美》和莎剧,《爱尔兰近代剧概论》和辛格剧作译介则较少涉及。2016 年荆红艳的论文《论田汉对外国文学的译介》(《哈尔滨师范大学社会科学学报》2016 年第 1 期)从欧美文学、日本文学两个维度来探讨田汉的翻译实践。欧光安等的文章《田汉译介思想初探:以爱尔兰文艺复兴戏剧为中心》(《石河子大学学报》(哲社版)2022 年第 1 期)则以《爱尔兰近代剧概论》和辛格剧作译介为中心,探讨田汉的翻译思想与风格。

　　考察爱尔兰文艺复兴戏剧在现代中国的译介研究情况,可以发现,翻译文学史中的已有研究要么很少涉及这一领域,要么将叶芝、辛格等作为英国作家进行论述;在具体的翻译家研究中,郭沫若、茅盾等的爱尔兰文艺复兴戏剧译介也仅占很小的比例,分析尚未深入;在译介研究专著中,相关译介情况得到较好的介绍,但具体的译文分析实例不多,而且多侧重这些戏剧的改译、改编和演出情况;单篇论文则囿于篇幅,多宏观层面的论述,而少具体细致的阐释。综括而言,爱尔兰文艺复兴戏剧在现代中国的译介,有待一种更为集中、较为全面的梳理和探讨。

第二节　章节内容概述

　　爱尔兰文艺复兴戏剧运动在世界范围内产生了重大影响,尤其是叶芝等人希望通过民族文化复兴推动民族独立和复兴的努力，使得有相似境遇的民族和地区深受鼓舞。而处在 20 世纪初期民族救亡图存关键时期的中国，在某些方面正是和爱尔兰有着相似的境遇，因此当时的一些有识之士便希望借鉴爱尔兰文艺复兴戏剧运动来实现民族独立和复兴。这便是"国剧运动"兴起的直接缘由。

1924 年秋，留学美国的余上沅、张嘉铸、闻一多和赵太侔等，在纽约创作了英文剧《杨贵妃》（又名《此恨绵绵》），他们自导自演，演出语言使用英语，戏服则是清一色的中国传统服饰。该剧演出获得了极大的反响，余上沅在后来给张嘉铸的一封信中，回忆说演出之后"成绩超出了我们的预料，我们发狂了……第三天太侔和我变成了沁孤（即辛格），你和一多变成了叶芝"①。是年冬天，余上沅与其他留美戏剧爱好者组织中华戏剧改进社，除余上沅和闻一多等人，还有梁实秋、熊佛西等。1925 年春，余上沅和赵太侔受邀指导英文剧《琵琶记》，该剧后来在波士顿上演，成为继《杨贵妃》之后的又一部以英文演出、着传统中华服饰演出的剧作。这两部剧作的创作和演出无疑是余上沅等人直接受爱尔兰文艺复兴戏剧影响的结果，希望在当代复兴传统文化，从而实现中国的民族复兴。

1925 年春夏之交，余上沅回到国内，立即与闻一多、徐志摩等发动了轰动一时的"国剧运动"。余上沅等拟定《北京艺术剧院大纲》，组织"中国戏剧社"，指导学生排演新的"国剧"，如田汉的《获虎之夜》等。另一方面，余上沅和徐志摩以《晨报副刊》"剧刊"为阵地，译介了大量的戏剧创作、演出、舞台设计等的文献。余上沅本人导演了格雷戈里夫人的《月亮上升》，翻译并导演了唐萨尼的《丢失的礼帽》。受阿贝剧院的启发，在"国剧运动"后期余上沅等人还组织了"北平小剧院"等小剧场运动，影响广泛，在中国现代戏剧发展史上留下了浓墨重彩的一笔。

由此可见，是爱尔兰文艺复兴戏剧运动直接触发了余上沅等人发动戏剧运动，而格雷戈里夫人等的戏剧成为余上沅等开展戏剧运动的重要素材

---

① 余上沅：《余上沅戏剧论文集》，武汉：长江文艺出版社，1986 年，第 140 页。

来源，而阿贝剧院又带动了"小剧场运动"的发生。因此，本书第一章重点论述"国剧运动"的缘起、特点和影响。此外，由于国内关于余上沅对外国文学译介的研究几乎阙如，因此本章的另一个重点就是以《丢失的礼帽》为中心，探讨余上沅的译介活动和思想。

虽说"国剧运动"是直接受爱尔兰文艺复兴戏剧运动影响而来，但中国现代对这一戏剧运动的译介时间，则要早于"国剧运动"开始的时间。从现有资料来看，茅盾可能是最早译介这一戏剧运动及其作家的人。1919 年，茅盾翻译了格雷戈里夫人的《月亮升起》一剧，以《月方升》为题发表在当年10 月 10 日的《时事新报》副刊《学灯》上。1920 年初，茅盾翻译了叶芝的戏剧《沙漏》，发表在当年 3 月 10 日出版的《东方杂志》上。同年，茅盾还翻译了唐萨尼的《丢失的礼帽》，以《遗帽》为题发表在 8 月 25 日出版的《东方杂志》上。1920 年 3 月，茅盾还撰写了一篇相当长的文章《近代文学的反流——爱尔兰的新文学》，对爱尔兰文艺复兴进行介绍，其主体内容就是关于爱尔兰文艺复兴戏剧。

在接下来的几年里，茅盾相继翻译了格雷戈里夫人的 5 部戏剧：《旅行人》《海清·赫佛》《乌鸦》《狱门》和《市虎》。加上之前的《月方升》，茅盾是中国现代翻译格雷戈里夫人戏剧最多的译者，如果算上《沙漏》和《遗帽》，就数量而言，茅盾可以说是中国现代翻译爱尔兰文艺复兴戏剧最多的译者。遗憾的是，目前关于茅盾翻译思想的研究尚不多，关于其翻译和介绍爱尔兰文艺复兴戏剧的研究则更少。

因此，本书第二章重点探讨茅盾对爱尔兰文艺复兴戏剧的译介，分为茅盾对格雷戈里夫人戏剧的翻译、茅盾对叶芝及其作品的译介、茅盾对爱尔兰文艺复兴戏剧的介绍——以《近代文学的反流——爱尔兰的新文学》为中心、茅盾译介爱尔兰文艺复兴戏剧的原因及影响、叶芝戏剧在现代中国译介的其他情况五个小节。通过分析，试图以点带面，勾勒出茅盾译介活动和思想的初步轮廓。

茅盾对爱尔兰文艺复兴戏剧的译介以 20 世纪 20 年代为中心，在这一时期他和其他作家、译者成立文学研究会，而研究会的一个重点就是讨论译介外国文学的方法和策略，有时会和其他译介者之间就翻译标准等发生争议和论战。在这些论战的对象当中就有郭沫若等成立的"创造社"。有意思的是，与茅盾一样，郭沫若本人就是中国现代译介爱尔兰文艺复兴戏剧的重要人物。

郭沫若 1914 年初开始在日本留学，先学医，后来兴趣转向文学和艺术。1920 年郭沫若在书信中首次谈到拉塞尔（A. E.）和叶芝，由此可知郭沫若对爱尔兰文艺复兴运动的认知和赞赏是始于诗歌的。在后来与宗白华、田汉等人的通信中，郭沫若时常涉及叶芝、辛格等作家及其作品。1924 年，郭沫若开始集中阅读并翻译辛格的剧作，1924 年年底郭沫若携全家回国。次年 5 月底，郭沫若完成辛格全部戏剧的翻译，并写成《译后》一文，对自己翻译辛格作品的原因并对辛格戏剧特点进行分析。1926 年 2 月，郭沫若的翻译以《约翰沁孤的戏曲集》为题，由商务印书馆出版，署名郭鼎堂。

从现有资料来看，郭沫若对辛格戏剧的翻译是目前唯一的辛格戏剧汉语全译，而关于其译介的研究仅限于个别单篇论文和著作的章节，尚未出现对郭沫若译介辛格戏剧的全盘梳理与探讨。因此，本书第三章即以《约翰沁孤的戏曲集》作为文本细读的对象，探讨郭沫若对辛格戏剧译介的特点、原因和影响，也试图从一个侧面管窥郭沫若翻译思想的一斑。

郭沫若对爱尔兰文艺复兴戏剧运动诸位作家的兴趣，也许还要归功于田汉的影响。同样是留学日本，田汉的专业就更"文艺"一些，他好几年就读于东京高等师范学校外语系，攻读英文，因此接触到大量西方戏剧方面的材料。在与郭沫若、宗白华等人的通信中，他就经常引介叶芝、辛格等作家及其作品。1921 年 10 月底，田汉读完辛格戏剧《骑马下海的人》，拟翻译出版，后来因回国而中断。1928 年初，田汉方才译完《骑马下海的人》，该剧和其他两部欧洲戏剧于 1929 年 6 月，以《檀泰琪儿之死》为题由上海现代书局出版。同年上半年，田汉撰写多篇介绍爱尔兰戏剧作家的文字，当年 7 月以《爱尔兰近代剧概论》为题，由上海东南书店出版。这是中国现代史上唯一一部全面介绍爱尔兰文艺复兴戏剧作家及其作品的著作，其中重点介绍了叶芝、格雷戈里夫人和辛格。

目前国内关于田汉译介爱尔兰文艺复兴戏剧的研究依然较为缺乏，因此本书第四章即从田汉对近代爱尔兰戏剧的评介——以《爱尔兰近代剧概论》为中心、田汉对辛格戏剧的译介——以《骑马下海的人们》为中心、译介对田汉文艺思想及戏剧创作的影响三个方面，进行文本细读和阐释，也试图为田汉翻译实践和思想的探索提供一个方面的观照。

尽管辛格的戏剧被郭沫若和田汉竞相翻译，但实际上就数目而言，在中国现代史上，爱尔兰文艺复兴戏剧作家中被译介得最多的是格雷戈里夫人。尤其是《月亮升起》这部戏剧，其因为展现的救亡图存的主题和坚定不移的革命信念，与20世纪20—30年代中国探索民族独立和进步的精神相契合，而被多次翻译、改译和改编。就翻译而言，据不完全统计，就有近十个译本。此外，该剧被改编为抗日救亡剧《三江好》，在各地公演，产生了巨大影响。

国内个别研究对《月亮升起》的多次复译有过涉及，但未曾深入，因此本书第五章选取国内相关研究尚未顾及的黄药眠、罗家伦、王学浩、李健吾等的翻译，对其译文进行分析，并阐释其各自特色。此外，由于奥凯西戏剧在中国现代的译介相对较少，但也并非没有，因此在第五章结尾处我们对奥凯西戏剧的现代中国译介作简要分析。

如上所述，"国剧运动"的主将如余上沅等人，因留学欧美而熟知欧美戏剧，尤其是谙熟爱尔兰文艺复兴戏剧运动的发生，而这直接促使他们回国后发起中国的"国剧运动"。"国剧运动"的宗旨之一，就是希望通过引介西方戏剧，在形式和内容上革新传统的戏曲，这又与中国近现代话剧的发生、发展有着密切的应和关系。"国剧运动"虽曾轰动一时，后来因种种原因而退出历史舞台，但中国现代戏剧却依然在曲折中艰难地向前发展。茅盾、郭沫若、田汉等对爱尔兰文艺复兴戏剧的译介，固然对其本身思想和创作产生了深刻影响，而这些影响又成为中国现代文艺尤其是现代戏剧向前发展的一部分。此外，除了上述重点人物的译介外，尚有其他人士所作的或零星或相对完整的译介，这些共同构成了爱尔兰文艺复兴戏剧在现代中国译介的整体概貌。"小剧场运动""新浪漫主义戏剧"以及独幕剧成为中国现代戏剧发展史上的三个重要维度，爱尔兰文艺复兴戏剧在其中发挥了重要作用。从以上角度来考虑，我们应当对爱尔兰文艺复兴戏剧在现代中国的译介与中国现代戏剧的发生、发展之间的关系作出一种梳理和勾勒。本书第六章即试图对此作出分析和阐释。

爱尔兰文艺复兴戏剧在现代中国的译介，其文本已成为特定的历史文献，而对历史文献进行阐释和梳理则存在一定的风险，那就是新的文献可能会陆续被发掘。本研究亦面临这样的情况。几年前拟定选题时，课题组历经数年的文献搜集和积累，而在选题敲定之后，一些新的文献又陆续出现，比如说署名"锦遐"的作者也翻译了唐萨尼爵士的剧作《丢失的礼帽》，柳辑吾也翻译过叶芝的《凯瑟琳·尼·胡力罕》等，这些都是在研究的过程中找到的新文献。如何处理这些新文献成了棘手的问题。通过咨询相关领域的专家、学者和研究者，并经过慎重考虑，笔者决定原有研究结构不变，将新出现的文献补充进相关的论述中，例如在论述余上沅对《丢失的礼帽》一剧的翻译时，附加上对"锦遐"等译本的考察；在阐释茅盾对《沙漏》一剧的翻译时，附以其他译本的简要分析等。

以上是对本研究各章内容的简要介绍，在论述方式上，本研究主张借鉴韦勒克的"内外结合"方法，也即一方面侧重译介发生的历史文化语境和译者的生平和思想背景，另一方面侧重译文本身的"文本细读"，或者说研究者更有意着重后者。如上文中所述，已有研究侧重对某翻译家、某译介的宏观把握，较少从某个译本的具体译文来分析其翻译策略和思想。因此，本研究将重点之一放在具体而微的译文分析上，以此为基础，结合历史文化语境等"外部因素"，试图还原出某一个译介活动的完整样貌。

第一章 "国剧运动"与余上沅对爱尔兰文艺复兴戏剧的译介

　　20 世纪 20 年代余上沅等人发起的"国剧运动",虽然是受爱尔兰文艺复兴戏剧运动的直接影响而发生,但这一影响的源头还要溯及 19 世纪的欧美"小剧场运动"。19 世纪末 20 世纪初,在欧美国家兴起了一股"小剧场运动"的风潮。该风潮的创始者为法国戏剧家安德烈·安托万(Andre Antoine),其于 1887 年在巴黎创建"自由剧院"(Theater Libre)。受其影响,1890 年俄国戏剧家斯坦尼斯拉夫斯基(Stanislavsky)在莫斯科成立"莫斯科艺术剧院"(Moscow Art Theater)。在欧洲大陆兴起的"小剧场运动"风潮随后来至西欧岛国,1891 年伦敦出现"独立剧院"(The Independent Theater),而在爱尔兰则出现了影响深远的"爱尔兰文艺剧院"。"爱尔兰文艺剧院"由叶芝、格雷戈里夫人和马丁于 1899 年发起成立,其目的在于鼓励爱尔兰戏剧的勃兴。由于戏剧观念的分歧,马丁逐渐退出该组织,叶芝和格雷戈里夫人等人则在 1903 年将其发展为"爱尔兰民族戏剧社",由叶芝任社长。民族戏剧社最终在霍尼曼女士的资助下,于 1904 年搬入新创建的"阿贝剧院"。"阿贝剧院"由此成为爱尔兰文艺复兴戏剧运动的中心,也成为当时欧美戏剧中"小剧场运动"的标志性剧院之一。以叶芝等人为代表的爱尔兰文艺复兴戏剧运动和以阿贝剧院为代表的小剧场运动,对大西洋彼岸的美国戏剧院影响深远,例如哈佛大学教授乔治·贝克(George Baker)就受其影响而创建"四十七工作坊"(The 47 Workshop)。而当时余上沅等人恰好在美国的大学留学,爱尔兰文艺复兴戏剧运动以及"小剧场运动"等,就通过贝克、"四十七工作坊"等传递给了余上沅、闻一多、梁实秋、洪深等。

本章内容分为两部分。第一部分阐述受爱尔兰文艺复兴戏剧运动直接影响而产生的"国剧运动"。虽然目前关于"国剧运动"的研究已取得丰富成果，但大多数研究着眼于"国剧运动"本身，即关于余上沅、赵太侔等人具体的戏剧创作和实践活动，关于爱尔兰文艺复兴戏剧如何具体影响"国剧运动"的研究尚不多。本章即从戏剧理论主张、戏剧实践活动两个方面，探讨爱尔兰文艺复兴戏剧运动对"国剧运动"的影响。第二部分则是关于余上沅对于爱尔兰文艺复兴戏剧译介的分析。无论是"国剧运动"，还是后来在北平等地开展的"小剧场运动"，余上沅都是当仁不让的主角之一。余上沅曾就读清华学校，以英文为主业，后留学美国卡内基大学等，以戏剧为专业。归国后，他不仅创作了不少颇有影响的汉语戏剧，还从事了为数可观的英语戏剧翻译工作，如唐萨尼的《丢失的礼帽》，并撰文绍介格雷戈里夫人等剧作家。与"国剧运动"的研究相似，目前关于余上沅的戏剧创作以及戏剧实践活动等的研究，已经取得不少成果，但关于余上沅的翻译活动，尚未出现系统性的研究。本章第二部分即以《丢失的礼帽》为例，分析余上沅的翻译技巧与策略，以《爱尔兰文艺复兴运动中之女杰》为中心，阐述余上沅对爱尔兰文艺复兴运动主将之一的格雷戈里夫人及其剧作的绍介。

第一节 "国剧运动"——爱尔兰文艺复兴
戏剧运动的直接影响

自 12 世纪以来，英国就对爱尔兰民族在政治、文化、经济、宗教等方面实施压迫与剥削，这种局面一直持续到 1922 年，也即爱尔兰民族最终实现独立后才被打破。在这期间，先后有两股势力为民族解放事业奔走呐喊。前期主要是一批爱国的民族政党人士试图通过议会来争取民族话语权，但都未能遂愿。随着做出相当功绩的民族政治领袖帕内尔的倒台，人们对通过政治渠道改变爱尔兰地位的计划彻底失望，于是转向文化运动，他们认为"爱尔兰公众生活的浪漫史已经消逝；年轻一代也许在今后的许多年里，将寻求某种非政治的形式来表达民族感情了"①。这里的"年轻一代"主要指的就是以叶芝为首发起爱尔兰文艺复兴运动的一批文人志士。叶芝他们"跳出"政治斗争的漩涡，大胆开启文化"自助"潮流②，将旨在重建民族身份的戏剧运动开展得有声有色，成为远涉重洋到欧洲求学的余上沅等人的楷模。

一般认为，爱尔兰文艺复兴运动高潮中的民族戏剧运动是"国剧运动"的滥觞。关于这一点，学者们的评论和国剧运动倡导者们自己的文章是最好的证据。如胡星亮曾言："国剧运动派还曾主张以文化国家主义，作为中华戏剧改进社办刊的主导思想。……他们后来以爱尔兰文艺复兴运动为楷模开展'国剧运动'，立志建立具有自己民族特色的中国戏剧就是这种艺术的自觉。"③又如何恬在《重论"国剧运动"的跨文化困境》一文中写道："……爱尔兰民族戏剧运动的'国剧'观念，才是启发'国剧运动'诸君反思与修正五四前辈戏剧观念的思想来源。"④再如《中国现代戏剧史稿》中的论述："他们在留美期间就组织过中华戏剧改进社，决计回国以后发起一个爱尔兰文艺复兴运动式的'国剧运动'。"⑤诸如此类的言论还有很多，在此不一一列举。

再来看"国剧运动"倡导者们的书信及文章。如上文所述，"国剧运动"的主将们在留学美国时曾演出英文戏剧《杨贵妃》，"国剧运动"领袖之一的余上沅在给参与者张嘉铸的信中写道：

---

① W. B. Yeats, *Memoirs*, Denis Donoghue, ed., London：Macmillan, 1972, p. 59.

② 陈丽：《西方文论关键词：爱尔兰文艺复兴》，《外国文学》2013 年第 1 期，第105 页。

③ 胡星亮：《二十世纪中国戏剧思潮》，南京：江苏文艺出版社，1995 年，第178-179 页。

④ 何恬：《重论"国剧运动"的跨文化困境》，《同济大学学报》(社会科学版)2015年第 6 期，第 78 页。

⑤ 陈白尘、董健：《中国现代戏剧史稿》，北京：中国戏剧出版社，1989 年，第107 页。

《杨贵妃》公演完了，成绩超过了我们的预料，我们发狂了，三更时分，又喝了一个半醉。第二天收拾好舞台；**第三天太侔和我变成了沁孤；你和一多变成了叶芝**，彼此告语，决定回国。**"国剧运动"！这是我们回国的口号**。禹九，记住，这是我们四个人在我厨房里围着灶烤火时所定的口号。①

余上沅后来也激动地高呼："爱尔兰复兴运动的河流，至此才由金沙江注入了扬子江。"②"国剧运动"参与者叶崇智的话语则更直接、明显：

这个运动（国剧运动）是根据于"爱尔兰"的（或色勒特克的 Celtic）文艺复兴；这个复兴运动虽是表现于许多方面，如戏曲、诗歌、小说、论文，但是**最显著的那方面还是戏剧**。……简单地说起来，这复兴运动是原于民族觉悟，而同时又受大陆上反动写实派趋潮的影响。……最先要的是使得人民知道自己民族的稗史，并尊爱先民的信仰，使他们自己发生一种民族文化的觉悟。于是**海德和葛夫人**就着手研究"结儿"民族的方言（Gaelic），把"爱尔兰"的先民稗史、生活，重写了出来。同时**叶芝**又找了几个人来办一个小戏院，这戏院就是现在**爱比（Abbey）戏院**的鼻祖。③

除了学者们的话语和国剧倡导者们自己的书信、文章外，余上沅以爱尔兰文艺复兴戏剧运动为准绳指出中国近年戏剧改革失败之缘由，也说明他们的"国剧"理想与爱尔兰民族戏剧运动颇有渊源：

---

① 《余上沅致张嘉铸书》，选自余上沅：《国剧运动》，上海：新月书店，1927年，第274页。
② 张余：《余上沅研究专集》，上海：上海交通大学出版社，1992年，第14页。
③ 叶崇智：《辛额（John M. Synge，1871—1909）》，选自余上沅：《国剧运动》，上海：新月书店，1927年，第183-184页。

从好处方面说，即令有些作品也能媲美易卜生，这种运动，仍然是"易卜生运动"，决不是"国剧运动"。我们所希望的是**爱尔兰文艺复兴运动中的辛格**，决不是和辛格辈先合后分的马丁。目的错误，这是近年来中国戏剧运动之失败的第一理由。第二个理由，是不明方法。旧剧何尝不可以保存，何尝不可以整理，凡是古物都该保存，都该整理，都该和钟鼎籍册一律看待。……外国已有的成绩，又不肯去(其实是不能去)详细的参考。这样的苍蝇碰天窗，戏剧哪有出头的希望！最后的一个理由，虽然不是最小的理由，就是除了人才缺乏之外，我们更缺乏经济的帮助。戏剧和其他的艺术不同，不单是因为它独具的困难为最大，也因为它比其他的艺术更会花钱，近年来是如何的枯窘，哪里去找这一笔"闲钱"！……又没有白让一座都柏林**亚贝剧院的黄丽曼女士**……不过在这条实验的程途上，我们不能赤手空拳的去进行。经济的帮助是决不可少的。……爱尔兰的亚贝剧院也是一样的。**叶芝、格莱葛瑞夫人、沁孤**等的努力，完成他们的最后胜利的，还是靠黄丽曼女士不取租金的那座剧院。①

以上材料或直接或间接地证明爱尔兰文艺复兴戏剧运动是"国剧运动"的"引爆器"。从学者之言到倡导者将自己与爱尔兰戏剧运动的先驱辛格(沁孤)和叶芝相提并论，再到以爱尔兰戏剧运动为标准衡量中国近年戏剧改革运动，都不同程度地说明"国剧运动"深受爱尔兰戏剧运动的启发和影响。

事实上，余上沅等人之所以对爱尔兰戏剧运动产生强烈共鸣并师法开展中国版的戏剧复兴运动——"国剧运动"，是因为两个方面的现实原因：首先是出于对中华戏剧未来走向的忧虑。来看国剧派成员梁实秋的一段话：

---

① 张余：《余上沅研究专集》，上海：上海交通大学出版社，1992年，第50-52页。

中国的国剧现在还没有建设出一个基础来。最可异的现在也没有多少戏剧学者研究这个问题。旧戏无论是怎样的改良，无论是怎样的有存在价值，我们现在很难认为满意的国剧。同时新剧无论是怎样的日趋完备，若完全模仿西洋的艺术，我们更难认为满意的国剧。模仿西洋戏登峰造极也还不过是西洋戏。**我们中国人一定要有中国戏**。国剧之建设当然不是一朝一夕所能奏效，必须根据**我国之文化背景，及我国民之特征**，并参考旧戏之陈规与西洋戏剧之原理，经过长时间之酝酿，然后乃能底于成。①

首先，这段话准确地反映了国剧运动开展前我国戏剧发展现状，即不是单纯地改良传统戏曲，就是将其完全捐弃然后盲目照搬西洋戏剧。余上沅认为我国一直未能建成真正的"国剧"的根本原因在于：一方面是"目的错误"，即照搬西洋话剧，将戏剧艺术用作再现生活、纠正人心的工具；另一方面是"不明方法"，以传统戏曲为耻，以西洋话剧为荣。其次，在否定单纯改良戏曲和盲目照搬西洋戏剧之余，梁实秋明确指出中国戏剧之建设，必须要参考"旧戏之陈规和西洋戏剧之原理"，其中，"旧戏之陈规"指的是传统戏曲的程式化（Conventionalization）写意手法，而"戏剧之原理"则指西方戏剧的写实手法。爱尔兰文艺复兴戏剧运动的成果之一就是促成了戏剧的现代化，实现了戏剧写实与写意的有机融合，正是这一点使国剧派将其奉为"国剧"的典范，并将"参考旧戏之陈规和西洋戏剧之原理"奉为"国剧运动"之纲领。

对民族身份的寻求是爱尔兰文艺复兴戏剧运动受到余上沅等国剧派学者青睐的第二大原因。爱尔兰民族戏剧运动是一场以叶芝为首的一批戏剧作家诉诸文学手段弥补政治失势的反殖民文化运动。反观中国，近代以来，在西方列强的压迫和腐朽愚昧的近代政府的统治下，中华民族沦为刀俎上的鱼肉，任人宰割，在国际社会中丧失了应有的话语权。新文化运动

---

① 彭耀春：《梁实秋与国剧运动》，《艺术百家》1992 年第 4 期，第 55 页。

倡导全盘西化,一切以西方为标准,在一片抑中扬西的浪潮中,人们迷信地认为西洋的一切都更优等。在戏剧文化上表现为"把传统戏曲打入冷宫,把西洋话剧用花马车拉将进来"①。余上沅等人就是在这样的时代背景下试图通过弘扬民族传统文化来为祖国发声,打破中华民族长久以来在西方强势话语下的失语状态。同样的民族命运,让余上沅等爱国青年对远在异国的这场民族文化运动格外关注。我们认为,在艺术理论和观念上,爱尔兰文艺复兴戏剧运动在如下方面影响了"国剧运动"。

一、戏剧理论主张的影响

(一)戏剧民族化

通过梳理爱尔兰文艺复兴戏剧运动的戏剧创作理念及作品特点,我们知道爱尔兰戏剧运动的民族性主要体现在其本土化的戏剧创作上,从取材民谣、诗歌、民间神话传说到用"富含爱尔兰语风格的英文"进行创作,无不折射出民族特质。这种对民族古老文化的重新挖掘是文化民族主义的有力体现,认为"民族是建立在特殊的精神和文化传统下的有机体"②。在将古代历史与文化视为民族特性的高度表征的同时将其作为一种抵抗统治者文化殖民的有效策略。

"民族化"的大旗使爱尔兰文艺复兴戏剧运动备受有志于振兴中华戏剧事业的华人青年们的瞩目,促使他们向戏剧民族化的方向迈进。可以说,"国剧运动"是余上沅等人在爱尔兰民族戏剧运动的影响下,以"重新审视传统戏曲——传统戏曲作为现代戏剧基础的合理性——基于传统戏曲构建现代民族戏剧"为主线所做的一次戏剧民族化的大胆探索。在这次探索中,他们实现了对中国传统戏曲的改造与创新。

在爱尔兰文艺复兴戏剧运动中,叶芝对古代凯尔特文化的独特性和优

---

① 余上沅:《余上沅戏剧论文集》,武汉:长江文艺出版社,1986年,第128-129页。

② 张兴成:《文化认同的美学和政治》,北京:人民出版社,2011年,第103页。

越性给予了充分肯定："与挪威和德国的历史传说相比，爱尔兰的传说，不论是在流行的口头传统还是古代盖尔语文学中，数量更多而且同样优美，并且在伟大的欧洲传说中，只有爱尔兰的传说具有全新事物的美丽与新奇。"①辛格取材亚伦群岛也受到了余上沅的高度赞赏：

> 譬如辛格在亚伦群岛上生活不久，便创出了如此伟大的**爱尔兰国剧**。惰性最大的是内地民众或岛民，最可爱的也是他们。他们的浑朴，他们的天真，他们的性情习惯，他们的品味信仰，他们不曾受过同化的一切，都足以表现**一国一域**的特点。②

叶芝他们的民族戏剧是一种迥异于英国殖民文化且独具爱尔兰特色的新的戏剧样式。在以民族文化还是殖民文化作为现代民族文学基础的问题上，爱尔兰戏剧运动给国剧倡导者们提供了很好的参考。

此外，"国剧运动"也是对刚刚兴起的以"易卜生社会问题剧"为范式的"五四"新剧的质疑与修正。同样是以文化重振民族，爱尔兰是向内寻求力量，也即从自己的传统文化入手来提振民族自信心，而中国则恰恰相反，五四新文化运动的旗手们则认为只有彻底废除旧文化，才有新文化之说。例如胡适将传统戏曲称为中国文化的"遗形物"，认为如果"这种'遗形物'不扫除干净，中国戏剧永远没有完全革新的希望"③。而这种新的文化又必然要承担起启蒙民智的重任，这使国人的目光自然而然落到展现生活原貌的西洋话剧上。这种盲目的"废旧立新"本身就表现出一种迷失自我、丧失民族认同的过激情绪。

国剧派领袖余上沅早期的戏剧思想也主要受《新青年》的影响。在出国之前，他对传统旧剧还是非常鄙视的："现行的旧戏本身，第一个问题就

---

① William B. Yeats, "A Note on National Drama", in Seamus Deane, *The Field Day Anthology of Irish Writing*(*Volume* Ⅱ), London：Faber & Faber, 1991, p. 958.

② 余上沅：《国剧运动》，上海：新月书店，1927 年，《序》第 5 页。

③ 胡适：《文学进化观念与戏剧改良》，《新青年》第 5 卷第 4 期，第 314 页。

是它能否列为戏剧，有人牵强地认为它为歌乐剧，然而歌乐剧和戏剧之间的差别，简直是不可以道里计。误认为歌乐剧为戏剧的人，实有不小的罪过；况且旧戏还够不上歌乐剧呢。"①但在回国后却出人意料地对传统戏曲给予高度评价："中国传统的戏剧完全可以有新的生命，不应完全舍弃。"②很明显，他将目光投向了内部，也即开始关注自我的文化。这种对中华戏曲的态度的巨大转变除了归因于西方戏剧文化的熏染，很大程度上是受到了爱尔兰文艺复兴戏剧运动以民间文化为切入点实现文化层面的自救的启发。在重新审视传统戏曲时，余上沅一眼就看到了其程式化的写意特征，这与爱尔兰文艺复兴戏剧运动也不无关系。近代以来，西方文艺界逐渐认识到写实戏剧的局限性，开始极力摆脱自然主义和现实主义的桎梏，而东方戏剧的写意手法正是他们的"救世良药"，一时间西方艺术家的目光都朝向了东方。在梳理爱尔兰民族戏剧运动时，我们提到运动中期戏剧创作理念发生了转变，主要就是叶芝借鉴日本能剧中东方式的写意手法给西方写实话剧增添艺术成分，这刚好印证了上面的戏剧反写实趋势。谙熟爱尔兰民族戏剧运动的国剧倡导者们必然要受其影响而对传统戏曲的写意特征格外留心。

所有这些都让国剧倡导者们意识到，"国剧运动要盛开绚丽的戏剧之花，就必须从它要扎根的土壤中汲取相似的固有的艺术传统的水分、营养及符合这一艺术传统培养出来的接受主体的欣赏习惯"③。国剧运动领袖余上沅也因此决定将传统戏曲作为新的民族戏剧的根基："写实是西洋人已开垦过的田，尽可以让西洋人去耕耘；象征是摆在我们面前的一块荒芜的田，似乎应该我们自己就近开垦。怕开垦比耕耘难的当然容易走上写实，但是不舍自己的田地也是我们当仁不能相让的吧，所以我每每主张建设中

---

① 余上沅：《晨报与戏剧》，《晨报副刊》1922 年 12 月 1 日，第 17 页。
② 马慧：《爱尔兰民族戏剧运动与中国国剧运动》，《江西社会科学》2012 年第 7 期，第 88 页。
③ 刘方政：《早期话剧与传统戏曲》，《山东大学学报(哲学社会科学版)》2001 年第 1 期，第 104-105 页。

国新剧,不能不从整理并利用旧剧入手。"①余上沅认为传统戏曲有深厚的群众基础,不是说废就能废得了的,"倒不如因势利导剪裁它的(传统旧戏)旧形式,加入我们的新理想,让它成为一个兼有时代精神和永久性质的艺术品"②。按照这一理解,他将"国剧"定义为"由中国人用中国材料去演给中国人看的中国戏"③,这与叶芝的"爱尔兰人演爱尔兰人做的爱尔兰剧"颇为相似,同时他又强调"我们要用这些中国材料写出中国戏来,去给中国人看,而且,这些中国戏,又须和旧剧一样,包含着相当的纯粹艺术成分"④。

其次,重现民族传统文化也彰显了爱尔兰文艺复兴戏剧运动剧作家们强烈的民族使命感。爱尔兰文艺复兴运动早期的精神领袖欧里尔瑞认为"没有一种伟大的文学可以脱离它的民族而存在。一个民族如果离开了伟大的文学,也就无法确定它的特性"⑤。叶芝也说过:"没有民族就没有伟大的文学,而没有伟大的文学民族就无法界定自己。"⑥叶芝一直视挖掘民族传统文化艺术为己任,他一直以自己年轻时的偶像欧里尔瑞的格言自励,"永恒的英-爱文学的发展,取决于一个作家是否能够和愿意把民族主义事业视为己任"⑦。田汉曾这样评价叶芝:"他毕生的抱负是用文学实现爱尔兰的民族统一。"⑧可见,爱尔兰文艺复兴戏剧运动的领导者们一致认为文学与民族命运休戚与共,作为戏剧家,理应扮演好自己的民族角色。爱尔兰戏剧运动的发起除了当时爱尔兰极力想摆脱英国的桎梏、重建其民

---

① 张余:《余上沅研究专集》,上海:上海交通大学出版社,1992年,第58页。

② 张余:《余上沅研究专集》,上海:上海交通大学出版社,1992年,第56页。

③ 余上沅:《国剧运动》,上海:新月书店,1927年,《序》第2页。

④ 余上沅:《国剧运动》,上海:新月书店,1927年,《序》第5-6页。

⑤ 转引自陈恕:《爱尔兰文学》,北京:外语教学与研究出版社,2000年,第79页。

⑥ W. B. Yeats, *Letters to New Island*, George Bornstein & HughWitemeyer, ed., New York: Macmillan, 1989, p. 30.

⑦ 转引自陈恕:《爱尔兰文学》,北京:外语教学与研究出版社,2000年,第79页。

⑧ 田汉:《爱尔兰近代剧概论》,上海:东南书店,1927年,第87页。

族文化与身份的客观现实使然外，爱尔兰剧作家们强烈的民族意识也起到了催化作用，他们强烈的民族责任感促使他们发挥主观能动性，从振兴文学入手来为民族"疗伤"。这种对民族文学的人为主动构建正是激励余上沅等人发起"国剧运动"的直接动力源泉。

(二)戏剧现代化与世界化——"从传统走向现代，从本土走向世界"①

在论述戏剧"现代化"影响之前，我们可以先看一下"现代化"的内涵："现代化是一个'集大成'的过程，即吸取众长之和，包括过去的与现在的，以适应现代状况，并顺应未来趋势的过程。"②爱尔兰文艺复兴戏剧运动的一大显著成果就是实现了戏剧的现代化，在戏剧艺术手法方面表现为将东方戏剧的写意手法融入西方的写实戏剧，也可以说在传统的现实主义中巧妙加入现代派的象征元素，实现了戏剧民族性与艺术性的协调统一；在戏剧内容上表现为赋予民间传统文化以现代内涵，以及以宗主国语言英语糅杂爱尔兰方言的语言模式进行戏剧创作。

爱尔兰民族戏剧运动中，剧作家们共同致力于民族戏剧的现代化。格雷戈里夫人、辛格以及奥凯西等人的戏剧创作都以现实主义为基础，而运动领袖叶芝善用象征手法，在他的影响下，格雷戈里夫人他们都不同程度地将象征主义融入他们各自所擅长的艺术手法中，形成了他们独特的象征手法，实现了戏剧创作整体上的现代化，"这种看似纯艺术的追求暗含着对现实主义的深刻思考，体现着写实'真'与艺术'美'的辩证统一"③。爱尔兰文艺复兴戏剧运动中期戏剧创作理念的转变究其本质还是艺术与人生的角力。激进的民族主义者企图让戏剧完全服务于政治活动，充当意识形

---

① 何树：《从本土走向世界——爱尔兰文艺复兴运动研究》，北京：军事谊文出版社，2002年。

② https：//baike. sogou. com/m/v157717. html，2021-03-20.

③ 田菊：《爱尔兰戏剧运动在中国的百年回响》，北京：中国社会科学出版社，2017年，第147页。

态、社会问题的喉舌，通过再现社会真实生活来达到启迪民智的目的，也即戏剧是纯粹为人生而生。而对戏剧作家来说，作品的艺术性是他们最基本的追求。正如余上沅所说："艺术虽不是为人生的，人生却正是为艺术的。"①民族主义者的盲目与极端让作家们一度灰心失望，最终选择离开这个"效果极好"的宣传平台。

叶芝等人追求的是戏剧中艺术性与民族性的和谐统一。在运动初期，他们将"阿贝剧院"定位为非营利性民族剧院，在与民族主义者渐生嫌隙后，他们于1906年公开表示："适于在'阿贝剧院'上演的剧本……最好是关于爱尔兰生活的，并有鲜明的美和风格。……我们不欢迎宣传性剧本，同时也不欢迎主要是为某种明显的说教目的服务而写的戏剧。"②叶芝还专门从日本能剧中汲取"写意"成分来调和僵化的写实戏剧。叶芝等人的这些做法只为一个目的，即打破当时商业戏剧主导戏剧舞台的局面。叶崇智在谈到爱尔兰文艺复兴时说："简单地说起来，这复兴运动源于民族觉悟，而同时又受大陆上反动写实派趋潮的影响。"③而这种反写实潮流恰恰预示着戏剧的现代化。

反观"国剧运动"，其面临的窘境也是戏剧深陷现实的泥沼，艺术有偏废之患：

> 新文化运动期的黎明，易卜生给旗鼓喧闹地介绍到中国来了。固然，西洋戏剧的复兴，最得力处仍是易卜生的介绍；可是在中国又迷入了歧途。我们只见他在小处下手，**却不见他在大处着眼**。中国戏剧界和西洋当初一样，依然兜了一个画在表面上的圈子。政治问题，家庭问题，职业问题，烟酒问题，各种问题，做了戏剧的目标；演说家、雄辩家、传教士，一个个跳上台去，读他们

---

① 余上沅：《国剧运动》，上海：新月书店，1927年，《序》第2页。

② Roy Foster, *W. B. Yeats：Volume I—The Apprentice Mage*, Oxford：Oxford University Press, 1997, p. 358.

③ 余上沅：《国剧运动》，上海：新月书店，1927年，第183页。

的词章，讲他们的道德。**艺术人生，因果倒置**。他们不知道探讨人生的深邃，表现生活的原力，却要利用艺术去纠正人心，改善生活，结果是生活愈变愈复杂，戏剧愈变愈繁琐；问题不存在了，戏剧也随之而不存在。通性既失，这些戏剧便不成其为艺术（本来它就不是艺术）。①

从余上沅的这段话可以看出，摆在他面前的同样是艺术与人生的二元对立。但余上沅坚持认为"戏剧虽和人生太接近、太密切，但是它价值的高低，仍然不得不以它的抽象成分之强弱为标准"②。国剧派成员赵太侔也认为，"话剧诚然是最接近人生的艺术，但是正为这个缘故，我们才不要单被人生摄引了去，而看不见艺术"③。事实上，也正是由于熟稔爱尔兰文艺复兴戏剧运动，余上沅才对易卜生的到来格外反感，早在 1924 年的《爱尔兰文艺复兴运动中之女杰》一文中，他就嘲讽易卜生："研究易卜生是不错的，有几个人的技术赶得上他呢？"④同时他也抨击因崇尚易卜生"社会问题剧"而与叶芝等人先合后分的马丁，讽刺他的旨趣不在爱尔兰而在易卜生。

这种"艺术与生活很接近，但要高于生活"的价值理念要追溯到爱尔兰文艺复兴戏剧运动的风向标叶芝身上。叶芝认为"只有超验性的精神力量才能将艺术从其时代和生活中解放出来，才能使其自由表达时代之美"⑤。这种"超验的精神力量"指的就是叶芝与现实主义和自然主义相对立的神秘主义象征手法。爱尔兰文艺复兴戏剧运动作为西方反写实潮流的一个典例，让余上沅更加确定"非写实"的中国戏曲比话剧更接近"纯粹的艺术"。他说："在中国舞台上，不但骑马如此，一切动作，无不受过艺术化，叫

① 余上沅：《国剧运动》，上海：新月书店，1927 年，《序》第 3 页。
② 余上沅：《国剧运动》，上海：新月书店，1927 年，《序》第 5 页。
③ 余上沅：《国剧运动》，上海：新月书店，1927 年，第 20 页。
④ 余上沅：《戏剧论集》，上海：北新书局，1927 年，第 45 页。
⑤ William B. Yeats, "John Eglinton and Spiritual Art", in Seamus Deane et al., eds., *The Field Day Anthology of Irish Writing* (*Volume* Ⅱ), London：Faber & Faber, pp. 960-961.

它超过平庸的日常生活，超过自然。到了妙处，这不能叫做动作，应该叫做舞蹈，叫做纯粹的艺术。"①传统戏曲的象征、虚拟、超自然特征无不与叶芝等人的戏剧艺术追求相契合。受爱尔兰文艺复兴戏剧运动现代化中"指向性审美注意"的影响，余上沅他们在吸纳西方话剧写实手法的同时批判性地继承了中华戏曲的程式化写意手法，希望"国剧""在'写意的'和'写实的'两峰间，架起一座桥梁———一种新的戏剧"②，既可以成为束之高阁、供人欣赏的艺术品，也可以成为书写人生百态的教化武器。"用审美的方法表演心理剧"③是对这一富有眼光的构想的高度概括。

受爱尔兰文艺复兴戏剧运动影响，国剧倡导者们在民族戏剧现代化的道路上迈进了很大一步，顺应了时代的现代性审美追求。值得注意的是，戏剧在实现现代化的同时也展现出世界化的趋势。在民族戏剧的建设过程中，叶芝等人与民族主义者就"走向世界的爱尔兰戏剧"和"狭隘的爱尔兰民族戏剧"展开过辩论，也正是因为他们选择脱下"民族主义紧身衣"，走向世界，爱尔兰戏剧运动才得到霍尼曼女士的资助，才得以完成它的民族使命。④ 1922 年，爱尔兰自由邦成立，在此之前，民族主义者就对以殖民英语书写爱尔兰历史的做法争议不断，政治上得势之后，更是主张"文化删减"（cultural retrenchment）⑤原则，明显窄化了"爱尔兰特性"，爱尔兰文学也因此带上厚重的"排他性"色彩。比较中国现代早期，我们发现部分五四新文化运动的坚定支持者为追求"新"，而将中国传统戏曲贬得一无是处。两者的共同之处就是以一种偏激、绝对化的态度评判文化。中国和爱尔兰两国的戏剧运动则超越了这种文化层面上的狭隘主义，以客观中正的

---

① 余上沅：《国剧运动》，上海：新月书店，1927 年，第 197 页。

② 张余：《余上沅研究专集》，上海：上海交通大学出版社，1992 年，第 77 页。

③ 张余：《余上沅研究专集》，上海：上海交通大学出版社，1992 年，第 57 页。

④ 何树：《从本土走向世界——爱尔兰文艺复兴运动研究》，北京：军事谊文出版社，2002 年，第 14-17 页。

⑤ Luke Gibbons, "Constructing the Canon：Versions of National Identity", in Seamus Deane et al., eds., *The Field Day Anthology of Irish Writing*（Volume Ⅱ）, London：Faber & Faber, p. 954.

态度理性地对本国文化和世界文化(包括殖民文化)作出合理的取舍，正是这种宏大的世界性眼光促成了民族戏剧的现代化。

作为爱尔兰文艺复兴戏剧运动的领袖，叶芝认为"一个强大的民族文学必须既具有特殊性又具有普遍性"①。余上沅将这种"特殊性"与"普遍性"视为艺术的"个性"与"通性"，赵太侔则辩证地称其为"世界性"与"民族性"。针对"废戏曲，捧话剧"的社会现象，赵太侔作了这样的评论："保存了旧剧，并拒绝不了话剧，不过有了话剧，旧剧也不至于像印地安人似的，被驱除到深山大泽里去，实在是两件东西，谁也代替不了谁。就在各国，歌剧与话剧也是并存而不相妨的。"②国剧派的这种文化相对主义是对新文化派全盘西化的质疑和挑战，认为只有"外之既不后于世界之思潮，内之仍弗失固有之血脉"③的兼具现代性与民族性的戏剧才算真正的民族戏剧，才能屹立于世界戏剧舞台。

总而言之，爱尔兰文艺复兴戏剧运动以其宏大的文化融合和共促思想激发了国剧派对中庸的、世界性的文学的追求，使他们成功开启了中华戏剧现代化与世界化的先河。这种戏剧现代化与世界化的影响从本质上来说是"艺术自律性"在中外杰出戏剧家之间的一次交接，艺术自律性的表征是艺术形式嬗变的必然结果。在戏剧运动中，这种自律性表现为"启蒙现代性"到"审美现代性"的过渡，"从逻辑的角度看，审美的现代性是启蒙现代性的必然结果，后者使前者反对自己成为可能和必然"④。也正是因为这种必然性，才使后人对这个曾经昙花一现般迅速走向落寞的戏剧悲歌饶有兴趣，并在不断探索与尝试中圆了多年前未竟的"国剧"梦。以上是艺术理论和观念方面的影响，我们再来看实践方面。

---

① Richard Fallis, *The Irish Renaissance*: *An Introduction to Anglo-Irish Literature*, Dublin: Gill and Macmillan, 1977, p. 12.

② 余上沅：《国剧运动》，上海：新月书店，1927年，第19页。

③ 鲁迅：《文化偏至论》，选自《鲁迅全集(第一卷)》，北京：人民文学出版社，2005年，第57页。

④ 周宪：《现代性的张力》，北京：首都师范大学出版社，2001年，第17页。

二、戏剧实践活动的影响

(一)中国版阿贝剧院——北平小剧院

阿贝剧院对国剧派有两方面的借鉴意义：首先，它扮演了戏剧运动阵地的重要角色，有力推动了爱尔兰文艺复兴戏剧运动的发展。戏剧实验场所是戏剧运动顺利开展的物质前提，在这一点上，余上沅等人格外留心，早在国外留学时期就对剧院的建造做了很周密的计划。其次，阿贝剧院作为小剧场的典范因其非宣传性、反商业化、重艺术性的定位而带有明显的贵族色彩，也即它主要上演的是具有相当艺术审美价值的戏剧作品，相应地，其受众也是具备一定艺术鉴赏能力的艺术家或者精英阶层的知识分子。不可否认，阿贝剧院前期的确充当了民族主义的喉舌，但是，随着叶芝他们与激进民族主义者的决裂，阿贝剧院的性质也伴随其主人创作理念的转变而从大众剧院变成小众剧院。贵族戏剧的创作标志着民族戏剧的现代化与世界化，而这正是"国剧运动"的宗旨。除此之外，国剧派人士有不少来自自带精英光环的新月派，这使得国剧派整体有亲"小剧场"疏"大剧场"的倾向。所有这些都使他们梦想能够拥有一个中国版的"阿贝剧院"。

对实验场地的渴求在国剧人士的言辞中有明显的流露，余上沅曾言："建筑一座小剧院是我们和许多朋友们唯一的甜梦"①，徐志摩也在《剧刊始业》中说："……我们的意思是要在最短的期内办起一个小剧院。……这是第一步工作，然后再从小剧院作起点，我们想集合我们大部分可能的精力与能耐从事戏剧的艺术。"②梁实秋也说："……不只在理论上探讨，还希望有一个小剧院来做实验。"③对此，余上沅也应声附和，"爱尔兰的阿贝剧院也是一样。夏芝、葛理各蕾、辛额的努力，完成他们的最后胜利的，还

---

① 余上沅：《余上沅戏剧论文集》，武汉：长江文艺出版社，1986年，第233页。
② 余上沅：《余上沅戏剧论文集》，武汉：长江文艺出版社，1986年，第233页。
③ 梁实秋：《悼念余上沅》，《戏剧杂志》1996年第3期，第12页。

是靠黄丽曼女士不取租金的那座剧院"①。可见，国剧倡导者们对"爱尔兰国剧运动"有全面系统的了解，深知它的成功来自多方的努力，而剧院作为实验基地，是叶芝他们成功开展戏剧运动的重要物质基础。也难怪余上沅他们"从此以后，天天计画，计画书写(《北京艺术剧院计划大纲》)过几十次"②。

国剧倡导者们远在异国就对"国剧运动"阵地的建设作了精心的策划，拟定了上文提到的《北京艺术剧院计划大纲》，准备回国后投入实践，建成"北京艺术剧院"，作为"国剧运动"的实验基地，但是，他们在预算后发现建成这个中国版的"阿贝剧院"代价过高，光剧场建筑和设备就要二十万元，"以致见了的人个个咋舌"③。经费不足，他们期盼的"黄丽曼女士"也没有出现，建成"北京艺术剧院"的计划落空了。但是，余上沅他们并没有因为一时的资金问题就彻底放弃戏剧运动阵地的建设。况且，阿贝剧院除了戏剧运动阵地这个角色外，还寄托着余上沅他们戏剧现代化与世界化的艺术追求。默默将这件"古董"④搁置心房深处后，他退而求其次，趁着美专恢复的机会开设了戏剧系。但遗憾的是，美专戏剧系在勉强维持一年后，又因为经费和生源问题而不了了之。余上沅不禁发出感慨："社会既不要戏剧，你如何去勉强它？"⑤将混乱的局面托付给留学归来的熊佛西后，余上沅与赵太侔等人南下寻求出路。然而，他从未忘却建成中国版"阿贝剧院"的夙愿。1929年，余上沅因生计再次返京，到国立北平大学艺术学院任教，在此期间他在熊佛西、赵元任、丁西林及许地山等人的协助下组织成立了"北平小剧院"，余上沅任院长，熊佛西任名誉秘书及副院长。三年之中，他们创办了《北平小剧院》院刊，并在一个名副其实的小剧场——

① 余上沅：《国剧运动》，上海：新月书店，1927年，《序》第7页。

② 余上沅：《国剧运动》，上海：新月书店，1927年，第275页。

③ 余上沅：《国剧运动》，上海：新月书店，1927年，第253页。

④ 《北京艺术剧院计划大纲》最终因经济原因未能投入建设，余上沅戏称此计划为"一件古董"。参见余上沅：《国剧运动》，上海：新月书店，1927年，第253页。

⑤ 张余：《余上沅研究专集》，上海：上海交通大学出版社，1992年，第16页。

王府井街帅府园南边的协和医院礼堂——开展公演活动，先后上演了《伪君子》《压迫》《茶花女》《一只马蜂》《求婚》《兵变》等著名剧作，这些剧作或多或少渗入了"国剧"的理念，在小剧院别具一格的演出形式和风格的陪衬下，它们受到了观众的热烈追捧，可谓轰动一时。萦绕在余上沅心头的夙愿终于了却了！

关于余上沅与"北平小剧场"，在第六章中会有详细论述，此处我们仅就有关细节稍作阐释。

(二) 戏剧舞台艺术的影响

"戏剧现代化"影响除了内显为对戏剧创作理念的借鉴，还外在地表现为对现代化戏剧舞台艺术的参考。国剧派对阿贝剧院戏剧舞台经验的借鉴包括以下几点。

首先，受阿贝剧院小剧场模式的影响，"国剧"实现了从"明星制"到"导演制"的过渡，也即由传统的"演员中心"转变为现代的"导演中心"。在《画龙点睛》一文中，余上沅对"导演中心"进行了生动的解释，他将剧本的创作、舞台的设计、演员的训练视为一个有机的整体，并将其比作漫长的"画龙"过程，还用"天才加苦工"来形容这一过程的艰难，认为"导演艺术"的秘诀就蕴藏在"画龙点睛"这一过程中，只有"画"和"点"两个动作均经导演之手完成，戏剧才能真正获得生命。[1]

其次，国剧派在演员的培养机制上效仿了阿贝剧院。西方剧场虽以作家为中心，但因戏剧在社会中享有很高的地位，所以对演员的培养也格外重视，其演员培养体系远比以演员为主体的中华戏曲体系完善。中国剧场之所以一直未能形成较为完善的演员培养体系，一方面要归咎于传统戏曲在当时社会中地位不高，使得戏剧界不重视演员的培养；另一方面则是由于我国当时过于保守的戏剧人才培养观念。在戏剧的传承上，中国自古以

---

[1]　张余：《余上沅研究专集》，上海：上海交通大学出版社，1992 年，第 78-80 页。

来坚守的是师傅传授徒弟的培养制度,这种制度规定戏剧艺术不得向外人传授,对继承者有非常严格的要求:必须肩负起弘扬戏剧流派、表演形式等重任。相较西方学校体制的戏剧人才培养模式,这种长期沿袭下来的古老制度存在诸多局限:因为明令禁止向外人传授,所以戏剧人才的培养极为封闭,这不仅人为地窄化了戏剧艺术继承者的选择范围,而且妨碍了大范围地推广戏剧艺术,不利于戏剧遗产的保存。这些外显的不足暴露了这种陈旧体系内部演员培养缺乏专业性与系统性的弊病。

作为有志于中华戏曲改革事业的留学青年,余上沅深知戏剧表演对演员有非常高的要求,演员的表演艺术往往决定了演出的优劣成败。他在《表演》一文中系统阐述了表演艺术的要领:首先,演员要保持稳定的心态,像孩童沉浸于玩耍一样,做到不为外物所动;其次,演员应该在"熟练地驾驭自己的形体"的基础上力求真实地艺术性地塑造人物形象,做到"似真非真"。① 余上沅认为要做到这个境界,单凭天赋是不够的,也即演员必须要接受训练。他更是拿西洋伟大的演员都从舞台上长大或出身科班来强调对演员进行专门培训的必要性。

从北平国立艺术专门学校戏剧系到"北平小剧院",再到 1935 年成立的南京国立戏剧学校,国剧倡导者们突破了以往传统戏曲保守的传承方式,将西方的演员培养机制投入实践当中,实现了选拔、教学、实践、训练的制度化与系统化,为我国培养了大批优秀戏剧人才,有效扩大了戏剧接班人队伍,拓宽了戏剧传承渠道,可以说在演员培养制度的现代化上迈进了很大一步,有力推动了戏剧现代化进程。

除了吸纳西方现代化的表演、导演理念,国剧派还被其极具现代化气息的灯光、布景舞台艺术所吸引。20 世纪初,灯光与布景依次登上中国戏剧舞台,但因缺乏理论指导,两者在舞台上的使用较为混乱。在这种状况下,国剧派中身为舞美专家的赵太侔率先撰写《布景》与《光影》两篇文章,

① 张余:《余上沅研究专集》,上海:上海交通大学出版社,1992 年,第 228-229页。

系统地阐述了舞台布景与灯光的使用方法，也即如何扬其长、避其短，实现理想的舞台效果。在《布景》中，他介绍了布景的制作过程——"图案""设计""营造""装置"，并强调前两个阶段是"体现剧本意境和布景总体构思的关键"①。相比布景，灯光在传统戏曲中应用极少，甚至可以说被严重忽略了。在《光影》中，赵太侔简明扼要地梳理了从日光、蜡烛、煤油灯到电灯的"灯光"发展史，并指出当时戏剧舞台对灯光两方面的要求：戏剧家想要创造一种什么样的景象以及工匠如何发挥自身技能来表现这种景象。同时，他认为灯光在整个演出中扮演着非常重要的角色，与布景、观众、导演以及演出效果都有关联：

> 布景师也来请愿了，他要求光不仅是要够亮，不仅是要能表示天时季候，还须要增加他那布景的图画的意义。须要有的地方暗，须能映出深浅虚实。戏剧家也来要求了——光须加重戏剧的情调。光的或强或暗，须能传达剧情的空气；光的色调，在感官上本有心理的和生理的作用，须能感应观众，使他无意中格外领受剧情到最饱满的程度。②

在阐释光影功能之余，他将戏剧舞台上的光影效果定位为"学习自然的方法"，认为其与真实自然存在距离，是一种对"神似"的追求。③ 作为"国剧运动"的领袖，余上沅也积极撰文介绍西方话剧舞台的布景与灯光艺术，这些文章有《关于布景的一点意见》《服饰与道具》《舞台灯光的工具》《舞台灯光的颜色》《戏剧艺术与科学发明》等，都收录在《戏剧论集》一书中。在布景的使用上，余上沅仍然持一种相对主义态度，一方面他认为歌舞结合的戏剧表演是一个完整的艺术，"如果你勉强用布景等去帮助它，

---

① 傅晓航：《"国剧运动"及其理论建设》，《戏剧艺术》1991 年第 4 期，第 62 页。

② 余上沅：《国剧运动》，上海：新月书店，1927 年，第 142-143 页。

③ 谭为宜：《戏剧的救赎：1920 年代国剧运动》，北京：人民日报出版社，2009 年，第 64 页。

一不小心，马上就可以破坏它的好处"①；另一方面又强调"舞台上不能没有相当的背景"，认为布景是完整的戏剧艺术不可或缺的成分或者只有当布景与写意戏剧融为一体，使人感觉不到它的存在时，才可称之为"成功的布景"。他也非常重视灯光效果，称"光是戏剧的灵魂"②。

国剧派对阿贝剧院极具现代意识的新型观演关系也颇为关注。前面说过，叶芝等人与民族主义者和大众心生嫌隙至决裂后阿贝剧院开始转向小众戏剧的创作与演出，而富于现代特征的观演关系就是在这次转向后逐渐成形的。这种现代化的观演关系有两方面的成因：一方面，传统话剧已经不能满足部分有一定艺术素养的观众的审美需求，为满足时代审美需求，新型观演关系的建立势在必行；另一方面，戏剧创作理念转变的实质性原因是大众的戏剧艺术品位与剧作家的戏剧审美存在较大的差距，正是这道无形的鸿沟导致戏剧艺术传达失败，剧作家认为只有提高大众的艺术审美水平，戏剧艺术才会被其所接受。在传统大众剧场中，观众长期以来处于一个被动的状态，镜框一样存在的"第四堵墙"不仅阻碍了演员与观众的交流，而且很容易使被隔开的双方深陷虚假的舞台幻象，无法自拔，沦为"局中人"，导致演员忘记自己只是在做戏，无法回到现实之中感受人间疾苦；观众则被演员制造的戏剧幻景所麻痹，失去对现实世界的主观思考。

现代观演关系的建立首先从剧场入手，抛弃传统剧场安置在舞台与观众席之间的"隔离物"，使舞台与观众席没有明确的界限，实现了演员与观众的同时空共处，有效改善了以往观演对峙的局面，拉近了两者的距离，使双方以平等的姿态在开放的氛围中共同探讨戏剧艺术。"交流说"尤其强调观演之间的沟通交流，认为缺乏观演交流的戏剧不能称之为完整的戏剧，观演之间的实时交流与感应正是戏剧区别于其他艺术形式的独特之处，它能够使观众领悟到在别的艺术形式中寻求不到的东西。③其次，新型

---

① 转引自傅晓航：《"国剧运动"及其理论建设》，《戏剧艺术》1991年第4期，第64页。

② 余上沅：《戏剧论集》，上海：北新书局，1927年，第233页。

③ 马慧：《叶芝戏剧文学研究》，北京：人民文学出版社，2017年，第164-165页。

的观演关系要求演员在沉浸于表演的同时要谨记自己是在为剧本服务，要与所扮演的角色保持一定的距离；同时，演员要做到适时与观众进行实时的、面对面的交流互动，实现观演之间心灵的沟通。最后，作为传统观演关系中长期被忽略的角色，观众在现代化的观演关系中颠覆了往日的附庸角色而成为与台上明星同等重要的戏剧成分。新的角色要求观众一改往日的被动状态，在观看戏剧过程中积极发挥主观能动性，摆脱舞台幻觉的束缚，做到冷静、批判地对待剧情及角色甚至戏剧表演整体，在此基础上，理性地思考社会与人生，最终形成自己独特的认知并能够主动地、创造性地参与到演出中去。

余上沅还将古希腊戏剧与西方写实话剧作了对比，在赞扬古希腊戏剧演员通过戴面具表演坦白他们在做戏的同时批判西洋写实派不承认做戏的假，不认为台下有观众在看他们："名为打破了第四堵墙，其实在演员与观众之间，反添了一堵更厉害的墙。"①现代派一心要打破的舞台幻景正是西方写实派苦心经营的成果，在《国剧》一文中，余上沅抨击写实派在舞台上制造生活幻象并表达了对现代化良性观演关系的诉求：

> 在西洋方面，自从欧战以后，写实主义已经打得粉碎了。写实的舞台，可以说有四堵墙，其中第四堵墙是拆开的，留给观众看到舞台上面去，但是舞台艺术这种东西，愈想达到它的写实目的，愈是不成事，因为有了"第四堵墙"，反把观众和优伶隔离起来，把整个的剧场分成两段，如果世界是个大舞台，我们也都是戏子：倒不如把观众和优伶，通成一气还好。②

综上，可以看出国剧派在剧场、导演、演员、灯光、布景、观演等方面都对阿贝剧院进行了借鉴，这不仅体现了他们一贯的戏剧理念"戏剧是

---

① 余上沅：《国剧运动》，上海：新月书店，1927年，第195页。
② 张余：《余上沅研究专集》，上海：上海交通大学出版社，1992年，第75页。

一种综合的艺术"①，更标志着中国戏剧从整体上走向了现代化。

(三)从"农民戏剧"到"送戏剧下乡"②

除了在戏剧艺术层面受爱尔兰文艺复兴戏剧运动影响，国剧派在戏剧内容上也深受爱尔兰"农民戏剧"的启发而提出"戏剧农民化"的口号。

以叶芝为首的剧作家们在戏剧作品中浓墨重彩地描写爱尔兰农民，并在戏剧创作中大量使用爱尔兰方言土语，这一方面体现了戏剧运动的民族性，另一方面则潜在地将广大农民群众作为戏剧的目标受众。叶芝等人将农民这一群体作为戏剧创作的主题有三方面的原因：首先，19世纪中期之前的爱尔兰的确是一个以农业为主的国家，这在客观上解释了这一主题的合理性。其次，客观上的农业主导局面给致力于民族事业的文化人留下了充分的想象空间。文艺复兴时期，爱尔兰文化界人士首次提出农业国设想，随着英国殖民的不断扩张，工业文明大肆入侵，爱尔兰的农业文明不断退化，其工业色彩愈发浓厚。"农业爱尔兰"的定位在此时变得愈发迫切，因为"农业国"的定位极力肯定民族特性、有力捍卫民族尊严与地位，是一种有效的反殖民策略。从文化内涵的角度来看，爱尔兰"农业国"定位的确立一方面否定了英国工业化的物质文明，另一方面则展现了叶芝的"文化原始主义思想"③。他们认为原始农业社会的主体——农民，才是古

①　余上沅：《国剧运动》，上海：新月书店，1927年，第133页。

②　余上沅认为戏剧艺术应该被大众所广泛接受，但是考虑到中国人口85%以上是农民，不得不采取"送戏剧下乡"，将其作为戏剧输送的途径，而熊佛西在河北定县开展的"农民戏剧实验"成功开创了"戏剧下乡"的先河，余上沅希望可以通过这一方法将戏剧推广到定县以外的农村地区。参见余上沅：《送戏剧下乡——一个输送的方法》，选自张余：《余上沅研究专集》，上海：上海交通大学出版社，1992年，第99页。

③　"文化原始主义"是一种以简单、质朴为美，与工业化社会的腐化堕落相对立的反殖民策略，该策略并非叶芝独创，而是对欧洲由来已久的原始主义思想(Primitivism)的继承，其神学源头是《圣经》中的伊甸园故事，亚当与夏娃因偷吃禁果被逐出完美世界伊甸园，象征着"人类的堕落"(the fall of man)，"堕落"的寓意便是人类在堕落前的原始生活状态，是最美好、最和谐的生活方式，而"知识"(夏娃偷吃的神果)带来的不是人类的进步，而是堕落、罪恶与烦恼。参见陈丽：《爱尔兰文艺复兴与民族身份塑造》，天津：南开大学出版社，2016年，第169页。

爱尔兰文明的真正继承者，他们身上淳朴、简单的气质与高贵的精神才是真正的爱尔兰特性。最后，作为一次大规模的文化复兴运动，其必然要遵守"文以载道"的美学传统。爱尔兰文艺复兴戏剧运动的几位代表作家刻画了不同的爱尔兰农民形象：或是殖民压迫下的劳苦大众，或是充满野性的部落游民，抑或坚守古老文明的精神贵族。通过塑造多元化的本土农民形象，作家们将一个更真实的爱尔兰呈现在她的子民面前从而达到启迪民智、疗救社会的目的。

余上沅曾高度赞扬辛格取材爱尔兰本土农民的个性化创作，并倡导剧作家们学习辛格，向荒岛、内地迈进；国剧派成员闻一多也认为中国剧作家应该向爱尔兰文艺复兴戏剧运动作家学习，像辛格一样"去描写内地农民生活，去多注意方言和村民的各种信仰与传说，用同情的态度去和他们一同生活"[1]。

对爱尔兰"农民戏剧"产生强烈共鸣的另外一位"国剧"代表人物是熊佛西。在"国剧运动"发轫之初，熊佛西就致力于戏剧民众化的探索，他认为"一切文化艺术都应该以大众为目标"[2]，只有得到大众的接受与认可，戏剧才能完成更高的使命[3]。他主张中国剧作家应该向爱尔兰剧作家学习，回归乡村、走向民间、深入群众去挖掘素材，创作农民的剧本。余上沅和熊佛西对当时中国人口中85%以上是农民的社会现象颇为关注，他们将这一庞大群体宽泛地称为"大众"。事实上，有志于民族戏剧事业的国剧派非常重视平民的教育问题，余上沅曾说："我们千万不要'等'，乡下人需要教育，需要文化，需要戏剧，需要得很急迫，不能久等！"[4]熊佛西则倡导戏剧家"要先农民化，再化农民"，才能在农民中创作既不固守传统、也不因袭欧西的新式的农民戏剧。[5]在号召戏剧为农民代言、反映其真实生活的

---

① 转引自田菊：《爱尔兰戏剧运动在中国的百年回响》，北京：中国社会科学出版社，2017年，第150页。

② 熊佛西：《怎样走入大众》，上海：中华书局，1931年，第125页。

③ 熊佛西：《戏剧与社会》，上海：新月书店，1931年，第69页。

④ 张余：《余上沅研究专集》，上海：上海交通大学出版社，1992年，第103页。

⑤ 熊佛西：《怎样走入大众》，上海：中华书局，1931年，第127页。

同时他有了更大胆的设想：培养农民创作戏剧、表演戏剧的能力，让他们为自己的群体演出。

这种民众化戏剧理念的贯彻结果是 1932 年河北定县的"农民戏剧运动"，作为"国剧运动"的进一步发展，"平民戏剧实验"的成功是料想之中的。首先，"农民戏剧运动"以农民品位为标准进行戏剧创作，而农民最关注的就是他们的日常生活。在深入乡村一年半后，熊佛西创作了大量真实反映现实生活的"农民戏剧"，如《锄头健儿》《喇叭》《屠户》《卧薪尝胆》《牛》等。光是戏剧的名字就带有浓厚的乡土气息，内容自然很受民众的青睐。这些贴近农民生活的题材引起了农民观众的强烈共鸣，满足了农民这一群体对反映现实生活的戏剧艺术的追求。"农民戏剧"在反映农民现实生活的同时，将舞台交给了农民，这暗含着熊佛西另外的良苦用心：借戏剧艺术启蒙民智、开化民风、提升民众的艺术鉴赏力。值得一提的是，熊佛西将其"农民剧本"中的典型人物进行了程式化分类，加速了民众观看戏剧时的"理解"过程，使他们直达主题，备受启发。

熊佛西认为，对于 20 世纪 30 年代的农民群体，仅仅以"农村题材+农民语言"的模式塑造农民形象是远远不够的，必须要在戏剧表现形式上作出相应的改进。他提出"废除'幕线'，台上台下打成一片"的演出形式，认为"要想使戏剧艺术真正成为民众自己的艺术，使戏剧达到艺术教育的效果，使观众享受到戏剧的'趣味'，就必须'把隔岸观火的态度，变为自身参加活动的态度'"①。这种演出方式完全颠覆了传统的镜框式舞台表演，推翻了"第四堵墙"，给"农民戏剧"增添了不少现代化气息。除了强调观演的融合，熊佛西还煞费苦心地将音乐、灯光等元素搬上农民戏剧舞台，使现实生活与戏剧艺术天衣无缝地融为一体。

为成功实践"台上台下打成一片"，熊佛西提出了"露天剧场"的构想。首先，相比狭窄的传统戏台，"露天剧场"有更为宽广的演出空间，非常有

---

① 谭为宜：《戏剧的救赎：1920 年代国剧运动》，北京：人民日报出版社，2009年，第 183-184 页。

利于观演一体的"农民戏剧"的实践；其次，露天剧场在"农民戏剧"演出所需要的农村场景方面有得天独厚的优势，它所提供的自然背景（"青山绿水"）和自然灯光（"日月星辰"）更能凸显"农民戏剧"的特色。

最后一点是演员的培养。与以往的演员群体不一样，熊佛西的演员团体完全由农民组成，这是他的"农民戏剧实验"的重要组成部分。同剧本的创作、演出形式的创新及剧场的改造一样，熊佛西在农民演员的培养和农民剧团的组建上也取得了卓著的成绩。在 1932 年至 1934 年的短短两年内，他就成立了近 200 个农民剧团，光 1934 年一年，培养农民演员 180 余人。[1] "农民戏剧实验"满足了大众对反映现实生活的戏剧艺术的追求，激发了农民在戏剧艺术中的主体性，发挥了戏剧艺术的启蒙作用，实现了"农民戏剧"的现代化，成功开创了"戏剧农民化"的新局面，对后续大规模的"戏剧下乡化农民"起到了很好的引领作用。

熊佛西在河北定县所实践的"农民戏剧实验"，与余上沅的"北平小剧场"以及赵太侔的"山东实验剧场"，都是一定意义上的"小剧场运动"，我们将在第六章中有进一步的详细阐释。

三、"国剧运动"概述及其影响

西方戏剧理论及美学思想在中国现代得到广泛接受的同时，其蕴涵的先进艺术思想也在无形中影响着我国戏剧家的艺术观念与审美标准。"国剧运动"就是我国青年戏剧家在对西方戏剧艺术长期的耳濡目染后发起的一场戏剧改革运动，该运动试图在"东方写意"与"西方写实"之间寻求一个平衡契合点，打造一种全新的中国剧种——"国剧"。

"国剧运动"发起之时，正值五四运动刚刚落下帷幕、人们开始反思传统文化之际。作为"国剧运动"的中坚力量，余上沅在 1923 年至 1924 年先后在美国匹茨堡卡内基大学和纽约哥伦比亚大学进修西方戏剧文学。其

---

① 谭为宜：《戏剧的救赎：1920 年代国剧运动》，北京：人民日报出版社，2009年，第 186 页。

间，他以百老汇剧院为窗口了解了西方戏剧发展现状及世界戏剧发展趋向，《芹献》作品汇集了他在这一时期的所见、所闻、所感，发表在《晨报副刊》，后来成为国剧运动的思想指南，其中涉及戏剧理论、舞台艺术、公演报道、奥尼尔和莱因哈特、爱尔兰文艺复兴戏剧运动对他的戏剧艺术观产生重大影响的事与人。尤为重要的是，这部作品也折射出余上沅戏剧艺术观的更新：他开始用质疑的眼光看待以"易卜生社会问题剧"为代表的"五四"新剧，同时开始重视传统戏剧的"写意"特征。当这种新的戏剧艺术观在以他为首的"国剧运动"倡导者们的意识里由朦胧变得愈发清晰时，他们迫不及待地想要践行他们的戏剧理想。于是，他们在异国他乡建立了"中华戏剧改进社"，目的是"训练演员与舞台管理各种人才"①。有了戏剧社，接下来就要真正投入实践了，戏剧社的成员是包括林徽因、梁实秋、梁思成、张嘉铸等人在内的一批留美戏剧爱好者，他们在畅谈世界戏剧和中国戏剧的同时，开始编剧并演出，其中以富有中华民族特色且充满趣味性的《琵琶记》和余上沅基于传统旧剧写意理念改编的英文剧《杨贵妃》最为突出，尤其是《杨贵妃》，在万国公寓礼堂圆满收官、大获成功，"胜过其他各国的一切表演，为国家争取到光荣"②。余上沅后来致信张嘉铸说成绩超过了他们的预料，欣喜之情溢于言表，并决定打着"国剧运动"的口号回国。

　　1925 年 6 月，余上沅、赵太侔等人回国，7 月，他们同新月派成员联手拟定《北京艺术剧院大纲》，而为了这个大纲，他们早在国外就做了大量工作："从此以后，我们天天计画，计画书写过几十次。我们有了'傀儡'杂志；有了'北京艺术剧院'。"③然而，沉醉在宏伟大业中的他们低估了建成剧院的难度，后来回想时，余上沅说："当时我们的希望很大，剧场建筑和设备，就开了二十万元，以致见了的人个个咋舌。"④资金不足使得建成北京艺术剧院的计划落空，于是他们不得不退而求其次趁恢复北京国立

①　张余：《余上沅研究专集》，上海：上海交通大学出版社，1992 年，第 347 页。
②　转引自马明：《论余上沅与国剧运动》，《艺术百家》1989 年第 2 期，第 122 页。
③　余上沅：《国剧运动》，新月书店，1927 年，第 275 页。
④　余上沅：《国剧运动》，新月书店，1927 年，第 253 页。

艺术专门学校的机会增设了戏剧系，余上沅任教授，闻一多任教务长，赵太侔任系主任。次年6月，"国剧运动"的号角随着《晨报副刊·剧刊》的创办响彻天际。《剧刊》起了很好的宣传作用，正如徐志摩所说："给社会一个剧的观念，引起一班人的同情与注意，因为戏剧这件事没有社会相当的助力是永远做不成器的。"①《剧刊》共15期，于1926年9月停刊，余上沅在《〈剧刊〉终期》中总结了《剧刊》停办的原因，其实也是对"国剧运动"开展屡遭挫折的分析。随后，余上沅选摘《剧刊》中的23篇文章，外加他作的序、写给张嘉铸的信件以及《北京艺术剧院计划大纲》和《中国戏剧社组织大纲》两个大纲，出版了《国剧运动》一书，但此书的出版绝非意味着"国剧运动"自此就落幕了，相反，它是对"国剧运动"发起以来的反思和对其未来走向的展望。

面对《剧刊》停刊，艺专戏剧教学工作受挫的现实，余上沅意识到"不应该只拿北京做'国剧运动'的中心"②，遂与赵太侔等人离开北平前往南京东南大学任教。1929年余上沅因生计问题返京，到国立北平大学艺术学院任教，其间，与熊佛西、赵元任、丁西林及许地山等人组织成立了"北平小剧院"，创办了《北平小剧院》院刊，将他们的戏剧革新理念投入实践之中，等待时间的检验。1930年3月，"左联"成立，其传播的文艺理论和理念与"国剧运动"倡导者们的西方现代艺术理论形成了对峙局面，这样的形势之下，"国剧"不得不暂时搁置起来。1935年，余上沅随梅兰芳到苏联、波兰、柏林、巴黎等地访问演出，在此期间接触到的多元化的戏剧文化使他对戏剧教育和实践有了更大的包容性。③回国后他被聘为南京新建的国立戏剧学校校长，坚守着"研究戏剧艺术，养成实用戏剧人才，辅助社会教育"④的办学宗旨，他将自己38岁至52岁这段美好年华奉献给了剧

---

① 余上沅：《国剧运动》，上海：新月书店，1927年，第4页。

② 转引自谭为宜：《戏剧的救赎：1920年代国剧运动》，北京：人民日报出版社，2009年，第116页。

③ 谭为宜：《戏剧的救赎：1920年代国剧运动》，北京：人民日报出版社，2009年，第165-166页。

④ 张余：《余上沅研究专集》，上海：上海交通大学出版社，1992年，第84页。

专,这 14 年可以看作余上沅"国剧梦"的续写,符合"写意戏剧观"的抗日话剧《从军乐》的成功让余上沅更加自信:"我相信拿它做个启示,做个基础,继续不断地努力是可以走出新路来的。"①

作为对中国传统旧剧的继承与创新,"国剧运动"是对全盘否定中国旧剧、崇尚"易卜生社会问题剧"的"五四"新剧的一次深入辨析和对中国戏剧发展路向的一种新型构想,它旨在实现传统旧剧"写意"艺术与西方戏剧"写实"手法水乳交融般的和谐统一。其悲剧性在于在国家面临内忧外患的时刻,刚刚萌芽的"国剧"却想凸显文艺作品的艺术性,其生命力毫无疑问要受到威胁。加之其他因素,在匆匆登上戏剧舞台不久后它便销声匿迹了。虽生不逢时,"国剧运动"的历史地位却不容小觑,其先进的戏剧艺术理念与相应的实践活动对后辈和我国后续戏剧事业发展产生了重大影响。

(一)先进的戏剧艺术理念

首先,通过挖掘传统戏曲程式化写意手法,国剧派引导国人重新审视自己的传统文化,发现自己文化的独特审美价值。但这种回归自我文化的主张又绝非国粹主义的再现。余上沅和国粹派的不同之处就在于他并非出于狭隘的民族主义而主张"旧戏不可废",相反,他的"旧戏不可废"是基于准确把握世界戏剧发展脉络后对传统戏曲所作的深入反思。他先以艺术家独具的世界性眼光审视了"五四"新剧(西方话剧)和西方现代戏剧,然后,在此基础上,重新观望传统戏曲,这种纵横交叉的比较给中国戏剧的改革提供了富有前途的指向——现代化。在对传统戏曲、西方话剧及西方现代戏剧的深入辨析中余上沅他们发现传统戏曲的程式化写意艺术正符合世界戏剧现代化的诉求,遂对在"五四"浪潮中落魄的传统戏曲进行了重新定位:旧剧有其存在的价值,不可废弃。这种紧跟世界艺术发展潮流并能够适时反思传统或当下文化的探索精神值得后辈学习!

① 张余:《余上沅研究专集》,上海:上海交通大学出版社,1992 年,第 252-253 页。

其次，"国剧运动"的焦点是中国传统旧剧的"写意"手法和西方话剧的"写实"特征，可以看出，它的倡导者是以第三方的姿态来审视世界戏剧文化的，没有狭隘地否定任何一方文化。"国剧运动"的青年艺术家们在谙熟国内"五四"文化思潮的同时，对西方先进戏剧艺术也有着深入的研究，双重的文化背景使他们拥有更宽广的眼界。与"把中国旧戏视为野蛮"，把写实派的西方文学演剧视为新剧的"五四"戏剧观念比①，他们对传统旧剧和西方戏剧文化有更为理性的见解。余上沅等人没有以狭隘的民族主义对世界文化孰优孰劣陈一己之见，而是以艺术家独有的欣赏态度看待世界文化的多元性。余上沅曾说："中国戏剧同西洋戏剧并非水火不能相容，宽大的剧场里欢迎象征，也欢迎写实——只要它是好的，有相当的价值。"②而他们的"国剧"正是吸纳了东方戏剧写意之长和西方话剧写实之长的新的艺术形式，这种博采众长的创新精神在当时的中国社会显得尤为可贵，值得后人借鉴。

除了以辩证的眼光看待东西方戏剧文化，国剧派在戏剧文学的艺术性与现实意义上也做到了辩证对待。作为"国剧运动"的核心人物，余上沅梦想中国戏剧能够走上写实与写意相融合的中庸之道，"容易看到的是，中国剧场在由象征的变而为写实的，西方剧场在由写实的变而为象征的。也许在大路之上，二者不期而遇，于是联合势力，发展古今所同梦的完美戏剧"③。

一直以来，"国剧运动"被贴上"艺术至上""追求纯粹的艺术""片面追求趣味性"的标签，并认为它因此而亡。但我们认真分析就会发现：正是因为"易卜生问题剧"宣传过猛，使社会问题成为知觉的对象，戏剧本身的艺术色彩退而其次沦为知觉的背景，不被重视，才使余上沅他们不断强调戏剧的艺术性，希望通过这种"高度的强调"实现艺术与现实的平衡。这种"中庸"思想暗含着他们对戏剧现代化的诉求，虽然"国剧运动"未能实现这

① 周作人：《论中国旧戏之应废》，《新青年》第5卷第5号，第527页。
② 余上沅：《余上沅戏剧论文集》，武汉：长江文艺出版社，1986年，第206页。
③ 张余：《余上沅研究专集》，上海：上海交通大学出版社，1992年，第54页。

一目标,但他们吹响了戏剧现代化的号角,为后辈指明了前进的方向。正如哈贝马斯所言:"现代性是一种未完成的规划,它在传统和他者的双重坐标中,以对话精神、平等和民主的价值导向,不断地把现代性在时间的链条上推向前进,使各文化个体在保持民族差异性和世界共同性的同时,不断获得具有新形态和新精神、具有新价值和新思维的文化样式。"①田汉之所以能在"茶话会""鱼龙会"("茶话会"是"鱼龙会"的前身)的基础上建成"南国社",发起"新国剧运动",完全是因为他主张"话剧自然是主要的,但不应排斥旧剧,旧剧可以改造"②。抗战初期张庚提出的"话剧民族化与旧剧现代化"也明显是受了国剧派的影响。黄佐临于1962年提出的"写意话剧观"和其于20世纪80年代导演的《中国梦》都与余上沅他们的"国剧"设想颇有渊源。有"暗夜中的掌灯者"之称的中国台湾戏剧家姚一苇也深受"国剧运动"的启发而追求集艺术与人生一体的文学。

(二)"国剧运动"实践活动产生的影响

"国剧运动"相关实践活动对我国现代戏剧的发展起到了积极的推动作用,这些活动包括北平国立艺术专门学校增设戏剧系、余上沅等人在《晨报副刊》开办《剧刊》以及他们制定两个大纲等。

北京国立艺术专门学校增设戏剧系是建立"北京艺术剧院"的计划落空后,余上沅等人"不得已而求其次"的结果,但它也来之不易,是余上沅等人趁恢复美专的机会,与教育部商量而添加的两个专业之一。要知道,戏剧在当时社会的地位并不高,而余上沅等人正是想借学校教育的名义端正人们对戏剧的态度。洪深高度评价他们的这一行为:"此为我国社会视为卑鄙不堪之戏剧,与国家教育机关发生关系之第一朝"③,认为是"中国戏

---

① 谭好哲:《现代性与民族性:中国文学理论建设的双重追求》,北京:社会科学文献出版社,2005年,第26页。

② 转引自谭为宜:《戏剧的救赎:1920年代国剧运动》,北京:人民日报出版社,2009年,第135页。

③ 转引自洪深:《中国新文学大系·戏剧集》,上海:良友图书印刷公司,1935年,第71页。

剧运动发展中的一个重大事件"[1]。

艺专戏剧系先后由余上沅等人和熊佛西接管,在成立初期,由于经费、师资、生源等方面的问题而遭遇了很多波折,但余上沅他们也从中积累了一定的办学经验。熊佛西继任后,情况有所好转,他继承了余上沅等人开创的戏剧公演活动,亲自指导学生,并在民主的教学氛围中对开设的课程进行了改革,主张理论与实践相结合,以期培养出"一专多能"的戏剧人才。[2] 毋庸置疑,艺专在为我国培养了大批优秀戏剧人才的同时,在教学方针、教育目标、师资配备、课程设置等方面为我国后来的高等教育戏剧专业开创了先河。

其次是《剧刊》的创办。《晨报·副刊》是当时非常有影响力的刊物,余上沅等人力争在它上面创办《剧刊》来集中、深入、持续地宣传"国剧运动"。作为"国剧运动"的重要组成部分,《剧刊》和其后续产物《国剧运动》成为后来的戏剧家了解世界先进戏剧文化、中华传统戏曲文化,探索戏剧前世、今生与未来的可资借鉴的重要文献。

最后是《北京艺术剧院计划大纲》和《中国戏剧社组织大纲》的制定。受爱尔兰戏剧运动中"阿贝剧院"的启发,余上沅等人拟定了《北京艺术剧院计划大纲》,打算建成他们的戏剧运动阵地"北京艺术剧院",但因资金问题这一剧院最终未能建成,此大纲遂被编入《国剧运动》一书,以期有朝一日能够引起后来者的注意,重启计划,建造剧院。关于"中国戏剧社"的史料不多,但《中国戏剧社组织大纲》却意蕴深厚,其目的是汇集戏剧优秀人才,"研究戏剧艺术,建设新中国国剧"[3]。这种对"国剧"梦想的执著追求激励后人在戏剧艺术之路上不断前进,有所突破。

---

① 转引自张余:《余上沅研究专集》,上海:上海交通大学出版社,1992年,第16页。

② 阎折梧:《中国现代话剧教育史稿》,上海:华东师范大学出版社,1986年,第41页。

③ 《中国戏剧社组织大纲》,选自余上沅:《国剧运动》,上海:新月书店,1927年,第268页。

总之，作为一个集中华戏曲之长与西方戏剧之长于一体的大胆构想，"国剧运动"在传播世界戏剧艺术文化、开拓我国戏剧教育事业以及推动我国戏剧改革方面功不可没。而追根溯源，"国剧运动"的发生又是爱尔兰文艺复兴戏剧运动的直接影响所致。

第二节 余上沅对爱尔兰文艺复兴戏剧的译介

余上沅曾被誉为"中国现代话剧的奠基人之一"，也是中国现当代著名的"戏剧教育家、理论家、剧作家、翻译家、导演"。① 他曾说"终身要做戏剧的仆人"，这一肺腑之言不仅反映出其对戏剧艺术的热忱，而且彰显出一代戏剧家立志为我国戏剧事业奋斗终身的决心。戏剧翻译作为余上沅戏剧生涯中诸多戏剧活动形式之一，对当时的社会、戏剧界及我国现代戏剧事业都产生了深远影响。目前国内关于余上沅的戏剧研究，尤其是余上沅与"国剧运动"的研究已经取得了一定成果，但是关于余上沅的外国文学译介，尤其是外国戏剧译介的研究则相当匮乏。本节即以余上沅对爱尔兰文艺复兴戏剧的译介为中心，探讨其翻译《丢失的礼帽》时采取的方法和策略，分析他在译介格雷戈里夫人戏剧时的材料取舍特点。

一、生平及译作

1897 年 10 月 4 日，余上沅出生于湖北省沙市（今湖北荆州市沙市区）九十铺镇，家庭贫寒，父亲为布店店员，母亲居家。余上沅自小便喜欢观看社戏。7 岁时入同族长辈主持的私塾，颇为聪慧，文才得到赞赏。2 年后辍学，随父亲做布店学徒，其间自学四书五经。1910 年，就读沙市高等小学，接触到现代新思想，但随即辍学，在某钱庄学做生意。1912 年 2 月，因一心向往读书，从家乡出走至武汉，考入教会学校文华大学文学院中学部，得以免费学习，成绩优异。1917 年 2 月，毕业于中学部，因成绩

---

① 张余：《余上沅研究专集》，上海：上海交通大学出版社，1992 年，第 35 页。

名列前茅而直升大学部。

1919 年，余上沅积极参加五四运动，组织校内戏剧活动，参加宣传五四运动的话剧演出。次年 2 月，因参加学生运动被当局勒令退学。同月赴北京，经陈独秀与胡适推荐，转入北京大学英文系，主攻英语和西洋文学，在课余时间积极参加校内剧团演出。1921 年 6 月，余上沅毕业于北京大学英文系，留校从事写作。次年 1 月，任清华学堂(即后来之清华大学)中等科教员兼注册科职员，主编学堂校刊。1923 年 9 月，经注册科主任王芳荃教授推荐，余上沅获得清华学堂的半官费资助赴美留学，而另一半费用则由父执贺老先生赞助。

同年 9 月，余上沅与谢冰心、梁实秋、许地山、熊佛西、顾一樵等清华毕业生同船赴美，其中熊佛西与顾一樵成为余上沅后来从事戏剧行业的好友。余上沅就读的学校为卡内基大学艺术学院(位于匹茨堡)，专业为戏剧，自此余上沅立志献身戏剧艺术和事业。在卡内基大学学习期间，他多次参加戏剧系的实习演出与舞台管理，并在学校附近的剧院观摩各种形式的戏剧演出，尤其是当时风靡全美的"小剧场"①。1924 年 6 至 8 月，余上沅抵达华盛顿特区，在国立图书馆阅读和钻研各国的戏剧理论著作。虽然为期较短，却是余上沅最为集中阅读西方戏剧理论的时期，为他后来从事戏剧分析、戏剧导演打下了基础，也成为他后来翻译西方戏剧理论著作的契机之一。

1924 年 8 月，余上沅随好友张嘉铸来到纽约，9 月在哥伦比亚大学研

---

①　美国小剧场运动的影响，除了余上沅之外，还有陈大悲提倡的"爱美的戏剧"，"爱美的"源自英文 amateur，字面意思是"业余的"，也就是与那些职业化、商业化演出相对立的演剧形式。陈大悲 1921 年 4 月开始在《晨报》连载相关的论文，1922 年 3 月结集为《爱美的戏剧》，由晨报社出版，后再版数次。2011 年 11 月上海书店出版社出版简体字版。陈大悲(1887—1944)，浙江杭州人，入苏州东吴大学加入文明戏组织，后成为春柳社成员。1921 年与茅盾、欧阳予倩等成立民众戏剧社(后来改名中华戏剧社)，同年底在北京发起创办北京实验剧社，1922 年与蒲伯英接办《戏剧》月刊，曾一度担任人艺戏剧专门学校教务长。其在 20 世纪 20 年代初的戏剧活动与余上沅等的"国剧运动"颇有交集。

究院注册,同样主攻欧美戏剧与剧场艺术。在这一时期的课程中,余上沅接触了方兴未艾的爱尔兰文艺复兴戏剧,对格雷戈里夫人、唐萨尼爵士等戏剧家及其作品颇为熟稔。除在哥伦比亚大学研究院学习戏剧外,他还到附近的艺术学院和技术学校选修、旁听戏剧舞台管理技术类的课程。更重要的是,在课余时间,余上沅经常去附近的达文波特小剧院等剧场观摩戏剧演出,对其上演的非商业性名剧如莎翁剧作等印象深刻,尤其在一些廉价的剧院后座,余上沅观看了相当多的戏剧演出。这一时期,余上沅还经常去马修斯教授主持的戏剧图书室,在这里他进一步接触到不少珍贵的戏剧研究资料,后来他还翻译了马修斯的戏剧理论著作。受爱尔兰文艺复兴戏剧运动以文艺复兴推进民族复兴的鼓舞,1924 年 12 月,余上沅与赵太侔、闻一多等合作,自编自演了英文戏剧《杨贵妃》,余上沅等人均在剧中扮演了角色。演出获得相当大的轰动,余上沅等人兴奋异常,决心回国后做一番轰轰烈烈的戏剧复兴运动。同年冬天,余上沅与留美的戏剧爱好者组成中华戏剧改进社,参加者有顾一樵、熊佛西、张嘉铸等。余上沅等还拟邀请国内的新月社成员如徐志摩等人参加,以训练专业的演出人才和剧场管理人才。

1925 年春,在波士顿剑桥的中国同学会组织英文戏剧《琵琶记》的演出,余上沅和赵太侔被邀请担任导演以指导演出,演出同样取得巨大成功。遗憾的是,由于资助者之一的贺老先生不满余上沅在美国放弃政治学科而主攻戏剧,便停止资助余上沅。余上沅不得已,只好放弃学位,于同年 5 月与赵太侔等结伴回国。同年年底,余上沅与赵太侔、闻一多等组织"中国戏剧社",列出组织的纲领,其中明确指出戏剧社的宗旨在于研究戏剧和建设新中国的国剧,由此促成了轰动近十余年的"国剧运动"。1926 年6 月,余上沅与徐志摩合编《晨报》副刊《剧刊》,其第一期于 17 日初版,成为"国剧运动"的早期阵地。余上沅先在北平美术专科学校戏剧系(后改为国立艺术专科学校)任教,1926 年 9 月辞职南下,在东南大学外国语文系任教授。1927 年 7 月,与徐志摩等人筹办新月书店,9 月在上海暨南大学任教,并在光华大学兼任戏剧课程教师。此后,他相继与人合作主编

《新月》和《戏剧与文艺》杂志。

1929 年秋，余上沅担任北大学生社团"戏剧研究社"导师，与熊佛西等人以及 6 名毕业于北平大学艺术学院戏剧系的学生筹建"北平小剧院"。次年 3 至 5 月，余上沅相继指导学生演出格雷戈里夫人的《月亮升起》和唐萨尼的《丢失的礼帽》，其中后者由余上沅亲自操刀翻译。在余上沅的努力下，"北平小剧院"仅大规模公演就有 6 次之多。余上沅在 20 世纪 30 年代也在清华大学兼任教授，并积极参与国内的戏剧交流活动。1935 年 9 月，余上沅正式就任国立戏剧专科学校校长，由此开启了他培养戏剧演出人才和管理人才的重大事业。在余上沅的指导下，国立戏剧专科学校的公演活动达十三届之多，演出许多名剧如《威尼斯商人》。抗日战争爆发后，余上沅组织师生成立巡回剧团，演出抗日剧。1949 年 1 月，余上沅辞去国立戏剧专科学校校长职务。同年 9 月，担任沪江大学中文系教授。1951 年 10 月，转入复旦大学中文系，教授现代文学中的戏剧课程，并指导学生的戏剧活动。1959 年 10 月，调至上海戏剧学院戏剧文学系任教授，讲授戏剧理论等课程。同年余上沅还为复旦大学外文系的学生指导英文戏剧《雷雨》的演出。1970 年 4 月 30 日，余上沅因病于上海去世。

余上沅外国文学译介的原文基本以英文、法文为主。1922 年 6 月至 8 月，余上沅连续翻译美国戏剧专家马修斯的数篇戏剧论著（分别为《作戏的原理》《歌乐剧的习惯》《"汉姆列"少了汉姆列》《西里比亚的乐土》《情景的欠缺》《编剧家与演剧家》《布景的简单化》，余上沅译马修斯为"马太士"），连载于《晨报》副刊。同年 8 月 17 日至 23 日，余上沅在《晨报》副刊连载文章《介绍萧伯纳的近作〈长寿篇〉》，《长寿篇》即 *Back to Methuselah*①，是一部包含 5 部剧本的系列剧，余上沅在此文中对萧伯纳这部不算有名的作品作了详细介绍。同年 10 月 3 日至 31 日，余上沅在《晨报》副刊连载对欧美 22 位戏剧名家及其代表作的介绍，涵括了从古希腊的埃斯库罗斯到现代的

———————————

①　现通译为《回到玛士撒拉》。玛士撒拉是《圣经》中亚当儿子塞特的后代，据《圣经》记载是最长寿的人，活了九百六十九岁。

易卜生的欧美代表戏剧家。1923 年 1 月 28 日至 31 日，余上沅撰写的介绍法国戏剧家罗斯丹（Edmond Rostand）及其代表作《西兰娜》（*Cyrano de Bergerac*）的文章，连载于《晨报》副刊。同年 5 月 15 日至 18 日，《晨报》副刊连载余上沅介绍高尔斯华绥（Oliver Galsworthy）的戏剧《公道》（*Justice*）。1923 年年底，尚在卡内基大学留学的余上沅创作出英文戏剧《猎鹰与猎物》（*The Eagle and His Prey*），该剧只在校内作实验演出，剧本未曾发表。1924 年 3 月 10 日、12 日，余上沅在《晨报》副刊撰文，介绍奥地利戏剧家莱因哈特（Max Reinhardt）及其剧作《奇迹》（*The Miracle*）。同年 4 月 7 日，余上沅在《晨报》副刊撰写文章《爱尔兰文艺复兴运动中之女杰》，重点介绍了格雷戈里夫人及其代表性剧作。当年 12 月，余上沅与赵太侔、闻一多合作，编写出五幕英文话剧《杨贵妃》，于纽约的剧院上演，但剧本亦未发表。

1926 年 6 月起，余上沅相继在《晨报》副刊撰文，介绍欧美戏剧家轶事，包括莎士比亚、莫里哀、伏尔泰等。1926 年年中，余上沅据英文译本翻译了捷克剧作家加贝克（Karel Capek）的《长生诀》（*The Makropoulos Secret*），该剧于 1926 年 9 月由北新书局出版，署名"余上沅改译"。余上沅在为此剧所写的序中，讨论了翻译与改译的关系，成为他讨论翻译技巧和思想的重要文献，该序后来以《论改译》为题，收入 1927 年 7 月北新书局出版的《戏剧论集》中。1929 年上半年，余上沅翻译苏格兰作家巴雷（James Matthew Barrie）的戏剧《可钦佩的克来敦》（*The Admirable Crichton*）①，该剧本分两期连载于 1929 年《戏剧与文艺》第 1 卷第 4 期和第 9 期，1930 年 5 月由新月书店出版单行本。余上沅为这部翻译的戏剧写了一篇长达 42 页的序文，简略介绍巴雷和其他苏格兰作家的关系，重点介绍了《可钦佩的克来敦》的戏剧特色。1930 年 8 月 1 日《戏剧与文艺》的第 1 卷第 10 期和第 11

---

① 中国现当代著名戏剧家、导演黄佐临 1942 年曾在上海为上海职业剧团执导《荒岛英雄》，该剧底本即为《可钦佩的克来敦》。参见黄佐临：《我与写意戏剧观》，江流编，北京：中国戏剧出版社，1990 年，第 561 页。黄佐临是否阅读借鉴过余上沅的译本，目前不得而知，不过以黄佐临的英文水平和戏剧素养（黄佐临曾于 1935—1937 年在剑桥大学皇家戏剧学院专攻戏剧），以原文为底本进行改编亦全然可能。

期合刊，上面刊载了余上沅翻译自波列斯拉夫斯基的文章《表演艺术的基础》。1930 年 9 月《戏剧与文艺》第 1 卷第 12 期刊载了余上沅翻译的爱尔兰文艺复兴戏剧作家唐萨尼(Lord Dunsany)的独幕剧《丢失的礼帽》。

1931 年 6 月，余上沅在《新月》第 3 卷第 5 期和第 6 期合刊上发表文章《翻译莎士比亚》，除对莎翁戏剧在近代中国的翻译概况作介绍外，余上沅还对翻译技巧等问题做了探讨。1935 年，余上沅撰写英文文章《国剧》("The National Drama")，收入《中国文化论集》。1951 年，余上沅翻译了两篇苏联作家的小说《清早》和《队旗》。1954 年，余上沅翻译了美国作家霍华德·法斯特(Howard Fast)的小说集《光明列车》。1959 年在上海戏剧学院任教期间他翻译了乔治·贝克(George Pierce Baker)教授的戏剧理论著作《戏剧技巧》(*Dramatic Technique*)，该书 1961 年 9 月由上海戏剧学院戏剧研究室编印。① 1963 年，余上沅还翻译了《亚里斯多德〈诗学〉的诠释》等文章，收入上海文艺出版社 1963 年版的《西方文论选》(上卷)。

如上所述，关于余上沅以及他主导的"国剧运动"，国内已经取得较为丰富的成果，但是关于余上沅对外国文学，尤其是外国戏剧的翻译和介绍，国内的研究还比较少。固然，在中国现代文学史上，余上沅的生平之亮点在于"国剧运动"，而这一运动的直接启发因素在于爱尔兰文艺复兴戏剧。在并不算少的翻译活动中，余上沅也与爱尔兰文艺复兴运动有着密切联系，他翻译了唐萨尼的《丢失的礼帽》，介绍了格雷戈里夫人，称其为"爱尔兰文艺复兴运动中之女杰"。下面我们就以文本细读的方式，来分别阐述他对《丢失的礼帽》的翻译以及他对格雷戈里夫人的介绍。

二、翻译《丢失的礼帽》

《丢失的礼帽》原文题为 *The Lost Silk Hat*，是爱尔兰文艺复兴戏剧作家唐萨尼爵士的一出独幕剧。唐萨尼爵士的家族据说是爱尔兰历史上第二古老的家族，他是除叶芝、辛格、格雷戈里夫人之外最为知名的爱尔兰文艺

---

① 该书后来于 2004 年 3 月由中国戏剧出版社出版。

复兴作家之一。1899 年叶芝等人成立爱尔兰文艺剧院时，唐萨尼正式继承家族头衔与资产，并一度在南非参加布尔战争。唐萨尼本人与叶芝和格雷戈里夫人是好友，阿贝剧院的创建也有其一份功劳。他早期以幻想故事集闻名，有作品《佩加纳之神》(*The Gods of Pegana*，1905)、《奇迹之书》(*The Book of Wonder*，1912)等。唐萨尼的第一部戏剧《闪耀之门》①(*The Glittering Gate*)于 1909 年在阿贝剧院上演，该剧以及他之后的不少戏剧，都多多少少受到梅特林克"幻想剧"(fantasy)的影响。唐萨尼的短剧在当时风靡欧美的"小剧场运动"(Little Theater Movement②)中相当受欢迎，尤其是在美国。他的长剧《如果》(*If*)于 1921 年在伦敦上演，大获成功。此外，唐萨尼还著有流行一时的"约肯斯系列故事"("Jorkens" stories)。

《丢失的礼帽》是唐萨尼 1913 年创作的一部独幕喜剧，当年在曼彻斯特上演。该剧主要叙述伦敦一条时髦的街边，一位访客(Caller)刚刚向一位女士求婚被拒，匆忙中他的帽子落在了大屋中。于是他希望路过的小工(Laborer)、书记(Clerk)帮他进屋去取，并提出给不菲的小费，但小工和书记都怀疑访客有诈。后来访客遇见一位诗人(Poet)，便请求诗人帮忙进屋取帽，但诗人在了解事情的眉目后，反而向访客作了一大段的谆谆教诲，希望他不要进去拿帽子，这样会"杀死浪漫"。最终，访客气不过，自己进屋取帽，而这时小工和书记带着警察来到，发现只有一位"有点毛病"的诗人在路边自言自语。

研究指出，该剧情节简单，人物形象的刻画却栩栩如生，属于以人物

---

① 译名来自田汉《爱尔兰近代剧概论》，田汉译 Lord Dunsany 为"檀塞尼爵士"。唐萨尼生时作品流行一时，风靡英美，但时至今日却声名不显。国内外国文学教材或著作中对其介绍较少，反而是田汉 20 世纪 20 年代在《爱尔兰近代剧概论》中辟有专章对其进行介绍。

② "小剧场运动"在前文已经有所论述。1904 年，阿贝剧院在都柏林创建，成为"小剧场运动"在英语国家流行的标志性事件。此后，"小剧场运动"潮流来到美国，其中重要的组织有哈佛大学教授乔治·贝克主持的"四十七工作坊"。余上沅好友洪深曾参加此工作坊，而余上沅本人后来翻译了贝克的戏剧专著《戏剧技巧》。

刻画带动剧情发展的喜剧(Comedy)，而不是由剧情来带动人物刻画的闹剧(Farce)。① 访客的局促不安(因为刚刚求婚被拒)，小工的疑神疑鬼(怀疑访客想行诈骗)，书记的谨小慎微，以及诗人的"神经质"表现，都是在对话中完成的，而不是靠剧情的发展。从这些人物形象的分析来考察，也不难看出其中的人物原型，例如访客的原型是乔治·摩尔，而诗人的原型非叶芝莫属了。

如上所述，唐萨尼的戏剧，尤其是那些独幕短剧，非常受"小剧场运动"的欢迎。其中一个重要原因就是这些独幕短剧人物形象饱满、情节紧凑，非常适合非商业性的小剧场进行演出。这也是余上沅翻译此剧的主要原因。1929 年年初，余上沅应熊佛西的邀请，兼任国立北平大学艺术学院戏剧系教授，讲授"现代戏剧艺术"和"舞台设计"等课程。这年秋天，他又担任北平大学大学生"戏剧研究社"的导师，着力培养学生的专业演出能力。同时，受欧美小剧场运动的影响，余上沅与赵元任、陈衡哲、熊佛西、许地山，以及北平大学艺术学院戏剧系的 6 名毕业生组织了"北平小剧院"。"北平小剧院"基本上按照流行欧美的小剧场进行建设，但又具有自身的特色。欧美的小剧场大多由艺术家在一些首府城市推行，且部分小剧院得到文艺赞助者或者贵族、富商的支持(如阿贝剧院)，而中国的小剧场运动则大多由余上沅这样留学欧美而归国的教授指导学生进行，换言之，即大多在艺术学院戏剧系的师生中开展。"北平小剧场"创建后，便急需安排合适的剧目进行排演。当时国内小剧场运动排演的剧目要么来自指导教师的创作(如田汉)，要么来自翻译的欧美戏剧。1930 年 3 月，余上沅指导学生排演了格雷戈里夫人的《月亮上升》。同年 5 月，他继续指导学生排演，演出的剧目即为唐萨尼的《丢失的礼帽》，余上沅将其题目译为《丢了的礼帽》。为了能产生更好的排演效果，余上沅未采用该剧已有的汉语译本而选择对剧本进行重译。该译本刊载于 1930 年第 12 期的《戏剧与文

---

① Lord Dunsany, *Delphi Collected Works of Lord Dunsany* (*Illustrated*), Hastings: Delphi Classics, 2017.

艺》。

余上沅基本采用直译的方法来翻译《丢了的礼帽》。如剧情发生的地点在 a fashionable London street，余上沅译为"伦敦一条时髦的街"；访客的开篇语如下：

> **THE CALLER** Excuse me a moment. Excuse me — but — I'd be greatly obliged to you if — if you could see your way — in fact, you can be of great service to me if—①

余上沅译为：

> **客人** 对不起，一会儿工夫。对不起——不过——我一定非常的感激你，如果——如果你能够想想法子——其实你可以替我大大的帮忙，如果——②

在上述译文中，其语序几乎完全遵从原文语序。原文中 see your way 是 see your way to the inside of the house(字面意思是"你能进到房子里")的省略，余上沅译为"想想法子"，是比较贴切的译文。

与叶芝等人尤其是辛格不同，唐萨尼的戏剧语言是标准的甚至是典雅的语言，他极少在戏剧中使用俚语和俗语。这与他的贵族出身和教养有很大的关系，家里人甚至不让他读通俗的报纸，怕上面的不雅词汇污染其语言的习得。但唐萨尼在塑造人物形象的时候，能够按照不同的人物写出他们各自的语言特点，例如小工的语言就比较少地顾及语法和恰当的用语：

①　Lord Dunsany, *The Lost Silk Hat* (*Delphi Collected Works of Lord Dunsany* (*Illustrated*)), Hastings: Delphi Publishing Ltd., 2017, p. 2168. 以下所引《丢了的礼帽》原文均出自此书。

②　唐萨尼：《丢了的礼帽》，余上沅译，《戏剧与文艺》1930 年第 12 期，第 8 页。以下所引译文均出自此。

Glad to do what I can, sir，余上沅译为"先生，**俺们瞧着办吧**"；Ah-h. That's what I don't know，余上沅译为"哑呵。那**俺**可说不上来"；Don't seems as if you are, certainly, but **I don't like the looks of it**；what if there's things what I **can't 'elp** taking when I gets inside? 余上沅译为"看上去您倒没有要**俺偷东西**，当然，不过**俺不欢喜空口说白话**；要是俺走了进去，碰见了东西，**忍不住拿它两样**，那怎么办呢？"余上沅的译文较为贴切地把原文意思翻译了出来，尤其是以"俺不欢喜空口说白话"来对应 I don't like the looks of it，以汉语中的习语"空口说白话"对应原文"事情不太对劲"的俗语式表达。

接下来出场的书记性格非常谨小慎微，余上沅的译文也很好地传递了这一特点。例如原文中访客想请书记以修钟表工人的身份进去帮自己取帽，书记婉拒说 I — er — don't think I'm very good at winding clocks, you know，余上沅的译文是"我——唔——我想我不怎么会开自鸣钟，你知道的"，语序上完全依循原文，winding clock 译为"自鸣钟"，是已经约定俗成的译法，整个译文复现了书记谨慎、怕多事的性格。与书记的谨慎相比，诗人显然性格开朗得多，语言也更为文雅，例如，在得知访客与屋中的小姐"吵架"后，他说：

POET You go to die for a hopeless love, and in a far county; it was the wont of the troubadours.①

余上沅的译文是：

诗人 你因为情场失意就以死殉情，并且还是远走天涯；这正是

---

① Lord Dunsany, *The Lost Silk Hat* (*Delphi Collected Works of Lord Dunsany* (*Illustrated*)), Hastings：Delphi Publishing Ltd., 2017, p. 2181.

古来骚人词客的行径吗?①

余译不仅将原文意思"和盘托出",而且其使用的"情场失意""以死殉情""远走天涯""骚人词客"四字词语,在某种程度上营造出比原文更为文雅的气氛,使得诗人的性格和气质更为突出。另举一例,当访客执意请诗人帮忙取帽,诗人便讨论起帽子本身的意义来:

POET What is a hat! Will you sacrifice for it a beautiful doom? Think of your bones, neglected and forgotten, lying forlornly because of hopeless love on endless golden sands. "Lying forlorn!" and Keats said. What a word! Forlorn in Africa. The careless Bedouins going past by day, at night the lion's roar, the grievous voice of the desert.②

余上沅译为:

诗人 帽子算什么! 难道你为了一种可爱的命运,连帽子都不肯牺牲吗? 想想看,你的一堆白骨,孤零零抛散在无边际的黄沙上,既没有人理会,也没有人念想,只为了失意情场。诗人济慈说的,"孤零零抛散!"多好的文章! 孤零零的在亚非利加。白天里有无忧无愁的白度流浪人们走来走去,黑夜里有狮子怒吼,这便是沙漠上的悲声。③

诗人劝访客不要回屋取帽,因为一旦回去,就很有可能与屋中的姑娘

---

① 唐萨尼:《丢了的礼帽》,余上沅译,《戏剧与文艺》1930 年第 12 期,第 13 页。

② Lord Dunsany, *The Lost Silk Hat* (*Delphi Collected Works of Lord Dunsany* (*Illustrated*)), Hastings: Delphi Publishing Ltd., 2017, p. 2188.

③ 唐萨尼:《丢了的礼帽》,余上沅译,《戏剧与文艺》1930 年第 12 期,第 17 页。

复归于好，说不定还会生下许多子女，这样便杀死了一段"浪漫"———一种"可爱的命运"。因为访客不回屋取帽，而是像他与姑娘吵嘴时发誓说的去"亚非利加"（非洲）参军作战，甚至埋骨黄沙，在诗人眼中，那是多么诗意的浪漫啊！原文中 Will you sacrifice for it a beautiful doom，如果按正常语序可以是 Will you sacrifice a beautiful doom for just a hat？原文是从正面来说——难道你为了一顶帽子，而要牺牲一种可爱的命运吗？而余上沅的译文是从反面来说，起到异曲同工的效果。上述译文中，余上沅处理得最高明的地方是第三句原文。一方面，余上沅将原文拆分得更为细致，这样译文读起来语气更为顺畅，意思也清晰无误；另一方面，在语序上，余上沅将"无边际的黄沙上"提前，而将"只为了失意情场"放最后，这样先说结果（白骨抛散黄沙上），再说原因（失意情场），逻辑顺序井然。再者，在翻译 neglected and forgotten 时，余上沅不仅补充了主语"人"，还加上表示连贯的词组"既，也"，使得语义完整，语气连贯。另外，以"无忧无愁"译 careless，以"悲声"译 grievous voice，在传达语义和营造气氛上都起到了较好的效果，也进一步突出了诗人的性格特征。总体而言，在文体效果上，这一段译文毫不逊色于原文，甚至可以说有过之而无不及。

在直译的基础上，为了演出的效果，余上沅在一些字词、句子甚至段落的处理上，也照顾到当时观众的反应和需求，使用一些更符合汉语特点的译文，即个别之处带有归化译法的特色。

例如在剧中一开始，访客劝小工不需担心进屋取帽会发生什么事，说But my dear fellow, don't be silly，余上沅译为"可是，老兄，别傻"，贴切简洁；看到小工要走，访客提出给他一个 sovereign，即旧时英国硬币中镀金的一英镑，余上沅译为"一张十块票"，如此处理方能符合观众理解的期待"视域"；访客说自己不想在伦敦街上走着不戴帽子（without a hat），余上沅译为"打光头"；在书记也不愿为其进屋取帽时，访客假装称自己的脚脖子扭了：I have sprained my ankle，余上沅译为"我的螺蛳骨走伤了"，"螺蛳"是中医中脚踝两边凸出的部位中穴位的名称，"螺蛳骨"即脚踝骨，用来对应 ankle，可以说是完全归化的译法了。在访客与诗人的对话中，田汉译 kings 为"皇帝"，译 nightshirt 为"汗衫"，将诗人说的 I decline 译为"我敬谢不敏"，将 have a family of noisy, pimply children 译为"生一堆哭哭闹闹出痘生疹的儿女"，也是以归化的译法将原文的意境做了较好的传递。在接近剧终时，诗人发了一篇长论，说如果访客不进屋取帽，而是去非洲战场上参战，他自己就会写诗文来赞美访客：

> **POET** I shall make legends also about your lonely bones, telling perhaps how some Arabian men, finding them in the desert by some oasis, memorable in war, **wonder who loved them**. And then as I read them to her, she weeps perhaps a little, and I read instead of the glory of the soldier, how it overtops our transitory —①

余上沅译为：

> **诗人** 我还要编些故事，来描写你死后的凄凉。也许说一队阿拉伯人，走到沙漠间的绿洲上，只见道旁一堆白骨，知道它是展示的遗骸，**猜他春闺梦里，谁是伊人**。然后我把这些故事讲给她听，她也许会洒几点伤心泪，我不提战士的伟业丰功，我只说他怎样胜过我们这些昙花一现。②

通过读原文和译文，可以看出余译不仅较好地复现了原文的意义，在风格上译文甚至更显文雅。

总体来看，余上沅的译文较好地传达了原文的意义和风格。但是，余译在个别地方显得过于直译，甚至发生了"硬译"的不足。例如在戏剧开头

---

① Lord Dunsany, *The Lost Silk Hat* (*Delphi Collected Works of Lord Dunsany* (*Illustrated*)), Hastings：Delphi Publishing Ltd., 2017, p. 2191.

② 唐萨尼：《丢了的礼帽》，余上沅译，载《戏剧与文艺》1930 年第 12 期，第 18 页。

介绍场景时，有一句 At first he shows despair, then a new thought engrosses him，余上沅译为"起初他很现失望，随后一个新思想充满了他的全身"，后半句的译文过于"亦步亦趋"；后来访客请书记为他进屋取帽，说 I shall be extraordinarily obliged to you if you would be very good as to get it for me，余上沅译为"我一定非常感激你，如果你肯做个好事，替我把帽子拿出来"，虽然意思都传达了，但是语序过于依循原文，不是流畅的汉语；书记不愿帮访客，说自己要走了：I'm afraid I have to be going on，余上沅译为"我怕我得走我的路了"，在语序上也过于依循原文；访客在看到诗人时说的第一句话 But I should be immensely obliged to you if you would do me a very great favor，余上沅译为"不过我一定万分的感激您，如果您肯大大的帮我一个忙"，也是过于依循原文语序，而不是流畅清通的汉语。

但瑕不掩瑜，总体上看余上沅的《丢了的礼帽》译文，是一篇以直译为基础，且照顾到观众和演出需求的较好的译文。

值得注意的是，从当今的文学史书写来考察，唐萨尼爵士一般不被认为是爱尔兰文艺复兴戏剧运动的主要作家。但在 20 世纪二三十年代，唐萨尼的部分剧作得到了中国现代文化界的关注。田汉在《近代爱尔兰剧概论》（东南书店，1929）中专辟一章（叶芝、格雷戈里夫人、辛格各占一章），论述了唐萨尼的大部分剧作，有宏观阐释，有文本分析，是现代译介史上对唐萨尼戏剧较为全面的介绍。《丢失的礼帽》则由于情节紧凑、寓意丰富、易于演出，而为译者所喜。就笔者搜索所及，除余上沅翻译过此剧外，至少还有茅盾译本和署名"锦遐"的译本。

茅盾对于爱尔兰文艺复兴戏剧的译介，在下一章中有详尽分析，此处仅就《丢失的礼帽》一剧之翻译略作阐释。茅盾的译文以《遗帽》为题，发表于《东方杂志》第 17 卷第 16 号（1920 年 8 月 25 日），署名"唐珊南原著、雁冰译"，唐珊南即唐萨尼，雁冰为茅盾的原名。在正文之前，茅盾写了一个简短的《译者附识》。在附识中，茅盾先极其扼要地介绍了唐萨尼爵士其人，然后用主要篇幅叙述 19 世纪末欧洲文学的发展——从自然主义到表象主义。表象主义也被称为"新浪漫主义",代表作家在欧洲大陆有魏尔伦、梅特林克等,而在爱尔兰的代表则是叶芝、格雷戈里夫人和唐萨尼。茅盾认为,《遗帽》一剧即是对自然主义的反抗和解放。整体来看,茅盾的《遗帽》译文也是比较依赖原文语序的直译。例如在剧目开头客人的一段话:

THE CALLER   Excuse me a moment. Excuse me — but — I'd be greatly obliged to you if — if you could see your way — in fact, you can be of great service to me if —①

茅盾的译文是:

来客   请停一停,对不起。对不起——但是——我真要大大感激你。倘然——倘然你能够想法——真的,我实在拜赐不浅,倘然你——②

无论从语序上,还是从意义上,茅盾译文都几乎全然对应原文。其中,以"倘然你能够想法"翻译 you could see your way("找到进门的办法或借口"),和以"拜赐不浅"来翻译 be of great service,是比较贴切的译文。不过,总体上来看,译文虽然全然传达了原文的意义,但是这样的处理有"硬译"之嫌,尤其是如果用于演出的话,在观众听来就会觉得句子过于"欧化"。这也是茅盾的翻译区别于田汉和郭沫若翻译的一个特点,茅盾的译文极少被改编为剧本演出,而后两者本身就是戏剧家,其译文经常被改编为剧本进行演出。

关于茅盾的《遗帽》译文,文学翻译史上还有一段公案。当代著名历史

---

①   Lord Dunsany, *The Lost Silk Hat* (*Delphi Collected Works of Lord Dunsany* (*Illustrated*)), Hastings: Delphi Publishing Ltd., 2017, p. 2168.

②   唐珊南:《遗帽》,雁冰译,《东方杂志》1930 年第 17 卷第 16 号,第 112 页。

学家汪荣祖亦曾撰文涉及译事①，2015 年外语教学与研究出版社重版翻译家张其春初版于 1949 年的著作《翻译之艺术》，汪荣祖为此书作《新版序》。在序中，作者认为严复提出的"信、达、雅三者应视为一体"，首先应信，然后达意，最后出以雅言。作者以茅盾《遗帽》译文为例，写道：

> 著名小说家茅盾译 19 世纪爱尔兰作家唐珊南(Lord Dunsany)剧本《失帽记》(*The Lost Silk Hat*)中一语"faultlessly dressed，but without a hat"，为"衣冠楚楚，未戴帽子"，貌似雅言，却顾此失彼，造成事理与名理均不可能之讹。②

这一段论述中的重点是认为在原文中明确指出没有"戴帽子"的情况下，仍然将其译为"衣冠楚楚"(冠即帽子)，这是一种误译，即没有达到最基本的"信"，如果没有"信"，语言再美也不是"雅"。查茅盾的译文原文，此处的表达是："衣冠楚楚"，可是没有戴帽子。③ 需要特别注意的是，"衣冠楚楚"四个字是加了引号的。由此，笔者猜测茅盾在翻译时，对于 faultlessly dressed 两个词(字面意思为"穿着挑不出毛病""穿着讲究")，脑海中闪现的对应词语就是汉语成语"衣冠楚楚"，但他也想到"衣冠楚楚"的词意中是包含帽子的，因此只好在词语上加以引号，以特别说明。当然，在其他地方不加引号，而在"衣冠楚楚"上加引号，到底是何意思，如今已不得而知。不过，笔者以为，这引号应该是有所指的。

---

① 例如汪荣祖：《严复的翻译》，《中国文化》1994 年第 9 期，第 117-123 页；汪荣祖：《再读严复的翻译》，《学人从说》，北京：中华书局，2008 年，第 68-105 页。汪氏在《再读严复的翻译》引言中提到自己撰写关于严复翻译的文章，是受钱锺书的鼓励(第 68 页；钱锺书本人撰有名文《林纾的翻译》)。汪氏服膺钱锺书其人其作，除学术文章外，近年撰有《槐聚心史：钱锺书的自我及其微世界》一书(北京：中华书局，2020 年)，以心理学理论来阐释钱锺书的思想与学术。

② 张其春：《翻译之艺术》，北京：外语教学与研究出版社，2015 年，第 3 页。

③ 唐珊南：《遗帽》，雁冰译，《东方杂志》1920 年第 17 卷第 16 号，第 112 页。

除茅盾的译文外，《南开大学周刊》第 96 期（1930 年 11 月 18 日）刊载了独幕剧《失去了的丝帽》，署名"Lord Dunsany 著，锦遐译"，Lord Dunsany 即唐萨尼爵士，"锦遐"应该是陈晋遐①，但生平资料缺乏。总体来看，陈晋遐的译文属于直译，个别之处的表达也有硬译之嫌。例如在剧作结尾处，本来是客人请求诗人去替他进屋拿帽，诗人了解情况后，反而劝客人不要进屋，有这么一段台词：

POET I appeal to you. I appeal to you in the name of beautiful battles, high deeds, and lost causes; in the name of love-tales told to cruel maidens and told in vain. In the name of stricken hearts broken like beautiful harp-strings, I appeal to you. I appeal in the ancient holy name of Romance: *do not ring that bell.*②

陈晋遐的译文是：

诗人 我请求你，我请求你为了美丽的争斗，高贵的行为和遗失了的东西；为了残酷的处女无希望爱的传说；为了破裂像碎麻样的受创的心。我求你为了古代罗曼斯圣洁的名字！不要按那只门铃。③

对读原文和译文，可以发现，陈晋遐基本将原文意思作了传达，尤其

---

① 《南开话剧史料丛编·2·剧本卷》有署名为"陈锦遐"的剧目介绍，其曾编著剧本《魔王的吩咐》，参见崔国良主编：《南开话剧史料丛编·2·剧本卷》，天津：南开大学出版社，2009 年，第 680 页。但搜索原文，《魔王的吩咐》曾发表于《真美善》杂志 1930 年第 1 期（即第 7 卷第 1 期，曾朴主编），署名"陈晋遐"。因此猜测"锦遐"是陈晋遐所取笔名。

② Lord Dunsany, *The Lost Silk Hat* (*Delphi Collected Works of Lord Dunsany* (*Illustrated*)), Hastings：Delphi Publishing Ltd., 2017, p. 2192.

③ 唐萨尼：《丢失了的丝帽》，锦遐译，《南开大学周刊》1930 年第 96 期，第 24 页。

是将原文"犹如美丽的竖琴琴弦那样破碎的心"处理为"破裂像碎麻样的受创的心"，是比较灵活的方法。但是将 lost causes（失败的事业）翻译为"遗失了的东西"，却有误译之嫌。此外，原剧开场部分介绍客人时，有这么一句：At first he shows despair, then a new thought engrosses him[①]，大意为"一开始客人显出绝望的神色，突然脑海中涌出一个新念头"。陈晋遐的译文是："先是表示失望，后来一种新的想念占据了他。"[②]"一种新的想念占据了他"的表达显得突兀，以"想念"翻译 thought，显得草率。总之，译文在整体上基本传达了原作意义，但个别地方的处理显得粗率，甚至有误译。译者可能也意识到了这一点，在译文最末的结尾处，写有"十月十八日下午草译"[③]。

除《丢失的礼帽》外，唐萨尼爵士的另外一部戏剧 The Tents of Arabs，在 1933 年由作家、翻译家杨骚翻译为《阿拉伯人的天幕》，并刊载于同年出版的《新中华》杂志第 15 期，署名"邓塞尼作、杨维铨译"。杨维铨即杨骚，原名杨古锡，维诠乃其字，1900 年生于福建漳州，1928 年发表诗文时开始使用"杨骚"的笔名。田汉在其《爱尔兰近代剧概论》中对此剧的基本情节有所介绍，但尚未见到有关杨维铨此译本的相关介绍，更遑论研究。[④]

三、绍介格雷戈里夫人

1924 年，余上沅在《晨报》开设"芹献"连载专栏，对戏剧艺术、舞台

---

① Lord Dunsany, *The Lost Silk Hat* (*Delphi Collected Works of Lord Dunsany* (*Illustrated*)), Hastings：Delphi Publishing Ltd., 2017, p. 2168.

② 唐萨尼：《丢失了的丝帽》，锦遐译，《南开大学周刊》1930 年第 96 期，第 19 页。

③ 唐萨尼：《丢失了的丝帽》，锦遐译，《南开大学周刊》1930 年第 96 期，第 24 页。

④ 据研究者统计，杨骚翻译有十余部作品，较知名的有《十月》（雅科列夫）、《铁流》（绥拉菲摩维支）、《没钱的犹太人》（歌尔德）等，翻译语言涉及俄语、英语、日语等。参见杨骚：《杨骚选集》，杨西北编，厦门：厦门大学出版社，1989 年。杨骚翻译的作品中一大半是苏联作品，杨骚曾留学日本，其英文和日文较好，据杨骚同乡回忆，杨骚翻译的苏联作品是从"英文本参照日译本翻出来的"。参见杨西北：《流云奔水话杨骚——杨骚纪传》，太原：山西人民出版社，1999 年，第 121 页。

灯光布景、服装道具、欧美戏剧家及其剧作、欧美戏剧杂志、表演艺术、欧美艺术剧院等进行介绍。在当年 4 月 7 日的一期中，余上沅发表专文《爱尔兰文艺复兴运动中之女杰》，对格雷戈里夫人生平及剧作进行阐释和介绍。这是国内最早对爱尔兰文艺复兴运动中这位杰出的女作家进行介绍的文章之一。后来这篇文章被收入余上沅的戏剧论著《戏剧论集》，该论著 1927 年 7 月由新月书店初版。

在这篇文章的开头，余上沅即指出，虽然诗歌、散文和戏剧的文学形式各不相同，但都是爱尔兰文艺复兴运动的重要载体。余上沅一方面承认自己偏爱戏剧，另一方面也认为在爱尔兰文艺复兴运动中取得最高成就的是戏剧，因此他乐于向读者介绍爱尔兰文艺复兴戏剧。紧接着，余上沅极其简略地叙述了爱尔兰文艺复兴运动的"始末"，他认为该运动起源于 1880 年奥格雷迪(S. J. O'Grady)出版《爱尔兰史》(*History of Ireland*)一书。[①] 在接下来的 20 年间，爱尔兰诞生了一批"灿烂辉煌"的诗人、文豪和戏剧家，从而使得爱尔兰文学在世界文学史上争得一席之地。余上沅列举出 18 位爱尔兰文艺复兴戏剧家，除常见的叶芝(余上沅译为"夏芝")、辛格[②]、格雷戈里夫人(余上沅译为"格里各雷")之外，还有唐萨尼、罗宾逊等人。在这一段结尾，余上沅写道"这种收获，是我们不能不钦羡的"[③]。这一句显然是有感而发，因为余上沅特别希望中国也有这么一种文艺复兴的潮流，他留学归国之后与赵太侔等发动的"国剧运动"就是爱尔兰文艺复兴戏剧运动的中国翻版，虽然"国剧运动"仅仅在发动的 2 年之后便折戟沉沙。

---

① 将如此重要的一场文艺运动之肇始归结为一本著作的出版，稍显武断。据《牛津英国文学词典》(第 5 版)"Irish Revival"(爱尔兰复兴)词条(第 496 页)，爱尔兰文艺复兴运动的发生，得益于 20 世纪五六十年代一批爱尔兰学者和作家对爱尔兰传说、民间故事和诗歌等的翻译和重写，重点作品有佛格森(S. Ferguson)的《西部盖尔语民谣》(*Lays of the Western Gael*, 1865)、海德的《康纳哈的情歌》(*Love Songs of Connacht*, 1893)。在历史著作方面，除了奥格雷迪的《爱尔兰史》之外，尚有海德的《爱尔兰文学史》(*Literary History of Ireland*, 1892)。

② 余上沅也许是将 Synge 译为"辛格"的第一人，郭沫若 1925 年开始阅读并翻译辛格作品，将 Synge 译为"沁孤"，田汉也使用"沁孤"的译名。

③ 余上沅:《戏剧论集》，上海:新月书店，1927 年，第 44 页。

接着，余上沅一方面肯定叶芝的戏剧贡献，但同时认为其戏剧成就不如辛格与格雷戈里夫人。因为格雷戈里夫人、叶芝和马丁三人首倡成立"爱尔兰文艺剧院"，但随后不久马丁退出，余上沅认为有必要稍微介绍马丁、重点介绍格雷戈里夫人。余上沅指出，马丁是因为不满意当时爱尔兰的商业戏剧，想提倡新剧，这便有了"爱尔兰文艺剧院"。但马丁的兴趣在于复兴易卜生式的现实主义问题戏剧，而不是爱尔兰本身文化的复兴，"他的作品中只看得见易卜生的影响，却看不见爱尔兰的灵魂"①。于是，"爱尔兰文艺剧院"的初期只不过是一个"易卜生运动的宣传所"。余上沅指出马丁戏剧的旨趣所在是难能可贵的，因此也间接指出马丁退出爱尔兰文艺复兴戏剧运动的原因。

在指出马丁戏剧旨趣之后，余上沅又将其与当下中国的戏剧界加以比较，认为当时中国的戏剧界与马丁戏剧如出一辙，全部归向易卜生，青年学生若不能谈几句《娜拉》和《群鬼》便引为绝大的羞耻。他指出，真理是反对"崇拜偶像、崇拜英雄"的，也就间接指出当下的中国戏剧界应多样发展，反映出余上沅独特而有意义的审视视野。正是因为易卜生式戏剧的主导引起叶芝等人的不满，于是才有了"爱尔兰民族戏剧社"的成立，从此便实现了"爱尔兰人演出爱尔兰人创作的爱尔兰戏剧"。余上沅将"爱尔兰文艺剧院"向"爱尔兰民族戏剧社"的转变，比拟为"金沙江注入扬子江"，即从支流变成主流。"爱尔兰民族戏剧社"毕竟是个戏剧组织，戏剧家们创作的戏剧在各式各样的剧场演出，并不利于爱尔兰文艺复兴戏剧运动的发展。"阿贝剧院"的购置成为该运动中的标志性事件。这其中费氏兄弟和霍尼曼女士的襄助，是"阿贝剧院"得以被购置并成为运动中心的关键因素。费氏兄弟提倡动作简单、发音协调，适合演出叶芝等的诗剧，霍尼曼小姐免收剧院演出费用达 7 年半之久，这不得不让余上沅发出由衷的感喟：我们希望中国也挺生一两个黄尼曼女士！②

---

① 余上沅：《戏剧论集》，上海：新月书店，1927 年，第 44 页。
② 余上沅：《戏剧论集》，上海：新月书店，1927 年，第 46 页。

与霍尼曼因资助创建阿贝剧院而为爱尔兰文艺复兴戏剧运动作出的巨大贡献一样,格雷戈里夫人因自始至终参与该运动并贡献出大量杰出戏剧而成为"爱尔兰运动中怒放的一株戏剧之花"①。余上沅认为,格雷戈里夫人的第一部戏剧《二十五》(Twenty-five)不是一部成功之作,但其接下来的二十余部长短剧本却有"不朽的价值"。按出版时间,余上沅依次介绍格雷戈里夫人的戏剧。首先是《七部短剧》(Seven Short Plays,1909),这是其最得意的作品,余上沅认为与其说这是7部戏剧,而不如说是7篇短篇故事。选定情境,人物不多,对话紧凑,并不聚成焦点,而只是将人生的某一方面"写透彻"。余上沅同时认为,格雷戈里夫人剧中的想象诗意风趣,用笔灵活、从容。余上沅指出,在这7部戏剧中,前5部算是滑稽喜剧,在这些喜剧中展现了格雷戈里夫人的长处,"就是能用最经济的方法,把爱尔兰人的灵魂在舞台上表演出来"②。余上沅的这一看法可谓一语中的。格雷戈里夫人对爱尔兰文艺复兴戏剧主要的贡献在于这些表现爱尔兰普通百姓的喜剧,或称"风俗喜剧",或叫"民俗喜剧",剧情并不紧凑,亮点在于对话,通过对话刻画栩栩如生的人物形象。

接下来余上沅介绍了格雷戈里夫人的三幕喜剧《泡影》(The Image,1910),并指出这部喜剧中"一场争执、终成空幻"的主题在古代西班牙一出名叫《橄榄》的戏剧中便有了滥觞。余上沅认为格雷戈里夫人1913年出版的《新喜剧》(The New Comedies)中,没有一部比得上1909年出版的《七部短剧》中的任何一部,不值得讨论。余上沅进一步讨论了格雷戈里夫人1912年出版的《爱尔兰民间-历史戏剧集》(Irish Folk-History Plays),并引剧作者自己的话说,这些剧本的创作是在风俗喜剧之外的一种尝试。这几部剧集虽然也比不上《七部短剧》,但余上沅认为格氏的尝试并未"完全失败",因为至少这些戏剧的主题和风格都是"爱尔兰的"。在文章最后,余上沅写道,爱尔兰文艺复兴运动中的女杰,除了霍尼曼和格雷戈里夫人之

①　余上沅:《戏剧论集》,上海:新月书店,1927年,第47页。
②　余上沅:《戏剧论集》,上海:新月书店,1927年,第48页。

外，还有米利甘（Alice Milligan），也有一篇好的戏剧。

综合考察余上沅这篇介绍格雷戈里夫人及其剧作的文章，至少有如下三个方面的特色和价值：较早介绍这位女杰；文本阐释与历史文化背景相结合；写的是爱尔兰"女杰"，心系的是中国。

首先，余上沅是中国现代最早将格雷戈里夫人介绍给中国读者的译介者之一。研究指出，在余上沅发表《爱尔兰文艺复兴运动中之女杰》的同一年，格雷戈里夫人的《谣传》也被翻译过来。[①] 现有资料表明，虽然余上沅也许并不是最早将格雷戈里夫人译介到中国的译者，但至少是最早的译介者之一。很有可能在美国留学时，余上沅就对爱尔兰文艺复兴戏剧运动相当熟悉，而格雷戈里夫人作为运动中的主将之一，且作为女性戏剧家，余上沅对她的戏剧应该是耳熟能详的。虽然目前尚未有资料显示余上沅曾翻译过格氏的戏剧，但他在这篇文章中对格雷戈里夫人及其作品的介绍详略得当，为20世纪20至40年代格氏作品在现代中国的译介开了先河。1930年3月，担任"北平小剧院"院长的余上沅指导国立北平艺术学院戏剧系学生排演格雷戈里夫人的《月亮上升》，虽然不是余上沅自己翻译的文本，但他显然对格氏戏剧的内容和风格是相当熟稔的。

其次，对于格雷戈里夫人及其剧作的介绍，余上沅做到了将文本分析与历史文化背景的介绍相结合。在介绍与分析格雷戈里夫人及其作品之前，余上沅先对爱尔兰文艺复兴发生的历史背景做了介绍，这其中尤其重点点出了马丁在运动中的作用，以及他后来脱离运动的原因，这是相当难能可贵的，因为在一般的介绍爱尔兰文艺复兴戏剧运动的资料中，虽然都会提及马丁的贡献，但对其脱离运动的原因涉及甚少。而在具体分析格氏作品本身时，余上沅也能做到保持客观态度，即一方面肯定其贡献、总结其特点、褒扬其优点，另一方面也指出其不足以及剧作水平的参差不齐。

---

① 安凌：《重写与归化：英语戏剧在现代中国的改译和演出（1907—1949）》，广州：暨南大学出版社，2015年，第243页。根据此书附录"中国现代英语戏剧翻译年表"，格雷戈里夫人的这部戏剧被译为《市虎》（典出《韩非子》第九卷《内储说·上》"三人言市有虎"），译者不详。

如上所言，爱尔兰文艺复兴戏剧运动可谓余上沅主导发起的"国剧运动"的直接影响来源，但余上沅并不一味推崇运动中的戏剧家及其作品，而是秉持客观态度，做到褒扬与批评并举。

再者，也是最为重要的，即余上沅在介绍格雷戈里夫人及其剧作的同时，无时不刻地在思考中国现代戏剧的现状与出路。余上沅感慨于在 19 世纪最后 20 年间，爱尔兰文艺复兴戏剧运动能取得那么丰硕的成果，仅卓有声名者便至少有 18 人之多，他心有戚戚地写道："这种收获，是我们不能不钦羡的。"[1]余上沅在写下这段文字的时候，心中也许正升腾起自己对"国剧运动"经验的总结，虽然"国剧运动"直接受爱尔兰文艺复兴戏剧运动影响而来，但因为各种条件的限制，尤其是"艺术至上"的主张，不到数年便匆匆收场，赵太侔、熊佛西、洪深等各奔东西，这些不得不使余上沅心有感慨。在点出马丁因主张易卜生式戏剧而与叶芝等人分道扬镳时，余上沅更是直面早期中国现代戏剧的现状，认为也是易卜生式的戏剧过多。他指出，自从《新青年》出版易卜生专号以来，青年学生若不能谈论几句《娜拉》，便会引为"绝大的羞耻"，而不少少年作家早已将娜拉重新描画过数遍。余上沅承认，去研究易卜生固然不错，因为毕竟没有多少人能赶得上他的技术，但是"崇拜英雄，崇拜偶像的罪过，是真理(有人写作上帝)所不宽宥的"[2]。由此也可知余上沅对于当时中国戏剧发展的看法，即易卜生式的社会问题剧固然需要，但也不能抱持"只此一家"的态度，而拒绝译介其他类型的戏剧。

余上沅在《爱尔兰文艺复兴运动中之女杰》中表达的关于中国现代戏剧发展的最大遗憾，便是没有像"阿贝剧院"那样的一个固定的完善的剧院和霍尼曼女士那样的艺术赞助者。还在异国留学期间，余上沅等人就意识到，要想成功开展中国自己的戏剧运动，就必须拥有一个像爱尔兰文艺复兴戏剧运动中"阿贝剧院"那样的戏剧演出与实验基地。为此，余上沅与赵

---

① 余上沅：《戏剧论集》，上海：新月书店，1927 年，第 44 页。
② 余上沅：《戏剧论集》，上海：新月书店，1927 年，第 45 页。

太侔等人还草拟了《北京艺术剧院大纲》，但归国后余上沅等人发现，没有可靠的资金来源，"北京艺术剧院"最终未能建成。余上沅感慨于霍尼曼女士买下阿贝剧院之后，7年半没有收取叶芝等人戏剧演出的任何租金，这样的"义举"，即便是在当时的英美诸国，也是"破天荒的事"，这是值得"大书而特书"的。虽然没有建成"北京艺术剧院"，余上沅等人趁教育部恢复美术专科学校的机会，提请教育部增设戏剧和音乐两个系，并获批准。国立艺术专科学校戏剧系在余上沅等人的主持下，首倡招收女学员，成为中国现代戏剧教育中的标志性事件。此后，余上沅辗转于北京、南京等地，担任教授等职，但其心中关于建立"阿贝剧院"一样的小剧场的念头一直未曾消失。1928年，余上沅应熊佛西的邀请，兼任国立北平大学艺术学院戏剧系教授，与赵元任等人以及戏剧系的6名毕业生，组成"北平小剧院"。这个"北平小剧院"的演出场所虽然比不上阿贝剧院，但余上沅组织学生举行了数次公演，其中的剧目就有格雷戈里夫人的《月亮上升》和唐萨尼的《丢失的礼帽》。在影响的范围上，"北平小剧院"也许不如阿贝剧院那样轰动，但在影响的深度上，"北平小剧院"并不逊色于阿贝剧院，要知道爱尔兰戏剧虽然不如英国戏剧那么发达，但毕竟在近代就形成一脉相承的传统，而中国现代戏剧在19世纪末才有了萌芽。中国传统戏曲一方面自我转型，另一方面发展出现代戏剧，而无论是哪一方面，余上沅主导的"国剧运动"和"北平小剧场"，都起到了无可替代的重要作用。

余上沅等"国剧运动"的主将们怀着满腔热情，要回到风雨如晦的旧中国建设新的中国戏剧。由于种种缘故，中国现代的"阿贝剧院"没有建成，但余上沅等人的努力却并非没有效果。让古老的中国戏曲实现现代化、民族化，是他们的共同目标，而中国传统戏曲确实在曲折和挫折中不断前进。在中国戏剧现代化的过程中，那些被译介到现代中国的西方戏剧无疑发挥了重要的激励作用，模仿也罢，反对也罢，它们毕竟提供了一种重要的参照和借鉴。在这些西方戏剧中，爱尔兰文艺复兴戏剧尤其特殊，它不仅直接触发了"国剧运动"的发生，还在艺术、思想等方面影响了中国现代戏剧的滥觞与成型。作为现代中国首批留学美国专攻戏剧的人物之一，余上沅在"国剧运动"中的作用已得到充分认可，但他翻译的欧美戏剧著作和剧作却少人问津。在百余年后的今天，重读并阐释余上沅的欧美戏剧译介，尤其是爱尔兰文艺复兴戏剧译介，依然是一件有意义的工作。

第二章 "样貌与神韵":
茅盾对爱尔兰文艺复兴戏剧的译介

引　　论

在中国现代外国文学翻译史上,茅盾的名字是绕不过去的。根据《茅盾译文全集》,茅盾一共翻译了226篇外国作品,原文作者共131位,来自37个国家。研究认为,茅盾1916年进入商务印书馆之后,与孙毓修合作翻译美国作家卡本脱的《衣食住》①,是茅盾翻译活动的开始。直至1948年,茅盾翻译的外国作品数量之多,可谓独占鳌头。一般认为,1916—1918年是茅盾翻译活动的初期,这一时期茅盾主要是译注或者改译,随意性较大。1919—1936年是茅盾翻译活动的中期,这一时期茅盾翻译的外国作品体裁多样、内容丰富,是茅盾翻译活动的鼎盛时期。1937—1948年是茅盾翻译活动的后期,这一时期茅盾主要翻译文艺理论和无产阶级反抗压迫和剥削的作品。从体量上来看,英美作家和苏联作家是最大的两类原文作者来源,而从语言上来考察,茅盾主要依据英文进行翻译。

---

① 卡本脱(Frank George Carpenter,1855—1924),美国作家。《衣食住》是卡本脱所撰有关商业与工业的系列读本(Readers on Commerce and Industry),包括《食》(*How the World Is Fed*)、《衣》(*How the World Is Clothed*)、《住》(*How the World Is Housed*)。茅盾与孙毓修则按照《衣》《食》《住》的顺序进行翻译,且使用文言文进行翻译。《衣食住》是后来的通行说法,其最初翻译时的完整名称应该是《人如何得衣》《人如何得食》《人如何得住》。

目前关于茅盾翻译的研究，已经取得较为丰硕的成果。任晓晋的《茅盾翻译理论评介》①、李红英的《茅盾的文学翻译思想》、杜家怡的《茅盾翻译思想概略》、张玉翔和王继玲的《茅盾的翻译理论与实践》等都是分析透辟的论文。陈玉刚主编的《中国翻译文学史稿》、方梦之和庄智象主编的《中国翻译家研究》（当代卷）等专题性著作中也辟有专章讨论茅盾的翻译思想与实践。2018 年《跨学科视野下的茅盾翻译思想研究》出版，这是目前唯一一部全面讨论茅盾翻译思想的专著，作者分别从纵向来考察茅盾翻译思想的发展变迁、从横向来考察茅盾翻译思想与翻译实践的互动、从溯源的角度来考察茅盾翻译思想形成的原因以及反思茅盾翻译思想的现实启示。从现有研究来看，主要有如下三个维度：（1）从阶段和分期来讨论茅盾的翻译活动。（2）从某个具体文类（如外国儿童文学）的角度来讨论茅盾的翻译实践。（3）探讨茅盾翻译思想形成的"内外因"。综括来看，已有关于茅盾翻译的研究，一方面是综述其翻译成就和特色，另一方面主要探讨其小说翻译以及小说翻译对其创作的影响。目前关于茅盾的外国戏剧翻译，尚未出现专门的研究成果。因此，无论是横向还是纵向考察对茅盾翻译的研究，其广度和深度依然有待于进一步加强。

值得注意的是，茅盾是最早将爱尔兰文艺复兴戏剧译介给国内读者的翻译家之一。早在 1919 年，茅盾就翻译了格雷戈里夫人的 *The Rising of the Moon*，以《月方升》为题发表在 1919 年 10 月 10 日《时事新报》的副刊《学灯》上，这是目前可知最早的爱尔兰文艺复兴戏剧被译介到中国的篇章。1920 年年初，茅盾又翻译了叶芝的戏剧 *The Hour Glass*，以《沙漏》为题发表在当年的 3 月 10 日《东方杂志》上。同年，茅盾还翻译了唐萨尼爵士的 *The Lost Silk Hat*，以《遗帽》为题发表在当年 8 月 25 日《东方杂志》上（译文

---

① 任晓晋是国内较早从事茅盾翻译研究的代表性学者之一，《茅盾翻译理论评介》发表于 1986 年第 2 期《南外学报》（1987 年第 1 期开始更名为《外语研究》），其撰写的《茅盾翻译活动初探》发表于《外语研究》1988 年第 4 期。以此为基础，在 1999 年出版的《翻译名家研究》（郭著章等编著，湖北教育出版社）中，任晓晋增补了大量篇幅，撰写了其中的"茅盾"一章。

分析见第一章)。后来茅盾又相继翻译了格雷戈里夫人的《旅行人》《海清·赫佛》《乌鸦》《狱门》《市虎》,是中国现代文学翻译史上将格雷戈里夫人的戏剧翻译得最多的译者。此外,茅盾还撰有长文《近代文学的反流——爱尔兰的新文学》,对爱尔兰文艺复兴运动做了客观的介绍和评析。综合来看,茅盾一方面是最早将爱尔兰文艺复兴戏剧译介到中国的翻译家之一,另一方面是在中国现代翻译爱尔兰文艺复兴戏剧数量最多的译者。因此,研究茅盾对爱尔兰文艺复兴戏剧的译介,其重要性不言而喻。

　　本章内容分为五部分,第一部分对茅盾翻译的格雷戈里夫人的 6 部戏剧译本进行文本细读,并以此为基础归纳总结茅盾的翻译策略和翻译思想。第二部分重点分析茅盾对叶芝的《沙漏》的翻译,并结合其对叶芝的介绍探讨茅盾对叶芝及其作品的看法。第三部分以《近代文学的反流——爱尔兰的新文学》为中心,分析茅盾对爱尔兰文艺复兴运动介绍的特点。第四部分探讨茅盾译介爱尔兰文艺复兴戏剧的原因及影响。第五部分介绍叶芝戏剧在现代中国译介的其他情况。

第一节　茅盾对格雷戈里夫人戏剧的翻译

一、生平及译介概况

　　茅盾,原名沈德鸿,字雁冰,小名燕昌,"茅盾"是他后来写作《蚀》三部曲时用的笔名。1896 年 7 月 4 日,茅盾出生于浙江省桐乡县(现桐乡市)乌镇观前街沈家旧宅。5 岁时,父亲自选教材,母亲亲自教授,开始其启蒙教育。8 岁时,入立志小学学习。10 岁时,父亲去世,母亲担当抚养大任。1907 年,茅盾自立志小学毕业,升入乌镇公立高等小学(后改名为"植材小学")。在植材小学,茅盾开始学习英文,教材为当时流行的《纳氏文法》。1909 年冬,茅盾自植材小学毕业,次年春进入湖州府中学(浙江省立第三中学),插班入二年级。在湖州府中学就读期间,茅盾的国文和英语均有进益,尤其是曾追随薛福成出使欧洲、深受西方文化影响的代理校长钱念劬对其青眼有加，认为茅盾是"将来能为文者"①。1911 年暑假后，茅盾转学至嘉兴府中学堂，插入四年级班，曾游历美国、加拿大和日本的校长方青箱对其颇有影响。1912 年，茅盾继续在杭州私立安定中学学习。1913 年夏，茅盾考取北京大学预科，一共历经 3 年的学习。在这 3 年中，在外籍教师的指导和帮助下，茅盾"较为系统地阅读了外国文学"，例如司各特的《艾凡赫》、笛福的《鲁滨孙漂流记》以及莎翁戏剧等都是茅盾最喜欢的读物。此外，茅盾还大量阅读世界历史材料，"使茅盾的外国文学作品理论有一个全新的接触，感到眼界大开"②。

从北京大学预科毕业后，考虑到家庭经济原因，茅盾没有继续深造，而是经表叔卢学溥的推荐，进入商务印书馆英文部工作。虽然在英文部茅盾的英文口语得到极大提升，但英文部的工作只是机械的校对、改卷，并不能使茅盾施展自己的才华，因此借向商务印书馆总经理张元济提出《辞源》不足的契机，茅盾被张元济调到编译所，由此开始了他名重译林的翻译事业。茅盾在商务印书馆编译所进行的第一项工作，便是与长者孙毓修合译卡本脱的《衣》。一开始孙毓修根本瞧不起二十出头的茅盾，但是在茅盾很快以文言完成翻译之后，孙毓修便对其另眼相看。后来在翻译《食》和《住》时，就全由茅盾翻译，而孙毓修仅专任校对。孙毓修以骈文体译《衣》，且采取的是意译的方式。茅盾在续译时尽力揣摩孙毓修的意译方法，并尽量模仿其风格，即做到"既重视骈文的语言形式，又自信对原著的忠实理解"③。

在编译所工作一段时间后，商务印书馆中负责编辑《教育杂志》《学生

① 钟桂松：《茅盾正传》，南京：江苏文艺出版社，2010 年，第 12 页。

② 钟桂松：《茅盾正传》，南京：江苏文艺出版社，2010 年，第 13 页。

③ 李频：《编辑家茅盾评传》，开封：河南大学出版社，1995 年，第 13 页。如上所述，《衣食住》一共 3 部，孙毓修只译了《衣》的前 3 章，剩余大部分全由茅盾译完。在署名时，茅盾主动放弃合译署名，因此，《衣食住》初版时，只署"孙毓修编译"，再版时才补上了茅盾的名字。在 20 世纪 20 年代之后的历次再版中，就基本明确为"桐乡沈德鸿译、无锡孙毓修校"，在版权页的英文介绍部分，则标明为 Translated by Y. P. Shen(即沈雁冰译)，Edited by Y. S. SUN(即孙毓修校)。

杂志》《少年杂志》的朱元善向编译所所长高梦旦提出，要将茅盾调过去协助他办杂志，这便开启了茅盾的另一项人生事业——编辑，同时这些杂志也为茅盾提供了发表他译文的重要平台。1918 年 10 月 5 日、11 月 5 日《学生杂志》的第 5 卷第 10 号、第 11 号分别出版，在这两期上茅盾发表了中英文对照的剧本《求幸福》，从某个角度而言这算得上是茅盾译介外国戏剧的开端。遗憾的是，虽然是中英文对照，但是没有列出英文题目，也没有原作者姓名，因此难以溯源其原作者。① 1919 年 2 月 5 日，茅盾翻译的萧伯纳《人与超人》(*Man and Superman*) 中的段落《地狱中之对谈》刊载于《学生杂志》第 6 卷第 2 号，署名"四珍译"。茅盾之所以翻译这些段落，主要在于借萧翁之酒杯浇自己之块垒，因为这些段落集中表现了萧伯纳"嫉恶战争之情"，"尤足为当今之好战者下一棒喝"。② 同年 8 月 28 日，茅盾翻译的奥地利作家施尼茨勒的戏剧《界石》刊载于《时事新报》副刊《学灯》，署名"冰译"。从正文之前的译者简记来看，茅盾是从施尼茨勒戏剧的英文译文做的翻译。《界石》是茅盾第一部完整的外国戏剧译文。

1919 年 10 月 10 日，茅盾翻译的格雷戈里夫人戏剧《月方升》(*The Rising of the Moon*)，刊载于《时事新报》副刊《学灯》。该译文署"英国 Lady Gregory 著，雁冰译"，茅盾将格雷戈里夫人视为英国作家，当然也并非全无理由，毕竟在 1919 年的时候爱尔兰尚未脱离英国而独立。与前面 3 篇戏剧译文不同的是，在《月方升》的译文正文之前，茅盾没有写下简短的译者记。但《月方升》的翻译开启了茅盾翻译格雷戈里夫人系列戏剧的先声。

1920 年 9 月 10 日，茅盾翻译的格雷戈里夫人戏剧《市虎》(*Spreading the News*)，刊载于《东方杂志》第 17 卷第 17 号。该译文署"葛雷古夫人著，雁冰译"，此中已经有所变化，即从原来的署原文名称到署汉语译名。与

① 韦韬主编：《茅盾译文全集·第六卷·剧本一集》，北京：知识产权出版社，2005 年，第 1 页。在这两期刊文中，题头仅署"雁冰"，并标有"警世新剧"四字，因此也有可能是茅盾自己的创作。

② 韦韬主编：《茅盾译文全集·第六卷·剧本一集》，北京：知识产权出版社，2005 年，第 11 页。

《月方升》一样，在《市虎》译文正文前，茅盾也没有写下译者简记。1921年9月1日，茅盾翻译的格雷戈里夫人戏剧《海青·赫佛》(*Hyacinth Halvey*)刊载于《新青年》第9卷第5号。该篇译文署"爱尔兰葛雷古夫人著，沈雁冰译"，这次的署名有两个重要的变化，一方面是茅盾将格雷戈里夫人的身份改为爱尔兰作家，这可能与爱尔兰历经内战之后即将成为"爱尔兰自由邦"有关，也与五四新文化运动的发生使茅盾产生强烈的民族、国别意识的萌芽有关。另一方面，茅盾将自己的全名列出，而不是像之前的译文署"冰、雁冰、四珍"，这说明茅盾可能已经意识到无需借助笔名来作为译者名称。值得注意的是，在《海青·赫佛》译文正文的结尾处，茅盾写了一个简短的译后记，第一次对格雷戈里夫人及其剧作做了简要介绍。

1922年3月1日、3月8日，茅盾翻译的格雷戈里夫人戏剧《旅行人》(*The Traveling Man*)分别刊载于《民国日报》副刊《妇女评论》第30期和第31期。与《海青·赫佛》一样，这次在《旅行人》的题头署名处，茅盾署的是"爱尔兰葛雷古夫人著，沈雁冰译"。《旅行人》虽是一部篇幅紧凑的短剧，但也分了两次连载。紧接着，《妇女评论》1922年的第34期(3月29日)、第35期(4月5日)、第36期(4月12日)、第37期(4月19日)、第44期(6月7日)，连载了茅盾翻译的格雷戈里夫人戏剧《乌鸦》(*The Jackdaw*)。在这几期连载中，署名均为"爱尔兰葛雷古夫人著，沈雁冰译"。1922年年末，茅盾翻译的格雷戈里夫人戏剧《狱门》(*The Goal Gate*)，分别刊载于《妇女评论》第65期(11月1日)、第66期(11月8日)。这次的署名又稍有变化，署"爱尔兰葛雷古著，雁冰译"。这也是茅盾翻译的最后一部格雷戈里夫人戏剧。

从数量上看，茅盾总共翻译了格雷戈里夫人的6部戏剧。实际上，这6部戏剧全部出自格雷戈里夫人的早期代表作《七部短剧》(*Seven Short Plays by Lady Gregory*)，这7部短剧中，只有《工厂监工》(*The Workhouse Ward*)一剧茅盾没有翻译。虽然格雷戈里夫人后来也创作了《金苹果》(*The Golden Apple*)等多部剧作，但奠定其在爱尔兰文学史上地位的依然是这7部短剧，因此从某种程度而言，茅盾翻译了格雷戈里夫人的代表性作品。无论是从数量，还是从代表性来考察，茅盾对格雷戈里夫人戏剧的翻译都称得上中国现代文学翻译史上的一个标志性事件。

二、翻译思想分析

就翻译外国文学作品而言，茅盾最基本也是最重要的主张是直译。关于直译，茅盾曾有过这样的说法：

> 直译的意义若就浅处说，只是"不妄改原文的字句"；就深处说，还求"能保留原文的情调与文格"。所谓"不妄改原文的字句"一语，除消极的"不妄改"而外，尚含有一个积极的条件——必须顾到全句的文理。①

茅盾对于直译的说法包含两个层次，其中第一个层次即要求译者不能随意地改动原文的字句，这也是最基本的要求。在这个层次上，茅盾指出有两个条件必须考虑，一个是不随意改动原文字句，第二个是要考虑原文整句话的文理。不随意改动原文字句并不难办到，关键是中西文字在不少方面颇有不同，因此不能将字典中注出的几个意义当中的一个去对应原文，那样做便是"死译"：

> 结果把字典里的解释直用在译文里，那便是"死译"，只可说是不妄改某字在字典中的意义，不能说是吻合原作。②

茅盾是坚决反对死译的，认为在直译时必须考虑到原文整句的文理，即必须考虑"某词在文中的意义觅一个相当的字来翻译，方才对"③。

就茅盾翻译的格雷戈里夫人戏剧而言，他是忠实地遵守了直译这一最

---

① 茅盾：《"直译"与"死译"》，《小说月报》1922 年第 13 卷第 8 期，第 4 页。
② 茅盾：《"直译"与"死译"》，《小说月报》1922 年第 13 卷第 8 期，第 4 页。
③ 茅盾：《"直译"与"死译"》，《小说月报》1922 年第 13 卷第 8 期，第 4 页。

基本也是最重要的原则的。

在《月方升》的开头，作者是这样介绍三位警察的出场的：

> Sergeant, who is older than the others, crosses the stage to right and looks down steps. The others put down a pastepot and unroll a bundle of placards.[1]

茅盾的译文如下：

> 队长，比其余两个年纪大些，穿过戏台走到右边，向下面的**石步**一看。其余两个放下浆糊桶，展开一卷通告纸。[2]

将原文与译文对照阅读，可以发现，无论在语义上，还是在语言顺序上，茅盾几乎完全依从原文。尤其是以"石步"来译 steps（台阶、石阶），刻薄一点说，甚至带一点茅盾自己都坚决反对的"死译"的味道。

在《市虎》一剧的起首部分，地方执法官来到当地的市集，想要搜集相关的信息，这时他突然看见一位可疑人物：

> ***Magistrate***：The smoke from that man's pipe had a greenish look；he may be growing unlicensed tobacco at home. I wish I had brought my telescope to this district. Come to the post office, I will telegraph for it. I found it very useful in the Andaman Islands.[3]

---

[1] Lady Gregory, *Seven Short Plays by Lady Gregory*, New York and London：The Knickerbocker Press, 1915, p. 77.

[2] 韦韬主编：《茅盾译文全集·第六卷·剧本一集》，北京：知识产权出版社，2005 年，第 23 页。

[3] Lady Gregory, *Seven Short Plays by Lady Gregory*, New York and London：The Knickerbocker Press, 1915, p. 5.

茅盾是这么翻译这一段的：

县　那个汉子的烟斗的烟有一种绿颜色，也许他的家里私种着烟草。可惜我没把我的望远镜带在身边。到邮政局去，我想打个电报去叫他们寄来，我在阿达买岛的时候觉得望远镜很有用处。①

比照原文与译文，可以发现，与上一段一样，无论在语义上，还是在语序上，茅盾是完全按照原文来进行直译的。唯一稍有变化的是第二句译文，原文的字面意思是"我真希望我把望远镜带在身边"，茅盾的译文是"可惜我没把我的望远镜带在身边"，使用了反译的方法。值得注意的是，茅盾虽然主张直译，但并不反对意译，比如在上述译文中的"县"字，是"县官"的缩写。茅盾将原文的 magistrate（地方执法官）译为"县官"，对于当时的读者来说，是更加容易理解的。此外，茅盾将这部戏剧的原名 *Spreading the News*（字面意思为"传播消息"）根据戏剧内容译为"市虎"，便是采用了《韩非子·内储说上》"三人市虎"的典故②。这就更加接近归化的译法了，从读者接受的角度来看，是极其有助于读者理解戏剧内容的。从现有资料看，茅盾很可能是第一个将格雷戈里夫人此剧名译为《市虎》的译者，茅盾之后多有从者。

20 世纪 20 年代初，关于文学翻译是否应该直译，有过一番热烈的讨论。1921 年 4 月，也就是在大量译介欧美小说与戏剧的期间，茅盾撰写了《译文学书方法的讨论》，发表在《小说月报》第 12 卷第 4 期。这篇文章比《"直译"与"死译"》在篇幅上要长得多，是茅盾集中讨论文学翻译的重要文字。在文章起首，茅盾就开门见山地指出：翻译文学之应直译，在今日

---

①　韦韬主编：《茅盾译文全集·第六卷·剧本一集》，北京：知识产权出版社，2005 年，第 199 页。

②　该典故的原文是：庞恭与太子质于邯郸，谓魏王曰："今一人言市有虎，王信之乎?"曰："不信。""二人言市有虎，王信之乎?"曰："不信。""三人言市有虎，王信之乎?"王曰："寡人信之。"庞恭曰："夫市之无虎也明矣，然而三人言而成虎。"

已没有讨论之必要。① 这可说是茅盾关于文学翻译的一个宣言：翻译文学必须以直译为主。但茅盾同时也注意到中西文字的不同导致原作的"样貌"和"神韵"是否能同时保留的问题。从茅盾的阐述来看，原作的"样貌"无疑指的是原文的基本含义，包括词义方面、句法方面，甚至是语篇方面，而原作的"神韵"则指原作展现的作者独特的风格。这其中就涉及这样一个问题，即原作的"样貌"是比较好保存的，一般情况下通过直译是可以传达的，而"神韵"往往是原作的特色所在，是否可以通过直译来传达呢？换言之，如果"样貌"和"神韵"都能同时保留，当然最好不过，但如果不能呢？茅盾认为，那就宁可要"神韵"而牺牲"样貌"了：

> 就我的私见下个判断，觉得与其失"神韵"而留"形貌"，还不如"形貌"上有些诧异而保留了"神韵"。文学的功用在感人（如使人同情使人慰乐），而感人的力量恐怕还是寓于"神韵"的多而寄在"形貌"的少；译本如不能保留原本的"神韵"难免要失了许多的感人的力量。②

从这一段描述来看，茅盾的基本主张是直译，这一点毫无疑问，但茅盾也并不排斥意译等其他翻译方法，相反，有时为了保留原作的"神韵"，还应该采取多种方法，而不是一味地直译。在翻译格雷戈里夫人的戏剧时，茅盾也是这么做的。

格雷戈里夫人的戏剧，与叶芝曲高和寡的诗剧、辛格悲天悯人的悲剧不同，其特色在于富于地方特色的语言和展现百姓生活的风俗。例如《海青·赫佛》这部戏剧，就有屠户、邮局办事员、牧师家的女管家等角色，人物之间的对话风格鲜明。在戏剧开头屠户奎尔克这么说：

Mr. Quirke: It would be a pity you not to know any little news might

---

① 茅盾：《译文学书方法的讨论》，《小说月报》1921 年第 12 卷第 4 期，第 1 页。
② 茅盾：《译文学书方法的讨论》，《小说月报》1921 年第 12 卷第 4 期，第 1 页。

be knocking about. If you did not have information of what is going on who should have it? Was it you, ma'am, was telling me that the new Sub-Sanitary Inspector would be arriving today?①

茅盾的译文如下:

奎 新闻碰在手里**没工夫瞧**，是**怪可怜见**的。如果外边的事情你**不晓得**，还有谁会晓得呢？啊，是不是你曾说起那个新任的副卫生稽查长今天要到这里来么？②

阅读原文，可以发现，奎尔克作为屠户，其语言是较为粗俗的，因此在原文中奎尔克的话语几乎每一句都不曾严格地遵守语法。另外，如knocking about 的用法也是奎尔克常用的日常俗语。为了还原格雷戈里夫人在剧中展现的奎尔克这一角色的特点，茅盾使用了"没工夫瞧""怪可怜见""不晓得"这种极富中国地方特色的语言，即希望从某种程度上实现对原文"神韵"的再现。译文的最后一句是中规中矩的直译（省略了称呼语"女士"），将这一句与前两句对读，则进一步突出了译者在推敲前两句译文时的努力。

茅盾在翻译重要作家的作品时，一般会写一个译后记，甚至是一篇长文来介绍自己翻译的这位作家及其作品。对于格雷戈里夫人及其剧作也不例外。在《海青·赫佛》一剧的结尾处，茅盾对格雷戈里夫人的作品做了扼要的介绍。他援引学者博伊德的话说，格雷戈里夫人在爱尔兰戏剧史（此处指爱尔兰文艺复兴戏剧运动）中的地位是"介于两时代间的一个转纽"③，

① Lady Gregory, *Seven Short Plays by Lady Gregory*, New York and London: The Knickerbocker Press, 1915, pp. 31-32.
② 韦韬主编:《茅盾译文全集·第七卷·剧本二集》，北京:知识产权出版社，2005 年，第 2 页。
③ 韦韬主编:《茅盾译文全集·第七卷·剧本二集》，北京:知识产权出版社，2005 年，第 30 页。

前一时代是叶芝和 A. E.（即乔治·拉塞尔），后一时代是现代的新进作家如唐萨尼等。难能可贵的是，在这一段《译后记》中，茅盾提出了自己对格雷戈里夫人剧作的看法：

> 她的著作大半描写乡人生活与心理，运用 Gaelic 土语入文，诙谐生动，宜于演，不宜于读。①

善于描写百姓（"乡人"）生活与心理，这在我们之前的分析中已经提到。此外，茅盾提到了格雷戈里夫人戏剧的另一个特点，就是将盖尔语写进剧中，从而实现了"诙谐生动"的效果。这是叶芝和辛格都没有的本事，因为他俩都不谙盖尔语，即便是同样能呈现生动活泼的百姓对话，辛格使用的语言也还是以英语为主。格雷戈里夫人就不同，她是懂盖尔语的，因此他在叶芝的神秘艺术戏剧与辛格的杰出悲剧之间，贡献了独特的"风俗喜剧"，这便是博伊德所谓格雷戈里夫人在爱尔兰戏剧史中的地位。所谓的"运用 Gaelic 土语入文"，并非指格雷戈里夫人将盖尔语原文写入戏剧中，而是指她将老百姓在历史传统中形成的受盖尔语词汇和语法影响的那些语言，包括民谣等（仍然以英语拼写出来）写入了戏剧中。② 面对格雷戈里夫人"运用 Gaelic 土语入文"而呈现出的独特效果，茅盾是如何处理的呢？

在《旅行人》一剧的中间部分，主人公旅行人的几段唱词即根据盖尔语民谣改编而来，其中一段如下：

> O scent of the broken apples!

---

① 韦韬主编：《茅盾译文全集·第七卷·剧本二集》，北京：知识产权出版社，2005 年，第 30 页。

② 考察格雷戈里夫人的全部戏剧，极少有直接将盖尔语写进剧中的情况。格雷戈里夫人的"运用 Gaelic 土语入文"，主要指她搜集、编纂的爱尔兰民间故事传说。此外，她曾与叶芝合作整理、发表部分这样的作品，她将盖尔语原文意思译出，叶芝用英语写下来。

O shuffling of holy shoes!

Beyond a hill and a hill there

In the land that no one knows.①

茅盾的译文如下：

美哉，碎林檎的香气！

美哉，神人靴子的**乱影儿**！

在那边，过了一山又一山，

有无人得知的圣地。②

从茅盾的译文来看，首先，他依然遵守直译为先的原则，力争将原文的"样貌"完整呈现出来。其次，从盖尔语改编的民谣毕竟不同于普通的日常用语，茅盾还是想了一些办法来呈现"民谣"特色，例如用"美哉"来译原文的语气词 O，"林檎"是我国南方一些地区对苹果的称语，以此来译 apples 有陌生化的效果，"乱影儿"译为 shuffling（"来回穿梭"）也颇为恰当，在最后一句译文中茅盾还补充了一个意思"神圣的"（"圣地"，原文只有"地"，茅盾依据上下文增译为"圣地"）。在押韵方面，原文按照盖尔语民谣的基本模式，即第 2 行、第 4 行押尾韵（shoes 大致和 knows 押韵），茅盾的译文是第 1 行、第 4 行押尾韵（气、地），这可能是这段译文中稍显遗憾的地方（如按照原文韵脚翻译应是 2、4 行押尾韵，如按照汉语诗歌形式一般是 1、2、4 行押韵）。但总体来看，茅盾的译文以近似诗歌的风格呈现了原文的民谣样式，也基本实现了他自己在《译文学书方法的讨论》中的观点，即试图在保留原文"样貌"的同时，试图保留原文的"神韵"。

---

① Lady Gregory, *Seven Short Plays by Lady Gregory*, New York and London：The Knickerbocker Press，1915，p. 166.

② 韦韬主编：《茅盾译文全集·第七卷·剧本二集》，北京：知识产权出版社，2005 年，第 49 页。

概而言之，茅盾在翻译格雷戈里夫人的戏剧时，与他翻译其他外国文学作品一样，秉持的是"直译为中心"的原则。在此基础上，茅盾也试图在译文中保留原文的"神韵"。茅盾对于"直译"的讨论，与他反对"死译"的看法，是一体两面。有意思的是，虽然极力反对"死译"，茅盾在翻译格雷戈里夫人戏剧时的个别译文显得过于"直译"，而庶几接近于死译。

在《旅行人》的中间部分，那位神秘的旅行人对剧中的"母亲"说：

Travelling Man：I walked the long bog road, the wind was going through me, there was no shelter to be got, the red mud of the road was heavy on my feet. I got no welcome in the villages, and so I came on to this place, to the rising of the river at Ballylee.①

茅盾的译文是：

旅　我走过**长长的低湿的路**，风当面吹我，也没有一些躲避的地方。路上的红泥，**很重地沾在我的脚底**。村子里没有人欢迎我，所以我来到这里，到这巴莱河的河源头。②

从语义和语序来看，茅盾的译文完全遵循原文。原文中的 bog 特指爱尔兰的沼泽地，茅盾以"低湿的路"来翻译 bog road，倒也还不错。原文中 wind was going through me（字面意思是"风从我身体中穿过"）是一种夸张说法，形容风刮得猛烈，茅盾的译文"风当面吹我"便显得过于直译。接着，原文中 the red mud of the road was heavy on my feet 字面意思是"路上的红泥巴沾满了鞋面或鞋底"，茅盾的译文"很重地沾在我的脚底"便显得过于拘

① Lady Gregory, *Seven Short Plays by Lady Gregory*, New York and London：The Knickerbocker Press, 1915, p. 167.

② 韦韬主编：《茅盾译文全集·第七卷·剧本二集》，北京：知识产权出版社，2005 年，第 50 页。

泥于原文。

在《乌鸦》一剧中，获得抚恤金的退伍军人南思托对着邻居抓乌鸦的鸟笼子说：

> ***Nestor***：But, as you are silly like and with no great share of wits, I will make you a present of this bird till you try what will you get for it, and till you see will you get as much as will cover its diet for one day only.[1]

茅盾的译文是：

> 南　　但是，看你那样的**寒酸**又是笨头笨脑，**我就恕你这一趟送你这个笼去捉鸟**，等你去试试看，到底你想的十磅弄得到弄不到，等你自己明白，**连一顿饭钱都捞不回呢**。[2]

对照原文来看，茅盾的译文有几个地方的处理并不适当。首先原文中的 silly like 是指看起来像个傻子似的，与"寒酸"的含义还是有一定区别。"我就恕你这一趟送你这个笼去捉鸟"一句的译文应该断句，即"我就恕你这一趟，并送你这个笼去捉鸟"。"等你去试试看"和"等你自己明白"有重复之嫌。而原文最后部分 cover its diet 应该指为乌鸦找到一天的鸟食，但译文变成"给人找到一顿饭钱"。从整个译文来看，过于依循原文的语序，整体读来过于直译的感觉较为强烈。

三、在译文中直接引用原文

值得注意的是，茅盾在翻译外国文学作品时，碰到难以翻译或源语文

---

① Lady Gregory, *Seven Short Plays by Lady Gregory*, New York and London：The Knickerbocker Press, 1915, p. 116.

② 韦韬主编：《茅盾译文全集·第七卷·剧本二集》，北京：知识产权出版社，2005 年，第 66 页。

化色彩浓厚的字、词、句时，他会直接引用原文，而不做翻译；或引用原文，后面加括号稍作解释；或引用原文，以脚注的形式做解释。翻译格雷戈里夫人的戏剧时也是如此。这可能是茅盾与中国现代其他翻译家一个较大的不同。

在《月方升》一剧中，一名爱尔兰警察队长正带着两个警员，受英国政府的命令，在码头搜捕一位爱尔兰民族独立运动人物。当这个化妆成民谣歌手的"人"来到码头时，被队长截住，问他是谁，"人"和警察队长之间有一段对话：

> *Man*：You'd be as wise as myself if I told you，but I don't mind．I'm one Jimmy Walsh，a ballad-singer.
>
> *Sergeant*：Jimmy Walsh? I don't know that name.
>
> *Man*：Ah，sure，they know it well enough in Ennis．Were you ever in Ennis，sergeant?①

茅盾的译文是：

> 人　　我告诉了你，你就要和我一般聪明了，但是我不在乎。我是 Jimmy Walsh，一个"唱小调人"。
>
> 队长　Jimmy Walsh? 我不晓得这名字。
>
> 人　　嗯，一定的，在 Ennis 地方他们都知道。队长，你到过 Ennis 么?②

---

① Lady Gregory，*Seven Short Plays by Lady Gregory*，New York and London：The Knickerbocker Press，1915，pp. 79-80.

② 韦韬主编：《茅盾译文全集·第六卷·剧本一集》，北京：知识产权出版社，2005 年，第 25 页。译文中将"队长，你到过 Ennis 么"单独作为一个对话列出，变成了"队长"的一句问话，而实际上英语原文中这是"人"问队长的一句话，因此本书作者根据英语原文将译文进行了修改。

Jimmy Walsh 是这位民族独立人士的化名，而 Ennis 是爱尔兰克莱尔郡治所在地(seat of County Clare, Ireland)，都属于专有名词，茅盾在此处并未译出。因为属于专有名词，上下文中又有"名字""地方"等词语的提示，这对于读者来说，到也不是完全弄不懂，在某种程度上还可以说有"陌生化"效果。

在《月方升》的后半部，在出现歌曲名称("Content and a pipe""The Peeler and the goat")以及一些特殊人名、地名时(Johnny Hart, Ballyvanghand 等)，茅盾也没有译出，而是或直接引用原文，或有时加以括号说明是歌曲，有时则不加。

在《海青·赫佛》中，直接引用原文的现象比比皆是。如"这是 De Wet Hurling 俱乐部的书记"；"*Carrow Champion* 报的主笔"；"这是一个代替 tableaux 的法子"；"学习 O'Growney 的练习问题"；"读 *Catholic Young Man*（《天主教青年》)"；"看 *Lives of the Saints*(《圣徒传》)上的画片儿"；"我和人玩'pitch and toss'（掷铜币，一种游戏)"，等等。可以看出，有些是直接引用原文，不作任何注释，有些则引用原文，以括号的方式进行解释。在《乌鸦》《狱门》等其他戏剧的翻译中，茅盾对这些特殊词语、句段的处理亦是如此。

在 20 世纪 20 年代，直接将外语原文用在汉语文章写作中并不少见，田汉、郭沫若等皆如此，他们甚至在汉语文章中长段长段地引用原文。这些原文的使用由于有上下文的语境，并不难看出其意思，有时候是作者故意引用原文，让读者体会原文的意涵。但是，在译文中直接引用原文，或注释，或不注，这在中国现代翻译史上并不常见。我们以为这其中的主要原因还是在于茅盾对翻译中保留原文"样貌"与"神韵"原则的坚持，即茅盾认为，原文中某些具备特殊含义的词汇、词组、句段，在翻译中有时候无法直译，意译又容易损毁意蕴，而加过多的注释反而不利于阅读，不如索性就保留原文的"样貌"。像《月方升》和《海青·赫佛》这样的译文，其中的原文直接引用比例是相当大的，一方面可能确实会有一种陌生化效果，但在另一方面却确实留下了因为无法找到较好的对应而过于"直译"，甚至相当于"死译"的印象。

值得注意的是，茅盾在翻译格雷戈里夫人戏剧时，在有些地方作了省略翻译的处理。例如在《月方升》一剧中，装扮成民谣歌手的革命青年唱了好几首民谣，其中最后一首还是整部戏剧题目的来源。这几首民谣都与爱尔兰历史有关，尤其是 1789 年爱尔兰起义。正是这几首民谣激起了剧中警察队长内心的民族感情，而最终放走了革命青年。但是茅盾却没有翻译这几首民谣，只以"（他唱了）"和"（唱了）"这样的形式来标明。茅盾在别的地方也有省译的情况，这不能不说是非常令人遗憾的地方，因为这些民谣的省略，整部戏剧的整体性无疑大打折扣。

由此，我们可以作出初步的判断，即茅盾在翻译格雷戈里夫人的戏剧时，采用直译为主的策略，并试图保留原文的"样貌"与"神韵"，但有时却因过于依循原文（即过于"直译"），而有"死译"之嫌。那对于茅盾翻译的这一总结，是否符合他对叶芝《沙漏》一剧翻译的分析呢？

第二节　茅盾对叶芝及其作品的译介

1920 年 3 月 10 日，茅盾翻译的叶芝《沙漏》（*The Hour Glass*）一剧刊载于《东方杂志》第 17 卷第 6 号，署名"爱尔兰夏脱著，雁冰译"。夏脱即叶芝，在当时还有"夏芝"等译法，"雁冰"即茅盾。有意思的是，茅盾虽然翻译了格雷戈里夫人的 6 部戏剧，但对其生平及作品介绍并不多，相较而言，虽然茅盾只翻译了叶芝的一部作品，却在《近代戏剧家传》《近代文学的反流——爱尔兰的新文学》等文章中对叶芝颇有介绍①。

---

① 《近代文学的反流——爱尔兰的新文学》是对爱尔兰文艺复兴戏剧的综合介绍，在本章第三节有详细分析。除了《近代戏剧家传》中对叶芝有所介绍外，茅盾于 1923 年 12 月 10 日在《小说月报》（第 14 卷第 12 号》发表短文《夏芝的传记及关于他的批评论文》，对叶芝获当年的诺贝尔文学奖稍有介绍，称叶芝在"文学史上的不朽地位差不多可说是已经确定"，并开列 1904 年至 1920 年英美出版的 9 种关于叶芝及其作品、思想的研究著作。这反映出茅盾对于当时英美学界的叶芝研究是较为熟悉的。

一、译介叶芝及其作品

《近代戏剧家传》是茅盾发表在《学生杂志》上的一系列介绍，在其中的第 6 卷第 12 号上茅盾介绍了叶芝、辛格和格雷戈里夫人等戏剧家。在"叶芝"一节，茅盾先是简要介绍了叶芝的生平及受教育情况（都柏林和伦敦），接着便讲述他与格雷戈里夫人、马丁、摩尔①等人创建爱尔兰文艺剧院的功业。茅盾认为叶芝对爱尔兰歌谣（民间故事）的搜集，一方面是为创作新剧搜集材料，另一方面则是将其整理为散文集。茅盾进一步指出，叶芝不仅是戏剧家，还是散文家和诗人，而"诗尤佳"。茅盾引传记作家克莱恩的话，盛赞叶芝为爱尔兰文学史上的标杆（landmark），原因一方面在于叶芝本身的艺术成就，另一方面在于叶芝领导爱尔兰文艺复兴运动的事迹。接着茅盾将叶芝戏剧与格雷戈里夫人戏剧相比较，认为后者的成就高于前者，只不过叶芝是公认的爱尔兰文艺复兴运动的开创者而已。在这篇介绍的最后，茅盾列出了叶芝的三部戏剧，其中就有《沙漏》，茅盾最后认为叶芝的戏剧"大概都与神秘派的戏本相近"②。

茅盾关于叶芝戏剧的判断，一方面确实指出了叶芝部分戏剧的神秘主义倾向（如《鹰井之畔》等），但另一方面也过于以偏概全，忽视了其早期戏剧的现实主义指向。总体而言，茅盾认为叶芝的大部分戏剧带神秘主义色彩，《沙漏》便是其中一部。在《沙漏》译文的正文前，茅盾写有一篇《译者注》，简要叙述了《沙漏》一剧的特色以及自己翻译《沙漏》的缘由。

茅盾认为，叶芝反对"那诈伪的、人造的、科学的、可得见"的世界，并主张"绝圣弃智"③。茅盾认为剧中的智叟象征理性的知识，愚公象征直觉的知识，如果按照智叟的办法，人们得到的只是怀疑，而按照愚公的

①　在这篇介绍叶芝的文字中，茅盾译 Yeats 为"夏脱"，译 Lady Gregory 为"格勒高莱夫人"，译 Edward Martin 为"马尔丁"，译 George Moore 为"乔治·莫尔"。

②　茅盾：《近代戏剧家传·夏脱》，《学生杂志》1919 年第 6 卷第 12 号，第 104页。

③　韦韬主编：《茅盾译文全集·第六卷·剧本一集》，北京：知识产权出版社，2005 年，第 133 页。

"赤子式的信仰心"，才可以得到"真"，而真是看不见的。因此，茅盾认为《沙漏》是叶芝象征主义的代表剧本。茅盾的这一看法无疑是有道理的，叶芝在剧中讽刺以智叟为代表的理性知识，而赞扬的是以愚公为代表的直觉知识，这是叶芝诗学思想的核心之一。但茅盾没有指出的是，叶芝的这种观点并非叶芝的独创，而是其来有自。历来凯尔特文化就有重视直觉的传统，尤其是近代以来，随着理性以及理性主义在欧洲的播迁和流行，部分有识之士有意发掘凯尔特文化中的直觉精神和"视者"传统（seer），即重视精神、直觉，反对肉体、理性。

在《译者注》的最后部分，茅盾解释了自己为何翻译《沙漏》：

夏脱是爱尔兰文学独立的始祖，他们的剧本和所含的主义，**到中国有没有危险，**（现在常有人讲，什么有危险，什么没危险。）谁也说不定，因为民族思想改变的原因是极其复杂的，绝不是一种思想所能驱之而由一途，所以我认为无疑，略写出一些大略，并译了这篇；不过是**增加国人对于西洋文学研究的资料和常识，**当然不是鼓吹夏脱主义。①

从这一段解释来看，至少有这么几点值得注意。首先茅盾对于翻译《沙漏》的直接原因是相当明确的，即希望通过翻译《沙漏》，为国人提供更多西洋文学研究的资料和常识，其着眼点在于推进中国民族思想的改变和进步。同时，他对于自己的这一翻译是否会在当时引起争议是有所准备的，虽然当时有人认为译介某些西方文学对于中国有危险，而译介某些别的西洋文学对于中国没有危险，茅盾的看法是不能有先入为主的观念，说某些可译，某些不可译。因为影响民族思想改变的原因极其复杂，也不是某一种特定的思想就能发生作用"而由一途"。最后，茅盾再次重申叶芝重

---

① 韦韬主编：《茅盾译文全集·第六卷·剧本一集》，北京：知识产权出版社，2005年，第134页。

要的文学地位——爱尔兰文艺复兴运动的创始人之一，其带领众人实现爱尔兰文艺复兴的努力，完全值得国人借鉴，从而实现中国的民族思想改变和文艺的复兴。

二、对《沙漏》翻译的分析

通过粗略考察茅盾对叶芝的简介以及翻译《沙漏》一剧的缘由，我们进入具体的文本分析，来考察茅盾对《沙漏》一剧的翻译。通过考察，可以发现茅盾依然遵循"直译为主，力图保留'样貌'和'神韵'"的翻译原则。

比如在《沙漏》一开头，智叟就炫耀自己的知识：

WISE MAN　It sounds to me like foolishness; and yet that cannot be, for the writer of this book, where I have found so much knowledge, would not have set it by itself on this page, and surrounded it with so many images and so many deep colours and so much fine gilding, if it had been foolishness.①

茅盾的译文如下：

智叟　我瞧这些话有些傻气；但是又决不会，我靠这本书得了那许多知识，而且要是真有傻气的话，编这部书的著作家也不肯把他放在这一页里，又加上这许多像，这许多深颜色，这许多精致的金边了。②

对照原文和译文，可知除了将原文的最后一句提到译文的中间（"而且

---

① William Butler Yeats, *The Collected Works of W. B. Yeats—Volume II : The Plays*, David R. Clark and Rosalind E. Clark, eds., New York : Scribner, 2001, p. 95.
② 韦韬主编：《茅盾译文全集·第六卷·剧本二集》，北京：知识产权出版社，2005 年，第 134 页。

要是真有傻气的话"），其他的部分（无论是语义还是语序），译文是完全遵循原文的。而且从标点符号的使用来看，除了最后三个并列结构拆成了句子使用了逗号外，译文也几乎采用了与原文一样的标点符号。这就涉及中英两种语言的特点，在英文中，这样长达 3 至 4 行的句子不使用断句的句号、问号、感叹号等是十分常见的，其结构主要靠连接词来实现前后连贯。而在汉语中，主要靠句子意思的连贯来构成上下文的完整。如果从批评的角度来看，笔者认为在"那许多知识"之后应该断句。

戏剧接着写在智叟炫耀自己知识的当头，来了一位愚公，向他讨一个便士。智叟让愚公到厨房里去，他的妻子会给愚公一些吃的，可愚公并不要吃的，并说这是一个"聪明人给的笨教训"。智叟便问愚公为何说是"笨"，愚公的回答是：

FOOL　What is eaten is gone. I want pennies for my bag. I must buy bacon in the shops, and nuts in the market, and strong drink for the time when the sun is weak. And I want snares to catch the rabbits and the squirrels and the hares, and a pot to cook them in.①

茅盾将这一段译为：

愚公　可吃的吃了便没有了。我要的是便士，藏在袋儿里。待到太阳光衰弱时，我好向铺子里买腌肉，向市场上买干果，向市头买酒。我又要一个网儿捉家兔儿，野兔儿和松鼠儿，再要一个瓦罐儿盛着了煮。②

---

① W. B. Yeats. *The Collected Works of W. B. Yeats—Volume II：The Plays*, David R. Clark and Rosalind E. Clark, eds., New York：Scribner, 2001, p. 96.

② 韦韬主编：《茅盾译文全集·第六卷·剧本二集》，北京：知识产权出版社，2005 年，第 135 页。

总体上看，茅盾的译文从语义和语序上基本依循原文。在语序上，只有两处不同，一是将"待到太阳光衰弱时"提前了，二是将原文的抓"家兔、松鼠、野兔"的顺序改为捉"家兔、野兔、松鼠"。这两处的调整，从汉语译文阅读的感觉上来说，使句意更为清晰，顺序也更为紧凑（"家兔"挨着"野兔"）。但是，在肯定茅盾直译的同时，我们也应该指出在个别地方，茅盾的处理显得"过于直译"。例如将 for the time when the sun is weak 译为"待到太阳光衰弱时"，茅盾的译文就显得"亦步亦趋"而缺乏灵活性，原文的意思是指日薄西山或太阳下山或傍晚时分。除了这一点之外，茅盾上段译文总体上还展现出试图保留原文"神韵"的努力。因为原文是一段愚公的话，用语简洁，虽然极少有土语、方言（这也是叶芝与辛格、格雷戈里夫人的区别之一），却也是普通老百姓的日常用语（用以反衬智叟"文绉绉"的表达）。为了表现这种风格，茅盾一方面用当时读者熟悉的日常用语如"铺子"来译 shops，"市头"来译 market，"瓦罐"来译 pot，这有点归化译法的色彩。另一方面他大量使用"了，儿"等词语来展现一种地方色彩，尤其是"儿"在词尾的使用，可以说是以"儿"化词组的方式来实现对原文叶芝式日常爱尔兰百姓话语的形式和功能对等。用茅盾自己的话说，就是希望保留原文的"神韵"。

在保留原文的"神韵"方面，还可以举一例。在《沙漏》中，叶芝经常在智叟的对话中，让智叟引用古文或经典，以突出对其的讽刺。例如，在剧的开头，智叟引用关于古巴比伦的两句话：

WISE MAN … "There are two living countries, the one visible and the one invisible; and when it is winter with us it is summer in that country, and when the November winds are up among us it is lambing-time there."①

---

① W. B. Yeats. *The Collected Works of W. B. Yeats*: *Volume II The Plays*, David R. Clark and Rosalind E. Clark, eds., New York: Scribner, 2001, p. 95.

从字面上看，这两句话并不显得多么深奥，也没有使用古英语词或语法，只不过引用据说是一个乞丐写在巴比伦的墙上的话，便在智叟那里有了经典的含义。茅盾在此充分理解叶芝想要讽刺智叟的用心，将这两句翻译得相当"文绉绉"：

> **智叟**　人居之邦有二，一可见，二不可见。此邦为冬则彼邦为夏。吾人之地，朔风起时，彼邦正乳羊放牧时也。①

尤其是第三句译文，以"朔风"（"北风，一般指冬天的风"）来译原文的 the November winds（字面意思为"十一月的风"）可谓贴切。以"乳羊"来译原文的 lambing-time（字面意思为"羊儿放牧时间"），其中的"乳"突出了小羊或羊羔之意，说明这边已是"朔风"凛冽，而那边国度还是初春羊羔放牧时节，是一次成功的妙译。此外，以文言进行翻译，对茅盾来说并非难事，早在 1916 年他刚开始从事翻译时，便以文言的形式翻译了卡本脱的《衣食住》三部曲。因此，除上述选段外，在《沙漏》一剧的其他地方也不时出现文言译文。

此外，如上文所论述的那样，茅盾在翻译《沙漏》时也对一些特殊的词汇、句子采用了直接引用原文的做法。例如，智叟给愚公第 4 个便士的时候，称呼对方为"愚公铁牛"，便直引原文 Teigue the Fool；智叟跪下祈祷时所说的拉丁文 Salvum me face, Deus-Salvum-Salvum，也是直引原文，只不过加上括号，说明是"拉丁语祈祷词"。

由此，我们可以作出总结，在翻译《沙漏》一剧时，茅盾采取的策略与其翻译格雷戈里夫人的戏剧一致，那就是以直译为主，力图保留原文的"样貌"与"神韵"。但同时，我们也应该看到茅盾虽然极力反对"死译"，但他自己的译文在个别之处显得"过于直译"，甚至有"死译"之嫌。

---

① 韦韬主编：《茅盾译文全集・第六卷・剧本一集》，北京：知识产权出版社，2005 年，第 134 页。

第三节　茅盾对爱尔兰文艺复兴戏剧的介绍

——以《近代文学的反流——爱尔兰的新文学》为中心

在上述两节中，我们主要分析了茅盾对格雷戈里夫人 6 部戏剧以及对叶芝《沙漏》一剧的翻译特点，在论述中我们也初步涉及了茅盾译介这些戏剧的原因。但这些原因具有个别的属性，当我们需要总体考察茅盾对爱尔兰文艺复兴戏剧译介的原因和影响时，就不得不深入至茅盾当时对爱尔兰文艺复兴戏剧总的看法，以及他个人当时的思想以及历史文化语境。从前者看，茅盾写有长文《近代文学的反流——爱尔兰的新文学》，对爱尔兰文艺复兴戏剧及其代表作家做了更为详细的介绍。从后者看，茅盾本身对译介外国文学的兴趣以及时代对译介外国文学的迫切性，成为主要的"内外因"。

一、概论

1920 年 3 月，茅盾撰写的长文《近代文学的反流——爱尔兰的新文学》，分两期刊载于《东方杂志》第 17 卷第 6 号、第 7 号，这篇文字是茅盾关于爱尔兰文学，尤其是爱尔兰文艺复兴戏剧的最集中的讨论。

在文章起首，茅盾便开宗明义，指出近代文学的主体是戏剧①，而戏剧又有四个方面的特点：（1）讨论问题；（2）注重写实；（3）持怀疑态度；（4）世界化。② 茅盾对戏剧的这一看法，显然指的是以易卜生、萧伯纳为代表的一批欧美戏剧。他接着指出，在爱尔兰新近出现的文学，却恰好与上述四点相反，爱尔兰文学讨论的是"先民的自然生活、简单的一二人、径直决断的态度、注意自己历史的民族的特色"。从这些论述来看，茅盾所讨论的"爱尔兰的新文学"就是爱尔兰文艺复兴戏剧运动。

---

① 茅盾此文所讨论的"近代文学"指欧美近代文学。

② 茅盾：《近代文学的反流——爱尔兰的新文学》，《东方杂志》1920 年第 17 卷第 6 号，第 73 页。

接着茅盾便以叶芝、格雷戈里夫人、辛格为例①，说明这三人代表了爱尔兰的新文学，同时这三人又代表了这一新文学中的三个支流，即"哲理讽刺剧""民族历史剧""现代农民生活剧"。与此同时，茅盾提醒读者，叶芝的"哲理讽刺剧"是"神秘主义的剧本"，这与他在《沙漏》一剧的《译者注》中的观点如出一辙。茅盾还认为，辛格的"农民生活"戏剧与俄国的"农民小说"（story of steppe）不同。虽然三人代表各个支流，但并非说他们就不写属于其他支流的剧作。这一段中的概括以及三点提醒，显示出茅盾独特的眼光和扎实的文本功力。要知道，茅盾从中学开始学英语，在北大预科三年虽然英文是主课，但他并非英语专业的科班出身，也并非研究英语戏剧的专家。因此，这样的判断和提醒是相当难能可贵的。

二、上半部分

接着茅盾按照顺序依次论述三位戏剧家的生平及剧作。首先是叶芝。在论述叶芝的伊始，茅盾指出叶芝的三重身份——诗人、梦想家、预言家（poet，dreamer，seer），这一论断可谓一语中的，尤其是"预言家"的论断，将叶芝与古代凯尔特文化中的"德鲁伊"（Druidism）传统联系起来，确为不易之论。茅盾盛赞叶芝是"提倡爱尔兰民族精神最力的人"，叶芝的剧本"全是爱尔兰民族思想感情表现的结晶"，这样的两个赞语叶芝确实是当之无愧的。同时，茅盾也指出，叶芝表现爱尔兰民族精神的方式，并不是描写其当代百姓生活，而是从古代的传说中撷取材料，材料虽取自古代，其精神却是当代的，可以说是"以古喻今"。茅盾认为叶芝最擅长写讲哲理而隐寓讽刺的剧本，而这方面的剧作在爱尔兰历来的文学中并不多，有意思的是，茅盾先举格雷戈里夫人的《旅行人》一剧为例来作阐释。在简述《旅行人》的内容之后，茅盾评价道：格雷戈里夫人此剧结构简单、意思明了率直，这和梅特林克的《青鸟》和《盲人》等近代文学的主流已然大不相同，

---

① 茅盾在此处以括号注出三位作家的英文姓名，并译 Yeats 为"夏脱"，译 Lady Gregory 为"葛雷古夫人"，译 Synge 为"山音基"。

因为后者的象征是各说各话，并不如《旅行人》般率直。同时，茅盾也指出，虽然《旅行人》一剧情节简单，但"描写极好，有诗的境界"①。这种诗意境界的描写，又以叶芝为典型，因为他本身就是诗人，其著作中有一种"神秘的原质"，对于不能实现的一种理想的仰慕。

　　茅盾以《荫翳的水域》和《心愿之乡》为例，探讨叶芝对那"理想的仰慕"，并认为《荫翳的水域》完全是"弦歌"（即抒情诗），而非剧本。而要说到叶芝代表性的讽刺剧和神秘剧，茅盾认为是《凯瑟琳·尼·胡力罕》《沙漏》《一无所有之处》这三部剧作。茅盾首先介绍了《凯瑟琳·尼·胡力罕》的剧情（一名伛偻的老妇人来参加迈克尔的新婚，说爱自己的人被外来人欺凌杀戮，以自己的歌声感动迈克尔，加入抵抗英军的法国军队），并概括说此剧一方面象征意味极浓——老妇人象征爱尔兰，外人象征英国殖民者，爱老妇人的人象征爱尔兰百姓，迈克尔代表当代爱尔兰青年，另一方面却又是写实的、讽刺的。茅盾认为，就象征主义而言，《沙漏》比《凯瑟琳》更具象征意味，而谈到神秘气氛，则又以《一无所有之处》最为典型。茅盾不仅简述了《一无所有之处》的剧情，还翻译了其中主人公保罗吹灭教堂祭坛前七只蜡烛那一节（这一节是该剧的高潮部分）。在保罗吹灭七只蜡烛之后，作者借保罗之口说出该剧的意旨——"我们要毁灭一切凡有法律和数目的东西，因为一无所有的地方，才有上帝的存在呀！"②茅盾认为《一无所有之处》显示了"知识与信仰"的冲突、"社会与个人"的冲突、"文明与简单生活"的冲突，是爱尔兰近代文学中最好的剧本之一。有意思的是，在评析《一无所有之处》时，茅盾还讨论了 humour 一词的翻译。他认为此剧"写实与理想"相杂，"想象与诙谐"相杂，茅盾列出"诙谐"一词的英文为 humour，并以括号的形式解释道：

---

①　茅盾：《近代文学的反流——爱尔兰的新文学》，《东方杂志》1920 年第 17 卷第 6 号，第 75 页。
②　茅盾：《近代文学的反流——爱尔兰的新文学》，《东方杂志》1920 年第 17 卷第 6 号，第 79 页。

> 按此字译诙谐实在不妥, 原意是一种偏多感情, 偏少理知的浮
> 意, 姑译为诙谐, 因一时想不出妥当的。①

茅盾关于 humour 一词的翻译可谓开先河之举, 后来继有林语堂的 "幽默" 之名译。虽然以 "诙谐" 来对等 humour 并不十分恰当, 但茅盾的尝试则是完全应该肯定的。

在《近代文学的反流——爱尔兰的新文学》的上半部分的最后, 茅盾总结道, 无论叶芝的神秘剧和讽刺剧是如何地 "不遵守剧本上的律令", 这些剧本在现代舞台上的表现, 是 "唯心派 (Idealism) 对于唯物派 (Materialism) 的反抗"。这也正是茅盾将叶芝等人发起的爱尔兰文艺复兴戏剧运动称为近代文学的 "反流" 的原因所在。

三、下半部分

在《近代文学的反流——爱尔兰的新文学》的下半部分, 茅盾首先介绍格雷戈里夫人及其剧作。茅盾认为, 格雷戈里夫人作品 "严冷而灰滞", 不像辛格那样的 "漂亮", 也不像叶芝那样的 "富于诗意"。② 茅盾认为格雷戈里夫人的剧作按题材来源划分, 可归为 "神庄意幻的" 和 "喜剧的" 两类, 但都具有历史价值。在具体阐释格雷戈里夫人的 "历史" 戏剧之前, 茅盾略微叙述了叶芝和辛格的历史剧, 尤其是叶芝的《国王的门槛》, 茅盾认为叶芝以诗人的身份写作这类戏剧, "不能算是可演的剧本"③。茅盾认为, 真正

---

① 茅盾:《近代文学的反流——爱尔兰的新文学》,《东方杂志》1920 年第 17 卷第 6 号, 第 77 页。

② 茅盾:《近代文学的反流——爱尔兰的新文学·续》,《东方杂志》1920 年第 17 卷第 7 号, 第 57 页。

③ 茅盾:《近代文学的反流——爱尔兰的新文学·续》,《东方杂志》1920 年第 17 卷第 7 号, 第 58 页。在这一段叙述中, 茅盾认为叶芝曾写过一部名为《愿》(Desire) 的戏剧, 而辛格也写过一部同名的剧作, 但比叶芝 "做得更好"。此处茅盾所记恐怕有误, 估计是将 Deidre 错看成 Desire 了, 叶芝和辛格都写过关于古代凯尔特传奇故事中戴黛儿的戏剧。

将爱尔兰民族历史剧写得好的，还要算格雷戈里夫人。在第一类"神庄意幻的戏剧"方面，他重点分析了《德福尔奇拉》(*Devosrgilla*)、《钦珂拉》(*Kincora*)和《格拉妮娅》(*Grania*)三部剧作的情节，尤其着重谈了最后一部戏剧，认为有两个特点：一是不写青年得志，而写老年得志；二是女主人公很有自己的意志。而关于第二类戏剧，茅盾主要分析了格雷戈里夫人所著《卡纳凡思》(*Canavans*)和《白草帽》(*The White Cockade*)，这两部戏剧都借古代故事讽刺当代人物。从茅盾对格雷戈里夫人戏剧的介绍来看，以阐述剧情居多，艺术和思想分析较少。

接着，茅盾再次总结认为爱尔兰文艺复兴戏剧中的"民族历史剧"，其本原并非描写生活，也不注重历史细节，"无非写写古事，唤起爱尔兰人对于民族的自觉罢了"①。茅盾的这一总结一语中的，是对叶芝、格雷戈里夫人大部分类似戏剧的高度概括。而就描写爱尔兰农民生活而言，茅盾认为，这方面辛格最为擅长。茅盾认为，如果说叶芝是思想家，那么辛格就是艺术家，而就艺术手法而言，辛格算是爱尔兰文艺复兴戏剧家之最。此外，茅盾还认为，与叶芝和格雷戈里夫人不同，辛格有一种独特的"格调"②，即"极注重自然的美"。茅盾首先以《骑马下海的人》③为例进行分析，指出此剧有两个特点：一是写人与大海的争斗(平常剧本多写个人意志的争斗)；二是只有对话，没有明晰的剧本结构，而戏剧结束时穆利亚老人发出的喟叹，不是悲惨的声音，而是显出"庄严肃穆的气象"④，这便是辛格的特殊"格调"。接着茅盾分析了辛格的两部讽刺剧——《补锅匠的

①　茅盾：《近代文学的反流——爱尔兰的新文学·续》，《东方杂志》1920年第17卷第7号，第60页。

②　茅盾：《近代文学的反流——爱尔兰的新文学·续》，《东方杂志》1920年第17卷第7号，第60页。此处茅盾作了一个说明，指出自己以"格调"来翻译英文的style，是因为之前有人将其译为"文体"，他认为"文体"二字在中文语境里有指骈文和散文之意，为了以示区别，故译为"格调"。

③　茅盾此处将辛格 *Riders to the Sea* 译为《归于海的》。

④　田汉认为这一结尾有古希腊悲剧的风格，写出人类"败北的庄严"，详见第四章。

婚礼》和《谷中的暗影》，认为辛格想要表达的是人们不要贪图人造的美，而忘却自然的美。在表达思想上，茅盾认为比上两部戏剧更为突出的是辛格的《圣泉》，这部剧作"极力"表达了辛格的理想——"反对实在的世界，企仰理想的幻化的世界"①。在这一部分的结尾，茅盾还简介了叶芝和格雷戈里夫人描写爱尔兰农民生活的一些剧本，并将其归为"发趣的"（即"诙谐的"）和"不发趣的"（即"不诙谐的"）两类。总之，茅盾认为，辛格在艺术方面胜过叶芝和格雷戈里夫人，主要表现在三个层面——"很能配置情节、描写色调，并分别角色"②。

在《近代文学的反流——爱尔兰的新文学》一文的最后，茅盾先对爱尔兰近代文学(也即爱尔兰文艺复兴戏剧)的缺点作了总结，指出有三个方面的不足：一是"剧情太简单"，不能和哈德曼、萧伯纳等人的著作相比；二是"太注重谈话，不注重动作"，所以在剧本艺术方面是一个缺点；三是"喜剧悲剧的形式不完全"，喜剧不过是讽刺剧，而悲剧不过是神秘主义剧，这和萧伯纳的《人与超人》以及斯特林堡的《父》极不相同。在总结缺点之后，茅盾重点介绍了爱尔兰近代文学的"佳处"：首先，爱尔兰新文学是"基于民族解放主义"。茅盾指出，以前有人以为世界的进化是以某一个民族的文化来"普化"到其他民族，后来被证明是行不通的，而应该是"民族互助"，各民族发展自己的民族特色。爱尔兰新文学就是这样，它处处显示出爱尔兰自己的精神，而不愿被英国文明所掩盖，所以爱尔兰新文学最大的特点就是"爱尔兰的地方色很浓"。其次，爱尔兰近代文学的另一个"佳处"是"在写实派之外另寻出路"，写实派即以易卜生为代表的欧美写实主义剧作，而爱尔兰文学与此大相径庭，以"象征和神秘主义"为特征，形成一种"新浪漫派"，即写实与浪漫相结合。茅盾特别指出，他所指的爱尔

---

① 茅盾：《近代文学的反流——爱尔兰的新文学·续》，《东方杂志》1920 年第 17 卷第 7 号，第 64 页。茅盾译 *The Well of the Saints* 为《圣人的井》。茅盾关于《圣人的井》的看法，与田汉在《近代爱尔兰文学概论》中的观点相近，不过田汉叙述得更为详细，并指出对现实世界的鄙弃和对理想世界的向往是凯尔特文化的精神所在。

② 茅盾：《近代文学的反流——爱尔兰的新文学·续》，《东方杂志》1920 年第 17 卷第 7 号，第 65 页。

兰近代文学即与易卜生主义为代表的写实主义相对立的文学，叶芝等人高举民族地方色彩、象征和神秘，恰好是对写实派的"反动"，也就是他所说的"近代文学的反流"。

四、茅盾译介特点

如上所述，茅盾是中国现代较早将爱尔兰文艺复兴戏剧译介到中国的译者之一，而就笔者目前搜索到的资料而言，茅盾也可能是中国现代翻译爱尔兰文艺复兴戏剧最多的译者（共 8 部，格雷戈里夫人 6 部，叶芝 1 部，唐萨尼 1 部），也是中国现代较为全面地介绍爱尔兰文艺复兴戏剧的作者之一。① 因此，可以说在译介爱尔兰文艺复兴戏剧方面，茅盾是中国现代最为全面的译介者。茅盾对爱尔兰文艺复兴戏剧的翻译，我们在本章的第一节、第二节已经有所论述，而茅盾关于爱尔兰文艺复兴戏剧的介绍，我们也可以总结出如下几个特点。

首先，茅盾对爱尔兰文艺复兴戏剧运动三位主要作家的介绍是极具眼光的。茅盾认为叶芝的贡献主要在于开创了爱尔兰文艺复兴戏剧运动，是这一运动的"始祖"，同时他认为叶芝主要的戏剧大部分具有神秘主义气氛，而且叶芝的戏剧有时候简直不能称之为戏剧，而只能称之为诗。叶芝对开创爱尔兰文艺复兴运动的贡献确实是毋庸置疑的，从"爱尔兰文艺剧院"到"爱尔兰民族戏剧社"，再到阿贝剧院，叶芝都是骨干成员之一，尤其是阿贝剧院，叶芝执掌这一剧院达十余年之久。叶芝本人的剧作、格雷戈里夫人的剧作、辛格的剧作以及唐萨尼等人的剧作大多在阿贝剧院演出，使之成为爱尔兰文艺复兴戏剧运动实实在在的核心重镇。茅盾认为叶芝戏剧具有神秘主义气氛，确实是看到了叶芝戏剧的一个方面，即与格雷戈里夫人、辛格不同，叶芝极少直接描写爱尔兰农民百姓的生活，即使是《凯瑟琳女伯爵》一类的戏剧，也具有极强的象征意义。叶芝的戏剧大多以

---

① 　郭沫若翻译了辛格的全部 6 部戏剧。而在中国现代，介绍爱尔兰文艺复兴戏剧最为详细的是田汉，他著有《爱尔兰近代剧概论》一书，重点介绍了叶芝、辛格、格雷戈里夫人，简略介绍了唐萨尼等剧作家。详见第四章。

古代凯尔特神话故事、传说为素材，加上叶芝本人的性格和气质，这些戏剧的写作主要是"以古喻今"。但茅盾认为叶芝的戏剧基本是神秘主义的，却有以偏概全之嫌。叶芝本质上是诗人，因此他的剧作也极具诗的气质，这也是叶芝戏剧的独特性所在，从某种角度来看，这些戏剧更适合朗诵，而不太适合演出。茅盾认为格雷戈里夫人戏剧主要的贡献在于以"历史剧"唤起爱尔兰人的自觉，因此他翻译了格雷戈里夫人的 6 部戏剧，在《近代文学的反流——爱尔兰的新文学》中也介绍了其他的几部剧。以后来者的历史视角看，茅盾的翻译选择无疑是高明的，因为在爱尔兰文学史上格雷戈里夫人戏剧的主要成就之一就是这 6 部剧。茅盾认为格雷戈里夫人戏剧的思想性和艺术性并不高超，因此在译介其戏剧时很少分析其艺术特色和思想成就，而大多只介绍其情节。有意思的是，茅盾翻译格雷戈里夫人戏剧数目最多，但对其戏剧本身的艺术和思想介绍却最少（在三位主要戏剧家当中），这可真是"矛盾"啊！茅盾对辛格戏剧的介绍主要在于其艺术特色，即在情节设置、地方色彩描写、角色描写方面颇胜一筹。值得注意的是，茅盾在《近代文学的反流——爱尔兰的新文学》中认为，就艺术特色而言，辛格是顶尖的，胜过叶芝和格雷戈里夫人，但是茅盾没有翻译过辛格的任何一部剧作。

其次，茅盾对爱尔兰文艺复兴戏剧运动的介绍，是将这一运动置于整个欧美文学的历史范畴内来进行考察的，这显得难能可贵。茅盾认识到 19 世纪末的欧美文学，尤其是戏剧界，在欧洲大陆有易卜生为代表的写实派，在英国有萧伯纳的社会问题剧（后者也可以归为写实派）。毋庸置疑，写实派成为当时欧美戏剧界的主流。而以叶芝等人为代表的爱尔兰作家们，高扬凯尔特文化复兴的旗帜，反对欧陆的现实主义和理性传统，而主张精神和情感。对肉体、物质和理性的鄙弃，对精神、情感和幻想的褒扬，成为爱尔兰文艺复兴运动的特点。同时，爱尔兰文艺复兴运动中的诸位作家，并非泥古不化，而是试图借古代的凯尔特文化传统，来映照爱尔兰的当下，从而鼓舞人们，使其产生强烈的民族自豪感，以最终实现爱尔兰的民族独立。因此，写实也是爱尔兰文艺复兴的一个侧面。写实加上浪漫，成为茅盾所谓的"新浪漫派"。而就 19 世纪末的近代文学而言，爱尔兰文艺复兴戏剧运动无疑是对易卜生为代表的写实派的"反动"。

再次，也是最为重要的，茅盾如此悉心介绍爱尔兰文艺复兴戏剧运动，心心念念的还是中国的现状。茅盾写作《近代文学的反流——爱尔兰的新文学》一文的时间，与他翻译格雷戈里夫人、叶芝戏剧的时间大致相同，即在 1920 年前后。这一时期，各种国外思潮相继被译介到国内，尤其是"世界主义"思潮。这种思潮认为，某一种文化（例如易卜生式的世界主义）具有普世性，可以影响甚至代替其他民族的文化，而其他民族原本的文化就无足轻重。茅盾指出，这种思潮被证明是行不通的，各个民族应该发展、复兴自己本民族的文化，并起到向其他民族提供借鉴的作用，从而实现"民族互助"。茅盾以爱尔兰文艺复兴戏剧为例：

> 大家讨论社会问题的时候，爱尔兰文学却表现那离于现社会生活的先民的自然生活；大家注重实际的描写，用社会心理学做根据，表现极复杂的社会生活，他们**却简单的注意**在一处、一二人；大家用怀疑态度做剧本，什么问题都在讨论，开方案，却不配药，他们都用**径直决断的态度**；大家都问将来如何？都趋向**世界化**，不限于局部的讨论和表现，他们却偏注意**自己历史的民族的特色**。①

茅盾的上述观察可谓独具只眼，尤其是第四点，说的是爱尔兰文艺复兴戏剧运动，心中所系却是中国现代的文艺现状。我们愿意再一次引用《沙漏》译文的《译者注》来作阐明：

> 他们（叶芝等人）的剧本和所含的主义，**到中国有没有危险**，（现在常有人讲，什么有危险，什么没危险。）谁也说不定，因为民族思想

---

① 茅盾：《近代文学的反流——爱尔兰的新文学》，《东方杂志》1920 年第 17 卷第 6 号，第 73 页。

改变的原因是极其复杂的，**绝不是一种思想所能驱之而由一途**，所以我认为无疑，略写出一些大略，并译了这篇；不过是增加国人对于西洋文学研究的资料和常识，当然不是鼓吹夏脱主义。

在这一段中，茅盾译介爱尔兰文艺复兴戏剧的目的可谓一目了然，即表面上是增加国人对于西洋文学研究的"资料和常识"，而终极目的是为了中国民族思想的发展和进步。结合他在《近代文学的反流——爱尔兰的新文学》中的论述可知茅盾是反对单一思想的"世界化"的，主张提供给当时的中国思想界尤其是文艺界以多种可能性。而具体到当时的语境，显然茅盾认为欧美戏剧界的写实派只是一种"途径"，还应该译介其他的"途径"，例如爱尔兰文艺复兴戏剧所代表的象征主义、神秘主义派别等。

无论是翻译爱尔兰文艺复兴戏剧，还是介绍爱尔兰文艺复兴戏剧，茅盾的出发点都在中国现代的现状，这是他个人的译介选择，同时也是当时大部分有识之士的译介选择。

第四节　茅盾译介爱尔兰文艺复兴戏剧的原因及影响

如前文所述，在中国现代翻译史上，茅盾的外国文学翻译在数量上可能无人能出其右。就他对爱尔兰文学的译介而言，他不仅翻译了叶芝等人的 8 部戏剧(全部来自爱尔兰文艺复兴戏剧作家)，还撰有长文《近代文学的反流——爱尔兰的新文学》对爱尔兰的新文学——实际就是爱尔兰文艺复兴戏剧进行了详细的介绍，就这两点而言，在中国现代翻译史上也是独树一帜。在上述三节中我们分析了他在翻译格雷戈里夫人、叶芝戏剧时的翻译原则和思想，介绍爱尔兰文艺复兴戏剧的特点，本节则具体阐释茅盾译介爱尔兰文艺复兴戏剧的原因和影响。

一、直接原因

茅盾在 1920 年前后集中、大量地译介爱尔兰文艺复兴戏剧的直接原因在于谋生的需要。

茅盾 1913 年考入北京大学预科，读满三年后，因家庭经济拮据没有进一步升学考入本科。1916 年 7 月，茅盾完成预科学业，回到家乡。他没有像其他几个亲戚的孩子那样，由亲友推荐进入银行业工作，而是由器重他的表叔卢学溥推荐，进入上海商务印书馆，"那里既可以做学问，又是知识人才荟萃之地"①。做学问和与众多人才共事是一方面，商务印书馆提供的稳定薪酬则是更为重要的一个考量。茅盾的父亲在他十岁那年（1906）去世，去世前曾卧床三年，年幼的茅盾便一边上学一边回家侍奉父亲。父亲去世后，是坚强的母亲担起了抚养两个儿子（茅盾和弟弟沈泽民）的重任，茅盾母亲曾写一副长联表明自己的心志②。对于母亲，茅盾是个非常孝顺的儿子，因此从北大预科毕业回家后，母亲告诉他耐心等待表叔的安排，茅盾便安心在家侍奉母亲。

由于有扎实的中文和英文基础，茅盾进入上海商务印书馆的第一份工作，便是被张元济安排进入馆中编译所的英文部（在上海闸北宝山路），初步拟定的月薪是 24 元③。这一月薪虽不是最低，但却是比较低的，同在编译所英文部的另外一位稍早的编译月薪约为 100 元④。在英文部一个月后，因写信给商务印书馆总经理张元济谈《辞源》的机缘，茅盾的工作从给函授学生改英文卷子到与资深编译共同翻译《衣食住》。到 1916 年年底，茅盾工作满 5 个月，《衣食住》三部著作也基本由他译出，因此他的月薪涨了 6 元，算是一种认可。茅盾随即写信给母亲告知涨薪之事，其中谈到商务印书馆的"涵芬楼"藏书确实丰富，借此可以研究学问，但却很担心要"熬上十年"才能涨薪到 50 元。母亲给茅盾的回信中，则"大意都赞成"茅盾的看法，并嘱咐茅盾说此时不要他帮助家用（茅盾弟弟此时正在省立第三中学

---

① 钟桂松：《茅盾正传》，南京：江苏文艺出版社，2010 年，第 17 页。

② 长联为：幼诵孔孟之言，长学声光化电，忧国忧家，斯人斯疾，奈何长才未展，死不瞑目；良人亦即良师，十年互勉互励，霓碎春红，百身莫赎，从今誓守誓言，管教双雏。引自《茅盾正传》第 10 页。

③ 茅盾：《我走过的道路（上）》，北京：人民文学出版社，1997 年，第 116 页。

④ 茅盾：《我走过的道路（上）》，北京：人民文学出版社，1997 年，第 118 页。

上学），"安心读书做学问罢"①。从茅盾信中的担忧和母亲回信中的嘱咐可以看出，家用是茅盾不得不考虑的重要因素。茅盾在上海租的住处是四人间，相当简陋，而在星期日大家都出去玩的时候茅盾却在宿舍里看书，这一方面说明茅盾很努力，另一方面也说明茅盾更多地需要考虑经济状况。

1917 年 8 月底，茅盾已经在商务印书馆工作一年，他存下了 200 来元的积蓄，当时茅盾弟弟已经被河海工程专门学校录取，茅盾便决定用这 200 多元陪母亲送弟弟去上学，趁机出去走走。茅盾在自传中写道：

> 我手边有二百多元，大概够花了。妈妈不要我花钱。但我和泽民都以为应该孝敬一下为我们操心、十年勤劳的亲爱的妈妈。②

茅盾是极其孝顺母亲的，用一年的积蓄来贴补家用还能陪母亲出游，对茅盾而言是再好不过的了。后来，茅盾还和弟弟合译一些科学文章，发表在商务印书馆所办的《学生杂志》等刊物中，杂志主编朱元善等人对茅盾兄弟在稿酬方面也有格外照顾之意。

到 1919 年时，茅盾已经开始大量翻译外国文学作品，那个时候商务印书馆付给译者的稿酬是每千字一到二元，这在当时算是很一般的报酬。当时的现状是，大部分翻译者并不署名，因此译错了也不用负责。即便是像商务印书馆这样的知名机构，其中不乏精通外文者，但也无人从事校勘工作，因为吃力不讨好，因此译文的质量往往不一定能保证，但是因为无人监督，还是有很多译者愿意接受比较低的报酬。当然，茅盾的翻译态度是比较认真的，这种认真的态度从他开始翻译《衣食住》时便伴随着他。但是茅盾也得益于这种薪酬制度。他不仅在商务印书馆主办的期刊上发表译文，也在其他的报纸、期刊上或应约译稿或主动投稿。到 1919 年，茅盾在

---

① 茅盾：《我走过的道路(上)》，北京：人民文学出版社，1997 年，第 130 页。
② 茅盾：《我走过的道路(上)》，北京：人民文学出版社，1997 年，第 137 页。

商务印书馆的薪酬已经涨到 50 元，而他在"各处投稿的收入，平均每月也有 40 元左右"①。由此可以看出，到这一时期，茅盾撰译（主要是翻译）得来的稿费已经基本与薪酬相埒。而到了 1920 年，茅盾的撰译所得比之前更多，薪酬也涨到 60 元一月。

1920 年前后，除日常工作外，茅盾所做翻译的数量是惊人的。以 1920 年 1 月为例，1 月 1 日，在《时事新报》副刊《学灯》上发表《我对于介绍西洋文学的意见》，虽然不是翻译文章，但其中有不少翻译的段落；1 月 5 日，发表译作《现在妇女所要求的是什么》（原作者 M. L. 戴维斯，译者署名四珍，刊载于《妇女杂志》第 6 卷第 1 号）；同日，发表译作《历史上的妇人》（原作者 Lester F. Ward，译者署名雁冰，刊载于《妇女杂志》第 6 卷第 1 号）；同日，发表译作《小儿心病治疗法》（原文节选自 1919 年 8 月 28 日英国《泰晤士教育周刊》文章，译者署名佩韦，刊载于《妇女杂志》第 6 卷第 1 号）；同日，发表译作《强迫的婚姻》（原作者 A. Strindberg，译者署名冰，刊载于《妇女杂志》第 6 卷第 1 号）；同日，发表译作《活尸》（原作者列夫·托尔斯泰，译者署名雁冰，刊载于《学生杂志》第 7 卷第 1 至第 6 号）；同日，发表论文《尼采的学说》，署名雁冰，刊载于《学生杂志》第 7 卷 1 至第 4 号，其中也颇有翻译的文字；1 月 10 日，茅盾发表译作《巴苦宁和无强权主义》（原作者巴塞尔，译者署名雁冰，刊载于《东方杂志》第 17 卷第 1、2 号）；1 月 12 日，发表译作小说《墓》（原作者为波兰的什罗姆斯基，刊载于《时事新报》副刊《学灯》）；同日，发表译作《骷髅》（原作者泰戈尔，译者署名雁冰，刊载于《东方杂志》第 17 卷第 2 号）；同日，发表译作《一桩小事》（原作者迦尔询，刊载于《东方杂志》第 17 卷第 1、2 号）；同日，发表《巴苦宁和无强权主义》，与《一桩小事》同期刊载。② 这些译文虽然有长有短，但是翻译量确实是巨大的，这也难怪茅盾母亲在信中责备茅盾不要"过于操劳"。

① 茅盾：《我走过的道路（上）》，北京：人民文学出版社，1997 年，第 166 页。
② 唐金梅、刘长鼎：《茅盾年谱（上）》，太原：山西高校联合出版社，1996 年，第 80-84 页。

1920 年前后，茅盾集中翻译爱尔兰文艺复兴戏剧，也正是在这种密集的翻译工作中进行的，毫不夸张地说，茅盾几乎每个月就完成一个剧本的翻译，有时甚至只需数天时间。茅盾翻译的格雷戈里夫人戏剧《月方升》刊载于 1919 年 10 月 10 日初版的《时事新报》副刊《学灯》；10 月 15 日出版的《解放与创造》发表了茅盾翻译的梅特林克《丁泰琪的死》。《丁泰琪的死》是多幕剧，由此可知茅盾的翻译速度是相当快的。茅盾翻译的托尔斯泰长剧《活尸》，在 1920 年 1 月分 6 期连载（原文正好是六幕）。1920 年 2 月 5 日，茅盾翻译的施尼茨勒的《结婚日的早晨》刊载于《妇女杂志》第 6 卷第 2 号；1920 年 3 月 10 日，茅盾翻译的叶芝戏剧《沙漏》刊载于《东方杂志》第 17 卷第 6 号；1920 年 4 月 5 日，茅盾翻译的斯特林堡戏剧《情敌》刊载于《妇女杂志》第 6 卷第 4 号。这几乎是每月翻译一部戏剧的节奏，要知道，茅盾除此之外，还译有其他的文类文字。从一方面看，这当然提供了可观的稿酬。茅盾也是在如此密集的时间内完成了格雷戈里夫人其他 5 部戏剧的翻译。

二、关键原因

虽然说茅盾在 1920 年前后如此集中翻译大量的外国文学作品的直接原因是出于经济上的考虑，但是根本原因还是茅盾思想上的变化。

1916 年年底，茅盾的薪酬涨了 5 元，但与他一起共事的长者孙毓修觉得茅盾过去 5 个月译了将近 3 本书（《衣食住》），而那些一年译一本的，却月薪 60 至 70 元，孙毓修一方面想为茅盾打抱不平，另一方面也借机自己发牢骚。茅盾阻止他，并说：

> "在此不为利不为名，只贪图涵芬楼藏书丰富，中外古今齐全，借此可以读点书而已。"这是我当时的心愿，真想不到后来却在这个编译所中呆了九年。[1]

---

[1] 茅盾：《我走过的道路（上）》，北京：人民文学出版社，1997 年，第 129 页。

在当时，也许除了部分大学图书馆之外，涵芬楼确实是藏书数一数二的所在，而且是中外文资料齐全。这足以显示出张元济主办商务印书馆的独特眼光和宏阔视野。张元济曾赴欧美考察，将商务印书馆作为国外一些重要出版商的国内发行机构，这样国外新出的著作也能很快在商务印书馆发行。而编译所作为译介外国作品的重镇，茅盾能在此工作，可谓得天独厚。茅盾与孙毓修共事一段时间后，发现后者英文并不好，只是将国外报纸、期刊、书本上的寓言、故事等揣摩其大意，出以己意，算不得真正的翻译。茅盾曾回忆道：

> 我把他(孙毓修)译的那几章看了一下，原来他所谓"与众不同"者是译文的骈体色彩很显著；我又对照英文原本抽阅几段，原来他是"意译"的，如果把他的译作同林琴南的比较，则林译较好者至少有百分之六十不失原文的面目，而孙译则不能这样说。①

众所周知，林纾(林琴南)是不谙外语的，他依靠魏易等人的口述翻译，揣度其情，揆度其理，依据自己的理解而出以浅近的文言。② 茅盾认为林纾的翻译尚有百分之六十不失真，而孙毓修是懂一些英文的(孙毓修曾跟随教堂牧师学习英文，属于半路出家)，而译出的文章竟不能达到林译那个"不失原文面目"的比例。对此，茅盾是很有想法的，他的想法就是要"存真"，保留"原文的面目"。因此，当孙毓修让茅盾单独翻译《衣食住》剩余的章节时，茅盾特别谨慎，并模仿孙毓修的骈文式风格，用三四天时间便译出了一章。后来，当他陆续将稿件交给孙毓修时，孙毓修只改动了个别字词。

---

① 茅盾：《我走过的道路(上)》，北京：人民文学出版社，1997 年，第 125 页。

② 关于林纾翻译的研究，钱锺书的论文《林纾的翻译》至今依然是标志性成果。《林纾的翻译》最早作为单篇文章收入钱锺书、郑振铎、阿英等合著的论文集中(即以《林纾的翻译》为题)(1981 年商务印书馆出版)，后来收入"钱锺书集"的《七缀集》一书中。

《衣食住》出版时，孙毓修曾问过茅盾如何署名，茅盾谦虚地回答让孙先生一人署名，这让孙毓修颇为惊讶，但也显出茅盾的谦虚。茅盾用5个月左右的时间译完《衣食住》，这次的翻译并不由茅盾做主，因为是已经定下的工作，茅盾只能接手做。在完成这次的翻译之后，由于茅盾出色地完成了任务，他的翻译选择就有了更多的自主性。

茅盾还小的时候，父亲希望他们兄弟俩以后能够学习科学和工程，为国家建设作贡献。茅盾在北大预科的时候课程以人文为主，如英语、经济等，因此后来茅盾弟弟沈泽民考大学的时候，母亲和茅盾商议，让沈泽民报了新开办的水利局河海工程专门学校，这也算是了了父亲的一个心愿。茅盾虽然没有学成科学和工程，但是在翻译《衣食住》之后，便有意选择一些科学文献进行翻译。当时涵芬楼藏有一些英美旧杂志，其中有《我的杂志》(*My Magazine*)和《儿童百科全书》(*Children's Encyclopaedia*)，茅盾从中找出一篇科学小说，将其翻译出来。该科学小说题目为《三百年后孵化之卵》，刊登在1917年《学生杂志》正月号上。后来茅盾在这两种杂志上发现一些有意思的传记和轶事，便以编译的形式写成《履人传》和《缝工传》，分多期连载。后来，茅盾与弟弟合作，翻译了一位美国学者的著作《两月中之建筑谭》，在《学生杂志》上连载了8期。他们还合作翻译了《理工学生在校记》等科学文章。这已经是1918年的事了。

从1918年年底、1919年年初开始，茅盾的思想发生了巨大的变化，即已经从倾向翻译科学类著作转为翻译文学文化类著作，这一时期也就是茅盾集中译介爱尔兰文艺复兴戏剧的时期。

当时商务印书馆编译所有很多英文书，比如全套的英国出版的《人人丛书》(*Everyman's Library*)以及美国出版的一套《现代图书馆》系列(*Modern Library*)①，前者涵盖了西方主要的古典哲学、文学、历史、政治和经济著作②，后者主要收囊近现代的英文名著。茅盾时常借阅这些著作，其中就

---

① 茅盾分别译为《万人丛书》和《新时代丛书》。

② 茅盾翻译时所依据的外文文本，除了英语之外，还有其他的外语文本，茅盾翻译除英语之外的外语文本时，依据那些外语文本的英译本进行翻译。

有托尔斯泰著作的英译本，阅读之后，茅盾撰写了《托尔斯泰与今日之俄罗斯》，刊载于1919年《学生杂志》第6卷的第4、5号上。这篇文章是茅盾"试图从文学对社会思潮所起的影响的角度来探讨问题的一点尝试"①，也正式标志着茅盾的译介方向已经从科技、生活类文献转向文学和社会思潮。

这一时期，茅盾对西方文学思想著作的阅读与他对《新青年》杂志的阅读是同步进行的，因此译介内容的撰写也与他阅读《新青年》等进步杂志有关。1918年10月15日，李大钊在《新青年》上发表《庶民的胜利》；1919年5月，李大钊在《新青年》上发表《我的马克思主义观》。这些文章对茅盾产生了重大的影响。而到了1919年春夏之交，五四运动的爆发，使得茅盾的思绪进一步发生变化：

> 在它（"五四运动"）的影响和推动下，我开始专注于文学，**翻译和介绍了大量的外国文学作品**。《学生杂志》不适合刊登的，我就投稿给上海《时事新报》的副刊《学灯》。契诃夫的短篇小说《在家里》就是我那时翻译的第一篇小说，也是我第一次用白话翻译小说，**而且尽可能忠实于原作**——应该说是对英文译本的尽可能忠实。②

上述一段文字可谓道出了茅盾在1920年前后大量、集中译介外国文学作品的真正原因——思想的进步与变化，此外，也说明了茅盾翻译外国文学作品的标准——尽可能忠实于原作，也就是我们在上文中所引用的"保留原文的样貌"。同样值得注意的是，在这之前，茅盾基本以文言作为译文语言，而从此之后，茅盾基本以白话文作为译文语言。③ 1920年左右是

---

①　茅盾：《我走过的道路（上）》，北京：人民文学出版社，1997年，第147-148页。

②　茅盾：《我走过的道路（上）》，北京：人民文学出版社，1997年，第148页。

③　五四新文化运动以后，在中国现代翻译史上，译者大多以白话文从事翻译，但也有不少译者坚持以文言进行翻译（包括翻译诗歌），这其中最具代表性的就是以吴宓为代表的《学衡》派。

中国现代思想文化异常活跃的时期，"受新思潮影响的知识分子如饥似渴地吞咽外国传来的各种新东西，纷纷介绍外国的各种主义、思想和学说"①。凭借本身就从事编译工作且商务印书馆办有好几家期刊的双重有利环境，茅盾这一时期翻译了大量的外国文学作品，当然因为茅盾主要学习的外语是英语，因此他译介的不少非英语国家的作品也是从英译本转译而来。

1920 年左右，19 世纪欧洲各种文艺思潮争相被译介到国内，茅盾对其中的象征主义和俄国文学思潮尤其感兴趣。茅盾曾回忆说，在当时，大家都有这样的想法——那就是既然要借鉴西洋的文艺，就必须"穷本溯源，不能尝一脔而辄止"②。而为了穷本溯源，茅盾一方面研读从古希腊、罗马开始直至近世的文学，尤其是希腊神话、北欧神话、中世纪骑士文学、文艺复兴时代文艺，茅盾都著有专书或专文进行译介；另一方面，茅盾积极翻译象征主义戏剧如叶芝的《沙漏》。这两方面工作的进行使茅盾在理论和实践上为中国现代文艺思想的发展作出了重要贡献，他自己是这样评价自己的工作的：

> 我认为如此才能**取精用宏，吸取他人的精萃化为自己的血肉**，这样才能创造划时代的新文学。我的同时代人，大都是有这样的抱负，从而也有这样的修养的，虽然深浅不同。③

除象征主义外，在这一时期茅盾对俄国文学思潮也产生了浓厚的兴趣。他不仅撰写了《托尔斯泰与今日之俄罗斯》等文章，还翻译了托尔斯泰的《活尸》等戏剧。在译介爱尔兰文艺复兴戏剧的期间，茅盾也时常将其与俄罗斯文学加以比较。例如在《近代文学的反流——爱尔兰的新文学》一文

① 茅盾：《我走过的道路（上）》，北京：人民文学出版社，1997 年，第 149 页。
② 茅盾：《我走过的道路（上）》，北京：人民文学出版社，1997 年，第 150 页。
③ 茅盾：《我走过的道路（上）》，北京：人民文学出版社，1997 年，第 150-151 页。

的开头，他就说爱尔兰近代文学的第三支是描写爱尔兰现代农民生活的剧本，而这些剧本和"俄国的农民生活小说，所谓 story of steppe 的不同"①。从某个角度而言，茅盾的兴趣点在于俄罗斯农民小说，而翻译格雷戈里夫人关于农民生活的戏剧，是作为一种参照和对比。

三、影响

与田汉、郭沫若等不同，茅盾对爱尔兰文艺复兴戏剧的译介，其影响主要表现为在中国现代较早译介爱尔兰文学以及对"被压迫民族文学"的重视两个方面。

田汉自小就对戏剧感兴趣，在日本留学时阅读了大量的欧美戏剧，由于留学时的主业即为英文，因此他能自主阅读英、日、法、德原文戏剧。受欧美戏剧的影响，田汉不仅翻译了辛格《骑马下海的人》等剧作，还撰写专书《爱尔兰近代剧概论》，对爱尔兰文艺复兴戏剧进行译介。而与此同时，田汉还创作了《灵光》《湖上的悲剧》《名优之死》《古潭的声音》等戏剧，这些戏剧在情节、人物刻画、象征修辞等方面受到了爱尔兰文艺复兴戏剧的直接影响。郭沫若赴日本留学的时间比田汉早两年，虽然以医学为主业，但由于所学主要是德国医学传统，因此对外文的要求异常严格，郭沫若也得以能够自如阅读德、日、英的外文作品。而且在留学几年后，郭沫若的思想就从学医转向从文。他接触爱尔兰文艺复兴戏剧的时间比田汉要晚，但他翻译了辛格的全部6部作品，这在中国现代翻译史上也是绝无仅有的。与此同时，郭沫若创作了历史剧《聂嫈》等，这些戏剧是直接受到辛格戏剧的影响而完成的。

虽然同样为中国现代译介爱尔兰文艺复兴文学作出了重要贡献，但茅盾与田汉、郭沫若在几个关键维度上有所不同。首先，茅盾没有留过学。茅盾自中学毕业后，考入北京大学预科，严格地说，这还不能算本科主修

---

① 茅盾：《近代文学的反流——爱尔兰的新文学》，《东方杂志》1920 年第 17 卷第 6 号，第 73 页。steppe 指东南欧和西伯利亚地区树少而广阔的大草原。

专业。虽然在北大预科期间，他在外籍教师的辅导下，接触了大量的外国文学作品如莎士比亚戏剧、《艾凡赫》、《鲁滨孙漂流记》等，但教师水平参差不齐，尤其是第二外语的法文教师，一个据说是法国士兵，另一个则是波兰籍。① 茅盾的英文较好，能直接阅读英国文学作品，但阅读其他各国文学则主要依靠英文译本。这与田汉、郭沫若能直接阅读德、法原文作品不同，读译本与读原著之间还是有所区别的。茅盾后来在商务印书馆工作，译介外国文学也主要依靠英文。因为未能留学，因此茅盾对外国文学尤其是外国戏剧的理解与感受基本只能从书本而来。而田汉、郭沫若在日本留学时，则能直接感受到欧美文学在东方的极大影响（在近代，日本受欧美思想和文化的影响比现代中国要早），例如田汉、郭沫若就与俄国作家爱罗先珂有过直接接触。

其次，1920 年左右，茅盾的文学活动以译介为主，较少从事创作，而田汉、郭沫若则是译介与创作同时进行。自 1916 年 10 月开始与孙毓修合译《衣食住》至 1925 年 4 月译介北欧神话，茅盾在商务印书馆工作的 9 年之中，其文学活动主要在于译介外国作品，而文学创作活动则较少。就爱尔兰文学而言，研究认为，茅盾在《近代文学的反流——爱尔兰的新文学》中对叶芝的介绍（1920 年 3 月 10 日《东方杂志》第 17 卷第 6 号）、对叶芝戏剧《沙漏》的翻译（与《近代文学的反流——爱尔兰的新文学》刊于同一期《东方杂志》），是"国内现存的介绍叶芝的最早文献"②。而茅盾翻译的格雷戈里夫人戏剧《月方升》，刊载于 1919 年 10 月 10 日的《时事新报》副刊《学灯》，则比《沙漏》一剧的翻译更早。茅盾对辛格戏剧的介绍也早于田汉和郭沫若。因此，可以说，就目前搜索所及，在译介爱尔兰文艺复兴戏剧方面，茅盾是最早、也是成果最为丰硕者之一（八部戏剧，一篇专文，数篇短文）。就这一点而言，茅盾对爱尔兰文艺复兴戏剧的译介，其影响主

---

① 唐金海、刘长鼎：《茅盾年谱（上）》，太原：山西高校联合出版社，1996 年，第 49 页。

② 冯建明主编：《爱尔兰作家和爱尔兰研究》，上海：上海三联书店，2011 年，第 236 页。

要在于其译介开首倡之功，引出了后来对格雷戈里夫人戏剧等的多次译介①。

　　研究指出，茅盾在 1920 年前后，"介绍研究外国文学的文章和译作之多，影响和贡献之大，在当时恐怕是首屈一指的"②。就数量而言，在 1916—1920 年这几年内，茅盾便翻译了短篇小说 41 篇，剧本 24 个，散文 8 篇，诗歌 29 首，以及文艺论文 16 篇，共 80 余万字。此外，茅盾通过《小说月报》的"海外文坛消息"专栏，介绍外国文艺动态和国外文坛消息 200 余条。③ 这一时期可以说是茅盾生平中译介活动的顶峰时期。1921 年年底，茅盾曾写作文章《一年来的感想与明年的计划》（刊载于 1921 年 12 月 10 日《小说月报》第 12 卷第 12 号），总结自己的工作，说"一年来的努力较偏在于翻译方面——就是介绍方面"④。而针对有读者来信说《小说月刊》刊载的创作太少，茅盾认为"不敢苟同"：

　　　　我觉得翻译文学作品和创作一般地重要，而在尚未有成熟的"人的文学"之邦像现在的我国，**翻译尤为重要**；否则，将以何者**疗救灵**

---

　　①　学者安凌曾统计过格雷戈里夫人的戏剧 The Rising of the Moon 在中国现代（1924—1935 年）至少有 6 个翻译译本（爽轩、黄药眠、罗家伦、何星辰、王学浩、陈鲤庭）和 2 个改译本（陈治策、舒强）；而另一部戏剧 Spreading the News 则在中国现代（1924—1941 年）至少有 4 个翻译译本（赵如琳、陈治策、阎哲吾、赵启肃）。见安凌：《重写与归化：英语戏剧在现代中国的改译和演出》，广州：暨南大学出版社，2015 年，第 145 页。安凌将爽轩的译本作为中国现代《月方升》的第一个译本（1924 年），而茅盾的《月方升》译本比之要早出 5 年之久。此外，爽轩的"译本"也是一种改编本（爽轩的改编本题为《月出时》，收入凌梦痕编《绿湖》第 1 集，民智书局 1924 年 2 月出版），而不是严格意义上的译本。参见王建开：《五四以来我国英美文学作品译介史》，上海：上海外语教育出版社，2003 年，第 240 页。除翻译外，The Rising of the Moon 还被多次改编为剧本《三江好》，在抗战中数次上演，反响强烈。
　　②　孟昭毅、李载道主编：《中国翻译文学史》，北京：北京大学出版社，2005 年，第 146 页。
　　③　韦韬、陈小曼：《我的父亲茅盾》，沈阳：辽宁人民出版社，2011 年，第 73 页。
　　④　茅盾：《茅盾全集第 18 卷·文论一集》，北京：人民文学出版社，1989 年，第 148 页。

魂的贫乏，修补人性的缺陷呢？[①]

从以上的观点来看，茅盾是从文学本身的角度来考察翻译与创作的关系的，而就中国现代的现状而言，他也认为"当今之时，翻译的重要实不亚于创作"，因为中国现代需要"西洋人研究文学技术所得的成绩"。这种采用"别人的"方法和技巧，与仅仅仿效不同，用"别人的方法"，加上自己的"想象情绪"，结果就可以得到自己的好的创作：

> 在这意义上看来，**翻译就像是"手段"**，由这手段可以达到我们的目的——**自己的新文学**。……把西洋文学进化的路径介绍过来，把西洋的含有文学技术的创作品介绍过来，这件重要的工作大概须得翻译者去做了。[②]

相对于译介而言，茅盾此时的文艺创作活动比较少，只有一些零星的文艺评论见诸报端。在商务印书馆工作的后期，茅盾较为集中地译介了希腊神话、北欧神话等，尤其是北欧神话，相对于希腊罗马神话来说，在当时是被译介较少的。而茅盾则独具只眼，系统介绍了北欧神话，对北欧神话的译介，则直接影响了他创作的《蚀》这部中篇小说集（包括《幻灭》《动摇》《追求》）。而这已经是 1925 年之后的事情了。

除了"首倡之功"，茅盾译介爱尔兰文艺复兴戏剧的另一个影响表现在他呈现了"世界弱小民族的文学"，为 20 世纪 20 年代的进步思想文化的发展作出了贡献。

如上所述，在商务印书馆工作的初期，茅盾对于所做的翻译，没有多少选择（《衣食住》）。到了 1917 年、1918 年左右，茅盾有了较多的翻译对

---

① 茅盾：《茅盾全集第 18 卷·文论一集》，北京：人民文学出版社，1989 年，第 148 页。

② 茅盾：《茅盾全集第 18 卷·文论一集》，北京：人民文学出版社，1989 年，第 149 页。

象选择权,以介绍西方科技、生活类文献为主。翻译对象选择方面发生了质的变化。1918年年底、1919年年初,茅盾一方面通过阅读《新青年》等进步杂志接触进步思想和文化①,另一方面五四新文化运动的发生进一步激发了茅盾为中国现代文化发展探索路径的愿望。1918年茅盾在《学生杂志》发表社论《一九一八年之学生》,感慨国家"海内蜩螗,刻无宁晷",呼吁青年学生"翻然觉悟,革心洗肠,投袂以起",希望青年学生能"革新思想、创造文明",并实行"奋斗主义"。② 这一时期茅盾主张的新思想是"个性之解放、人格之独立",其中已经包含对底层人士的同情与奋斗的肯定。1918年起,茅盾在《学生杂志》上连载自己编译的《履人传》和《缝工传》,原材料都是讲以鞋匠和裁缝身份通过努力奋斗而成名者,这数十篇的编译传记,与《一九一八年之学生》所提倡的革新思想、奋斗自立的精神相呼应。

1919年,茅盾撰写《近代戏剧家传》的长文,介绍了契诃夫等30余位欧美戏剧家,刊载于当年的《学生杂志》第6卷第7号至第12号上。在这30余位欧美戏剧家中,一半左右是当时不为人知的作家;另一方面,除了法、德、英等戏剧大国之外,有一半是弱小国家的戏剧家,如奥地利的施尼茨勒(Arthur Schnitzler)、霍夫曼斯塔特(Hugo von Hofmannsthal),威尔士的张博斯(C. Haddon Chambers)、弗朗西斯(John Oswald Francis),爱尔兰的叶芝(William Butler Yeats)、辛格(John Millington Synge)、格雷戈里夫人(Lady Augusta Gregory)等。对于为何介绍这些戏剧作家,茅盾在"编译者前言"中有所说明:

---

① 1917年下半年起,茅盾一边在商务印书馆编译所工作,同时又被借调到《学生杂志》编辑部门工作(主要负责编写、编译中外童话),主管《学生杂志》的朱元善订阅了一些在上海出版"适合中学生阅读"的杂志,其中就有陈独秀主编的《青年杂志》,该杂志早期提倡"德、智、体"三育,使用文言文,1917年改名为《新青年》,相继发表胡适的《文学改良刍议》和陈独秀的《文学革命论》。参见茅盾:《我走过的道路(上)》,北京:人民文学出版社,1997年,第140-141页。

② 转引自茅盾:《我走过的道路(上)》,北京:人民文学出版社,1997年,第143页。

此传用意，并非介绍一人学说到中国，使人奉为圭臬。乃欲使人知近世及现代的戏剧家，有这几个人；他们的著作，有这许多篇；他们的派别，有这样个大概。如此而已。至于比较各家之得失，精研各人之学说，则在读者自己去用功了。①

一方面，这一声明与他同期译介格雷戈里夫人和叶芝戏剧的说明相近，即"增加国人对于西洋文学研究的资料和常识"；另一方面，这份欧美戏剧家名单本身就说明了问题，即茅盾重视那些大国中不知名的戏剧家和那些弱小民族的戏剧家。在写作这份《近代戏剧家传》的同时（刊载于1919年7月至12月的《学生杂志》），茅盾翻译了其中数名戏剧家的剧作，而这些剧作大部分来源于那些不知名和弱小民族的戏剧家，例如施尼茨勒的《界石》和《结婚日的早晨》、格雷戈里夫人的《月方升》、叶芝的《沙漏》。此外，与这一批翻译同时的还有爱尔兰文艺复兴戏剧作家唐萨尼的《遗帽》。

1919年，茅盾在思想上发生了极大的变化，即追求进步、同情弱小。与商务印书馆中大多数同事不同，他现场去听了五四运动中的演讲。1919年年底，商务印书馆主办的《小说月报》也即将提倡新文学，由茅盾主持新栏目"小说新潮"。1920年，茅盾加入共产主义小组，随后，他相继发表了《国家与革命》《罗素论苏维埃俄罗斯》等译文。1921年，"文学研究会"成立，茅盾成为主要创立者之一，而"文学研究会"的宗旨之一即在于表现"为人生"的现实主义文学。有了思想和发表的双重阵地，1920年之后的3至4年间，茅盾翻译了大量表现弱小民族的文学，例如他在"《小说月报》和《文学周刊》上发表了匈牙利、波兰、捷克、芬兰、智利、希腊、尼加拉瓜、秘鲁、巴西、犹太等弱小国家和民族的小说和诗歌百余篇，如《愚笨

---

① 茅盾：《茅盾全集·第31卷·外国文论三集》，黄山：黄山书社，2012年，第447-448页。

的裘纳》①；另外还出版了译著近 20 种，如《倍那文戏曲集》"②。这浩大的翻译量中，还应该包括茅盾对爱尔兰文艺复兴戏剧的翻译，尤其是格雷戈里夫人后 5 部戏剧的翻译就是集中在 1920 年之后的 2 至 3 年内完成的。茅盾感慨，是爱尔兰自 20 世纪以来要求民族自治和独立的运动催生了叶芝、格雷戈里夫人为代表的新文学运动：

> 爱尔兰自二十世纪以来，初要求自治，次要求独立，所谓"Celtic Movement"者，早已人人尽知。与此政治运动同时产生而惊动一世者，即文学上所称之爱尔兰运动，亦可称是爱尔兰的新文学运动。在这运动中最有声色的领袖，为夏脱（Yeats）、葛雷古夫人及山音基（Synge）。③

上面这一段选自《〈市虎〉译者前记》，该前记与《市虎》译文初刊于《东方杂志》第 17 卷第 17 号（1920 年 9 月 10 日）。茅盾在这一段内容中表现的观点正好与其在《近代文学的反流——爱尔兰的新文学》中的看法一致，即爱尔兰的新文学（爱尔兰文艺复兴戏剧运动）与爱尔兰的民族解放与独立斗争紧密相连，而茅盾作为译者，则"深信附带民族运动而起之文学运动颇值吾人之研究也"④。另外，在《近代戏剧家传》中，茅盾将萧伯纳作为英国"智慧主义"戏剧的代表，而将叶芝、格雷戈里夫人和辛格视为与其"相反之爱尔兰派"，也可以从一个侧面看出茅盾对"爱尔兰派"作家的重

---

① 在《雪人·自序》中，茅盾曾写道：三四年来，为介绍世界被压迫民族的文学之热心所驱迫，专找欧洲的小民族的近代作家的短篇小说来翻译。参见茅盾：《茅盾序跋集》，丁尔刚编，北京：生活·读书·新知三联书店，1994 年，第 280 页。

② 方梦之、庄智象主编：《中国翻译家研究·民国卷》，上海：上海外语教育出版社，2017 年，第 687 页。

③ 茅盾：《茅盾序跋集》，丁尔刚编，北京：生活·读书·新知三联书店，1994 年，第 255 页。

④ 茅盾：《茅盾序跋集》，丁尔刚编，北京：生活·读书·新知三联书店，1994 年，第 256 页。

视。在翻译实践中，茅盾仅翻译过萧伯纳戏剧的一个章节（即《地狱中之对谈》），而翻译了 8 部爱尔兰文艺复兴戏剧作家的戏剧，孰重孰轻，一目了然。由民族独立运动带来民族文学复兴，而民族文学复兴又推动民族独立运动，是爱尔兰文艺复兴戏剧运动的最基本特征，茅盾对这一特征是有着清晰的认识的。他在 1920 年前后集中译介弱小民族的文学、积极参加进步思想活动，从而以自己的实践推动了 20 世纪 20 年代进步思想和文化的发展，这也成为茅盾译介爱尔兰文艺复兴戏剧的另一个重要的影响。

第五节　叶芝戏剧在现代中国译介的其他情况

叶芝的剧作《沙漏》，在现代中国除了茅盾翻译过之外，还有署名"苏兆龙译"的《沙漏》译文和署名"缨子译"的《沙钟》译文。

1924 年，主要面向英语教员、学生和英语爱好者的《英文杂志》（*The English Student*），其第 10、11、12 期连载了中英对照的叶芝戏剧《沙漏》，作为"当代独幕剧系列"的一种（*Contemporary One-Act Plays*）。有意思的是，《英文杂志》也是由茅盾为之服务近十年的商务印书馆所办。1916 年 8 月底，茅盾由亲友介绍入商务印书馆，首份工作即是在编译所英文部做阅卷员，英文部主任为邝富灼。据研究，《英文杂志》创刊于 1915 年 1 月，每月发行一期，页数在 100 页左右，其主事者即为邝富灼。茅盾后来从事翻译、编辑《学生杂志》、署理《小说月报》和《妇女杂志》期间，似乎都未曾和《英文杂志》有联系。茅盾翻译的作品也从未刊载于《英文杂志》。茅盾翻译的《沙漏》初刊于《东方杂志》第 17 卷第 6 号（1920 年 3 月 10 日），6 年后的 4 月，他从商务印书馆离职。苏兆龙翻译的《沙漏》首期于 1924 年 10 月出版，不知他是否曾寓目这篇他曾经翻译过，而今又有人重译的叶芝剧作，就现有资料来看，已经不得而知了。

《英文杂志》发表的《沙漏》以英中对照并排的方式刊载。原文作者署叶芝全名 William Butler Yeats，译者署名"Su Chao Lung（苏兆龙）"，Su Chao

Lung 当是"苏兆龙"的威妥玛式拼写。译者苏兆龙生平资料匮乏①，但他在《英文杂志》上刊载的文章达 260 篇之多，仅爱尔兰文艺复兴戏剧而言，除《沙漏》外，他还翻译了格雷戈里夫人的《狱门》(*The Gail Gate*) 和《旅客》(*The Traveling Man*)。苏兆龙的《沙漏》译文，同样译 Yeats 为"夏芝"。从整体风格上来讲，苏兆龙的译文以直译为主，部分地方采取意译或者归化的译法，这样做当然一方面是为了配合《英文杂志》的定位（为有一定英文水平的学习者提供课外参考读物），让读者能根据译文来学习原文，另一方面也是为了译文能更适合汉语的表达习惯。

例如，在剧作开头部分，傻子向智者讨一个便士，智者问他看见了什么，傻子回答：

> **WISE MAN**　What do you know about wisdom?
>
> **FOOL**　Oh, I know! I know what I have seen.
>
> **WISE MAN**　What is it you have seen?
>
> **FOOL**　When I went by Kileluan where the bells used to be ringing at

---

① 笔者经过数年搜集，发现中国现当代史中以"苏兆龙"闻名者主要有出生于湖南湘西的著名书画家苏兆龙（1907 年生于湖南慈利县象市镇，1927 年毕业于常德湘西艺术师范学校，同年考取上海美术专科学校，受校长刘海粟器重，毕业后考取巴黎美术学院，因费用无处筹措而罢，后回湘西组织爱国活动）。但从《英文杂志》出版文字来考察，此苏兆龙应该不是上述这位苏兆龙。目前笔者能找到的关于这位苏兆龙的最权威资料，应该是 1935 年《高级中华英文周报》(第 717 期)刊载的苏兆龙介绍自己学英语经历的文章(附简历与照片)。根据简历，苏兆龙于 1889 年出生于江苏盐城，早年在苏州师范学校就读，毕业后当过中小学教师。1918 年开始在商务印书馆英文部工作，职位为英语编辑。1932 年 1 月底离职。1933 年开始在世界书局担任英语编辑。苏兆龙为《英文杂志》撰稿多篇（该杂志 1927 年 12 月 30 日停刊），同时又为商务印书馆发行的《英语周报》（程度较浅，发起于 1915 年，1941 年年底停刊）撰写文章数百篇之多。在世界书局工作时，与莎剧翻译大家朱生豪、英汉词典大家葛传椝一起编纂过《英汉作文文法两用辞典》(1934) 和《英汉求解、作文、文法、辨义四用辞典》(1936)。苏兆龙个人著作有《英文新式标点》(苏兆龙编，上海竞文书局，1925 年初版)、《英汉、汉英翻译举例》(苏兆龙编，上海竞文书局，1926 年初版，校阅者为葛传椝)、《中文英译指南》(苏兆龙编，中华书局，1937 年初版)等。

the break of every day, I could hear nothing but the people snoring in their houses. When I went by Tubbervanach where the young men used to be climbing the hill to the blessed well, they were sitting at the crossroads playing cards. When I went by Carrigoras, where the friars used to be fasting and serving the poor, I saw them drinking wine and obeying their wives. And when I asked what misfortune had brought all these changes, they said it was no misfortune, but it was the wisdom they had learned from your learning.①

苏兆龙的译文是:

聪明人 你知道怎样叫做聪明?

傻子 啊, 我知道! 我知道我所曾经看见的。

聪明人 你看见什么东西?

傻子 济喀鲁安向来是在黎明的时候打钟的, 可是当我走过那里, 我只听见人们在家里酣睡的声音。忒波万诺的少年人向来是要爬山上那圣泉旁边去的, 可是当我走过那里, 他们正坐在十字路口看牌呢。卡利哥拉的僧徒向来是禁食济穷的, 可是当我走过那里, 我只看见他们喝酒听从妻子的话。我问他们究竟有什么灾祸把他们改变到这样, 他们说这并不是灾祸, 乃是他们从你的教训学得的聪明。②

对读原文和译文, 可以看出无论从语序还是意义上, 苏兆龙的译文基本都遵循原文。"我知道我所曾经看见的"是典型的依循原文原义的翻译例子。原文中傻子的长篇讲话是先说自己经过某处, 某处本来如何如何(时

---

① 夏芝:《沙漏》(中英文对照), 苏兆龙译,《英文杂志》1924 年第 10 期, 第 749 页。

② 夏芝:《沙漏》(中英文对照), 苏兆龙译,《英文杂志》1924 年第 10 期, 第 749 页。

间从句里又套一个地点从句），而自己经过的时候却发现不是那样，译文则先说某处向来该如何，然后说自己走过那里，发现人们如何如何，这样就更加符合汉语的表达习惯，是比较灵活的处理。不过"向来是要爬山上那圣泉旁边去的"表述则显得语义模糊不清，应该是"急就章"，而不是从容翻译的结果。

再比如智者在室内等待学生来上课，翻到书上有一段关于一个乞丐写在巴比伦城墙上的话：

> There are two living countries, the one visible and the one invisible; and when it is winter with us it is summer in that country, and when the November winds are up among us it is lambing time there.[①]

苏兆龙的译文是：

> 有两个存在的国，一个看得见，一个看不见；当我们过冬天的时候，那个国里正在过夏，当我们这里朔风大吼，那里却正是小羊产生的节期。[②]

比较此处译文与本章第二节中茅盾的译文，可以看出，两位译者做出了完全不同的选择。茅盾的译文文绉绉，这一方面与他在翻译《沙漏》之前多用文言翻译有关，另一方面茅盾认为此处出自书本名言，当出以汉语文言，方显得恰切。而苏兆龙则不一样，他的翻译主要目的是帮助有一定英文基础的学习者更好地修习英文，因此"达意"才是最主要的考量，如果译得过于"文雅"反而作用不佳。

---

① 夏芝：《沙漏》（中英文对照），苏兆龙译，《英文杂志》1924 年第 10 期，第 748 页。

② 夏芝：《沙漏》（中英文对照），苏兆龙译，《英文杂志》1924 年第 10 期，第 748 页。

与同时期的其他翻译一样, 在面对西方文化中一些独特的概念时, 译者可能会使用自己熟悉的本土文化概念来"对应"。苏兆龙的译文中也出现了这一情况。例如, 在戏剧后半部分, 天使来到智者所在地方, 说了这么一段话:

> **ANGEL** The doors of Heaven will not open to you, for you have denied the existence of Heaven; and the doors of **Purgatory** will not open to you, for you have denied the existence of **Purgatory**.①

苏兆龙的译文是:

> **天使** 那天堂的门不让你进去, 因为你向来不承认有天堂; 那**净土**的门也不让你进去, 因为你向来也不承认有**净土**。②

原文中的 Purgatory 指基督教文化中介于天堂和地狱之间的环节和所在, 现今一般译为"炼狱", 最有名的描写莫过于但丁的《神曲》了。但是"净土"则是佛教文化中的概念, 佛教自东汉后期传入中国以来, 到现代已经近 2000 年之久, 因此对于稍有文化的国人来说, 是相当熟悉的概念, 古典名著《西游记》中就有不少地方有所提及。苏兆龙以"净土"来对应 Purgatory, 应该属于误译。但在 20 世纪 20 年代, 国人对于基督教文化中"炼狱"的理解尚不深入, 且似乎还未形成固定的译法, 因此对于苏兆龙的这一误译, 我们也应当报以"同情的理解"。

在戏剧的最后, 傻子嚷着让学生们不要拉扯他的袋子:

---

① 夏芝:《沙漏》(中英文对照), 苏兆龙译,《英文杂志》1924 年第 12 期, 第 821 页。

② 夏芝:《沙漏》(中英文对照), 苏兆龙译,《英文杂志》1924 年第 12 期, 第 821 页。

FOOL　Leave me alone. Leave me alone. Who is that pulling at my bag? King's son, do not pull at my bag.①

苏兆龙的译文是：

傻子　别闹我，别闹我。谁拉我的袋儿？**太子**，别拉我的袋儿。②

"太子"也是富有中国文化内涵的译法，原文如果直译，意为"国王的儿子"。中国文化中，狭义的"太子"指封建时代皇帝或生或封的长子，从这个意义来看，苏兆龙的译法并不妥当。但到了近代，"太子"或"太子爷"也用来指那些出生富贵人家、娇生惯养的男孩，因此从这个角度来看，苏兆龙的译文至少在言语之外的文化内涵上实现了功能上的对应。

总之，从苏兆龙的译文来看，他最主要的目的是保证读者能依照其译文来按图索骥提高英文学习的兴趣，因此其关键的翻译策略就是使用当时流行的白话文进行直译。如果遇见英语文化中的特殊概念时，他倾向于采用归化译法，使读者大致理解原文文化内涵，而一旦这样处理，就有可能发生误译的现象。

除了苏兆龙的译文外，叶芝的《沙漏》在中国现代还有一部"散文版"译文。《文艺月刊》第2卷第4期发表了一篇题为《沙钟》的译文，署名"夏芝作，璎子译"。夏芝即 Yeats，但"璎子"是谁（应是笔名），笔者搜索所及，尚未有眉目。标题中特意指明"散文版"，主要是因为《沙漏》一剧本来就有两个版本，叶芝1903年创作的即"散文版"（In Prose），后来1914年增补而成的即为"诗剧版"（In Verse）。从茅盾、苏兆龙和"璎子"的译文来推断，

---

①　夏芝：《沙漏》（中英文对照），苏兆龙译，《英文杂志》1924年第12期，第823页。

②　夏芝：《沙漏》（中英文对照），苏兆龙译，《英文杂志》1924年第12期，第823页。

他们依循的底本都是 1903 年的"散文版"。

与茅盾和苏兆龙的译文相比，"璎子"的《沙钟》译文则更为口语化。例如上文所引智者读到的书上那句话：There are two living countries... （完整原文见上文）。"璎子"的译文是：

> **哲人** 有两个国家，一个看得见**的**，和一个看不见**的**；在我们是冬天的时候，那国里却是夏天，冬风在我们这里刮着的时候，**那里却是产羊的季节呢**。①

显然，此译文中使用"的"字的频率远高于茅译和苏译，尤其是最后一句话，"呢"字的使用突出了这段译文的口语化特色。

又比如上文中所引傻子所说的去过某某地方，本来以为那里的人当如此如此，却远不是那么回事的那段话：When I went by... （完整原文见上文），"璎子"的译文如下：

> **愚人** 当我走过基露克览的时候，**那儿**每天天亮的**当儿**，教堂的钟声**惯是**响着的，我只听到人们睡在家里打鼾声。当我走过达伯温拉契的时候那儿年青人**惯常**爬山，上圣泉去，他们坐在十字路上玩纸牌。当我走过卡丽哥拉斯的时候，**那儿**托钵僧**惯常**断食，救济平民的，我瞧见他们喝酒，并且奉承他们的太太们。我问他们什么灾难使发生这些变化**呢**，他们说那不是什么灾难，只是从你的教训学来的智慧**哪**。②

此处译文中有多处儿化音，"惯是""惯常"也是日常对话中常用的词语，而"呢、哪"的使用则进一步突出了译文的口语化色彩。与茅译和苏译

---

① 夏芝：《沙钟》（散文版），璎子译，《文艺月刊》第 2 卷第 4 期，第 34 页。
② 夏芝：《沙钟》（散文版），璎子译，《文艺月刊》第 2 卷第 4 期，第 34-35 页。

相比，"瓔子"的译文稍显冗长，有些地方的表达也有不足，如"我只听到人们睡在家里打鼾声""坐在十字路上玩纸牌""我问他们什么灾难使发生这些变化"等，语词的搭配和使用都有一定的问题。此外，"断食"的说法应该是误译，说"断食"则意味着有外力使得这些僧侣们不吃饭，而原文中的fasting指这些僧侣们自己禁食，相当于中文语境中的"斋戒"。整体来看，"瓔子"的译文质量要比茅译和苏译逊色一筹。

除《沙漏》一剧外，叶芝的另外一部名剧《心愿之乡》(*The Land of Heart's Desire*)在中国现代也有一部译文，这就是发表在《狮吼》第4期的《心醉之乡》。作者署名 W. B. Yeats，译者署名"滕固"。滕固，原名腾成，字若渠，中国现代著名的美术理论家、书画家。他1901年出生于江苏省宝山县月浦镇(今属上海市)，幼时入私塾，7岁入城中小学，12岁考入国民学校高小，15岁高小毕业，考入江苏省立第四中学(在江苏太仓)。17岁考入上海图画美术学校初等师范班，次年6月底毕业，并于暑期开始翻译欧洲侦探小说和戏剧。毕业后滕固一度在《申报》任职，发表论美术和时事的文章多篇。1920年10月，滕固搭邮轮赴日本留学，曾进学校旋即退学，自学日文与德文，并开始接受西方艺术思想的影响，尤其喜欢引用奥斯卡·王尔德论艺术的语句。在与王统照的通信中，曾详细讨论叶芝的重要诗作与剧作，并决意写一篇文章《剧作家的夏芝》，该文后来未写成，作者却翻译了叶芝的名剧一部。1921年11月21日，滕固撰写的《爱尔兰诗人夏芝》发于《文学旬刊》第20号，在褒扬诗人的艺术成就外，盛赞其社会活动和爱国热诚。1923年年底，滕固完成对《心愿之乡》的翻译，并写作《附记》。1924年3月，滕固自日本东洋大学毕业，获文化学科学士学位。同年7月，滕固与友人方光焘等人创办一份半月刊期的文学刊物，即《狮吼》，由文学社团"狮吼社"负责编辑，滕固为主要的管理者。"狮吼"得名于滕固等人对当时社会的不满，决定向社会发出警世吼声，其英文名称则选取 Sphinx，即"狮身人面像"，寓意人性的一半是兽性，要唤醒人性。滕固翻译的《心醉之乡》即连载于《狮吼》第4至第5期。不久，《狮吼》一度停刊，并在1926年以《新纪元》为名只发行了两期。1927年，滕固在光华书局出版《唯美派的文学》，总结自己对于这一文艺学派的欣赏与理解，这些欣赏和理解同时也影响了他这一时期的写作与翻译，《心醉之乡》即是一例。1928 年 7 月，《狮吼》由邵洵美主持复刊，除发表小说、散文与文学批评外，还刊载了大量欧美唯美主义评论和译作。但此时，《狮吼》的编辑与滕固关系已不大。1930 年开始滕固留学柏林大学，主攻美术史，获博士学位。自此之后，滕固的主要学术兴趣在于美术史，有《中国美术小史》《唐宋绘画史》等著作名世。

滕固《心醉之乡》译文最大的特点是突出译文的文学性，如上一段中所述，这与他这一时期的文学主张是一致的。例如叶芝在剧作开头引英国诗人布莱克的名句 O Rose, thou art sick（字面意义为"哦，玫瑰，你病了"），滕固将其译为"噫嘻蔷薇，卿其病矣"。或许是布莱克诗句中用了中古英文词汇 thou（you 的主格）和 art（即 are），滕固便借用中国古诗词中的文言词汇进行对应。再如，在剧作起首部分，神父哈特告诫新婚的玛丽不要沉迷于书本，玛丽告知神父自己在读一本关于"仙女的王国"的书，说那仙女：

> And she is still there, busied with a dance
> Deep in the dewy shadow of a wood,
> (Or where stars walk upon a mountain-top.)①

滕固的译文是：

> 现在还在那边，在**森林之露荫的深处**，或**繁星逍遥的高峰**，她在忙碌地跳舞。②

---

① W. B. Yeats. *The Collected Works of W. B. Yeats—Volume II: The Plays*, David R. Clark and Rosalind E. Clark, eds., New York: Scribner, 2001, p. 67. 注意最后一句，"星星走在山巅"是叶芝喜用的意象，例如其名诗《当你老了》的最后一段便是如此。

② 夏芝：《心醉之乡》，滕固译，《狮吼》第 4 期，第 3 页。

原文中玛丽是普通的农家女子，即便是读过一些书，也并非文学性特别浓郁的英文（当然与她丈夫的话相比，玛丽的话已经有文学色彩），但滕固的译文读来却是充满文学性的文字。此外，例如老人莫丁劝儿媳妇不要沉迷于虚幻，说"抛去你无谓的梦想，像泥炭似的红光，要你照到我的末日"（原文 And put away your dreams of discontent/For I would have you light up my last days/Like the good glow of the turf）；玛丽的丈夫肖恩也说"什么引你到森林的冷处？树的干间发着光，使人战栗"（原文为 What is it draws you to the chill o' the wood？/ There is a light among the stems of the trees/That makes one shiver）；玛丽无法忍受这种家庭的烦琐和吵嚷，希望精灵能把自己带走，说到"妖灵们，来带出我这可厌的世界（此处应是排版错误，应该是"来带我出这可厌的世界"），我要和你们乘在风烟，走在高涌的潮尖，舞在火花似的山巅"（原文 Faeries，come take me out of this dull world/For I would ride with you upon the wind/（Run on the top of the dishevelled tide）/And dance upon the mountains like a flame）。总体来说，这些译文句子都是比较有文采的文字。

除此之外，滕固的译文中也存在个别的误译之处。例如在剧作开头介绍场景的时候，有一句 It is night，but the moon or a late sunset glimmers through the trees and carries the eye far off into a vague，mysterious world[1]。滕固的译文是：这是晚上月光与夕阳的余晖照在林间；引导观者眼远远地到渺茫的神秘世界[2]。原文中 or 是"或者"之意，或是刚出的月光，或是夕照的余晖，译文中的"与"是"和"的意思，这样一来译文就显得矛盾，"月光"和"夕阳"不可能同时出现。此外，"引导观者眼远远地到……"的表达也显得逻辑不清晰。另外，原文介绍场景地点位于 Barony of Kilmacowen，in the County of Sligo。滕固译为"爱尔兰国，斯拉高州，克而麦高文县"，"爱尔兰国"是译者所加，提示读者 Sligo 在爱尔兰，处理得当；将 Sligo 译

---

① W. B. Yeats. *The Collected Works of W. B. Yeats—Volume II：The Plays*，David R. Clark and Rosalind E. Clark，eds.，New York：Scribner，2001，p. 65.

② 夏芝：《心醉之乡》，滕固译，《狮吼》1924 年第 4 期，第 2 页。

为州，有拔高之嫌，Sligo 充其量是个县（部分著作中则称其为镇）；而将 Barony of Kilmacowen 译为县，则是明显的错误，原文意思是基尔马科文男爵（英文 Baron）的领地或封地①。此外，滕固在不少地方将 door 译为"户口"，有时又译为"门口"，有混淆之嫌。滕固在《心醉之乡》的《附记》中曾说到初译此剧是"两年前"（1922 年）"，当时自己"卧病在家"，两年后找到原稿，略加改正。或许正是因为"卧病"，因此出现上述舛误与不足。此外，滕固也发现原作是诗剧形式，而自己的译文是"散文译"，导致"原文的丽藻这里没有了"，也不知道自己的译文"对于舞台上适用否"。总之，是希望读者对于叶芝的剧作有个印象，他在《附记》的最后还说自己准备把叶芝的另一名剧《荫翳的水域》翻译出来，但如同《狮吼》刊物一样，都没有下文可寻了。

除《沙漏》与《心愿之乡》外，叶芝的民族主义戏剧代表作《凯瑟琳·尼·胡力罕》也在现代有所译介。1934 年期刊《刁斗》在第 3 期刊载译文《伽特琳在霍利亨》，署名"W. B. Yeats 著，柳辑吾译"。译者柳辑吾，山东昌邑人，毕业于山东大学，曾在山东文登县立中学、潍县中学任教，抗战期间创设省立第二十一联合中学，并任校长，中华人民共和国成立后任教于济南三中。《刁斗》是现代时期山东大学学生主办的一份爱国进步刊物，1934 年创立，1935 年停刊。《凯瑟琳·尼·胡力罕》是叶芝最富民族独立意识的剧作，其产生的激励爱尔兰百姓的效果也最明显，因此被翻译刊载在《刁斗》这样的刊物，是非常适合的。

从总体来看，柳辑吾的译文是经过精心考量的直译，在表达上已经是通顺清晰的白话文，但个别之处也过于依赖原文语序和语义。例如在戏剧开头，迈克尔正准备迎娶新娘，家里人也正做着筹备工作，突然听见外面哄哄嚷嚷，说是来了一位老妪，迈克尔的弟弟帕特里克说了一段台词：

---

① 有研究者认为，在现实中，基尔马科文并非男爵领地，而是斯莱戈附近的一个镇名。参见马慧：《叶芝戏剧文学研究》，北京：人民文学出版社，2017 年，第 43 页。

I think it is a stranger, but she's not coming to the house. She's tuned into the gap that goes down where Maurteen and his sons are shearing sheep. (He turns towards Bridget) Do you remember what Winny of the Cross Roads was saying the other night about the strange woman that goes through the country whatever time there's war or trouble coming?①

柳辑吾的译文是：

我想那是一个外乡人，但她不是到这房子来的。她转进了山峡，从那里往下走，就是穆亭和她儿子们剪羊毛的地方。（他转向卜雷该蒂）你还记得有一晚上，住在十字路上的温尼说：有一个不认识的女人，每逢有战事和灾难降临的时候，她就要走遍国家。②

译文中除了有一处误译外（原文 Maurteen and his sons，译文译成了"穆亭和她儿子们"），其他部分的表达通顺明了，较好地实现了原文意义的传达，而译文结构并未一味追随原文，而是有所调整以适应汉语行文结构。再如剧中迈克尔的母亲布里奇特埋怨丈夫曾数落自己嫁过来时没带多少财产时说道：

If I brought no fortune I worked it out in my bones, laying down the baby, Michael that is standing there now, on a stook of straw, while I dug the potatoes, and never asking big dresses or anything but to be working.③

①　W. B. Yeats. *The Collected Works of W. B. Yeats—Volume II*: *The Plays*, David R. Clark and Rosalind E. Clark, eds., New York: Scribner, 2001, p. 84.

②　叶芝:《伽特琳在霍利亨》，柳辑吾译，《刁斗》1934 年第 3 期，第 103 页。

③　W. B. Yeats. *The Collected Works of W. B. Yeats—Volume II*: *The Plays*, David R. Clark and Rosalind E. Clark, eds., New York: Scribner, 2001, p. 84.

柳辑吾的译文是：

> 即使我没带来财产，可是我真也出了力气了，在草堆上我生养小孩子，密凯尔现在还在这里站着呢；那时候我还掘着地瓜，我只知道作工，我也没要衣服和任何东西。①

译者以"真出了力气了"来译 worked it out in my bones，是比较贴切的。原文是一气呵成的一句话（Michael 一句可视为插入语），译文为了表达的顺畅和逻辑的合理，断为两个意群，整体读来意思清晰、逻辑顺畅。如果说这段译文稍有不足的话，那就是"衣服"二字没有把原文的 big dresses（名贵的衣服）传达出来，因此削弱了布里奇特埋怨的语气。

如上所述，柳辑吾的译文基本清通明畅，但个别之处也有过分依赖原文语序、语义的痕迹。例如译文中如下的一些表达：我听见的是什么声音（What is that sound I hear）；我走遍牧师的房子（I went round by the priest's house；go round 应是"走过去"）；那是实在的，的确有的（That is true, indeed）；实在她没曾要（She did not, indeed）；财产只是暂时的，可是女人常常是在这里（The fortune only lasts for a while, but the woman will be there always）；而且卡尔对我们是这样好的膀臂（and the Cahels such a good back to us in the district；此句也是误译，Cahels 指迈克尔未婚妻一家人）。这些表达确实稍有不足。

余　论

在茅盾浩如烟海的翻译实践中（包括编译），茅盾对爱尔兰文艺复兴戏剧的译介，在数量上可说是不到十分之一。但将茅盾对叶芝等爱尔兰文艺复兴戏剧作家戏剧的翻译和介绍作为一个独立的个体来呈现，则可以发

---

① 叶芝：《伽特琳在霍利亨》，柳辑吾译，《刁斗》第 3 期，第 104 页。

现，在中国现代翻译史上，茅盾是介绍爱尔兰的新文学（即爱尔兰文艺复兴戏剧运动）最早的作者、翻译爱尔兰文艺复兴戏剧数量最多的译者。尤其是他对格雷戈里夫人戏剧的翻译，如《月方升》和《市虎》，引起后来十余次的重译、改译和改编。茅盾的"首倡之功"，实不可没。

在翻译原则和方法上，茅盾始终坚持"直译"为主。他认为最理想的翻译是在保留原文基本"样貌"的基础上，还能复现原文的"神韵"。在保留原文"样貌"和"神韵"方面，茅盾甚至将一些难以翻译或极具原文语言文化色彩的词语、句子等直接以原文显示，这是茅盾在翻译中与中国现代其他翻译作家最为不同的独特所在。虽然主张"直译"，但茅盾并不反对意译，他最反对的是"死译"。当然，在我们的分析中也发现，茅盾有时候也过于拘泥于字面，其译文也有"死译"之嫌。

茅盾对爱尔兰文艺复兴戏剧的译介，只是茅盾外国文学译介这片大森林中的一片小树林，甚或只是一棵与众不同的大树而已。在本课题的研究中，我们只是将其作为一个代表性的维度，来探讨茅盾的翻译思想和影响。如果要对茅盾翻译思想和影响做出全盘梳理，那势必要对其浩如烟海的翻译实践做出宏观而微、巨细靡遗的文本细读。不过，我们抱着"一斑窥豹"的态度，希望先将茅盾对爱尔兰文艺复兴戏剧译介这一独特的"小树林"呈现出来，从而为进一步更为宏阔的研究打下基础，或作出铺垫。

与中后期那些充溢浓厚神秘氛围的哲思戏剧不同，叶芝的早期剧作民族主义色彩浓厚、主题明确，因此为中国 20 世纪二三十年代的译者所钟意。《沙漏》《心愿之乡》和《凯瑟琳·尼·胡力罕》作为独幕剧，有着得天独厚的优势（即便于短时间内译出并发表），占期刊的篇幅也不多。更重要的是，它们本身的艺术特色和民族意识，才是吸引译者的关键因素。

第三章 "翻案"与"风韵说"：
郭沫若对爱尔兰文艺复兴戏剧的译介

引　　论

郭沫若作为我国现代著名的文学家和学者，其文艺创作方面的研究已取得丰硕的成果。除文学家和学者的身份外，郭沫若还是一位卓有成就的翻译家，但其翻译家的身份往往被其文艺创作者的大名所掩盖。综观郭沫若生平中的文艺活动，其对外国文学作品的译介和研究占据了一个非常大的比例，尤其在留学日本期间，其翻译活动可以说完全与其创作活动相对等。然而，国内学界对于郭沫若翻译的研究，还处于起步阶段。除零星论文外，目前很少有专著探讨郭沫若的翻译活动与思想①，而其中关于郭沫若的爱尔兰文艺复兴戏剧译介研究也相当少。

郭沫若在小学阶段开始接触日语，在中学阶段开始学习英语，在留学日本期间曾有好几年苦攻德语、英语和拉丁语。从他的著作以及书信来考察，郭沫若能熟练地使用德语、英语和日语，而他译介的外国著作和文章，也因此可以分为德语作品、英语作品和日语作品。郭沫若翻译

---

① 傅勇林等：《郭沫若翻译研究》，成都：四川文艺出版社，2009 年。该著作为2007 年度四川省教育厅人文社会科学课题"郭沫若翻译思想研究"的结题成果，其中部分内容曾发表于《外语与外语教学》等期刊。该著作分为三部分，第一部分综述郭沫若的翻译成就与思想，第二部分对郭沫若的译介活动按外语语种进行分类概述与评介；第三部分附录为郭沫若翻译活动年表、译论选读、研究资料等。

的《少年维特之烦恼》以及《浮士德》等德语作品，影响了几代人，已经成为中国现代文学翻译史中的经典作品，相关研究也已日趋成熟。郭沫若于1924年七、八月间翻译完成近代日本马克思主义学者河上肇的《社会组织与社会革命》，这次翻译在思想上给郭沫若以巨大的影响，在给友人成仿吾的信件中，郭沫若宣称自己通过翻译《社会组织与社会革命》，成为一名彻底的马克思主义的信徒了。自从在中学阶段喜欢上泰戈尔的诗歌，郭沫若便开始翻译英语作品，其中有影响的有格雷的《墓畔哀歌》、高尔斯华绥的戏剧《争斗》等。在上述三类译作中，国内学界对于郭沫若翻译的英语作品研究成果较少。而在这些相对"较少"的成果中，对于郭沫若翻译的爱尔兰文学作品的研究，则更为稀少。但实际情况是，郭沫若在1925年翻译完成爱尔兰文艺复兴戏剧作家辛格的全部6部剧作，并以《约翰沁孤的戏曲集》为题出版，这在郭沫若的翻译活动中是绝无仅有的现象。对辛格戏剧的翻译，直接影响了郭沫若创作历史剧《聂嫈》。此外，郭沫若还翻译了爱尔兰文艺复兴作家乔治·拉塞尔（即A. E.）和叶芝的诗歌数首。而相关研究却少之又少。

因此，本章集中讨论郭沫若与爱尔兰文学的关系，重点探讨他对辛格戏剧的翻译，以及这一译介活动对郭沫若自身戏剧创作的影响。

第一节　郭沫若与英爱文学[①]

郭沫若，原名郭开贞，字鼎堂，号尚武。1892年，郭沫若出生于四川乐山，其家在当地算是颇有资产之家。小时候郭沫若接受传统经典教育，上小学时开始接触民主思想。1904年，郭沫若12岁，在当年夏天，其兄长郭开文开始教他简单的日语，这可算是郭沫若学习外语的开始。除此之

---

① "英爱文学"即Anglo-Irish literature，指爱尔兰作家用英语写作的文学。爱尔兰文学还包括另一类文学"盖尔文学"，即Gaelic literature，指爱尔兰作家用盖尔语写作的文学。就近代而言，英爱文学是较有世界影响的一支，其范围广阔，不仅有叶芝、乔伊斯等作家，甚至包括王尔德和萧伯纳等。

外，郭沫若少年时期所受教育主要是家中私塾旧学以及稍后一点的新学堂教育，而其少年时期所作多为旧体诗歌。次年 2 月，郭沫若与大哥郭开文谈到出国留学的想法，并开始形成实业强国的意识。当年春天，大哥郭开文赴日留学，郭沫若也想跟随去日本留学，但父母没有同意。是年冬，郭沫若考入乐山县高等小学堂，成绩优等。之后历年成绩均优，常写旧体诗，并开始有意做些老师反对之事。1907 年 7 月，郭沫若获乐山高等小学堂优等中学预备科毕业证书，同年 9 月，升入嘉定府官立中学堂。入学后，因对学校课程不满，一心想出国留学，父母依然不同意。但此时郭沫若爱读林纾所译西方小说，尤其是英译小说，如《迦茵小传》《萨克逊劫后英雄略》等，尤其是后者，后来郭沫若承认自己受其影响很大。

郭沫若真正接触英语，应该是在中学阶段。嘉定府官立中学堂有两种外文可选，分别为英文和日文，因为不喜欢教英文的"杨先生"，郭沫若便选择了日文班，即甲三班，但他后来发现日语教师的水平亦很有限，自觉收获不多。在中学期间，郭沫若依然头角峥嵘，多次参加罢课和抗议活动，两次被学校斥退。1910 年郭沫若赴成都，考入官立高等分设中学堂（也称"成都府中学"），插入三年级丙班学习。当年的 10 月 3 日，郭沫若获得第三学年第五学期的修业文凭，成绩被评为最优等，其中外国语名列前茅(93 分)。在此期间，他继续参加罢课等活动，曾一度被学校监督训斥退学。1912 年冬，郭沫若由成都府中学毕业，考入四川省城官立高等学校（相当于高中），次年 2 月正式入学。此时郭沫若已经开始依照原文阅读美国诗人朗费罗的诗作《箭与歌》(*The Arrow and the Song*)，他读的不是朗费罗诗歌集之类的作品集或选读，而是从当时英文课堂所用教材(匡伯伦编著《二十世纪英文读本》)中读到这首诗。阅读这首诗，使郭沫若觉得自己是第一次和"诗"见了面①，当然这里所说的"诗"指的是外文诗歌，因为郭氏自己从小便学习和写作了不少的汉语传统诗歌。阅读这首诗，郭沫若曾

————————

① 林甘泉、蔡震主编：《郭沫若年谱长编》(第一卷)，北京：中国社会科学出版社，2017 年，第 55 页。

回忆说自己"一个字也没有翻字典的必要便念懂了，感觉着异常的清新，并悟到了诗歌的真实的精神"①。由此可以看出，郭沫若的英文已经达到一定的程度。

1913 年 6 月，郭沫若投考天津陆军军医学校，7 月得到通知被录取，7 月底赴天津途中由于形势紧张而返回成都。同年 10 月，抵达天津后却决心不入学，赴北京寻找大哥郭开文。10 月 25 日，郭开文同学张次瑜来访，并建议郭沫若赴日留学，大哥表示同意。26 日晚，郭沫若取道朝鲜赶赴日本，于次年 1 月 12 日抵达东京。抵达后，郭沫若便在神田外国语学院学习日语，同年 7 月考入东京第一高等学校特设预科三部。这一部预科的学生大多来自中国，所设的课程主要是语言类和科学类，前者即包括汉文、日语、英语和德语。因为立志学医，而日本近代医学的发展主要受德国影响，因此德语是预科学校中的重点科目，这也是后来郭沫若首先翻译德国作品的缘由之一。但即便如此，英文依然是除德文之外的重要科目，1915 年春天，郭沫若借助英文初次接触印度诗人泰戈尔的诗。读了泰戈尔《新月集》中的几首诗，郭沫若便声称自己和"泰戈尔的诗结了不解缘"②，原因首先是泰戈尔诗歌易懂，其次是泰诗的散文样式令其着迷。后来郭沫若陆续读到欧洲大陆作家梅特林克戏剧《青鸟》《唐太尔之死》（即田汉所译《檀泰琪儿之死》）的英译，认为泰戈尔的格调与梅特林克相近。

从预科学校毕业后，1915 年 7 月郭沫若就读于冈山第六高等学校三部（医科），语言类课程与医学类课程各占一半，就课时而言，德语课程最多，英语次之，其次是拉丁文。郭沫若在此一时期的家书中，也多次提及自己所读学校"注重在外国言文"。1916 年 8 月，郭沫若邂逅东京医院的护士佐藤富子，中旬收到后者的英文长信，两人开始通信，郭沫若并且写作英文散文诗赠给佐藤富子，并称其为"安娜"（Anna）。1917 年八、九月间，

---

① 转引自王维民、俞森林、傅勇林：《郭沫若翻译探源》，《西安外国语大学学报》2009 年第 3 期，第 51 页。

② 林甘泉、蔡震主编：《郭沫若年谱长编》（第一卷），北京：中国社会科学出版社，2017 年，第 74 页。

每天午后郭沫若选译《泰戈尔诗选》，以英汉对照的形式并加以注释，拟纂集之后投国内出版社如商务印书馆等出版，可惜此事未成。但也可见出，除德语文学外，郭沫若对英语文学尤其是英语诗歌的喜爱，且能做到翻译加注释的水平。

郭沫若第一首真正发表的英语文学作品应该是惠特曼（Walt Whitman，1819—1892）的诗《从那滚滚大洋的群众里》，该诗于 1919 年 12 月 3 日发表于上海的《时事新报》副刊《学灯》专栏。值得注意的是，惠特曼的诗歌受到歌德（Johann Wolfgang von Goethe，1749—1832）和卡莱尔（Thomas Carlyle，1795—1881）等人的影响，前者的自传中展现人以自己的方式在宇宙中勠力追求的精神，后者的巨著《英雄与英雄崇拜》（*On Heroes and Hero Worship*）中展示的特立独行的人是超出人为法令的强力的观点，都成为惠特曼思想的影响来源。[①] 不知是否受到这一联系的影响，郭沫若在当年夏天便开始零星翻译歌德的《浮士德》，并阅读卡莱尔的著作。同年 12 月 30 日，郭沫若的新诗《读 *Thomas Carlyle：The Hero as Poet* 的时候》发表于《时事新报》《学灯》专栏。在诗中郭沫若歌颂卡莱尔（郭氏译为"考莱尔"）对大自然这位英雄诗人的赞美，但同时也指出大自然也是 Proletarian（平民诗人）。[②] 该诗后来被收入其著名诗集《女神》，改题为《雪朝——读 *Carlyle：The Hero as Poet* 的时候》。

1920 年年初，郭沫若与宗白华、田汉相互通信，在信中他经常大段引用英语原文。1920 年 3 月 3 日，郭沫若在给宗白华的长信中，大段引用惠特曼《大道之歌》（*Song of Open Road*），如 Afoot and lighthearted, I take to the open road/Healthy, free, the world before me/The long brown path before me,

---

① James D. Hart, *The Oxford Companion to American Literature*（*The 6th Edition*），Beijing：Foreign Language Teaching and Research Press，Oxford：Oxford University Press，2005, p. 717.

② 林甘泉、蔡震主编：《郭沫若年谱长编》（第一卷），北京：中国社会科学出版社，2017 年，第 126 页、第 127 页。

leading wherever I choose①。6 日，郭沫若在给田汉的信中写到自己的母亲，
"至于我的母亲他简直是我的 Augustine's Mother 一样了！说到她一生底
Career 尤为可怜"②。联系到用英语写散文诗给爱人的事实，可以知道，郭
沫若的英文在日本留学期间得到极大的进步。1920 年 3 月间，郭沫若翻译
了浪漫主义诗人雪莱的诗《云鸟曲》，此诗原文即 *To a Sky-lark*（现常译为
《致云雀》）。与《从那滚滚大洋的群众里》不同，郭沫若使用了传统的汉语
诗歌样式翻译雪莱的这首诗。该译诗最早见于 3 月 30 日郭沫若写给宗白华
的信中，首次出版则是在 1920 年 5 月收集三人通信的《三叶集》中。后来
经过润色修改，该译诗刊载于 1923 年 2 月上海《创造》集刊第 1 卷第 4 期
《雪莱的诗》栏目（此时已不止《云鸟曲》一首）。此后几年，郭沫若相继翻
译雪莱的其他诗作，并于 1926 年以《雪莱诗选》为题在上海泰东图书局出
版。就英语文学而言，《雪莱诗选》是郭沫若翻译的两部纯英语诗歌译文之
一，另一部是迟至 1981 年才出版的《英诗译稿（英汉对照）》。

　　正是在这一时期，郭沫若正式接触到爱尔兰文学。1920 年 7 月 26 日，
郭沫若收到陈建雷的信件，当即复信，该长信后来以《论诗》为题发表于当
年 9 月 7 日的上海《新的小说》月刊之第 2 卷第 1 期。在《论诗》中他写道：

> 　　我的诗多半是种反性格的诗，同德国的尼采 Niesshche 相似。我的
> 朋友极少。我的朋友只可说是写古代的诗人和异域的诗人。我喜欢德
> 国的 Gothe, Heine, 英国的 Shelley, Coleridge, A. E Yeats, 美国的
> Whitman, 印度的 Kalidasa, Kabir, Tagore, 法文我不懂，我读

---

①　郭沫若：《沫若书信集》，上海：泰东图书局，1933 年，第 79 页。在此段英文
之后，郭沫若附有自己的译文：徒步开怀，我走上这坦坦大道，/健全的世界，自由的
世界，在我面前，/棕色的长路在我面前，引导着我，任我要到何方去（《沫若书信
集》，第 80 页）。

②　《沫若书信集》，第 53 页。此处郭沫若将自己的母亲比作欧洲古代圣人圣奥古
斯丁（St. Augustine of Hippo, 354-430）的母亲莫妮卡（Monica），莫妮卡是虔诚的基督
徒，其对奥古斯丁的人生（包括其重大的信仰转折）有着重要影响。career 是"生平"之
意。

Velaine，Bandelaise 的诗，（英译或日译）我都喜欢，似乎都可以做我的朋友。①

此段中的 Niesshche 当为误写或误排，应为 Nietzsche（Friedrich Wilhelm Nietzsche，1844—1900）；Gothe 即歌德；Heine 即海涅；Shelley 即雪莱；Coleridge 即柯勒律治；A. E Yeats 应该是排版错误，实际上是两个人，A. E 即爱尔兰文艺复兴作家、叶芝好友乔治·威廉·拉塞尔（George William Russell，1867—1935），Yeats 即叶芝。Whitman 即惠特曼。Kalidasa 即迦梨陀娑，公元 5 世纪时期的印度诗人、戏剧家。郭沫若译 Kalidasa 为"伽里达若"，并根据莱德（A. W. Ryder）的英文译文译有其诗《秋》，郭沫若称其为"印度的一个伟大的诗人"②。Kabir 即卡比尔（1398—1518），古印度著名诗人、圣者。Tagore 即泰戈尔，郭沫若在早年将其译为"太戈尔"。Velaine 应该是误排，当为 Verlaine，即 19 世纪法国象征派诗人保罗·魏尔伦（Paul Verlaine，1844—1896），郭沫若译其名为"维尔莱尼"，并翻译过他的两首诗《月明》③和《森林之声》④。Bandelaise 应该是排版错误，当为 Baudelaire，即法国 19 世纪象征派诗歌先驱波德莱尔（Charles Pierre Baudelaire，1821—1867）。

这一时期的郭沫若虽然喜欢读上述诗人的作品，但并未直接翻译过拉塞尔和叶芝的诗作。郭沫若之所以在这段时期内钟情于拉塞尔和叶芝的诗作，应该与这两位诗人都多多少少和象征主义有关。在 1920 年 3 月 6 日写

---

① 林甘泉、蔡震主编：《郭沫若年谱长编》（第一卷），北京：中国社会科学出版社，2017 年，第 146 页。

② 《沫若译诗集》，郭沫若译，上海：乐华图书公司，1929 年，第 2 页。

③ 《沫若译诗集》，郭沫若译，上海：乐华图书公司，1929 年，第 82-84 页。

④ 《沫若译诗集》，郭沫若译，上海：建文书店，1947 年，第 79-82 页。郭沫若生平出版过两部《沫若译诗集》，即 1929 年乐华图书公司版和 1947 年建文书店版，本书为了区分，在引用时以年份进行区别，1929 年指乐华版，1947 年指建文版。郭沫若还出版过一部《沫若译著选》，收集的主要是汉语古代作品的今译以及几篇较长的外国诗人论述如《雪莱的诗》《雪莱年谱》等（郭沫若：《沫若译著选》，上海：创造社出版部，1928 年）。

给田汉的信中，郭沫若谈到自己新近买了一部日本戏剧家有岛武郎的"三部曲"，他最喜欢其中的《参孙与大利拉》(*Samson and Delilah*)。郭沫若认为这部剧中描写的是"灵与肉底激战，诚(与)伪底角力，Idea(理念)与Reality(现实)底冲突"，在剧中有岛武郎把"Samson 作为灵底世界底表象，Delilah 作为肉底世界底表象"①。显然郭沫若是从象征主义的角度来看待这部剧作的，参孙是灵的象征、诚实和理念的象征，而大利拉则是肉的象征、虚伪与现实的象征。象征主义在 19 世纪的欧洲流行，以波德莱尔和魏尔伦为代表的法国象征诗派一般被认为是前期象征主义的典型，而以叶芝为代表的英语诗派被认为是后期象征主义的主力。此一时期的郭沫若对象征主义感到莫大的兴趣，因此关注到爱尔兰文艺复兴作家拉塞尔和叶芝，也便是很自然的事情。

与田汉专门关注爱尔兰文艺复兴戏剧不同，郭沫若似乎更侧重爱尔兰文艺复兴时期的诗人。1969 年 3 月至 5 月，郭沫若依据日本学者山宫允所赠送的《英诗详释》一书，选取其中的 50 首诗作进行翻译。郭沫若并未单独写稿，而是在原文四周空白处写下译文，也没有誊写。后来经过其女儿郭庶英、郭平英的整理，于 1981 年 5 月由上海译文出版社出版了英汉对照本，由郭沫若生平好友成仿吾作序。② 在这部译诗集中，郭沫若翻译了拉塞尔(郭氏译为"艾·野")的两首诗——《冥冥》(*The Outcast*)和《庄严》(*Magnificence*)，叶芝(郭沫若译为"威廉·伯特勒·叶慈")的《东尼的琴师》(*The Fiddler of Dooney*)。此外，郭沫若还翻译了另外四位爱尔兰诗人的作品，分别是：吉姆司·斯提芬司(James Stephens)的《风中蔷薇花》(*The Rose in the Wind*)和《月神的奶头》(*The Paps of Dana*)；A. P. 格雷夫斯(Alfred Perceval Graves)的《八哥与画眉》(*The Blackbirds and the Thrush*)；查理·渥尔夫(Charles Wolfe)的《爵士约翰·摩尔在科龙纳的埋葬》(*The Burial of Sir John Moore at Corunna*)；妥默斯·麦克东那(Thomas

---

① 郭沫若：《沫若书信集》，上海：泰东图书局，1933 年，第 55 页。

② 参见《英诗译稿(英汉对照)》，郭沫若译，上海：上海译文出版社，1981 年。

MacDonagh)的《爱情残忍爱情甜》(*Love Is Cruel*, *Love Is Sweet*)。与叶芝、拉塞尔相比,其他几位爱尔兰诗人声名并不显著,但是从郭沫若的选择来看,在50首英美诗歌中,爱尔兰诗人的作品便占了8席之多(莎士比亚只占1首,华兹华斯2首),可见其对近代爱尔兰诗歌的喜爱。当然,这与原诗选编者的偏好有关系,在原文诗选的基础上郭沫若选译了这50首,而50首当中又有8首是爱尔兰英语诗歌,因此还是从一定程度上映射出郭沫若对爱尔兰文学的重视。

当然,对爱尔兰英语诗歌的偏爱并不影响郭沫若对爱尔兰文艺复兴戏剧的欣赏。在郭沫若、田汉、宗白华三人的通信中,田汉向郭沫若大力介绍欧洲剧坛现状,尤其是爱尔兰文艺复兴戏剧三大作家叶芝、格雷戈里夫人和辛格。1924年秋天,郭沫若开始阅读辛格的戏剧,同年底回国前后便开始翻译。至次年5月,郭沫若竟全部译毕辛格的6部戏剧,这在中国现代文学翻译史上可以说是绝无仅有的,因为就现有的资料来看,在中国现代文学翻译史上,只有郭沫若翻译了辛格的所有戏剧。

第二节 郭沫若对辛格戏剧的译介

在中国现代文学翻译史上,将辛格戏剧全部译出的只有郭沫若。辛格在其短暂的一生中著有6部戏剧,分别是 *The Shadow of the Glen* (1903)、*Riders to the Sea* (1904)、*The Well of the Saints* (1905)、*The Playboy of the Western World* (1907)、*The Tinker's Wedding* (1909)、*Deirdre of the Sorrows* (1910);4部地方散文游记,分别为 *In Connemara* (1905)、*In Wicklow* (1905-1910)、*In West Kerry* (1907)、*The Aran Islands* (1907);22首诗歌,以及数篇译自彼特拉克及维庸等人作品的翻译文字。① 在第一节中,我们

---

① 此处对辛格作品的分类以及年份说明,依据的是华兹华斯版辛格作品全集(J. M. Synge, *The Complete Works of J. M. Synge* (*Wordsworth Poetry Library*)、Aidan Arrowsmith, ed. & intro., Ware: Wordsworth Editions Limited, 2008)。阿诺史密斯依据辛格作品出版的年份来归属辛格作品的年份,而不是其演出年份。

知道就戏剧而言，郭沫若在留学日本及其归国期间主要关注德国戏剧如《浮士德》等。对辛格作品以及爱尔兰文艺复兴作家的关注，是受到了田汉的影响。1924 年 10 月 1 日，郭沫若携全家渡日本川上江，沿着小副川一路出游。10 月 3 日清晨，在完成留学期间的习惯晨浴之后，郭沫若花了一上午阅读辛格的三部戏剧(郭沫若沿用传统说法，称之为"戏曲三篇")①。此后一段时间，郭沫若没有了公费留学费用的支持，家庭成员也日益增多，养家的压力比较大。因此，这一时期他集中时间做了大量的翻译工作，其中就包括辛格的戏剧。1924 年 11 月 6 日，郭沫若携全家回国，来到上海。1925 年 5 月 26 日，郭沫若翻译完毕辛格的全部 6 部戏剧，按照辛格原文写作时间顺序分别为《谷中的暗影》《骑马下海的人》《圣泉》《西域的健儿》《补锅匠的婚礼》《悲哀之戴黛儿》，并写成一篇《译后》。同年七、八月间，郭沫若与田汉的好友宗白华从德国柏林大学毕业，回来后便到处打听好友田汉的消息。终于三位好友再次相聚，一连几天一起畅谈和游玩。此时，郭沫若将译好的辛格戏剧稿件交由上海商务印书馆出版，次年 2 月，该书正式出版，题为《约翰沁孤的戏曲集》，署名郭鼎堂译述。

一、译介原因

关于翻译辛格全部戏剧的原因，上文已经指出主要因素是来自养家与谋生的压力。研究指出，中国古代文学与现代文学一个重大的不同，便是报刊的兴起，而报刊的兴起形成了近代以来的稿费制度。稿费制度能从一定程度上保证作者(含译者)的独立性，有些作者因为创作或翻译的小说出版后十分流行，获得了丰厚的稿酬，甚者因此而不考科举，转而专门从事创作和翻译，这其中最有名的莫过于包天笑了。稿费制度的出现，使得人们意识到著译小说也能得钱，这种生活方式的改变，影响了现代以来的"整个中国文人的心理"，因为与以前不同，文人现在创作或者翻译小说，

---

①　林甘泉、蔡震主编：《郭沫若年谱长编》(第一卷)，北京：中国社会科学出版社，2017 年，第 302 页。

"很可能是将其作为主要的谋生手段"①。1924 年 6 月至 8 月，郭沫若用整整 40 天的时间翻译完成屠格涅夫的《新时代》，据他自己说是在"四十天内从早起译到夜半"。而至于做这次翻译的原因，他也有详细的描述：

> 穷得没法了……我在这时候把这《新时代》译成，做第一次的卖文生活，我假如能变换得若干钱来，拯救我可怜的妻孥，我也可以感着些清淡的安乐呢。②

可见这一段时间集中从事翻译，郭沫若的主要考虑便是养家与谋生。1924 年 10 月 6 日，从小副川出游归来之后，郭沫若全家搬入一家出租屋，而仅仅一个月之后的 11 月 6 日，他便携妻儿由日本回到上海。回国的原因有两个，一个是经济拮据，还有就是郭沫若一家在日本遭受的歧视和偏见（即便郭沫若的妻子佐藤富子本来就是日本人），郭沫若称自己和全家"饱受了异邦人的种种虐待"③。郭沫若在日本留学时的主要专业是医学，但早在留学期间他便倾向于文学创作，因此其在给田汉、宗白华等友人的书信中已时时流露出"学医"与"作文"之间的矛盾。在结束本科学习、回到上海之后，郭沫若已基本放弃以医生为职业，而是"弃医从文"。而刚回到国内的郭沫若，尚未谋得比较稳定的他种职业，因此只能以写文和翻译作为谋生的主要手段。

回国之初，为了解决生计上的困难，郭沫若拟从原文翻译马克思的

---

① 陈平原：《讲台上的学问》，上海：华东师范大学出版社，2016 年，第 60-61 页。详见第三章"稿费制度与近世文学"。

② 郭沫若：《文艺论集续集》，上海：光华书店，1931 年，第 27 页。原文最初出自郭沫若于 1924 年 8 月 9 日写给成仿吾的一封长信，后来以《孤鸿》为题发表于上海《创造月刊》1926 年 4 月第 1 卷第 2 期，并收入各种文集，如《文艺论集续集》（7-34 页）、《沫若书信集》（郭沫若：《沫若书信集》，上海：泰东图书局，1933 年，第 154-178 页）等。

③ 林甘泉、蔡震主编：《郭沫若年谱长编》（第一卷），北京：中国社会科学出版社，2017 年，第 305 页。

《资本论》，他的这一想法得到了时任商务印书馆附属机构商务编译所主持人何公敢的支持。但郭沫若的这一计划在商务印书馆的编审会上折戟，编审会认为"译其他任何名作都可以，《资本论》却有不便"①。郭沫若本来的计划是，如果《资本论》的翻译方案通过，便可以由商务印书馆每月提供生活费，但方案未获通过，他只好继续写文章、做翻译来养家，郭沫若戏称这一时期的自己"也还陆续地卖了不少的译文"②。这"不少的译文"当中，重头戏便是《约翰沁孤的戏曲集》。

阅读和翻译辛格的戏剧，除经济原因外，另外一个重要的因素便是田汉的影响。1920年2月初，同在日本留学的宗白华分别在信中将郭沫若和田汉做了介绍，2月9日，田汉率先给郭沫若写信，介绍自己的身世，并表示相知恨晚。2月15日，郭沫若给田汉回信，也很兴奋，并把自己的经历尤其是婚姻经历告知，同时介绍自己的好友成仿吾给田汉。自此，郭沫若、田汉、宗白华通信日勤，并且以长篇讨论当时的文艺思潮以及自己的文艺观点。3月19日，田汉午前专程从东京赶到九州来拜访郭沫若，这是两人的初次相见，并且在午后同游海滨与公园。次日，两人同读《浮士德》，再次日，两人同读海涅的诗。由此可知，田汉德国文学方面的知识来自郭沫若的影响，而在历次的谈话与书信中，田汉则影响了郭沫若的英国文学方面的知识。

与郭沫若同时进行诗歌、戏剧和小说创作不同，田汉的文学兴趣主要在于戏剧。1920年2月29日，田汉回了郭沫若一封超长的信③，其在信件开端便声称自己"第一热心做Dramatist(戏剧家)"。在这封长信中，田汉披露了自己正在创作的几部腹稿，重点介绍了自己想要提倡的"新罗曼主义"艺术(Neo-Romanticism)。田汉认为，在戏剧诸多种类中，"悲"和"喜"分

---

① 林甘泉、蔡震主编：《郭沫若年谱长编》(第一卷)，北京：中国社会科学出版社，2017年，第306页。

② 林甘泉、蔡震主编：《郭沫若年谱长编》(第一卷)，北京：中国社会科学出版社，2017年，第306页。

③ 田寿昌、宗白华、郭沫若：《三叶集》，上海：亚东图书馆，1920年。据《三叶集》，田汉此信长达30页。

得明白的是现实主义精神（Realism），而"悲、喜都使他变其本形成一种超悲喜的永恒的美境，这便是 Neo-Romanticism 的本领"①。田汉认为"新罗曼主义"的代表作家有欧洲大陆的霍普特曼、梅特林克等，除此之外，田汉重点介绍了爱尔兰文艺复兴作家。田汉指出，"新罗曼主义"在英国方面以"爱尔兰为最盛"，他以英文原文的形式列举了叶芝的《凯瑟琳女伯爵》《心愿之乡》《沙漏》《阴翳的水域》，格雷戈里夫人的《德芙吉拉》《海辛斯·哈尔维》《月出》，以及辛格的《圣泉》《西方世界的花花公子》《骑马下海的人》《戴尔德拉的忧患》②。

　　除了在信件与谈话中向郭沫若介绍爱尔兰文艺复兴作家，田汉还翻译有辛格的《骑马下海的人们》，撰写介绍爱尔兰文艺复兴戏剧的专著《爱尔

---

　　① 田寿昌、宗白华、郭沫若：《三叶集》，上海：亚东图书馆，1920 年，第 102 页。

　　② 田寿昌、宗白华、郭沫若：《三叶集》，上海：亚东图书馆，1920 年，第 102-103 页。目前国内尚未有对叶芝、格雷戈里夫人和辛格戏剧的完整研究，本研究涉及的三位作家的剧本名称主要参考叶芝研究大家傅浩先生的译法以及马慧《叶芝戏剧文学研究》中的译法。《西方世界的花花公子》即郭沫若所译《西域的健儿》。在中国现代文学翻译史上，辛格的 6 部戏剧中，最受人关注的是《骑马下海的人》（郭沫若、田汉均有翻译），其次是《西方世界的花花公子》。除郭沫若的《西域的健儿》译文外，1934 年年初南开大学话剧团曾演出过该剧的英文版（崔国良主编：《南开话剧史料丛编·3·编演纪事卷》，天津：南开大学出版社，2009 年，第 612 页。该书将剧作题目写为 *Play boy western world*，或为收录时笔误）。此外，1933 年 12 月 31 日《南大半月刊》第 8-9 期合刊，刊载了李惠苓的评论文章《读〈西方的健儿〉后》，从本事（故事情节）、人物的描写、感想（爱尔兰人对残酷勇敢的崇拜、对于诚实心的重视，以及辛格独特的讽刺）和结论（好的戏剧，每句话应饶有风致，用字既须丰富，又不能因过加修饰而失真，《西方的健儿》在文字方面已臻佳境）四个方面，对辛格的这部作品做了介绍，是除田汉的介绍之外另一篇较为详细的介绍辛格此部作品的文章。此处"南大"即南开大学。李惠苓是南开大学英文系 1936 年第十四届毕业生，其关于《西域的健儿》的文章发表于 1933 年 12 月 31 日的《南大半月刊》第 8-9 期合刊，1934 年 3 月 30 日的《南大副刊》发表了《两剧公演》的文章，其中提到南开大学英文学会将于 4 月初表演 Play boy western world（即《西域的健儿》，但原文中在 boy 与 western 之间少了 of），在秀山堂演出，不公开售票，只限英文学会会员邀请一两名观众，在演员名单中就有李惠苓。除《读〈西域的健儿〉》一文外，李惠苓在南开大学 20 世纪 30 年代初期的报纸、期刊上发表了数篇英文文章，她后来留学哥伦比亚大学新闻学院，获硕士学位。

兰近代剧概论》(详细论述请见下一章)。《骑马下海的人们》与《檀泰琪儿之死》《最后的假面》一起，最终以《檀泰琪儿之死》为题出版。在《爱尔兰近代剧概论》中，田汉对爱尔兰文艺复兴戏剧主要作家及其作品做了言简意赅的概述，其中辛格便占据了颇有分量的一章。这些或多或少地影响了郭沫若对爱尔兰文学的看法。不过郭沫若与田汉翻译辛格作品的缘由则各不相同，田汉翻译《骑马下海的人们》是为了向观众展示"人与自然之争斗"，而郭沫若翻译辛格戏剧主要是为了舒缓经济上的拮据。当然，辛格戏剧中虽然充溢着"幻灭的哀情"——对于人类与现实的"幻灭的哀情"，但是辛格并未对人类与现实完全绝望。这种"哀情"和"尚未完全绝望"的张力吸引着郭沫若。在翻译完毕《约翰沁孤的戏曲集》之后写就的《译后》一文中，郭沫若将这种张力和吸引做了扼要的阐释。

二、《译后》

虽然名为"译后"，但郭沫若这篇文字却被置于正文之前，其意图应该是希望读者借此可以对辛格及其作品有粗略的印象，便于理解其剧作。相对于德语文学而言，郭沫若对英语文学的把握稍显逊色。也不同于长篇叙述德语文学和文化，郭沫若很少有长篇的文字来论述英语作家及其作品，而对于辛格及其作品，郭沫若的集中论述在于《译后》一文。① 在《译后》中，郭沫若对于辛格本人生平、辛格戏剧特点以及自己在翻译过程中的感受做了简明扼要的说明。在《译后》开篇，郭沫若即指出辛格是爱尔兰文艺复兴运动中"一位顶重要的作者"②，虽然其一生短暂，但留下了 20 余首诗歌，6 部戏剧，以及一些散文和翻译。紧接着，郭沫若以英文原名按照年份列出辛格作品，其顺序和华兹华斯版辛格作品全集的排序有所不同。值得注意的是，在正式的译文中，郭沫若对辛格戏剧的排序又有所不同，猜

---

① 相对而言，郭沫若较为集中地论述英语作家及其作品的文字有两篇，一篇是《雪莱年谱》(长达 25 页)，一篇是《格雷诗一首》(排版较疏，占 9 页篇幅)。

② 辛格：《约翰沁孤的戏曲集》，郭鼎堂译，上海：商务印书馆，1926 年，《译后》第 5 页。

测可能是郭沫若按照自己翻译时间的先后做的排列。根据这一排列，郭沫若将辛格的 6 部戏剧分别译为《悲哀之戴黛儿》《西域的健儿》《补锅匠的婚礼》《圣泉》《骑马下海的人》以及《谷中的暗影》①。

在正式论述辛格作品特点之前，郭沫若专门指出辛格的最后一部作品 *Deirdre of the Sorrows*，是由友人格雷戈里夫人等人"纂集"起来的。实际情况是，1908 年 5 月，辛格在医院接受腹部手术，医生发现一个已经无法移除的肿瘤。医生们将这一信息告知格雷戈里夫人等人，他们决定不告诉辛格此事。同年 10 月，辛格赴德国修养冀图康复，但终于不治，于次年 3 月 24 日逝世。辛格在去世前一直在创作的戏剧便是《戴尔德拉的忧患》，辛格去世后，格雷戈里夫人、叶芝和莫莉·渥古德（Molly Allgood）一起编纂完成这部遗作。② 1910 年 1 月，《戴尔德拉的忧患》上演，同年 7 月剧本正式出版。

《译后》一文的主体内容可以分为两部分，第一部分是郭沫若对辛格戏剧特点的介绍，第二部分是对自己翻译辛格作品时的感受（包括困难）的阐述。在主体内容第一部分的开端，郭沫若即指出，辛格一生是一个"谦逊"的态度，他同情的主要是下层阶级的"流氓（指流浪者）和乞丐"。与这种态度相联系，郭沫若认为辛格的戏剧中基本流露出一种"幻灭的哀情"，对于"人类的幻灭的哀情"，对于"现实幻灭的哀情"。③ 虽然没有详细展开，但郭沫若确实敏感地抓住了辛格戏剧的"爱尔兰性"之一端（Irishness），即浓郁的凯尔特文化氛围。辛格的 6 部戏剧几乎可以被归入悲剧的范畴，这种忧郁、悲悯的气氛，成为爱尔兰历史文化中一层挥之不去的阴影。虽然辛格只有一部戏剧的背景设置在阿伦群岛，但阿伦群岛展现出的那种原始的神秘的氛围，却贯穿于辛格所有的戏剧中。那种"原始、神秘的氛围"，便

---

① 在论述郭沫若译文本身时，本书使用其译文名称，如《悲哀之戴黛儿》《西域的健儿》，而在一般性论述中，本书采用通行译文名称。

② J. M. Synge, *The Complete Works of J. M. Synge*（*Wordsworth Poetry Library*），Aidan Arrowsmith, ed. & intro., Ware: Wordsworth Editions Limited, 2008, p. xxii.

③ 辛格：《约翰沁孤的戏曲集》，郭鼎堂译，上海：商务印书馆，1926 年，《译后》第 2 页。

是那"幻灭的哀情"。

虽然充溢着"幻灭的哀情"，但郭沫若同时指出，辛格对于人类和现实并未完全绝望：

> 他(辛格)虽然没有积极的进取的精神鼓励我们去改造这个人类的社会，但他至少是指示了我们，这个虚伪的、无情的、利己的、反复无常的社会是值得改造的。①

为什么值得改造呢？郭沫若进一步指出，虽然辛格戏剧中的世界"很狭隘"，但是这样的世界与我们普通人所在的世界没有什么两样。即使这个世界是虚伪的、无情的、利己的和反复无常的，也许这样的世界还未能根本地改造，但辛格在戏剧中也展现出了希望，那是一种"唯一的安慰、唯一的解脱"。具体而言，这唯一的"安慰与解脱"就是"人类心中尚未完全消灭的一点相互间的爱情"②。正是这一丝尚未泯灭的人类相互之间的爱，才能让人们对于那"幻灭的哀情"不至于产生绝望，而只要不绝望，人类才有了希望。郭沫若以《谷中的暗影》中的流浪人为例，认为辛格戏剧中"爱的力量是极端地尊重着的"。

《译后》第二部分的主体内容是郭沫若翻译辛格戏剧时的感受，其中最主要的是语言处理上的困难。郭沫若指出，辛格戏剧的用语大多是爱尔兰方言，而用哪一种中国地方的方言来迻译，是他最感头疼的事。需要指出的是，郭沫若此处所指的爱尔兰方言，是爱尔兰英语方言，而不是凯尔特语族中的爱尔兰盖尔语。自公元前4至5世纪凯尔特人从欧洲大陆和不列颠来到爱尔兰，凯尔特的语言和文化与传统一直在爱尔兰萌芽、发展，直至公元后12世纪盎格鲁-诺曼人的入侵，16世纪都铎王朝的侵略，尤其是

---

①　辛格：《约翰沁孤的戏曲集》，郭鼎堂译，上海：商务印书馆，1926年，《译后》第2页。

②　辛格：《约翰沁孤的戏曲集》，郭鼎堂译，上海：商务印书馆，1926年，《译后》第2页。

克伦威尔的残酷镇压，英语逐渐取代盖尔语成为主要语言。但是在英国光荣革命、美国独立战争以及法国大革命三波革命浪潮的激荡与冲击下，近代爱尔兰民族兴起了独立与复兴的一系列运动①，而爱尔兰文艺复兴运动是这一系列运动中的高峰之一。在爱尔兰文艺复兴运动中，凯尔特语言的复兴是其中一个有争议的焦点，道格拉斯·海德等人主张完全复兴盖尔语，倡导文艺创作也使用盖尔语。海德等人还于 1893 年组织成立"盖尔联盟"，组织年轻人学习盖尔语，并使用盖尔语进行舞蹈和戏剧等的教育。这一派人士认为只有盖尔语的文艺创作才是爱尔兰文艺复兴的真正代表，但叶芝、辛格等人却坚持认为英语(或特指爱尔兰英语，Irish-English)的创作同样也能代表爱尔兰。由此，两派之间产生分歧，尤其是"盖尔联盟"一派不遗余力攻击叶芝一派的戏剧创作，"《西部浪子》事件"可谓这一分歧的代表性事件。

辛格当然使用英语创作，更准确地说，是使用爱尔兰英语进行创作，这也就是郭沫若在《译后》中所说的"爱尔兰方言"。辛格使用的"爱尔兰方言"，是融合了盖尔语思维、词汇的爱尔兰英语。辛格长年在威克娄(Wicklow)地区度夏，对当地的方言了如指掌，1896 年结识叶芝之后，他又多次前往阿伦群岛采风，对当地农民和渔民的语言非常熟悉。他创作戏剧时的用语便是从这些地方的语言而来。例如在《西方世界的花花公子》中，辛格较为密集地使用了爱尔兰西部地区的方言，比如 I just riz the loy 中 riz 的标准英语是 raise；loy 的标准英语是 shovel②；spuds 即 potatoes；Will

---

① 李赋宁总主编，罗芃、孙凤城、沈石岩主编：《欧洲文学史》(修订版)(第三卷上册)，北京：商务印书馆，2019 年，第 142 页。

② loy 在英语方言中是"铁锹"之意。该意可能跟 6 世纪法国一位金银匠有关，该金银匠名为 St. Elgenius，在法语中称为 Eloy，在中世纪之后的英语中被称为 St. Loy。据记载，圣洛哀曾拒绝发誓，因此以他的名义发誓是不起作用的，他也是当时法国贵族社会中的一位时髦圣人(a fashionable saint)。乔叟在《坎特伯雷故事》"总序"部分描写那位女修道院长时，曾讽刺她以圣洛哀的名义发誓(Her greatest oath was only "By St Loy!"/ And she was known as Madam Eglantyne)。参见 Geoffrey Chaucer, *The Canterbury Tales：A Selection*, New York：Signet Classics, 2013, p. 6.

you whist 即 Will you shut up；pristeen 即 a short priest；shebeen 即 a roadside bar without license；God increase you 即 God bless you。再比如，盖尔语中没有完成时态，而爱尔兰英语受这一语法观念的影响，使用 after 这一词汇来表示完成时的结构。例如在《西方世界的花花公子》第一幕结尾部分，主人公克里斯蒂的一句话 What's that she's after saying，其标准英语可以是 What's that she has been saying[1]。这些独具地方特色的方言，从某个角度而言，是非注莫明的。但对于爱尔兰百姓来说，却没有理解上的障碍。问题是，即便是使用爱尔兰方言，辛格戏剧中使用的一些词汇依然触犯了以爱尔兰天主教徒为主的民族主义者。例如在《西方世界的花花公子》当中，辛格使用了 shirt 一词来指代爱尔兰西部地区女性所穿的衬衫，而这部戏剧在阿贝剧院上演的当天就"炸开了锅"，观看演出的天主教观众尤其是女性观众感觉受了极大的侮辱。

面对辛格戏剧语言的上述特点，郭沫若承认自己在翻译过程中感受了"不少的痛苦"，因为中国的语言也"千差万别"，究竟该用哪一种方言去迻译呢？如果选用某一地区的方言翻译，又怕别的地方的读者看不懂。在多番考量之后，郭沫若还是决定即便译文失掉"原书的精神""原书中各种人物的精神"，也只好选用一种"普通的话来迻译"，从而"使多数人能够了解"。[2] 在《译后》最后，郭沫若指出爱尔兰人发音与英格兰人发音的不同，但他也不熟悉爱尔兰人的发音，因此只能按照自己的理解去翻译人名和地名。此外，他还提出重要的一点，就是他自己主张翻译是一种"翻案"（Adaptation，见第四章中的相关讨论），即在翻译原文的语气时，依从"中国人的惯例，有些地方没有逐字逐句地照原文死译"[3]。从郭沫若的这一论述来看，他的主张从某些方面来考量是近于"归化译法"的。

---

① 参见陈恕主编：《爱尔兰文学名篇选注》，北京：外语教学与研究出版社，2004 年，第 180 页。

② 辛格：《约翰沁孤的戏曲集》，郭鼎堂译，上海：商务印书馆，1926 年，《译后》第 3-4 页。

③ 辛格：《约翰沁孤的戏曲集》，郭鼎堂译，上海：商务印书馆，1926 年，《译后》第 4 页。

三、《约翰沁孤的戏曲集》之翻译特点

虽然有了《译后》这篇短文作为理解郭沫若翻译辛格戏剧的一把钥匙,但我们决不能就把郭沫若在《译后》中表达的观点和看法视为理所当然。接下来让我们从事具体的文本分析,并结合郭沫若在其他场合对翻译所做的阐释和表示,解锁出郭沫若在翻译《约翰沁孤的戏曲集》时的考虑和特色。

在《译后》结尾部分,郭沫若在说明爱尔兰人发音与英语发音的不同时,即举了辛格本人的名字 Synge,说自己将其译为"沁孤",是根据估计的爱尔兰人发音而来。Synge 按照英语发音,ge 部分一般发为/dʒ/,而按照盖尔语发音则为/g/,而 Syn 部分盖尔语和英语发音区别不大,所以郭沫若对辛格名字的翻译还是以音译为主。对于辛格戏剧中的部分人名,他也是这么处理的。如他将 Deirdre 译为"戴黛儿",Pegeen 译为"培姜",Mahon 译为"马洪",Sarah 译为"洒拉",Mary 译为"玛利",Molly 译为"摩里",Maurya 译为"耄里亚",Cathleen 译为"伽特林",Nora 译为"诺那"。但除了这一部分人名是按照发音纯粹音译之外,对于另外一部分人名,郭沫若则按照原文发音结合汉语名字的特点做了处理。比如《悲哀之戴黛儿》中,戴黛儿的女仆 Lavarcham 被译为"罗华香",这一名字便很接近常用的汉语名字了,同剧中爱尔兰北部区高王(High King of Ulster)Conchubor 被译为"康秋坡",诗人兼祭司 Fergus 被译为"费古师",戴黛儿的恋人 Naisi 被译为"南熹",其兄弟 Ainnle 和 Ardan 被译为"安理"和"雅丹"。①

上述这些名字已经非常接近常见的汉语姓名了,尤其是"费古师"一词的处理,可以说是"动态对等理论"(dynamic equivalence)的一个好例子。首先,"费古"两个字在发音上照顾到了原文 Fergus 的读音(/fəːɡəs/);其次,"师"字则考虑到了 Fergus 的身份。在古代凯尔特文化传统中,有一类

---

① 本节在引用辛格原文时,使用的是 *The Complete Works of J. M. Synge*(Wordsworth Poetry Library),引用郭沫若译文时,使用的是《约翰沁孤的戏曲集》。

专门的人物"德鲁伊"（Druid）①，他/她们集祭司、军师、士师（judges）、导师及使者角色于一身，同时还是非常重要的诗人。据说要经过 20 年对德鲁伊律法和经典的习得，才能成为真正的德鲁伊，其威望甚至超过部落酋长和联盟国王（即"高王"High King），在集会中如果德鲁伊尚未发言，国王一般是不敢先说话的。Fergus 是古代爱尔兰最为重要的德鲁伊之一，几乎出现在所有爱尔兰文艺复兴戏剧作家的作品里。这种特殊的身份，以汉语"师"字出之，能使汉语读者在一定程度上理解其身份和职能，"师"可以是军师（如诸葛亮），可以是导师（如孔子）。美国当代翻译理论家奈达（Eugene Nida，1914—2011）在其代表文章《论对等原则》（"Principles of Correspondence"）中，认为存在一种以"等效原则"为基础的动态对等翻译，这一翻译的标准是"接受者和信息之间的关系应该和源语接受者和原文信息之间存在的关系相同"，这种翻译以完全自然的表达方式为目标，译者"并不坚持读者理解源语语境中的文化模式，而是尝试将接受者与他自己文化语境中的行为方式联系起来"②。从这一概念和方式来理解，汉语读者读到"费古师"这样的译名，能够在一定程度上感受到这个人物角色有"师"的作用，这与爱尔兰读者在阅读 Fergus 一词时产生的理解是较为接近的。

从上述郭沫若对于辛格戏剧中人名的处理可以看出，一方面郭沫若采用直接音译的方法，另一方面又不完全拘泥于字面，而是以接近汉语名字的方式进行处理。这种方式也可见于郭沫若处理辛格戏剧中地名的翻译。例如《悲哀之戴黛儿》第一幕发生的场景是在罗华香的家中，其家位于爱尔兰北部阿玛赫郡的一处山坡上，名为 Slieve Fuadh。郭沫若省译了 Slieve，而将 Fuadh 译为"华德"（该英文原词 f/h 不发音），是典型的音译。在《西

---

① Druid 一词的来源有两个，第一种认为是凯尔特语 dru 和 vid 的合成，dru 意为 through（完整的），vid 意为 knowledge（知识）；第二种认为是凯尔特语 draoi 和 id 的合成，draoi 意为 oak（橡树，凯尔特文化中的圣树），id 意为 knowledge。无论来自哪种合成，都与丰富的知识有关。参见 Peter Beresford Ellis, *Dictionary of Celtic Mythology*, Oxford: Oxford University Press, 1992, p. 84.

② 谢天振主编：《当代国外翻译理论导读》，天津：南开大学出版社，2008 年，第 37 页。

域的健儿》第一场，女主人公提到 California，郭沫若译为"加里福尼亚"。在《骑马下海的人》中，Donegal 被译为"东内格尔"，Galway 被译为"格尔威"，Connemara 被译为"孔涅马拉"，Bay of Gregory 被译为"格来戈里湾"。这些也都是属于较为纯粹的音译。但是在另外一些地名的处理上，郭沫若体现了近似"归化"的译法，即以接近汉语的日常表达作为部分地名翻译的处理方法。在《悲哀之戴黛儿》第一幕，"高王"康秋坡所在王城的名称为Emain，虽名为王城，在古代爱尔兰部落时期也只不过是比周围高一些的山丘而已，因此郭沫若将其译为"野芒城"。在第一场稍后部分，戴黛儿决意拒绝国王的求婚，并憧憬异域的恋人时，连说了三个地名，其中就有Britain（即不列颠），郭沫若将其译为"百里塘"，一方面两者发音接近，另一方面"塘"字在中国湖南、四川某些地方经常用来做地名，指某一片区域，可以说郭沫若的这一译名已经相当"本土化"了。在第二幕最后，戴黛儿挥手告别住了七年的森林 Cuan，郭沫若译为"九安"，一方面谐音"久安"，另一方面汉语地名中常见有数字开头的地名如"九江"，也有以"安"结尾的地名如"广安"等。

与上述人名、地名的翻译相比，郭沫若对一些专有名词的处理，则显得更加"本土化"。这其中最典型的莫过于郭沫若对于"神"等相关词汇的处理。在《悲哀之戴黛儿》第一幕开头，仆人罗华香不希望国王和祭司看见戴黛儿，说了一句"The gods send they don't set eyes on her"。这句话中 send 是爱尔兰英语方言的表达，意思是"但愿"，"The gods"是罗华香以凯尔特神话中的诸神名义说这话，郭沫若将其译为"菩萨们"，这就完全是以汉语读者作为主要的考量了。在无法阻止上述事情的发生之后，罗华香只好出来面见国王和祭司，她对祭司回礼时说了一句"The Gods save and keep you kindly"，郭沫若译为"菩萨保佑你"，与上述译法如出一辙。在《骑马下海的人》接近结尾处，一群妇人拿着毫里亚老人之前剩下的唯一的儿子巴特里去世后遗留的衬衫，进到毫里亚老人家里，她女儿伽特林问是不是巴特里的衣服，其中一个妇人说是：It is surely, God rest his soul。这句话中的God 指上帝，因为该剧发生的背景在爱尔兰西部岛上，该地的渔民多信奉天主教，笃信上帝。郭沫若将此句译为"是的，真个是的，他升了天了"，显然他是用中国传统文化中"天"的概念去对应爱尔兰天主教中 God 的概念。在该剧最后，老人耄里亚手抚儿子的尸体，口中念念有词，祈祷孩子的灵魂得以安息，她说：May the Almighty God have mercy on Bartley's soul. 郭沫若将这句译为"威灵赫赫的天老爷你请保佑巴特里的灵魂"，其中用"威灵赫赫"来译"Almighty"，意思传达准确，而用"天老爷"来译"God"，更体现了"归化"译法的特点。在爱尔兰老百姓中，遇到重大的悲痛之事，经常用 God 来发誓或引起发言，而中国老百姓在类似的场景中，也经常用"天老爷"来引起呼天抢地。

　　如果说郭沫若在处理人名、地名和专有名词的时候，采取的是音译加"归化""本地化"的方法，那么在处理句段、句子的时候，他是怎么做的呢？综合考察《约翰沁孤的戏曲集》，我们发现也是以直译为主、"归化（本地化）"为辅的方法。在《悲哀之戴黛儿》开头，一位老妇人说南熹三兄弟在附近打兔子，说"I hear tell the Sons of Usna, Naisi and his brothers, are above chasing hares for two days or three"，郭沫若译为"我听见人家说，乌师南家的公子们，南熹和他的两位兄弟这两三天正在山上打兔子"。hear tell 是不规范的表达，"听见人家说"属于直译，sons 译为"公子们"是较为汉语化的表达。在个别地方，郭沫若还使用了浅近的文言来处理，例如此时的罗华香更加忧虑，原文是"more anxiously"，郭沫若译为"更形忧虑"。在《西域的健儿》第一幕开头，培姜正在酒店前台写信，为举办一次婚礼而预备各项事务，信的最后几句是：To be sent with three barrels of porter in Jimmy Farrell's creel cart on the evening of the coming Fair to Mister Michael James Flaherty. With the best compliments of this season. Margaret Flaherty. Porter 即 porter's ale 黑啤酒，creel 是装鱼的小鱼篓，fair 是渔村、农村定期举行的鱼市，近于我国南方一些乡村中举行的"场""圩"（"赶场""赶圩"），Michael James Flaherty 是培姜的父亲，Margaret Flaberty 即培姜自己。郭沫若对这几句的翻译是：在下一次场期的场上送到佛拉赫提家里来，同时还要三篓酒，请用华勒金弥的篮车运送。专此敬颂秋安。玛格雷佛拉赫提拜上。郭沫若的译文中，fair 译为"场"，

barrels 译为"篓"，with the best compliments of this season 译为"专此敬颂秋安"，以及最后的"拜上"都是日常的汉语表达，尤其是结尾的书信语气，更是典型的"归化"译法。当然，其他内容的处理是按照直译的方法，包括人名。《圣泉》第一幕开始时，主人公夫妻俩摸索着站在山崖边，原文如下：Martin Doul and Mary Doul grope in on left and pass over to stones on right，where they sit. 郭沫若译为：马青岛尔与玛莉岛尔从左手摩挲而出，越过右手巨石，坐其处。郭沫若以"摩挲而出"译 grope in，以"越过"译 pass over，整个译文读来，颇有三言二拍小说语言的味道。

需要指出的是，郭沫若采取的这种"归化"的译法（"恭喜发财、菩萨保佑"等），有时候不能在全文中保持一致，这是一个较为明显的不足。例如在《谷中的暗影》中，有时候原文的 God 被译为"菩萨"（例如"The God have mercy on us all"被译为"菩萨保佑"；"God rest his soul"被译为"大慈大悲的菩萨，超渡他的灵魂"），而另外一些时候被译为"上帝"（如"God spare Darcy"被译为"上帝保佑他"等）。这也导致在整个译文中不能做到翻译处理的一致，或者说这种译法上的不同是一种矛盾，影响了译文的整体性。其中原因主要还是郭沫若翻译时的匆忙，想着尽早出书，而解决家用之困。

可以看出，郭沫若在翻译《约翰沁孤的戏曲集》时，采取了以直译为主结合"归化"译法的方式。这与他在《译后》一文中表示认可翻译应该是"翻案"的看法是基本一致的。

四、"翻案"与"风韵说"

郭沫若关于翻译是"翻案"的说法，在《译后》中是这么说的：（爱尔兰的发音）我大概依我自己的方便，任意音译了。我想在翻译的工作上有一种"翻案"（Adaptation）的办法已是一般承认了的，这些些小的随意想来不会成为问题。① 显然，"翻译"的说法是从英文 adaptation 而来，该词的本义

---

① 辛格：《约翰沁孤的戏曲集》，郭鼎堂译，上海：商务印书馆，1926 年，《译后》第 4 页。

是"to change something in order to make it for a new use or situation"①，即"改变某事物以使其适应新用途或新情况"。从这一释义来考察，就翻译而言，something 和 it 指原文，译者通过对原文进行改变，使其适应译文接受者这一新情况。因此，可以得出郭沫若的观点是翻译不应该完全是直译，应该是有所变通、有所变化的，而且要注意到译文接受者这一"新情况"。

郭沫若关于翻译应当是"翻案"的观点与其好友田汉的翻译观点显然相左。正如第四章中所论述的，田汉在《檀泰琪儿之死》一书的"序"中，论述翻译《骑马下海的人们》一段时，明确说明：因为我是主张翻译而不翻案 Adaptation 的，何况爱尔兰的戏而不能多少表出 Irish mood 即爱尔兰的地方色是没有意思的，所以结果不曾演。②田汉与郭沫若各自关于翻译的论述，都在"翻案"一词之后引了英语原文，这说明在当时，关于翻译到底该直译还是有所变化是一件公案。毋庸置疑，田汉是主张直译的，希望通过直译的方法来展现出爱尔兰的地方特色，从而让中国读者去体会和理解爱尔兰戏剧比如辛格的戏剧。在田汉那里，假如将 Britain 译为"百里塘"，将凯尔特诸神 Gods 译作"菩萨"，恐怕是无法接受的。因此，虽然同样是翻译辛格的作品，郭沫若和田汉对于翻译的标准却有着不同的看法。

关于翻译标准的讨论，郭沫若早在翻译《约翰沁孤的戏曲集》之前的好几年间就撰写过专文。1921 年 1 月上旬，郭沫若致信上海《民铎》期刊编辑兼《时事新报·学灯》主编李石岑，谈自己对于当下国内文学创作、批评以及翻译的看法。这封长信后来发表于 1 月 15 日《时事新报》的《学灯》专栏，2 月又被发表于《民铎》的《通信》专栏。后来郭沫若整理成文，收入其 1925 年初版的《文艺论集》。在这封信中，郭沫若对于翻译与创作的关系有一个很形象的比喻，他将翻译比作媒婆，而将创作喻为处子。他觉得当时"国内人士只重媒婆，而不注重处子；只注重翻译，而不注重产生"③。当然，

---

① A. S. Hornby, *Oxford Advanced Learner's English-Chinese Dictionary*（*The 7th Edition*），Beijing：The Commercial Press, Oxford：Oxford University Press, 2009, p. 22.

② 《檀泰琪儿之死》，田汉译，上海：现代书局，1929 年，《序》第 3 页。

③ 郭沫若：《文艺论集》（第 4 版），上海：光华书局，1929 年，第 286 页。

郭沫若也认可翻译的重要性，他认为，翻译事业在我国"青黄不接的现代颇有急切之必要"，虽然其身在海外，也能够感受得到。但是他认为当时的国内对于翻译事业"未免太看重了"，使得许多青年产生投机的心理，不是借翻译出名，便是借翻译牟利。在书信末尾，郭沫若总结说，"处女应当尊重，媒婆应稍加遏抑"①。虽然郭沫若在此信中颇为偏向创作，但是他对翻译与创作之间关系的阐释也适用于他对翻译中"翻译"和"翻案"的理解，即"翻案"更重要。

上述郭沫若关于翻译和创作的看法，在国内引起强烈的反响。同年6月14日，郭沫若写信给郑振铎，对这些反响进行回应，并进一步解释自己关于翻译问题的见解。该信后来以《致郑西谛先生的信》为题发表于6月30日的《时事新报》"文学旬刊"第6号。其中郭沫若写道：

> **翻译自身我并不藐视**；对于翻译的功用与困难，自信颇能理解，并且也还有些体验；我所鄙夷——斗胆用这两个字——是那字典万能的翻译家。**翻译须寓有创作的精神**，这句话是我承认的，并且是我所愿意极力主张的。翻译绝不是容易的事情；要翻译时有创作的精神则对于作者的思想和环境须有彻底的了解，对于作品的内容和表现亦须有充分的研究；所以要做个忠实的翻译家终不是容易的事。
>
> ……总之，我对于翻译，不求其热闹，宁求其寂寥；**不愿在量上图多，宁愿在质上求好**。②

从这段话中，可以看出几个关键点：首先，郭沫若并非不重视翻译；其次，他只是看不起那种对照字典逐一翻译的译者，从广义上来讲即那种主张完全直译的译者；再次，他提出了对翻译的要求(或者说是好的翻译的要求)，即要充分理解原文的内容和形式，彻底了解作者的思想和环境，

---

① 郭沫若：《文艺论集》(第4版)，上海：光华书局，1929年，第288页。
② 郭沫若：《郭沫若书信集》，黄淳浩编，北京：中国社会科学出版社，1992年，第195页。

在翻译中要有"创作"的精神，结合前面的论述，可以说翻译中要有"创作"精神已经接近翻译应该是"翻案"的表达了。

在主张"翻案"说的同时，郭沫若还提出了自己独特的"风韵说"。1922年6月24日，郭沫若写作《批判〈意门湖〉译本及其他》，其中借评论唐性天翻译的《意门湖》（文学研究会出版，商务印书馆发行），对翻译尤其是诗歌翻译提出了自己的看法：

> 我们相信译诗的手腕绝不是在替别人翻字典，绝不是如像电报局生在替别人翻电文。诗的生命在他内含的一种音乐的精神。至于俗歌民谣尤以声律为重。翻译散文诗、自由诗时自当别论，翻译歌谣及格律严峻之作，也只是随随便便地直译一番，这不是艺术家的译品，这只是言语学家的解释了。**我始终相信，译诗于直译、意译之外，还有一种风韵译**。字面，意义，风韵，三者均能兼顾，自是上乘。即使字义有失而风韵能传，尚不失为佳品。若是纯粹的直译死译，那只好屏诸艺坛之外了。①

从这段文字中可以看出，郭沫若反对纯粹的"直译死译"，这与他主张"翻案"而不是"翻译"一致。此外，他特别掇出诗具有"风韵"这一特点，指出如果翻译散文诗和自由诗，可以使用直译或意译，但是对于格律谨严的诗作以及歌谣等，译者应该传达出原诗的一种"风韵"。为了传达这种"风韵"，即便是牺牲诗作的字面意义，郭沫若认为也是一种"佳品"。那么郭沫若笔下所指的诗的"风韵"，到底是什么呢？这还得从他之前论翻译与创作关系的文章中来梳理。在1921年1月那封致李石岑的长信中，郭沫若谈到了自己的两部作品《湘累》和《女神之再生》，再次强调创造的重要性，他认为：

---

① 转引自咸立强：《译坛异军：创造社翻译研究》，北京：人民出版社，2010年，第178页。

　　诗之精神在其内在的韵律(Intrinsic Rhythm)。内在的韵律(或曰无形律)并不是什么平上去入，高下抑扬，强弱长短，宫商徵羽，也并不是甚么双声叠韵，甚么押在句中的韵文！这些都是外在的韵律或有形律(Extraneous Rhythm)。内在的韵律便是"情绪底自然消涨"。①

　　从这一段论述可以看出，郭沫若念念不忘的诗的"风韵"，指的便是诗歌中作者"自然消涨"的那种情绪，他认为好的译者应该是在处理好字面、意义以及韵律、格律、修辞等的基础上，把原诗作者写作时的那种"情绪"表现出来，也就是上文所说的在翻译中要有"创作"的精神。郭沫若进一步解释说，这种内在的韵律"诉诸心而不诉诸耳"，这是一种"异常微妙"的韵律，那些"不曾达入诗底堂奥的人"简直不会懂，它是一种"无形的交流"。② 郭沫若认为，就歌谣而言，韵律、格律、双声叠韵等"外在律"多，"内在律"少，但好的诗却"是纯粹的内在律底表示"，即便不用外在律，好的诗作也充溢着这种"情绪底自然消涨"的内在律，也就是诗的"风韵"。郭沫若以泰戈尔、屠格涅夫以及波德莱尔、惠特曼为例，说明即便没有"外在律"，他们所作的诗歌也能够表明他们才是"真诗人"。为了证明自己对"风韵说"的支持，1921 年 1 月 29 日郭沫若写作关于翻译屠格涅夫散文诗的文章，后来发表于 2 月 16 日《时事新报》的《学灯》专栏，题为《屠尔格涅甫之散文诗》。郭沫若自称翻译的是屠格涅夫 1878—1812 年的"小品文"，并对自己的译文有着相当高的期待——"前不负作家，后不负读者"，希望自己的译文"成为典型的译品"。③

　　由此可知，郭沫若早在 1920 年先提出"内在的韵律"说，然后将其引入对翻译和创作的讨论，并提出诗歌翻译应该翻译出原诗的"风韵"。在1921 年 6 月 24 日的《批判〈意门湖〉译本及其他》发表之后，同年 7 月 21

---

　　① 郭沫若：《文艺论集》(第 4 版)，上海：光华书局，1929 年，第 282 页。
　　② 郭沫若：《文艺论集》(第 4 版)，上海：光华书局，1929 年，第 283 页。
　　③ 林甘泉、蔡震主编：《郭沫若年谱长编》(第一卷)，北京：中国社会科学出版社，2017 年，第 160 页。

日，他又写作《文学的研究与介绍》一文，回应沈雁冰、郑振铎等在《小说月报》《文学旬刊》上对自己翻译《浮士德》的讨论，并进一步阐释自己对于翻译的见解。郭沫若认为，翻译作品要寓有创作的精神在里面（"翻案"），翻译家在翻译作品时应该涌起一种创作的精神，对于原作有"精深的研究，正确的理解，视该作品的表现和内涵，不啻如自己出"①。郭沫若认为这便是翻译的"动机"。有了这个动机，翻译家在翻译过程中寓有创作的精神，在下笔之前对所译作品有了精深的研究和正确的理解，并且在翻译之时感受到"一种迫不得已的冲动"，那么这样完成的译品，自然能产生莫大的效果，"引起一般读者的兴味"。② 郭沫若将这个过程理解为翻译的"效果"。无论是动机，还是效果，在翻译的过程中，翻译家涌起的"创作的精神"，感受的"迫不得已的冲动"，就是复现原作中"内在的韵律"的过程，也就是复现原作的"风韵"。

值得注意的是，在这一时期，郭沫若和成仿吾、郁达夫等人成立创造社，与郑振铎等成立"研究会"以及与胡适等人在翻译方面有过激烈的争论，大家在各自主办或支持的刊物和报纸上争相讨论，甚至引发笔战。郭沫若不仅从事外国文学作品的中译，还在这一时期做了不少"古诗今译"的工作。1922 年 8 月，郭沫若从《诗经·国风》中选取 40 首表达"男女间相爱恋的情歌"，以"古诗今译"的方法将其译为现代诗歌。这些现代"译诗"的全集便是后来出版的《卷耳集》，8 月 14 日，郭沫若写作《〈卷耳集〉序》，在其中对自己"古诗今译"的方式做了一个解释：

> 我译述的方法，不是纯粹逐字逐句的直译。**我译得非常自由**，我也不相信译诗定要限于直译。太戈尔（按：即泰戈尔）把他自己的诗从本加儿语（按：即孟加拉语）译成英文，在他《园丁集》的短序上说过："这些译品不必是字字直译——原文有时有被省略处，有时有被义释

---

① 　郭沫若：《文艺论集》（第 4 版），上海：光华书局，1929 年，第 272 页。
② 　郭沫若：《文艺论集》（第 4 版），上海：光华书局，1929 年，第 273 页。

处。"他这种译法，我觉得是译诗的正宗。我这几十首译诗，我承认是受了些《园丁集》的暗示。①

在这段话中，郭沫若再次重申自己对"逐字逐句直译"的反对，以及对"内在的韵律"的重视，尤其是在诗歌的翻译方面，无论是外译中，还是古诗今译。后来在《古书今译的问题》一文中，郭沫若继续阐释了自己的翻译观，他认为"诗的翻译，假使只是如像对翻电报号码一样，定要一字一句地逐译"，那是不可能的事：

诗的翻译应得是译者在原诗中所感得的情绪的复现。②

这句话可以说就是郭沫若一心倡导的翻译"风韵说"的完整再现。虽然"风韵说"主要针对的是诗歌翻译，但是如果我们从其中的关键词语"感得的情绪的复现"来考量，郭沫若对于翻译的这一论述也可以用之于对辛格戏剧翻译的分析。

如上所述，在爱尔兰文艺复兴戏剧运动诸作家中，辛格的语言是最为独特的。他使用的是一种爱尔兰地方的英语方言，这种方言以英语为基础，融入了盖尔语的思维和语汇。同时，与都柏林等东部地区语言不同，辛格多使用中西部的地方语言，如威克娄、阿伦群岛等地的方言。正是叶芝在1896年与辛格在巴黎相遇时的建议（"到西部岛民中去"），使得后者后来多次到中西部乡村和岛屿上采风，在群众中发现了一种独特的语言。辛格曾回忆自己在创作《谷中的暗影》时，是在威克娄一所房子的地板缝中，听到了厨娘们的谈话，而得到了帮助。辛格认为"只有方言能把崇高美和崇尚现实主义的相互对立协调起来"，英语能够从方言中获得新的生命，而他自己在剧中就使用了威克娄和阿伦群岛的方言。这是一种特殊的

---

① 林甘泉、蔡震主编：《郭沫若年谱长编》（第一卷），北京：中国社会科学出版社，2017年，第220页。

② 郭沫若：《文艺论集》（第4版），上海：光华书局，1929年，第378页。

英爱方言，这些地方的居民在讲英语时"仍习惯用盖尔语思维，他们的句法、短语，甚至个别词，都可以在盖尔语中找到"①。正是这种独特的英爱方言的使用，构建了辛格戏剧独树一帜的"内在的韵律"，一种独一无二的"风韵"。而这也正是郭沫若在翻译辛格剧作时感到最为"痛苦"的地方。

在《译后》一文中，郭沫若明确引用辛格自己的话，说"据他（辛格）自己说，剧中人物的说法几乎没有一句是他自己创作的"②。郭沫若还引用萧伯纳调侃莎士比亚的例子，说莎士比亚是听到别人说警句便抄写在册，以便用在剧中，而辛格也是如此。郭沫若认为，辛格戏剧中每一个人物的话语，几乎是辛格实地采风而来，所以读者阅读或者观众观看辛格的戏剧时，一点儿也不觉得矜持或者不自然。辛格戏剧中的人物都是活的，"一个个的心理、表情、性格，一点也没有虚假"③。面对辛格这种几乎贯穿全部戏剧的独特的英爱方言，郭沫若虽然感觉"痛苦"，但谋生的压力以及与郑振铎等人对翻译标准的激烈探讨形成的张力，使得他不得不使出浑身解数来尽力"复制"辛格戏剧中那独特方言构筑的"风韵"。

在《西域的健儿》第一幕开始部分，培姜的表弟克茭（Shawn Keogh）惊恐地听到酒店外面有人的声音，便告诫培姜不要宣扬：

SHAWN　　[*Thunderstruck*] I wasn't thinking of that. **For the love of God**, Pegeen Mike, don't **let on** I was speaking of him. Don't tell your father and **the men is coming above**; for it they heard that story, they'd have great **blabbing** this night at the wake.

PEGEEN　　I'll maybe tell them, and I'll maybe not.

---

①　李赋宁总主编，罗芃、孙凤城、沈石岩主编：《欧洲文学史》（修订版）（第三卷上册），北京：商务印书馆，2019 年，第 168 页。

②　辛格：《约翰沁孤的戏曲集》，郭鼎堂译，上海：商务印书馆，1926 年，《译后》第 3 页。

③　辛格：《约翰沁孤的戏曲集》，郭鼎堂译，上海：商务印书馆，1926 年，《译后》第 3 页。

SHAWN   They are coming at the door. Will you **whisht, I'm saying**?

PEGEEN   Whisht yourself.

[*She goes behind counter.* MICHAEL JAMES, *fat jovial publican, comes in followed by* PHILLY CULLEN, *who is thin and mistrusting, and* JIMMY FARREL, *who is fat and amorous, about forty-five.*]

MEN   [Together] **God bless you. The blessing of God on this place.**

PEGEEN   **God bless you kindly.**①

上述原文几乎是爱尔兰西部方言，the men is coming above 显然是不规范的表达，whisht 意为 shut up（闭嘴），I'm saying 意为 will you（请你）。众人进到酒店之后的话语是常见的见面套话，在不同的场合有不同的意义，在酒店柜台这种场所除了表示问候之外，还有祝生意兴隆的含义。郭沫若是这么翻译这一部分的：

克荄   (大受惊惶)我简直没有想到这件事体呀。啊，培姜，**天老爷保佑你**，我今晚说的话你千万不要对人说。你不要对你的**老人家**说，也不要对他们那些人说；他们一听到这话的时候，今天晚上就在守丧的时候便会**传播**出去。

培姜   我说不说**倒不晓得**。

克荄   他们已经走到门口来了，你还要**作声**么？

培姜   你自己倒没**作声**么？

培姜走到柜台后面去。米海尔吉姆司，肥胖而魁梧的酒店主，领着克廉飞里(瘦削而多疑的人)和华勒金弥(肥胖而好色，年

① J. M. Synge, *The Complete Works of J. M. Synge* (*Wordsworth Poetry Library*), Aidan Arrowsmith, ed. & intro., Ware：Wordsworth Editions Limited, 2008, p. 71.

约四十五岁)走入。

男子们　（一同)恭喜发财！恭喜发财！

培姜　大家发财，大家发财。①

从译文的整体来考察，郭沫若在直译的基础上，试图生动呈现一种酒店迎客对话的图景。用"天老爷"来对应 God，"老人家"在我国南方和西南某些地方的方言中即指"父亲"，用"倒不晓得"来对应 maybe not，可谓妙译，"作声"在湖南、四川某些地方的方言中指"说话、告诉"的意思，用来对应 whisht，也是妙译。而最令人倾倒的应该是最后两句的翻译，两句"发财"的用语将一位俏皮懂事的柜台姑娘的形象活脱脱表现出来。如果再用奈达的对等理论来阐释，这也应该是实现了动态对等的一个翻译的好例子，爱尔兰西部乡村酒店里的迎客对话场景，与中国南方乡镇客栈酒馆的迎客对话场景，莫不在原文与译文的对读中生动呈现。虽然郭沫若自己说很难从中国千百种方言里选一种来迻译辛格剧中的方言，他最后只好选择一种"普通的话"来处理，但毕竟生长于四川的他还是多多少少使用了家乡的方言来对应原文，或许这也是潜意识的作用。重要的是，这些汉语地方方言以及套语的使用，一方面并不令汉语读者难以理解，另一方面则从整体上营造了一种类似于原文的气氛，也可以说就是郭沫若自己主张的"风韵"。

由此，我们可以作出总结，就郭沫若翻译的《约翰沁孤的戏曲集》整体来考量，郭沫若采取了直译加"归化"等的方法，主张翻译是"翻案"，即有所变化、寓创作于其中的翻译，这与他一直反对"死译"、直译的观点是一致的。他在具体的翻译实践中，包括对辛格戏剧的翻译，也在一定程度上践行了他的"风韵说"。如此，在中国现代文学翻译史上，郭沫若是唯一一

---

①　辛格：《约翰沁孤的戏曲集》，郭鼎堂译，上海：商务印书馆，1926 年，第 85-86 页。

位将辛格戏剧全部译出的翻译家。① 翻译辛格剧作的时期，也是郭沫若大量从事文学创作的时期，那么翻译辛格戏剧对其文学创作尤其是戏剧创作有无产生影响，产生了何种影响呢？

第三节 译介对郭沫若戏剧创作的影响

从翻译和创作的数量上来考察，20 世纪 20 年代是郭沫若翻译和创作成果最丰硕的时期。以翻译《约翰沁孤的戏曲集》的时间段为例，在这前后郭沫若翻译和写作了大量的文字。

1920 年上半年，由于经常在上海《时事新报》发表文章（尤其是《学灯》专栏，郭沫若早期的短文和诗作大多发表于此），郭沫若与《时事新报》颇有联系。当年 7 月 19 日，郭沫若收到《时事新报》主笔张东荪来信，得知张东荪正在组织共学社，并准备介绍海外名著，因此特邀郭沫若翻译歌德名著《浮士德》，郭沫若回信表示同意。郭沫若在接下来的四周内译完《浮士德》第一部，在准备翻译第二部时发现该部分过长也更为难译，因此决

----

① 与郭沫若翻译《约翰沁孤的戏曲集》差不多的时间，鲍文蔚也翻译了一部辛格作品。鲍文蔚当时还是北京大学西洋文学系学生，他将辛格作品 *Riders to the Sea* 译为《向海去的骑者》，分两期分别刊载于 1925 年第 128 号的《京报副刊》（1925 年 4 月 24 日）和 1925 年第 129 号的《京报副刊》（1925 年 4 月 25 日）。鲍文蔚的译文显然压缩了原文不少的内容，译法上也以直译为主。有研究认为鲍文蔚的翻译"对郭氏翻译进行了挑战……鲍译在表达感情色彩上要逊色于郭译，没有郭译的洒脱随性、思想深刻"（田菊：《爱尔兰戏剧运动在中国的百年回响》，北京：中国社会科学出版社，2017 年，第 88 页）。郭沫若于 1925 年 5 月 26 日翻译完成《约翰沁孤的戏曲集》，之前和之后都没有在刊物上连载或发表单篇剧作，而是于 1926 年 2 月以整书的形式由上海商务印书馆出版。从发表时间上来看，鲍译要早于郭译。从身份上来看，鲍文蔚尚是大学生，而郭沫若已经是卓有声名的文学家与翻译家。鲍文蔚 1902 年出生于江苏宜兴，少年时便富有才华，1920 年考取北京大学西洋文学系学习英国文学。大学期间与"语丝社"主要成员周作人等"往来密切，是八道湾十一号苦雨斋的常客"。而《京报副刊》正是鲁迅（周树人）、周作人两兄弟好友孙伏园主办的日报，因此很有可能是周作人推荐鲍文蔚翻译《向海去的骑者》，并发表于《京报副刊》。鲍文蔚后来留学法国，以翻译拉伯雷《巨人传》1、2 卷闻名于世。参见姚小平：《波峰浪谷间的鲍文蔚》，刊载于《老照片》第四十九辑，济南：山东画报出版社，2006 年 10 月。

定暂时只发行第一部。这次翻译经历对郭沫若颇有影响，因为热心于新诗写作的他发现诗剧也是一种值得写作的文类，便开始写作诗歌，后来在回忆录中也承认自己写作诗剧"便是受了歌德的影响"①。9月23日，郭沫若完成诗剧《棠棣之花》第一幕，内容是关于古代历史上的聂嫈、聂政姐弟之事。该诗剧的写作便是直接受到翻译歌德《浮士德》的影响。由于这一时期他和田汉、宗白华讨论文艺观点很热烈，《棠棣之花》也有郭沫若自称"新罗曼派"的特点，而"新罗曼派"就是田汉主张的"新罗曼主义"。同年11月27日，郭沫若完成诗剧《湘累》，写的是屈原的故事。这部诗剧的完成同样受到翻译歌德作品的影响，郭沫若曾这样回忆《湘累》的写作："我虽然不曾自比过歌德，但我委实自比过屈原。"②

1921年1月上旬，郭沫若完成诗剧《女神之再生》，"也是借过去的影子来暗示将来"。1月中下旬，郭沫若将《女神之再生》寄给郑伯奇，郑伯奇又转给郁达夫，郁达夫便用德文作了一首诗 *Das Lied eines Zaugenichts* 送给郭沫若。郭沫若将其译出，题为《百无聊奈者之歌》，并将郁达夫原诗与自己的译诗一并寄给《民铎》发表。这也是郭沫若与郁达夫友谊的开始，后来创造社成立之后，他们与郑振铎、茅盾、胡适等人在上海就翻译等有过激烈的讨论。这一时期郭沫若赋闲，便阅读了大量西方作家如福楼拜、高尔斯华绥等的作品，并写作不少新诗。4月中旬，郭沫若译毕格雷的名诗《墓畔哀歌》。7月下旬开始翻译歌德小说《少年维特之烦恼》以及海涅的诗作。1921年下半年郭沫若还完成历史诗剧《棠棣之花》第二幕。

在翻译、写作上述作品的期间，也是郭沫若发表自己关于翻译看法的主要阶段，即上文所述的致李石岑长信、致郑振铎长信以及《批判〈意门湖〉译本及其他》《文学的研究与介绍》《〈卷耳集〉序》等。

1922年4月10日，郭沫若翻译的《少年维特之烦恼》出版发行，之后

---

① 林甘泉、蔡震主编：《郭沫若年谱长编》（第一卷），北京：中国社会科学出版社，2017年，第140页。

② 林甘泉、蔡震主编：《郭沫若年谱长编》（第一卷），北京：中国社会科学出版社，2017年，第154页。

再版十余次，并出版了不同出版社的版本。这部译本对中国现代文化思想影响之深远是毋庸置疑的。这一年中，郭沫若、郁达夫等创造社成员与茅盾、胡适等关于翻译的论战尤为激烈。同年9月，郭沫若重译了波斯诗人莪默伽亚谟的《鲁拜集》，其底本是根据英国学者菲茨杰拉德的英译第四版，并写就《波斯诗人莪默伽亚谟》一文，文章和英汉对照的原文译文于1924年1月由上海泰东图书局出版。1923年2月，郭沫若翻译完成《雪莱的诗》，写成《雪莱年谱》，后来于1928年由创造社以《雪莱诗选》为题出版。如上文所述，郭沫若这一时期的中外文翻译活动也影响了他的"古诗今译"（《卷耳集》）。1923年5月，郭沫若开始连续翻译尼采《查拉图司屈拉》第一部，每次翻译一节便刊载于《创造周报》。后来虽然也翻译了该书第二部的首四节，但郭沫若最终没有继续翻译，而是将第一部的全部内容以《查拉图司屈拉钞》为题，于1928年6月交由创造社出版部初版发行。1924年上半年，郭沫若继续与沈雁冰、郑振铎等人笔战，内容则不仅涵盖对翻译的讨论，也涉及社会问题等。8月8日，郭沫若据德文本翻译了屠格涅夫的《新时代》，该书次年6月由商务印书馆初版，署名郭鼎堂译。

1924年4月，郭沫若再次携家赴日本。同年10月3日，他开始阅读辛格的三部戏剧，并着手翻译。1925年5月26日，完成翻译辛格的全部戏剧，并作《译后》。1926年2月，《约翰沁孤的戏曲集》由商务印书馆初版，署名郭鼎堂译述。

如上所述，郭沫若以半年左右的时间阅读并翻译完成辛格的所有6部戏剧，其主要原因之一是出于谋生的考虑。但我们也绝不能忽视郭沫若在辛格剧中发现的独特艺术表达，甚至可以说，正是辛格戏剧的艺术独特性，鼓动了郭沫若"内在的韵律和情绪"，从而一鼓作气完成翻译。这一点甚至是更重要的。正是流溢在辛格每一篇剧本中那种"幻灭的哀情"，对于人类和现实的幻灭的哀情，激动着郭沫若。而辛格并未对人类和现实全然绝望，他至少是指示了这个虚伪无情的人类社会是值得改造的。郭沫若写道：

……我们读他的著作，一点也不觉得矜持，一点也没有甚么不自然的地方，他写出的全部的人物都是活的，一个个的心理，表情，性格，一点也没有虚假。他是把写实主义（realism）的精神，彻底地用在戏曲上而成功了的。①

来自生活中的活泼语言，以及写实主义的精神，是辛格戏剧别具一格的地方，郭沫若在翻译中也敏锐地捕捉到了这一点。对于如何复现辛格剧中独特的英爱方言，上文已有所论列，而如何复制辛格的"写实主义"精神，有必要稍作阐释，因为这正是触动郭沫若进行文艺创作尤其是戏剧创作的重要动因。

就主题而言，在辛格的6部戏剧中，有4部是完全"写实主义"的，即《谷中的暗影》《骑马下海的人》《补锅匠的婚礼》《西方世界的花花公子》。《谷中的暗影》讲述年轻的农妇诺拉发现年迈的丈夫装死之后，又不屑与胆怯的年轻情人在一起，终于和来到峡谷投宿的流浪汉逃奔出谷。这个故事是辛格从阿伦群岛的一位老人那里听来的，表现了诺拉勇敢追求新生活和自由的态度。《骑马下海的人》就是描写阿伦群岛的渔民生活，面对丈夫和五个儿子在海上遇难、最小的儿子巴特利因不听劝告也不幸丧生的事实，老人玛利亚没有悲伤，而是坚强地为孩子收拾后事。这部剧体现了群岛渔民与大海搏斗的无畏精神，也有古希腊悲剧的气氛。《补锅匠的婚礼》讲述了补锅匠迈克尔与妻子莎拉同居多年，想补办婚礼，但遭到神父刁难，夫妻俩一气之下将神父装进麻袋，并放弃了在教堂结婚的想法而回到原来的自由生活中去的故事。《西方世界的花花公子》写青年克里斯蒂在爱尔兰西部一村庄，自称打死亲生父亲，而被村人奉为英雄。后来其父现身，克里斯蒂的谎言被戳穿，在村人的嘲讽下，克里斯蒂再次击昏父亲，正当村人因无法接受这血腥的场面而准备处死克里斯蒂时，老父亲突然醒了过来，

---

① 辛格：《约翰沁孤的戏曲集》，郭鼎堂译，上海：商务印书馆，1926年，第3页。

并斥责村人。随后,父子俩扬长而去,在这个过程中,克里斯蒂自己也得到了解放。这些戏剧中的人物和事件都来自活生生的爱尔兰民间,辛格对爱尔兰农民的理解和同情远超于叶芝,虽然正是后者建议他到爱尔兰西部农民当中去。

辛格的另外两部戏剧《圣泉》和《戴尔德拉的忧患》,虽然不是完全以现实题材为主线,但表现的精神依然有"写实主义"的一面。《圣泉》写一男一女两个盲人乞丐,本来生活得无忧无虑,有一天,一位路过的牧师用圣水帮他们恢复了视力,他们却发现周围的一切都丑陋不堪,自己也变得懒惰可厌,最后他们决定泼掉圣水,继续在黑暗中寻找那美丽的世界。这部戏剧具有中世纪道德剧(Morality Plays)的特点,寓意幻想世界比现实世界更美好。但正是这种寓意,反过来折射出爱尔兰当代底层人民生活的困境。牧师在爱尔兰文艺复兴作家笔下很少有正面的形象(参看叶芝《乌辛漫游记》中的圣帕特里克),在《圣泉》里这位路过的牧师显然是宗教的代表,宗教的压力进一步挤压了底层百姓的生活资源与空间。《戴尔德拉的忧患》是辛格的遗作,取材于古代凯尔特传说,年老的"高王"康诺巴看上了年轻美丽的戴尔德拉,但戴尔德拉爱上了年轻的武士奈西,两位年轻人私奔,在森林中生活了7年,但终于被老王设计骗回,奈西被杀,戴尔德拉闻讯自杀。这部未完成的戏剧,最后由辛格的恋人渥古德以及格雷戈里夫人和叶芝完成。这部戏剧虽然取材于古代传说,但其主题与《谷中的暗影》一样,写年轻姑娘被迫与年迈丈夫结婚,但最终以自己的方式来反抗。这种婚姻模式的根源还在于爱尔兰近代以来的土地制度。自诺曼人入侵以来,爱尔兰农村的大部分土地在"优势阶层"(Ascendency)手中,这一阶层主要是两类人,一类是传统的贵族、地主、牧师,另一类是新兴的商人。尤其是前者,有地产、财产的多是年长的男士,而普通家庭的女儿要想过一种优越一点的生活,就只好嫁给这些年长的男士。戴尔德拉的"忧患"就是这种土地制度衍生出来的对人生和爱情的忧患,因而本质上还是"写实主义的"。

因此,无论从主题、题材还是精神实质上来说,辛格的戏剧都以"写实主义"为核心,郭沫若敏锐地捕捉到了这一点,同时也受到深刻的影响。

就在翻译完成辛格所有戏剧的接下来的一个月（1925 年 6 月），郭沫若完成了历史诗剧《聂嫈》的写作，而《聂嫈》的写作是直接受到翻译辛格作品的影响：

> 《聂嫈》的写出自己很得意，而尤其得意的是那第一幕里面的盲叟。那盲目的流浪艺人所吐露出的情绪是我的心理之最深奥处的表白。**但那种心理之得以具象化，却是受了爱尔兰作家约翰沁孤的影响。**①

《聂嫈》取材于战国侠客聂政姐姐聂嫈忠诚侠义的故事，这部诗剧与《棠棣之花》有一定联系，但又独立成篇。如上所述，受翻译歌德《浮士德》的影响，郭沫若开始创作《棠棣之花》。最先完成第一幕，主要写在聂母墓前聂嫈聂政姐弟俩的诀别，这一幕后来收入其早期代表作品集《女神》。后来他又写出第二幕，这一幕主要写在濮阳河畔聂政与知己严仲子的邂逅。之后郭沫若好几次起稿接下来的几幕，但每次都不满意，因此"写了又毁了"。本来郭沫若已经决定不再续写《棠棣之花》，但就在郭沫若翻译完成辛格戏剧之后的第 4 天（5 月 30 日），震惊中外的"五卅惨案"发生，郭沫若在上海街头目睹了一些青年学生被当局驱赶枪杀的悲惨场面，久久不能释怀。有一次晚上，他和友人在浙江路交叉口看见学生和人群被驱赶，连忙躲进旁边的大楼里。等出来的时候，看见一位受伤的大学生，后来被送进医院。据报纸报道，这位同学有位姐姐也在上海读书，这位姐姐便在医院照顾他。这位同学的同班同学以及其他人都在替姐弟俩奔走。郭沫若被这些感动了：

> 这些姐弟间的、同学间的、乃至被压迫民族间的令人可以落泪的

_____

① 郭沫若：《郭沫若自传第二卷：学生时代》，贵阳：贵州教育出版社，2012 年，第 168 页。

爱情，和小沙渡路与南京路上的流血，形成一个极显明的对照。我是深切地受了感动。①

受了这些感动，郭沫若曾经动念想要把这些"对照"以戏剧的形式表现出来，并拟好了三幕的主体内容，前两幕以大学生弟弟为主角，第三幕则要以姐姐为主，计划写姐姐跨过弟弟的尸体，下定决心改变这个社会。对于这个姐姐的角色，郭沫若是把她当作中国未来的"央大克"来写的。"央大克"是 Jeanne d'Arc（1412—1431），即英法百年战争中的法国少女英雄圣女贞德，由此可见郭沫若对这一形象的期待。可同样遗憾的是，这部戏因为各种原因最终没有写成，但那位姐姐的形象在郭沫若那里终究挥之不去，于是便有了沿承《棠棣之花》而来的《聂嫈》。

上述引文中郭沫若所说"尤为得意"的"盲叟"（即盲目的流浪艺人），便来自辛格戏剧中的人物形象。具体来说，郭沫若是将辛格戏剧中的两类人物做了综合，一类是流浪者，一类是盲人。流浪者形象几乎在辛格所有剧中都有出现，这是爱尔兰文艺复兴文学的一个特色，这些流浪者好比饱经入侵风霜的爱尔兰，即便在历史上有过辉煌时刻，却被他国入侵欺凌，连自己的语言和文化都不能保存，只好"流浪"为生。如第四章所述，田汉认为这种"流浪者"或"漂泊者"的形象，是凯尔特文学的一大母题，其展现的"流浪性"，田汉称之为"放浪欲"，是凯尔特文学的第一特性②。在辛格剧中，最典型的流浪者是《谷中的暗影》中的流浪者，最终是他带走了希望获得新生活和自由的诺拉。而盲人形象，最典型的是《圣泉》中的盲人乞丐夫妻。他们失明时生活虽穷苦却美满充实，而一旦摆脱黑暗，却发现现实世界无比丑陋。于是，他们泼掉圣水，再次回到失明的"美好"世界中。盲人夫妻的乐观、无畏，以及对美好精神世界的追求，是辛格对爱尔兰古代传统文化的礼赞，也是对爱尔兰民间复杂宗教关系的深刻剖析。郭沫若将

---

① 郭沫若：《郭沫若自传第二卷：学生时代》，贵阳：贵州教育出版社，2012年，第167页。

② 田汉：《爱尔兰近代剧概论》，上海：东南书店，1929年，第13页。

这两类人物形象综合起来，用他自己的话说，是经过"作家的综合的再现"：

> （综合的再现）这个字是我自己想出的，我的意思是说由种种的经验的有机的组合。①

经过这"种种的经验的有机的组合"，郭沫若在辛格戏剧中人物角色的基础上塑造了《聂嫈》第一幕中令他自己很得意的"盲叟"形象。

除了盲叟形象，辛格戏剧中那种"幻灭的哀情"才是最打动郭沫若的地方。这在上文中已经有所论述。在后来的回忆录中，郭沫若再次阐释辛格戏剧中那种"哀情的情调"：

> 爱尔兰文学里面，**尤其约翰·沁孤的戏曲里面**，有一种普遍的情调，很平淡而又很深湛，颇像秋天的黄昏时在洁净的山崖下静静地流泻着的清泉。日本的旧文艺里面所有的一种"物之哀"（Mono noaware）颇为相近。这是有点近于虚无的哀愁，然而在那哀愁的底层却又含蓄有那么深湛的慈爱。②

将这段话与《约翰沁孤的戏曲集·译后》中那段关于"幻灭的哀情"的描述对读，可以发现两者在精神上是相同的。"幻灭的哀情"便是那"虚无的哀愁"，"人类心中尚未完全消灭的一点相互间的爱情"便是"那哀愁的底层却又含蓄有那么深湛的慈爱"。正是那"相互的爱情"和那"深湛的慈爱"，使得辛格对那虚伪的、无情的、利己的、反复无常的人类社会没有全然绝望。而正是这种"深湛的慈爱"，也成为《聂嫈》这部历史诗剧的"普遍的情

---

① 辛格：《约翰沁孤的戏曲集》，郭鼎堂译，上海：商务印书馆，1926年，《译后》第3页。

② 郭沫若：《郭沫若自传第二卷：学生时代》，贵阳：贵州教育出版社，2012年，第168页。

调"。聂政为报严仲子之知遇之恩, 决然赴韩都阳翟, 刺杀严仲子仇敌侠累。虽刺杀成功, 但也为侠累卫士所伤, 为了不连累与自己长相相近的姐姐, 聂政以剑剐脸挖眼, 并剖腹自杀。而聂嫈听说之后, 不顾危险, 动身往阳翟街道认尸, 并伏尸痛哭, 长呼苍天三次, 终因心力交瘁而死。聂政担心姐姐的安危, 聂嫈不顾危险认尸痛呼, 其重义轻生之形象呼之欲出。姐弟俩之间, 不正是那"深湛的慈爱"吗?

余 论

在一段时间内, 郭沫若所翻译的《约翰沁孤的戏曲集》, 不像他的其他译文如《少年维特之烦恼》那样反复重印再版。一直到 1962 年,《骑马下海的人》才再次在《剧本》月刊的 6 月号上重载。当年 4 月 27 日, 郭沫若曾写下一个简短的说明, 指出《骑马下海的人》是 37 年前所译, 因《剧本》月刊想重新发表, 因此他把译本又重新看了一遍, 并改顺了一些语句。郭沫若指出《骑马下海的人》是一部"平平淡淡"的戏剧, 但读者读完, "总禁不住要使你的眼角发酸"。他认为本质上沁孤是一位诗人, 虽然只活了 38 岁, 写作了 6 个剧本, 但其剧本有着"素朴、不矜持但很精炼"的情调, 而这也正是爱尔兰文学的特色。形成这种特色的原因, 郭沫若认为自己没有进行过深入的研究①, 他以前曾用阶级的分析去阐释辛格戏剧, 他相信时至当日"还是正确的":

> 例如沁孤剧本中所处理的人物, 都是下层社会的人。作者是同情这一阶层的, 这一阶层的生活情调, 在他看来好像是一种宿命性的悲剧。他体会到了这种悲剧, 但不知道如何来消灭这种悲剧的根源。②

---

① 就英语文学而言, 郭沫若翻译雪莱诗作时写过《雪莱的诗·小序》《雪莱年谱》, 还编过《雪莱世系》, 翻译《墓畔哀歌》时, 也写过长文以作介绍。

② 郭沫若:《郭沫若集外序跋集》, 成都: 四川人民出版社, 1983 年, 第 245 页。

郭沫若将辛格的这一"不知道如何来消灭这种悲剧的根源"，总结为旧现实主义的局限。郭沫若在 37 年后的这一看法回响着自己在《约翰沁孤的戏曲集·译后》中的观点：辛格虽然没有在戏剧中表现出积极进取的精神，来鼓励我们去改造这个人类的社会，但他至少指示了我们，这个虚伪无情的世界是值得改造的。可见即便近 40 年后，郭沫若对辛格戏剧的理解如其早年一样，从对社会底层人物的同情和理解来分析，这种理解和分析依然深刻、依然有力。不过也正如郭沫若自己所说的那样，辛格戏剧中关于爱尔兰特色的成因，他没有进行过深入的研究，因为那已经是另外一个大的文化范畴了，涉及凯尔特文化传统以及爱尔兰历史上天主教与新教之间的复杂关系，而这也并非郭沫若的强项。

第四章 "翻译而非翻案":
田汉对爱尔兰文艺复兴戏剧的译介

引 论

　　1898 年 3 月 12 日，田汉出生于湖南长沙东乡田家塅一户农民家庭，本名田寿昌。幼年时的田汉就接触了大量的民间戏曲如湘戏、花鼓戏等，尤其对皮影戏感兴趣。6 岁时田汉开始入私塾发蒙读书，跟随一个旧时秀才读书，功课较好。8 岁时曾随叔外祖易雨生读书，此时已能作文成篇，常得叔外祖夸奖。9 岁时，田汉父亲病故，之后在母亲和舅父易象的支持下继续读书。这次读书的地方在新塘桥，这是一个湘北重镇，正是在这里田汉第一次见到外国人，也第一次接触到外国书，主要是因为当时有外国传教士在此传教。田汉曾回忆说这是他"首次嗅到洋纸书籍特有的一种石油气味，也得到过几本《马可福音》之类的书"①。1909 年夏秋间，由于外祖家的关系，田汉进入枫林港清源庵小学(高小)就读，这是一所由庙宇改办的新学校，除国文外，还有历史、算术等，以及新式体操。虽改为小学，清源庵本身却是个大庙，因此春秋间经常从县城请戏班演出，这对田汉喜欢戏剧有着直接的影响。1910 年，12 岁的田汉考入长沙的选升学校(即初中)，引起班级轰动，在学校田汉开始接触新思想，并接触到京剧。1911 年夏天田汉与几名同学一起投考革命气息更为浓厚的修业中学，并将

---

　　①　张向华编：《田汉年谱》，北京：中国戏剧出版社，1992 年，第 10 页。

原名田寿昌改为"汉"，自此以后田汉便经常以此为名，但也偶尔使用原名。这一时期田汉参加学生军，革命热情高涨。

1912 年 2 月，田汉考入徐特立任校长的长沙师范学校，由于家道中落，田汉开始写文章投稿和创作戏剧。田汉真正开始学习外语，应该也是始于这一时期。这一时期欧阳予倩回到长沙，组织社团演出新剧，校长徐特立曾对田汉专门介绍过此种新剧，但因为家穷，田汉未曾真正观看新剧演出。1916 年夏初，田汉从长沙师范学校毕业，同年 8 月，因舅父任湖南留日学生经理，田汉随舅父离开家乡赴日留学。到达日本后，田汉先在湖南驻日留学生经理处当抄写员，并在舅父的亲自指导下自学，学业进展迅速，这其中就包括外语的学习。舅父一度希望田汉学习政治，但自幼便钟情戏剧的田汉最终还是考入东京高等师范学校，进入该校的外语系学习英文。可以说田汉大学本科的专业便是英语，这与其在长沙师范学校的学习有直接关系，当然最主要的原因还是田汉自己喜欢文学和戏剧。在东京高等师范学校，田汉接触了大量的新剧，尤其是欧洲近代剧。田汉曾回忆自己这一时期"差不多全看翻译剧和创作的新剧，并由此开始通过日本的介绍认识欧洲现实主义的近代剧"①。

在此后的几年，除认真学习专业外，田汉还积极阅读进步刊物，并因舅父的关系而认识李大钊。因为接触到越来越多的新剧，所以田汉产生了研究"戏剧文学"的想法，并在 1919 年五四运动之后，决心真正投入"戏剧文学"研究。1919 年 7 月，因组织爱国团体少年中国学会并参与校对《少年中国》创刊号，田汉得以结识宗白华。在 7 月 15 日的《少年中国》创刊号上，田汉发表了《平民诗人惠特曼的百年祭》，介绍惠特曼生平，盛赞其是"自由诗的新运动"之源头，赞赏其为 Humanity（人道）、为 Justice（正义）的品格，而"少年中国"的解放文学、自由诗的勃兴，也起源于惠特曼的影

---

① 张向华编：《田汉年谱》，北京：中国戏剧出版社，1992 年，第 26 页。

响。这是田汉发表的第一篇与外国文学有关的文章①，从中可以看出田汉的英文已经达到一定的水平。这一时期，田汉在发表的汉语作品中经常嵌入英文，如散文诗《梅雨》中，他称自己"自力也很强，Romantic 分子比 Realistic 的分子为多"，自己孜孜以求"那片 Neo-Romantism 的乐土"。② 同年 8 月 15 日，田汉发表译诗《古战场》，这也许是田汉首次发表译作。当年田汉曾回乡探亲，在返回日本的途中经过南京，拜访了后来任东南大学教务长的刘伯明，一起畅谈"介绍外国文学理论的问题"。10 月初，在上海会晤宗白华，一起谈歌德研究，田汉写作关于歌德的文字若干。1920 年 1 月 27 日，田汉写成诗作《漂泊的舞蹈家》，其中提到"艺术的神圣在于美化（Beautify）人类的心情"。

1920 年 2 月 9 日，田汉收到宗白华来信，介绍同在日本留学的郭沫若，田汉当即写信给郭沫若，谈国内现状甚多。自此三人经常通信，谈文论艺、针砭时弊，后于 1920 年 5 月合集为《三叶集》出版，田汉的署名为"田寿昌"。宗白华和郭沫若都有熟悉德语的背景，田汉也曾一度阅读和写作关于歌德的文字。当然田汉也因为自己的英文优势，时常向郭沫若和宗白华介绍英语剧作，包括欧洲大陆剧作家如梅特林克等人的英文译本。1920 年 2 月 29 日，田汉回复了郭沫若一封超长的信件，信中主要谈现代戏剧的问题，田汉在信中大段引用英语和德语原文来阐释自己的观点。更为重要的是，田汉在这封信中第一次集中地谈论爱尔兰文艺复兴诸位作家。如上所述，这一时期的欧洲戏剧运动，在田汉看来，可以归结为"新

---

① 在这篇长文中，田汉翻译了惠特曼《草叶集》中部分诗歌如《自我之歌》（Song of Myself）、《民主》（Democracy）等的选段（《平民诗人惠特曼的百年祭》，《少年中国》第 1 卷第 1 期）。田汉很可能是惠特曼诗歌在国内最早的译者之一，当然他只是翻译了个别选段，《草叶集》选本和全本的译者主要有后来的楚图南（1944 年读书出版社《大路之歌》，1949 年晨光出版公司《草叶诗选》，1955 年人民文学出版社《草叶集选》）、屠岸（1948 年青铜出版社《鼓声》）、杨耐冬（1983 年志文出版社《草叶集》）、楚图南和李野光（1987 年人民文学出版社《草叶集》）和赵萝蕤（1987 年上海译文出版社《我自己的歌》，1991 年上海译文出版社《草叶集》）。

② 张向华编：《田汉年谱》，北京：中国戏剧出版社，1992 年，第 33 页。

罗曼主义"。这一派戏剧的代表，在欧洲大陆有霍普特曼、梅特林克等人，而在"英国方面则以爱尔兰为最盛"①。田汉以英语原文的形式列举了叶芝、格雷戈里夫人和辛格以及他们的主要剧目。由此可知，田汉不仅能熟练地阅读和使用英文，而且对当代欧洲戏剧的发展相当熟稔。在同一封长信中，田汉明确指出自己以后的职业期待是在文艺批评之外，"第一热心做 Dramatist"，并计划写出自己的第一个新剧《歌女与琴师》，这将是一部"鼓吹 Democratic Art 的 Neo-Romantic 的剧曲"。也是在这封长信中，田汉表明了自己对于艺术的看法，这也是他人生艺术观的基本雏形：

> 我们做艺术家的，一面应把人生的黑暗面暴露出来，排斥世间一切虚伪，立定人生的基本。一方面更当引人入于一种艺术的境界，使生活艺术化(Artification)。即把人生美化 Beautify 使人家忘掉现实生活的苦痛而入于一种陶醉法悦浑然一致之境，才算能尽其能事。②

田汉认为，能够实现这两种功能的艺术形式非戏剧莫属。同年 3 月 19 日，田汉从京都出发去九州拜访郭沫若，午前抵达郭沫若在福冈的寓所，这是两人的首次会面。田汉在会面时滔滔不绝，说自己要做 Dramatist，做

---

①　田寿昌、宗白华、郭沫若：《三叶集》，上海：亚东图书馆，1920 年，第 102 页。田汉说"英国方面则以爱尔兰为最盛"，是因为此时爱尔兰尚未从英国独立出来，直到 1922 年爱尔兰大部分地区成立自由邦，但北方 6 郡依然归属英国，此种情形沿至今日。详见本书第一章。宗白华 1897 年 12 月 15 日生于安徽安庆，1916 年升入同济大学医预科学习医学，1917 年开始研读德国文学与哲学，1919 年 8 月与田汉因少年中国学会相识于上海。同月，宗白华开始主编《时事新报》副刊《学灯》。1919 年正在日本福冈九州帝国大学医科学习的郭沫若，从国内寄来的《学灯》上，第一次读到新诗，便把自己的几首新诗寄给《学灯》，自此开启了宗白华对郭沫若"毫无保留的"支持。1920 年 1 月，宗白华分别致信田汉、郭沫若，向他们互相介绍，从此三人在上海、福冈、东京三地鱼雁往来，谈文论艺，针砭时弊，畅谈人生、爱情、婚姻。1920 年 5 月，三人的通信被结集为《三叶集》，于 1920 年 5 月由上海亚东图书馆出版。参见王德胜：《宗白华评传》，北京：商务印书馆，2001 年，第一章第四节"三人行与《三叶集》"。

②　田寿昌、宗白华、郭沫若：《三叶集》，上海：亚东图书馆，1920 年，第 100 页。

Critic，要介绍 Maeterlinker，要翻译他(梅特林克)的《青鸟》，还要介绍英国的 Oscar Wilde，并且取出《海涅诗集》的英译本，要郭沫若"同他一齐介绍海涅"①。从这些对话和通信中可以看出，田汉主要还是依据英文资料来获得对欧洲文艺的理解，他特别的兴趣还是在戏剧方面。对于田汉而言，王尔德是归属于爱尔兰作家行列的。② 当年 11 月 5 日，田汉便翻译完成王尔德的独幕剧《莎乐美》(Salome)。该译文刊载于 1921 年 3 月《少年中国》杂志第 2 卷第 9 期，1923 年作为《少年中国学会丛书》之一由上海中华书局出版。

同年 4 月 18 日，田汉给友人黄日葵写一封长信，主题是新罗曼主义。在这封 2 万多字的长信中，田汉依据《浮士德》的英译本以及叶芝、拉塞尔的诗作，"随写随译，引入信中"。除此之外，还有与爱尔兰文艺复兴作家关系紧密的英国批评家亚瑟·西蒙斯的《象征派文学运动》等书，随时翻阅以便引用。③ 在信中，田汉认为新罗曼主义是以罗曼主义(即浪漫主义)为母，自然主义为父而产生的"宁馨儿"④。该长信后来以《新罗曼主义及其他》为题发表在 1920 年 6 月《少年中国》杂志第 1 卷第 12 期。

---

① 田寿昌、宗白华、郭沫若：《三叶集》，上海：亚东图书馆，1920 年，第 122 页。

② 由于近代以来爱尔兰复杂的历史，像王尔德、萧伯纳等虽出生于爱尔兰，但接受英语教育，且长期在伦敦生活的英语作家，其身份归属亦颇有分歧。大部分英国文学教材将其归入英国作家行列，也有部分英国文学教材和词典坚称他们为爱尔兰作家。

③ 董健：《田汉传》，北京：北京十月文艺出版社，1996 年，第 105 页。亚瑟·西蒙斯即 Arthur William Symons (1865—1945)，早年与叶芝、摩尔等爱尔兰文艺复兴作家关系亲密，一同组成"诗人俱乐部"(Rhymers' Club)，其 1899 年出版的《象征主义文学运动》(The Symbolist Movement in Literature)试图将法国象征主义引入英国文坛。后期主要参与唯美主义运动。研究认为，西蒙斯的《象征主义文学运动》对爱尔兰和英国文学产生巨大影响，出现了叶芝和艾略特等象征主义大家(吴晓东：《象征主义与中国现代文学》，合肥：安徽教育出版社，2000 年，第 30 页)。西蒙斯早期与叶芝交往甚密，其文学观点影响了叶芝，但叶芝的象征体系，除受到西蒙斯影响之外，其来源还有布莱克的神话及神秘主义思想、爱尔兰文化中对神话甚至是迷信的推崇等。

④ 张向华编：《田汉年谱》，北京：中国戏剧出版社，1992 年，第 43 页。

　　1920 年 11 月 13 日，田汉在给友人的信中谈到自己最近"研究 Biblical literature"（即圣经文学），这与田汉少年时期在枫林港的学习有一定关系，但也说明田汉的学习和研究已不仅仅局限于戏剧文本。1921 年 1 月，他在日本得知舅父易象为军阀所害，悲痛不已。从此时到 4 月，田汉一直处在悲痛的情绪中，到 4 月才"稍稍平静，则取莎翁《哈孟雷特》Hamlet 剧译之以寄其情，译此剧时，态度颇严肃而慎重"①。这是田汉翻译的第二个英国文学剧本，之前翻译《莎乐美》是因为田汉受唯美主义的艺术观念影响，而翻译《哈孟雷特》则主要是为了表达自己对舅父的感情，在心中田汉视自己为王子而舅父为老王。这一时期，除去情绪影响外，田汉在文艺观点上主要还是受唯美主义的影响。这年 10 月，他一边学习，一边写作，还一边教妻子易漱瑜英文，教材中就有王尔德的《狱中记》（De Profoundis）。② 10 月17 日，田汉阅读易卜生的《群鬼》英译本，第 2 天，将《群鬼》英译本与法译本对照细读，同时参阅日译本和德译本。从这一点可以看出，就外语水平而言，田汉能熟练使用英文、法文、日文和德文。从后来从事翻译的角度来看，田汉译自日文的作品居多，英语次之，由此考察田汉的外语水平，似乎以英文和日文为最佳。

　　虽然早在 1920 年田汉就在长信中向郭沫若推介过爱尔兰文艺复兴戏剧三大作家及其剧目，但那时候的知识尚属于概论性认知，是田汉从英文专著和教材中获得的。田汉真正阅读辛格等人的单篇剧本，是在 1921 年年底。1921 年 10 月 26 日上午，田汉读完辛格的剧本 Riders to the Sea，计划费数日之力翻译，并暂时为其拟名为《人海之群骑》。③ 1922 年 9 月，因费用筹措困难，田汉与妻子由日本回到上海，经好友介绍在中华书局任编辑，这一时期田汉从事了大量的翻译与写作。同年 11 月，《哈孟雷特》由

---

　　① 张向华编：《田汉年谱》，北京：中国戏剧出版社，1992 年，第 51 页。

　　② 田汉：《蔷薇之路（第三版）》，上海：泰东图书局，1926 年，第 6 页。其时易漱瑜准备入女子大学，除《狱中记》外，田汉使用的教材还有《国民读本》第四册（The National Reader, Book IV）。这时期，田汉还专门到神田学校修习法文课。

　　③ 张向华编：《田汉年谱》，北京：中国戏剧出版社，1992 年，第 55 页。

中华书局出版。田汉在归国前已经完成《罗密欧与朱丽叶》的初译，回国后一边整理一边在《少年中国》上连载，最终于 1924 年 4 月出版单行本，同样由中华书局出版。这一时期还有一件值得注意的事，就是田汉与妻子易漱瑜合办《南国半月刊》。易漱瑜是田汉舅父易象的长女，本来在家乡时由母亲包办拟嫁给当地一富家，后经易象同意和田汉的支持赴日留学，在日本时田汉就教易漱瑜英文等科目知识。归国后，田汉和易漱瑜以英国大诗人兼版画家威廉·布莱克(William Blake, 1757—1827) 和其妻子为榜样[1]，创办了《南国半月刊》，其宗旨在于"打破文坛的惰眠状态，鼓动一种新鲜芳烈的空气"，高举"艺术之社会化"或"社会之艺术化"旗帜，从事文艺的创作、批评与介绍。同时，其宗旨也明确表示：

> 我们因欲免去资本主义的支配，虽一时不能像布莱克(Blake)即他自己的诗集那样，自己雕版，自己排字，自己发行，至少以自己集资印刷，自己意匠，自己校对，自己托人发行为原则。[2]

《南国半月刊》是田汉赋予极高期待的一个阵地，他拟在其中介绍大量的外国文学名著，但由于资金等原因出版至第四期便停刊了。

在回国后的几年间，田汉发表了几部代表性剧作如《黄花岗》，并撰写了不少新诗和随笔，其中几篇直接以英文为题目，如《银色的梦》之一"Day Dream"、之十二"I Stand Alone"。1927 年冬天，田汉与欧阳予倩、徐悲鸿在上海霞飞坊徐悲鸿住处经过数次商谈，将原来的南国电影剧社改组为"南国社"，侧重于戏剧演出。1928 年 1 月下旬，三人再次商议，决定筹建

---

① 布莱克没有受过正规学校教育，从小便当雕刻、版画学徒，一度在皇家学院(Royal Academy)学习版画。25 岁时，布莱克与布切尔(Catherine Boucher)结婚，婚后布莱克教妻子读书识字，同时教她雕刻技术，后来正是在他妻子的帮助下，布莱克流传后世的诗作中的那些精美又充满力量的版画才得以完成。参见 *The Oxford Companion to English Literature* (*New Edition*), Edited by Margaret Drabble, Oxford：Oxford University Press, Beijing：Foreign Language Teaching and Research Press, 1996, pp. 105-106.

② 田申：《我的父亲田汉》，沈阳：辽宁人民出版社，2011 年，第 67-68 页。

南国艺术学院，其宗旨"在与混乱时期的文学美术青年以紧切必要的指导，因以从事艺术之革命运动"①。2月24日，南国艺术学院正式开学，为了更好地培养这样的文学美术青年，南国艺术学院成立小剧场。而剧场的演出需要好的剧本，因此除了创作剧本外，田汉还翻译了当代欧洲戏剧，这其中就有辛格的剧目。1928年1月下旬，田汉翻译完成梅特林克的五幕剧《檀泰琪儿之死》(La Mort de Tintagere)以及辛格的独幕剧《骑马下海的人们》。这两部剧以及后来田汉翻译的奥地利作家施尼滋拉的《最后的假面》(Die Letzten Masken)②，于1929年6月以单行本的形式由上海现代书局出版。

1929年6月，田汉拟写作几部话剧，供南国社第二次大公演演出。在这几部戏剧中可以看见外国文学的影子，如《狱中记》《堂·吉诃德》《哈姆雷特》等。遗憾的是，这几部戏剧均未写成。在田汉看来，南国社是在中国现代开启现代戏剧的重要阵地，其公演的功能可以与叶芝等人的阿贝剧院相埒，其小剧场运动，又是直接受欧洲小剧场运动的影响而来。因此在竭心尽力为南国社写剧、选剧的同时，田汉也撰写爱尔兰文艺复兴戏剧译介和研究的文章，这就是1929年7月由上海东南书店出版的《爱尔兰近代剧概论》。就笔者搜索所及，在中国现代文学史(包括翻译史)上，《爱尔兰近代剧概论》是唯一一部专门介绍和研究爱尔兰文艺复兴戏剧作家及其作品的著作。

田汉自1920年开始向郭沫若介绍辛格等爱尔兰文艺复兴作家，到1921年正式阅读并试译辛格戏剧，再到1928年正式完成《骑马下海的人们》译文，以及1929年《爱尔兰近代剧概论》的出版，说明爱尔兰文学尤其是爱尔兰文艺复兴戏剧在田汉的外国文学译介中占据着重要的位置。同样重要的是，田汉在翻译、介绍这些作家和作品的同时也受到这些作家作品的影响，这种影响化入田汉自己的文艺创作中。但综观国内关于田汉的研究，很少有专门研究来探讨其外国文学翻译和研究，在部分田汉传记中则根本没有提及田汉曾翻译《骑马下海的人们》以及其著作《近代爱尔兰剧概论》，可见翻译、改译以

---

① 张向华编：《田汉年谱》，北京：中国戏剧出版社，1992年，第102页。

② 施尼滋拉的这部剧作以德语写成，田汉在翻译时参考了日本学者三井光弥子的日语译本。

及外国文学译介研究是田汉研究中被忽视的一环。

第一节 田汉对近代爱尔兰戏剧的评介
——以《爱尔兰近代剧概论》为中心

虽然就最终的出版时间而言，《爱尔兰近代剧概论》要晚于《骑马下海的人们》，但在早期留学生涯中田汉就开始关注和思考爱尔兰文艺复兴戏剧，一直持续到著作的完成。因此，我们不妨先以《爱尔兰近代剧概论》为中心，来探讨田汉对近代爱尔兰戏剧尤其是爱尔兰文艺复兴戏剧的评介。

该书初版扉页上印有"民国十八年六月付印、民国十八年七月出版"的字样，由此可知该书于 1929 年 6 月即已付梓，距离 1920 年初田汉在长信中热烈地向郭沫若介绍叶芝等人，已近 10 年的光阴。该书实际内容分为两部分：第一部分是关于爱尔兰文艺复兴戏剧诸位作家及其作品的评介，即以《爱尔兰近代剧概论》为题，第二部分是田汉翻译自日本学者野口米次郎《爱尔兰情调》一书中的一节，题为《爱尔兰文学之回顾》。两部分内容合题为《爱尔兰近代剧概论》。当然，从内容上来看，前者是绝对的主体(占 70 页之多)，后者属于附录性质(占近 10 页篇幅)。《爱尔兰近代剧概论》一共分为 6 章，分别是："爱尔兰之文艺复兴""威廉·易慈""格列歌梨夫人""约翰·密陵顿·沁孤""檀塞尼爵士"和"鲁滨孙与霭云"。值得注意的是，该书编排体例虽然是按照章节的样式，但没有出现"章、节"的字样，例如第一章题目就直接是"第一 爱尔兰之文艺复兴"。

由第一章的题目及内容，结合田汉在通信中的论述可知，田汉对爱尔兰文艺复兴运动是相当熟悉的。该章第一节的标题是"克尔特文学之特性"，"克尔特"即 Celt，今通译为"凯尔特"。[①] 在这一节的开端，田汉即指出爱尔兰与英格兰在人情、风俗方面的差异，第一点就是人种的不同。爱尔兰人是

[①] 田汉：《爱尔兰近代剧概论》，上海：东南书店，1929 年，第 1 页。在人名、地名等专有名词方面，本书在引述田汉译文本身时，使用其译文，在其他一般性论述时，使用现今通行的译法。

布列顿人的后裔，而布列顿人又属于更大范围的克尔特族，爱尔兰人原本是"旧教徒"，即相对欧洲宗教改革之后形成的基督教新教而言的天主教徒。田汉指出，在诺曼征服之后爱尔兰即逐渐为英格兰所占领，但爱尔兰人在17世纪中叶的反抗为克朗威尔（即通译之"克伦威尔"）所镇压，从此之后，爱尔兰人遭受到"英人各种暴虐与压制"。田汉特意掂出19世纪的爱尔兰自治运动，认为这些运动自格兰斯顿时代起，至第一次世界大战期间，一直不绝如缕，直到"爱尔兰自由国"的成立。①

在简略梳理爱尔兰历史之后，田汉重点论述了爱尔兰人的"放浪欲"（Wander Lust）。按照田汉的理解，爱尔兰人的祖先凯尔特人原本定居在不列颠岛②，后来被英格兰人的祖先盎格鲁-撒克逊人（Anglo-Saxons）驱逐来到爱尔兰，因此爱尔兰并非他们的故乡，而是"流谪之地"③。如此爱尔兰人总有一种扎根于民族意识之中的"乡愁"的心绪，即"放浪欲"，而为"放浪欲"所驱赶的人经常又是漂泊者、流浪者，他们经常出现在爱尔兰戏剧中。田汉认为，爱尔兰文化中的"放浪欲"以及爱尔兰戏剧中漂泊者的形象，是贯穿爱尔兰近代戏剧的核心概念和形象，这一点可以说是田汉对于爱尔兰文学的独特

---

①　格兰斯顿即 William Gladstone（1809—1898），曾四次担任英国首相（1868—1874，1880—1885，1886，1892—1894），他与对手、另一位风云人物迪斯累利（Benjamin Disraeli，1804—1881，1868 年及 1874—1880 年两度出任首相）执掌英国国政达 30 年之久。格兰斯顿在位期间，主张进行大量改革，其中与爱尔兰有关的是，他主张大英帝国内的各个成员国应自我管理，尤其赞成爱尔兰自治（Home Rule）。"爱尔兰自由国"即 Irish Free State，今通译为"爱尔兰自由邦"。

②　"不列颠"一词的英文 Britain，即来自爱尔兰人的祖先布列吞人（Britons），而英格兰（England）一词来源于其祖先"盎格鲁人的土地"（Angles' land）。

③　田汉认为爱尔兰文学中经常出现"漂泊者"的形象，这是没有疑问的。但是田汉认为爱尔兰人并不以爱尔兰为自己的故乡，恐怕言过其实。爱尔兰文学中的这种"漂泊"意识，恐怕更多的来自近代历史上爱尔兰想要独立而不得的事实。自17世纪以来，爱尔兰逐渐成为英格兰的殖民地，这其中就有凯尔特语言文化的消失，叶芝早年与格雷戈里夫人等勤力收集爱尔兰民间传说，但叶芝本人基本不懂盖尔语。为了发出爱尔兰人自己的声音，为了能被世人所知，叶芝决定用英语进行创作，而用英语创作出来的这些作品反过来又为叶芝赢得了莫大的荣誉。这不可不谓是历史的"吊诡"（paradox）。因此，与其说是爱尔兰人因为被从不列颠驱逐而形成"漂泊"意识，不如说是因为凯尔特文化的消失而让叶芝这一类的文人无所适从而产生一种漂泊和疏离感。

而深刻的观察。1922 年，田汉创作出《乡愁》《咖啡店之一夜》《午饭之前》等四部剧作，其中前两部即充溢着浓厚的"漂泊者"意味，《乡愁》是三人组成的家中"漂泊者夜话"，而《咖啡店之一夜》则变成了店中"漂泊者夜话"。①

接着，田汉从"乡愁"概念引出"忧愁"，并引王尔德的句子"隔着泪雾来远眺世间"和尔朗的一句"微笑之中，每见泪光"，来说明爱尔兰文学中充满一种"温馨的忧郁"，因为爱尔兰人至今依然没有忘记那"漂泊与沦落之苦"。乡愁也好，忧愁也罢，田汉认为这是爱尔兰人的祖先"屡经败挫超山越野漂泊穷途的余韵"②。这种"乡愁"也是一种"哀愁"，不仅是悲剧，爱尔兰喜剧中也多有隐含，即便是所谓滑稽剧(Farce，田汉译为"笑剧")也是如此。在这一部分论述的最后，田汉将日耳曼民族(英格兰人祖先盎格鲁-撒克逊人所在的大部落)与凯尔特民族作比较，认为前者"信仰理智万能以建设今日之哲学与科学"，而后者"诗中尊重直观与情绪"，这种"直观与情绪"能到达理性不能到达之处。这就是凯尔特精神的本质。从这一本质出发，田汉总结爱尔兰戏剧与欧陆、英国戏剧的不同，前者"不假繁琐的道理，而直迫人心的机微"，因为蔑视理智、重视"情绪和直观"，所以爱尔兰戏剧中常"缥缈着一种朦胧的轮廓"，如叶芝的戏剧《心愿之乡》。在此节最后，田汉总结说，凯尔特人的特性在于对"肉与物质"的蔑视，以及对"灵和精神"的珍视。

田汉对于凯尔特人特性、凯尔特精神以及爱尔兰戏剧的概括，可谓鞭辟入里、精细入微。这些特性和精神确实像一种"朦胧的轮廓"，笼罩在叶芝、辛格等人的戏剧中，成为这些爱尔兰作家的独特之处。而同样，在早期田汉的剧作中，也充溢着那样一种"朦胧的轮廓"，比如《梵峨嶙与蔷薇》《灵光》。

《爱尔兰近代剧概论》第一章第二节题为"过去之爱尔兰剧"，是田汉对于叶芝之前的爱尔兰戏剧的概论。田汉在开篇即指出，在近代英国剧坛中爱尔兰籍作家的数量相当多，如 18 世纪的斯蒂尔(Richard Steele)、哥尔斯密(Oliver Goldsmith)和谢里丹(Richard Brinsley Sheridan)，以及 19 世纪末的王

① 田本相、吴卫民、宋宝珍：《响当当一粒铜豌豆：田汉传》，上海：上海古籍出版社，2013 年，第 34-36 页。

② 田汉：《爱尔兰近代剧概论》，上海：东南书店，1929 年，第 2 页。

尔德与萧伯纳。但田汉敏锐地指出，这些作家虽然籍贯在爱尔兰，但除了萧伯纳的 *John Bull's Other Island*(《英国佬的另一个岛》)之外，没有一部戏剧是写爱尔兰生活的，没有爱尔兰意识，因此不能算爱尔兰戏剧。田汉进一步指出，爱尔兰人在英国戏剧中不被重视，但是在英国戏剧中却经常有一种典型的爱尔兰人形象：红发红面，嘴里衔着烟管，纵情饮酒，爱说俏皮话，喜欢吹牛，爱跟人吵架。[1] 但近代以来，随着民族意识的觉醒，爱尔兰人已经对那种"舞台上的爱尔兰"形象颇为不满，认为那是一种文化侮辱，而爱尔兰民族独立运动的兴起，催生了国民戏剧，这也才出现了"真正的爱尔兰戏剧家"。田汉在做这些概述时，并非一味直述，而是不时举出叶芝等人，以戏剧中的人物为例，做到逻辑清晰、例证确凿。

本章最后一节的标题是"由爱尔兰文艺剧院到爱尔兰国民剧场"。田汉先从莫斯科艺术剧院的兴起阐述爱尔兰文艺剧院成立的相似之处，并进一步概述欧洲当代戏剧的概况，认为从总体上看爱尔兰文艺剧院属于当时欧洲兴起的第二波小剧场运动，但情形比较复杂。田汉在此点出了爱尔兰文艺复兴戏剧运动产生的几个关键因素，首先是小剧场运动的兴起，其次是阿贝剧院的创建，再次是几次大的公演所造成的阵势，最终爱尔兰人有了自己的剧场，上演爱尔兰戏剧家创作的戏剧，描写爱尔兰人自己的生活，而演员也都是爱尔兰人，这就是爱尔兰文艺复兴戏剧运动的核心所在。田汉点出的上述几个关键因素，对田汉后来成立"南国社"有着直接的指导意义，首先是小剧场的需求(田汉等人在南国艺术学院成立第二天就以学院二楼的小厅作为剧场)，其次是剧院演出(田汉等人定期会借大一点的剧院演出)，再次是公演(田汉等人筹措了几次大的公演，形成轰动)。

总体来看，《爱尔兰近代剧概论》第一章总结了凯尔特文学的特质和精神，梳理了近代之前爱尔兰戏剧的简况，阐述了促成爱尔兰文艺复兴运动发生的关键因素，为后面单篇论述各位戏剧家及其作品做了较好的铺垫。

---

① 钱锺书在《围城》第一章中对 20 世纪初部分爱尔兰人的形象有过描述，可以参看(钱锺书：《围城》，北京：人民文学出版社，2012 年，第 10-11 页)。

《爱尔兰近代剧概论》第二章是叶芝专论(田汉译 Yeats 为"易慈")。在对叶芝生平稍作介绍之后，田汉指出叶芝早年以诗人闻名，在英语诗坛中"卓然自成一家"，其《乌辛漫游记》和《苇间风》卓有成就。但叶芝的志向并非只在诗歌写作，他对戏剧创作也表现出极大的热情。当代部分批评家认为叶芝是"二流戏剧家"，其诗歌才华盖过其戏剧才华，指出叶芝对于爱尔兰文艺复兴戏剧运动的贡献，主要在于阿贝剧院的经营和管理方面，以及对辛格等的发掘与提携上。针对这些批评，田汉别具只眼地指出，叶芝有自己独特的戏剧观念，叶芝反对欧洲自亚里士多德以来奉"动作"和"性格"为戏剧创作圭臬的观点，认为"情感"和"言语"才是戏剧的本质。田汉将叶芝的这种戏剧观视作欧洲戏剧的一个"异端"，指出叶芝的戏剧是"一 种 读 的 戏 曲 (Lesedrama)"①，其中包含了爱尔兰文学的精华，比如"放浪欲"和漂泊者形象。为此，田汉以叶芝《一无所有之处》(*Where There Is Nothing*)中主人公拉特列治为例②，为叶芝的戏剧观进行辩护。

接着，田汉简要分析了叶芝两部戏剧《迭亚多拉》(*Deidre*)和《沙漏》(*The Hour Glass*，田汉译为《沙表》)中的漂泊者形象，以及《阴翳的水域》中的"忧愁"意味。田汉认为这些剧中涌动着"爱尔兰特有的梦一般的情调与幻想"，是外国读者不能不感叹的美。之后田汉阐释了叶芝《心愿之乡》和《沙漏》中"单调的物质世界与自由的心灵世界的对比"，并总结道：仅有理智者，实为痴人；虽身为痴人，而不失其直观与信仰之力者，才是智者。③ 这种"直观和情感"的胜利，田汉认为在《国王的门槛》(*King's Threshold*)一剧中表现得更

---

① 田汉：《爱尔兰近代剧概论》，上海：东南书店，1929 年，第 13 页。

② *Where There Is Nothing* 由叶芝、格雷戈里夫人以及海德合写，发表于 1902 年 11 月 1 日的《统一爱尔兰人》报纸副刊，1904 年 6 月 26 日首演于伦敦皇室剧院。据叶芝向朋友的讲述，当时他和格雷戈里夫人等花了两个星期写完此剧，而且是为了"防止摩尔偷走他们的情节"。后来叶芝将此剧改写为《星星上的独角兽》(*The Unicorn from the Stars*)，叶芝曾说，该剧主要由格雷戈里夫人完成，但其中的主要精神却是叶芝式的(A. Norman Jeffares, *A Commentary on the Collected Plays of W. B. Yeats*, London：Palgrave Macmillan, 1968, p. 325)。

③ 田汉：《爱尔兰近代剧概论》，上海：东南书店，1929 年，第 18 页。

为明显,而叶芝显然使用了象征的手法来实现这一目的。这种对精神境界的尊重、对物质世界的蔑视,在《虚无之国》中也得到突出表现。上述几个戏剧,在田汉看来,是代表叶芝艺术水平的代表作,反而如以爱尔兰古代英雄库胡林为主角的《拜尔矶上》(即《倍勒沙滩》)、《青盔》(*The Green Helmet*)以及叶芝本人舞台效果最好的戏剧《嘉丝璘·尼·荷理韩》(即《凯瑟琳·尼·胡力罕》)都被田汉认为虽然以爱国主义为题材,但"思想自非深远"。

总体来看,田汉肯定了叶芝在爱尔兰文艺复兴戏剧运动中先驱者的作用,认为他创造了重要的舞台,为其他戏剧家的创作和演出做了铺垫,"使爱尔兰之艺圃肥沃适于各花之生长"。田汉主要从思想性和艺术性的角度来评价叶芝戏剧,他对叶芝曾引起轰动的几部爱国戏剧并不看好,但对叶芝早期的几部戏剧如《虚无之国》却持充分认可的态度。对叶芝戏剧中展现的"凯尔特精神"也即"灵和精神"的看重,体现了田汉别具只眼的文艺批评功力。

在爱尔兰文艺复兴戏剧运动三位主要的戏剧家中,田汉论述格雷戈里夫人的篇幅最少(田汉译为"格列歌梨夫人")。在第三章开端,田汉极其简略地叙述了格雷戈里夫人之生平,指出其早年兴趣不在戏剧而在搜集爱尔兰民间传说,这些传说后来直接被改编,产生重大影响。与叶芝、辛格不同,格雷戈里夫人是懂盖尔语的,夫人上演的第一部戏剧是《二十五》(*Twenty Five*,1902)。田汉指出,格雷戈里夫人主要写作喜剧,代表作有《散布消息》(即《谣传》)、《乌鸦》(*Jackdaw*)等,以戏剧性的情节描写爱尔兰百姓生活,田汉将其视之为描写"百犬吠声的群众心理"[1]。《海辛斯·哈尔维》(*Hyncinth Halvey*)和《满月》(*The Full Moon*)延续了上述两剧的角色,但题材有所不同,尤其是后者,田汉认为格雷戈里夫人选择了一个难写的题材。

接着田汉论述了与上述几部喜剧格调有所不同的戏剧,如爱国主义戏剧《月出》,充满"哀情"的《马克东那之妻》(*Macdonough's Wife*),成功营造惨淡气氛的《牢狱之门》(即《狱门》)。除此之外,田汉还列举了格雷戈里夫人所作的几部"民众史剧",包括以伊丽莎白一世时代为背景的《卡纳法斯》(*The*

---

① 田汉:《爱尔兰近代剧概论》,上海:东南书店,1929年,第25页。

Canavas)、《钦珂拉》(Kincora)、《格累尼亚》(Grania)等。这些"民众史剧"大多依据历史背景，以独幕剧的形式书写国王或女王的故事。值得注意的是，这些剧大多以女王为角色，这可以说是格雷戈里夫人戏剧较为独特之处。田汉还评论了格雷戈里夫人的两部童话剧——《金苹果》(The Golden Apple)和《旅人》(The Traveling Man)，他认为前者远不如后者"朴素而富于魔力"①。

总体来看，田汉在格雷戈里夫人一章中并未探讨其艺术性，较少谈及其思想性，主要论述的是其戏剧的基本情节。这与格雷戈里夫人戏剧本身重情节发展、期待读者易懂有关。在阿贝剧院上演的这些戏剧中，叶芝的戏剧有时主题和思想过于深刻，观众难以理解，辛格的戏剧在揭示社会矛盾时又过于"露骨"，容易冒犯观众，而格雷戈里夫人的喜剧起到了调和的作用。田汉认为格雷戈里夫人后期的戏剧愈发难懂，但思想并未加深。他肯定格雷戈里夫人在戏剧方面的主要成就还是其早年的七部戏剧，格氏以女性作家身份，写作如此之多的戏剧，在以叶芝、辛格等男性为主导的戏剧运动中堪称一方"奇景"。尤为重要的是格雷戈里夫人将新喜剧带入爱尔兰，在用语与技巧方面，给后来的剧作家以重大影响，人们应当对其致以崇高的敬意。在此章的最后，田汉指出叶芝和格雷戈里夫人只不过是爱尔兰文艺复兴戏剧运动的前奏，真正的顶峰是辛格，他才是这场戏剧运动中的"大的天才"。

无论就篇幅，还是论述的深度而言，在《爱尔兰近代剧概论》中田汉对辛格的译介是最丰富、最深刻的(田汉译 Synge 为"沁孤"②)。在第四章开端田汉简括辛格生平之后，重点写叶芝与辛格在巴黎的会面，叶芝告诫辛格要逃离世纪末萦绕在巴黎的那种"颓废气氛"，到爱尔兰西部阿兰群岛去，"到土

---

① 田汉：《爱尔兰近代剧概论》，上海：东南书店，1929 年，第 29 页。

② 到底是谁将 Synge 最早译为"沁孤"，就笔者资料搜索所及，还未有完全的结论。从笔者已有资料推断，应该是郭沫若。田汉在 1920 年写给郭沫若的长信中介绍 Synge 使用的是英文原文，郭沫若 1923 年首次阅读辛格作品时给田汉信中写成"沁孤"，1925 年翻译出版《约翰沁孤的戏曲集》时写的《译后》说自己是按照爱尔兰方言发音来翻译 Synge，而田汉翻译辛格作品是 1928 年。因此极有可能是郭沫若最先译为"沁孤"。

民中去，写那些从不曾被人家写过的生活"①。辛格听从了叶芝的建议，后来写出《阿兰群岛》等散文游记，而他的大部分戏剧也以爱尔兰西部乡村和岛屿为背景。

田汉最先评介辛格的《谷中的暗影》，该剧写年迈农民康巴克装死，来试探年轻妻子诺拉是否对自己忠诚，诺拉本来拟去找年轻情人迈克尔，却不知迈克尔胆怯怕事，诺拉最终与来投宿的流浪者逃奔而走。田汉认为《谷中的暗影》中诺拉的出走与易卜生戏剧中娜拉的出走不一样，诺拉是内心涌动着"放浪欲和漂泊念头"的浪漫姑娘，也就是凯尔特文化精神的象征，而娜拉只不过是易卜生展示的社会问题主角。关于《谷中的暗影》上演之后受到的攻击，田汉为其辩护，指出在题材上《谷中的暗影》完全来自辛格的西部游历经历，而整部戏剧中流动着的"那山谷的阴气和美妙的诗歌"则全然来自辛格的天才创作。

接着田汉评论了辛格的《骑马下海的人们》。该剧讲述了阿伦岛渔民穆利亚老人遭遇丈夫与五个孩子在海中遇难，最小的儿子也不听她的劝告，执意骑马去赶海，最终被大海吞噬的悲剧故事。如果说《谷中的暗影》是"山的戏剧"，那么《骑马下海的人们》就是"海的戏剧"，与《谷中的暗影》不同，《骑马下海的人们》演出后博得众人好评。田汉认为获得好评的主要原因是戏剧中表现了"人类与自然的争斗"这样一个普遍的主题，因为类似的失去亲人的渔村女人的悲哀，无论在哪个海岸都是可以看到的。田汉特意指出，《骑马下海的人们》的主角不是穆利亚老人和孩子们，而是那大海，在大海面前，人变得渺小，由失去亲人而生出对"死亡"的思索。田汉认为该剧有古希腊悲剧的气氛，令人想起《俄狄浦斯王》《阿伽门农》等。戏剧最后表现的人类无法反抗天命的观点，在田汉看来是一种大悲痛之后的"乐天安命"，是一种与"胜利的悲哀"相对的"败北的庄严"，② 而这种庄严才是一切悲剧的精华。

田汉认为《补锅匠的婚礼》是辛格戏剧中最糟糕的一部。该剧主要写补锅

---

① 田汉：《爱尔兰近代剧概论》，上海：东南书店，1929 年，第 32 页。
② 田汉：《爱尔兰近代剧概论》，上海：东南书店，1929 年，第 36 页。

匠迈克尔和妻子萨拉同居多年，但未曾举行婚礼，当他们决定在教堂补办婚礼并请牧师主持时，却遭到牧师刁难，一气之下夫妻俩把牧师装进了布袋里，并决意不再在教堂补办婚礼。田汉认为这部剧不过是《骑马下海的人们》和《圣泉》之间的过渡，有些"历史的兴味"。田汉对《补锅匠的婚礼》的看法有一定道理，比如情节较为随意，但实际上这部戏剧在辛格戏剧中是较为独特的一部，在看似随意的情节背后，展露的是爱尔兰民间天主教消极的一面，即普通百姓在日常生活之外，还有来自宗教无形的压力。如本书绪论所述，爱尔兰历史上以天主教为主，后来随着诺曼人的入侵等一系列历史事件的发生，新教逐渐在北部扎根，而在广大的爱尔兰民间，近代以来天主教逐渐式微，但作为爱尔兰统治阶层的一部分，教会依然有着巨大的影响力。因此，由于担心此剧的上演会引来天主教徒的不满，所以该剧一直到辛格去世之后才在伦敦上演。

在这之后，田汉较为详细地论述了《圣泉》（*The Well of the Saints*）。该剧写一对盲人夫妻，过着自在的生活，偶然得到圣人泼洒圣水，得以重见天日，却发现现实世界丑陋无比，而夫妻俩看见对方也是丑陋不堪，因此两人泼掉圣水，决意再次回到美好的幻想世界中去。田汉认为此剧体现了欧洲传统戏剧中强调"事实和动作"观念的对立，是一种对于"事实专制的反抗"，而且再次展现了凯尔特精神的特质，那就是"肉眼所见的现实世界，比起映在想像的心眼中的物象实在差的太远"①。田汉认为《西方世界的花花公子》是辛格最伟大的杰作，其中也反映了"对事实专制的反抗"。该剧以爱尔兰西部海滨渔村为背景，写青年克里斯蒂来到渔村酒馆，声称自己杀死了专制的父亲，被众人视为英雄，且得到酒馆主人女儿的好感。但不久，克里斯蒂的父亲现身酒店，年轻人的谎言不攻自破，在感觉羞愧的同时，克里斯蒂也觉得自己得到了思想上的解放。田汉对此剧的评论以一句"爱尔兰人始终是活在空想世界的人"结束。辛格最后的作品是《戴尔德拉的忧患》。该剧取材于爱尔兰古代传说，在辛格之前叶芝和拉塞尔等人也写过，但田汉认为辛格的特

---

① 田汉：《爱尔兰近代剧概论》，上海：东南书店，1929年，第38页。

色是将该剧写成一种"民众史剧"，其主人公是"有血有肉的"人物，而不仅仅是"绝美的罗曼司"。田汉将《戴尔德拉的忧患》与格雷戈里夫人的《格累尼亚》相比较，认为在"用语的流利与人性的深刻"方面，前者比后者要高明得多。田汉认为此剧是"赞美青春之不朽"[1]，因为在凯尔特文化传统中，总有一个"青春之国"，那是叶芝、辛格等人在戏剧中孜孜以求的精神家园，也只有真正的爱尔兰作家才有这样的一种追求。[2]

　　值得注意的是，在论述完三位主要的爱尔兰文艺复兴戏剧家之后，田汉还用了十余页的篇幅评介了另外三位作家：檀塞尼爵士（即唐萨尼）、鲁滨孙（Lennox Robinson）和霭云（St. John Ervine）。[3] 田汉指出檀塞尼爵士出身贵族之家，早年以短篇作品闻名，后来接触到爱尔兰文艺复兴戏剧运动。檀塞尼爵士善于设置结构与会话，这一点与辛格接近，但田汉认为在艺术的境界方面，檀塞尼爵士不如辛格，没有辛格戏剧的那种弹性。与其他爱尔兰作家取材爱尔兰传说、爱尔兰民间生活不同，檀塞尼爵士多写异域之神，其剧作的韵律与语言相当精美。当然，檀塞尼也有写实的作品如《丢失的礼帽》《荣誉与诗人》（*Fame and the Poet*），在这些戏剧中作者运用了巧妙的"意外"机制，好比欧·亨利小说那种意外的结局。田汉将檀塞尼爵士归为辛格去世之后的第二期作家，而之前那以上演爱尔兰本土剧闻名、为爱尔兰近代戏剧"吐万

---

① 田汉：《爱尔兰近代剧概论》，上海：东南书店，1929 年，第 41 页。

② 田汉在《爱尔兰近代剧概论》中对辛格其人其作的介绍，可能是中国现代文学翻译史上最为全面的。此外，《南大半月刊》第 8-9 期合刊（1933 年 12 月 31 日），载有《辛基（J. M. Synge）》一文，作者为周寿民。该文也是一篇较为详细介绍辛格及其作品的文章。作者首先简要勾勒爱尔兰的历史、近代戏剧复兴的发生，接着重点介绍辛格的生平与作品，篇幅最长的是关于《西方的健儿》一剧，并逐一评论。最后，作者从语言、人物描写、动作、戏剧结构等方面对辛格作品做了总评，认为其"将实有的事实，再加上他的艺术手腕，便成功了美妙的艺术品"。与上文所引相同，此"南大"即南开大学，周寿民（1911—1960）是南开大学英文系 1934 年第十二届毕业生，同学中有巩思文，晚两级的有李惠苓。周寿民后来赴哥伦比亚大学攻读，1937 年获经济学硕士，回国后在中国银行任职。

③ 此三位戏剧家的名字，现今分别通译为唐萨尼爵士、鲁滨逊和厄文。如前所述，在一般性论述中笔者使用现今通用译名，但如果是引述田汉等在自身著作中的文字，则依原译名。

丈气焰"的阿贝剧院作家们①，至 20 世纪 20 年代已日趋没落。这时候能够代表爱尔兰戏剧的作家是鲁滨孙和霭云，前者的代表作《失掉了的首领》(*The Lost Leader*)写近代爱尔兰民族自治领袖帕内尔，田汉敏锐地指出鲁滨孙的这部剧中加入了弗洛伊德的精神分析学。与都柏林的阿贝剧院不同，在贝尔法斯特形成了以阿尔斯特剧院为中心的一批作家，代表人物是霭云，他写过不少乡土剧，其《混合婚姻》(*Mixed Marriage*)写基督教旧教(天主教)与新教之间的关系，算是较为可观的作品。田汉也提到了霭云的"煽情剧"(Melo drama)《任性的美莉》(*Mary，Mary，Quite Contrary*)和《白尔蒙的淑女》(*The Lady of Belmount*)，前者写本土生活，后者是对莎翁戏剧《威尼斯商人》的戏仿，田汉认为两者都是迎合社会风气的作品，不能算是其代表作。

在《爱尔兰近代剧概论》最后，田汉总结道，如果将爱尔兰文艺复兴戏剧运动放在欧美新剧发展史的大范畴来考察，这一运动是小剧场运动逐渐消失、大剧场运动逐渐兴起的中间段。田汉指出叶芝的诗剧和辛格的戏剧适宜于小剧院演出，演员如果忘掉一句台词，念错一句调子，都会影响舞台效果。而之后的罗宾逊、霭云等人的作品近于"美乐剧"(即之前所谓的"煽情剧")，因为结构宏大，加之这些作家的戏剧地方色彩薄弱，主题较为普遍，因此适合大剧场演出。最后田汉引用叶芝《心愿之乡》中的三句原文台词作为结尾：

Yet I could make you ride upon the winds，

Run on the top of the dishevelled tide，

And dance upon the mountains like a flame.②

田汉此处引用的这三句原文，其实在论叶芝的那一章中有过翻译：

---

① 田汉：《爱尔兰近代剧概论》，上海：东南书店，1929 年，第 54 页。

② 田汉：《爱尔兰近代剧概论》，上海：东南书店，1929 年，第 67 页。

我想和你们一道乘风。

我想走在那汹涌的波涛上。

我想狂舞山头像火焰儿一样。①

从最后这段选文来看，田汉在《爱尔兰近代剧概论》中对爱尔兰文艺复兴戏剧所作的评介，其实是以艺术性为准绳的。虽然评介辛格的篇幅最多，但在简述剧情之后，田汉讨论的还是辛格戏剧中展现的那种凯尔特精神。叶芝自不必说，虽然以抒情诗人闻名，但田汉不仅肯定了叶芝的戏剧成就，更重要的是赞扬了其戏剧中对"灵和精神世界"的推崇。田汉将辛格的去世视为爱尔兰近代戏剧发展的一个分界点，从篇幅的长度和论述的深度来看，无疑叶芝、格雷戈里夫人和辛格是重点，而第二阶段的檀塞尼等人只是巨人影响下的余音而已。田汉的这一看法，从近百年后的今天看来，依然极富洞察力，因为从今天的爱尔兰文学史来看，除檀塞尼外，鲁滨孙、霭云等作家早已被人遗忘。因此，田汉将叶芝等人视为爱尔兰文艺复兴戏剧的正宗，可谓眼光独到，这是田汉译介的第一个重大贡献。

田汉在《爱尔兰近代剧概论》中对爱尔兰文艺复兴戏剧的概述，除了肯定叶芝等人的主流作用外，另外一大贡献是阐明了凯尔特文化精神的实质。田汉在评介叶芝《心愿之乡》这一部戏剧时，指出其中涌动着"爱尔兰特有的梦一般的情调与幻想"，确实是切中肯綮。叶芝在其早期和中期的大部分作品中，都流溢着这种梦一般的"情调与幻想"，这种"情调与幻想"用叶芝的话就是"凯尔特曙光"（原文为 The Celtic Twilight）。Twilight 一词指日出前或日落后那朦胧细微的光芒，因此既可以指曙光，也可以指薄暮。② 无论是曙光，还是薄暮，都是凯尔特人独有的存在于幽谷深林、郁

---

① 田汉：《爱尔兰近代剧概论》，上海：东南书店，1929 年，第 16 页。

② 国内关于叶芝这部散文集，有两种流行的翻译《凯尔特的薄暮》和《凯尔特的曙光》（[爱尔兰]威廉·巴特勒·叶芝：《凯尔特的薄暮》（双语读库），王碧滢译，北京：外语教学与研究出版社，2010 年；[爱尔兰]叶芝：《凯尔特的曙光》，徐天辰、潘攀译，南京：江苏文艺出版社，2013 年）。后者不仅包括《凯尔特的曙光》，还包括叶芝自传的前三部。

郁丘陵间神秘的气氛。在《阴翳的水域》中，叶芝称那是"曙风微吹的牧场"，那是全然纯粹的自由的心灵世界。这种纯粹的自由的心灵世界，是以欧陆日耳曼文化为代表的理想主义所缺乏的。而在这自由的心灵世界的追求过程中，便出现了漂泊者与流浪者，他们心心念念的那"牧场"，便是"青春之国"，其中有长青的生命树，枝头有不死鸟在歌唱，没有悲哀与衰老，那是沐浴永恒青春荣光的国度。① 这个国度在辛格的戏剧中也不时出现，比如《谷中的暗影》中诺拉梦想的世界，《圣泉》中盲人夫妻俩的幻想的世界。

此外，田汉撰写《爱尔兰近代剧概论》的另一个主要贡献是全面介绍爱尔兰文艺复兴戏剧运动。爱尔兰文艺复兴运动是伴随 19 世纪爱尔兰民族独立运动而兴起的，这一运动大致可以分为两部分，即海德博士等人倡导的盖尔语文化复兴运动，以及叶芝等人发起的爱尔兰文艺复兴运动。从当时的欧洲范围来看，人们谈论的主要是叶芝等人发起的运动，因为毕竟欧洲大陆以及英国读者极少能有懂盖尔语的。叶芝等人虽然用英语进行创作，但是他们创作的作品是真正的爱尔兰作品（虽然在格里菲斯等民族主义者看来，叶芝等人的作品不能代表爱尔兰），因为他们不仅写作爱尔兰题材，更重要的是其中流溢着凯尔特精神。与海德博士等民族主义者不同，叶芝等在文学创作中还表现出高度的艺术追求的自觉，即便这些自觉在叶芝等人的后期作品中过于强烈而不为观众所理解。因此，以英语（纵然是爱尔兰方言英语）为载体的叶芝等人的作品在当代广为认知，其影响也波及了东方。通过英语原文也好，还是通过日文译本也好，田汉、郭沫若等现代中国留学生毕竟对这一运动以及运动中代表人物的作品有了认知和理解。尤其是田汉，自留学开始便立定以戏剧家为志业，对爱尔兰文艺复兴戏剧更是熟稔于心，经过酝酿出之笔端实在是水到渠成之事。如上所述，田汉

---

① "青春之国"，又称"另外的世界"（the other world），还有其他许多名称。参看 Sabine Heinz, *Celtic Symbols*, New York：Sterling Publishing Company, Inc., 1999, pp. 277-284；欧光安：《借鉴与融合：叶芝诗学思想研究》，天津：南开大学出版社，2017 年，第 80-81 页。

不仅评介了叶芝等主流爱尔兰文艺复兴戏剧作家，还评介了檀塞尼爵士等边缘作家，这在当时更是少见的评介。

当然，因为有了"艺术性"这个先入为主的角度，田汉在《爱尔兰近代剧概论》中的评介也有一定的局限，主要体现在对爱尔兰复杂宗教关系以及复杂土地制度变化的忽略。要了解爱尔兰文艺复兴戏剧，绕开天主教与新教关系以及爱尔兰近代以来的土地制度变化是不完整的。近代以前，大多数爱尔兰百姓信仰天主教，随着诺曼人的入侵、克伦威尔镇压等历史事件的发生，北部地区的新移民大多信仰新教，而土地制度也随之发生重大变化。越来越多的土地被入侵者和新移民所拥有，他们也逐渐成为近代爱尔兰历史上的统治者，他们有一个专门的名称叫"优势阶层"（Ascendency）。他们不仅包括有产业的地主、贵族，还包括教会、牧师等。随着近代反抗斗争的爆发，新教和旧教关系日益复杂，而广大的百姓以天主教人士居多，为此像辛格《补锅匠的婚礼》这样的戏剧，虽然栩栩如生地描写了下层人民的生活，但还是会担心触犯天主教人士，因此在辛格生前并未上演。在《圣泉》里面，作者对那位智者也是多有讽刺，说是智者，也是牧师。而爱尔兰西部地区特有的山谷，确实有一种荒凉的感觉，尤其是在下雨天，因为人烟本来就稀少，而如果终日在家中看着满是阴影的峡谷，对自由的向往就会更加增强许多，这也是《谷中的暗影》里的诺拉为何笃定要与流浪者出走的原因之一。叶芝虽然较少直接涉及新教、旧教之争（比较有争议的是《凯瑟琳女伯爵》一剧），但在《心愿之乡》《阴翳的水域》等剧中，表现了强烈的土地变化意识，那些美丽的国度、幻影的海洋，是那"不朽不灭"的爱之所在，向往越深，就越反衬出原来的土地的珍稀与可贵。这一点与叶芝在《因尼斯弗里岛》等诗中表现的土地意识是一致的。

《爱尔兰近代剧概论》除主体之外，还附录有一篇译文，题为《爱尔兰文学之回顾》，由田汉译自日本学者野口米次郎的著作《爱尔兰情调》。这一节译文主要阐述了爱尔兰文学运动与英国新诗之比较、爱尔兰人的迷信、近代爱尔兰文学运动（即爱尔兰文艺复兴运动）的兴起、叶芝和拉塞尔文学特点的异同等内容，不时穿插着作者友人卡岑士（Cousins）的观点和看法，也时而穿插着作者本人将爱尔兰人民的性格和爱尔兰文学与日本人民的性格和日本文学进行比较的议论。野口米次郎在该节论述的独特之处在于主要论述爱尔兰文学运动中的诗歌，而且将这一运动分为叶芝派和A. E. 派（即乔治·拉塞尔），叶芝一类诗人属于悲观派，重视内在的灵与美，而 A. E. 一类诗人则是乐天派，重视"体验告白的现实"①。田汉翻译这篇文章的目的，一方面是为了给爱尔兰文艺复兴运动提供一个更为详细的背景介绍，另一方面也是将其与自己的论述相比照（田汉主要论述爱尔兰文艺复兴戏剧，野口米次郎主要论述诗人和诗派）。从翻译的角度看，田汉的这篇译文也基本以直译为主，如开篇的两句"开了的花到时候是要谢的。这种可悲的自然法则，我从文学上也看了出来"，但也不时流露出过于依循原文语法、语序的痕迹，如"二十余年五彩霓虹似的横在英国诗坛之空的所谓爱尔兰文学运动""我决心回国之后于反对英国人之先当对本国人为文学的挑战"。除此之外，田汉还使用浅近的文言进行迻译，如"遥想故交转多伤心之感""前者不离物境，而观内心，后者咏歌爱国而谈永恒"。②

---

① 田汉：《爱尔兰近代剧概论》，上海：东南书店，1929 年，第 78 页。

② 无独有偶，鲁迅也于 1929 年翻译了野口米次郎的同一篇文章，题目也叫《爱尔兰文学之回顾》，发表在当年《奔流》月刊的第 2 卷第 2 期。与田汉的译文相比较，鲁迅也采用直译方法，但较少过于依循原文语法、语序的痕迹。例如开篇的两句，鲁迅译为"倘是开了的花，时候一到，就要凋零的罢。我在文学上，也看见这伤心的自然的法则"。上文中田汉过于依循原文语法、语序的句子，鲁迅分别译为"二十几年前始在英诗界的太空，大大地横画了彩虹的所谓爱尔兰文学运动，现在也消泯无迹了"，"我愤怒了，我于是回国，决心于反对英格兰人之前，先应该向自己的国人作文学底挑战"。有些地方，田汉的译文与鲁迅的译文几乎相同，如上文田汉用文言翻译那两句，鲁迅的译文是"遥想起他，转多伤心之感了"，"前者趋向外面而凝眺内心，后者则歌爱国而说永远"。总体而言，田汉译文以直译为主，有硬译的痕迹，鲁迅译文以直译为主，语气畅通，且信息量更多。此外，田汉译文中原文人名大多译为汉语，而鲁迅译文中则几乎全部使用原文人名，如"约略地大别为 A. E. 派和 Yeats 派"。鲁迅还对年份、作品等知识点做了注释。

第二节　田汉对辛格戏剧的译介

——以《骑马下海的人们》为中心

田汉在跟随舅父易象到达日本之后，考入东京高等师范学校，入文学第三部(外语系)学习英文，也就是说田汉大学期间的专业为英文。但由于身在日本，田汉要花不少时间来学习日语。有意思的是，无论是田汉自己的回忆录，还是郭沫若等留日学生好友的通信和回忆录，都极少谈到田汉自己在学校的课程和学习。实际情况是，学校的课程设置以及教科书已不能完全满足田汉对知识的需求，他的学问主要来自"自修"，他"阅读了大量英文版和日文版的文学艺术和社会科学的书籍，又及时从日本各种报刊上获得大量最新信息"①。通过学校的正规学习和自己勤奋刻苦的自修，田汉的英文和日文水平提升很快，这从他和郭沫若、宗白华通信中大段引用英语原文可以看出来。当然，作为英文专业的学生，一般要选修第二外语甚至第三外语，从田汉的翻译和写作来看，他的法文和德文也达到了一定的水平。就田汉生平所作翻译来看，他翻译的主要外语原文文献是英文和日文。以戏剧而论，在近20部外国戏剧译文中，一半是日文戏剧，剩余的一半基本是田汉依据英语原文进行翻译，即便像比利时作家梅特林克的《檀泰琪儿之死》以及奥地利作家施尼滋拉的《最后的假面》，虽然前者原文是法语，后者原文是德语，田汉也是以英译本为主要依据进行翻译。在英语作家中，田汉翻译了英国作家莎士比亚的《哈孟雷特》和《罗密欧与朱丽叶》、爱尔兰作家王尔德的《莎乐美》和辛格的《骑马下海的人们》。

田汉接触爱尔兰文艺复兴作家的作品比较早。在上文中我们已经指出，在1920年3月写给郭沫若的长信中，他已经向后者详细介绍叶芝、辛格和格雷戈里夫人的剧作名称了。1921年10月23日，在访友回家途中，田汉借钱买到《约翰·辛格戏剧集》，他后来在日记中这么写：

---

① 董健：《田汉传》，北京：北京十月文艺出版社，1996年，第83页。

　　　　书为英国薄命作家 John M. Synge 的剧曲集，中有 *Riders to the Sea*
一篇，近世一幕剧中的名作。因此我特别要买他哩。①

　　由这一段可知，田汉对辛格的戏剧是较为熟悉的，尤其是《骑马下海
的人们》，被其视为近代独幕剧中的名作。3 天后（10 月 26 日），田汉用一
上午的时间读完《骑马下海的人们》，并准备着手翻译（"拟费数日力译之，
拟其名为《入海之群骑》"），因即将准备回国而放弃。回国之后，从创办
《南国月刊》到筹建南国社，以及创立南国艺术学院以及学院的小剧场，田
汉一边创作戏剧，一边翻译和介绍国外的戏剧。1928 年 2 月 24 日，南国
艺术学院开学，学生中有陈白尘、左明等一大批志在发展文艺的青年。学
院分文学、绘画和戏剧三科，文学科主要由田汉、郁达夫和徐志摩等人指
导，绘画科主要由徐悲鸿主持，而戏剧科则主要由欧阳予倩、洪深和赵太
侔等人主持②。25 日，田汉等人在学院二楼"以一夜之功建设了一个小剧
场"，虽然空间不大，但是他们觉得很有意义，田汉的朋友们如孙师毅、
学生如左明都"想在这小的园地上栽出一朵大大的花来"③。田汉等人对于
这个小剧场以及小剧场演出带来的效果，是有很大的期待的，他们希望能
像阿贝剧院那样在爱尔兰文艺复兴和民族复兴运动中发挥重要的影响。而
要发挥这种影响，最直接的工作就是组织公演。

　　南国艺术学院小剧场第一次公演的剧目由孙师毅排定，分别是《未完
成之杰作》（独幕剧）、《骑马下海的人们》（独幕剧）、《檀泰琪儿之死》（五
幕剧）。《未完成之杰作》是英国戏剧家兼演员斯蒂芬·菲利普斯（Stephen
Philips，1864—1915）的作品，由孙师毅于 1927 年 12 月底改译并导演。
《骑马下海的人们》即辛格的 *Riders to the Sea*；《檀泰琪儿之死》即梅特林克

---

　　①　田汉：《蔷薇之路》（第三版），上海：泰东图书局，1926 年，第 62 页。
　　②　郁达夫之前主要在创造社，赵太侔之前则是"国剧运动"主将之一，参见上一
章"国剧运动"相关论述。
　　③　《檀泰琪儿之死》，田汉译，上海：现代书局，1929 年，《序》第 1 页。

的 *La Mort de Tintagere*。因为《未完成之杰作》已经由孙师毅改译，因此后两部作品便由田汉来翻译。之所以选定这三部剧目，是因为他们想凭借南国艺术学院的小剧场"先提一提人生之大纲"，即先提出几个与人生相关的大方向的戏剧，比如《未完成之杰作》写"善与恶之争斗"，《骑马下海的人们》写"人与自然之争斗"，而《檀泰琪儿之死》写"生与死之争斗"。① 本来他们还想加入高尔斯华绥的《争斗》(*Strife*)，但是因为觉得舞台不够大而作罢。②

在《檀泰琪儿之死》一书的《序》中，田汉指出《骑马下海的人们》和《檀泰琪儿之死》之前已经经人翻译过，但他们发现学生在排演时，译文诘屈聱牙，"苦于念不上口"，因此田汉决定重译这两部作品。③ 田汉在南国艺术学院开学后第二天开始翻译《骑马下海的人们》，不久即完成译稿。遗憾的是，该剧虽然出现在第一次公演的剧目中，但最终没有得以演出，原因是找不到合适的演员来扮演剧中的主人公穆利亚老人。后来左明自告奋勇演出这一老人的角色，但又因为服装问题而作罢。其实"服装风波"不仅仅是表面上的问题(即服装合不合适)，而是涉及田汉对于该剧的翻译以及道具的选择。田汉认为，既然演出爱尔兰西部岛屿渔民的戏剧，那就要按照当地人的服装样式来装扮和布置布景，这与田汉秉持的翻译观念一致：

因为我是**主张翻译而不是翻案 Adaptation 的**，何况爱尔兰的戏而不能多少表出 Irish mood 即爱尔兰的地方色是没有意思的。④

---

① 《檀泰琪儿之死》，田汉译，上海：现代书局，1929 年，《序》第 1-2 页。

② 郭沫若曾于 1926 年至 1927 年连续翻译了高尔斯华斯的三个剧本：《争斗》、《法网》(*Justice*)和《银匣》(*The Silver Box*)。

③ 郭沫若 1925 年 5 月 26 日即翻译完成辛格的全部戏剧，其中就有《骑马下海的人》，该译作 1926 年 2 月由上海商务印书馆出版。详见下一章郭沫若译作专论。1919 年 10 月 15 日，茅盾(沈雁冰)翻译的《丁泰琪的死》发表于《解放与改造》第 1 卷第 4 期，《丁泰琪的死》即《檀泰琪儿之死》，茅盾依据 Alfred Sutro 的英译本进行翻译。

④ 《檀泰琪儿之死》，田汉译，上海：现代书局，1929 年，《序》第 3 页。

Adaptation 指的是改变某事物以适应新的形式或新的用法，即改变原来事物的一些方面来适应新的形势或者环境，就翻译来说，就是要改变原文的一些方面来适应目的语的环境和形式。该词语在当时的特定语境中被译为"翻案"，从某个角度而言，近似于后来所说的"归化"译法（domestication），而与之相对的"翻译"，在当时的语境中即指直译，或者说是完全的直译。关于翻译是"翻译"还是"翻案"，在 20 世纪 20 年代有过激烈的争论①，而显然田汉是主张直译的。那么他是不是真的就是这样实践的呢？

首先，我们来看田汉对辛格这部戏剧名字的处理。该剧题目原文为 *Riders to the Sea*，比田汉早三年翻译辛格戏剧的郭沫若将其译为《骑马下海的人》，田汉的译文是《骑马下海的人们》，从原文 Riders 来看确实是复数，因此将 Riders 译为"人们"是更为忠实的直译。从译文的内容来看，老人穆利亚因为狂暴的大海失去了丈夫和五个儿子（他们要骑马趁着海潮涨落去赶马市），后来连最小的儿子巴特里也没有听从老人的劝阻，执意要去赶海赶集市，而不幸遇难。从这点看，翻译为《骑马下海的人们》也更为准确，因为与狂暴大海搏斗的不仅仅是一个人，而是代代相传的世居在岛上的渔民们。

接着，我们来看田汉对人名、地名和专有名词的处理。《骑马下海的人们》是独幕剧，剧情不长，人物不多，主要有老人 Maurya，田汉译为"穆利亚"②，老人的小儿子 Bartley，田汉译为"巴特莱"，老人的长女 Cathleen，田汉译为"嘉特璘"，老人的次女 Nora，田汉译为"娜拉"。从这些译名来看，田汉采用了音译这种直译方法，除了"嘉特璘"稍显不同之外，其他的名字都是常见的汉语译名。地名方面，《骑马下海的人们》当中出现的主要是爱尔兰西部地区的郡县和乡镇名字，例如 Donegal，田汉译为

---

① 参见上一章关于郭沫若在《约翰沁孤的戏曲集·序》中主张"翻案"而不是"翻译"的讨论。

② 本书所引辛格戏剧原文出自 J. M. Synge, *The Complete Works of J. M. Synge* (Wordsworth Poetry Library), Ware: Wordsworth Editions Limited, 2008, 所引田汉译文出自《檀泰琪儿之死》，田汉译，上海：现代书局，1929 年。

"东内格尔"，Galway，田汉译为"郭尔围"①，Connemara，田汉译为"康列巴拉"，Bay of Gregory，田汉译为"格利歌梨湾"。由此也可以看出，田汉也是基本采用音译的方式来处理地名的翻译。

专有名词方面，田汉也是采用直译方法，如 Nets（网具），oilskin（油布），spinning-wheel（纺车），pot-oven（烘炉），white rocks（白岩），turf②-loft（炭楼），flannel（法兰绒），halter（（套马头用的）缰绳）等。Poteen 是爱尔兰的一种烈酒，主要由土豆酿制，田汉译为"威士忌酒"，也是根据其内容而做的直译。专有名词中，较为特殊的是关于神的称呼。如上文所述，历史上爱尔兰百姓主要信仰天主教，后来北部地区多有新教殖民者和移民，直到近代，爱尔兰大部分地区百姓依然以天主教信众居多。田汉在处理《骑马下海的人们》中"神"以及相关名称的时候，也基本以直译作为处理方法。例如 by the grace of God 译为"托上帝的福"或"靠上帝的福"，the Almighty God 译为"全能的上帝"，God spare us 译为"上帝啊"，God speed you 译为"上帝保佑你"，The Son of God spare us 译为"耶稣保佑我们"。我们可以比较一下郭沫若对于此剧的翻译。对于上述人名、地名和专有名词，郭沫若的翻译方法是他自己主张的"翻案"，比如 Maurya 郭沫若译为"耄里亚"，Connemara 郭沫若译为"孔涅马拉"，尤其在有关"神"的名称的翻译方面，郭沫若的处理就更有归化色彩，例如 God speed you，God spare us，郭沫若译为"天老爷保佑""老天保佑"等。郭沫若的译本中有一些非常明显的"归化"译法痕迹，例如他曾将 Britain 译为"百里塘"，将酒店里迎客的套语 God bless you 译为"恭喜发财"，类似这样的译文在田汉那里是不可能出现的。

在翻译对话和旁白时，田汉也基本遵循"翻译即直译"的原则。例如在戏剧开头穆利亚老人问女儿们小儿子回来没有，娜拉回答说：

---

①　不知是排版原因，还是译者疏忽，在初版《骑马下海的人们》中，Donegal 一般被译为"东内格尔"，但偶尔也被写作"东涅歌耳"，Galway 大多被译为"郭尔围"，但偶尔也被写作"格尔围"（如第 58 页）。

②　turf 是爱尔兰农村中最常用的燃料"泥炭"。

NORA He went down to see would there be another boat sailing in the week, and I'm thinking it won't be long till he's here now, for the tide's turning at the green head, and the hooker's tacking from the east.[①]

田汉将一段话译为：

娜 他到海边去了。他去打听这个礼拜另外还有没有船开，我想他一会儿就要回来的，因为潮头已转到青崖那边，打渔的帆船都从东方回来了。[②]

除了将原文中的一句话拆分成两个汉语句子之外，田汉完全依据原文的语法结构做了翻译。另外，green head 是对应之前的 white rocks（白岩），田汉的译文将原文意思展现得更为清楚了，hooker 是一种小型渔船，田汉译为"打渔的帆船"是较为准确的。

在儿子巴特莱不听劝告执意出海赶马市之后，老人穆利亚出现了幻觉，感觉自己看到了儿子：

MAURYA I went down to the spring well, and I stood there saying a prayer to myself. Then Bartley came along, and he riding on the red mare with the grey pony behind him.[③]

田汉的译文是：

---

① J. M. Synge, *The Complete Works of J. M. Synge* (Wordsworth Poetry Library), Ware：Wordsworth Editions Limited, 2008, p. 18.

② 《檀泰琪儿之死》，田汉译，上海：现代书局，1929 年，第 49 页。

③ J. M. Synge, *The Complete Works of J. M. Synge* (Wordsworth Poetry Library), Ware：Wordsworth Editions Limited, 2008, p. 23.

穆 我走到泉水井边，站在那里暗暗地做了一回祷告。于是巴特菜来了，骑着红色的母马，后面带着那匹灰色的小马。

译文结构完全依从原文结构，spring well 译为"泉水井"，甚至有点亦步亦趋的意味，saying a prayer to myself 是自己做祷告（没有牧师在场），译为"暗暗地做了一回祷告"更加适合语境，反映出老人看似说话颠三倒四，实际上非常关注孩子的一举一动。

值得注意的是，虽然田汉明确主张翻译是"翻译"（即直译），而不是翻案（即近似"归化"的译法），但并非说田汉就主张完全的直译或死译。例如，女儿们在称呼母亲时，经常使用 you, mother，田汉在翻译时就不是一味译为"您"或"母亲""妈妈"，而是在大多数情况下用"娘""你老人家"的译法。嘉特璘在弟弟走后突然发现忘了把面包给弟弟带上，带着内心的愧疚她说了一句 The Son of God forgave us，在此处田汉没有直译，而是译为"天啊"。另外，在翻译一些特有的爱尔兰英语方言时，田汉也体现了一定的灵活性，例如嘉特璘在忘了给弟弟拿面包时说的一段：

CATHLEEN [Turning the cake out of the oven] It's destroyed he'll be surely. There's no sense left on any person in a house where an old woman will be talking for ever.[①]

It's destroyed he'll be surely 是方言表达，正规用法可以是 He'll surely be hungry（他一定会饿）。

田汉对上段的译文是：

嘉 （从炉里取出点心）他一定要饿坏的。家里有了一个说话像念

---

① J. M. Synge, *The Complete Works of J. M. Synge* (Wordsworth Poetry Library), Ware: Wordsworth Editions Limited, 2008, p. 20.

经似的老太婆，谁都要把脑筋弄昏的。①

这段译文中，句子结构是基本依循原文结构而来，有意思的是，an old woman will be talking for ever（字面意思为"一个老太太整天说个不停"）被译为"说话像念经似的老太婆"，就栩栩如生地把穆利亚老人在女儿心目中的形象勾画了出来，原文的这种语境在汉语中得到了类似或者相近的传达，用美国翻译理论家奈达的观点来阐释，可以说是实现了动态对等（dynamic equivalence）。此外，原文中 no sense left on any person（字面意思是"人失去了理智"），被译为"脑筋弄昏"，是有"归化"译法倾向的，因为"脑筋"是我国南方如湖南一带表达大脑、头脑的一种地方性语言，相近的还有"脑壳"等。此外，原文中的 know 田汉一般处理为"晓得"，这也是湖南、四川一带常用的地方语言，例如嘉特璘把弟弟的衣物藏起来不让母亲知道，说 She won't know of them at all，田汉译为"那么她老人家决不会晓得的"；戏剧中途嘉特璘姐妹俩收到一个包裹，里面有巴特莱早上穿的衬衫，嘉特璘让妹妹拿一件同样的做比较，说 Give me that and it will do，田汉译为"把那个给我就可以晓得了"。但是这样的例子在《骑马下海的人们》当中并不多，也可以看出田汉主要还是以直译作为翻译的主要处理方法。

田汉对于翻译是"翻译"而不是"翻案"的坚持，还与他主张译文应该表现原文特色有关，在翻译《骑马下海的人们》时，他就说过"要多少表出 Irish mood 即爱尔兰的地方色"。就辛格戏剧而言，展现"爱尔兰的地方色"的主要渠道之一就是通过独特的语言来实现。受到叶芝的鼓励，辛格在1896年之后连续几年暑假都去阿伦群岛采风，也时常到威克娄等地方度假。辛格将这些地方的民间语言写进自己的戏剧中，成就了活灵活现的角色。这些富有地方特色的语言一方面成就了辛格戏剧的独特和与众不同之处，但同时在翻译中可能会成为一只"拦路虎"，以什么样的方式来对应和呈现比较好呢？例如巴特莱在离家之前嘱咐姐姐和妹妹：

① 《檀泰琪儿之死》，田汉译，上海：现代书局，1929年，第54页。

BARTLEY [To Cathleen] If the west wind holds with the last bit of the moon let you and Nora get up weed enough for another cock for the kelp. It's hard set we'll be from this day with no one in it but one man to work.①

这段话中的 cock 和 kelp 是爱尔兰英语方言，kelp 是阿兰群岛上一种特殊的海藻，因为岛上缺少泥土，因此海藻便被用来作为肥料，农民们用石灰岩堆成墙把地围起来，把海藻放入其中晒干。而堆起来的干海藻堆，像一堆灰一样，就叫 cock。田汉的译文如下：

巴　（对嘉）假若西风一直发到月亮不见了的那一天，那么你同娜拉去再捞起一堆海藻来烧灰。从今天起家里只有一个男子做工，我们就要艰难多了。②

以"一堆海藻来烧灰"来对应 for another cock for the kelp，似乎不完全对应，尤其是"烧灰"，在原文中没有类似的表述。不过，kelp 对应海藻，而 cock 是堆起来的干海藻，为了做肥料，是需要把它们搞碎的，因此看起来像一堆烧过的灰，也是比较接近的表达。毕竟是为演出而翻译，不可能在演出的脚本中像学术译著那样做长篇的注释。

值得注意的是，对于《骑马下海的人们》中以神的名义发誓或打招呼的口头语，田汉只翻译了其中的一部分，而大部分情况下他要么直接省略，要么换成了常见的汉语口头语。在戏剧一开头娜拉问姐姐母亲是不是睡着了，嘉特璘回答说 Sh's lying down, God help her, and maybe sleeping, if she's able，田汉译为"睡了，咳，要是睡得着的时候也许就睡着了"，其中原文的 God help her 是口头语，处理为汉语的"咳"，是比较贴近原文意境的；

①　J. M. Synge, *The Complete Works of J. M. Synge*（Wordsworth Poetry Library），Ware：Wordsworth Editions Limited, 2008, p. 19.

②　《檀泰琪儿之死》，田汉译，上海：现代书局，1929 年，第 52 页。

在接下来两人讨论海上风浪大不大的时候，娜拉答语中的 God help us，田汉就直接省略了；巴特莱离开家之前对着家人说了一句 The blessing of God on you，田汉译为"你们保重了"，省略了 God，但原文也就是"保重"的意思，因此译文也是一种较好的对应；嘉特璘和娜拉收到包裹，担心是巴特莱的遗物，嘉特璘打开包裹看到袜子时，担心更增：The Lord spare us, Nora，田汉的译法是"哎呀，娜拉，怎么得了！"原文 The Lord spare us 本来就是表示惊讶、震惊、伤心时的口头套语，田汉用语气词"哎呀"加上带感叹符号的"怎么得了"，形象地传达了原文的语境。综合考察田汉对这一类词语的处理，可以发现一半左右的与神有关的词语、口头套话，田汉要么就是直接省略，要么换成了汉语中常见的语气词。如上文所述，爱尔兰百姓以天主教徒居多，对神的敬仰几乎是无时不刻地体现在日常生活包括对话中。换言之，在辛格原剧中，宗教特色是较为浓厚的，辛格在其他戏剧中经常描写旧教与新教之间的复杂关系，那么田汉为何如此淡化辛格原剧中的宗教色彩呢？

在本章的"引论"中，我们知道田汉其实比较早地接触到《马可福音》一类的读物，在东京高等师范学校留学时也阅读过圣经文学，所以他对于基督教新旧教及其经典是并不陌生的，但他对于这些宗教文本（包括圣经文学）只是当作一种文学经典来看待，并没有特别的兴趣。1920 年 8 月 1 日，田汉在上海《少年世界》第 1 卷第 8 期上发表《吃了"智果"以后的话》，赞扬"夏娃为求更多的幸福，知更多的知识，敢于破坏她丈夫和上帝所钦定的法则"①，这是借对夏娃的论述来为当时的女性发言呼吁。同年 11 月 13 日，田汉写信给曾慕韩，专门谈及自己对于宗教问题的看法，认为应当客观看待宗教，不能一味地"草率"和"武断"，且认为圣经文学中有值得借鉴的地方。结束留学归国之后，国内一系列重大事件的发生，对田汉的外国文学译介和戏剧创作产生了重要影响。1925 年 9 月 5 日，田汉以原名"寿昌"署名在《醒狮周刊·南国特刊》二号发表题为《白救主》一文，介绍德国

---

① 张向华编：《田汉年谱》，北京：中国戏剧出版社，1992 年，第 44 页。

一部戏剧，内容写西班牙殖民者虐杀墨西哥百姓的暴行，借此表达对"五卅惨案"中一位英国传教士证言的愤慨，"对毫无暴动意志与抵抗力的青年之枉死，无半点悼意，而于惨无人道之同国的巡捕，却不惜为之辩护"。在文章中，田汉总结说"伟大的戏曲，无不是时代的反映"①。如果说留学期间的田汉对于西方宗教还是比较客观地看待，甚至是有所"欣赏"，那么归国之后的田汉对于西方宗教文化则有一种态度上的变化。同月 12 日，田汉发表《东西文化及其吃人肉》一文，更为详细地比较东西文化中的关键因素，意愿"振发像中国这样的是非颠倒的时代"。南国社以及南国艺术学院的成立，标志着田汉对于艺术应该服务于时代观点的进一步确立，《南国艺术学院创立宣言》中有这么一段：新时代之划成恒赖有力的艺术运动为之先驱。在此混乱时势而言艺术运动，首在得与此时代同呼吸共痛痒之青年而与以必要的适当的艺术训练。② 而作为对学生戏剧艺术的训练，公演是最为有效的方式，南国艺术学院小剧场第一次公演的剧目中就有《骑马下海的人们》。经历了上述态度的变化，在民族发展的这一重要时刻，即便是为了在翻译中"表出一种 Irish mood 即爱尔兰的地方色"，田汉还是做出了淡化辛格原剧中宗教色彩的处理。

第三节　译介对田汉文艺思想及戏剧创作的影响

在日本留学的 6 年时间是田汉大量阅读英文作品和日文作品的时期，也是田汉文艺思想形成的关键时期之一。这一时期爱尔兰作家对他的影响主要在于其"新浪漫主义"艺术观的形成。

在《新罗曼主义及其他》一文中，他引述早期与爱尔兰文艺复兴作家联系紧密的西蒙斯的观点，为"新罗曼主义"（Neo-Romanticism）下过一个定义：

---

①　张向华编：《田汉年谱》，北京：中国戏剧出版社，1992 年，第 75 页。

②　张向华编：《田汉年谱》，北京：中国戏剧出版社，1992 年，第 101 页。

　　所谓新罗曼主义，便是想要从眼睛看得到的**物的世界**，去窥破眼睛看不到的**灵的世界**，由感觉所能接触的世界，去探知超感觉的世界的一种努力。①

　　这一看法与他后来在《爱尔兰近代剧概论》中对于凯尔特精神的论述庶几接近，叶芝的几部戏剧如《心愿之乡》以及辛格的《圣泉》都是对"灵的、超感觉的世界"的一种歌颂与向往，一方面在主题上符合爱尔兰文艺复兴运动对古代爱尔兰文化的崇敬与再现，另一方面也与叶芝和辛格自身的艺术探索有关。在《新罗曼主义及其他》中，田汉还特意选取了爱尔兰文艺复兴诗人拉塞尔(即 A. E.)的一首诗作《新世界》：

　　　　吾尝欲远离兹世，

　　　　别寻一个仙乡，

　　　　今始感满足于人间，

　　　　而怪仙乡非远，即在身旁。②

　　"仙乡"，即 the other world，是凯尔特文化的本质，也就是对灵的精神世界的追求。《新罗曼主义及其他》成为田汉早期文艺思想和创作的标志，他甚至将自己的第一个话剧《梵峨璘与蔷薇》作为自己"新浪漫主义悲剧"的代表作。

　　我们认为，田汉的"新浪漫主义"文艺观还融入了其接受的唯美主义影响。③ 在 1920 年 3 月 19 日第一次与郭沫若会面时，田汉就激动地声称自

---

　　① 转引自董健：《田汉传》，北京：北京十月文艺出版社，1996 年，第 20 页。
　　② 转引自董健：《田汉传》，北京：北京十月文艺出版社，1996 年，第 120 页。
　　③ 我们发现有些中国现代戏剧研究文献将"新浪漫主义"与现实主义、自然主义、象征主义、表现主义、唯美主义等并置，而有些文献则认为"新浪漫主义"戏剧涵括了象征主义、感伤主义、表现主义、唯美主义等各种话剧流派，"是五四文学倡导者对 19 世纪末 20 世纪初的现代主义戏剧的总称"(参见曾小逸主编：《走向世界文学：中国现代作家与外国文学》，长沙：湖南人民出版社，1985 年，第 595 页)。我们认为田汉的"新浪漫主义"戏剧观属于后者，详见第六章相关论述。

己要介绍象征主义戏剧家梅特林克，翻译其戏剧《青鸟》，"还要介绍英国的 Oscar Wilde"[1]。后来《青鸟》没有译成，反而是王尔德的戏剧《莎乐美》很快被田汉译出。田汉认为《莎乐美》中"充满着美丽的官能描写，和音乐似的诗底怪异而炫惑的交响乐"[2]。这或许与田汉本身的性格有关。研究者认为虽然写起文章来很大气，很有淋漓尽致的感觉，但实际上"胆小面嫩"，谨小慎微。从弗洛伊德的精神分析角度来看，似乎是压抑了的自我。在日本留学时郁达夫的一次来访与下酒馆的经历，证明了这一点，郁达夫称其为"善良的灵魂"[3]。田汉虽然行为上谨小慎微，但并不妨碍他在文学中去感受那种诗一般的"怪异而炫惑的交响乐"。《莎乐美》中"那种令人血管贲张的热气，那种充满了'爱的错失'的美丽的忧伤"，是打动田汉翻译《莎乐美》的真正动机。[4]

而到了翻译《骑马下海的人们》时，田汉在文艺观念上已经形成自己的风格，即以现实主义为底色，融入其浪漫的风格。之所以选择《骑马下海的人们》作为南国艺术学院小剧场公演的剧目之一，是因为希望通过展现"人与自然之争斗"来"提一提人生之大纲"。如田汉在《爱尔兰近代剧概论》中所言，在《骑马下海的人们》中，主人公不是老人穆利亚、年轻人巴特莱，也不是两位女儿，而是那汹涌澎湃的大海。人们在大海面前，是如此的渺小。郭尔围是离岛上最近的马市，为了赶一趟市口好的马市，岛上的居民就得冒着风险坐船过海。穆利亚老人的丈夫和五个儿子就是这样在大海中遭难的，而不幸的是，连唯一的小儿子也不听劝告，执意出海，最终也遭遇海难。在戏剧的最后，穆利亚一边把圣水洒在巴特莱的尸体上，一边说着自己的心声：

---

[1]　张向华编：《田汉年谱》，北京：中国戏剧出版社，1992年，第41页。

[2]　田汉：《田汉文集·第14卷》，北京：中国戏剧出版社，1983年，第341页。

[3]　董健：《田汉传》，北京：北京十月文艺出版社，1996年，第138页。

[4]　田本相、吴卫民、宋宝珍：《响当当一粒铜豌豆：田汉传》，上海：上海古籍出版社，2013年，第83页。

我并不是不会替你向全能的上帝祷告，巴特莱啊。我并不是不曾在黑夜里替你祷告到你不知道我说些什么；可是现在我可以大大地休息了，这确是时候了。即使我们只能吃一点点湿的面粉，而且也许只能吃一尾臭的鱼，可是我可以大大地休息了，冬祭后的长夜里我可以好好地睡了。①

这一段自白正是田汉所说《骑马下海的人们》带有"古希腊悲剧色彩"的典型例证。巴特莱死了，家里再也没有男子了，也就不用去出海赶马市了，老人穆利亚说自己可以"大大地休息了"。在此之前，老人无数次暗地里向上帝祷告，希望孩子能够平安，可最终并未如愿，为此老人"算"是放下了一块心事，可这是多么凄惨的人伦悲剧啊。家里的男子全都丧生大海，怎么不令人伤痛。"吃一点点湿的面粉，吃一尾臭的鱼"，这是多么辛酸的表示！即便大海如此无情，可穆利亚老人却坚强地表示：

我们还有什么更大的奢望呢？没有一个人可以长生不死的，我们应该满足。②

这是历经苦难之后的无奈，更是面对生活的勇气。正如郭沫若在评价《骑马下海的人》时所说，辛格的戏剧大多流露出一种"幻灭的哀情"，这是一种对人类的、对现实的幻灭的哀情，但是辛格对于人类和现实又没有完全绝望，辛格虽然没有积极地鼓励我们改造这个人类的社会，但他至少指示了这个虚伪无情的社会是值得改造的，因为人类还有那"唯一的安慰和解脱"，那就是"人类心中尚未完全消灭的一点相互间的爱情"。③ 正是这人间的亲情和爱情，使得穆利亚老人看起来整天唠唠叨叨，实则对孩子有

---

① 《檀泰琪儿之死》，田汉译，上海：现代书局，1929年，第67页。
② 《檀泰琪儿之死》，田汉译，上海：现代书局，1929年，第69页。
③ 辛格：《约翰沁孤的戏曲集》，郭鼎堂译，上海：商务印书馆，1926年，《译后》第2页。

着莫大的关心,使得嘉特璘和娜拉想尽办法不让老人知道儿子去世的不幸消息。这是她们与大海抗争的勇气的来源。如上所述,穆利亚老人在最后有一种"听天由命"的想法,令人想起《俄狄浦斯王》《阿伽门农》等古希腊悲剧,这是一种人类无法反抗天命的宿命观。田汉认为,这种大悲痛之后的"乐天安命"是一种与"胜利的悲哀"相对的"败北的庄严"。①

《骑马下海的人们》虽然因为各种原因最终没有演出,但它展现的"人与自然的斗争"的主题却是南国艺术学院的师生们所重视的。田汉曾解释过筹建南国艺术学院小剧场的过程,是全然由师生自己建设起来的,"不曾仰望过公家的津贴,更不曾求过资本家的帮助"②。剧社的演出一方面是为了训练学生的艺术才能,另一方面则是为社会服务。《骑马下海的人们》翻译完毕之后,田汉在几次演讲中提到文学最重要的是真实性(Sincerity),"只有真正感到某种社会的痛苦和要求的,并且是自己有体验的,那才有产生社会的文学的可能"③。这样的一种文学观念,可以说与辛格在《骑马下海的人们》当中所表现的如出一辙。"社会的痛苦"便是以穆利亚老人为代表的岛民们的痛苦,而这些痛苦是辛格多年在阿兰群岛采风时亲自经历的。受"艺术的社会作用"观念的影响,田汉这一时期的戏剧创作几乎围绕这一理念展开,例如《名优之死》《江村小景》《火之跳舞》《第五号病室》等。《江村小景》控诉军阀内战对百姓生活的蹂躏,《火之跳舞》表现尖锐的劳资对立,《第五号病室》则讽刺社会之不公。《名优之死》是这当中最为突出的。戏剧分三幕,讲述京戏名家刘振声与地痞流氓杨大爷之间的矛盾与斗争,连接三幕剧情的情节是刘振声弟子刘凤仙的堕落与"倒戈"。得意弟子的"倒戈"使刘振声对人生和现实的"幻灭感"达到了顶点,也预示了主角必然的悲剧。整部戏剧表现了现实社会中美与丑的对立,赞美人性,同时富有浓郁的诗情,主人公最终的"幻灭"莫不令人想起辛格的戏剧,而主人公最终的呼号"灵受着肉的绞杀与合围",不正是田汉在《爱尔兰近代剧概论》

① 田汉:《爱尔兰近代剧概论》,上海:东南书店,1929年,第37页。
② 田汉:《爱尔兰近代剧概论》,上海:东南书店,1929年,第104页。
③ 田汉:《爱尔兰近代剧概论》,上海:东南书店,1929年,第108页。

中论述的叶芝戏剧的特色之一吗？

正如田汉在《爱尔兰近代剧概论》中所论述的那样，在爱尔兰文艺复兴戏剧运动的主要作家中，就艺术性而言，叶芝和辛格要胜过格雷戈里夫人一筹。这也许正是戏剧本身最为"吊诡"的地方(paradox)。就演出效果而言，格雷戈里夫人的戏剧似乎要受欢迎得多，也没有在上演后引起较大的争议，而叶芝的戏剧除早期的几部如《凯瑟琳的女伯爵》之外，越到后期越"曲高和寡"。辛格也是一样，《西方世界的花花公子》引起的巨大争议自不必说，连《补锅匠的婚礼》这样的作品都因担心触犯天主教人士而在其生前无法上演。这里面一个重大的原因就是辛格和叶芝的戏剧，尤其是辛格的戏剧，在构建现实的戏剧世界中有着自身的艺术探索和追求，而这种艺术探索和追求并不能为当时的爱尔兰普通百姓所理解，如此便在他们的戏剧中形成了"现实与艺术"或"现实与审美"之间的张力。以《骑马下海的人们》为例，整个戏剧是爱尔兰西部岛屿渔民、农民的日常生活的再现，无论是人物的对话，还是情节的设置，都来源于辛格在阿兰群岛采风时的所见所闻。但是在"现实事件"的基础上，辛格有着自己的艺术追求，整部戏剧尤其在结尾处充溢着一种"古希腊悲剧"的氛围。穆利亚老人手抚巴特莱的尸首，周围的妇女们头缠红裙，纷纷跪下祈祷，这是极具象征意味的场景，这场景隐隐回荡着《阿伽门农》中阿伽门农的妻子克吕泰墨斯特拉听闻女儿被丈夫献祭时的极大悲愤。"现实与审美"之间的张力，使得辛格戏剧不仅仅属于一个时代。

《骑马下海的人们》中这种"现实与审美"之间的张力，也深刻影响了田汉在南国社后期的戏剧创作。1929 年 12 月 22 日，田汉发表《南国社第一次公演之后》，明确提出"戏剧应该是'为民众'的，For people，进一步应该是'由民众的'，By people，结果要做到工人、农人都能上台演戏"[①]。但同一时期，田汉自己也承认在这一时期的戏剧创作中追求"浪漫主义与

---

① 张向华编：《田汉年谱》，北京：中国戏剧出版社，1992 年，第 114 页。

现实主义相结合的道路"①，其代表性的戏剧有《古潭的声音》。《古潭的声音》写诗人从被物质包围的"尘世诱惑"中救出一个聪明的舞女美瑛，将她安置在自己与世隔绝般的高楼上，美瑛的其他东西都被抛弃，只留下一双红舞鞋作为纪念。每次诗人从外面回来都会带给美瑛围巾、香水之类的东西，但美瑛日益消瘦，终于在诗人再次离家之时受高楼下"深不可测、倒映着树影、沉潜着月光、落叶漂浮、奇花舞动"的古潭的诱惑，纵身跳下。诗人从母亲那里听到这一消息，发出对古潭的控诉：

> 古潭啊，我的敌人啊，我从许多人手里把她夺出来，却一旦给你夺去了吗？你那水晶的宫殿真比象牙的宫殿还要深远吗？万恶的古潭啊，我要对你复仇了。我要听我捶碎你的时候，你会发出种什么声音？②

"象牙的宫殿"一方面指诗人安置美瑛的高楼，这是诗人想尽一切办法为其营造的远离尘嚣的"世外桃源"，另一方面也指自己的诗人身份，"象牙的宫殿"抵不过"水晶的宫殿"，意指艺术似乎无法拯救现实。对"古潭"的控诉，反衬的是对人生的"幻灭"，对现实的"幻灭"。诗人的复仇方式是将自己也投身至古潭，这更是一个无与伦比的讽刺，是"幻灭"之后的"终极幻灭"。这就是诗人的宿命，从他将美瑛从"尘世诱惑"中解救的那一刻起就已经注定了，无论如何也逃离不了。诗人说完上述那段控诉便往露台下跳，身旁的老母及时拉住，但终究抵不住诗人要向"古潭复仇"的决心：

诗人　（依然握拳惨叫）古潭啊，万恶的古潭啊！

老母　孩子，你真这样的狠心吗？娘，娘，娘，是一刻子也不能再支持了。娘费了一生的力把你抚养大，你就能这样丢了娘去吗？

---

① 张向华编：《田汉年谱》，北京：中国戏剧出版社，1992年，第105页。
② 田汉：《田汉文集·第2卷》，北京：中国戏剧出版社，1983年，第42页。

> **诗人** 万恶的古潭啊，我要捶碎你！
>
> ［诗人再一蹿，老母支不住，手一松，诗人坠下去了。
>
> **老母** (狂叫一声)啊！
>
> ［隔了几秒钟只听得扑通一声。
>
> ［这大约是古潭被他捶碎的声音。
>
> **老母** (闻此一声如闻暮鼓晨钟，吐出一声)**也好**。(坐在露台上)
>
> ［潭内余音未已］

　　这句"也好"，不正是穆利亚老人在《骑马下海的人们》中最后那句"没有一个人可以长生不死的，我们应该满足"的"遥远的回响"吗？老母失去唯一的诗人儿子，穆利亚在失去丈夫和五个儿子之后失去最后一个小儿子，这是人生和现实的极大悲痛，而两位老人在剧中最后说的"也好"和"我们应该满足"则是大悲痛之后的"败北的庄严"。

　　《古潭的声音》中的"古潭"，与《骑马下海的人们》中的大海一样，成了剧中的主角，是"漂泊者寄托灵魂的地方"①。美瑛留下的舞鞋、诗人送她的围巾和香水，甚至是那高楼，都成了"物"的象征，那沉潜着月光、舞动着花影而深不可测的"古潭"便成了"灵"的象征，那正是叶芝、辛格等爱尔兰文艺复兴作家"心向往之"的"另一个世界"(the other world)：

> 　　老太太呀(诗人的老母亲)，您知道我是一个**漂泊惯了的**女孩子，南边，北边，黄河，扬子江，哪里不曾留过我的痕迹，可是哪里也不曾留过我的灵魂，我的**灵魂**好像随时随刻望着那山外的山，水外的水，**世界外的世界**，她刚到这一个世界，心里早又做了到**另一个世界**去的准备。②

---

　　① 田本相、吴卫民、宋宝珍：《响当当一粒铜豌豆：田汉传》，上海：上海古籍出版社，2013年，第62页。

　　② 田汉：《田汉文集·第2卷》，北京：中国戏剧出版社，1983年，第39-40页。

"另一个世界"是凯尔特文化中一个独特的概念。古代的凯尔特人认为，人去世之后，其灵魂会进入"另一个世界"，在这个世界中灵魂照样"存在"且"生活"，而这个世界中某个灵魂的"死去"就意味着人世间一个灵魂的出生。因此古代的凯尔特人在人出生时以悼亡的方式庆祝（因为意味着"另一个世界"中一个灵魂的死去），而在人死亡时以愉悦的方式庆祝（因为意味着这个灵魂在"另一个世界"得以重生）。① 在凯尔特传说中，凡人英雄也可以去到"另一个世界"冒险，比如叶芝最早的长篇叙事诗《乌辛漫游记》中的乌辛（Oison）就随着仙女尼阿芙（Niamh）去到"另外的世界"。"另外的世界"在苏格兰、威尔士和爱尔兰神话中有不同的版本，也有不同的名称，其中乌辛去到的"另外的世界"属于"青春之国"（Land of Youth）或"希望之国"（Land of Promise），是极其美好的所在。田汉很早就注意到凯尔特文化中的这个"灵魂重生"的"另外的世界"。1920 年，田汉在写给友人黄日葵的一封长信中（该信后来以《新罗曼主义及其他》为题发表于《少年中国》1920 年第 12 期），就引用了爱尔兰文艺复兴作家、叶芝好友拉塞尔的《新世界》（*A New World*）一诗，称拉塞尔是"何等欣慕理想乡"，"理想乡"即来自拉塞尔的诗，原文为 the faery land。接着，田汉引叶芝的诗歌《白鸟》（*The White Bird*）说明其"现代"风格（即"新浪漫主义"风格）。在这段论述中，田汉专门解释了叶芝诗中的 Danaan shore（田汉译为"但兰海岸"）：

　　此诗第三节第二行所谓 Danaan shore，据说是讲爱尔兰神话中的不老国，Danaan Land 的海岸。既谓之不老国，当然为时间所不管，忧愁所不来。易慈之欣慕它，也不为无理。②

这个"不老之国"，即那"另外的世界"。后来在《爱尔兰近代剧概论》

---

①　Peter Berresford Ellis, *Dictionary of Celtic Mythology*, Oxford：Oxford University Press, 1992, p. 178.

②　田汉：《文艺论集》，上海：良友图书印刷有限公司，1935 年，第 166 页。

中，田汉再次提到凯尔特文化中的这"不老之国"：

> ……是克尔特民族自昔相传的神话之一，指英雄忧圣（即"乌辛"）漂流过的"青春之国"。这"青春之国"是生命之树伸常青之枝，枝头唱着不死之鸟，悲哀与老衰所不到而常沐青春之威光的国土。①

由此可以看出，田汉对凯尔特文化中"另外的世界"的概念是相当熟悉的。这是一个"灵魂重生"的地方。有了这些背景，当我们读到或者听到《古潭的声音》中美瑛诉说自己的灵魂会到那"世界外的世界"，就不会觉得愕然，而是心领神会了。除了"另外的世界"，"漂泊者"的形象是田汉对凯尔特文学的另一个总结，在本章第一节，我们已经有所论述。田汉认为，"漂泊者"的形象在叶芝、格雷戈里夫人和辛格的作品中多次出现，他们带着一种"乡愁"的心绪，"深深地刻在他们民族意识当中"②。这一形象也影响了田汉的戏剧创作，在之前的引文中我们看到了美瑛的"漂泊者"形象。此外，从田汉创作的戏剧《南归》中也可以明显看出辛格戏剧《谷中的暗影》的影响。

《南归》的人物设置为"母、女、少年、流浪者"。南方某乡村的一位母亲希望女儿能嫁给少年，因为他家里有好几亩地，少年也不懒。但女儿却一直痴心等待着曾在她家里待过一年的流浪者，苦等了一年没有任何音信。一年后，女儿依然拒绝少年的心意，母亲却同意了少年和女儿的婚事。这时候，流浪者突然归来，被姑娘所感动，表示愿意留下来。而母亲说已经将女儿许配给少年，流浪者不愿意耽误姑娘的婚事，于是拿着东西走了。女儿知道后，一路呼唤着流浪者的名字，追随他而去。

《南归》写于1929年，正是田汉撰写《爱尔兰近代剧概论》的时期。《南归》的人物设置、剧情发展都可以看出辛格《谷中的暗影》的影响。《谷中的

---

① 田汉：《爱尔兰近代剧概论》，上海：东南书店，1929年，第15页。
② 田汉：《爱尔兰近代剧概论》，上海：东南书店，1929年，第2页。

暗影》的人物设置是"丹尼(年老丈夫)、娜拉(年轻妻子)、迈克尔(年轻人)、流浪者"。剧情是丹尼装死,以检验妻子是否对自己忠诚,而妻子与迈克尔相好,准备在丈夫死后一起出去闯荡。丹尼装死当晚,流浪者路过,碰见整个事情,而当娜拉与迈克尔来到家里收拾家当准备离开的时候,丹尼突然"醒过来",而迈克尔感到害怕不敢走。娜拉对两人的懦弱感到非常气愤,十分向往流浪者所说的国度,便决定跟随流浪者而去。

除人物设置和剧情发展相近外,两部剧中"流浪者"去到的"理想之国"也同样充满了诗情画意。《南归》中借母女俩的台词展现那"遥远遥远的地方"的美好:

> ……他看见了江南的这桃李花,就想起北方的雪来了。他们那儿有深灰的天,黑的森林,终年积雪的山。……那雪山脚下还有一湖碧绿的水,湖边上还有一带青青的草场,草场上放着一大群小绵羊,柳树底下还坐着一个看羊的姑娘。①

这碧绿的湖水、青青的草场和周围的一切美景,在剧中作为流浪者理想的所在被反复提及,成为"女儿"心心念念跟随"流浪者"远去的关键理由。在《谷中的暗影》一剧中,"流浪者"是这么描述那个理想的所在的:

> 跟我走吧,就现在!……在那里,碧绿如黛的湖面上苍鹭旋鸣,松鸡和鸦枭应声而和,煦日晴和还能看见成群的云雀与画眉。你听见的,不是像佩吉·卡文纳的故事中那样变老,你的秀发不会掉落,你眼中的神采将永远熠熠。旭日东升的时候,你听的是莺莺妙歌。②

正是在"流浪者"这美妙的描述中,目睹丈夫与"爱人"的拘拘儒儒,本

---

① 田汉:《田汉文集·第2卷》,北京:中国戏剧出版社,1983年,第70页。

② J. M. Synge, *The Complete Works of J. M. Synge* (Wordsworth Poetry Library) , Ware: Wordsworth Editions Limited, 2008, p. 14. 该段文字为笔者自译。

来就厌恶那偏僻、整天薄雾氤氲的山谷的娜拉毅然决定追随"流浪者"去到那"遥远又遥远的地方"。

辛格《谷中的暗影》则又以叶芝《心愿之乡》为原型。在《心愿之乡》中，新婚妻子玛丽也厌恶那偏僻而雾气笼罩、毫无生气的山谷生活①，而向往书中描写的那理想的所在——"青春之国"。她不顾家人的劝说，也不顾牧师的忠告，执意希望能离开。最终，如其所愿，在精灵的带领下，她变成金冠银足的小鸟，去到那"青春之国"。田汉认为，"这个剧曲中随时都流落着的爱尔兰特有的梦一般的情调与幻想，有一种使外国人都不能不感叹的美"②。

余　论

童年时期钟情于中国传统戏曲，学生时代接触新戏，而留学日本时田汉曾在致友人的书信中反复强调自己第一要做一个"戏剧家"。郭沫若称田汉"不仅是戏剧界的先驱者，同时是文化界的先驱者"，是"我们中国人应该夸耀的一个存在"。夏衍则称赞田汉是"现代的关汉卿"，是"中国的'戏剧魂'"。曹禺则称"田汉的一生就是一部话剧发展史"。③就戏剧而言，田汉不仅是卓有成就的现代戏剧的创作者，还是颇有贡献的近现代外国戏剧的翻译者和绍介者。田汉对《骑马下海的人们》的翻译，在《爱尔兰近代剧概论》中对叶芝等作家戏剧作品的详细介绍，以及在书信、文章中对辛格等作家、作品的论述，使得爱尔兰文艺复兴戏剧的译介，在田汉整个外国文学译介中成为一种独特的存在。叶芝戏剧中的艺术探索，格雷戈里夫人的"民众喜剧"，辛格独特的戏剧语言和现实关怀，成为影响田汉早期艺术

---

① 叶芝和辛格戏剧中的"山谷"指的是爱尔兰中西部的峡谷，人烟稀少，因处在岛内，雾气氤氲较多。

② 田汉：《爱尔兰近代剧概论》，上海：东南书店，1929 年，第 16 页。此外，格雷戈里夫人戏剧中也常有"漂泊者"或"流浪者"的形象，如《游历的人》。

③ 转引自谭仲池：《田汉的一生》，北京：人民文学出版社，2018 年。

观念形成和戏剧创作实践的重要来源之一。

因为喜欢《骑马下海的人们》，田汉曾借钱买下辛格的戏剧集①，因为要表现"人与自然之争斗"，田汉决心重译辛格这部"近世一幕剧中的名作"。虽然《骑马下海的人们》在田汉的全部译文中可谓"沧海一粟"，但辛格及其戏剧在田汉的思想和创作中却举足轻重，使穆利亚老人一家男子全部遭难的大海，毋宁就是《古潭的声音》中诗人及其恋人投身的"古潭"，它们都不是"背景"，而是舞台上聚光灯下那真正的"主角"。

在本章，我们综合考察了田汉对爱尔兰文艺复兴戏剧的译介，重点分析了他在《爱尔兰近代剧概论》中对爱尔兰文艺复兴戏剧的介绍、对辛格《骑马下海的人们》的翻译。在中国现代戏剧发展史上，田汉的贡献是多方面的，他不仅创作了大量质量上乘的剧作，还译介了不少有先驱作用的外国戏剧和文献。虽然在爱尔兰文艺复兴戏剧中，田汉只翻译了辛格的《骑马下海的人》，但目前可考的资料显示，他的《爱尔兰近代剧概论》是中国现代唯一一部全面介绍爱尔兰文艺复兴戏剧的著作。从主题和风格来看，《古潭的声音》也明显受到《骑马下海的人们》的影响。而从田汉创作的戏剧整体来看，其"新浪漫主义"风格可说是贯穿始终，这一点我们会在"第六章　爱尔兰文艺复兴戏剧对早期中国现代戏剧的影响"一章中进一步详细论述。此外，田汉主办的"南国艺术剧院"及其演出，是当时上海戏剧界难得的"小剧场运动"之一，与余上沅在北平、赵太侔在山东开展的"小剧场运动"遥相呼应，成为中国现代戏剧发展史上的亮点。这一点我们在第六章也会详加阐释。

---

① 田汉：《蔷薇之路》（第三版），上海：泰东图书局，1926年，第62页。

第五章　格雷戈里夫人戏剧在现代
中国的多次复译及其他

　　19 世纪末的爱尔兰文艺复兴滥觞于 19 世纪初便开始的近代爱尔兰民族复兴与独立运动。在这场持续至 20 世纪二三十年代的文艺复兴运动中，虽然叶芝的诗歌和乔伊斯的小说在文坛上独树一帜、成就卓越，但总体来看，这场运动的核心还在于戏剧运动。在《爱尔兰近代剧概论》中，田汉将这一运动分为两期，前期为叶芝、格雷戈里夫人、辛格时期，后期为檀塞尼、霭云时期。田汉的这部著作可谓中国现代对爱尔兰文艺复兴戏剧最为详细的介绍，从文学成就以及影响而言，叶芝、格雷戈里夫人和辛格无疑是重要代表。叶芝的戏剧成就，尤其是中后期的戏剧曲高和寡，难以企及其诗歌成就。辛格的戏剧，虽然大多以百姓生活为题材，但是在语言、技巧上颇多创新，在悲剧气氛的营造方面更是独树一帜。叶芝和辛格的戏剧虽然广为中国现代译者、学者认可，但就戏剧数量和复译次数而言，却比不上格雷戈里夫人。

　　格雷戈里夫人的代表作是其早期所著之《七部短剧》，其中的 6 部都由茅盾译出。与叶芝的曲高和寡和辛格的特立独行不同，格雷戈里夫人的这 7 部戏剧，无论在剧情，还是在结构上，都颇受观众欢迎。除茅盾外，黄药眠曾在 1929 年将这 7 部戏剧全部译出，取名为《月之初升（短剧七篇）》，署名"爱尔兰 Gregory 夫人著，黄药眠译"，由文献书房于当年出版。在格雷戈里夫人早期的这 7 部剧中，《月亮升起》和《谣传》由于其展示出强烈的爱国情怀和独特的戏剧结构，在中国现代被反复翻译和改译。据统计，《月亮升起》在中国现代至少有 6 种翻译、2 种改译，《谣传》在中国现代也至少有 5 种翻译。① 就爱尔兰文艺复兴戏剧而言，这种情况在现代中国可谓绝无仅有。另外，在爱尔兰文艺复兴戏剧运动的中后期，奥凯西的戏剧有一定代表性，其个别戏剧也在中国现代得到翻译和介绍。因此，本章内容分为七部分：第一部分以黄药眠的《月之初升》译本为中心，初步探讨黄药眠译本的特点及翻译思想；第二部分以罗家伦的《月起》译本为中心，分析其译介特色；第三部分以王学浩的《明月东升》译本为中心，分析其译介特色；第四部分分析李健吾翻译的《月亮的升起》；第五部分介绍《月亮升起》的其他翻译、改译、改编情况；第六部分分析《月亮升起》现代中国诸多译介的原因与影响；第七部分探讨奥凯西戏剧在现代中国的译介。

第一节　黄药眠对格雷戈里夫人戏剧的译介
——以《月之初升》为中心

作为生平作品的代表作，格雷戈里夫人所著《七部短剧》于 1909 年首次结集出版，其中最早的一部作品《谣传》在 1903 年即已完成。在 20 世纪 10 年代，该著作在伦敦、纽约数次重印，可见影响之广。在第二章中我们已经论述过，茅盾最早在 1919 年翻译了格雷戈里夫人的戏剧 *The Rising of the Moon*，以《月方升》为题刊载于当年 10 月 10 日的《时事新报》副刊《学灯》。在之后的几年里，茅盾翻译了除《济贫院病房》之外的 6 部戏剧。除此之外，茅盾还在《近代文学的反流——爱尔兰的新文学》等文章中对格雷

---

① 安凌：《重写与归化：英语戏剧在现代中国的改译和演出》，广州：暨南大学出版社，2015 年，第 145 页。在学者安凌所做的统计中，就笔者数年搜索所及，有几种未能找到原译本。另外，有学者回忆，现代著名导演章泯于 1933 年为上海"无名剧人协会"和"新地剧社"导演了 3 部话剧，其中有 1 部署名[英]葛兰克利夫人著，"葛兰克利夫人"应该就是格雷戈里夫人。这三部剧分别是《江村小景》《月亮上升》和《姐姐》，《月亮上升》即 *The Rising of the Moon*，见江韵辉：《章泯生平及创作年表》，《北京电影学院学报》2007 年第 2 期，第 63 页。此处回忆应该有误，《江村小景》和《姐姐》（即《姊姊》）是田汉创作的两部剧作，见谢晓晶主编：《章泯纪念文集》，北京：中国电影出版社，2006 年，第 224 页。因材料所限，尚不知章泯导演的《月亮上升》是翻译本还是改编本。

戈里夫人及其戏剧有所介绍。

在茅盾之后，黄药眠是 20 世纪 20 年代翻译格雷戈里夫人全部 7 部短剧的译者。

黄药眠 1903 年 1 月 14 日出生于广东梅县，其家族属于客家人。黄药眠自小得到母亲的悉心抚养，并因母亲对戏曲的爱好而自小对戏曲颇感兴趣。小学在文公祠堂、县立高等小学学习，除修习传统文史科目外，还有"自然科学知识、英语"等。① 在那个时代，在小学即开设英语课程，可见梅县县立高等小学开风气之早。小学毕业后黄药眠考入广东省立第五中学（在梅县县城），在这里他开始接触泰戈尔、冰心等新诗人的作品，并阅读《新青年》、《北京晨报》副刊、《时事新报》副刊《学灯》等新文艺杂志，亲身感受新文化运动的影响。1921 年，黄药眠中学毕业，考虑到家庭经济状况，并听说广州的大学收费较低，且师范类高校学费、膳食费全免，他最终考取广东高等师范学校（即中山大学前身之一）。在广东高等师范学校，黄药眠就读于英文系。一开始系主任是毕业于哈佛大学的黄学勤，"他对新闻杂志常用语和日常用语很不重视，只强调英国古典的东西"②。后来的系主任更换为留英的陈长乐，课程设置则更加不系统。总体而言，黄药眠自己感觉在广东高等师范学校的四年里所学不多，因此毕业后没有选择继续深造，而是走上了文学的道路。尽管如此，这四年的学习，尤其是古典英文的学习，对黄药眠后来的文学创作和翻译生涯是有一臂之助的。

大学毕业后，黄药眠曾先后在广东大浦县百侯中学、潮州金山中学任教。由于追求民主与科学，反对帝国主义欺凌，痛恨政府腐败无能，黄药眠于 1927 年在上海加入进步文学团体"创造社"③。这一时期黄药眠正式开始了自己的文学创作和翻译生涯，他相继出版了诗集《黄花岗上》、译诗集《春》（英诗选译）、长篇小说翻译《烟》（原作者为屠格涅夫）。这一时期黄

---

① 刘克定：《黄药眠评传》，广州：华南理工大学出版社，2011 年，第 24 页。
② 刘克定：《黄药眠评传》，广州：华南理工大学出版社，2011 年，第 28 页。
③ 《纪念黄药眠》，北京师范大学中文系编，北京：群言出版社，1992 年，第 235 页。

药眠还潜心学习马克思列宁主义理论，并于 1928 年加入中国共产党，1929
年被党派遣到莫斯科青年共产国际东方部从事英文翻译工作，4 年后回国
从事党和共产主义青年团的宣传工作。黄药眠对格雷戈里夫人的戏剧《月
之初升》的翻译，即是在这一时期完成的。

在《月之初升》的译文正文之前，黄药眠写了一篇短序，对爱尔兰文艺
复兴戏剧运动、格雷戈里夫人及其戏剧以及自己的翻译动机做了简介。首
先黄药眠肯定了爱尔兰文艺复兴在近代"英国文坛"的重要位置，而"其中
的戏剧运动更在世界的文坛上放射出异样的光芒"①，即肯定戏剧是爱尔兰
文艺复兴的核心。黄药眠认为在 19 世纪末爱尔兰先受了北欧文学的影响，
这显然是指易卜生为代表的戏剧文学的影响，产生了专门与"商贾式的营
业化的"戏剧反抗的戏剧组织，即"爱尔兰文艺剧社"，提倡"复归自然"和
"不尚技巧"。后来受到法国象征主义的影响，形成了"爱尔兰国民剧社"，
致力于挖掘爱尔兰历史上的"神秘的宝藏和对于英国人的反抗"。

黄药眠认为在"爱尔兰文艺剧社"到"爱尔兰民族戏剧社"的转变过程
中，诞生了叶芝、辛格、格雷戈里夫人等戏剧家，前两者国内已经有所介
绍，而独独关于后者无人绍介。② 黄药眠在简介格雷戈里夫人生平之后，
即指出格雷戈里夫人与叶芝不同，在于其很晚才开始写作戏剧(50 岁)，其
成就也主要在于喜剧方面。黄药眠指出，"爱尔兰文艺剧社"成立之后，尤
其是阿贝剧院创建之后，上演的大多是悲剧(如叶芝的《凯瑟琳伯爵夫人》
以及辛格的《骑马下海的人》)，悲剧气氛太浓厚，因此格雷戈里夫人写了
"许多喜剧来调节剧场的空气"，比如说《谣传》，原本拟写为悲剧的，但为
了适合剧场需要，而作成了喜剧。

黄药眠接着指出格雷戈里夫人"最有精彩最能表现个性"的便是这 7 部
短剧，这 7 部短剧中没有"严整的计划、巧妙的组织、繁复的技巧、华丽

---

①　爱尔兰 Gregory 夫人：《月之初升》，黄药眠译，上海：文献书房，1929 年，
《序》第 1 页。以下几段相关文字的转述均出自此序。

②　黄药眠应该是没有读过茅盾翻译的格雷戈里夫人戏剧，此外，20 世纪 20 年代
中期应该还有陈治策等关于格雷戈里夫人戏剧的单个译本。

的舞台"，格雷戈里夫人只是像讲故事一样，把几个角色以对话的方式"活现出他们的活生生的生命"：

> 她只是掀开了布幕给我们看一看那一刹那间的生命的远景，而这远景却又非常之具有诗意和幽默的精神的。①

就"诗意"而言，叶芝和辛格的戏剧中并不缺乏，在辛格的个别戏剧中，也能见到"幽默"精神，但"幽默"作为贯穿前后的一致特点，非格雷戈里夫人的戏剧莫属。黄药眠提到像《海青》这样的喜剧，因为情节过于异想天开，反而有变成"滑稽剧"（Farce）的趋势。

在序文最后，黄药眠说明自己之所以翻译这部著作，并非想"藉爱尔兰的国剧运动"来在现代中国提倡"国家主义"，也不是想模仿某些"浪漫文人"躺在床上吸食鸦片而提倡所谓"农民文学"：

> 我只不过是想在这中国的戏剧运动的高潮当中来介绍 Gregory 的这样朴素的风格。②

显然，黄药眠所说"提倡国家主义"针对的是当时国内"国剧运动"的消极后果，即一方面并未能完全学到爱尔兰文艺复兴戏剧的精髓，另一方面又未能实现中国传统戏剧的现代转型。而他所反对的某些"浪漫文人"以消极的姿态提倡所谓"农民文学"，则直指当时一些作家，未能深入实际的农民群体中，并不能真正理解当时农民的状况，而只是在文字上想象一种"农民文学"。黄药眠翻译《七部短剧》，是为了介绍作者那"朴素的风格"，这其中就包含上文所言"诗意和幽默的精神"，即既不像叶芝的神秘主义戏

---

① 爱尔兰 Gregory 夫人：《月之初升》，黄药眠译，上海：文献书房，1929 年，《序》第 2 页。

② 爱尔兰 Gregory 夫人：《月之初升》，黄药眠译，上海：文献书房，1929 年，《序》第 3 页。

剧那样曲高和寡，也不像辛格戏剧极富"狂欢化"特点的语言，而是以简单的情节、朴素的对话，展现出"活生生的生命"。另一方面，也许黄药眠自己也没有意识到，这 7 部短剧多为独幕剧，其紧凑的情节、地道的语言，更能集中表现人物性格。

当然，反对"国家主义"和"浪漫文人"的观念是和黄药眠这一时期的思想密切相连的。自 1927 年加入"创造社"后，黄药眠就潜心学习马列理论，他尤其反对空谈。当时一些主流戏剧所展现的就是空谈"国家主义"和"农民文学"，缺乏实实在在的实践。另外一些戏剧家想要学习欧美戏剧，却不能得其精髓。这也许才是黄药眠想要翻译《七部短剧》的真正原因。对于这 7 部短剧中，尤其是《月亮升起》等戏剧中展现的爱国主义情怀，黄药眠是非常有感触的，这也是为何他以《月之初升》命名这部原名为《七部短剧》的戏剧集的缘由吧。

作为爱尔兰文艺复兴戏剧运动的主将之一，格雷戈里夫人以唤起爱尔兰人民民族意识为宗旨创作了大量题材多样的戏剧作品，其中，《月亮升起》被认为是格雷戈里夫人最优秀的剧作之一。该剧是格雷戈里夫人于 1907 年以爱尔兰民族解放运动高潮为背景创作的独幕剧，讲述了来自社会底层的三位警察奉命张贴越狱革命者的通缉令，并为一百磅的悬赏连夜在码头巡视，伪装成民谣歌手的越狱革命者通过一系列的暗示唤醒了青年时期也曾为革命热血沸腾的警佐，最终，觉悟的警佐放走被识破的革命者的故事。该剧旨在唤起爱尔兰民众的民族记忆，鼓励他们投身到民族复兴的大业中。

作为我国著名的文学家、诗人、文艺理论家、教育家及政治活动家，黄药眠在文学、教育领域的成就及其政治经历都有学者撰文介绍。然而，其翻译家的身份却未受到学界足够的重视。本节将以黄药眠的《月之初升》译本为例，对其翻译者的身份及其翻译思想进行初步探索。

作为爱尔兰文艺复兴戏剧运动的产物，格雷戈里夫人这部《月亮升起》的警醒和教化功效是不容置疑的。然而黄药眠在抗战前夕将此旨在助力爱尔兰民族独立解放运动的剧作译介到国内，并非想借这异国的民族独立解放运动为国内的热潮造势。另外，格雷戈里夫人这部以爱尔兰普通民众为主角的独幕喜剧也并未促使黄药眠进行相关的农民文学创作。这两点在《月之初升》译本的序言中已经有所说明。[①] 在译本序言中，黄药眠也对Gregory 朴素的风格作了详细的阐述，即没有"什么严整的计划，巧妙的组织，繁复的技巧，华丽的舞台"[②]，只是如平常讲故事般，呈现普通人的"活生生的生命"。从这里，我们可以管窥黄药眠身为翻译家的艺术自觉。

有学者评价黄药眠《月之初升》译文"在语言、行文上有良好的把握，流畅干净大气"，译者"对文字有超强的驾驭能力以及对戏剧文学的驾轻就熟"。[③] 如上文所述，虽然黄药眠对于自己在大学期间的学习不甚满意，但他毕竟接受了四年的英文教育，尤其是前半段时间，由系主任推行的英文古典教育为其打下了较为扎实的英文基础。而在小学、中学期间，黄药眠也接受的是当地最好的中华传统经典教育，因此其国文基础颇有根基。而对戏剧文学的"驾轻就熟"，则一方面来自自小母亲的熏陶，另一方面来自大学期间英文古典戏剧课程的训练。黄药眠在中学期间便受到新文化运动的洗礼，因此当他加入"创造社"开始自己的文学创作和翻译生涯时，他选择的翻译语言自然是现代白话文。

总体来看，黄药眠在翻译《月之初升》时采用的是直译的方法。

例如，戏剧刚开场时的布景介绍：

Sergeant, *who is older than the others*, *crosses the stage to right and*

---

① 爱尔兰 Gregory 夫人：《月之初升》，黄药眠译，上海：文献书房，1929 年，第7 页。

② 爱尔兰 Gregory 夫人：《月之初升》，黄药眠译，上海：文献书房，1929 年，第6 页。

③ 田菊：《爱尔兰戏剧运动在中国的百年回响》，北京：中国社会科学出版社，2017 年，第 85 页。

looks down steps. The others put down a pastepot and unroll a bundle of placards.[1]

黄药眠的译文是：

（警佐，比其他的人年老一些，行过舞台的右边，俯视着码头的阶梯，其他的人则放下一个浆糊桶，打开一束布告)[2]

对照阅读原文和译文，可以发现，无论在语序，还是在语义上，黄药眠的译文几乎和原文一致。虽然是直译，但是黄药眠也根据汉语行文的规律做了一些处理。一是补充了"码头的"这个背景，原文只有"阶梯"，而根据上下文，此处的阶梯指的是码头上的台阶。另外，原文是两个完整的英文句子，而黄药眠则将其合为一句汉语译文，符合汉语行文规律。

在戏剧的开头，警佐说了一段有关自身职责的话：

SERGEANT. It's those that are down would be up and those that are up would be down, if it wasn't for us.[3]

这句话中的 up 和 down 隐喻社会的中上层阶级和下层阶级，警佐的意思是如果没有警察这一群体，社会阶层可能会动荡不安、上下颠倒。

在戏剧的最后，警佐为爱国革命者所感动，想起自己年轻时也曾经为进步事业奋斗过，因此放了革命者让其前行，革命者说了这么一句：

---

① Lady Gregory, *Seven Short Plays by Lady Gregory*, New York and London：The Knickerknocker Press, 1915, p. 77.

② 爱尔兰 Gregory 夫人：《月之初升》，黄药眠译，上海：文献书房，1929 年，第15 页。

③ Lady Gregory, *Seven Short Plays by Lady Gregory*, New York and London：The Knickerknocker Press, 1915, pp. 78-79.

MAN Maybe I will be able to do as much for you when the small rise up and the big fall down… when we all change places at the Rising (waves his hand and disappears) of the Moon.①

这一句中的 the small 和 the big 也隐喻了下层阶级和上层阶级，与戏剧开头警佐的话前后对应。黄药眠对于这两处的译文是：

警佐　如果没有我们，那就一定是在上的会翻下来，在下的会翻上去。②

人　或者将来替你同样大的报答当小的起来，大的落下去的时候……即当在月亮初升(摇着他的手，不见)我们大家都改了地位的时候。③

这两个例子中，黄药眠没有将"up""big"和"down""small"以及"the Rising of the Moon"所隐喻的上层阶级、下层阶级和革命胜利明确地补充出来，而是按照词义直接进行口语化直译。虽然这种处理方式会使译文带有一定的模糊性，但结合剧本的历史背景以及越狱革命者把民谣作为接头暗号与自己的革命同伴取得联系的情节可知，这种隐晦而寓意深刻的模糊语乃是革命语境之下革命人士必备的一种特殊的交流方式。以口语化直译的方式处理革命者的隐语、行话有助于真实地再现原作剧情及人物角色形象。因此，这种处理方式是较为妥帖的。

《月之初升》这部戏剧以伪装成旅人的革命者演唱的歌曲名为题，歌曲从某个角度而言具备诗的特质，因此也是考验译者的一块试金石。旅人唱

---

① Lady Gregory, *Seven Short Plays by Lady Gregory*, New York and London: The Knickerknocker Press, 1915, p. 91.

② 爱尔兰 Gregory 夫人：《月之初升》，黄药眠译，上海：文献书房，1929 年，第17 页。

③ 爱尔兰 Gregory 夫人：《月之初升》，黄药眠译，上海：文献书房，1929 年，第33 页。

的最后一段如下：

> *Man*：（*Sings louder*）——
>
> One word more, for signal token,
>
> Whistle up the marching tune,
>
> With your pike upon your shoulder
>
> At the Rising of the Moon.[①]

黄药眠的译文如下：

> 人　（声唱得越大）
>
> 再多唱一句罢，做个记号，
>
> 吹起了你进行的音调，
>
> 在海月初升时
>
> 你的肩上放上了戈矛。[②]

原文基本遵循民谣的形式，即 2、4 行押尾韵（tune—moon），1、3 行可押可不押，在格律上则基本以 3 音步为主（即大约 6 个音节）。黄药眠的译文除了 marching 一词译为"进行"稍显不足之外（marching 有行军之义，暗示爱尔兰百姓起来革命，反抗英国统治者），其他的内容都直译出来了。在形式上，译文采用中国古诗常用的押尾韵模式，即 1、2、4 行押韵（号—调—矛），为了表达的需要，译文将原文第 3、4 行的内容互换，这样更符合汉语的表达，即显示出译者"对文字的超强的驾驭能力"。在格律上，译文则不能"重现"或"直译"原文格律，这也是中英诗歌（包括歌谣）

---

① Lady Gregory, *Seven Short Plays by Lady Gregory*, New York and London：The Knickerknocker Press, 1915, p. 88.

② 爱尔兰 Gregory 夫人：《月之初升》，黄药眠译，上海：文献书房，1929 年，第 29 页。

最大的不同所在，正是这种本质上的相异（英文重轻重音格律，汉语讲究平仄格律），使得弗罗斯特发出慨叹：诗歌就是翻译中失去的那个东西。

由此也可以看出，虽然以直译为主，黄药眠在翻译过程中碰见一些需要特殊处理的细节时，也会采取一些其他的翻译策略，如"归化"。再比如下面一例：

> **MAN**　I'm a poor ballad-singer, your honour. I thought to sell some of these（holds out bundle of ballads）to the sailors.①
>
> 人：我是一个卖唱者，老爷，我想卖些东西，（拿出一束的歌本）给水手们。②

原文中的"your honour"指"阁下""法官大人"，这里，黄药眠将其译为极具汉语文化色彩的称谓"老爷"，可以说用心良苦。"老爷"是我国旧时对官吏或有权势的人的称呼。一方面，"老爷"这一国人皆知的称呼会使目标读者倍感亲切；另一方面，"老爷"这一称谓带有讽刺当权者的意味，黄药眠用"老爷"替代"阁下""法官大人"这样偏中性、褒义的表达方式更能凸显统治者面前普通老百姓的卑微，准确再现原作中所谓"上层阶级"和"下层阶级"之间的矛盾与冲突。毫无疑问，"老爷"这一译法有助于目标受众更好地理解原剧本，从这个意义上讲，黄译不失为佳作。

此外，黄药眠《月之初升》译本中存在不少值得玩味的特殊的翻译现象——看似误译的嫌疑，下文将逐一举例说明。

（1）SERGEANT. There is a flight of steps here that leads to the water. This is a place that should be minded well. If he got down here, his friends

---

① Lady Gregory, *Seven Short Plays by Lady Gregory*, New York and London：The Knickerknocker Press, 1915, p. 79.

② 爱尔兰 Gregory 夫人：《月之初升》，黄药眠译，上海：文献书房，1929 年，第 18 页。

might have a boat to meet him; they might send it in here from outside.①

警佐 这儿到水边的码头的阶梯是一个可以逃脱的地方。这儿应该好生注意一点；如果他能走下这里，他的帮手就可以用一艘艇子来接他；他们可以把它从外面放进这里来。②

警佐原文话中的短语"a flight of steps"原意为"一段台阶"，这里，黄药眠将该短语中的"flight"一词处理为"逃脱"之意，明显是化用了英文习语"fight or flight"中"flight"的"逃跑""溃退"的意思。尽管黄药眠的这种处理方式存在误译之嫌，但结合剧本情节来看，码头边的这段台阶确实是越狱者逃离的必经之路。因此，黄药眠这种独特的联想式译法有其存在的合理性。另外，警佐的这段话出现在剧本的开端，"码头边的一段台阶"在帮助读者了解"贴布告"是为了捕获一个可能通过"码头边的阶梯"这样一个脱险要道而逃跑的人的故事脉络方面稍显逊色。除此之外，黄药眠用"逃脱"一词修饰"码头边的阶梯"也暗示着越狱者必定要经过这里，于无形中凸显了作为人物主要活动场所的"码头边的阶梯"之重要性。

（2）POLICEMAN B. It's a pity we can't stop with you. The Government should have brought more police into the town, with him in goal, and at assize time too. Well, good luck to your watch.③

警察：很可惜的，我们不能留在这儿同你在一道；政府应该多派一点警察到这镇上来，在监狱里看守他要多一点，就在悬赏的时候亦

---

① Lady Gregory, *Seven Short Plays by Lady Gregory*, New York and London：The Knickerknocker Press, 1915, p. 77.

② 爱尔兰 Gregory 夫人：《月之初升》，黄药眠译，上海：文献书房，1929 年，第16 页。

③ Lady Gregory, *Seven Short Plays by Lady Gregory*, New York and London：The Knickerknocker Press, 1915, p. 79.

应该多一点。好，祝你在这里看守得到好运气。①

可以看出，黄药眠将"POLICEMAN B"直接翻译成了"警察"，采取了和上文"警察乙"不一致的译法。从这段话的内容来看，这是一个身处社会底层的小警员在履行任务时所发出的对政府部门的不满和怨言，侧面反映出英国殖民政府的散漫、懈怠，及其对底层民众生存状态的漠视。这里，"警察乙"可以看作当时社会中万千为谋生而为政府卖命的底层警察群体的缩影。如此一来，"警察乙"代表社会底层警察群体倾诉了他们共同的心声。因此，将"警察乙"这一个体扩大至"警察"这一群体是译者充分了解剧本背景、深挖文本内涵的成果，应当得到肯定。

另外，值得注意的是"and at assize time too"的翻译，"assize"一词指"巡回审判"，原文"assize"所在的句子的意思是"当越狱者在牢房里，以及开展巡回审判的时候政府应该多派些警察到这镇上来"，这里，黄药眠将其译为"就在悬赏的时候亦应该多一点"，与原文的意思有相当的距离，从"多派警察"到"多发悬赏"，译者在一定程度上揭露了警察群体的小市民心态。

(3) SERGEANT. (walks up and down once or twice and looks at placard). A hundred pounds and promotion sure. There must be a great deal of spending in a hundred of pounds. It's a pity some honest man not to be better of that.②

警察：(行来行去，走了一两次，且注视着布告。)一定的，一百磅，还有升官；一百磅拿到了手，一定有好多用处，真可怜，有些老

---

① 爱尔兰 Gregory 夫人：《月之初升》，黄药眠译，上海：文献书房，1929 年，第17-18 页。

② Lady Gregory, *Seven Short Plays by Lady Gregory*, New York and London：The Knickerknocker Press, 1915, p. 79.

实人竟不会藉此来弄好一点。①

　　这段话一方面反映了身处社会底层的警察群体窘迫的生活现状，另一方面也披露了其贪图名利的市侩心理。原文中这段话出自警佐之口，而译文中黄药眠却将"发言者"换为警察。黄药眠之所以这样处理是基于对剧情的整体把握。根据剧情，警佐是一名正宗的爱尔兰人，这个曾经为爱尔兰民族解放事业摇旗呐喊的人最终被越狱者热忱的革命情怀所触动而帮助其成功逃离。因此，除了警佐自嘲的可能性外，这句话也是借警察之口来暴露底层警察群体唯利是图、善恶不分的可悲状态，来暗示警佐不为功名利禄所动，最终因越狱革命者那份自己曾经拥有过的革命热情而掩护其逃离的结局。警察口中的"老实人"指的便是警佐。

　　下面是革命者唱的一段歌谣和一段对话：

　　(4) Man. (sings)——

As through the hills I walked to view the hills and shamrock plain.

I stood awhile where nature smiles to view the rocks and streams,

On a matron fair I fixed my eyes beneath a fertile vale,

As she sang her song it was on the wrong of poor old Granuaile.②

　　人 (唱)

　　当我行过了群山，观望着山谷和三叶草的平原

　　当我正稍稍在含笑的自然当中翘盼着山泉水涧，

　　在阴阴的谷下我凝视着一位美人的倩影，

---

　　①　爱尔兰 Gregory 夫人：《月之初升》，黄药眠译，上海：文献书房，1929 年，第18 页。

　　②　Lady Gregory, *Seven Short Plays by Lady Gregory*, New York and London：The Knickerknocker Press, 1915, p. 85.

因为她正唱着，唱着说老格兰纳受了沉冤。①

（5）Man. I am; and for no reward too. Amn't I the foolish man? But when I saw a man in trouble, I never could help trying to get him out of it. What's that? Did something hit me?②

人：我是在留心着，而且还没有什么报酬的呢。我不是一个蠢人么？但我一看见一个人有什么烦难的时候，我又不能不想要竭力把她救出来。唉，什么东西？好像有什么东西打了我一下。③

可以看到，黄药眠将 "I never could help trying to get him out of trouble" 中表示男性的 "him" 译成了女性指称"她"。这里是一语双关，表面上指乔装成民谣歌手的越狱革命者因为"认识"政府通缉的"越狱犯"而想要"协助"警佐捕获这所谓的"越狱犯"。通过这段话，越狱革命者试图打探警佐是否会放弃悬赏，帮助自己潜逃。上文中越狱革命者吟唱的爱尔兰古代歌谣中的"受了沉冤的老格兰纳"是古代爱尔兰的民族巾帼英雄，是 16 世纪代表爱尔兰西部抵抗英国侵略的著名战舰统帅，在爱尔兰人民心中，她才是爱尔兰女王，而不是伊丽莎白一世。④也即"受了沉冤的老格兰纳"象征着英国殖民统治下落魄、衰亡的爱尔兰。因此，黄药眠将原文的 "him" 女性化，实际是为了表现越狱革命者的一腔救国热情。

（6）Man. Maybe, sergeant, it comes into your head sometimes, in spite of your belt and your tunic, that it might have been as well for you to

①　爱尔兰 Gregory 夫人：《月之初升》，黄药眠译，上海：文献书房，1929 年，第 24 页。

②　Lady Gregory, *Seven Short Plays by Lady Gregory*, New York and London：The Knickerknocker Press, 1915, p. 85.

③　爱尔兰 Gregory 夫人：《月之初升》，黄药眠译，上海：文献书房，1929 年，第 25 页。

④　安凌：《重写与归化——英语戏剧在现代中国的改译和演出：1907—1949》，广州：暨南大学出版社，2015 年，第 147 页。

have followed Granuaile.①

人：警佐，虽然你挂着皮带，穿着制服，但这些思想亦恐怕常常会来到你的脑子里吧，即你如果还是跟着"格兰纳"去干亦未尝不好呢。②

（7）SERGEANT. What are you waiting for?

Man. For my hat, of course, and my wig. You wouldn't wish me to get my death of cold?③

警佐：你还在等我么？

人：等我的帽子，自然的，还有我的假发。你不会要想我冻死吧？④

剧中，越狱革命者与警佐对话时不时穿插爱尔兰民谣，试图唤起警佐曾经的革命热情，鼓励他再次投身爱尔兰民族解放事业。前文中，越狱革命者激励警佐"你如果还是跟着'格兰纳'去干亦未尝不好呢"。后文中，当警佐识破越狱革命者，但因为共同的民族身份和革命热情而掩护他逃过一起执行任务的两位警察后，警佐对从琵琶桶后面出来的越狱革命者说了一句"What are you waiting for？"这句话可以译为"你还在等什么？"表示警佐催促死里逃生的越狱革命者赶快离开。

这里，黄药眠将其译为"你还在等我么？"可以作如下两种理解：一是为了与上文中越狱革命者那句"你如果还是跟着'格兰纳'去干亦未尝不好呢"呼应，这句"你还在等我么？"相当于警佐对革命者的答复，一句反问表

---

① Lady Gregory, *Seven Short Plays by Lady Gregory*, New York and London：The Knickerknocker Press, 1915, p. 88.

② 爱尔兰 Gregory 夫人：《月之初升》，黄药眠译，上海：文献书房，1929 年，第29 页。

③ Lady Gregory, *Seven Short Plays by Lady Gregory*, New York and London：The Knickerknocker Press, 1915, p. 91.

④ 爱尔兰 Gregory 夫人：《月之初升》，黄药眠译，上海：文献书房，1929 年，第32-33 页。

明他不会随革命者一道去加入革命队伍，另一种解释是警佐被革命者那份自己曾经拥有过的革命热情所感动而不惜与一起执行任务的两位警察反目，极力支开他们好让革命者逃脱，当两位警察离开，革命者从隐藏的地方出来并且没有立即离开的意思时，警佐这句"你还在等我么？"相当于"警告"革命者"刚刚那两位执意要在这里捕获你的人已经走了，你现在还不立即逃命，是等我亲手捉拿你吗？"当然，警佐深知自己不会拘捕革命者，而革命者也知道警佐会放自己一条生路。可以说，此刻，服务于英国殖民政府的警佐与代表爱尔兰民族的革命者之间的冲突已被消解，两者同是爱尔兰民族的拥护者。明知越狱革命者不怕自己，警佐还要说这样的话，着实为剧本增添了不少戏谑的味道，与此独幕剧的喜剧性质非常契合。

尽管黄药眠对剧本中的部分语词进行了归化处理，但总体来说，黄译本的直译色彩更浓厚。另外，为使剧本情节前后连贯、照应，再现原作的主题思想、人物形象及人物间的矛盾与和解，黄药眠也充分发挥译者的主体性对原作相关内容的文本意义进行了重新建构。

在爱尔兰民族戏剧运动其他领袖人物及其剧作被译介到国内的浪潮中，黄药眠先生独具慧眼，注意到格雷戈里夫人这位爱尔兰杰出女作家激励人心的创作生涯及其别具一格的创作风格，并将这位夫人及其剧作集《七部短剧》(*The Seven Short Plays*)译介到国内，充分彰显了一代翻译家的翻译自觉。在译本的序言中，黄药眠先生这样写道："在 Irish National Theatre 当中的主要人物如 Yeats, Synge 在中国都曾经有人介绍过，而爱尔兰的女作家闺阁丽 Gregory 却从没有人谈及，这却不能不说是一件不幸的事。"①黄药眠先生的译介工作不仅丰富了国内关于格雷戈里夫人及其剧作的译介，更为后人研究格雷戈里夫人及其剧作提供了可资借鉴的文献资料，其在外国文学译介方面的贡献不容抹杀。

---

① 爱尔兰 Gregory 夫人：《月之初升》，黄药眠译，上海：文献书房，1929 年，第5-6 页。

第二节 格雷戈里夫人戏剧《月亮升起》的多次复译
——罗家伦译本

目前可搜索到的资料显示，茅盾应该是最早将格雷戈里夫人戏剧译介到中国的翻译家。早在 1919 年 10 月茅盾便将《月亮升起》译介到了中国（题为《月方升》）。茅盾之所以翻译《月亮升起》，显然与戏剧中所展示的爱国主义情怀有关，这一情怀与当时的五四新文化运动的精神相契合，是茅盾思想变化的一个表征（详见第二章）。正是因为该剧富于浓厚的爱国情操，非常契合 20 世纪 20 年代救国救民的民族气氛，所以才被不断重译和改译。有学者统计，仅 1924 年至 1935 年，《月亮升起》共计有爽轩、黄药眠、罗家伦、何星辰、王学浩、陈鲤庭翻译的六个中译本，以及陈治策、舒强改编的两个改译本。[①]

其实，爽轩的翻译本从某个角度来看也可以说是改译本，他是国内尝试改译《月亮升起》的第一人，他改译的《月出时》被收入凌梦痕编著的《绿湖》第一集（民智书局 1924 年版）。[②]爽轩从本土化和时代性两方面对剧本进行了改编：在地名本土化方面，爽轩将剧本中的爱尔兰地名替换为当时中国抗战最激烈的吉林省辽源市，以民众熟悉的抗战地点作为故事的背景，来使读者联想到中国当时真实的社会背景，进而产生情感共鸣；在人物时代性方面，爽轩用中国抗战中的民兵领导代替了原剧本中越狱的爱尔兰民族解放运动革命者，以迎合读者的审美心理，打动读者。[③]陈鲤庭于 20 世纪 20 年代末首次导演了《月亮升起》，他将该剧译为中文《月亮上升》，这一译本成为后来文艺界演出《月亮升起》的蓝本；章泯也导演过《月亮升

---

① 安凌：《重写与归化——英语戏剧在现代中国的改译和演出：1907—1949》，广州：暨南大学出版社，2015 年，第 145 页。

② 安凌：《重写与归化——英语戏剧在现代中国的改译和演出：1907—1949》，广州：暨南大学出版社，2015 年，第 147 页。

③ 田菊：《爱尔兰戏剧运动在中国的百年回响》，北京：中国社会科学出版社，2017 年，第 107 页。

起》，他"对人物语言和心理变化诠释得非常妥帖和到位，深受观众喜爱"。①黄药眠则是在 1929 年将该剧译为《月之初升》的。值得注意的是，在中华人民共和国成立不久，俞大缜翻译的《月亮上升的时候》于 1958 年出版，从现有资料考察，俞大缜对格雷戈里夫人戏剧的部分翻译早在 20 世纪三四十年代便已开始。

在《月亮升起》的诸多复译和改译中，罗家伦、王学浩、李健吾的翻译本和陈治策的改译本值得注意，原因是随着文献寻找的更为便利，这几位译者的译文原本已经可以方便找到。此外，更重要的是，关于这几位译者，目前国内关于其翻译方面的研究还比较少。

在中国现代史上，罗家伦以五四新文化运动领袖之一和清华大学锐意改革者等著名，尤其在清华大学的转型发展上功不可没。② 这两方面的研究在国内已经取得一定成果，但是关于其翻译方面的研究，目前几乎是空白。而实际情况是，仅就戏剧而言，罗家伦在 1930 年出版了上、下两册《近代英文独幕名剧选》，选译了梅斯菲尔德的《临别》等十部英文独幕剧，其中就有格雷戈里夫人的《月亮升起》。

罗家伦于 1897 年 12 月 21 日出生于江西南昌，为家中长子。3 岁时，由母亲教授识字，5 岁发蒙就读于家塾，少年时即以接受传统私塾教育为主。20 世纪 10 年代初，曾入美国传教士高福绥（F. C. Gale）所开办的英文夜校，修习英文。③ 1914 年，罗家伦考入上海复旦公学高中部，学习文学、科学等科目，课程大多以外文讲授。3 年后，罗家伦考入北京大学文科本科，主修外国文学，其时北大校长为蔡元培。在上海时，罗家伦便通

---

① 田菊：《爱尔兰戏剧运动在中国的百年回响》，北京：中国社会科学出版社，2017 年，第 108 页。

② 除了在清华大学改革方面贡献卓著，罗家伦在选拔人才上也独具慧眼，最有名的莫过于他破格录取一代大家钱锺书。据说钱锺书考学时数学分数很低，但中英文特优，罗家伦将其破格录取，其后钱锺书终生感激此事。参见《钱锺书》（汤晏著，文化发展出版社，2019 年）、《钱锺书传》（张文江著，复旦大学出版社，2011 年）等。

③ 张晓京：《近代中国的"歧路人"——罗家伦评传》，北京：人民出版社，2008 年，第 19 页。

过报纸等接触到新的时代思想，在北大时，更是在"兼容并包"理念的影响下接触到更多的新思想。在《新青年》以及北大校内新思想代表人物陈独秀、胡适等的影响下，罗家伦等学生于 1918 年 11 月成立"新潮社"，1919年 1 月出版《新潮》杂志第 1 期。期刊名称来自罗家伦的建议，标识以"批评的精神、科学的文义、革新的文词"来探讨各种课题。① 1919 年 5 月 4日，五四运动爆发，罗家伦成为健将之一。据说当天唯一的印刷传单《北京学界全体宣言》，其主笔者即为罗家伦，在 5 月 26 日出版的《每周评论》上，他还以"毅"为笔名，发表《"五四运动"的精神》，首次提出五四运动这个名词。② 在此期间，罗家伦已经开始发表译作，代表性的译文便是他和老师胡适合译的易卜生名剧《娜拉》，该剧作为 1918 年第 6 期《新青年》的"易卜生专号"之一种，和胡适的《易卜生主义》等开创了中国现代戏剧的新阶段，也成为五四新文化运动的一个标志性文化事件。

　　除积极参加进步活动外，罗家伦在北大学习期间曾承担两部英文学术著作的翻译。一本是美国学者、外交官保罗·芮恩施（Paul S. Reinsch，其曾于 1913 年至 1919 年出任美国驻中国公使）所著 *The Fundamental Principles of Government*，罗家伦将其译为《平民政治的基本原理》。罗家伦1920 年开始翻译此书，在赴美留学前完成了前 7 章，后来在美国普林斯顿大学留学时继续翻译，全书翻译完成于 1921 年 3 月。1921 年 10 月，后来担任北大校长的蒋梦麟为译著做校对并作序。1922 年 1 月，《平民政治的基本原理》中英文合印本由商务印书馆出版，署名"译者罗志希"（志希为罗家伦的字），在当时颇有影响。③ 另一本是英国学者柏雷（J. B. Bury）所著*History of Freedom of Thought*，罗家伦将其译为《思想自由史》。早在 1919 年春，罗家伦便开始翻译此书，译文逐日发表于《晨报》。罗家伦以这种形式一共翻译了该书的前 5 章，然后便出国留学了。在普林斯顿大学期间，他

　　① 罗久芳：《我的父亲罗家伦》，北京：商务印书馆，2013 年，第 24 页。

　　② 芮恩施：《平民政治的基本原理》，罗家伦译，北京：中国政法大学出版社，2005 年，第 10 页。

　　③ 至 1925 年 6 月，该书已出版至第 4 版。

经常听到史学教授们对该书的赞誉，便在 1921 年夏天续译了该书的第 6 章和第 7 章。1922 年夏天，罗家伦译完全书的最后一章，即第 8 章。1925年，罗家伦到巴黎留学，决心修改前 5 章，以备出版。动手修改时却对早前的 5 章译文"大不满意"①，便全部重译了这 5 章。1926 年，罗家伦又大量修改了第 6 章、第 7 章，重译了第 8 章。重译后的《思想自由史》于 1927年 6 月由商务印书馆出版，署名"译述者罗志希"。这两部译作在 20 世纪20 至 40 年代均有数次再版重印，在 20 世纪 80 年代之后又得以再版。但是，关于这两部译著的研究，以及由此反映的关于罗家伦翻译的研究，目前尚处于几乎空白的状态。

1920 年秋，罗家伦与其他四位北大毕业生受到蔡元培校长的推荐和企业家穆藕初的资助，奔赴欧美留学。罗家伦入普林斯顿大学，研究文学、哲学和教育，1921 年暑假在康奈尔大学暑期学校学习。1922 年秋，罗家伦进入哥伦比亚大学研究院攻读哲学与历史，在此受实用主义哲学家杜威影响甚深。是年冬，罗家伦由美赴欧，进入柏林大学攻读历史，并广泛涉猎文学、哲学、教育、民族等学科。之后，罗家伦又相继在巴黎和伦敦游学，并曾在法国国家图书馆和大英图书馆查阅和抄录有关中国近代史的资料。② 其间，因所受资助之基金一度中断，罗家伦差点提前结束留学生涯，多亏商务印书馆总经理张元济的援助才得以继续。1926 年 6 月，罗家伦结束留学生涯，回到中国。在留学这 6 年中，除上述两项翻译外，罗家伦还撰写了人生中最重要的一部学术著作《科学与玄学》，该书于 1927 年 1 月由商务印书馆出版，署名"著者罗志希"。回国后，罗家伦先在东南大学任教，后于 1928—1930 年担任清华大学领导职务，1930 年之后长期在国立中央大学担任校长。

在留学欧美的 6 年以及回国后的最初几年，除翻译《平民政治的基本原理》《思想自由史》以及撰述《科学与玄学》之外，罗家伦在学术上最大的

---

① 柏雷：《思想自由史》，罗家伦译，长沙：岳麓书社，1988 年，第 4 页。
② 张晓京：《近代中国的"歧路人"——罗家伦评传》，北京：人民出版社，2008年，第 92 页。

贡献便是陆续翻译了 10 部欧美的独幕剧。罗家伦将这十部独幕剧结集，于 1931 年 10 月由商务印书馆出版，题目为《近代英文独幕名剧选》，其中便有格雷戈里夫人的《月亮升起》。该选集分上下两册，上册为汉语译文，下册为英文原文。① 与两部学术译著一样，罗家伦这部《近代英文独幕名剧选》，除了在个别综述性论文被提及外，尚未引起翻译研究界的注意。因此，有必要在此以《月起》为例，对罗家伦的翻译思想进行初步的探索。

在《近代英文独幕名剧选》上册的正文之前，罗家伦写有一篇《译序》，简要介绍了自己翻译这些戏剧的缘由和标准。缘由在于译者在美国开始留学时，每逢"厌倦了哲学的玄想"以及呼吸够了"史料架子上的灰尘"，便以阅读独幕剧作为"精神上的逋逃薮"②。这一时期也就是罗家伦写作《科学与玄学》的时期，在这种学习压力较大的情况下，他便以阅读独幕剧作为兴趣与消遣。据罗家伦自己说，在十年的时间里读了 500 多篇英文独幕剧。而对于那些自己认为较好的便随手翻译，而"较好"的标准有四个：

> （一）原剧在文艺上必定是有价值的；（二）原剧的剧情和背景是中国人所能了解，在中国可以排演的；（三）文字中俚语不多的，因为要将原文一并印入，使读者能参看纯洁而修词极好的英文；（四）剧本的

---

① 这 10 部著作分别是梅斯斐德的《临别》（John Masefield, *The Sweeps of Ninety-Eight*）、梅德敦的《潮流》（George Middleton, *Tides*）、葛赖戈蕾夫人的《月起》（Lady Gregory, *The Rising of the Moon*）、高士华胥的《阳光》（John Galsworthy, *The Sun*）、段香莱爵士的《诗运》（Lord Dunsany, *Fame and the Poet*）、巴克斯特的《奇丐》（William Parkhurst, *The Beggar and the King*）、狄铿生的《割症》（Thomas H. Dickinson, *In Hospital*）、何腾的《巧遇》（Stanley Houghton, *Fancy Free*）、白纳德的《性别》（Arnold Bennett, *A Question of Sex*）和琼斯的《遗志》（Henry Arthur Jones, *The Goal*）。以上为罗家伦译文，葛赖戈蕾夫人即格雷戈里夫人，段香莱即唐萨尼。这些题目的翻译基本是意译。

② 《近代英文独幕名剧选》，罗家伦译，上海：商务印书馆，1931 年，《序》第 1 页。

原文，必须是以英文写的。①

　　从这四项标准中可以看出罗家伦以读者为核心的翻译准则，即首先是有价值的独幕剧，其次剧作内容和语言要能够为中国读者所理解，最后两项其实是针对当时国人学习英文的需要。自清末魏源提出"师夷长技以制夷"以来，学习西方先进科技和思想就成为进步人士的共识，而历经五四新文化运动的罗家伦更是明白这一点的重要性。

　　在原作选择上，罗家伦是花了一番心思的，既然是选"英文"戏剧，自然以英美为主，但爱尔兰的文艺复兴戏剧是当时世界文坛的一枝独秀，自然不能不引起他的注意。因此，10 部戏剧完全来自英、美和爱尔兰的作家，"而且可以代表英美爱尔兰三处的作风"②。为了读者研究的便利，译者还在每部戏剧的正文之前，附有著者小传和作品概要。尤其难能可贵的是，在《译序》的结尾部分，罗家伦简述了独幕剧的发展和排演概况。他认为独幕剧的发展主要受欧美"小剧场运动"的推动，而受此影响，中国国内的学校兴起演剧之风，但大多上演三四幕的长剧。上演这种戏剧往往"费时过多"，这样就会妨碍学生正常上课，效果反而不佳。因此，为了兼顾"学校演剧"和"小剧场演出"，罗家伦认为独幕剧是最佳之选。在《译序》的结尾处，罗家伦解释了自己的译文选择，即他使用的是"流行的国语"，也就是五四新文化运动之后兴起的白话文。但是，即便是白话文，在当时的国内也有不同的标准和分法，为此，罗家伦特意添加了一条解释，即自己的译文除以"流行的国语"为主体外，"间杂以北平普通话的语尾"。概言之，罗家伦在译文中使用的是北京地方的国语，这与罗家伦就读于北京大学以及他积极参加五四运动有关。值得注意的是，罗家伦声明针对原文中反复出现的"口语和称谓词"，为了避免重复或者"顾全说话的流利起见"，

---

①　《近代英文独幕名剧选》，罗家伦译，上海：商务印书馆，1931 年，《序》第 1 页。

②　《近代英文独幕名剧选》，罗家伦译，上海：商务印书馆，1931 年，《序》第 2 页。

还对原文中反复出现的"口语和称谓词"采用不用的译法。这样的处理，其实也是为了阅读和演出的方便。

总体来看，罗家伦在翻译《月起》时以直译为主，语言则使用其自身所提倡之"间杂以北平普通话的语尾"的白话文。如戏剧开头介绍警察的部分，原文如下：

Sergeant, who is older than the others, crosses the stage to right and looks down steps. The others put down a pastepot and unroll a bundle of placards.[①]

罗家伦的译文为：

巡长的年纪比二个警察大一点，走过台前面到右边，望着下面的踏步。二个警察把一个浆糊桶子放下来，摊开一卷告白。[②]

原文为两句，译文也是两句，从语序上看，译文也几乎"复制"了原文的语序。从词语上看，"浆糊桶子"的表达，尤其是"子"字的使用体现了北京地方的语言特色。

在告白被贴上之后，巡长得意地想要抓住越狱的囚犯，从而获得一百英镑的赏金和升官的机会，他说：

Sergeant：A hundred pounds and promotion sure. There must be a great deal of spending in a hundred pounds. It's a pity some honest man not

---

①　Lady Gregory, *Seven Short Plays by Lady Gregory*, New York and London：The Knickerknocker Press, 1915, p. 77.

②　《近代英文独幕名剧选》，罗家伦译，上海：商务印书馆，1931 年，第 49 页。

to be the better of that.①

罗家伦将其译为：

> **巡长**　一百磅，还一定升官。一百磅一定经得起一用。可惜有些安分守己的人还弄不到这一点，要来干这玩儿。②

无论从语序，还是从语义来考察，罗家伦的译文与原文几乎完全一致。值得注意的是，原文中最后一句是俗语式的地道表达，意思是"有些诚实的人，不知道这一点，而不会做这事（抓捕逃犯领赏）"，罗家伦的译文除将意思传达之外，"要来干这玩儿"也是极具北京地方特色的语言表达。

如前几章中所述，《月亮升起》的题目来自剧中革命青年（即越狱逃犯）所唱的歌曲，对歌曲的处理，成为考验译者能力的试金石。在剧中，革命青年这样歌唱自己的家乡：

> As through the hills I walked to view the hills and shamrock plain,
>
> I stood awhile where nature smiles to view the rocks and streams,
>
> On a matron fair I fixed my eyes beneath a fertile vale,
>
> As she sang her song it was on the wrong of poor old Granuaile.③

罗家伦的译文为：

---

①　Lady Gregory, *Seven Short Plays by Lady Gregory*, New York and London: The Knickerknocker Press, 1915, p. 79.

②　《近代英文独幕名剧选》，罗家伦译，上海：商务印书馆，1931年，第51页。

③　Lady Gregory, *Seven Short Plays by Lady Gregory*, New York and London: The Knickerknocker Press, 1915, p. 85.

我走过千山万岭，

　　望见更有重峦叠嶂，

　　和酢浆草铺满的平原；

那时候我停一会儿，

　　看自然含笑的对着磐石与流川。

在膏腴的山谷底下，

　　我眼睛盯着那美人儿的容颜；

她唱着一个歌儿，

　　诉着可怜老葛兰纽的沉冤。①

　　对读原文与译文，可以发现，在形式上，除第一句外，罗家伦将原文的一行拆成了译文的两行（原文第一句拆成了三行），这样整体来看，形式是比较规整的。原文不押尾韵，译文基本是偶数行押韵（原、川、颜、冤），罗家伦的这种处理其实更符合英文民谣的押尾韵模式。从内容来看，译文将原文的意思全部译出。从措辞来看，译文中个别词语的表达较原文更富有诗意，如将 hills 分别译为"千山万岭"和"重峦叠嶂"。这一处理，也正是罗家伦在《译序》中所说的"为避免重复，而采用不同译法"。当然，"一会儿""美人儿""歌儿"等词语中密集使用"儿"字，使得北京地方常见的儿化音在译文中得以凸显。另外，罗家伦在页脚加注，称"酢浆草为爱尔兰国徽"。shamrock 如今通译为三叶草，罗家伦译为"酢浆草"，罗家伦或许不是如此翻译的第一人，但"酢浆草"作为专有名词，在《新华词典》中有专门解释（1998 年修订本，第 75 页），这应该是近代中外文化交流中一个具体而微且值得关注的例子。

　　除直译外，为了照顾读者的理解和"演出的需求"，罗家伦在《月起》的翻译中有时也使用归化译法。例如在上述革命青年唱歌的同时，巡长突然

---

　　① 《近代英文独幕名剧选》，罗家伦译，上海：商务印书馆，1931 年，第 55-56 页。

打断他，说其中有一句不对，应该是 Her gown she wore was stained with gore，罗家伦将其译为"她穿的旗袍儿遇着血花溅"。gore 不是一般情况下的流血，而是在暴力语境如战争中所流的血或者凝固的血，在原文中暗指英国对爱尔兰的残酷欺凌，罗家伦的译文"血花溅"非常形象地传达了这一意象，且容易使读者想起中国传统戏剧《桃花扇》中血溅白扇成桃花的故事。而译文中的"旗袍儿"则完全是归化的译法了（原文的 gown 意为长外衣）。另外，原文中的 reward，罗家伦译为"赏格"；原文中的 nothing but abuse on our heads（字面意思为"指着我们的头骂"），罗家伦译为"狗血喷头的骂死我们"；原文中革命青年第一次与巡长对话，称对方为 your honour，罗家伦译为"老总"；原文中革命青年手中拿的 bundle of ballads（即一本民谣歌曲集子），罗家伦译为"一卷曲本"；原文中有一首民谣歌曲"Johnny Hart"，罗家伦译为"蒋赫德"；"Johnny Hart"这首歌曲中有两句：

> There was a rich farmer's daughter lived near the town of Ross;
> She courted a Highland soldier, his name was Johnny Hart;[①]

罗家伦将其译为：

> 靠近螺丝镇上，
> 住着一个有钱农夫的娇娃；
> 她钓上了一个苏格兰的兵士，
> 蒋赫德的名字就成了她的冤家。[②]

以"娇娃"译 daughter，以"钓上了"译 courted，以及"冤家"的表达，均体现出归化色彩。

---

① Lady Gregory, *Seven Short Plays by Lady Gregory*, New York and London：The Knickerknocker Press, 1915, p. 81.

② 《近代英文独幕名剧选》，罗家伦译，上海：商务印书馆，1931 年，第 52 页。

除了直译与归化翻译，罗家伦对《月起》的翻译，还有一点也值得注意，就是其译文有时候过于依循原文，而没有考虑到中英文字的差异，从而导致出现硬译的情况。例如，在巡长与革命青年一开始的对话中，有这么一句：

Sergeant：Well, if you came so far, you may as well go farther, for you'll walk out of this.①

罗家伦的译文是：

巡长　好，若是你来得远，你去得一定更远，因为你走这儿过去。②

无论从语序，还是从语义来看，译文几乎是对原文的"复制"。尤其是最后一个分句的处理，原文的意思是"如果你从这里（码头）坐船离开的话"，译文的处理有明显的硬译痕迹。此外，在戏剧结尾处，革命青年希望巡长把假发和帽子还给自己，因为那个时候非常冷，青年说 You wouldn't wish me to get my death of cold? 意思是对方也不希望自己因为没带帽子而被冻死。罗家伦将这一句译为"你不愿意我伤风伤死的？""伤风伤死"的表达较为别扭，有硬译之嫌，而且整句译文读来拗口。

综上所述，罗家伦在翻译《月起》时采取的策略是直译为主，间或使用归化译法，在语言上以当时流行的白话文为主，杂以北京地方的特色词汇和说法。探究其原因，则可以结合罗家伦自身经历与时代背景两方面来综合考察。罗家伦考进北大那年，正是蔡元培开始执掌北大之年③，蔡元培

①　Lady Gregory, *Seven Short Plays by Lady Gregory*, New York and London：The Knickerknocker Press, 1915, p. 80.

②　《近代英文独幕名剧选》，罗家伦译，上海：商务印书馆，1931 年，第 52 页。

③　罗久芳：《我的父亲罗家伦》，北京：商务印书馆，2013 年，第 59 页。

兼容并包的治校之策深得罗家伦欣赏。教师方面，罗家伦深受胡适影响。初进北大，罗家伦饱读外国书籍，加之自由讨论的气氛和受《新青年》杂志的影响，他和几位同学创办《新潮》杂志，并因此积极参加新文化运动和五四运动。新文化运动和五四运动中，罗家伦都成为主将，因此当他后来去美国留学而从事戏剧翻译时，使用白话文作为翻译语言是再自然不过的选择了。虽然说罗家伦青少年时期在江西度过，并一度到上海学习，但对于青年罗家伦来说，影响最大的地方还是在北京，加之新文化运动、五四运动的中心都在北京，因此罗家伦对北京地方的语言特点是比较熟悉的，故而在翻译时会杂以北京地方特色词汇和表达。而罗家伦之所以选择独幕剧进行翻译，其中一个重要原因是"在中国可以排演"，这与他希望通过戏剧来推动中国文化的发展密切相关。罗家伦注意到在当时中国的学校之中，尤其是大学之中，有浓厚的演剧气氛，所演出的戏剧大多受欧美"小剧场运动"影响。但是长达三四幕的戏剧，"往往费时过多，不特妨害学课，而且难于演好"①。为了演出的便利，也为了使读者更好地接受，罗家伦在直译之外，在一些地方采取了归化译法，这是译者考量读者接受视域后的翻译选择。

至于说罗家伦的译文中有一些硬译的现象，这主要与白话文的发展有关。新文化运动之后，白话文逐渐成为创作和翻译的主要选择，但从文言创作到白话创作的突然转变，也使中国现代的作家和译者们颇费思量。白话并不起自现代，宋元时期百姓所言便已是现代白话文的雏形。近来以来，受欧美语言与文化的影响，白话文也日益发展。但使用白话文进行创作和翻译，对于现代作家和译者而言，有两个方面的影响。一方面依然受传统文言的影响，如胡适被誉为白话诗肇始代表之作的《尝试集》，其中不少句子都见出文言影响的痕迹(如《赠朱经农》中"年来意气更奇横，不消使酒称狂生"，《文学篇》(将归诗之二)中"烹茶更赋诗，有倡还须和")；另

---

① 《近代英文独幕名剧选》，罗家伦译，上海：商务印书馆，1931 年，《序》第 2 页。

一方面则受欧美语言的影响，无论在语法还是词汇方面，尤其是在翻译的时候，不时会出现过于依循原文语序和语义的现象。罗家伦在翻译《月起》时出现的硬译便是如此。

在中国现代史上，论及罗家伦的贡献，研究者多探讨其对推进现代大学改革所做的努力。而在中国现代翻译史上，罗家伦的名字阙如，这与他早年丰富的翻译实践不相符合。除《近代英文独幕名剧选》上、下册外，他还译有思想著作《平民政治的基本原理》和《思想自由史》①等，也就是说，他在文学和思想领域都有译著产生。本节仅就其对格雷戈里夫人《月亮升起》一剧的翻译，对其翻译策略和原因稍作梳理，而更为全面的对于罗家伦翻译的研究，有待进一步的详细探讨。

第三节　格雷戈里夫人戏剧《月亮升起》的多次复译——王学浩译本

在中国现代史上，格雷戈里夫人的《月亮升起》曾被多次翻译（包括复译与改译）。由于文献搜集的困难，一些《月亮升起》的译文已渺不可寻，也有部分译文得以保留至今，这其中除了黄药眠译文和罗家伦译文外，还有署名"王学浩"的译文，名为《明月东升》。

与黄药眠和罗家伦不同，关于王学浩的生平，无论是纸质材料还是网络搜索，几乎没有什么线索。笔者根据能够搜索得到的王氏译著及编著作品，目前能够确定的是，王学浩英文名字为 WANG HSION HAO（这显然是威妥玛拼法），在译著中经常以 H. H. WANG 标注其名；其毕业于有宗教

① 《平民政治的基本原理》于 1922 年 11 月以中英对照的形式，由商务印书馆出版，此后数次再版。该译著署名为"美国驻华公使芮恩施著、北京大学新潮社罗志希译、北京大学教授蒋梦麟校"，蒋梦麟不仅校对该书，还为该书作序。《思想自由史》于 1927 年 6 月由商务印书馆出版，署名为"原著者英国柏雷、译述者罗志希"。有意思的是，同年 9 月，民智书局特出版了该原著的另一个译本，译者为宋桂煌。

背景的沪江大学（Shanghai College）①，获得文学学士学位（Bachelor of Arts）；其译著、编著的数种书籍均由中华书局出版。

生平信息虽如此之少，但王学浩却有多种译著和编著作品。就笔者搜索所及，1933 年 1 月新民出版印刷公司出版有《世界独幕剧》（第一集），署名"编译兼发行者王学浩"，收四部戏剧译著，其三即为格雷戈里夫人的《明月东升》（署"爱尔兰葛兰格兰夫人著"）②；也许是为了与《世界独幕剧》相对照、相呼应，1933 年 3 月中华书局出版了《近代独幕剧选粹》（*Representative One-Act Plays with Notes and Biographical Sketches*），署名"沪江大学文学士王学浩译注"（Annotated by WANG HSION HAO, B. A. (Shanghai College)），这是一部英文独幕剧选集③；1935 年 2 月中华书局出版了《古今英文情诗选》（*Best English Romantic Poetry*），署名"选注者王学浩"（Selected and Annotated by H. H. WANG, B. A.）；1935 年 10 月中华书局出版了马克·吐温的原文著作《咄咄怪事》（*A Curious Experience*），作为中华英文小说丛书的第二种（Chunghwa Pocket Library—2），署名"原著者 Mark Twain，注释者王学浩"（Annotated by H. H. WANG, B. A.）；1937 年 10 月中华书局出版英文原著《星期四之夜》（*Thursday Evening and Other Plays*），作为"英文学生丛书"（Students' English Library）高级选读的一种，署名"王学浩编"（Annotated by H. H. WANG）；1941 年中华书局出版英文

---

① 1902 年，美北浸礼会和美南浸信会合作在上海杨树浦建成思宴堂。1906 年，成立浸会神学院，1909 年，开设浸会大学堂，1911 年，合组为上海浸会大学。1914 年，校董会将中文校名改为沪江大学，英文名称为 Shanghai College。1929 年沪江大学成为政府立案的教会大学，英文校名由 Shanghai College 改为 University of Shanghai。

② 其他 3 篇分别为美国作家乔治·弥德尔敦（George Middleton）之《传统思想》（*Tradition*）、美国作家潘色佛儿·王尔德（Percival Wilde）之《黎明》（*Dawn*）和爱尔兰文艺复兴戏剧作家段适南（Lord Dunsany，即唐萨尼）之《遗忘的丝帽》（*The Lost Silk Hat*）。

③ 包括 8 部英文独幕剧，分别为 *The Twelve-pound Look*（Sir James Barrie），*The Gazing Globe*（Eugene Pillot），*Before Breakfast*（Eugene G. O'Neill），*Ever Young*（Alice Gerstenberg），*Manikin and Minikin*（Alfred Kreymberg），*The Girl in the Coffin*（Theodore Dreiser），*Motherly Love*（August Strinberg），*My Lonely Dreams*（Gugene Pillot）。其中奥尼尔和德莱塞为美国文学中的名家。

版的易卜生戏剧《群鬼》（*Ghosts*），作为"英文袖珍文学丛书"（Pocket Literature Series Number 1）的第一种，署名"注释者王学浩"（Annotated by H. H. WANG）。由上述译著、编著等情况可以看出，王学浩很可能一度在中华书局工作，负责编选、译注英文作品，供读者学习。

在体例上，王学浩的《世界独幕剧》与罗家伦《近代英文独幕名剧选》相近，即在正文前有译者序论，在每一篇译文前有著者小传。在论述为何选择独幕剧进行翻译时，王学浩也给出了与罗家伦较为相似的答案。王学浩认为，社会的生活程度日益升高，组织程度日益复杂，在这种情况下，"长篇小说和几十幕的长戏，便落了伍"①，它们只能被"有闲阶级"（Leisure Class）作为专利品而欣赏。作为普通读者，也想"忙里偷闲"而欣赏文学，以"调剂我们枯寂的人生"，如此便兴起了短篇小说和独幕剧。王学浩也指出独幕剧已经风行于欧美，成为"不容漠视"的现代文学的一部分。难能可贵的是，王学浩引用英国小说家吉卜林的戏谑诗句来说明独幕剧是什么②，即"什么"（what）和"为什么"（why）构成独幕剧的题旨（theme），"什么时候"（when）和"哪里"（where）构成其地点及时间（也即场景 scene），"怎样"（how）构成独幕剧的结构（plot）、"哪个"（who）则构成其中的人物（characters）。由这些因素组成的独幕剧，因篇幅不长（因此演出时长约一个小时），题材不拖泥带水，结构紧凑，"是用最经济的手腕，表现人生最紧张的一片段，而使观众满意的一种艺术"③。在题旨方面，独幕剧想要激起的是读者人性中的"思想、感情"。而在技术方面，王学浩认为应从人物、本事（故事）、会话（对话）和布景四个方面来考量。

在《世界独幕剧·序论》的最后，译者极其简略地说明了自己编译这部戏剧集的原因：

————

① 《世界独幕剧（第一集）》，王学浩编译，上海：新民出版印刷公司，1933年，《序论》第1页。

② 吉卜林的原文是：I keep six honest serving men/ (They taught me all I knew)/ Their names are What and Why and When/ And How and Where and Who.

③ 《世界独幕剧（第一集）》，王学浩编译，上海：新民出版印刷公司，1933年，《序论》第1页。

编者目的，在使读者感觉独幕剧的兴趣，而加以研究，使此种新
生的文学，得到普遍的欣赏而已。①

结合其在该序论开端部分的论述，王学浩希望自己对英文独幕剧的翻
译，能够推动其作为一种新的文学类型在现代中国得到欣赏和发展。他对
这些独幕剧的翻译，也和他选注的英文独幕剧相呼应，成为中国现代文学
史上推动戏剧发展的一支重要力量。

在翻译方面，王学浩对《月亮升起》的翻译也体现出"直译加归化"的特
色。与茅盾等人相似，王学浩将剧中出现的四个人物 Sergeant，Policeman
X，Policeman B，A Ragged Man 分别译为巡长、警察 X、警察 B、褛人。
化妆成褛人的革命青年，挑着曲谱中的几个曲子说想唱给巡长听，其中一
支曲子"Content and a pipe"，王学浩译为"知足与烟斗"，另一支曲子"The
Peeler and the goat"，译为"警察与山羊"，而 Johnny Hart 被译为"乔奈哈"。
这些都是典型的直译。巡长在阅读布告上革命青年的肖像时，是这么
说的：

Dark hair — dark eyes, smoothface, height five feet five — there's not
much to take hold of in that — It's a pity I had no chance of seeing him
before be broke out of goal.②

王学浩的译文为：

发黑，目黑，面光润，身高五尺五寸，——这与我没有多大帮

---

① 《世界独幕剧(第一集)》，王学浩编译，上海：新民出版印刷公司，1933 年，
《序论》第 6 页。

② Lady Gregory, *Seven Short Plays by Lady Gregory*, New York and London：The
Knickerknocker Press, 1915, p. 78.

助——他在没有越狱之前，我没有机会见他一面，那真可惜。①

译文的前半部分，基本是原文语序和语义的"复制"，而在后半部分，译者则充分考虑到中英语言的差异，没有依据原文语序来进行翻译，如果那样做就是"死译"和"硬译"了。对于剧中歌曲曲词的翻译，王学浩的译文也有自己的考量，例如歌曲《葛兰纽》的开头一节原文如下：

As through the hills I walked to view the hills and shamrock plain,

I stood awhile where nature smiles to view the rocks and streams,

On a matron fair I fixed my eyes beneath a fertile vale,

As she sang her song it was on the wrong of poor old Granuaile. ②

王学浩的译文为：

正如我穿山过岭，遥望着莽原，

停留在山水明媚的地方，

丰谷下我凝视一位美丽的姑娘，

她在歌唱，唱着葛兰哀的荒唐。③

在形式上，与罗家伦将原文的一句分为上下两行不同，王学浩的译文以四行对应原文的四行，此外，译者还试图在译文中押尾韵（方、娘、唐），以便更符合汉语民谣的押韵特点。从读和演的角度来看，王学浩的

---

① 世界独幕剧（第一集）》，王学浩编译，上海：新民出版印刷公司，1933 年，第 76 页。

② Lady Gregory, *Seven Short Plays by Lady Gregory*, New York and London：The Knickerknocker Press, 1915, p. 85.

③ 世界独幕剧（第一集）》，王学浩编译，上海：新民出版印刷公司，1933 年，《序论》第 86 页。

译文更为直白，更加朗朗上口，体现出民歌的特点。但是在内容上，王学浩的译文在第一行省略了关键词语 shamrock 的翻译，在第二行省略了 nature smiles 的内容，在最后一行则将"冤屈、沉冤"（wrong）误译为"荒唐"。总体来看，王译更口语化，罗译则更为诗意，内容也更为完整。

在戏剧接近结尾处，革命青年唱起接头的暗号歌曲：

> One word more, for signal token,
> 　　Whistle up the marching tune,
> With your pike upon your shoulder,
> 　　At the Rising of the Moon.①

王学浩的译文是：

> 再打一个暗号，
> 吹起这行高调，
> 矛枪背在肩上，
> 明月正在高升。②

对读原文与译文，可以发现，在形式上王学浩的译文各行字数相等，较为规整，"号"与"调"押韵，总体上符合民谣的特点。在内容上，除了"高调"尚不足以对应原文的 marching tune（行军曲）外，其他的语义都得到了顺畅的传达。

此外，与罗家伦一样，王学浩在翻译《月亮升起》的部分语词时，也使用了归化的译法。例如革命青年第一次称呼巡长为 your honour，王学浩译

---

① Lady Gregory, *Seven Short Plays by Lady Gregory*, New York and London: The Knickerknocker Press, 1915, p. 88.

② 世界独幕剧（第一集）》，王学浩编译，上海：新民出版印刷公司，1933 年，第 91-92 页。

为"老爷"；革命青年称自己只不过是个 poor ballad-singer，王学浩译为"可怜唱小曲的人"；后来青年劝巡长一起吸烟（lights pipe），说 take a draw yourself，王学浩译为"你也吃一袋烟吧"；青年唱的歌曲中有一个词 gathering，王学浩译为"啸聚"（暗指革命者如绿林好汉般群集）。从数量上来看，王学浩译文中归化的例子没有罗家伦译文中的多，这与罗家伦有读者期待视域——在学校或剧院演出有关，而王学浩在翻译时并不持有这一期待。

第四节　格雷戈里夫人戏剧《月亮升起》的多次复译——李健吾译本

众所周知，李健吾是我国现代著名的作家、戏剧家、评论家和翻译家。国内学界对于其前三个领域的研究已有丰硕成果，相对而言，对于李健吾的翻译研究尚有较大的探讨空间。2019 年年底，上海译文出版社出版了《李健吾译文集》，达十四卷之多，共三百五十余万字。如此大的翻译量，在中国现当代翻译史上也是数一数二的。李健吾译文的原文种类不少，以法语和俄语为主，英语次之，这或许是其翻译研究难以展开的原因之一，因为这意味着研究者需要掌握至少法、俄、英三种外语。① 而在相对较少的英文翻译中，李健吾对于爱尔兰作家作品的译介更少为人所提及。在已有研究中，有学者已经注意到李健吾改编的剧本《母亲的梦》与辛格戏剧《骑马下海的人》之间的联系，并有所论列。② 除此之外，李健吾还翻译过格雷戈里夫人的戏剧《月亮升起》，相关研究还尚未得见。

李健吾 1906 年 8 月 17 日出生于山西运城北相镇曲马村，因父亲参加辛亥革命，幼时随母亲多处奔波。后来在北京师大附小上学，1919 年李健

---

① 现有关于李健吾翻译研究的文献，大多围绕其法国文学翻译，尤其是《包法利夫人》译本，偶尔也有探讨其俄语文学翻译者。

② 参见田菊《爱尔兰戏剧运动在中国的百年回响》第三章第四节"母亲主题的书写——从《骑马下海的人》到《母亲的梦》"。

吾父亲遭军阀伏兵杀害，自此李健吾积极参加学生戏剧活动，并经常出演女角。现代戏剧名家陈大悲、熊佛西对李健吾都有深刻影响。升入北京师大附中之后，李健吾的学生活动更为积极。1924 年，为了提高英语水平，李健吾请了一位英语家庭教师，因此不仅英文水平提高很快，他还对翻译产生了强烈兴趣。① 次年 3 月，李健吾相继发表英国童话作家贝德末尔的两篇译文《农夫的麦田》和《指时的花儿》。这可以说是李健吾翻译职业的真正开端。1925 年 7 月底，李健吾考入清华大学，先入中文系，经系主任朱自清推荐，改读西洋文学系。大学期间法语是李健吾的强项，他跟随老师阅读象征主义诗歌，但自己对现实主义更感兴趣，钟意福楼拜及其作品。1926 年 6 月，李健吾受到辛格戏剧《骑马下海的人》启发，创作出独幕剧《母亲的梦》，发表在《清华文艺》上。1927 年初，李健吾翻译了格雷戈里夫人的戏剧 *The Rising of the Moon*，以《月亮的升起》为题，发表在 1927 年第 27 卷第 12 号的《清华周刊》上。改读西洋文学系后，李健吾师从系主任王文显，并发现老师也钟意于戏剧。后来李健吾翻译了王文显的两部英文剧作《委曲求全》和《梦里京华》(一名《浮云》)。李健吾从清华大学毕业后，不久即赴法国留学，留学归来后从事文学创作和翻译，其中翻译以法语和俄语原文为主。

　　总体来看，《月亮的升起》译文是稍显粗糙的直译，这应该与李健吾当时还是学生、除学习外尚有不少社会活动有关。例如在剧作开头介绍巡警部分，原文是：

Sergeant, who is older than the others, crosses the stage to right and looks down steps. The others put down a pastepot and unroll a bundle of placards.②

---

① 李维音：《李健吾年谱》，太原：北岳文艺出版社，2017 年，第 27 页。

② Lady Gregory, *Seven Short Plays by Lady Gregory*, New York and London：The Knickerknocker Press, 1915, p. 77.

李健吾的译文是：

> 巡官，比其余人都老，从台上往右走，向下看着台阶。其余人放下一个浆糊锅，展开一卷告白。①

对读原文与译文，可以发现，无论从语序还是语义来看，译文都完全遵循原文。其中，以"浆糊锅"来对应 pastepot，比较生硬，一般译为"浆糊桶"。

接下来"巡官"来回巡视着码头，并担心那位越狱逃脱的革命者在接应者的掩护下乘船逃逸，有这么一段台词：

> **Sergeant**：He might come slipping along there (*points to side of quay*), and his friends might be waiting for him there (*points down steps*), and once he got away it's little chance we'd have of finding him；it's maybe under a load of kelp he'd be in a fishing boat，and not one to help a married man that wants it to the reward.②

李健吾的译文是：

> 他许偷偷地缘那儿来(指向码头边儿)，他的朋友许在那儿(向下指着台阶)等他，只要他逃掉一次，我们就不会有机会弄住他了；这也许藏在一堆海草底下，他会在一个打渔的小"船儿"里头，总不会是一个船，帮有妻子的人得到赏金得吧。③

---

① 格雷戈里夫人：《月亮的升起》，李健吾译，《清华周刊》1927 年第 27 卷第 12 号，第 637 页。

② Lady Gregory, *Seven Short Plays by Lady Gregory*, New York and London：The Knickerknocker Press, 1915, p. 78.

③ 格雷戈里夫人：《月亮的升起》，李健吾译，《清华周刊》1927 年第 27 卷第 12 号，第 638 页。

　　译文中，"许"是比较地方化的语言，表示"或许会"，"缘"显然是作动词用，"弄住他了"也是地方化语言，即"捉住他"。后半段译文就颇有"硬译"之嫌，在语序上过于依循原文，读来拗口难解。原文中 a married man 实际指巡警官自己，他正带着两个巡警来捉拿逃犯，如果抓住了，会有 100 镑的赏金。译文总体读来显得粗糙。

　　此外，在一些特殊词汇的处理上，李健吾也采取了归化的方法。例如年轻人称巡警官为"老爷"（your honour），年轻人取的化名 Jimmy Walsh 被译为"王几霉"，巡警官警告年轻人不要做"兜圈仔"（any one lingering about the quay），后来年轻人唱的歌词中，a rich farmer's daughter 被译为"乡老儿的千金大姐"，what sort is he 被译为"个儿，样儿"，There isn't a weapon he doesn't know the use of 被译为"十八件武器，没有'一件儿'他不精通"，give me a match 被译为"给我一根洋火儿"。

　　原文中年轻人歌唱家乡之美的那一段词是整个剧作中最为优美的台词，李健吾在翻译中也出之以文雅之词：

As through the hills I walkedto view the hills and shamrock plain,

I stood awhile where nature smiles to view the rocks and streams,

On a matron fair Ifixed my eyes beneath a fertile vale,

As she sang her song it was on the wrong of poor old Granuaile.①

我走在山里，望山野青青，酢浆遍地；

我痴立无言，望彼石与湍，莞尔天地；

我凝目下望，四谷洵郁葱，有美何静娴；

伊美慷慨歌，哀歌多怨词，彼穷劳之葛兰。②

①　Lady Gregory, *Seven Short Plays by Lady Gregory*, New York and London: The Knickerknocker Press, 1915, p. 85.

②　格雷戈里夫人：《月亮的升起》，李健吾译，《清华周刊》1927 年第 27 卷第 12 号，第 642 页。

虽说出于雅言，尚显稚嫩，不过我们不应忘记，翻译此剧时的李健吾才 21 岁，尚是稚气未脱的大学生。关于翻译，李健吾后来写过不少文字进行论述，学界引用较多的是《翻译笔谈》和《我走过的翻译道路》两篇①，实则这两篇文字的整理与出版时间已经比较偏后。在翻译《月亮的升起》之后（1929 年），李健吾在《认识周报》上发表论翻译的文章《中国近十年文艺界的翻译》，这应该是李健吾就翻译论题所作的最早论述。其写作时间离翻译《月亮的升起》也近，因此，其中的观点应当引起我们的注意。这篇文章虽然是就文艺界翻译而论，但也明确提出了他自己对于理想译者的看法：

> 一位良好的译者是在表现原作者所经过的种种经验，不做作，不苟且，以持久的恒心恒力将原作用另一种语言忠实而完美地传达出来。这和创作时的情境几乎是相侔的；他得抓住全个的意境以及组织它的所有的成分，他得一刀见血，获有作者在原作内所隐含的灵魂，使其完整无伤地重现出来；然后读者虽不能亲见原作文字上的美丽，至少尚可领会出原作的精神。一位译者要有艺术家的心志，学者的思想和方法。②

这段文字有三个关键点值得关注。首先，作者认为译者的首要任务是忠实，即不矫揉造作，不添油加醋，也不任意删减。这条标准完全符合《月亮的升起》译文的总体风格。其次，在忠实的基础上，译者要有"艺术家的心志"，要有善于发现的眼光。译者与读者不同，译者要能"亲见原作文字上的美丽"，力争做到"完美地传达"，使读者"至少尚可领会出原作的精神"。《月亮的升起》关于唱词的这段译文，应该是这一层次的较好诠释。

---

　　① 《翻译笔谈》于 1951 年 5 月 15 日发表于《翻译通报》第 2 卷第 5 期。《我走过的翻译道路》是作者手稿，1989 年以此为题收入王寿兰编《当代文学翻译百家谈》，2016 年改为手稿原题《漫谈我的翻译》，收入《李健吾文集》(北岳文艺出版社)。
　　② 李健吾：《中国近十年文艺界的翻译》，《认知周报》1929 年第 5 期，第 103 页。

再次，作者认为翻译和创作同等重要，也同等复杂，这在当时是非常难得的观点，这也是李健吾一生翻译与创作的旨归与鹄的。著名作家及翻译家王延龄曾担任李健吾编辑《文艺复兴》时的助手，后来曾撰文回忆此事，认为李健吾的"译笔流畅"，一方面固然是其外文底子好，另一方面是因为其"文学造诣"达到相当高的程度。① 正是因为将翻译与创作同等看待，李健吾后来在将辛格戏剧《骑马下海的人》改编为《母亲的梦》时显得得心应手，其翻译也日臻化境。

此外，李健吾 1934 年创作的《这不过是春天》在情节和戏剧技巧上可以看出受《月亮的升起》影响的痕迹。《这不过是春天》虽然是三幕剧，但整体上小巧精致，作一幕剧看也合适。剧情以北伐战争为背景，革命者冯允平化名谭先生后，来到北洋军阀某警察厅长家，面见自己的旧情人——现在的厅长夫人，而厅长接上级命令正到处追捕冯允平。在不知道冯允平革命者身份的情况下，厅长夫人在与表姐的对话，尤其是和冯允平的对话中（在第三幕表姐有几段关于理想、志气的长台词，在第一幕中冯允平有两段关于"不快活"的长台词②），往日的情感被激起，这其中包括夫人自己曾经的热血激情和对旧日情人的款款情愫。后来厅长夫人逐渐识别出冯允平的革命者身份，但这时后者也面临被捕的危机。在内心激烈的矛盾冲突中，厅长夫人决定掩护冯允平的革命者身份，并巧妙地使他化险为夷，逃出虎口。从情节上来看，不得不说两者的相似性很大，其关键情节都在于主角的心理变化（巡警长和厅长夫人）。而这种心理变化也不是突然发生的，而是逐步积累的，在《月亮的升起》中是革命青年的民谣歌声，让巡警长回忆起自己的青春、伙伴与同情心，以及自己曾经为革命奔走的时光，而在《这不过是春天》中，厅长夫人通过与表姐和冯允平的对话，来回忆自己以前的情感。

---

① 王延龄：《李健吾译书》，《书城》1997 年第 1 期，第 23 页。
② 李健吾：《李健吾剧作选》，北京：中国戏剧出版社，1982 年，第 45-47 页、第 14-15 页。

第五节 《月亮升起》的其他翻译、改译、改编情况

笔者数年文献阅读和搜索显示，除以上译本外，格雷戈里夫人的《月亮升起》一剧至少还有署名"朝鼎""其伟""陶滔""莎金"的译文四部，或许还有更多。目前尚不能一睹这些译文之面貌，实属遗憾。

格雷戈里夫人的《月亮升起》在现代中国不仅被多次翻译，还因为其内容和主题与20世纪二三十年代中国抵抗外敌、救亡图存的历史环境非常契合，而被多次改译。其反映的进步、现代的观念更是与我国当时文学界的主流思想暗合，引起了"左联"成员的关注。①自此，《月亮升起》被众多戏剧界人士改译并搬上戏剧舞台。

1938年6月，陈治策改译的《月亮上升》，作为"农民抗战丛书"中抗战戏剧集的第五种，由中华平民教育促进会出版。在版权页部分，未署原作者姓名，在编著者一栏署"陈治策译"。从全文来看，《月亮上升》是一部基于原作的改译剧，因此若署名"陈治策改译"则更为合适。

在《月亮上升》这部改译剧中，除了基本结构未变之外（警察在码头等候抓捕化妆逃跑的革命青年，最终为青年的爱国热情感动而放其一条生路），其他方面则有相当大的改动。在"人物"一栏中，改译者省略了重要的"警长"角色，因此，原文中本来是革命青年与警长之间的对话，在改译当中就变成了革命青年与"甲巡警"之间的对话。原文中爱尔兰的地名和方言，则被完全"归化"为中国的地名和方言，比如甲乙两位巡警得到的消息是革命青年"声音响亮，说的一口儿的北京话"②，而后来革命青年化妆成唱曲的人，"（用土音土调说话）俺是一个靠着唱曲儿混饭吃的穷人"③。原文中革命青年怀中带着的是曲谱，而在改译本中则变成了竹板，原文中青

---

① 田菊：《爱尔兰戏剧运动在中国的百年回响》，北京：中国社会科学出版社，2017年，第106页。

② 《月亮上升》，陈治策译，长沙：中华平民教育促进会，1938年，第3页。

③ 《月亮上升》，陈治策译，长沙：中华平民教育促进会，1938年，第6页。

年拿着曲谱唱爱尔兰民谣，在改译本中则变为了青年"手摇竹板作响"。改译本对原文做的最大改变莫过于歌谣了。原文中革命青年所唱的爱尔兰民间歌谣，在改译本中则分别变为《西厢记》中"张生会莺莺"的一段唱词、爱国歌曲《中华人民四万万》、京剧《哭祖庙》中一段（写刘后主之子刘湛不堪故国受欺、哭于祖庙以死殉国）。在上述三段唱词中，除《西厢记》外，其他两段唱词都慨叹亡国之虞、鼓舞爱国志气，尤其是《中华人民四万万》一段，更是令人动容：

> 中华人民四万万，
> 　　爱国的男儿在哪边？
> 醉生梦死已经太可怕，
> 　　更怕那些走狗与汉奸。
> 认贼作父一点也不知耻，
> 　　懦弱无能人格尽丧完。
> 中华人民四万万，
> 　　爱国的男儿在哪边？
> 父老兄弟姊妹快快醒、快快醒，
> 　　亡国的大祸就在眼前。①

　　虽然原文中的爱尔兰爱国歌谣在改译本中变为中国的爱国戏曲，虽然从改译策略上可以说是完全"归化"的手法，但实际上应该是起到了同样的效果。原文中革命青年借爱尔兰民谣打动为英国殖民者效力的爱尔兰巡警，在改译本中，革命青年的爱国戏曲也打动了甲巡警，甲巡警最终放走了青年。从读者接受的角度来看，《月亮上升》的改译在结构上做了简化，将爱尔兰爱国歌谣改为中国爱国戏曲，这对于这部"农民抗战丛书"的目的观众来说，也更加能够接受和认同。

---

① 《月亮上升》，陈治策译，长沙：中华平民教育促进会，1938年，第9-10页。

除改译之外,《月亮升起》还被进行了改编。1937 年,舒强、何茵、吕复、王逸等人以陈鲤庭的《月亮上升》译本为蓝本,改编成以东北抗战为背景、以激发民众抗日斗志为旨归的舞台剧《三江好》,该剧单行本由武昌战争丛刊社于 1938 年 1 月首次出版。[1]《三江好》继承了《月亮升起》抗战救亡的主题,借鉴了其戏剧元素构成:故事发生的场所为码头,剧中人物包括警长、两位警员和民族解放运动领袖,剧中穿插民谣。值得注意的是,为使《三江好》产生与《月亮升起》同样的警醒效果,改编者对剧本相关内容进行了本土化改造,将码头所在地设定为伪满洲国,将民族解放运动领袖的身份具体化为东北抗日英雄三江好,将起提示作用、唤起民众民族记忆的爱尔兰民谣归化为中国传统民歌。研究指出,作为现代中国演出次数最多的剧作之一,《三江好》与同样改译自外国戏剧的《放下你的鞭子》《最后一计》合称为"好一计鞭子","由抗战演剧队在街头、学校、军队、医院等地方多次演出,至今无法统计演出的次数和参加演出的人数,它还被东南亚地区的华语演出团体多次演出"[2]。毋庸置疑,《月亮升起》在国内的译介和演出对于丰富我国现代抗日戏剧创作范式、唤醒抗战时期民众的民族意识、激发其抗战斗志功不可没。

除《月亮升起》一剧外,格雷戈里夫人的另一部名剧《谣传》也曾在 20 世纪二三十年代得到翻译和改编,茅盾将其译为《市虎》(见第二章)。此外,文献阅读和搜索显示,格雷戈里夫人的戏剧《游历的人》有署名为"芳信译"的译本。

第六节 《月亮升起》现代中国诸多译介的原因与影响

据笔者初步统计,格雷戈里夫人的戏剧《月亮升起》在中国现代被翻译的次数,与莎士比亚《哈姆雷特》和王尔德《温德米尔夫人的扇子》在现代被

---

[1] 田菊:《爱尔兰戏剧运动在中国的百年回响》,北京:中国社会科学出版社,2017 年,第 111 页。

[2] 安凌:《重写与归化:英语戏剧在现代中国的改译和演出:1907—1949》,广州:暨南大学出版社,2015 年,第 148 页。

翻译的次数相比，有过之而无不及。当然，从形式上来看，与后两者相比，《月亮升起》是简短的独幕剧，因此用于翻译的时间短，占用刊物的篇幅也不会太多，这或许是原因之一。但从更深层次的文化背景来考量，《月亮升起》自有其被值得反复翻译的缘由。

首先，当然是"爱国主义"主题的激荡。格雷戈里夫人戏剧中"爱国主义"主题的呈现并不是靠喊口号或激烈的剧情动作来实现，而是靠展现"文艺救国"的情节完成。《月亮升起》讲述了这样一个故事：效力于英国殖民政府的巡长带领两位巡警在码头张贴告示，受命抓捕一位被悬赏一百英镑的爱尔兰革命青年。当化妆为民谣歌手的青年来到码头时，巡长一开始并未认出其身份，随着青年吟唱爱尔兰民谣，巡长逐渐识破其身份，但同时也为其歌声饱含的爱国热情所触动，最终选择掩护其逃离。该剧的主题无疑是"爱国主义"，但格雷戈里夫人剧中的"爱国主义"主题呈现却又是与众不同的。与19世纪中后期爱尔兰共和兄弟会等主张暴力革命的理念不相同，叶芝和格雷戈里夫人主张"文艺救国"。《月亮升起》一剧写作于1907年，正是爱尔兰近代争取民族独立的高潮时期。19世纪90年代末，以帕内尔为代表的自治派运动因帕内尔的去世而溃散，争取民族独立而非"自治"的呼声日益高涨。在这一背景下，以武力实现独立的倡导甚嚣尘上，叶芝年轻时爱恋的对象毛德·冈便是典型的例子。但是，叶芝和格雷戈里夫人等人却对争取民族独立的态度有所不同。他们一方面控诉殖民者的残酷，主张民族复兴与独立，另一方面却不赞成以武力或暴力来实现这一目标。

格雷戈里夫人的这种独特的"爱国主义"主题，在《月亮升起》中表现得最明显的便是戏剧中歌词的使用。剧中年轻人唱的第一首歌谣，其题目为"Granuaile"，其完整歌词的前三段如下：

> *All through the north as I walked forth for to view the shamrock plain,*
> *I stood awhile where Nature smiles amid the rocks and streams,*
> *On a matron mild Icast my eyes beneath a fertile vale,*
> *And the song she sang as she walked on was, My poor old Granuaile.*

Her head was bare and her grey hair over her eyes hung down.

Her neck and waist，*her hands and feet with iron bands were bound.*

Her pensive strain and plaintive wail mingled with the evening gale

And the song she sang with mournful tongue was，My poor old

Granuaile.

The gown she wore was bathed with gore all by a ruffian band.

Her lips so sweet that monarchs kissed are now grown pale and wan.

The tears of grief fell from her eyes，each tear as large as hail，

None could express the deep distress of my poor old Granuaile.①

上文中下画线部分为年轻人所唱，在第二段与第三段之间，年轻人漏唱了一句，巡警长马上下意识地反应过来，提醒年轻人忘了一句唱词。这一情节安排恰到好处地说明了巡警长对这首民谣的熟悉，表明虽然服务于英国殖民政府，但巡警长内心深处对自己真正的祖国爱尔兰是热爱的。这首民谣的主角 Granuaile 是 16 世纪一位巾帼英雄，其故事颇具传奇色彩。格兰努尔本名 Grainne ni Mhaile(盖尔语，英语拼法是 Grace O'Malley)，据说其父亲是爱尔兰马犹县附近海湾地区的部落首领，以航海为生，格兰努尔 12 岁时便主动请缨随船出海，父亲说海上生活不适合女孩，且女孩头发容易缠上船帆。听完此话，格兰努尔当即剃光头发，以明心志，父亲为其热诚感动，便答应了她。因光头无发，格兰努尔得名"光头葛雷妮"(Grainne the Bald)，这个称呼简缩为 Granuaile。长大后格兰努尔率领追随者，以几个重要城堡为据点，痛击英国殖民军队，并拒绝向英女王伊丽莎白一世臣服。② 以格兰努尔事迹为主题的民谣，几百年来在爱尔兰口口相传，其英勇事迹和反抗精神，自然在巡警长和年轻人心中激荡起同样的民

---

① http：//mysongbook. de/msb/songs/g/granuail. html.

② 关于格兰努尔事迹，本研究主要参考 https：//ireland-calling. com/granuaile-grace-omalley/。

族意识和文化心理。

与《格兰努尔》一样，年轻人后来提到的两首民谣 *Shan Bhean Bhocht*（《可怜的老太太》）和 *Green on the Cape*（《海岬上的绿色》）都是歌唱爱国热情的民谣，再次让巡警长回忆起自己年轻时候和伙伴一起唱民谣的情景。Shan Bhean Bhocht 是盖尔语，翻译为英语即 Poor Old Woman（比喻爱尔兰）。该歌谣根据 1796 年法国军队即将登陆爱尔兰、帮助爱尔兰获得自由的事迹改编，歌谣中有"他们将身穿不朽的绿色军装（绿色或翡翠色是爱尔兰人最喜欢的颜色）"的词句，其副歌部分是 Says the sean-bhean bhocht（sean 即 Shan）的反复吟唱。根据传说，民谣中这个大多数人看起来褴褛蹒跚的老太太，在真正的爱国者看来，却是一位美丽的姑娘（参看叶芝戏剧《凯瑟琳·尼·胡力罕》的故事情节）。《海岬上的绿色》的故事底本与《可怜的老太太》一样，叙述了受法国大革命的影响、一些爱尔兰天主教徒寄希望于法国军队的帮助而反抗英国殖民者的历史。[①] 18 世纪最末几年，在爱尔兰北部，只要有爱尔兰人在腰间系着绿色的丝带，就被英国军队视为反抗者加以拘禁甚至枪杀。而 1796 年那支即将靠岸的法国舰队，却不幸被风暴所阻，无法登岸，爱尔兰人的起义也被无情镇压。但起义领袖奥康奈尔仍然无所畏惧，在 1798 年发动了一次大规模起义，同样被残酷镇压。虽然起义失败，但这两次事件却是爱尔兰人心目中永恒的骄傲。因此，其事迹也借着歌谣而代代相传。

戏剧结尾部分出现的歌词（即戏剧题目来源），也是一首传统的爱尔兰民间歌谣，其内容同样是叙述 1798 年起义。《月亮升起》歌词作者是约翰·基干·凯西（John Keegan Casey），19 世纪中期芬尼亚运动的活跃分子，同时也是一位诗人。据说为了激发 1867 年起义的士气，凯西创作了这首民谣的歌词。与歌词搭配的曲子，则是传统的民谣曲《穿上绿装》（*The Wearing of Green*），后者本身就是一首爱国曲目。遗憾的是，与 1798 年起

---

① 关于这两首谣曲的内容，本研究主要参考 https：//www.csufresno.edu/folklore/ballads/PGa027.html 和 https：//americanantiquarian.org/thomasballads/items/show/51。

义一样，1867 年起义也失败了。但是爱尔兰民族和百姓不屈的斗志，愈挫愈勇的决心，成为爱尔兰共同的文化心理积淀。格雷戈里夫人戏剧中年轻人唱的是民谣中的第二段，也是与剧情相符合的一段。这首民谣的第一段以问答的形式，问歌词中的"年轻人"为何行色匆匆，"年轻人"回答说自己奉队长命令，要迅速集结，在天亮前把"长矛"（即武器）准备好。在戏剧中这一段歌词的意思是，"年轻人"告诉"我"，哪里是聚会地点，"年轻人"说就在你我熟知的河边老地方，只要一句暗号，一声口哨，我们就要在月亮升起时肩扛"长矛"往前行军去。① 一声口哨正好是剧中年轻人与接应者碰头的暗号，巡警长根据歌词已经猜出年轻人的身份。但也正是因为洋溢着浓浓爱国热情的歌词，让巡警长内心得以触动，而做出庇护年轻人（这时两位巡警已经赶来）和放走年轻人的举动。

由此，以爱国歌谣串起来的爱国情绪，在年轻人和巡警长之间搭起一座"沟通"的桥梁，即他们共同的爱尔兰身份。这是格雷戈里夫人戏剧的高明之处，即她在剧中营造爱国气氛并非借助高喊口号和设置激烈的戏剧动作，而是通过歌谣这种艺术的形式来实现。这也就从整体上应和了爱尔兰文艺复兴戏剧运动的核心精神，即以文艺救国。而这一点正契合了 20 世纪二三十年代中国现代知识分子的文化身份和救国心理。无论是余上沅、茅盾、黄药眠，还是罗家伦、王学浩、李健吾，要么是在上学期间，要么是在身为知识分子、文艺人士期间，他们都对《月亮升起》加以了特殊关注，并做了翻译。总体而言，他们都是知识分子，都为格雷戈里夫人戏剧中的爱国热情所感动，都在为国家的前途寻找出路，《月亮升起》的多次复译也就应运而生。当然，具体到单个译者，他们的译介原因和所受的影响又都有不同，这在单节论述中已有所论及，兹不赘述。

其次，格雷戈里夫人在《月亮升起》中展现的高超戏剧技巧，也是吸引众多译者的重要原因。首先，虽然是独幕剧，但有完整的"悬念"制造，且

---

① 关于《月亮升起》民谣的内容，本研究主要参考 https：//www.liveabout.com/the-rising-of-the-moon-3552946。

"悬念"的制造与解决合情合理。戏剧中最主要的"悬念"便是年轻人（原文就用了一个词 man"人"）的身份和巡警长识别其身份的过程。在戏剧的一开始，巡警长带着巡警忙着贴"告示"和巡逻码头，告示中有明确的逃狱者信息，还有就是殖民政府悬赏的"一百英镑"，这是相当大的一笔财富了，此外，抓住逃狱者意味着可以升职。这就制造出巡警长三人跃跃欲试，心情激动，一心想要抓捕革命青年的气氛。但此时剧作者也为后文情节埋下了一个伏笔，即一位巡警说了一句台词：假使我们真抓了"他"，我们的乡人，至少我们的亲友，会把我们骂个狗血淋头。这一句台词暗示，在爱尔兰百姓看来，越狱的青年是英雄，不应该被抓捕。此后，两位巡警被支往别处，巡警长单独守着码头。年轻人的出现，使得"悬念"开始发展。一开始巡警长并未认出年轻人的身份来，在年轻人数次试图往码头跑去的时候还耐心地拉他回来。直到年轻人开始唱《格兰努尔》这首爱国民谣，"悬念"开始升级，巡警长开始怀疑年轻人的身份。但在怀疑的同时，自己内心也开始回忆起往事，同情心也逐渐生发。"悬念"并没有在一首歌谣之后就被解开，而是在两人的对话中（提及《可怜的老太太》和《海岬上的绿色》两首民谣，但年轻人没有唱出来），这种悬疑越来越重，巡警长内心的矛盾也逐渐增加（一方面他为英国殖民政府服务，另一方面他内心的同情心被激起）。这种"悬念"一路积淀，一路发酵，歌词内容起了关键作用。前几首歌词都是1798年以前就被创作出来，而到了《月亮升起》歌词唱出的时候，"悬念"达到了高潮，也就意味着"悬念"被解决。年轻人的身份被识别，巡警长紧紧抓住年轻人，扯下他的假发和胡须。此时，年轻人身份的"悬念"被解决，但新的"悬念"又来了，两位巡警从别处赶来，问巡警长看到可疑人物没有。巡警长内心的矛盾被推到极点，最终同情心战胜职责，他做出了掩护并放走年轻人的举动。整部戏剧中，主旨"悬念"由一步一步的剧情逐渐积累，这是格雷戈里夫人的高明之处，这就显得剧情逻辑合理、情节紧凑。而"悬念"之后又有"悬念"，是戏剧吸引读者的不二法门。这样高超的戏剧技巧，自然也为余上沅、茅盾、李健吾等人所欣赏，也深刻影响了中国现代戏剧史上独幕剧的发展（详见第六章第三节）。

格雷戈里夫人在《月亮升起》中展现的另一个高超技巧是对"背叛"主题的巧妙运用。有研究者指出，在爱尔兰民族的历史文化中有一个永恒的政治神话主题——"胜利前的背叛"，指的是爱尔兰历史上一些著名民族英雄如库胡林、奥康奈尔、帕内尔等在民族事业胜利前被出卖的事迹。而在《月亮升起》一剧中，巡警长对英国殖民政府的背叛是一种对"胜利前的背叛"的喜剧性运用，因为巡警长和年轻人一起背叛了英国殖民者。① 此外，我们还可以从格雷戈里夫人本身对于"背叛"主题的写作来纵向考察。格雷戈里夫人开始戏剧创作的时间比较晚，直到其50岁时才开始写作戏剧。早期戏剧代表作《谣传》中主人公塔佩夫人传播的消息说某某被谋杀，经过地方法官、小孩、青年等的传布，引起轰动，最终传说被谋杀者现身市场，谣言不攻自破，这在某种程度上是对塔佩夫人虚假消息的"背叛"。"背叛"一般被认为是严肃的主题，可在格雷戈里夫人笔下，却经常是戏剧性的，甚至是喜剧性的。在接下来的几部剧中，都有"背叛"的主题，尤其是写于1906年的《狱门》。《狱门》讲述婆婆带着儿媳，立在牢狱门口，请求见被羁押的儿子。一开始她听说儿子是因为背叛了参加革命的同志被关押，便和媳妇呼天抢地，痛诉他做了极度的坏事，后来又听说儿子不是背叛同志，而是被殖民者残酷羁押，便在心底完全释然，反而痛骂英国殖民政府的压迫与剥削。这部剧作的主题与《月亮升起》相近，即在爱尔兰百姓那里，"背叛"指的是对爱尔兰人自己的叛逆和作对，对于英国殖民政府做出相反的举动，那不是"背叛"。同样是"背叛"主题，在《狱门》中也出现了戏剧性变化。值得强调的是，这种戏剧性"背叛"是格雷戈里夫人的独家窍门，在叶芝、辛格的剧中则极少见到。叶芝的《凯瑟琳女伯爵》以及《凯瑟琳·尼·胡力罕》是运用传说来作为素材，剧情清晰，少变化。辛格的创作多表现悲剧气氛，即便是《西方世界的花花公子》侧重的也是当地的语言和辛格对人性的呈现，戏剧性转折也较少。正是因为到20世纪初期，叶芝

---

① 参见安凌《重写与归化：英语戏剧在现代中国的改译与演出（1907—1949）》第146页。

的戏剧日趋神秘化、哲理化，辛格多写悲剧，整个阿贝剧院的演出气氛显得沉重，格雷戈里夫人才创作出一系列戏剧转折多、剧情丰富的剧作来，以冲淡当时的沉重气氛。这也是为什么她在一系列的剧作中以戏剧性的方法来处理"背叛"这样的严肃主题。

　　在紧凑的剧本内逐渐制造完整"悬念"，以及戏剧性处理"背叛"等严肃主题，成为格雷戈里夫人高超戏剧技巧的两个关键维度。而这些也都为余上沅、李健吾等吸收，成为其创作时所借鉴的要素之一。余上沅的《兵变》讲述阔小姐玉兰爱上穷书生方俊，决心逃出家庭的牢笼。后来听说有钱但又吝啬的父亲被勒令摊派捐款两千元，因为据说会有"兵变"。玉兰和方俊便献计说，不如把家里打砸一番，弄成被打劫过的样子。殊不知只是军队的马棚失火，玉兰父亲便实施了如上计策，结果虚惊一场，玉兰和方俊却乘乱出走。这出戏剧的"悬念"也是逐一积累的，从玉兰和方俊的"相爱"，到计策的提出，再到计策的实施，玉兰离开家庭这个"兵变"最终如期发生。这部戏剧的戏剧性也十足，例如姑太太从复壁里钻进钻出的情节等，是推动戏剧变为喜剧或者"趣剧"（洪深评《兵变》语）的重要元素。又如上节所述，李健吾的《这不过是春天》在情节上与《月亮升起》有相近之处，一开始化名后的冯允平其身份是最大的"悬念"，之后逐渐被警察厅长夫人识破，这时厅长夫人内心的矛盾达至极点（如巡警长一般），但经过内心激烈的矛盾挣扎后，她最终还是掩护并放走了冯允平。无论在情节，还是在戏剧性方面，李健吾的《这不过是春天》都见得出《月亮升起》的影子。

第七节　奥凯西戏剧在现代中国的译介概况

　　如绪论中所述，鉴于奥凯西的剧作在中国现代少有翻译，介绍也不多，因此本研究不单独将其作为一章，进行论述。但不多并不代表没有，囿于体例，本研究将中国现代外国文学译介史中对奥凯西及其剧作的译介概况，在此处作一论列。

　　爱尔兰文艺复兴戏剧运动肇始于19世纪最末叶，延伸至20世纪20年代末期。一般认为,该戏剧运动的代表人物为叶芝、格雷戈里夫人、辛格和奥凯西。叶芝在 1923 年获诺贝尔文学奖之后所创作的戏剧,是叶芝戏剧创作的后期,这一时期的剧作早已成为叶芝实验神秘主义和哲学玄思的载体,已不复是早期和中期那种表达民族意识的作品。格雷戈里夫人在 20 世纪 20 年代之后也很少创作戏剧。辛格则在 1909 年因病逝世。因此,爱尔兰文艺复兴戏剧运动末期的代表人物即是奥凯西。奥凯西的第一部剧作《枪手的影子》于 1923 年在阿贝剧院上演,之后的两部代表作《朱诺与孔雀》和《犁与星》分别创作于 1924 年、1926 年。

在中国现代翻译史上,奥凯西作品的译介相对来说比较少。田汉很可能是最早在著作中提到奥凯西的现代译家。在爱尔兰文艺复兴戏剧论述专著《爱尔兰近代剧概论》(1929)中,田汉将爱尔兰文艺复兴戏剧运动分为两个中心,一个是大名鼎鼎的阿贝剧院,自然成为早期运动的核心,另一个是阿尔斯特剧院(Ulster Theater),是后期运动的重镇。而后者的一位重要人物即是奥凯西,田汉译 O'Casey 为阿卡西,称其为"最近陡然露头角的作家,以描写都柏林附近的贫民生活大得好评"①。继田汉之后,赵景深在 1930 年第 9 期的《小说月报》"现代文坛杂话"专栏,发表介绍文章《现代文坛杂话:最近的爱尔兰文坛》,其中一段便是关于奥凯西的介绍。赵景深称当时的奥凯西为"自愿流放的作家",以伦敦为栖居地。赵景深主要介绍了奥凯西的戏剧《银杯》(The Silver Tassie),该剧"曾惹起伦敦批评家的议论,甚嚣尘上,有人至比之于莎士比亚。阿凯西从来不曾写过这样伟大的作品,这戏只有费士纪拉尔德可以演得好,别人都不能胜任"②。虽然言辞简短,但已经是对奥凯西戏剧艺术,尤其是《银杯》一剧的高度评价和热情

① 田汉:《爱尔兰近代剧概论》,上海:东南书店,1929 年,第 58 页。

② 赵景深:《现代文坛杂话:最近的爱尔兰文坛》,《小说月报》,1930 年第 9 期。"阿凯西"即奥凯西。Silver Tassie 来源于苏格兰民族诗人彭斯所作的一首诗歌题目(又名 A Farewell 和 My Bonnie Mary)。奥凯西的早期三部剧作《枪手的影子》《朱诺与孔雀》《犁与星》均在阿贝剧院上演,而《银杯》一剧本来也是为阿贝剧院所写,但因为在主题上描写第一次世界大战(而非奥凯西所熟悉的都柏林贫民窟生活)、在艺术手法上偏向表现主义(而非传统的现实主义),被叶芝拒绝,奥凯西便决定在伦敦演出此剧。

赞扬，这在当时是相当难能可贵的。

在中国现代外国文学译介史上，对奥凯西生平及剧作译介最为翔实的，恐怕得算巩思文。巩思文1934年毕业于南开大学英文系，曾任教于南开中学与南开大学。1934年年底，巩思文翻译的梅特林克剧作《屋内》发表于《南大半月刊》第18期（1934年12月5日）。1935年5月，巩思文发表文章《独幕剧与中国新剧运动的出路》，其中谈到"爱尔兰文艺复兴运动的健将"叶芝、格雷戈里夫人、辛格。① 1939年，巩思文在商务印书馆出版《现代英美戏剧家》，对奥尼尔等5位英美戏剧作家及其作品进行较为详细的介绍，其中就包括奥凯西（巩思文译为"欧克赛"）。在此书中，巩思文的译介分为小传、著名戏剧、戏剧评论和附录四个部分。在介绍部分的一开首，作者称奥凯西为"爱尔兰新派戏剧家"，显然是将奥凯西与叶芝、辛格、格雷戈里夫人等戏剧家分为两派，叶芝等人显然属于前期戏剧家。在"小传"部分，作者重点突出了奥凯西的贫民出身、丰富的人生经验和对莎士比亚的喜爱，以及与阿贝剧院的"合与分"。在第二部分，作者将奥凯西的名剧分为早期的写实剧和后期的表现主义戏剧，前者代表作有《假叛徒》（*The Shadow of a Gunman*，现今通译《枪手的影子》）、《娇娜与裴高阔》（*Juno and the Paycock*，现今通译《朱诺与孔雀》）、《犁星旗》（*The Plough and the Stars*，现今通译《犁与星》），后者代表作有《银杯》（*The Silver Tassie*）、《园门内》（*Within the Gates*）。除介绍剧作情节外，巩思文还翻译了部分原文，从这些译句来看，译者是讲究文学性的，例如"欢呼僵冷的钢塔，饰着人类疯狂幻想；我们的爱、憎、惧的监护者，给我们着实的告诉上帝"②。在第三部分，作者则从爱尔兰的新剧坛（爱尔兰文艺复兴戏

---

① 巩思文：《独幕剧与中国新剧运动的出路》，《文学与人生》1935年第1卷第2期。巩思文生平资料较少，如今较为确定的信息有，其生于1904年，字配天，1920年入南开中学，毕业后先后考入河北大学，后转入南开大学英文系，1934年毕业后留校任教。抗战后先后到安徽省立黄篁乡村师范学校、贵州《战教旬刊》编辑部、贵州鑪山县（今属凯里市）教育部门工作。参见崔国良著《南开话语史话》中"青年戏剧评论家巩思文"一节（南开大学出版社，2017年）。

② 巩思文：《现代英美戏剧家》，上海：商务印书馆，1939年，第170页。

剧)、奥凯西的戏剧贡献、戏剧技巧等方面来论述。戏剧贡献方面，作者认为奥凯西表现了爱尔兰的地方色彩，展现了拥护和平、揭露经济恐慌的恶果、攻击民族弱点的戏剧主旨；在戏剧技巧方面，作者认为奥凯西依靠复杂的剧情、奇特的人物刻画和反衬的写法取胜。在附录部分，作者列出了奥凯西的戏剧及其他著作、奥凯西研究著作及杂志等内容，全是英文书目，这在当时是相当难能可贵的。综括而言，巩思文在《现代英美戏剧家》中对奥凯西及其剧作的译介，内容翔实，剖析深刻，且不乏自身见解。

此外，中国现代著名进步导演贺孟斧也曾经在著作中对奥凯西及其作品有过介绍。贺孟斧所作《世界名剧作家及作品》于1942年9月18日由五十年代出版社出版发行，这是一部较为全面介绍欧美主要戏剧作家及其作品的著作，可作为一部欧美戏剧史来读。其中介绍了叶芝及其《心愿之乡》(贺孟斧译叶芝为夏芝，译《心愿之乡》为《心园》)、辛格及其《骑马下海的人》(贺孟斧译辛格为约翰沁孤)、唐萨尼《旅店一夜》(贺孟斧译唐萨尼为邓生尼)和奥凯西及其《犁与星》(贺孟斧译奥凯西为欧嘉赛)。贺孟斧盛赞爱尔兰文艺复兴戏剧运动，认为叶芝与格雷戈里夫人"共同努力于建立爱尔兰民族戏剧，他们以百折不挠的精神，努力奋斗，再接再励终抵于成"①。在介绍《心愿之乡》的剧情时，贺孟斧也翻译了个别句段，例如"那里没有人年老，神圣庄严；那里没有人年老，狡猾聪明；那里没有人年老，说话饶舌"②。译文形式齐整，文字清通，适合演出，这与作者身为导演有关。在辛格介绍部分，作者认为辛格是真正的天才，加上他对爱尔兰底层生活的熟悉，其剧作可与塞万提斯的《堂·吉诃德》相媲美。接着，贺孟斧认为也正是叶芝发现了唐萨尼的天才，同时，他指出与辛格不同，唐萨尼的戏剧有"纯粹的快愉"。相对前面三位爱尔兰戏剧家而言，贺孟斧对于奥凯西的评价内容更多。他认为奥凯西出身贫民窟，虽是不幸，却也是

---

①　贺孟斧编译：《世界名剧作家及作品》，重庆：五十年代出版社，1942年，第200页。

②　贺孟斧编译：《世界名剧作家及作品》，重庆：五十年代出版社，1942年，第203页。

戏剧的大幸，因为这些经历是不可多得的：

> 他曾在发狂的宗教冲突中，看见邻人互相残杀，后来又看见那些
> 残忍的仇敌，齐集在他们杀害的人们的棺木上哭泣。那些难忘的印
> 象，都反映在他的戏曲中。①

这样的文字在贺孟斧对于叶芝、辛格和唐萨尼的介绍中是看不到的，
这主要是因为作者对奥凯西强烈的民族意识以及左翼倾向产生强烈共鸣。
也正是因为这一点，贺孟斧选择了《犁与星》这部以爱尔兰民族主义革命为
背景的戏剧进行介绍。

此外，有研究认为贺孟斧还翻译了格雷戈里夫人的《月亮升起》②，但
笔者搜索所及，尚未见到相关译本。

值得注意的是，在中国现代，奥凯西的剧作除了上述的介绍外，很少
有被翻译的。有研究指出现当代著名戏剧、电影导演章泯曾于 1937 年翻译
并改编奥凯西的《朱诺与孔雀》，改译后的题目为《醉生梦死》。③　笔者数年
查阅，均未找到相关文本。而实际上，在 20 世纪 30 年代末确实上演过一
个《醉生梦死》的剧本，但该剧本被认为是由进步导演沈西苓在夏衍的协助

---

① 贺孟斧编译：《世界名剧作家及作品》，重庆：五十年代出版社，1942 年，第
213 页。

② 杨泽平：《记抗战中的大后方影剧人贺孟斧》，《文史杂志》2014 年第 6 期，第
29 页。研究者吕双燕也持此一观点，参见吕双燕：《现代性与民族性之间——中国现
代话剧导演艺术的黄金时代》，《艺术学论丛》总第一辑，济南：山东画报出版社，2020
年，第 182 页。就剧作而言，目前能够确定的是贺孟斧翻译了科尔德维尔（Erskine
Caldwell，1903—1987）著、考克兰德（Jack Kirkland，1902—1969）改编的《烟草路》
（*Tobacco Road*），1946 年由群益出版社出版。《烟草路》本来是科尔德维尔的一部小说
（1932），贺孟斧翻译的应该是考克兰德改编的剧本。

③ 江韵辉：《章泯生平及创作年表》，《北京电影学院学报》2007 年第 2 期，第 64
页。

下完成的改编本，从结构和情节来看，其底本应该是奥凯西的《朱诺与孔雀》。① 对奥凯西剧作的翻译直到 20 世纪 50 年代之后才出现。目前能查到的奥凯西戏剧译著是 1982 年出版的《奥凯西戏剧选》，收入奥凯西的四部戏剧，其中《朱诺与孔雀》《给我红玫瑰》《主教的篝火》由黄雨石②翻译，《犁和星》由林疑今翻译。该译著后来被收入"爱尔兰文学丛书"，2011 年由云南人民出版社再版。

---

① 田菊博士在其著作中对《醉生梦死》和《朱诺与孔雀》之间的比照有详细的分析，参见田菊：《爱尔兰戏剧运动在中国的百年回响》，北京：中国社会科学出版社，2017 年，第 134-142 页。

② 黄雨石(1919—2008)，湖北钟祥人，1943 年考入清华大学英文系，后考入清华大学英文系外国文学研究所，钱锺书为其导师，毕业后曾一度跟随钱锺书在《毛泽东选集》英译工作委员会工作，之后主要在人民文学出版社从事英语翻译和编校工作。代表译作有《一个青年艺术家的画像》《黑暗深处》《虹》《老妇还乡》《奥凯西戏剧选》等，撰有翻译研究专著《英汉文学翻译探索》(由钱锺书题辞，陕西人民出版社 1988 年版)。《奥凯西戏剧选》虽然是 1982 年出版，但极有可能黄雨石在 20 世纪五六十年代便已经开始翻译相关剧作。

第六章　爱尔兰文艺复兴戏剧对早期
中国现代戏剧的影响

在前述几章中，我们试图对爱尔兰文艺复兴戏剧在现代中国的译介个案做出较为详细的梳理，其中也涉及译介爱尔兰文艺复兴戏剧对这些翻译家(同时大多也是作家)发生影响的个案分析。本章则尝试探讨爱尔兰文艺复兴戏剧运动在现代中国的整体影响，重点在于尝试厘清爱尔兰文艺复兴戏剧与中国现代戏剧①之间的关系。中国现代戏剧滥觞于 19 世纪末期，成型于 20 世纪初期，尤其是五四新文化运动对现代中国戏剧的成型发生了奠基性的作用，这一时期，大量的欧美戏剧被译介到中国。而这一时期，也恰好是爱尔兰文艺复兴戏剧运动在爱尔兰轰轰烈烈进行的时期，因此叶芝和辛格等人的戏剧也在这一波译介高潮中被引入中国。

现有关于中国现代戏剧与外国戏剧之间关系的研究中，大多论述集中于易卜生等现实主义戏剧以及萧伯纳、王尔德的影响，而爱尔兰文艺复兴戏剧的影响研究则几乎阙如。我们认为，除了上述几章中涉及的个案影响之外，爱尔兰文艺复兴戏剧至少在三个方面整体影响了中国现代戏剧的发展，即"小剧场运动""新浪漫主义戏剧"以及现代中国独幕剧的发生与发展。

---

① 需要特别指出的是，一般意义上"中国现代戏剧"应该包括两方面的内容，即 19 世纪末以来产生的新兴话剧和经历变革的中国传统戏曲，本研究中使用狭义的"中国现代戏剧"概念，即指前者。参见陈白尘、董健主编《中国现代戏剧史稿(1899—1949)》"绪论"第 1 页(北京：中国戏剧出版社，2008 年)。

第一节　爱尔兰文艺复兴戏剧与中国现代"小剧场运动"

一、背景

顾名思义，"小剧场运动"字面上指的是在"小"的剧场进行话剧演出的运动，这个"小剧场"可以是戏剧学校搭建的正规演出舞台，也可以是街头临时搭建的演出棚，还可以是田间地头临时开辟的一块空地。这就与中国传统戏曲演出时的戏台有着显而易见的区别。那么，"小剧场运动"是如何发生的，它与爱尔兰文艺复兴戏剧有何联系？在回答这一问题之前，有必要对中国现代戏剧的发生做出简略的梳理。

中国现代戏剧的最早形式被称为"文明新戏"，之所以名为"新戏"，是为了与传统戏曲如京剧、越剧、昆曲等相区别。无论是京剧还是昆曲，其演出的地点——戏台都较为精致，以配合写意风格浓厚、以"唱念做打"为一体的戏曲演出。而在19世纪中后叶，出现了一种引自西方的演出场所——剧院。1866年，上海西人业余剧团建立上海兰心剧院，这是中国近代第一座正规话剧剧院。由创建者的名字可以看出，这是由侨居在上海的西方侨民所建。后来上海又建立一所"东京席"剧院，这是一所小剧场，供日本新剧剧团来华演出。这两所剧院的演出剧目以西方和日本戏剧为主，演出语言应当是西方语言或日语，但观众中应该有稍懂外语的中国人。除此之外，上海等地的教会学校的学生也开始业余演出，比如1899年上海圣约翰书院演出《官场丑史》，1900年上海南洋公学演出《六君子》。与兰心剧院和"东京席"剧院不同，教会学校学生的演出已经出现汉语台词，更为重要的是，这些学生演剧"已经在戏曲改良的基础上突出了接近生活形态的对话和动作"①，即在形式上慢慢接近现代戏剧。但是，这些学生所演戏

---

① 陈白尘、董健：《中国现代戏剧史稿（1899—1949）》，北京：中国戏剧出版社，2008年，第6页。

剧毕竟还不是真正现代意义上的话剧，只是一种过渡而已。

1907 年 2 月，留日学生李叔同、欧阳予倩等人在东京成立春柳社，标志着文明新戏的正式成型。他们首演了改编的小仲马作品《茶花女》第三幕，之后又公演了改编自林纾、魏易翻译的斯托夫人作品《黑奴吁天录》（五幕剧）。春柳社成员公开宣称自己所演乃"新派演艺（以言语动作感人为主，即今欧美流行者）"，是与"旧派演艺（如吾国之昆曲、二黄、秦腔、杂调皆是）"①不同的，借鉴欧美国家中以言语和动作为主要表现手段的新的戏剧形式，即"文明新戏"。"文明新戏"在本质上已经与传统戏曲有所不同，那就是注重"写实"。继春柳社之后，春阳社、"进化团"等文明新戏团体相继成立，而演出场所也由东京转到上海、天津、广州等地。这些社团一方面演出翻译或改译的剧本，另一方面演出反对封建专制、宣传革命的创作剧本，戏剧的教化宣传功能被极大地提高。辛亥革命之后一段时间，职业剧团在上海等地陆续出现，"职业化"和"商业性"取代"教化功能"，文明新戏逐渐衰落。

值得注意的是，在文明新戏衰落的同时，以天津南开学校和北京清华学校为代表的学生业余戏剧演出得以勃兴，这也被认为与"春柳社"等社团间接将欧美话剧传入中国相并行的另一条途径。南开学校现代话剧的演出以张伯苓的《用非所学》为标志。1908 年，时任南开中学校长的张伯苓受政府派遣赴美国参加世界第四次渔业大会，顺便考察教育情况。在考察期间，张伯苓敏锐地觉察到戏剧在培养和教育学生中的重要作用。回国后的次年，张伯苓创作出三幕剧《用非所学》，并亲自参演，引起巨大轰动。《用非所学》的内容讲述留学生归国后不能施展自己所学，反而为封建势力所吞噬，在演出形式上却完全依照欧美话剧模式，有研究认为这是"中国人直接自欧美引进西方戏剧形式演出新剧之始"②。之后每年校庆，南开学校都会演出新剧，并逐渐对外公演。1914 年 11 月 17 日，南开学校新剧团

---

①　转引自钱理群等：《中国现代文学三十年（修订本）》，北京：北京大学出版社，1998 年，第 163 页。

②　崔国良：《南开话剧史话》，天津：南开大学出版社，2017 年，第 3 页。

正式成立，其初始宗旨为"练习演说，改良社会"，该剧团组织制度健全，并得到学校的大力支持，成为当时国内不可多得的业余新剧演出团体。1916 年秋，张伯苓胞弟张彭春自美国留学归来，旋即加入南开学校新剧团。与其兄长不同，张彭春有亲自编写英文剧本的能力，他在美国时就创作出《闯入者》(*The Intruder*，胡适曾译为《外侮》)、《灰衣人》(*The Man in Grey*) 等英文剧本。回国后，张彭春将最新的欧美戏剧理念融入剧团的创作和演出，并开始实施导演制。1918 年，南开学校新剧团演出校庆剧《新村正》，该剧即由张彭春创作。该剧的创演被研究者认为是"我国新兴话剧一个新阶段的开端"①，即文明新戏时期的结束和中国现代戏剧的真正成型。

在南开学校新剧团发展史上，张彭春无疑是灵魂人物。为了推动新剧发展，他大力支持师生翻译欧美名剧，比如易卜生的《娜拉》和《国民公敌》、王尔德的《少奶奶的扇子》、高尔斯华绥的《争强》，以及辛格的《西方世界的花花公子》等。除演出外，南开学校创办的期刊发表了大量译介欧美戏剧的文章，中英文文章都有。其中除了王尔德、易卜生等名家之外，辛格、叶芝、格雷戈里夫人等均有所译介。值得特别注意的是，在演出方面，张彭春特意提倡学生用英文演出话剧，这可谓中国现代话剧史上最为独特的一处风景。张彭春自己创作的英文剧本《闯入者》和《灰衣人》不仅在国内期刊发表，还在南开学校新剧团做了演出。1921 年张彭春再次留学美国，与洪深共同编导了英文剧《木兰》(又名《木兰从军》)，在百老汇克尔特剧院上演。回国后张彭春赴清华学校任教务长，1924 年他导演了泰戈尔的英文剧作《齐德拉》(*Chitra*)，其中女主角由林徽因担纲。1927 年张彭春再次回到南开，其提倡英文演剧的观点一如其旧。尤其是 20 世纪 30 年代，随着柳无忌等知名学者的加盟，南开大学英文系大放异彩，师生联

---

① 陈白尘、董健：《中国现代戏剧史稿(1899—1949)》，北京：中国戏剧出版社，2008 年，第 40 页。

袂演出英文剧作多部，翻译、改编欧美名剧多部。① 南开学校的英文演剧成为中国现代戏剧史上一抹独特的风景。

　　除南开学校外，20世纪10年代的北京清华学校也兴起一股演出新剧的潮流。与南开学校几乎举全校之力提倡新剧不同，清华学校的演剧活动，从传统旧戏到演出新剧，关键靠一人支撑，他便是洪深。洪深于1894年出生于江苏武进一个封建知识分子家庭，受新思潮的影响，洪深早年便决心放弃家庭期望，投身进步事业中。1912年，洪深考入刚成立不久的清华学校，入校不久即积极参加演戏活动。清华学校早期的演戏活动依然带有浓厚的旧戏色彩，洪深入校后，凡是学校中演戏，几乎每场均参加。此外，洪深对编剧颇感兴趣，后来清华学校所演之戏，"十有八九"出自洪深之手。1915年，洪深创作出独幕话剧《卖梨人》，在形式上已经有现代话剧的雏形。1916年，为了筹建贫民小学，清华学校筹备义演，洪深根据自己的观察创作出五幕剧《贫民惨剧》。该剧已经全然具备文明新戏的格局，成为清华学校演戏从旧剧转向新剧的标志。1916年，洪深从清华学校毕业，赴美留学，学习化学工程，但他对戏剧的兴趣远超其对专业的爱好。他利用课余时间写出《为之有室》和《回去》两部英文剧，在当地留学生举办的联谊会上演出，颇受好评。1919年，洪深以上述两部英文剧考取哈佛大学著名戏剧理论家贝克教授的"四十七工作坊"，同学者有清华学校旧同学吴宓②。同年，洪深创作反帝国主义英文剧《虹》，1921年他与同时留学美国的张彭春合作出英文剧《木兰》。在留学期间，洪深到波士顿表演学校学习

---

　　① 参见崔国良主编：《南开话剧史料丛编·2·剧本卷》（天津：南开大学出版社，2009年）第三部分"南开话剧剧目提要"。

　　② 吴宓：《吴宓自编年谱：1894—1925》，北京：生活·读书·新知三联书店，1995年，第207页。吴宓也生于1894年，但考入清华学校比洪深早一年（1911），赴美留学比洪深晚一年（1917）。吴宓先入弗吉尼亚大学学习文学，后受梅光迪、陈寅恪等影响，转入哈佛大学，学习文学和哲学等科目，受新人文主义学者白璧德影响甚深，回国后创办了《学衡》杂志，倡导维护传统文学文化，并积极译介西方文学、哲学思想与著作。吴宓译 The 47 Work-Shop 为"四十七人戏剧团"，该词也有译名为"四十七学程"。贝克教授及其著作在第一章中有所论列，此处不赘述。

表演，在柯普莱广场剧院附设的戏剧学校学习剧院管理，并参加职业剧院进行巡回演出，这些实践活动与他在课堂上所接受的欧美戏剧理论一起，成为洪深回国后深度参与中国现代戏剧发展的宝贵资源。

有意思的是，无论是张彭春还是洪深，都受到欧美戏剧的影响，都是现代戏剧的全才式人物。他们既能创作、改编剧目，又能设计舞台背景道具，还能指导戏剧演出。尤为难能可贵的是，他们都重视剧场的设置和布景，将从美国留学时所观察到的剧场设置直接搬回国内，制作出与传统中国戏台截然不同的演出场所。在某种意义上，这就已经成为"小剧场运动"的雏形。

张彭春领导的南开话剧运动，引起了新文化运动核心人物胡适的关注，而南开话剧运动一方面见证了文明新戏的终结，另一方面则亲自参与了中国现代戏剧的正式确立。胡适在《新青年》1919 年第 6 卷第 3 号（1919年 3 月 15 日）发表文章《论译戏剧》，其中写道：

> 天津的南开学校，有一个很好的新剧团。他们所编的戏，如《一元钱》《一念差》之类，都是"过渡戏"的一类；新编的一本《新村正》，颇有新剧的意味。他们……做戏的功夫很高明，表情、说白都很好。布景也极讲求。他们有了七八年的设备，加上七八年的经验，故能有极满意的效果。以我个人所知，这个新剧团要算中国顶好的了。①

从胡适的评语来看，"表情、说白"属于演出和剧本方面，"布景"则属于舞台设置方面，这三个方面正是"新剧"的核心所在。胡适和张彭春都是庚款留美学生，私交亦好，胡适曾在日记中（1915 年 2 月 14 日）这么评价张彭春的《闯入者》：

> 仲述（即张彭春）喜剧曲文学，已著短剧数篇。近复著一剧，名

---

① 胡适：《论译戏剧》，《新青年》1919 年第 6 卷第 3 号，第 334 页。

曰：*The Intruder*——《外侮》，影射时事，结构甚精，而用心亦可取，不可谓非佳作。吾读剧甚多，而未尝敢自为之，遂令仲述先我为之。①

因此，无论是英文剧，还是中文剧，张彭春的戏剧在胡适看来都可以归入新剧的范畴。从创作时间来看，《闯入者》创作于 1915 年，《新村正》创作于 1918 年，"读剧甚多"的胡适对这几部戏剧都非常熟悉，其影响也是可以确定的。1919 年，胡适自己创作出《终生大事》（"自为之"），在情节和主题上虽然明显受到易卜生戏剧的影响，但《闯入者》和《新村正》的铺垫作用应该也是无可置疑的（"先我为之"）。

研究界一般认为五四新文化运动是中国现代戏剧从文明新戏转向新剧的标志性事件（《中国现代戏剧史稿》《中国现代文学三十年》等）。1918 年 6 月号的《新青年》出版"易卜生专号"，刊登《娜拉》（即《玩偶之家》）、《国民之敌》（即《国民公敌》）和《小爱友夫》三部剧作，以及《易卜生主义》《易卜生传》两篇专论。这被视为欧美戏剧尤其是现实主义戏剧被大量译介到中国，以及促进中国现代戏剧转型的开端。此后，周作人发表《论中国旧戏之应废》，傅斯年发表《戏剧改良各面观》，胡适发表《文学进化观念与戏剧改良》，欧阳予倩发表《予之戏剧改良观》等文章，成为与欧美戏剧翻译相配合的戏剧改革著述。自此，与南开学校新剧团等相呼应，中国现代戏剧终于进入其崭新的正轨阶段。

如上所述，到 1919 年新文化运动发生时，南开学校演出话剧已经有至少 7~8 年的设备（舞台）和经验，尤其是张彭春引进欧美当代舞台设计，在南开创建了有名的演出剧台"瑞廷礼堂"，其设计与欧美著名剧院无异。而胡适等倡导的新剧运动也需要这么一些演出的剧院，在这方面，受爱尔兰文艺复兴戏剧运动和阿贝剧院影响的"国剧运动"提供了切实的思路，因此当后来余上沅将"国剧运动"主将们合集的文章发表时，胡适欣然为其题写书名《国剧运动》。

---

① 转引自崔国良：《南开话剧史话》，天津：南开大学出版社，2017 年，第 3 页。

二、余上沅与"小剧场运动"("北平小剧场")

如第一章中所述，余上沅与赵太侔、闻一多等留美学生创作并演出《杨贵妃》等英文剧，获得巨大的成功，余上沅、洪深等人又通过贝克教授等的传授，对欧美当代戏剧更加熟悉，对在欧美剧坛上轰动一时的爱尔兰文艺复兴戏剧更是推崇有加。我们不妨再次引用余上沅曾致友人张嘉铸的书信(见第一章)：

> 《杨贵妃》公演完了，成绩超过了我们的预料。我们发狂了，三更时分，又喝了一个半醉。第二天收拾好舞台；第三天太侔和我变成了沁孤；你和一多变成了叶芝，彼此告语，决定回国。"国剧运动"！这是我们回国的口号。①

回国之后，余上沅与胡适、徐志摩等新月派人士相从过密，以徐志摩主事的《晨报》副刊《剧刊》为阵地，发表了大量的戏剧创作、戏剧翻译和戏剧评论文字。与此同时，余上沅也迫切地意识到演出场地的重要性，因此在回国前他就向就读北大时的老师胡适提出建立"北京艺术剧院"的构想。而"北京艺术剧院"的原型之一，即爱尔兰文艺复兴戏剧运动的重镇——阿贝剧院。

如前所述，在爱尔兰文艺复兴运动中，有两个社团的成立发挥了重要的作用，这便是爱尔兰文艺剧院和爱尔兰民族戏剧社。1899 年，为了鼓励爱尔兰作家创作自己的戏剧，叶芝、格雷戈里夫人和马丁等人成立爱尔兰文艺剧院，演出的剧目包括叶芝的《凯瑟琳女伯爵》、马丁的《石楠之地》以及后来乔治·摩尔写的《弯树枝》(*The Bending of the Bough*)。由于艺术观

---

① 该书信最初以《一个破旧的梦——致张嘉铸君书》为题，发表于 1926 年 9 月 23 日《晨报》副刊《剧刊》，后收入 1927 年 9 月新月书店初版之《国剧运动》，题目改为《余上沅致张嘉铸书》。在后者中，"沁孤"一词变为"辛额"(即辛格)，亦可见译名随时代发生的变化。

念的分歧，叶芝等人主张爱尔兰戏剧要有凯尔特特色（包括主题、风格等），而马丁和摩尔则更欣赏易卜生和萧伯纳的现实主义戏剧①，因此爱尔兰文艺剧院不久即告解散。在爱尔兰文艺剧院的基础上，1902 年，叶芝与格雷戈里夫人等成立爱尔兰民族戏剧社，叶芝出任社长，演出剧目主要有叶芝与格雷戈里夫人合写的《凯瑟琳·尼·胡力罕》以及拉塞尔的《黛尔德》等。爱尔兰民族戏剧社同时也是一个演出团体，具体的演出事务由费恩兄弟（F. J. Fay，W. G. Fay）负责。爱尔兰文艺剧院和爱尔兰民族戏剧社的戏剧演出，其场所并不固定，大多在都柏林的各个剧院。1903 年，叶芝在伦敦时期的好友霍尼曼女士出于对叶芝等人复兴爱尔兰戏剧的欣赏，出资买下了都柏林市区阿贝街一所废弃的剧院（原名"机械工程学院剧院"Theater of Mechanics' Institute）以及旁边的一座老旧太平间，将其重新装修改造为一座新的剧院，取名"阿贝剧院"。阿贝剧院于 1904 年正式开张，股权持有人为格雷戈里夫人，资助者为霍尼曼女士，演出剧团仍由费恩兄弟负责。1906 年开始，叶芝、辛格和格雷戈里夫人都成为剧院的导演，这就使得剧院走向了职业化。辛格早期的几部戏剧均在阿贝剧院演出，而《西方世界的花花公子》演出造成的后果差点让阿贝剧院毁之一旦。后来由于演出和创作观念的分歧，费恩兄弟和霍尼曼女士相继退出剧院的管理，叶芝和格雷戈里夫人成为实际的管理者和持有人。20 世纪 10 年代之后，罗宾逊成为主要的管理者，推出了爱尔兰文艺复兴戏剧运动中后期的一些有名剧作，如奥凯西的《枪手的影子》《朱诺与孔雀》。1925 年，阿贝剧院获得新成立的爱尔兰自由邦政府的资助，成为英语国家中第一所国家资助剧院。20 世纪 30 年代之后，阿贝剧院的演出实行双语制（盖尔语和英语）。1951 年阿贝剧院被焚毁，1966 年重修之后再开业至今。

　　由此可知，阿贝剧院的黄金时代是 20 世纪初期的二三十年，尤其以叶芝、格雷戈里夫人和辛格时期为巅峰。当然，阿贝剧院的兴起除了叶芝和

---

　　①　余上沅曾在《爱尔兰文艺复兴运动中之女杰》一文中这样评论马丁：他的作品中只看得见易卜生的影响，却看不见爱尔兰的灵魂。见余上沅：《戏剧论集》，上海：北新书局，1927 年，第 44 页。

霍尼曼女士等的个体因素外，也与当时整个欧美小剧场运动的发展息息相关。

在前文中，我们梳理过"小剧场运动"，知道其起源于法国巴黎 1887年戏剧家安德烈·安托万创建的"自由剧场"。与传统的商业剧院不同，小剧场是出于经济上的拮据或者社会习俗的局限而出现的，它们反对庸俗的商业剧院。当年三月底，自由剧院演出了包括根据左拉短篇小说《雅克·达穆尔》改编剧本在内的四个短剧。在 1887 年至 1894 年的 7 年间，安托万领导的自由剧院虽然没有自己固定的剧场，却演出了一百多部戏。安托万"反对当时流行的'佳构剧'和庸俗的商业戏剧……肯定环境决定剧中的情节和人物的行动……他的口号是'新的剧本，舒适的剧场，便宜的票价，通力合作的剧团'"①。安托万的戏剧改革活动滥觞了后来法国的"人民戏剧"运动，其自由剧场的理念影响波及欧美大陆。1898 年 10 月，斯坦尼斯拉夫斯基和涅米洛维奇·丹钦科在莫斯科成立莫斯科艺术剧院，标志着俄罗斯小剧场运动的成熟。莫斯科艺术剧院的演员是来自艺术文学协会的业余演员和丹钦科的优秀学生，最初上演的重要剧目包括阿·托尔斯泰的《沙皇费多尔》与契诃夫的《海鸥》。当然，整个剧院演出的灵魂人物是斯坦尼斯拉夫斯基，他追求舞台艺术的真实，尤其注重外部真实的表演体系。最重要的是，他的艺术理想是把莫斯科艺术剧院"从低级的娱乐场所变成艺术之宫"②，即摒弃庸俗的商业娱乐，以艺术追求为旨归。后来契诃夫的名作《万尼亚舅舅》《樱桃园》以及高尔基的名剧《小市民》和《底层》等均在此上演。受到巴黎自由剧院和莫斯科艺术剧院的影响，在伦敦出现了不同于皇家剧院和大型商业剧院的"独立剧院"(The Independent Theater of England)。这些独立剧院多以业余演员为主，在小剧场演出，票价便宜很多，且多组织成文学或艺术剧团。

① 柳鸣九主编：《法国文学史·第三卷》(修订本)，北京：人民文学出版社，2007 年，第 372 页。

② 戴维·马加尔沙克：《斯坦尼斯拉夫斯基传》，李士钊、田君美译，上海：上海译文出版社，1984 年，第 208 页。

正是受到上述欧陆以及英伦岛小剧场运动的影响，再结合当时爱尔兰文艺复兴的高涨气氛，叶芝等人立志成立爱尔兰自己的演出剧团。爱尔兰文艺剧院(该剧院附属的演出组织名为"爱尔兰文学剧团阿贝演出团"Irish Literary Theater of the Abbey Players，(此处的"阿贝"指阿贝街道)和爱尔兰民族戏剧社的演出成员均为业余演员，最为典型的就是叶芝曾经的恋人毛德·冈，她是坚定的民族独立支持者，多次在叶芝早期的剧作如《凯瑟琳女伯爵》等剧中扮演主角。这两个戏剧组织在阿贝剧院成立之前，也没有自己固定的演出场所，而是出入于都柏林各类设备和水平参差不齐的剧院。阿贝剧院的筹建一方面使得爱尔兰文艺复兴戏剧运动有了自己的阵地，叶芝、辛格等人的戏剧逐渐站稳脚跟并名扬海外，另一方面使得阿贝剧院本身成为与巴黎自由剧院、莫斯科艺术剧院相媲美的戏剧中心，尤其是与伦敦的剧院相比更是不遑多让。

欧洲的小剧场运动一直到 20 世纪 10 年代才开始影响美国的戏剧界。伴随着小镇剧场的逐渐涌现和电影荧幕的日渐普及，美国的小剧场运动开始兴起。从范围上来看，美国的小剧场运动分为两类，一类是大众型小剧场，比如纽约市的温斯洛普·艾米斯小剧场(Winthrop Ames's Little Theater)、芝加哥的莫里斯·布朗恩小剧场(Maurice Browne's Little Theater)、华盛顿广场演出剧团(Washington Square Players)和普洛文斯顿演出剧团(Provincetown Players)；另一类则与大学有关，比如赫赫有名的"四十七工作坊"，该工作坊融戏剧课程讲授、戏剧创作、戏剧演出、布景设置、导演监督等为一体，创立者即贝克教授。该工作坊一开始设置于哈佛大学，也就是洪深、吴宓当时留学或修学的地方，后来转移至耶鲁大学。另一个与大学有关的小剧场运动阵地是卡罗来纳演出剧团(Carolina Playmakers)，由科施(F. H. Koch)于 1918 年创建于教堂山，也即北卡罗来纳大学教堂山分校的所在地①。当然，无论从影响幅度还是深度来看，"四

---

① James D. Hart, *The Oxford Companion to American Literature* (*The 6th Edition*), Beijing：Foreign Language Teaching and Research Press, Oxford：Oxford University Press, 2005, p. 382.

十七工作坊"无疑要比后者重要得多。还有一个与大学有关的小剧场运动重镇，就是匹茨堡的卡内基大学，该大学美术学院戏剧科在 1914 年就建立了有 420 个座位的实验小剧场，作为戏剧课程的实践空间。戏剧课程则有"表演""服装设计""舞台美术设计""编剧""戏剧史""舞台管理"等，四年修学毕业可得学士学位①。正是通过卡内基大学美术学院戏剧科的直接影响，余上沅将小剧场运动介绍到现代中国。

如第一章中所述，余上沅于 1920 年 2 月因参加进步学生运动，被湖北教育当局勒令从武汉文华大学退学，旋即经陈独秀和胡适推荐，转入北京大学英文系，主修英语与西洋文学，直至 1921 年 6 月从北大英文系毕业。当年 6 月至 12 月，余上沅留校从事写作。这一段时间里，胡适与余上沅乃师生关系。1922 年 1 月，余上沅任清华学校中等科教员兼注册科职员，主编学校校刊，直至 1923 年 9 月由学校和父辈贺老先生共同资助赴美留学。清华学校的工作有可能也是胡适推荐的，更为重要的是，在清华学校工作的这段时间，余上沅已经在胡适好友徐志摩主编的《晨报》上发表了数篇欧美戏剧的译文和介绍文章。1922 年 6 月至 8 月，余上沅翻译的美国学者马太士的戏剧论著《作戏的原理》等 7 篇译文，刊载于《晨报》副刊。同年 10 月，余上沅撰写了 22 位欧美戏剧名家及其代表作的介绍文章，起于埃斯库罗斯与《阿伽门农》，止于易卜生与《傀儡之家》，刊载于《晨报》副刊。1923 年上半年，余上沅撰有论戏剧的专文《罗斯丹及其杰作〈西兰娜〉》《歌乐剧此时有提倡的必要么?》和《读高尔斯华绥的〈公道〉》，均刊载于《晨报》副刊。

1923 年 9 月，余上沅赴美留学，同行者有谢冰心、梁实秋、许地山、顾一樵等，其中梁实秋、顾一樵与余上沅在戏剧方面颇有联系。如上文所述，余上沅先入匹茨堡卡内基大学美术学院戏剧专科学习，不仅用功研读戏剧理论著作，还积极参与戏剧系的实习演出和舞台管理。余上沅对自己

---

① C. D. Mackay, *The Little Theatre in the United States*, New York：Henry Holt and Company, 1917, p. 185.

的主任教师斯蒂芬斯和华拉斯在此展开的戏剧教学方针颇感兴趣，并且希望将这一套办学方针(包括教学制度和教学方法)引入归国后就职的学校。次年9月余上沅入哥伦比亚大学研究院主修西洋戏剧文学与剧场艺术，因此他对贝克教授等人在大学内发动的小剧场运动是谙熟于心的。与戏剧理论学习相呼应，余上沅在匹茨堡、纽约经常去小剧场观摩演出，例如达温波小剧院，"在剧院最廉价的后座观看了无数的戏剧，收获颇丰"①。正是有感于美国小剧场运动的流行，1923年12月14日，余上沅撰写的文章《北京为什么不组织一个小剧院》发表于《晨报》副刊。这是余上沅最早关于"小剧场运动"的呼吁。1924年，《杨贵妃》的成功上演，使得余上沅更有感于爱尔兰文艺复兴戏剧运动和阿贝剧院的地位。1924年4月7日，余上沅撰写的《爱尔兰文艺复兴运动中之女杰》发表于《晨报》副刊，作为"芹献"专栏文章之一。这篇文章应该是现代中国最早较为全面的介绍格雷戈里夫人及其作品的文献。

在这篇文献中，余上沅深深有感于爱尔兰文艺复兴戏剧的成功，而时刻将其与中国戏剧的未来加以比较：

> 1901年，夏芝在 Samhain(复兴运动的机关报)上宣布说，爱尔兰文艺剧院，将由爱尔兰国家剧团继续其事业。从此以后，便是"爱尔兰人演爱尔兰人作的爱尔兰的戏剧"了。爱尔兰复兴运动的河流，至此才由金沙江注入了扬子(江)，这是我们不可忽略的。——中国戏剧的趋势呢?②

余上沅将爱尔兰文艺剧院到爱尔兰民族戏剧社的发展，比喻为金沙江(支流)注入长江(主流)，可见其对爱尔兰文艺复兴戏剧运动的推重。紧接着，余上沅盛赞阿贝剧院的资助者霍尼曼女士和阿贝剧院在爱尔兰文艺复

---

① 张余编：《余上沅研究专集》，上海：上海交通大学出版社，1992年，第347页。

② 余上沅：《戏剧论集》，上海：北新书局，1927年，第45页。

兴中的重要性，称其为与法兰西剧院派、莫斯科剧院派相媲美的"阿贝剧院派"(Abbey Theater School)，而维系阿贝剧院自始至终的关键人物便是格雷戈里夫人。余上沅指出格雷戈里夫人戏剧的"长处就是能用最经济的方法，把爱尔兰人的灵魂在舞台上表演出来"①。余上沅此处指的是格雷戈里夫人创作的多部独幕剧，独幕剧适合小剧场演出，能在较短的时间内，把人物形象进行凝练塑造，情节推进紧凑。这也可能是余上沅后来钟情排演独幕剧的滥觞吧。

1924年5月19日，余上沅撰写的文章《莫斯科艺术剧院》刊载于《晨报》副刊。在这篇文章中，他重点介绍了莫斯科艺术剧院的"保留制"表演(repertory)，即熟练排练剧本，做到随时可以上演，尊重演员的自由创造。但坚决主张废弃台柱制(即明星制)，而是聚合所有演员而成一个完美的整体：

> 他们(演员)能把自己要扮的人物的精神，充分融会在心中，所以一字一句，一举一动，无不有一个内心的动力在那里指挥。各个团员是一个完美的部分，聚合这些完美的部分而成一和谐的完美整体：这就是莫斯科艺术剧院的特长。②

余上沅独具只眼，对莫斯科艺术剧院的特色一语中的。他也将其与美国当时已经流行起来的明星制加以比较，认为后者必将成为美国戏剧发展的极大障碍。反对明星制，正是小剧场运动的核心概念之一。爱尔兰文艺复兴戏剧运动的"爱尔兰人演爱尔兰人写的爱尔兰戏剧"精神、阿贝剧院的理想地位，加上莫斯科艺术剧院反明星制的特色，成为余上沅归国后开展小剧场运动的重要理论资源。但在回国前，他就向自己的老师胡适提出创建一个类似于阿贝剧院的剧场计划。

---

① 余上沅：《戏剧论集》，上海：北新书局，1927年，第48页。
② 余上沅：《戏剧论集》，上海：北新书局，1927年，第166页。

　　1925 年 1 月 18 日，余上沅从美国写信给胡适，除汇报自己的学习外，主题就是拟创办"北京艺术剧院"。在信中，余上沅提到自己和赵太侔、闻一多等留美学生相约于当年夏天回国筹办"北京艺术剧院"，已经"在纸上拟定了很完备的计划"。只是苦于经费无着，尚不能着手建设。因此，余上沅建议在北大开设一个"戏剧传习所"，训练学生演出，待成熟后再开展公演。余上沅对筹建"北京艺术剧院"信心满满：

　　　　论到剧本，那是要大家各自埋头去干的……若干布景、服饰、灯光、表演及各项非文学的方面，我们是愿意负责的。如此大家诚心诚意去干，两年后还不能叫"北京艺术剧院"开门，那只好归之于天了。①

　　余上沅与同仁擘画中的"北京艺术剧院"，就是阿贝剧院和莫斯科艺术剧院的缩影。如果说"国剧运动"是余上沅理想中的爱尔兰文艺复兴戏剧运动的中国版，那么"北京艺术剧院"就是其理想中的中国版"阿贝剧院"。

　　1925 年 5 月，余上沅与赵太侔、闻一多结伴回国。7 月到达北京，在徐志摩等新月社同仁的支持下，余上沅与闻一多、赵太侔、孙伏园拟定了一个更为详细的《北京艺术剧院计划大纲》。拟设置的机构分为董事会、院长和剧务部（细分为导演主任、艺术主任、文学主任、乐舞主任）、事务部、评议会、长期雇员、剧团专员，并开列了详细的剧场建筑、经费筹集支配、营业方法（分戏剧和电影两类）等。该大纲最有价值的部分当属对练习生功课的设置，从布景到服饰，从体育到公演，从声音到姿态，应有尽有，甚至还开设有拳术课程。这就基本与欧美小剧场无异，他们一方面培养剧团演员，一方面鼓励戏剧创作，一方面筹划公演，一方面谋划经费。此外，大纲还明确提出选课分"国文""英文""历史""戏剧"四个大项，其中的国文英文并举，可谓与南开学校的演剧活动遥相呼应。为了配合剧院的筹建，余上沅与宋春舫、徐志摩、叶崇智、闻一多、张嘉铸和赵太侔等

---

① 余上沅：《余上沅戏剧论文集》，武汉：长江文艺出版社，1986 年，第 135 页。

人成立了中国戏剧社，并拟定大纲与宗旨（"研究戏剧艺术、建设新中国国剧"）①。如果说"北京艺术剧院"是余上沅心目中的"阿贝剧院"，那么"中国戏剧社"便是中国版的"爱尔兰民族戏剧社"。

遗憾的是，出于各种缘故，"北京艺术剧院"未能成为现实，最主要的原因还是经费无着。② 1925 年 10 月，北京美术专科学校开办戏剧系，余上沅担任教授，主讲"现代戏剧艺术"等课程。不久，北京美专改名为国立艺术专科学校，作为主事者，余上沅邀请戏剧名家欧阳予倩和洪深于 1926 年来校执教。1926 年 6 月，余上沅与徐志摩合编《晨报》副刊《剧刊》，作为"国剧运动"开展的文字阵地。同时，余上沅指导国专戏剧系学生第一次公演，剧目包括田汉的《获虎之夜》和丁西林的《压迫》。这一年中的成绩，虽然离余上沅的理想相差甚远，但毕竟有了筚路蓝缕的开始。但同年 9 月，余上沅从国专辞职，南下任东南大学外文系教授，次年 2 月因北伐战争开始而寓居上海。7 月与胡适、徐志摩等人筹办新月书店，同年 9 月任暨南大学（上海）教授，并在光华大学兼任戏剧课程教师。这段时间，余上沅奔波辗转，"小剧场运动"的梦想似乎遥遥无期。

1928 年 3 月，余上沅回至北平，任中华教育文化基金会秘书，同时应熊佛西的邀请，兼任国立北平大学艺术学院戏剧系教授，讲授"现代戏剧艺术""舞台设计"等课程。虽然是兼任，但是余上沅非常认真地对待兼课任务，自此他的"小剧场运动"才算真正开始实现。与 1926 年一样，余上沅为开展"小剧场运动"，于 1929 年 5 月担任《戏剧与文艺》的主编，这样"小剧场运动"有了自己的文字阵地。同时他还担任母校北大学生戏剧团体"戏剧研究社"的导师，这样便有了演员团队的资源。1929 年秋季学期伊

---

① 余上沅编：《国剧运动》，上海：新月书店，1927 年，第 255-270 页。

② 虽然余上沅在信件中情词恳切，但胡适并未答应拨付不菲的款项，而当时的富商大贾根本就看不起现代戏剧。余上沅在《爱尔兰文艺复兴运动中之女杰》中感慨："我们希望中国也挺生一两个黄尼曼女士！"（黄尼曼即霍尼曼，《戏剧论集》，第 46 页）；同样，在《莫斯科艺术剧院》一文中也感叹："（斯坦尼斯拉夫斯基和丹钦科向莫斯科巨商商筹垫款）莫斯科的巨商与上海北京的富豪不同，马上就满口承认了！"（《戏剧论集》，第 165 页）。

始，余上沅与赵元任、陈衡哲、熊佛西、许地山，以及原北平大学艺术学院戏剧系的六名毕业生组织"北平小剧院"，并出任院长。"北平小剧院"一开始设定的演出地点是王府井街府南园南边的协和医院礼堂，该礼堂有约200来个座位，"建筑考究，又有良好的音响设备，是一个名副其实的小剧院"①。

　　"北平小剧院"排演的第一个剧目就是余上沅导演的格雷戈里夫人剧作《月亮上升》(1930年3月)，第二部排演的剧目是余上沅导演的唐萨尼剧作《失去的礼帽》(此剧由余上沅翻译，见前文论述)。这不能不令人觉得这是余上沅在向爱尔兰文艺复兴戏剧致敬。在1930年至1934年的4年间，余上沅至少导演并组织了六次"北平小剧院"公演，其中既有《月亮上升》、《法网》(高尔斯华绥)、《茶花女》等译作，也有《压迫》、《秦公使的身价》等原创剧作。这一时期可谓余上沅"小剧场运动"的高峰时期，因为无论在戏剧创作(包括翻译)、舞台布置、演员训练，还是在演出效果上，都符合余上沅理想中的剧场模式：虽是业余演员(大多为学生)，但有专业指导和训练；没有明星制，演员全部分担角色任务；舞台由专业人士设置，公演场所相对固定；大学戏剧教育作为理论支撑，剧团演出作为实践检验，有《戏剧与文艺》等文字发表阵地等。

　　1935年，余上沅应邀陪同梅兰芳访问苏联与欧洲，回国后担任国立戏剧学校校务委员兼校长(南京)。与之前的"北平小剧场"不同，此时余上沅的行政任务更为繁重，但即便如此，余上沅依然力图将"北平小剧场"的模式引入新成立的国立戏剧学校。其特别的措施有开办特别班——夜班，培养业余演员，仅1936年一年，剧校便举行了8次公演，演剧人员全部来自剧校师生，演出剧目也逐渐以抗战主题为主。1937年抗日战争爆发，国立戏剧学校也开始内迁。1937年10月2日，余上沅组织师生在长沙第一次以街头剧的形式，"在民众俱乐部广场和天心阁公园广场演出集体创作的

---

　　①　田菊：《爱尔兰戏剧运动在中国的百年回响》，北京：中国社会科学出版社，2017年，第151页。

《流亡者之歌》，轰动长沙"①。从此，街头剧成为余上沅经常组织的戏剧演出方式，并与巡演、公演等成为宣传抗战救国的重要途径。尤其是街头剧，是最为接近"小剧场运动"的演出方式。1938 年开始，国立戏剧学校辗转奔波于湖南长沙、四川江安、重庆北碚，直至 1946 年 8 月返回南京。在艰苦的条件下，余上沅组织了多次街头剧演出、巡演、公演，尤其有影响的是在重庆等地举行的六届戏剧节。余上沅不仅亲自组织，而且执导了易卜生剧作《野鸭》、曹禺名作《日出》以及自己翻译的剧作《长生诀》等。

余上沅主导的"北平小剧场"，是中国现代戏剧史上最重要的"小剧场运动"之一。据余上沅夫人陈衡粹回忆，"当时'小剧院'公演，戏票一抢而空，在当时文化界和社会上有一定的影响"②。"北平小剧场"的成功，得益于余上沅等人深厚的戏剧修养，尤其是对当代戏剧艺术的熟谙。小剧场的戏剧排演，既不同于传统的戏曲，也不同于当时流行于上海等地的庸俗市侩文明新戏（以过分追求娱乐和票房价值而举办的低劣演出）。余上沅和同仁们作出的贡献，在于针对当时国内话剧存在的问题，例如导演和演员缺乏正规训练、演出商业化倾向浓重、对待艺术态度不严肃等，提出有针对性的解决方案。他们利用自己的专业素养，培养有热情的业余演员（如艺专学生等），使一批戏剧人才得到培养和成长，尤其难能可贵的是招收女生学员。例如著名表演艺术家白杨（原名杨成芳，又名杨君莉）就是北平艺专戏剧系第一届毕业生，经常参加"北平小剧院"的演出。虽然北平艺专戏剧系招收的女生不多，但他们招生时所秉持的男女平等的态度，却充分体现了现代戏剧教育体系对女性戏剧爱好者的尊重与接受，有力强化了现代戏剧教育体系中的性别平等意识。第二个贡献在于纠正时人对于话剧艺术的偏见。文明新戏虽然源自欧美，但在发展的过程中尤其是在上海等地，逐渐将传统三教九流的东西融入其中，演出日益商业化、市侩化，这就再次让人们以为新兴戏剧如传统戏曲一样，戏子只不过是下流职业。而

---

① 张余编：《余上沅研究专集》，上海：上海交通大学出版社，1992 年，第 353页。

② 张余编：《余上沅研究专集》，上海：上海交通大学出版社，1992 年，第 7 页。

由于余上沅等人的努力，当时小剧院的演出"别出一格，形式风格令人耳目一新"①，因此戏票一抢而空。这也得益于余上沅在卡内基大学美术学院戏剧专科就读时习得的一整套教学方针，当余上沅就任国立戏剧学校校长时，其原初设置的规划就打算沿袭卡内基大学戏剧教育的"小剧场"模式。在刊布的办学宗旨中，余上沅明确指出"研究戏剧艺术，养成使用戏剧人才，辅助社会教育"②。正是得益于这种专业、系统的戏剧教育，其演出效果得到观众肯定，其艺术追求得以保证，时人对于新剧也逐渐认可，这也为中国现代戏剧整体的成熟作出了贡献。

余上沅从爱尔兰文艺复兴戏剧运动中受到鼓舞，发愿发动中国的"国剧运动"，从阿贝剧院得到启发，发愿建设中国的"小剧场"。当然，对上述两个事件的认知，余上沅并无直接体验，都是通过在美国的留学而得来。当余上沅沉醉于卡内基大学实验小剧场的演出时，其后来的好友熊佛西早已在哈佛大学接受贝克教授"四十七工作坊"的熏陶了。

三、熊佛西与"小剧场运动"（北平国专戏剧系、定县农民戏剧实验）

1900 年 12 月 4 日，熊佛西出生于江西丰城县罐山村，原名熊福禧。熊佛西出生时家境贫困，父亲在乡里的药店当学徒，家务全靠母亲操持。在熊佛西两岁的时候，父亲悄然离开家乡，不知所踪，家庭收入全靠母亲为地主做杂务得来。四岁时熊佛西便开始帮助母亲，到有钱人家做农活，贴补家用。九岁时母亲将熊佛西送入村中的私塾读书，熊佛西读书异常刻苦。次年入本村新式小学养正小学读书，课余依然以干农活为主。这时熊佛西开始接触民间戏曲，并逐渐对传统戏曲发生兴趣。1914 年，熊佛西失踪多年的父亲（实际上离开家乡后一直在汉口谋生，此时已成茶商），派

---

① 张余编：《余上沅研究专集》，上海：上海交通大学出版社，1992 年，第 18 页。

② 阎折梧：《中国现代话剧教育史稿》，上海：华东师范大学出版社，1986 年，第 156 页。

"信客"将熊佛西接到汉口。很快熊佛西被父亲送到教会学校圣保罗中学读书，虽名为"中学"，实际乃小学课程设置。此外，父亲还请朋友晚上来家里给熊佛西补习英文。由此，熊佛西开始学习英文，并取得较快的进步。同年底，在学校举行的圣诞纪念晚会上，熊佛西与同学观看了文明戏《马槽》，内容即讲述耶稣诞生之事。这是熊佛西第一次接触到与中国传统戏曲不一样的新剧，给他留下了深刻的印象，启发了他"对于戏剧的憧憬"①。次年夏天，熊佛西在汉口大舞台观看了著名文明戏演员郑正秋主演的文明戏《黄老大说梦》，对文明戏这种新颖的戏剧形式有了进一步的认识。

1915 年 9 月，熊佛西进入辅德中学读书，受桑稼轩老师等人的影响对文明戏更加痴迷，并开始创作出《徐锡麟》等幕表剧。后来经过同学父亲的介绍，结识文明戏著名演员马绛士，经常到剧院后台观摩，还不时邀请文明戏演员指导学生演剧。辅德中学国文与英文并举，经过四年的学习，熊佛西的中英文均打下了扎实的基础，学习成绩也得到师长们的肯定。但由于他对文明戏有过于浓厚的兴趣，父亲反对他继续读书。1919 年熊佛西积极参加五四运动，父亲对他的爱好意见更大。在师友们的帮助下，熊佛西来到北京，先是报考北京大学，未中，随即报考高等师范，亦未中，最终考取有基督教会背景的燕京大学，主修教育，副修西洋文学。

正是在燕京大学三年的学习中，熊佛西阅读了大量的欧美戏剧作品，对"白话剧"（即话剧）产生了特别的爱好；

  ……广泛阅读了欧洲戏剧史上著名剧作家莎士比亚、易卜生、萧伯纳、高尔斯华绥、**葛莱格瑞夫人、约翰·沁孤**的作品。②

---

  ①　熊佛西的原话刊载于其回忆文章《戏剧生活的回忆》（《文学创作》1943 年第 1 卷第 6 期），此处转载于上海戏剧学院熊佛西研究小组编：《现代戏剧家熊佛西》，北京：中国戏剧出版社，1985 年，第 176 页。

  ②　上海戏剧学院熊佛西研究小组编：《现代戏剧家熊佛西》，北京：中国戏剧出版社，1985 年，第 12 页。

葛莱格瑞夫人即格雷戈里夫人，沁孤即辛格。从这份阅读名单来看，熊佛西阅读的主要还是英文名剧，而在这些英文名剧中，爱尔兰文艺复兴戏剧作家的作品占了三分之一，由此可见熊佛西对爱尔兰文艺复兴戏剧作家作品的喜爱与欣赏。与李健吾不同，熊佛西极少自己动手翻译欧美剧作，反而喜欢创作原创剧本。在演出自己创作的戏剧《这是谁的错》时，熊佛西与李健吾开始结下深厚的友谊。在另一场演出中，熊佛西结识了当时国内"爱美剧"①的代表人物陈大悲。"爱美剧"在不少关键的方面与小剧场运动相近，比如反对戏剧商业化、庸俗化，提倡艺术的非职业性演出。1921 年，在许地山的引介下，熊佛西结识茅盾和郑振铎，并且与陈大悲、欧阳予倩、汪仲贤等成立"民众戏剧社"。"民众戏剧社"被认为是"我国现代话剧史上第一个戏剧团体"，他们"鼓吹现实主义的'真新戏'，提倡西欧资本主义经营的'小剧场运动'，主张'爱美的戏剧'"②。这是熊佛西第一次真正意义上对欧洲的"小剧场运动"进行的严肃思考，结合他对外国戏剧尤其是格雷戈里夫人和辛格剧作的阅读，熊佛西逐渐形成戏剧应该为民众服务的观点。值得注意的是，再次考察熊佛西的欧美戏剧阅读名单，可以发现，莎士比亚是名家，读其作品，自然不奇怪。易卜生作为新文化运动中引入的代表作家，自然也是熊佛西喜欢阅读的剧作家。尽管在当时，萧伯纳和王尔德的作品都有大量译介，但熊佛西并不喜欢王尔德的剧作，原因在于其反对王尔德"为艺术而艺术"的主张。在爱尔兰文艺复兴戏剧作家当中，熊佛西并不喜欢叶芝的作品，这与叶芝作品充满神秘和象征元素有关，不是熊佛西理想中那种"为民众的戏剧"。

1923 年 7 月，由于成绩优异，熊佛西提前一年毕业，并应母校邀请，回汉口辅德中学任英语教师兼教务主任。熊佛西教学认真，方法独特，受

① "爱美剧"是根据英文单词 amateur 而来，指业余的、非职业性的戏剧。该词出现于 20 世纪 20 年代初，陈大悲等人提出一方面反对戏剧商业化、庸俗化的趋势，另一方面大力提倡非营业性质的、以艺术为旨归的新剧，即"爱美剧"。

② 上海戏剧学院熊佛西研究小组编：《现代戏剧家熊佛西》，北京：中国戏剧出版社，1985 年，第 14 页。

到学生欢迎。次年9月，熊佛西接受校长邀请，陪同校长儿子赴美国留学。熊佛西进哥伦比亚大学研究院深造，主修戏剧。戏剧教授马修士①告诫熊佛西要多到剧场观摩，到现实中实践并体会，这些观点被熊佛西奉为圭臬。正是在哥伦比亚大学研究院学习期间，熊佛西结识了余上沅、闻一多、赵太侔，并一起筹划一所中国自己的如巴黎自由剧院、莫斯科艺术剧院、都柏林阿贝剧院一般的艺术剧院(见前文余上沅一节之论述)。与余上沅一样，熊佛西经常去达温波小剧院等剧院观看演出，不拘类型，其目的在于熟稔欧美各类戏剧艺术，尤其是小剧场运动。

1926年9月，熊佛西回国，在经过认真思考后，他接受国立北平艺术专门学校的邀请，担任戏剧系主任兼教授。在他之前担任戏剧系主任的是赵太侔，担任戏剧教授的是另一位好友余上沅。余上沅、赵太侔因故南下，直至数年后方返回。熊佛西一方面主持公开辩论，争取大多数学生的认同，增设"西洋戏剧文学""戏剧原理"等课程，系统地将欧美当代戏剧理论和实践引入现代中国；另一方面主张戏剧实践，认为戏剧系应该是新兴戏剧实验的中心。与时人不同的是，熊佛西主张以学习西方现代戏剧为主，但同时支持中国现代话剧向传统戏曲汲取经验。有了学生作为业余演出的主体，熊佛西也将《戏剧与文艺》等刊物作为戏剧发展的文字阵地，相继发表了《戏剧究竟是什么》(《古城周刊》1927年第6期)、《戏剧与社会》(《社会学界》1928年第2期)等文章。在《戏剧究竟是什么》一文中，熊佛西先引美国戏剧批评家汉密尔顿和马修士的观点，指出戏剧的定义是通过演员的表演来表现一段人与人之间的意志冲突。接着引亚里士多德的"动作的模仿"说，论述戏剧中外形动作的根源，以及对于戏剧所谓的"综合的定义"。在这些论述之后，熊佛西提出了自己的看法：

> 我所谓"内心的动作"就是剧中的一种"力"(Force)，奋斗

---

① 马修士(Brander Matthews，1852—1929)，美国哥伦比亚大学教授，美国首位戏剧文学教授(1900)，19世纪末20世纪初与贝克教授齐名的戏剧理论和批评家。马修士的戏剧教育理念强调是演出而不是文本才是学生理解戏剧这门艺术的关键。

（Struggle），冲突（Conflict）。人与人的奋斗，人与物的奋斗，自己与自己的冲突。①

熊佛西认为这种"力"，或者"奋斗""冲突"在西方名剧中比比皆是，比如莎士比亚的四大悲剧，莫里哀的《悭吝人》，易卜生的《群鬼》（即《群魔》）、《玩偶之家》等。在列举这些名剧之后，熊佛西以辛格的《骑马下海的人》为例，阐述自己的观点：

> 其实这种内心的动作，名之曰剧情亦未尝不可，不过往往有很好的戏，差不多毫无情节。譬如辛额（Synge）的《海滨骑者》（*Riders to the Sea*），开幕时告诉我们哀尔兰的一个老妇人因为几个儿子死在海里，她很伤心；至闭幕时还是这样的告诉我们，然而《海滨骑者》之所以能在近代戏剧中大放光明者，都是因为其中的"力"，其中的奋斗——人与自然的冲突！②

"人与自然的冲突"，辛格剧中这一独特的"力"，与田汉总结这部戏剧时所说"败北的庄严"有异曲同工之妙（详见第四章）。熊佛西独具只眼，将辛格该剧的精髓一语道出。熊佛西对辛格和格雷戈里夫人戏剧中展现的那种民族的"力"兴趣盎然，对叶芝剧中那种神秘气氛反而敬而远之。

接过北平艺专戏剧系主任职务的熊佛西，虽然对课程设置等做了多项改变，但把余上沅肇始的学生公演传统继承了下来。熊佛西不仅教授大部分西方戏剧课程，还亲自指导学生演出，其导演的自家剧作《一片爱国心》深受观众欢迎，也借着指导学生演出的机会，培养了一批重要的话剧人才，比如章泯、贺孟斧等。1927 年夏至 1928 年夏，北平艺专戏剧系停办，1928 年秋恢复办学，并更名为国立北平大学艺术学院戏剧系。熊佛西再任

---

① 熊佛西：《佛西论剧》，上海：新月书店，1931 年，第 21 页。
② 熊佛西：《佛西论剧》，上海：新月书店，1931 年，第 22-23 页。

系主任后，课程改革力度加大，一方面聘请外籍教师如英国戏剧专家泰丽琳教授担任"西洋戏剧选读""莎士比亚"等课程教师，聘请德国秀斯女士教授舞蹈，这在当时国内的戏剧教育中是极为少见的；另一方面，聘请再次北上的余上沅担任"现代戏剧艺术"等课程教师，并一起筹办"北平小剧院"。1930年3月，熊佛西组织戏剧系学生排演格雷戈里夫人剧作《月亮上升》(余上沅任导演)，之后组织学生排演唐萨尼的《丢失的礼帽》(余上沅导演)。虽然熊佛西作为该剧院的副院长，但"北平小剧场"运动的主导人物是余上沅，因此熊佛西的主要精力还是放在戏剧系学生的公演方面。1931年年底，由于时局动荡，戏剧系发展维艰，熊佛西便将北平的"小剧场"模式运用到农村大众戏剧实验中。

在爱尔兰文艺复兴戏剧运动重要作家中，熊佛西青睐的是辛格和格雷戈里夫人，这与后两者更多表现爱尔兰农民或本土特色和精神有关。细数辛格的6部戏剧，几乎每一部都是"民众史剧"(田汉语)。《谷中的暗影》写女主角对峡谷里的农村生活感到压抑而想出逃；《骑马下海的人》写阿伦群岛渔民的悲惨生活；《补锅匠的婚礼》写爱尔兰流浪者的生活与传统社会制度的冲突；《西方世界的花花公子》写爱尔兰西部乡村的平常又不平凡的生活；《圣泉》写流浪乞丐的幻想与现实；《戴尔德拉的忧患》虽然取材于历史故事，但辛格却将其写成一部民众史剧，现实意义显而易见。格雷戈里夫人的戏剧以民众喜剧为特色，如《二十五》《谣传》《乌鸦》等，《月亮上升》在某种程度上也可以归入此类，展现的是爱尔兰百姓与殖民者之间的复杂关系。熊佛西在大学期间就熟读辛格等人的戏剧，在任戏剧系主任期间，也组织过《月亮上升》《市虎》(即《谣传》)等爱尔兰文艺复兴戏剧的排演。如叶芝建议辛格去爱尔兰西部阿伦群岛采风一样，1932年，辞去北平大学艺术学院戏剧系主任职务的熊佛西，也到农村去实验自己的戏剧理想。

熊佛西辞去学校职务，接受中华平民教育促进会的邀请，担任其戏剧研究委员会主任一职。他选取的戏剧实验地点是河北定县，到农村开展戏剧大众化实验。熊佛西农民戏剧教育的理念是"要先农民化，再化农民"，即首先应该融入农村，亲自体验农村和农民生活，切实明了农村和农民生活的现状，然后再以艺术的加工创作出"教化"农民的戏剧。为此，熊佛西在摸清底子的情况下，提出了"打成一片"的演出形式，即废除以前的"镜框式舞台"（演员在固定的舞台上，舞台设置在远远的地方，观众看来如镜框），废除"幕线"，台上台下打成一片。这样做的目的，就是要"使观众直接享受到戏剧的'趣味'，必须把'隔岸观火的态度，变为自身参与活动的态度'"①。此外，熊佛西还利用农村得天独厚的地理条件，创建"露天剧场"，把舞台交给农民，对其进行培训，组织农民剧团。1933 年 2 月，熊佛西组织的农民剧团便开始公演，到 1934 年，农民剧团就发展到近 200个，仅在 1934 年一年中，就训练了农民演员达 180 余人。②

从本质上来讲，我们认为，熊佛西的定县农民戏剧实验是其戏剧系"小剧场模式"的延伸。首先，无论是演出的内容，还是演出的形式，都反对庸俗化、市侩化的。定县农民戏剧实验并非熊佛西一人所能为，在 1932年到达定县不久，熊佛西就招收了肖锡荃、岳路等 6 人作为练习生，并按照其在戏剧系训练学生演戏的方式，对这 6 名练习生进行培养。然后再由这 6 名练习生分头进行农民演员的培养，这样就保证了农民演员有一定的专业表演素养。另外，演出的剧目是熊佛西本着"反映农民需要的且能够为农民接受"的原则精心挑选的，比如《屠户》《王三》等。再者，整体演出都是非职业的，票价很低甚至无需票价。到实验的后期（1934—1935），剧团的演出人员几乎都是业余的农民演员，演出地点大多在"露天剧场"。1935 年之后，随着时局的变化和熊佛西的个人选择，定县农民戏剧实验逐渐落幕。但在中国现代戏剧史上，熊佛西主导的定县农民戏剧实验是独一无二的。

---

① 谭为宜：《戏剧的救赎：1920 年代国剧运动》，北京：人民日报出版社，2009年，第 184 页。

② 谭为宜：《戏剧的救赎：1920 年代国剧运动》，北京：人民日报出版社，2009年，第 186 页。

四、赵太侔与"小剧场运动"("山东实验剧院")

赵太侔，原名赵海秋，又名赵畸，字太侔(余上沅在早期通信中多称其为赵畸)，1889 年出生于山东益都东关一家农民家庭。幼年的赵太侔勤奋好学，曾就读于青州东关小学和青州中学。17 岁时考入山东烟台实益学馆学习英文，并秘密加入同盟会。1909 年，赵太侔曾和同学相约报考济南陆军学堂第五期招考。1911 年武昌起义发生时，赵太侔和部分同学参加了山东的独立运动。1914 年，赵太侔考入北京大学文科英文学门(即后来的英语系)，除努力学习外，有感于时局变幻和派系倾轧而在心态上发生变化，变得"韬光养晦，沉默寡言"(梁实秋语)。1917 年，赵太侔从北京大学毕业，回到济南任省立第一中学英语教师。1919 年 1 月，应美洲部分华侨工人邀请，赴加拿大担任拟创办期刊的编辑，但刊物最终没有办成。之后赵太侔南下来到美国纽约，担任《劳动潮》周刊编辑。但周刊出版 4 期后即告停刊，因此赵太侔"半工半读进入哥伦比亚大学研究院，最初在哥大心理学系，后转入英国文学系"①。从已有资料来判断，赵太侔后来应该也是在哥伦比亚大学研究院修习戏剧科目，其入学时间则比熊佛西和余上沅都要早。在哥伦比亚大学研究院期间，赵太侔同样受到戏剧权威马修士的教导与影响。

余上沅于 1923 年 9 月赴美留学，1924 年秋入读哥伦比亚大学研究生院修读戏剧课程。熊佛西是 1924 年秋赴美留学，他直接入读哥伦比亚大学研究生院，也是攻读戏剧课程。闻一多于 1922 年 7 月来美，先入芝加哥美术学院和科罗拉多学院学习绘画，1924 年 9 月转入纽约艺术学院。梁实秋则是 1923 年秋赴科罗拉多学院，后转入哈佛大学，受白璧德影响甚深。至此，1924 年秋，赵太侔、余上沅、熊佛西、闻一多、梁实秋等人聚集于纽

---

① 刘宜庆：《赵太侔：鲜为人知的两任山东大学校长》，《人物》2010 年第 7 期，第 61 页。此处说法与山东大学官网上的介绍有所不同，山东大学官网介绍赵太侔"1919 年考取官费留美，入哥伦比亚大学攻读西洋文学，继入该校研究院专攻西洋戏剧"(https://www.sdu.edu.cn/info/1026/1089.html)。

约及其周边，出于对戏剧的共同爱好，他们先是创作并演出五幕英文古装剧《杨贵妃》，后来又演出另一部英文剧《琵琶记》。尤其是1924年年底《杨贵妃》在纽约的演出，引起巨大轰动，使得余上沅、赵太侔等人都以叶芝、辛格自许（见前文余上沅一节之论述）。1925年5月，赵太侔与余上沅、闻一多同船回国。同年8月，赵太侔任国立北平艺术专科学校戏剧教授，同时在北京大学兼任讲师。同年底，徐志摩主办《晨报》副刊，与余上沅、赵太侔等人以《晨报》副刊《剧刊》为阵地，发起轰动一时的"国剧运动"。

与余上沅、熊佛西等"国剧运动"主将不同的是，赵太侔的著述比较少。一方面他极少创作戏剧，另一方面他也极少翻译欧美戏剧。目前能够找到的资料中，他关于戏剧教育与运动的主要文献是《国剧》《布景》和《光影》三篇。《国剧》分两期，分别发表于《晨报》副刊《剧刊》1926年第1期、第2期。《布景》发表于《剧刊》1926年第7期，《光影》则发表于《剧刊》1926年第6期。这三篇文章后来均收入余上沅主编之《国剧运动》。在《国剧》一文中，赵太侔以论述戏剧的民族性和世界性开端，论述关于戏剧的各种观点，其中包括他对自己的老师马修士戏剧观念的批评。在比较中西戏剧的异同点之后，赵太侔指出中国传统戏曲的一个特点——程式化：

> 旧剧中还有一个特出之点，是程式化 Conventionalization。挥鞭如乘马，推敲似有门，叠椅为山，方布作车，四个兵可代一支人马，一回旋算行数千里路，等等都是。[①]

赵太侔对中国传统戏曲程式化特点的总结可谓一语中的，而且在中国戏剧的未来发展方向上，赵太侔是主张保留程式化这一特色的。但同时，赵太侔也明确指出，话剧已成了"世界的艺术，像火车轮船一样，它是要到处走的"[②]。到底需要什么样的戏剧，是当时北平艺专戏剧系争论的议

---

① 余上沅编：《国剧运动》，上海：新月书店，1927年，第14页。
② 余上沅编：《国剧运动》，上海：新月书店，1927年，第19页。

题，余上沅主张改良旧戏，而熊佛西则主张新剧为主，在这一点上，赵太侔持折中态度，即支持旧戏改革，但也不否认新剧的发展。

与余上沅一样，赵太侔希望在现代中国筹建一个都柏林阿贝剧院那样的"艺术剧院"。在回国前，他们向当时北京大学的主事者胡适提出创建"北京艺术剧院"的设想，并谋求支持。归国后，他们积极发动社会力量，详细拟定了《北京艺术剧院计划大纲》。遗憾的是，"北京艺术剧院"最终未能如愿建成，连北平艺专戏剧系的教职也未能保全。1927 年年底，赵太侔在上海赋闲。1928 年 5 月，应山东政府的邀请，赵太侔在泰安试办"民众剧场"。之前的"北平小剧场"运动虽然赵太侔也曾参加，但毕竟主事者是余上沅和熊佛西等人。而在泰安试办的"民众剧场"，才是赵太侔自己主导的"小剧场运动"的开始。

泰安的"民众剧场"受到观众的欢迎，时任山东教育厅厅长的何思源便邀请赵太侔赴济南。在"民众剧场"的基础上，赵太侔主导创建"山东省立实验剧院"，并任院长，教务长则是赵太侔在国立艺专执教时的学生王泊生。"山东省立实验剧院"的教学管理模式与国立艺专相近，也模仿欧美小剧场运动的模式，即一方面培养业余演出团队，另一方面鼓励师生创编原创剧本。每逢周末，剧院对外售票，由剧院学生登台演出。演出的内容既有京剧、昆曲等传统戏曲，也有丁西林和田汉等编创的现代话剧，而以后者为重点，且影响更为广远。学院聘请孙师毅等戏剧名家亲自授课，也聘请洪深等担任通讯导师。

从剧院的戏剧教育课程设置来看，实践和理论各占一半，实践课程以剧本为基准，包括"姿态表情""声音表情""动作组织""舞台设置（设计与制作）"等，理论课程则包括"戏剧史""戏剧文学""戏剧概论""艺术概论"等。此外，剧院还开设专门的国语课程，以解决各地学员的地方口音问题。值得一提的是，剧院要求每一位学员学习一样乐器。从以上课程设置和要求来看，"山东省立实验剧院"的戏剧教学以新剧培养为主。在剧场舞台的设计上，除了雇用几个木工制作景片外，其余的工作如钉景片、绘景、制作道具、装台、舞台布景切换、灯光道具服装管理等，均由学生轮流担任。

赵太侔在美国求学时，曾专门学习过舞台设计类课程。"山东省立实验剧院"成立之后，他把剧院内一个开会用的场所改建成一个能容500人左右的小剧场。剧场舞台采用电动机械来操纵吊杆以切换景片，同样，舞台大幕也是由电动机械操控上下起落。舞台灯光则由电闸控制，能实现明暗和强弱的变化。电动机械的使用，在当时是相当先进的技术。此外，剧场前台也有严格的规章制度，比如不出售茶点、酒水和零食，严格对号入座，演出中不得随意聊天。虽然有售票制度，但是大多数情况下是有选择地分发赠券，甚至是免费。有参与者后来回忆："这些做法是一种理想的'小剧场制度'的尝试。在当时山东封建势力严重存在的情况下，实验剧院不断公开演出话剧是一种创举，对于山东的现代话剧运动起到了启蒙作用。"①

如上文所述，赵太侔本身不太创作和翻译剧作，其在"山东省立实验剧院"推行"小剧院运动"，主要是组织主导和舞台设置两个方面的工作。组织主导上，与"北平小剧场"不同，"山东省立实验剧院"的筹建和运行完全由赵太侔说了算。他不像余上沅那样积极导演、创作、翻译戏剧，而是把主要把精力放在课程设置、演出组织上。而舞台设置则是赵太侔的强项，梁实秋曾回忆在纽约学习时赵太侔跟随的是诺曼·格德斯（Norman Geddles），主业即舞台设计。② 前面所举的电动机械，即是话剧舞台设计在当时国内的创举。

遗憾的是，由于内外部原因，"山东省立实验剧院"于1930年宣告落幕。内部原因主要是赵太侔与王泊生在戏剧培养观念上的分歧日益增大，赵太侔主张侧重现代话剧，而王泊生则醉心于传统戏曲。外部原因则主要是1930年的军阀中原大战（蒋冯阎战争），阎锡山的晋军曾一度进占济南，局势日趋不

---

① 阎折梧：《中国现代话剧教育史稿》，上海：华东师范大学出版社，1986年，第120页。

② 刘宜庆：《赵太侔：鲜为人知的两任山东大学校长》，《人物》2010年第7期，第61页。

济。赵太侔遂辞去剧院院长职务，转任青岛大学教授。随着赵太侔的去职他就，"山东省立实验剧院"也随之关闭，其主导的济南"小剧场运动"也隐入历史的烟雾。虽然为时短暂，"山东省立实验剧院"在戏剧人才培养、业余话剧演出普及以及山东现代话剧运动开展方面，作出了毋庸置疑的重大贡献。留下极少文献的赵太侔在山东济南开展的"小剧场运动"①，与余上沅主导的"北平小剧场"、熊佛西主导的河北定县农民戏剧实验一样，在中国现代话剧史上留下了浓墨重彩的一笔。赵太侔不应被历史遗忘。

五、田汉与"小剧场运动"（"鱼龙会""南国艺术剧院"）

在第四章中，我们详细论述了田汉对爱尔兰文艺复兴戏剧的译介活动，其中谈到田汉归国后在上海创建《南国》半月刊和"南国艺术剧院"等活动。"南国艺术剧院"以及学生公演，还有稍前一点的"鱼龙会"，也是一场名副其实的"小剧场运动"。

1922 年 9 月，田汉与妻子易漱瑜回到上海，经友人左舜生的介绍，任职于中华书局编辑部。为了照顾家人，田汉接受了繁重的工作，但同时他也从未忘记自己的愿望与使命，即"做中国未来的易卜生"。在当时，上海虽然有文明新戏，但已日渐商业化和庸俗化，而传统戏曲"势力甚大"，引得田汉向友人宗白华感慨，"数十年来之新剧运动，竟未能撼旧剧毫末"②。为此，田汉计划利用中华书局这个平台，用三四年的时间翻译 20 多种世界名著，其中就包括莎士比亚、易卜生和梅特林克等人的戏剧。这个计划后来得到了部分的实现。但出版译著周期长，读者群有限，短期效果不明显。为此，田汉面临更为迫切的局面，就是如何来创作"一中国式的歌剧"，以实践自己的理念。这便是"南国艺术剧院"的设想之由来。

---

① 目前可搜索到的赵太侔撰写的文献，除了本节中提及的三篇之外，尚有两篇。一篇是《悼朱双云先生》，发表于《天下文章》1944 年第 1 期；另一篇是《关于汉字简化问题》，发表于《山东大学学报》（哲学社会科学版）1957 年第 1 期。

② 来源是田汉致友人宗白华的信，原载于《少年中国》第 4 卷第 4 期（1923 年 2 月）。此处转引自刘平：《戏剧魂——田汉评传》，北京：中央文献出版社，1998 年，第 127 页。

在正式创办剧院之前，田汉自费创办《南国》半月刊，作为新剧实验的文字发表阵地。1924 年 1 月 5 日，《南国》创刊，印刷公司为启智印务公司，发行者则为泰东书局。期刊全部由田汉和妻子易漱瑜自己编辑、自己校对、自己掏钱印刷、自己折叠、自己送到发行处。这不由得令人想起布莱克与妻子独立印刷版画、出版诗集的故事，田汉在《南国》创刊宣言中也是这么直言的：我们因欲免去资本主义的支配，虽一时不能像 Blake 印他自己的诗集那样：自己雕版，自己排字，自己发行，至少以自己集资印刷，自己意匠，自己校对，自己托人发行为原则。① 遗憾的是，因为资金不足和妻子身体虚弱，《南国》出至第 4 期便告结束。在这一时期，田汉结识了欧阳予倩和洪深，还对洪深导演的王尔德《少奶奶的扇子》提出了中肯的批评意见，使得洪深引为知己。1925 年 8 月，同样在友人的帮助下，田汉创办《南国特刊》，发表了《东西文化及其吃人肉》等重要文章、《黄花岗》等重要话剧，并连载了对霍普特曼代表剧《白救主》、席勒名剧《阿连斯的少女》等戏剧的介绍。

有了铺垫，田汉于 1926 年 4 月与唐槐秋等创办"南国电影剧社"，宗旨在"以纯真之态度藉 Film 宣泄吾民深切之苦闷"。为了拍好电影，1927 年 6 月田汉赴日本进行两个星期的旅行考察。在这期间，田汉重点考察了"筑地小剧场"。回国后，种种原因使得田汉等人的电影梦幻灭（田汉称之为"未完成的银色的梦"），他们只好回到上海。但这次日本之行却坚定了田汉在上海创办小剧场的决心。1927 年 8 月，田汉受聘于上海艺术大学，任文学科主任，并成为实际的校务管理者。正是在这所私立学校，田汉决心"力倡小剧场戏剧运动"，扩大新型戏剧的影响。因上海艺术大学是一所私立大学（未经教育部立案），学校收入无政府津贴，只得靠学费，学期过半费用已告罄。为了解决财政困难，田汉准备实验一次话剧公演"鱼龙会"：

　　演话剧募捐，门票每张一元，大家向亲友去推销。同学演戏，开

---

① 《南国》半月刊创刊号（1924 年 1 月 5 日）。

支一切从简，估计售票所得，足够把学校维持到放假。①

之所以叫"鱼龙会"，是因为田汉将业余演出的学生们视为"小鱼"，请来帮忙的欧阳予倩、周信芳、高百岁等名家则是"龙"，当然也寄予着田汉对同学们经过磨炼一朝由鱼成龙的殷切希望。演出的剧场就设在上海艺术大学的校舍一楼，此处原为私人住宅，同学们将课桌塞入餐厅，铺上借来的地毯，在连接餐厅和客厅的洞门上挂上帐幔，作为天幕与景片，如此舞台便已成型。课椅则当座位，有一百来个。拉上窗帘，打上照明，"俨然是一所像样的小剧场，同学们说这是我们的筑地（即指日本的筑地小剧场）"②。这段时间，正好赵太侔赋闲于上海，也曾来帮助指导舞台装置。

这次"艺术鱼龙会"演出的戏剧几乎全是新兴话剧，剧目有田汉创作的名剧《名优之死》《苏州夜话》《江村小景》，还有田汉翻译的日本菊池宽剧作《父归》和孙师毅翻译的英国菲利普斯的《未完成的杰作》。公演的压轴戏则是欧阳予倩、周信芳、高百岁等京剧名角演出的古装话剧《潘金莲》。演出的效果则可以从两方面来看。一方面，因为田汉的组织能力和艺术水准，演出在文艺界轰动一时，"陆小曼看得泪湿衣襟，徐志摩还在报上发表了赞扬的文章"③；另一方面，因为是十分简易的小剧场演出，而且基本靠学生宣传，入不敷出。田汉曾称上海艺术大学小剧场为上海唯一的 Baby Theater（婴儿剧场），曾有记者采访时担心容纳客人太少，田汉回答说"欲实现真正之话剧，只好由婴儿剧场入手，务使台上人的一言一动无不悉达于观众之耳目"④。田汉寄希望于此次公演能够有所突破，以便后面能创建

①　刘汝醴：《记上海艺术大学的鱼龙会》，《戏剧艺术》1979 年第 C1 期，第 130 页。

②　刘汝醴：《记上海艺术大学的鱼龙会》，《戏剧艺术》1979 年第 C1 期，第 130 页。

③　刘平：《戏剧魂——田汉评传》，北京：中央文献出版社，1998 年，第 172 页。

④　原文出自上海《申报》本埠增刊《剧场消息》（1927 年 12 月 18 日）中的《上海艺术鱼龙会消息》。此处转引自南一明：《南国社史料拾零》，《戏剧艺术》1984 年第 2 期，第 153 页。

更具规模的剧场。

　　屋漏偏逢连夜雨，"鱼龙会"的演出本来就入不敷出，上海艺术大学剧场内的课桌、椅子等校产又悉数被学校无理取闹而全数掠走。田汉与学生们便决定创办自己的学校，这便是"南国艺术学院"。如第四章中所述，田汉和欧阳予倩、徐悲鸿等商议，将原来的"南国电影剧社"改组为"南国社"，徐悲鸿拟定其法语名称为"Cercle Artistique du Midi"，"南国艺术剧院"即作为"南国社"的教学和实践实体。这不得不让人想起"阿贝剧院"与"爱尔兰民族戏剧社"、"北平小剧场"与"国立北平艺专戏剧系"等相似的关系。南国艺术剧院设置文科、画科和剧科，分别由欧阳予倩、徐悲鸿和田汉任主任。剧院的办学方针已如前文所述，田汉主要倾心于实现自己多年的"小剧场"愿望，"以挣扎苦斗之精神求新戏剧艺术之建设，因以促成全中国剧坛之革命"①。在《介绍南国艺术学院小剧场》一文内，田汉好友孙师毅明确点出南国艺术学院小剧场受欧洲小剧场运动的影响：

　　　　欧洲小剧场运动（Little Theater Movement）之兴起，本来是为保持艺术的尊严而逃避那商业化的舞台业之压迫的，我们是有了更进一层的意义了。②

　　田汉之所以如此倾心于小剧场的建设，是出于几个方面的原因。首先是社会舆论的压力，有人在报上写文章称艺术学院为"野鸡大学"，有人称田汉等人办艺术学院为"无恒产者无恒心"。面对这些嘲讽，田汉坚强地回应：

　　　　我们的世界，全然是我们自己建设起来的，我们不曾仰望过公家的津贴，更不曾求过资本家的帮助，我们只是辛辛苦苦勤勤恳恳的（建）设下去。③

---

①　阎折梧：《南国的戏剧》，上海：萌芽书店，1929年，第36页。
②　阎折梧：《南国的戏剧》，上海：萌芽书店，1929年，第34页。
③　阎折梧：《南国的戏剧》，上海：萌芽书店，1929年，第35页。

　　田汉在学院成立的宣言中明确宣告南国艺术学院就是这种"无恒产"的师生努力创建的学园，无产者虽然没有钱，"却并非没有天才"，同样要读书，要学习绘画和音乐，要取得"必需的知识与技能"。其次，有了"鱼龙会"的经验，小剧场的演出如果能够更为成熟，可以解决部分办学经费问题。南国艺术学院的小剧场就是利用学院一间教室改装而成，规模比上海艺术大学小剧场还小，只能容纳50名左右的观众，是名副其实的 Baby Theater。布景是同学们自己画的，幕布则是同学们临时用被单、床单拼凑的，"简陋之至曾被人们当作笑谈，但它确实是一块艺术阵地"①。为了培养学生演剧，在课程设置上田汉主讲戏剧理论和英语（以《哈姆雷特》原文为教材），徐志摩和朱维基教授英语诗歌，洪深讲解戏剧文学，指导演出则由田汉、洪深等人负责。

　　1928年4月，田汉带领艺术学院的学生们赴杭州做一次旅杭公演，演出剧目除之前在"鱼龙会"上演过的《苏州夜话》《父归》和《未完成的杰作》外，还有田汉来杭州第一晚即兴创作的《湖上的悲剧》和另一部翻译剧《白茶》②。演出在杭州的文艺界和民众间产生很大反响，取得了成功。在学期结束前，田汉又带领学生做了一次"南国小剧场的试演"，这次的试演加了一部翻译剧《桃花源》③。为了宣传南国艺术剧院，田汉决定于1928年8月复刊《南国》半月刊，改为"不定期刊"（实际后来也只出了两期）。由于徐悲鸿的离开，以及多重经济打击，南国艺术学院在1928年暑假后停办，而学生不愿离去，于是田汉等人改组南国社，宗旨改为"主要从事戏剧运动"。艰难困苦中的田汉，带领学生积极筹备1928年12月的上海公演和次年1月的南京公演。由于没有了南国艺术剧院，原来那个50来人的 Baby Theater 也无疾而终。在关键时刻，周信芳将梨园公会的礼堂租给南国社，这是一栋低矮、

----

① 刘平：《戏剧魂——田汉评传》，北京：中央文献出版社，1998年，第177页。

② 此处《白茶》极有可能是曹靖华翻译的译本，原作者班珂。曹靖华译文《白茶》于1924年连载于《晨报》副刊，1927年和其他几部译作一起收入《白茶：苏俄独幕剧集》（开明书店，1927年初版）。

③ 该剧是田汉翻译自日本作家武者小路实笃的三幕剧译本，1924年即已译就。

黝黑、长期被废置的小房子。但毕竟有了小剧场，很快公演开始了，除了之前已经演出的剧目外，加了田汉新创作的《古潭的声音》和翻译的施尼茨勒的《最后的假面》、改编自歌德《威廉·迈斯特》的《眉娘》。与前几次相比，这次公演获得更大成功，报纸报道为"上海戏剧运动"的第一次高峰，"每场均拥挤不堪"，以致南国社决定后来连续日场、夜场各演两场。这次演出也做到了收支平衡，极大地鼓舞了学生们的志气。1929 年 1 月的南京公演同样取得了极好的口碑，连时任教育部长蒋梦麟也写信给南国社表示敬佩。从南京归来后，田汉与同事们又顶住内外部的压力，筹备去广州的演出。在广州的公演"大为成功，当地人士颇觉得见闻俱新，尤以各校学生表示热烈欢迎，700 多人的剧场座无虚席，还常常加座"①。

从广州归来后，南国社的人事，尤其是演职人员方面发生了较大变化，使得田汉不得不思考小剧场运动的下一步发展。他一方面创办《南国周刊》（出到 16 期），作为南国社的文字阵地；另一方面积极筹办 7 月的南京公演和 7 月底 8 月初的上海公演。自广州归来后，感受到时代的变化，田汉创作了《南归》《第五号病室》《孙中山之死》等戏剧。在南京的正式公演中有田汉导演的《莎乐美》和翻译剧《强盗》，但《孙中山之死》被禁演。这次的演出影响很大，尤其是引起官方要员的关注，但种种因素使得田汉本身对当局相当失望。在文艺界中，徐志摩和陆小曼对公演发出由衷赞叹，但也引起梁实秋等人的批评，认为《莎乐美》这样的戏剧与时代精神脱节，这使得田汉很失望，也反映出田汉在戏剧的艺术和实用功能方面的矛盾态度。1929 年年底，摩登社从南国社中独立，给田汉以不小的触动，他开始反省南国社的发展，在思想上也发生艺术为无产阶级服务的转向，并积极筹备第三期的公演。第三期的公演剧目，重点的有田汉根据梅里美小说改编的戏剧《卡门》，演出引起极大轰动，后来被国民党当局禁演，南国社也被查封。南国社的查封也标志着田汉 20 世纪 20 年代在上海开展的"小剧场运动"的终结。

---

① 刘平：《戏剧魂——田汉评传》，北京：中央文献出版社，1998 年，第 207 页。

　　从"鱼龙会"到"南国艺术学院"，再到南国社的公演，是田汉主导的中国现代戏剧史上上海"小剧场运动"的一脉相承。田汉在上海开展的"小剧场运动"，与余上沅、熊佛西、赵太侔等人主导的"小剧场运动"既有相似之处，又有不同之处。相似之处有如下几点：首先，都是依靠学校来培训业余演员，余上沅等人主要依靠国立北平艺专戏剧系的师生，而田汉主要依靠原上海艺术大学、南国艺术学院的师生，培养的都是业余演员，以学生为主。其次，余上沅和田汉都是留学美日的留学生，有着非常深厚的戏剧学功底，而且接受的是最新的欧美戏剧教育。余上沅、熊佛西、赵太侔都是留美学生，而且都在哥伦比亚大学研究院戏剧专业修习过。田汉虽然是留日学生，但他修习的主业是英文，而且接触到的是传到日本的最新欧美戏剧理念。再次，也是最重要的一点，他们都深受欧美"小剧场运动"的影响，而发愿在现代中国开展自己的"小剧场运动"。他们的演出都是由业余演员组成，剧目有艺术质量的保证，票价低廉，甚至免票，且都一致反对商业化、庸俗化的戏剧。不同之处在于余上沅、熊佛西和赵太侔的小剧场实验，多多少少都有一定的官方支持，而田汉纯粹依靠一己之力，带领一群私立学校的学生，走着一条荆棘丛生的道路。

　　无论如何，余上沅也好，田汉也罢，他们都希望建成自己的"阿贝剧院"，但在那个风雨飘摇、艺术尚未被视为神圣事业的时代，最终都未能如愿。但他们的小剧场实验运动，在中国现代戏剧史上却是不可多得的一笔财富，为中国现代戏剧事业的发展探索了新的路径，提供了新的方向。在世界范围的"小剧场运动"中，他们贡献了中国方式和实践。

第二节　爱尔兰文艺复兴戏剧与中国现代
"新浪漫主义戏剧"

　　虽然早在 19 世纪中后期便出现了文明新戏，但这只能算是中国现代戏剧的萌芽，中国现代戏剧的真正定型则以五四新文化运动为标志，而其中两个核心事件是 1918 年《新青年》"易卜生专号"的刊发和 1919 年胡适戏剧《终身大事》的发表。这两个事件的发生，同样标志着中国现代戏剧中现实主义流派作为主流派别的发生。但值得注意的是，主流并不意味着唯一，在20世纪二三十年代，自然主义、唯美主义、象征主义等欧美戏剧流派被陆续译介到中国，形成了蓬勃发展的局面，这其中爱尔兰文艺复兴戏剧以其独特的凯尔特风格，而成为其中的一支重要影响力量，尤其是通过田汉《爱尔兰近代剧概论》的译介，使得"新浪漫主义戏剧"成为中国现代戏剧这条大河中的一支重要支流。本节内容希望通过梳理"易卜生专号"等引发的中国现代戏剧转型，重点阐述田汉等的"新浪漫主义"戏剧，并提出"凯尔特精神"和爱尔兰文艺复兴戏剧是"新浪漫主义"戏剧的一个重要来源的观点。

一、"易卜生专号"

1918年6月15日，《新青年》杂志出版第4卷第6期，与以往不同的是，这一期是一期专号文章的结集。这个"专号"即"易卜生专号"，发表的文章则主要可分为两类，一类是易卜生剧作的译文，分别是胡适与罗家伦合译的《娜拉》、陶履恭（即陶孟和）翻译的《国民之敌》、吴弱男翻译的《小爱友夫》；另一类是介绍易卜生的文章，包括胡适撰写的《易卜生主义》和袁振英撰写的《易卜生传》。已有研究中，关于"易卜生专号"所引起的巨大社会反响（包括专号与中国现代戏剧的关系，与中国现代文学、中国20世纪文学的关系），以及胡适的《易卜生主义》和《玩偶之家》的研究成果已经非常丰硕，但关于其他几部作品的介绍和研究则显得明显不足。因此有必要对专号文章、作者及译者稍作介绍。

胡适大名鼎鼎，关于其人其作之研究已汗牛充栋，但是关于其译介的研究尚不多，最重要的要数廖七一的《胡适诗歌翻译研究》，其中对胡适的诗歌翻译做了全盘的梳理和详细的解读，并重点突出白话译诗与白话新诗创作之间的互动关系。但关于胡适戏剧翻译的研究尚不多。《娜拉》一剧的合译者罗家伦，关于其生平与翻译活动，我们在上一章中已有所论述。此时，作为北京大学的学生，罗家伦正追随着胡适、陈独秀等师长的步伐，积极参加进步文化活动。此外，因为英文较好，他也成为胡适等译介欧美文化和思想著作的得力助手。《娜拉》的剧情对于中国读者来说再耳熟能详不过了。第三幕中娜拉对丈夫说的那段话："现在我只信,首先我是一个人,跟你一样的一个人——至少我要学做一个人",已成为现代以来妇女独立的经典宣言。

　　陶履恭是陶孟和的原名,其祖籍浙江绍兴,1887 年生于天津。20 世纪20 年代之前陶孟和多使用其原名,之后发表著作则多署"陶孟和"。陶孟和的父亲是当地一位塾师,陶孟和幼时随父亲在近现代著名教育家、南开学校创始人严修(严范孙)的私塾中就读。这所私塾可谓开现代教育之先河,学生半日读国文经典,半日习西学。西学包括英文、数理知识等,教授者为近现代另一位著名教育家、南开学校创始人之一张伯苓。由于成绩优异,陶孟和考取官费留学日本,1906 年至 1910 年在东京高等师范学校学习历史和地理。就读期间曾同同学编译《中外地理大全》,分中国和外国两卷。1910 年,陶孟和赴英国伦敦大学攻读经济学,并对社会学发生浓厚兴趣,师从霍布豪斯等人,对萧伯纳等人发起的费边社颇有兴趣,认同若实行社会改革则必须研究社会的政治、经济问题的观点。1913 年,陶孟和获伦敦大学经济学理学硕士学位。[①] 回国后,陶孟和在北京大学任教十余年,承担"社会学""教育社会学"等课程的教学工作,还教授"英文学戏曲"的课。1918 年前后,陶孟和积极参加五四新文化运动,担任《新青年》编辑,

---

　　① 不少资料在介绍陶孟和时,称其 1913 年毕业于伦敦大学时获得经济学博士学位。然根据陶孟和和梁宇皋所著《中国城镇与乡村生活》(英文)序言中其老师霍布豪斯所说,陶孟和 1913 年获得的是伦敦大学经济学理学硕士学位(B. Sc. Degree in Economics at the University of London in 1913)。参见 Y. K. Leong & L. K. Tao, *Village and Town Life in China*, Beijing: The Commercial Press, 2015. 此书乃陶孟和与梁宇皋(1914 年获经济学理学硕士学位)在伦敦大学攻读时所写,1912 年左右完稿,但何时出版已不得而知,目前可查到的版本是由商务印书馆 2015 年出版该书之复印本,2017 年还出版了该英文版本的"商务印书馆 120 周年"纪念版。陶孟和的夫人沈性仁(1895—1943)也是一位翻译家,曾翻译房龙的《人类的故事》(上下册,商务印书馆,1924 年;后结集为重译本,1925 年商务印书馆出版)、德林瓦脱的《林肯》(商务印书馆,1935 年)、王尔德的戏剧《遗扇记》(《新青年》1918 年第 6 期、1919 年第 1 期连载,即《温德米尔夫人的扇子》)、法郎士的戏剧《哑妻》(《新潮》1919 年第 2 期)等多部欧美戏剧。此外,沈性仁还与徐志摩合译了爱尔兰作家斯蒂芬斯的小说《玛丽·玛丽》(新月书店,1927 年),中国现代史上对于爱尔兰小说的翻译是不多见的。

并撰写十余篇文章，大多以时政、社会、经济为主题。1918 年发表的《国民之敌》是陶孟和为数不多的译作。1926 年之后，陶孟和主要从事社会调查和研究工作。与《娜拉》相比，《国民之敌》的名气没有前者大，但也是易卜生的名剧，而且同样属于"社会问题剧"。《国民之敌》讲述正直的医生斯多克芒发现疗养院的浴场矿泉中含有传染病菌，并准备揭发此事。浴场主对医生进行威逼利诱，并与利益共享者官府一起，利用舆论称斯多克芒医生为"国民公敌"。该剧批判当时社会中的虚伪和腐败，呼唤人性的觉醒和社会责任感的担当。

相比较而言，吴弱男及其译文《小爱友夫》在"易卜生专号"的译文中是最少被人提及的。吴弱男 1886 年生于安徽庐江南乡，父亲为"清末四公子"之一的吴保初，祖父为淮军名将吴长庆。吴保初不满清廷腐败无能，主张变法维新，吴弱男与兄妹便被父亲送往日本留学。① 1902 年，吴弱男入读青山女子学院，主修英语专业。受家庭影响，吴弱男较早接触进步思想。1905 年，吴弱男加入同盟会，并在孙中山先生主办《民报》期间担任过孙中山先生的英文秘书。1905 年，吴弱男结识章士钊。1906 年左右，吴弱男毕业回国，相继担任天津女子师范学校和苏州景海女校的英文教师。1907 年章士钊赴英国留学，不久吴弱男也前往英国，两人于 1909 年 4 月在伦敦结婚。1912 年，吴弱男与家人回国，积极参加进步活动。1913 年因讨袁失败，吴弱男与丈夫再次赴日。在此期间，吴弱男曾为孙中山先生撰写英文稿件发往英国，并利用从英国带回的打字机为孙中山先生打出不少寄往欧美的信件。1917 年左右，吴弱男回到北京。1918 年吴弱男与北京大学进步文化活动关系密切。一方面，吴弱男为北京大学捐助了不少杂志报纸，其捐赠目录被《北京大学日刊》连载数期；另一方面，吴弱男响应胡适等人提出的戏剧主张，翻译了易卜生的剧作《小爱友夫》，分两期分别刊载

---

① 吴弱男侄子吴业新曾回忆说吴弱男是 13 岁左右被父亲送到日本读书(吴业新：《回忆姑父章士钊和姑母吴弱男》，载《江淮文史》1997 年第 1 期)，据现有资料，估计吴弱男 1901 年左右被父亲送入日本，本来打算入夏田歌子所办的实践女校，因故未成，1902 年改入青山女子学院。

于《新青年》1918 年第 4 卷第 6 号(即"易卜生专号"一期)和 1919 年第 5 卷第 3 号。吴弱男后来旅居欧洲数年,抗战前回国,后定居上海。《小爱友夫》讲述教师沃尔茂与富家女吕达结婚,生下独子小爱友夫,因一次意外小爱友夫从桌面上跌落造成终生残疾。心有愧疚的沃尔茂决定写一本名为《人的责任》的书来告诫自己,妻子吕达对丈夫日益不满,沃尔茂也发现自己与同父异母的妹妹艾斯达情愫日深。这时小爱友夫坠海身亡的消息传来,沃尔茂幡然悔悟,吕达心碎后做出照顾海滩上无家可归孩子的决定,艾斯达也斩断自己对兄长的依恋而远走高飞。现有关于《小爱友夫》的研究非常之少①,或许与该剧直面"爱欲"与"伦理"的主题有关。但是从"易卜生专号"的三部译剧来看,其选择不是偶然的,必是胡适等人经过精心的考虑而为之。《娜拉》讲述女性意识的觉醒,《国民之敌》讲述人性意识之觉醒,《小爱友夫》则讲述人性与伦理之抉择。《娜拉》聚焦于一个典型的资产阶级家庭,《国民之敌》聚焦于社会及其责任感,而《小爱友夫》实则涉及了欧洲文化中更为深远的传统,即"爱欲"与"伦理"的冲突,从古希腊悲剧《俄狄浦斯王》到 18 世纪英国作家斯特恩的《项狄传》②,都可以见出这一传统的痕迹来。

除了上述三部译剧外,"易卜生专号"还刊载了两篇专文,即胡适的《易卜生主义》和袁振英的《易卜生传》。鉴于《易卜生主义》实际是整个"易卜生专号"的核心,也是胡适戏剧观念的主导文章,我们稍后会详加介绍,此处我们先对袁振英及其《易卜生传》稍作梳理。

袁振英于 1894 年出生于广东东莞温塘乡茶中村,家族为著名英雄袁崇焕的后代。袁振英 5 岁开始随父亲学习八股文,11 岁随父母迁居香港,开始接触英文,接受西式教育。1909 年,袁振英入读英皇书院,与同学李文

---

① 除几篇论文外,苏杭的硕士论文《爱欲的博弈——论易卜生戏剧〈小艾友夫〉》是最为重要的文献(上海戏剧学院,2013 年)。

② 《项狄传》讲述老项狄与妻子同房时为妻子言语所扰,而致使小项狄出生时即有缺陷,后来小项狄在成长过程中又遭遇各种不幸。《项狄传》作为斯特恩一部感伤主义作品,"爱欲"与"伦理"是其探讨的主题之一。

甫等人参加革命进步活动。1912 年 6 月，入读皇仁书院，并接触到无政府主义思想。1915 年，袁振英毕业于皇仁书院，考入国立北京大学西洋文学系。袁振英在读期间，较为亲近的教师有辜鸿铭、陈独秀、胡适等。在校期间与同学赵畸（赵太侔）等人组织"实社"，并加入蔡元培发起的"进德会"。1918 年，袁振英准备撰写毕业论文时，胡适建议其以易卜生的生平或作品为题。而当胡适策划出版《新青年》"易卜生专号"时，袁振英以易卜生生平为题的英文毕业论文已基本完成，为了配合"易卜生专号"，袁振英只好将其中的一部分翻译出来发表。在这篇传记的按语中，胡适写道：

> 替易卜生作传不是一件容易的事，袁君这篇传，不但根据于 Edmund Gosse 的易卜生传，并且还参考他家传记，遍读易氏的重要著作列举各剧的大旨，以补 Gosse 缺点。所以这篇传是很可供参考的资料。①

Edmund Gosse 即 19 世纪末 20 世纪初英国文学评论家、翻译家埃德蒙·戈斯，他以描写其与父亲关系以及维多利亚时代背景的《父与子》一书（*Father and Son: A Study in Two Temperaments*，1907）著称。同时，戈斯是当时英国文化界为数不多将北欧文学译介到英国的学者之一，尤其在易卜生作品译介方面卓有成绩。他翻译了易卜生的戏剧《海达·高布乐》和《建筑大师》，并于 1907 年出版了《易卜生传》（*Henrik Ibsen*，London：Hodder and Stoughton），胡适在按语中所提及的《易卜生传》即是这本。胡适提到"补缺点"，主要是指戈斯的传记以生平记述为主，而袁振英的传记则述评了易卜生的重要剧作，这些剧作内容的记述和评论是袁振英所独有的。《易卜生传》全文分为三个部分：少年时代之易卜生，壮年时代之易卜生，50 岁以后之易卜生。从篇幅上看，以第三部分内容为最多（全文 14 页，此节占据 9 页半之多）。之所以如此安排，主要在于配合"易卜生专号"的宗旨——展现易卜生的"社会问题剧"，而易卜生 50 岁之后所写多为社会问

---

① 袁振英：《易卜生传》，《新青年》1918 年第 4 卷第 6 号，第 606 页。

题剧。袁振英写道：

> 其暮年时期，其概略可自五十后始。此二三十年中，其丰功伟业之所由创作也。易氏之新潮思想，如好花怒放，甘冒天下之大不韪，果敢无伦，前人之不敢言者，彼乃如鲠在喉，以一吐为快；发聋振聩，天下为骇。此氏所以有"惟天下之最强者，乃能特立独行"之语也。世之学者，常于老年时代，发现其消极厌世悲观之事迹，惟氏则愈老而愈壮也。①

这一段作为正文之前的评述，反映出袁振英写此文的侧重所在，也遥相呼应了胡适策划与编辑"易卜生专号"的宗旨。在第三部分的正文中，袁振英依次述评了易卜生的《娜拉》、《海上夫人》、《人民公敌》（即陶孟和所译《国民之敌》）、《罗士马庄》（英译名 Rosmaraholm，今译《罗斯马拉霍姆》）、《海妲》（即《海达·高布乐》）、《大匠》（即《大建筑师》）、《小爱友夫》、《博克曼》和《死者复活时》9 部剧作，其中介绍较为详细者有《娜拉》《海上夫人》《人民公敌》等。易卜生生前得享大名，1906 年 5 月 23 日去世时得挪威国人以国葬之礼待之，袁振英在文末感叹"生荣死哀，易卜生不朽矣"。无论是袁振英的评论，还是其对易卜生重要戏剧的侧重介绍，都突出了易卜生社会问题剧的写作，这与当时社会呼吁揭露人性和社会腐败、批评宗教道德束缚以及要求个性和思想解放紧密相关，当然也直接配合了"易卜生专号"的策划需求②。

---

① 袁振英：《易卜生传》，《新青年》1918 年第 4 卷第 6 号，第 610 页。

② 袁振英还以自己的字震瀛为笔名，发表了多篇译文，包括高曼女士的《结婚与恋爱》（《新青年》1917 年第 3 卷第 5 号）和《近代戏剧论》（《新青年》1919 年第 6 卷第 2 号）。后曾一度主编《新青年》的"俄罗斯研究"专栏，翻译多篇俄罗斯社会、经济、教育和文化类文章。袁振英也一度编辑刊物《共产党》，发表译文多篇。此外，还著有《易卜生传》（北大毕业论文中译，新学生社，1920）、《易卜生社会哲学》（泰东图书局，1927）等多部著译作品。值得注意的是，《易卜生传》是以文言文写就，而"易卜生专号"中的其他作品均是白话文。后来胡适建议袁振英以白话文写作，因此《易卜生传》是袁振英最后一篇文言作品。

二、《易卜生主义》与《终身大事》

虽然《娜拉》等三部译剧以及袁振英的《易卜生传》已经将《新青年》提倡的揭露旧社会腐败、呼吁个性和思想解放的理念呼之欲出，但真正点破这一主题的还是胡适的《易卜生主义》。

在《易卜生主义》一文的起首，胡适便引用易卜生最后的剧作《死者复活时》中的台词，说明自己对易卜生戏剧的观察：

> 易卜生的文学，易卜生的人生观，只是一个**写实主义**。①

这句话便为整个文章定了调，其实也奠定了整个"易卜生专号"的基调，从某种意义上来说，也为整个中国现代戏剧从文明新戏转向正轨奠定了基调。紧接着，胡适总结易卜生的特点：

> 易卜生的长处，只在他肯**说老实话**，只在他能把社会种种腐败龌龊的实在情形写出来叫大家仔细看。②

"说老实话"，便是"写实主义"的核心本质，胡适担心的是人不肯睁开眼睛来看世界的真实状况。接着胡适从家庭、社会、个人与社会的关系、政治主义等维度来阐述易卜生及其剧作。在家庭方面，胡适认为易卜生戏剧中描写的家庭是"极其不堪的"，其中包含了四大"恶德"——自私自利、依赖性和奴隶性、假道德、怯懦，其中典型的例子有《群鬼》《娜拉》等。而在社会方面，胡适认为易卜生戏剧中讨论了社会的三大势力——法律、宗教和道德，《娜拉》里律师和娜拉两人的冒名签字反映了当时法律的"死板"，《群鬼》里的牧师形象则突出宗教教条是"机器造的"，而道德伪君子

---

① 胡适：《易卜生主义》，《新青年》1918 年第 4 卷第 6 号，第 490 页。
② 胡适：《易卜生主义》，《新青年》1918 年第 4 卷第 6 号，第 490 页。

在易卜生剧中比比皆是。在个人与社会的关系方面，胡适认为易卜生的戏剧中表现出"社会与个人互相损害"的特点，一方面社会对个人有专制作用，会折损人的个性，而一旦个人的个性被磨损殆尽，社会也就失去生气，难以进步。这方面的典型例子有《博克曼》《国民之敌》等。至于政治主义，胡适认为易卜生在戏剧中不大讨论政治问题，因此必须从其书信中去寻找。胡适认为，易卜生早期有纯粹无政府主义的倾向，后来转向爱国主义，临终前归结为世界主义。从整体来看，胡适对于易卜生政治主义的论述最弱，因为书信毕竟多为个性的流露。在《易卜生主义》接近结尾处，胡适再次重申自己对易卜生"写实主义"的理解：

> 易卜生把家庭社会的实在情形都写了出来叫人看了动心，叫人看了觉得我们的家庭社会原来是如此黑暗腐败，叫人看了觉得家庭社会真正不得不维新革命——这就是易卜生主义。①

与文章开头的定义相比，在这一段定义中，胡适除了再次点出"易卜生主义"的内核是真实描写家庭、社会之外，还提出了描写之后的进一步——"维新革命"。结合胡适对当时中国社会的观察，无疑就是要革新传统文化，迎接新文化的产生，因此也就为五四新文化运动的发生铺垫了思想基础。为了实现"维新革命"，首要基础就是"发展个人的个性"，而发展个性又需要两个条件，一个是要使个人有自由意志，第二要使个人有社会责任感——"担干系、负责任"。在文章最后，胡适总结道，不同的国家进行改良应该有不同的方法，易卜生告诉了我们一个"保卫社会健康的卫生良法"：

> 人的身体全靠血里面有无量数的白血轮时时刻刻与人身的病菌开战，把一切病菌扑灭干净，方才可使身体健全，精神充足。社会国家

---

① 胡适：《易卜生主义》，《新青年》1918 年第 4 卷第 6 号，第 502 页。

的健康也全靠社会中有许多永不知足、永不满意、时刻与罪恶分子龌龊分子宣战的白血轮，方才有改良进步的希望。①

这就是胡适理解的"易卜生主义"，一方面要揭露黑暗龌龊的社会现实，另一方面要对这黑暗龌龊的社会现实宣战。这篇《易卜生主义》奠定了整个《新青年》"易卜生专号"的精神基调，《娜拉》等三部译剧和《易卜生传》从某个意义上来看，只是《易卜生主义》的注脚而已。有了《易卜生主义》，中国现代戏剧的发展在五四新文化运动中就有了鲜明的方向，那就是"写实主义"。

为了进一步在当时的文化和社会氛围中激发"写实主义"倾向，胡适创作出戏剧《终身大事》，发表于《新青年》1919 年第 3 期。《终身大事》的写作明显受到《娜拉》的影响。《终身大事》剧情讲述留日学生田亚梅在留学时与陈先生颇有情愫，回国后征求父母意见预备结婚。田亚梅的母亲听从算命先生的说法，说两人的八字不合。田亚梅希望从反对算命的父亲那里得到支持，父亲却搬出族谱，引经据典地说田陈两姓原本是一家，按照家族规矩不能通婚。此外，父亲还担心假如两人结婚，外界会以为田家攀附陈家。在绝望中，田亚梅收到爱人的情书，于是给父母留了个条子，决心追随爱人而去。

从主要情节来看，《终身大事》几乎是《娜拉》的翻版，女主人公为了追求自己的自由和幸福，最终决心离家出走。当然，两者之间也有区别，比如《娜拉》的结局显得悲壮有余，而《终身大事》则有嘲讽的喜剧元素（尤其是田亚梅母亲的形象）；《娜拉》反对的是资产阶级男权思想，《终身大事》反对的是中国传统文化中纠杂在一起的儒释道思想与封建宗法制度。从整体精神来看，《终身大事》是《娜拉》的继承，也是对胡适自己的文章《易卜生主义》的最好诠释。

《易卜生主义》从精神上奠定了中国现代戏剧"写实主义"的基调，《终

---

① 胡适：《易卜生主义》，《新青年》1918 年第 4 卷第 6 号，第 506 页。

身大事》则以具体的实例展示了在那个时代写作"写实主义"的可能。它们以及"易卜生专号"上的其他作品，尤其是《易卜生主义》，"在确立现代戏剧的现实主义传统上起了巨大作用"①。换言之，文明新戏在历经五四新文化运动的洗礼后，转入中国现代戏剧的正轨，而这个正轨的主流便是"现实主义"。这一历史性的转型对当时的文学尤其是戏剧创作产生了重要影响。1922 年，欧阳予倩创作的戏剧《泼妇》和蒲伯英创作的戏剧《道义之交》都受到了易卜生社会问题剧的影响，"《泼妇》里的于素心反对封建市侩家庭对女子进行欺骗教育的一番议论，理直气壮离开家庭的具体行动，颇有易卜生的特色"，而蒲伯英的《道义之交》，其思想意义"与易卜生的《社会支柱》差不多，康节甫就是易卜生笔下博尼克式的伪君子"。② 此外，熊佛西的《青春底悲哀》(1922)、陈大悲的《幽兰女士》(1922)以及白薇的《琳丽》(1925)③等都是受"易卜生主义"影响的戏剧作品。曹禺的《雷雨》《北京人》，郭沫若的《卓文君》《蔡文姬》等，都或多或少吸收了易卜生"写实主义"的特色。洪深也曾自励做一个关注社会问题的"中国易卜生"，而其好友田汉在留学归国前曾宣称要做"中国未来的易卜生"，其作品《获虎之夜》也可以看出易卜生的影响来。

　　说易卜生式的"写实主义"是中国现代戏剧在 20 世纪 20 年代的主流，固然没错，但是，主流并不代表唯一。在 20 世纪二三十年代的现代中国，欧美各种戏剧流派比如自然主义、唯美主义、象征主义等都对中国现代戏剧的发展产生过影响。即便是以"中国未来的易卜生"自署的田汉，在话剧创作的巅峰时期，无论是主题，还是艺术特色，其戏剧创作均是多元的。他在译介王尔德、《莎乐美》以及唯美主义方面固然作出过重大贡献，这方面的研究已有不少，但另一方面他受爱尔兰文艺影响而形成的"新浪漫主

---

① 　陈白尘、董健：《中国现代戏剧史稿(1899—1949)》，北京：中国戏剧出版社，2008 年，第 51 页。

② 　王忠祥：《易卜生戏剧创作与 20 世纪中国文学》，《外国文学研究》1995 年第 4 期，第 29 页。

③ 　《琳丽》是白薇根据自己与杨骚的感情经历为原型创作的五幕诗剧作品，杨骚即杨维铨。

义"风格，却也是不争的事实，而这一方面的研究却相当少。当然，除了田汉之外，南开剧团演出的辛格等人的戏剧，以及叶崇智等人对辛格、叶芝作品的推崇，也为中国现代戏剧在 20 世纪二三十年代的发展注入了新鲜的血液，即凯尔特风格的融入。我们将这些演出和译介的戏剧统称为"新浪漫主义戏剧"。

三、田汉与"新浪漫主义戏剧"

在第四章中，我们简要论述了田汉留学日本期间与宗白华、郭沫若的交往。正是在这段交往中田汉实际上已经形成了自己的"新浪漫主义"艺术理念。

田汉先认识了宗白华，通过宗白华的介绍而得以结识同在日本留学的郭沫若。1920 年 2 月 9 日，田汉接到宗白华来信，信中宗白华向田汉介绍"东方未来的诗人"郭沫若，并希望田汉能够与郭沫若通信，"做诗伴"。田汉当即致信郭沫若，谈论当时国内文艺界的情况。2 月 18 日，田汉收到郭沫若回信，连读两遍，欣喜不已，当即给郭沫若回信，除谈论郭沫若与安娜恋爱问题外，还希望郭沫若、宗白华和自己一起研究歌德。2 月 29 日，田汉再次接到郭沫若来信，田汉同样回复了一封长信。在这封信中，田汉谈到了自己未来的志向：

> 我此后的生涯，或者属于多方面，但不出文艺批评家，戏曲家，画家，诗人几方面。……我除热心做文艺批评家外，第一热心做 Dramatist。我尝自署为 A Budding Ibsen in China。①

A Budding Ibsen in China 即"中国未来的易卜生"，以后来田汉在中国现代戏剧史上的贡献来看，这一称呼并未有夸大之嫌。田汉是否细读过

---

① 田寿昌、宗白华、郭沫若：《三叶集》，上海：亚东图书馆，1920 年，第 80-81 页。

《新青年》的"易卜生专号"已不得而知,但他对当时国内的文艺界情形是不陌生的。一方面他与国内友人频繁通信;另一方面他自己是少年中国会的成员,一直在为《少年中国》写稿,这两方面的渠道使得田汉对国内文艺界的发展有较好的认识。但是我们认为田汉在书信中自署为"中国未来的易卜生"的用意只是将"易卜生"当作戏剧家的代名词使用,因为此时的田汉,其理想的戏剧风格一方面固然主张伸张正义、揭露黑暗、排斥虚伪,但另一方面也要使读者和观众进入一个艺术的境界,使生活艺术化。就在这封长信中,紧接着"中国未来的易卜生"的自署之言,田汉就说自己正在构思一部话剧《歌女与琴师》,并明确指出这部戏剧是一篇"鼓吹 Democratic Art 的 Neo-Romantic 的剧曲"。Democratic Art 即"民主艺术",Neo-Romantic 即"新浪漫主义",田汉将其译为"新罗曼主义"。由此可知,田汉想要创作的人生第一部剧作是"新浪漫主义"风格的,至于什么是"新浪漫主义",田汉随即给出了答案:

> 我们做艺术家的,一面应把人生的**黑暗面暴露出来**,排斥世间一切虚伪,立定人生的基本。一方面更当引人**入于一种艺术的境界**,使**生活艺术化 Artification**,即把人生美化 Beautify,使人家忘现实生活的苦痛而入于一种陶醉法悦浑然一致之境,才算能尽其能事。①

当然,田汉的这一定义是基于自己对欧美剧坛"新浪漫主义"的阅读和理解而做出的。在通信中,他向郭沫若提到自己阅读新浪漫主义戏剧是从《沉钟》开始的。《沉钟》由德国著名剧作家盖哈特·霍普特曼创作于1986年,写理想生活与现实生活的冲突造成的悲剧。田汉概括自己对该剧的理解和引申,认为世间尽有悲喜,"悲喜分的明白的便是 Realism 的精神",而如果作家笔下的悲和喜能够变其本源而形成一种超越悲喜的永恒的美

---

① 田寿昌、宗白华、郭沫若:《三叶集》,上海:亚东图书馆,1920 年,第 100 页。

境，"这便是 Neo-Romanticism 的本领"。显然田汉理解的新浪漫主义以现实主义为基础（表现人生悲喜），但又超越现实主义（超越悲喜）。关于新浪漫主义戏剧的代表作家，田汉认为欧洲大陆有德国的霍普特曼、法国的埃德蒙·罗斯丹、比利时的莫里斯·梅特林克和奥地利的雨果·凡·霍夫曼斯塔尔，田汉还用英文列出了这些人的代表作品。在英国方面，田汉认为"以爱尔兰为最盛"①，并用英文详细列出了叶芝的《凯瑟琳女伯爵》《心愿之乡》《沙漏》《荫翳的水域》《一无所有之处》（后改写为《星星上的独角兽》），格雷戈里夫人的《德芙吉拉》《海辛斯·哈尔维》《月亮升起》，辛格的《圣泉》《西方世界的花花公子》《骑马下海的人》《悲伤的黛尔德》②。田汉写道，这些作品都是他"想一一介绍于中国的"。

　　在接近结尾处，田汉谈到近期读到路德维德·列文森的《现代戏剧》（*The Modern Drama*）一书，此书对欧美现代戏剧介绍详赡，其中第五章专论现代戏剧中的新浪漫主义运动。田汉希望自己能把此书"忠实的介绍到中国去"，这样中国研究现代戏剧的人"一定可以得一个指针"，而在写信的那一段时间里田汉希望"至少也想把最后 The Neo-Romantic in the Modern Drama 译出来哩"③。遗憾的是，后来田汉并未译出《现代戏剧》的最后一章"现代戏剧中的新浪漫主义"。虽然没有译出这最后一章，但田汉后来又给其他友人写了一封谈艺术的长信，在这封信中对新浪漫主义戏剧作了进一步的阐释，这便是《新罗曼主义及其他》。

　　1920 年 4 月 18 日，田汉写完回复好友黄日葵④的长信，该信后来以

---

　　①　1920 年，爱尔兰尚是英国的殖民地，直到 1923 年，南、中、西部的 26 个郡才脱离英国成立"爱尔兰自由邦"，后更名为爱尔兰共和国。

　　②　田寿昌、宗白华、郭沫若：《三叶集》，上海：亚东图书馆，1920 年，第 102-103 页。估计是排版错误，《悲伤的黛尔德》原文标题的 Deidre 被写成了 Desire。

　　③　田寿昌、宗白华、郭沫若：《三叶集》，上海：亚东图书馆，1920 年，第 103 页

　　④　黄日葵（1898—1930），广西桂平人，1916 年秋赴日留学，1918 年因反对中日签订《二十一条》而罢课回国，同年秋考入北京大学，受李大钊、陈独秀影响，后加入中国少年学会，任《少年中国》编辑部副主任。

《新罗曼主义及其他》为题发表于《少年中国》第 1 卷第 12 期（1920 年 6 月），之后又收入《文艺论集》（良友图书印刷有限公司，1935 年）。

在这封长信的起首，田汉表明自己当时正在写一篇介绍 Yeats and A. E. 的文章，A. E. 即乔治·拉塞尔。田汉这篇介绍叶芝和拉塞尔的文章本来是预备写好，交由《少年中国》发表。但同样遗憾的是，这篇文章依然最终没有写就。接着，田汉引歌德剧中的长诗，说明泛神论（Pantheism）对当时欧洲文学的影响，并同时说明新旧浪漫主义的区别：

> 不过，旧浪漫主义之言**神秘**，徒然讴歌忘我之境，耽于梦幻空想。全然与现实生活游离，而新罗曼主义 Neo-Romanticism 系曾一度由自然主义，受现实之洗礼，阅怀疑之苦闷陶冶于科学的精神所发生的文学，其言神秘，不酿于漠然的梦幻之中。而发自痛切的怀疑思想，因之**对于现实**，不徒在举示他的外状，而在**以直觉 intuition 暗示 suggestion 象征 symbol 的妙用，探出潜在于现实背后的 something**（可以谓之为真生命，或根本义）而表现之。①

这一段对于"新浪漫主义"的定义，庶几接近当今常见的文学史中对"现代主义"（Modernism）的界定，比如其中的"直觉""暗示""象征"等概念，都是论述欧美现代主义文学时常用的词汇。但田汉所理解的"新浪漫主义"显然又不是我们所理解的现代主义，在他看来，"直觉""暗示"和"象征"只不过是手段或者方法而已，重要的是有一种"神秘"的氛围，而且是"陶冶于科学的精神所发生的文学"。这种"神秘的气氛"，对于田汉而言，最显著者莫过于凯尔特文化和精神。因此，在论述上面一段定义之后，田汉紧接着说"最能代表这个倾向的"是"现代爱尔兰神秘诗人 A. E."和"易慈"。田汉分别引用拉塞尔的《新世界》（*A New World*）和叶芝的《白鸟之歌》（*The White Bird*）作为阐释的示例。在论述拉塞尔和叶芝诗歌的同时，

① 田汉：《文艺论集》，上海：良友图书印刷有限公司，1935 年，第 150 页。

田汉还引爱尔兰文艺复兴运动时期著名评论家亚瑟·西蒙斯的观点，并总结出自己的看法：

> 所谓新罗曼主义，便是想要从眼睛**看得到的物的世界**，去窥破眼睛**看不到的灵的世界**，由感觉所能**接触的世界**，去探知**超感觉的世界**的一种努力。①

结合田汉在信中前文关于新浪漫主义的看法，如果简单总结，那么田汉的"新浪漫主义"指的是以现实为基础（"眼睛看"）去探索超越现实的灵的世界。就欧洲大陆来看，历经自然主义、现实主义，包括近代科学的洗礼，理性主义早就占据了思想的主流，而如果要从这当中找到一条突破理性主义的路来，就要找到合适的原生性资源。而在欧洲，早就有这么一种与大陆理性主义截然不同的风格，这就是凯尔特精神，因此爱尔兰文艺复兴不仅仅是爱尔兰的文艺复兴，它在某种程度上辅助了欧洲大陆文学在19世纪末的重生。值得注意的是，在论述田汉的戏剧创作时，不少研究认为田汉的某些戏剧是现实主义戏剧，某些戏剧是浪漫主义风格戏剧，即将现实主义与浪漫主义分开甚至作为对立的两极。我们认为，田汉的"新浪漫主义"戏剧即以现实题材为基础，熔铸其浪漫主义的激情和想象，两者不分轩轾。②

关于新浪漫主义与凯尔特精神的联系，田汉在《爱尔兰近代剧概论》中

---

① 田汉：《文艺论集》，上海：良友图书印刷有限公司，1935年，第154页。

② 田汉的《新罗曼主义及其他：覆黄日葵兄一封长信》发表于1920年《少年中国》第12期。1944年，另一篇几乎同名的文章《新罗曼主义及其它》发表于《语林》1944年第1期，作者署名"哲非"。资料显示"哲非"为吴诚之的笔名，其人生平不详，抗战前曾留学日本，精通日文、英文与法文，曾是夏衍主持的《每日译报》骨干成员之一，一度担任《杂志》期刊的主要负责人。哲非这篇文章的主要观点是我们不能仅仅抽象地从历史中去把握新浪漫主义，而是要先"把握自己时代的方向，灌注以我们自己所需要的内容"（哲非：《新罗曼主义及其它》，《语林》1944年第1期，第35页）。总体来看，哲非这篇文章并非针对20世纪二三十年代田汉为代表的"新浪漫主义"文学，而是抗战时期的特定文学表现。

论述得更为清晰。在第四章中，我们已经对《爱尔兰近代剧概论》一书有所论列，此处仅掇出其中要点以供说明。该书第一章题为"爱尔兰之文艺复兴"，其第一节题为"克尔特文学之特性"，如果要为整本书找一个提纲挈领的章节，那就非第一章第一节莫属了。在该节起首，田汉先指出爱尔兰与英格兰在人种上的不同，并特意指出爱尔兰人的祖先是"被驱逐故国"（不列颠岛）的，因此从古到今，爱尔兰人总有一种漂泊者的"乡愁"，如叶芝戏剧《一无所有之处》中的主角。而受此"乡愁"所驱遣，形成一种忧愁的"放浪欲"（*Wander Lust*）。而凯尔特人的这种气质正是其与大陆之人例如日耳曼民族的不同之处：

> 第云日耳曼民族信仰理智万能以建设今日之哲学与科学，但克尔特民族始终尊重**直观与情绪**。而这直观作用，往往能**达到理智所不能达的深处**。[1]

"理智所不能达的深处"，就是"超感觉的世界，眼睛验不到的灵的世界"，如何去达至这种世界呢？那得靠"直观与情绪"，而凯尔特精神传统上就一直尊重直观与情绪，这就在本质上与欧洲大陆讲究理智和科学有了不同。田汉总结道，凯尔特的这种精神在爱尔兰戏剧中呈现如下一种特质：

> 爱尔兰剧之特质之与大陆诸国及英国之近代剧不同之点即在不假繁琐的道理，直迫人性的机微。因为**蔑视理智而信赖情绪直观之力**，所以爱尔兰剧常常缥缈着某种情调。即森罗万象吾人**不能以理智之眼**明确地窥其轮廓，而由其朦胧的轮廓之中，自流着一种**不可思议的心绪**。[2]

---

① 田汉：《爱尔兰近代剧概论》，上海：东南书店，1929 年，第 3 页。
② 田汉：《爱尔兰近代剧概论》，上海：东南书店，1929 年，第 3 页。

田汉此处所指的大陆诸国戏剧，即那种信仰理智和科学而创作的现实主义戏剧，其中恐怕就有易卜生的众多"社会问题剧"。而田汉所指的英国近代剧，则指萧伯纳和王尔德的戏剧。如前文所述，萧伯纳和王尔德虽然都出生于都柏林，但两人成年后大多在伦敦创作，更重要的是，他俩的戏剧中无一含有凯尔特特色或精神。萧伯纳侧重社会改良，其戏剧多关注社会问题，王尔德的戏剧则大多为其唯美主义艺术主张的注脚。而那种"缥缈的情调，不可思议的心绪"只能在叶芝、格雷戈里夫人和辛格等爱尔兰文艺复兴戏剧作家那里看得到。即便是在喜剧（comedy），甚或是笑剧（farce）中，依然隐含着那种为别国所无的"哀愁"。而满含着这种哀愁的戏剧，那"以罗曼主义为母，自然主义为父所产生的宁馨儿"，不就是田汉心目中的新浪漫主义戏剧吗？由此，我们可以得出结论：田汉的"新浪漫主义"，受凯尔特精神影响甚深（即便不是唯一来源），在戏剧创作上，叶芝、格雷戈里夫人、辛格等人所代表的爱尔兰文艺复兴戏剧中"漂泊者"、"放浪欲"、重视"直观与情绪"等对田汉也有一定的影响。

我们可以看出，自留学开始田汉的文艺思想就深深地烙上了"新浪漫主义"的色彩。他自己就明确声称"腹稿"中的第一部话剧《歌女与琴师》是一部"Neo-Romantic 的剧曲"。20世纪20年代初期，他在留学期间与归国后旋即创作的《梵峨璘与蔷薇》《灵光》《湖上的悲剧》《古潭的声音》等莫不如此，都可以归为"新浪漫主义"戏剧。在第四章中，我们对《湖上的悲剧》《古潭的声音》等已经有所论列，此节不再赘述。我们将以20世纪20年代中后期开始田汉创作的一些"现实主义"风格明显的剧作为例来进行分析。

在论述"易卜生专号"对中国现代文学的影响时，论者多认为该专号影响了田汉创作的《获虎之夜》。①《获虎之夜》讲述农村猎户女莲姑与青年黄大傻相爱，但莲姑被父亲许给当地的富裕人家，并准备在当天夜里去山上打一只虎，用虎皮为女儿做体面的嫁妆。哪知黄大傻得知莲姑要出嫁了，

---

① 代表性的论文有王忠祥《易卜生戏剧创作与20世纪中国文学》（《外国文学研究》1995年第4期，第29页）、周映辰《"易卜生主义"与中国早期戏剧》（《现代中文学刊》2021年第2期，第47页）等。

便每晚在靠近莲姑家的山上遥望莲姑家，结果被莲姑父亲等人误认为老虎。黄大傻被铳枪打中，负了重伤，被抬进莲姑家，莲姑在为黄大傻擦拭和包扎伤口时一直不松手，被父亲看见，两人的感情也随之暴露。莲姑勇敢地反抗父亲，黄大傻为了不连累莲姑，取过猎刀自刎而亡。从情节和主题上来看，莲姑从一开始对父亲命令的隐忍、遵从到后来的犟嘴和反抗，表现出女性反抗父权和专制的形象，无疑反映出《获虎之夜》确实受到易卜生的影响。但我们如果细读全剧，就会发现该剧还有浓厚的"新浪漫主义"风格，其中最典型的人物就是黄大傻。黄大傻在受伤之后，有几段比较长的台词，除第一段长台词自叙身世之外（自小父亲去世，后来母亲去世，家里遭了火灾，田地卖光，沦为流浪儿），其他几段长台词则明显突出一个"诗化"了的人物角色。例如他说自己一个人睡在庙里的戏台底下：

> 白天里还不怎样，到了晚上独自一个人睡在庙前的戏台底下，真是凄凉得可怕呀！烧起火来，只照着自己一个人的影子；唱歌，哭，只听得自己一个人的声音。我才晓得世界上顶可怕的不是豺狼虎豹，也不是鬼，是寂寞。①

这一段台词，无论从哪个角度看，都不像是一个农村里流浪儿所说的话。如果按照诗歌的样式把句子顺序排列一下，这无疑就是一首现代诗了。其中"唱歌，哭，只听得自己一个人的声音"，有所谓"陌生化"的效果。因此，与其说这是一段流浪儿的台词，"不如说是从青年田汉心中唱出的诗篇"②。紧接着，黄大傻又说了两段有浓郁抒情色彩的长台词：

> 我寂寞得没有法子。到了太阳落山，鸟儿都回到窠里去了的时候，就独自一个人挨到这后山上，望这个屋子里的灯光……尤其是下

---

① 田汉：《田汉文集·第1卷》，北京：中国戏剧出版社，1983年，第237页。
② 陈白尘、董健：《中国现代戏剧史稿(1899—1949)》，北京：中国戏剧出版社，2008年，第155页。

细雨的晚上，那窗子上的灯光打远处望起来是那样**朦朦胧胧的，就像**秋天里我捉了许多萤火虫，**莲妹把它装在蛋壳里**。……寂寞比病还要可怕，我只要减少我心里的寂寞，什么也顾不得了。①

这段文字读来，不得不使人想起《蔷薇之路》中田汉在日记中写的那些句子："淡烟斜雨，把青的天，绿的树，染的模模糊糊"；"又想森林这一边的秋叶庵里，更留过我和漱瑜多少妙绪横生的清谈"。"细雨""朦朦胧胧""淡烟斜雨""模模糊糊"，不就是那"缥缈着"的气氛么？《获虎之夜》里的黄大傻，不就是《蔷薇之路》里的田汉？

由上述分析，我们可以得出这样一个结论：即便是接受了现实主义主题写作的田汉，其"浪漫主义"的风格并未减去或者消失。换言之，如果说田汉早期的剧作多侧重"浪漫主义"，那么到了《获虎之夜》等之后，田汉融易卜生式的现实主义主题和独特的浪漫主义风格为一体，这就是"新浪漫主义戏剧"，用田汉自己的话说，就是"新罗曼主义"。

我们再以另一部现实主义主题更加突出的戏剧《回春之曲》为例，来说明田汉的"新浪漫主义"。《回春之曲》讲述男教员高维汉爱上侨生富商之女梅娘，不料梅娘父亲经商失败，便将其许给另一位侨商之子陈三水。高维汉的同事洪思训则爱上同为教员的黄碧如。"九一八"事变后，高维汉、洪思训和黄碧如回国参加抗战，在一次战斗中，高维汉和洪思训受伤住院。洪思训经黄碧如的细心照顾，得以恢复并喜结良缘。而高维汉则不仅身体受损，精神也受到影响变为失忆状态。梅娘一开始便反对父亲指定的婚姻，后来利用机会回到祖国，找到医院里的高维汉，怀抱吉他以颤抖的声音唱起意味绵长的《梅娘曲》，高维汉才慢慢恢复记忆，精神和身体也慢慢好了起来。

整部《回春之曲》歌颂了华侨青年的爱国热情，是一部充满激情的抗战救亡戏剧，整个基调是"写实主义"的。例如第一幕中高维汉和陈三水因梅

---

① 田汉：《田汉文集·第 1 卷》，北京；中国戏剧出版社，1983 年，第 237 页。

娘而打起来了，洪思训将其分开，高声说道："你们干吗呢？有这样拼命劲儿干吗不去打帝国主义呢？"①而梅娘的反抗也让人想起娜拉、于素心、莲姑等人物，当陈三水来找她时（实际来带她走），梅娘说："别说我爸爸没有把我许给你，就是他说了，我不答应也是废话。"②虽然如此，整部戏剧却同时是一部典型的"新浪漫主义"戏剧。首先，戏剧的抗日救国主题是通过洪思训和黄碧如、高维汉和梅娘之间的爱情线索作为戏剧的主要情节来展现的。戏剧第一幕写四个人在南洋憧憬未来，只在该幕的结尾处暗示战争要发生。第二幕写医院病房，虽然有战士们的回忆叙述，但整体还是围绕黄碧如对洪思训的细心看护展开，也没有正面描写抗战。第三幕写洪思训和黄碧如再次见到高维汉和梅娘的场景，虽然其中不时穿插高维汉发作时高喊"杀啊，前进啊"的情节，但主要还是写梅娘对高维汉的悉心照料，包括从仆人口头得到的间接信息。其次，整部戏剧以四首插曲（田汉委托聂耳创作了这四首插曲）串联全部场景。这四首插曲以优美抒情的浪漫风格融入爱国主题。例如第一首插曲《告别南洋》的第一段：

> 再会吧，南洋！
> 你海波绿，
> 海云长，
> 你是我们第二故乡。
> 我们民族的血汗
> 洒遍了这几百个荒凉的岛上。③

　　在浓郁的抒情中抒发了对祖国和民族的热爱，《告别南洋》分为四段，其中第三段是过渡段，优美悲伤，第四段则是总结，激昂悲壮。第二首插曲《春回来了》虽然整体只有一段，但在段落结构上与《告别南洋》相似，即

①　田汉：《田汉文集·第3卷》，北京：中国戏剧出版社，1983年，第335页。
②　田汉：《田汉文集·第3卷》，北京：中国戏剧出版社，1983年，第334页。
③　田汉：《田汉文集·第3卷》，北京：中国戏剧出版社，1983年，第328页。

先抒情再进入抗战爱国主题：

> 春回来了！
> 红河岸边香草多，
> 椰林新叶舞婆娑，
> 河边女儿何娥娥，
> ……
> 华工自幼奋起挥长戈，
> 可怜老幼男女鲜血流成河。
> 二百年日月等闲过，
> 中华民族再不怒吼将如何！①

　　第三首插曲《慰劳歌》是四首插曲中最为壮怀激烈的，因为是在病房中为受伤的士兵们进行演唱。虽然是激昂的抗日救国歌曲，但是在病房这个特殊的场景中，就淡化了戏剧中所要表现的激烈冲突，尤其是淡化了战争场面的惨烈，使得这一幕在整体上也更为抒情。第四首插曲《梅娘曲》是整部戏剧的关键，因为它是"唤醒"高维汉的关键情节，同时，这首插曲也照应了前面的两首插曲《告别南洋》和《春回来了》：

> 哥哥，你别忘了我呀，
> 我是你亲爱的梅娘。
> 我曾在红河的岸傍，
> 我们祖宗流血的地方，
> 送我们的勇士还乡，
> 我不能同你来，

---

① 田汉：《田汉文集·第3卷》，北京：中国戏剧出版社，1983年，第333页。

　　我是那样的惆怅！①

　　这首插曲中优美抒情的歌词，其歌唱的时候配合的戏剧背景是这样的：梅娘拿着吉他（注意这是一般抗战救国戏剧中很少使用的道具），靠着高维汉坐在病床边，声音是"那样地颤抖着"。研究认为，这样的写法"打破了一般政治宣传剧'理'盛于'情'、以'事'压'情'的状况，写得诗情洋溢、优美动人"②。我们还可以进一步探讨，那就是田汉在戏剧创作中，有一条一以贯之的线索，即"新浪漫主义"。他的这种浪漫主义既不同于雪莱那种大开大合、歌颂西风那种摧枯拉朽的气势（与郭沫若钟情雪莱不同，田汉谈论雪莱较少），也不同于拜伦那种"愤世嫉俗、肉涌血沸"的风格（出自田汉《新罗曼主义及其他》中论拜伦《雅典的少女》之评语），田汉钟情的是凯尔特那种"缥缈的直观和情绪"，是辛格笔下那悲怆的"败北的庄严"，是叶芝《凯尔特的薄暮》中那"朦朦胧胧""模模糊糊"的气韵与风格。

四、王独清、陶晶孙与"新浪漫主义"戏剧

　　关于"新浪漫主义"一词最早在现代中国的出现，有研究认为其概念主要由茅盾译介至中国。③茅盾于20世纪10年代末20年代初在《东方杂志》和《小说月报》等报纸、杂志上发表的一系列文章（包括译文），包括长文《近代文学的反流——爱尔兰的新文学》，以及翻译的叶芝、格雷戈里夫人和唐萨尼的剧作，都可以归入"新浪漫主义"的范畴。其详细情形我们在第二章已经有所论述。有意思的是，茅盾翻译多部外国戏剧，自己却极少创作戏剧，而以小说创作居多。与茅盾差不多同时将"新浪漫主义"概念介绍

---

　　①　田汉：《田汉文集·第3卷》，北京：中国戏剧出版社，1983年，第361页。

　　②　陈白尘、董健：《中国现代戏剧史稿（1899—1949）》，北京：中国戏剧出版社，2008年，第166页。这句引文中的"盛"字似乎应该是"胜"字，"'理'胜于'情'"的表达应该更符合此处的语境。

　　③　如蓝天《茅盾与"新浪漫主义"》（《安徽教育学院学报》2001年第2期，第67页）、徐臻《理论倒错与反科学万能：五四时期新浪漫主义翻译文论的几种特质》（《浙江学刊》2020年第2期，第53页）等。

给国人的田汉，则对"新浪漫主义"戏剧情有独钟（田汉反复称其为"新罗曼主义"），其创作也以戏剧为主。作为田汉的好友，郭沫若在歌德研究和翻译上与田汉、宗白华有着相同的爱好，但是在"新浪漫主义"的讨论上，郭沫若却有不同的见解。郭沫若曾是创造社的创社元老与骨干，值得注意的是，自创造社成立之后，其中的重要成员如王独清、陶晶孙等，都创作过有代表性的"新浪漫主义"戏剧。

王独清 1898 年 10 月 1 日生于陕西西安，其祖籍在陕西蒲城。王独清幼年在家中接受传统经典教育，1911 年后开始进入新式学堂。王独清 9 岁开始作诗，16 岁时开始向报刊投稿，不久被《秦镜报》聘为编辑负责人，编辑发表不少有进步思想的评论文章。1918 年，王独清东渡日本，投奔友人郑伯奇，并开始阅读外国文学作品。1920 年初，王独清回国，在中华工业协会任职，并结识少年中国学会中的不少人士（田汉即为此学会人士）。不久即被派往欧洲，入蒙达尔中学，学习法文、拉丁文，并大量自学自然科学类课程。在此期间，他开始集中进行文学创作，并翻译了不少欧美诗作。1926 年，王独清自欧州回国，积极介入创造社的事务，主编《创造月刊》，曾一度代理广东大学文科院长。王独清 1928 年曾一度担任上海艺术大学委员兼教务长（田汉曾在此校任职，见前文论述）。20 世纪 30 年代，王独清曾参与历史资料丛书整理，1940 年病逝。

在中国现代文学史上，王独清多被冠以诗人的称谓，但实际上他还创作有戏剧《杨贵妃之死》《貂蝉》《国庆前一日》以及翻译泰戈尔的《新月集》、但丁的《新生》等。《杨贵妃之死》和《貂蝉》都属于大型历史剧，均以"场"而非"幕"作为分节。《杨贵妃之死》第一场最初发表于《创造月刊》1926 年第 4 期，后于 1927 年由上海乐华图书公司出版单行本。1933 年，王独清出版《独清自选集》（上海乐华图书公司）时，收入《杨贵妃》一剧，该剧与之前的《杨贵妃之死》已大有不同。《杨贵妃之死》以马嵬坡杨贵妃自缢为情节核心，出场人物有唐玄宗、杨贵妃、韩国夫人、高力士，侍者等人。在剧情上，《杨贵妃之死》是存在一定的缺陷的，比如杨贵妃与安禄山被写成情人关系等，这是不符合历史的。情节上的历史错位，或许是作者刻意为之。但在风格上，却是一部典型的"新浪漫主义"戏剧。剧中借侍女卢娘之口，大段地渲染抒情，如第一场结尾处：

> **卢娘**　哦，那一晚底月亮可真可爱呢！那像水银一样的光辉在把所有殿顶上的铜瓦满满地浸洗着，一切白玉的栏杆也就像要溶化了似的……哦，宫中那种夜晚真好！我是最爱在月下听那由前殿传出的歌声和箜篌的音调的。①

从侍女卢娘口中说出的这段话，与其说是侍女的话，不如说是王独清的话。从剧情上来看，这侍女所说过于煽情和渲染，也不像是一位侍女所能说出。这与我们在分析田汉《获虎之夜》中黄大傻的台词一样——剧情上可能不符合人物和情节的逻辑关系，台词却充满了情感与情绪。值得注意的是，剧中的杨贵妃是作为反传统的女性来叙述的，她有自己的独立人格和自由精神。作者写出与正史不一样的细节，即杨贵妃并非红颜祸水，而是"甘为民族甘为自由牺牲"的人物。此外，作者借历史来影射时事，不少词语的使用，使人不得不起现实主义的思考，例如将追随唐玄宗出奔的百姓称为"难民"，逃难时吃的食物叫"干粮"等。这种以现实主义为主题，以浪漫主义为风格的戏剧，不正是"新浪漫主义"戏剧的典型特征吗？

《貂蝉》一剧也是如此，该剧曾先发表于1927年的《创造月刊》，后来于1929年由江南书店出版单行本。与《杨贵妃之死》一样，《貂蝉》在情节上也与正史有较大的出入，例如，在第二幕开头部分王允的祝酒词中喊出"祝我们所有为国效力的同僚""为中华长安勠力的同志万岁"之类的台词；吕布在貂蝉于王允厅堂献歌舞时就不顾群臣，直接踱到厅堂中间"向貂蝉对立，凝视不已"；后来吕布、王允与董卓在剧中竟然一度变成了"同志"；而在杀董卓的一场戏中，吕布竟然喊出"杀士民、杀商民、杀农民、杀工

---

①　王独清：《杨贵妃之死》，《创造月刊》1926年第4期，第19页。该剧与《貂蝉》均未在《创造月刊》上完整连载，而是断续连载。后来读者来信增多，便在连载未完成的情况下直接出版了单行本，期刊上的连载也就停了。

民"的台词。这些种种固然是剧情上的不足，同时用史事来影射时政的做法也很明显。此外，貂蝉也被当作独立、自由、为民族牺牲者的形象来叙述，在作者看来："她在我们的眼前竟然变成一个为自由斗争的勇士，竟然变成一个为自由牺牲的圣者。"①此外，剧中部分的台词极尽渲染叙写之能事，例如李儒听说貂蝉能歌善舞，说道：

> 还是一个能歌能舞的女子，听说她歌喉是异常的婉转，她底舞腰是异常的纤细，并且她歌时的声音能像醇酒一样使人醉倒，她舞时的姿态能像春风一样使人迷惑。②

研究指出，新浪漫主义戏剧作家，在易卜生现实主义戏剧的影响下，无论是情感抒发还是探索非理性世界等都未脱离社会现实，只是把"情感与想象提到首要的地位"③。因此，无论是《杨贵妃之死》，还是《貂蝉》，都是借助历史故事来展开自己的现实主义指向，无论是与正史不相符合的剧情，还是"时代错置"的台词，都是以展现或暗示现实为旨归。④ 与易卜生式社会问题剧不完全相同，新浪漫主义戏剧将"情感与想象"置于首位，那流泻在铜瓦上的水银一般的月光和醇酒一般的歌声，便是王独清戏剧中所独有的"情感与想象"。

创造社中另一位新浪漫主义作家陶晶孙1897年出生于江苏无锡，小时就读于廷弼小学。10岁时陶晶孙随父亲赴日本，入读东京神田锦町小学四年级，受父亲等人影响，接触革命与进步思想。小学毕业后，陶晶孙考入

---

① 转引自宋玉玲：《王独清的文学道路》，《中国现代文学研究丛刊》1994年第3期，第271页。

② 王独清：《貂蝉》，《创造月刊》1927年第8期，第103页。

③ 齐才华：《论20世纪二三十年代新浪漫主义戏剧的社会书写》，《文化艺术研究》2019年第1期，第49页。

④ 连杂志上的图书出版广告都直言：在《杨贵妃之死》中尚有几分伤感的气氛，而在《貂蝉》中却完全是新时代的女性了。(《出版消息》1933年第3期，第30页)

东京府立第一中学，学校及周围学习气氛浓厚，陶晶孙学习进步很快。中学毕业后，陶晶孙考入第一高等学校理科，并在毕业后(1919)考入日本九州帝国大学医学系。中学期间，陶晶孙就显出博学的倾向，他不仅喜欢自然科学知识，也钟情于文学音乐。大学期间，他结识了同在帝国大学学医的郭沫若。① 1921 年，陶晶孙、郭沫若、徐祖正等人创作杂志 Green(《格林》)，同年 7 月，陶晶孙和郭沫若、成仿吾和郁达夫等人成立"创造社"。1922 年 3 月，作为"创造社"的文字阵地，《创造季刊》开始出版发行，陶晶孙一度担任主要编辑，并在刊物的 1922 年第 2 期发表戏剧《黑衣人》、1923 年第 4 期发表戏剧《尼庵》。这两部戏剧和陶晶孙发表的多部小说如《木犀》《剪春罗》《Cafe pipeau 的广告》等，于 1927 年一起收入名为《音乐会小曲》的作品集中，由创造社出版部出版。1929 年初，创造社被当局查封，陶晶孙相继主编了《大众文艺》，并加入革命文艺团体"艺术剧社"，成为"左翼作家联盟"的发起人之一。陶晶孙在积极参加革命文艺运动的同时，也从事医学工作。陶晶孙于 1952 年病逝于日本。

　　关于陶晶孙的文学作品，学者多认为其受唯美主义影响甚深②，但有意思的是，在综论陶晶孙时，又往往称其为"新浪漫主义"作家③。唯美主义当然并不等于新浪漫主义，那么到底该如何界定陶晶孙的作品？我们认为，还是应该结合其作品文本和历史文化语境来综合探讨。《黑衣人》讲述28 岁的哥哥"黑衣人"曾有一恋人，后因恋人得病，父母替哥哥娶一自美国归国女子为妻。"黑衣人"的恋人郁郁而终，"黑衣人"也终日郁郁寡欢，便将生的希望寄托在弟弟身上。弟弟 3 岁时，"黑衣人"便教他弹琴，但随着

---

　　①　郭沫若后来娶安娜为妻，陶晶孙认识郭沫若后，应后者之邀一度搬入福冈市的"抱洋阁"，与郭沫若同住，并在此认识安娜的妹妹弥丽，两人相识并结婚。

　　②　如宋伟华《唯美主义剧作〈黑衣人〉解读：兼论陶晶孙其人其文》(《中国现代文学研究丛刊》2002 年第 1 期，第 232 页)、宋小杰《隐秘的欲望表达——陶晶孙剧作的"镜像化"解读》(《大舞台》2018 年第 1 期，第 30 页)等。

　　③　如陶瀛孙、陶乃煌《陶晶孙小传》(《新文学史料》1992 年第 4 期，第 159 页)、董卉川、丁玉晓《陶晶孙 1920 年代小说的"新浪漫主义"特质》(《绵阳师范学院学报》2021 年第 9 期，第 91 页)等。

弟弟年龄的增长，快乐消失，烦恼增多，世界黑暗一片，美好不再。为了保护弟弟的纯美，在弟弟 12 岁那年，"黑衣人"亲手开枪杀死弟弟并自尽。固然，"纯美"可以视为这部戏剧的关键词，但实际上整部戏剧笼罩着一层缥缈朦胧的"神秘气氛"。整部戏剧没有完整的结构，全靠哥哥和弟弟的对话来串起事件的线索（如果有所谓"事件"的话），而哥哥和弟弟的台词充满了不确定性、晦涩、模糊。比如"天已经黑下来""湖岸已经看不见了""船也好像没有了""真是黑下来了""我已经看不出路来了"。而当哥哥逐渐陷入幻觉，感觉"死神来了"，在近乎癫狂的状态下向弟弟开枪，而弟弟似乎对哥哥的意图有了直觉式的领悟，对那哥哥所谓的"湖贼"（即死神或命运）产生应召的感觉。总体而言，整部戏剧充满了神秘气氛，如梦幻一般。我们认为，这种整体格调上的神秘、梦幻气氛，这种神秘性、超自然性，正是"新浪漫主义"文学的特质之一。

《尼庵》是陶晶孙另外一部代表性戏剧，讲述一位兄长不顾世俗观念，痴念自己的妹妹，而妹妹虽然也依恋自己的兄长，却深知世俗的力量，于是妹妹去尼庵出家。后来兄长找到尼庵，并用语言打动妹妹，两人决定趁夜色逃奔。冷静下来之后的妹妹依然觉得世俗无法扭转，生无可恋而投湖自尽。这部剧作中表现的畸恋常常作为伦理主题被讨论，但值得注意的是，戏剧中妹妹的两次重要决定（出家和投湖），都体现了一定程度上的理性，这是新浪漫主义的一个重要特征。新浪漫主义文学是历经现实主义、自然主义，而经理性和科学洗礼的，善于运用象征、暗示等方法的文学。与浪漫主义作品的一个关键不同，就是新浪漫主义作品中理性（包括科学）的介入，主人公不再盲目地追随情绪与直觉，而是借助理性做出思考。虽然《尼庵》中的妹妹决定出家和投湖，但她在决定之前有过理性的思考，这与妹妹的身份暗示有关（她是留洋女博士）。此外，戏剧结尾处妹妹的投湖，象征着"灵"对兄长畸恋这种世俗意义上"肉"的毁灭，这与田汉《古潭的声音》的精神有相似之处。值得注意的是，虽然陶晶孙与郭沫若同在九州帝国大学攻读医学，且后来一同成立创造社，但陶晶孙早期的艺术风格实则与田汉更为接近。"灵与肉"的冲突，"理性和科学的洗礼"，还有那缥缈神秘的"命运"，都是田汉早期作品中的常见元素。因此，我们认为陶晶孙的两部早期代表剧作依然可以归为"新浪漫主义戏剧"。

自五四新文化运动后，尤其是历经"易卜生专号"等一系列的社会问题剧的译介，中国现代戏剧形成了现实主义的主流。但其他流派的戏剧作品也同时被大量译介到中国，经过田汉等留学生的译介，再加上戏剧家自己的创作，"新浪漫主义"戏剧成为20世纪二三十年代不可忽视的一支重要支流。而在"新浪漫主义"戏剧的形成过程中，叶芝、格雷戈里夫人、辛格等爱尔兰文艺复兴戏剧家戏剧的译介发生了重要的作用，即使不是主要的作用。此外，值得注意的是，叶芝和格雷戈里夫人等人的戏剧被译介到现代中国的多为独幕剧，尤其是20世纪20年代末期以来，更是如此。那么，独幕剧这种形式为何受到中国现代译者的青睐，它对于中国现代戏剧的发展到底产生了什么样的影响呢？

第三节 爱尔兰文艺复兴戏剧与中国现代独幕剧

如果我们把爱尔兰文艺复兴戏剧作家作品在现代中国的译介概况通过表格的方式做出梳理，可以发现这些被译介的作品基本上是独幕剧。此外，在中国现代文学翻译史上，如果将爱尔兰文艺复兴戏剧作家作品的译介，与莎士比亚、萧伯纳、王尔德这些译介数量众多的作家作品相比，则可以发现莎士比亚、萧伯纳和王尔德被译介到现代中国的多为多幕剧。再者，从译介产生的影响来看，中国现代文学史上独幕剧是最为重要的戏剧创作形式之一，尤其在抗战期间，因为其"经济"的特点更是发挥了巨大的作用。那么，我们可以总结说，除了内容上的考虑之外，爱尔兰文艺复兴独幕剧在现代中国被大量译介，译者也一定在独幕剧这种特殊的形式上有所考量。

我们可以以目前搜索所及的资料为基础，以表格的直观形式，来大致梳理一下叶芝等人的戏剧在现代中国译介的基本概况（不包括改译和改编）。

表 1 　　　　　　　　　　爱尔兰文艺复兴戏剧在现代中国的译介概况

作者	戏剧原名	戏剧译名	译者	戏剧形式
格雷戈里夫人	The Rising of the Moon	《月方升》(1919)	茅盾	独幕剧
叶芝	The Hour Glass	《沙漏》(1920)	茅盾	独幕剧
唐萨尼	The Lost Silk Hat	《遗帽》(1920)	茅盾	独幕剧
格雷戈里夫人	Spreading the News	《市虎》(1920)	茅盾	独幕剧
格雷戈里夫人	Hyacinth Halvey	《海青·赫佛》(1921)	茅盾	独幕剧
格雷戈里夫人	The Travelling Man	《旅行人》(1922)	茅盾	独幕剧
格雷戈里夫人	The Jackdaw	《乌鸦》(1922)	茅盾	独幕剧
格雷戈里夫人	The Goal Gate	《狱门》(1922)	茅盾	独幕剧
叶芝	The Hour Glass	《沙钟》(1924)	苏兆龙	独幕剧
叶芝	The Land of the Heart's Desire	《心醉之乡》(1924)	滕固	独幕剧
辛格	The Shadow of the Glen	《谷中的暗影》(1925)	郭沫若	独幕剧
辛格	Riders to the Sea	《骑马下海的人》(1925)	郭沫若	独幕剧
辛格	The Well of the Saints	《圣泉》(1925)	郭沫若	三幕剧
辛格	The Playboy of the Western World	《西域的健儿》(1925)	郭沫若	三幕剧
辛格	The Tinker's Wedding	《补锅匠的婚礼》(1925)	郭沫若	两幕剧
辛格	Deirdre of the Sorrows	《悲哀之戴黛儿》(1925)	郭沫若	三幕剧
格雷戈里夫人	The Rising of the Moon	《月亮的升起》(1927)	李健吾	独幕剧
辛格	Riders to the Sea	《骑马下海的人们》(1928)	田汉	独幕剧
格雷戈里夫人	The Goal Gate	《监狱门前》(1929)	黄药眠	独幕剧
格雷戈里夫人	The Rising of the Moon	《月之初升》(1929)	黄药眠	独幕剧
格雷戈里夫人	Hyacinth Halvey	《启厄新斯·黑尔福》(1929)	黄药眠	独幕剧
格雷戈里夫人	The Travelling Man	《旅行人》(1929)	黄药眠	独幕剧
格雷戈里夫人	Spreading the News	《谣传》(1929)	黄药眠	独幕剧
格雷戈里夫人	The Workhouse Ward	《贫民院的病室》(1929)	黄药眠	独幕剧
格雷戈里夫人	The Jackdaw	《乌鸦》(1929)	黄药眠	独幕剧
唐萨尼	The Lost Silk Hat	《丢了的礼帽》(1930)	余上沅	独幕剧
格雷戈里夫人	The Rising of the Moon	《月起》(1931)	罗家伦	独幕剧
格雷戈里夫人	The Rising of the Moon	《明月东升》(1933)	王学浩	独幕剧
叶芝	Cathleen Ni Houlihan	《伽特琳在霍利亨》(1934)	柳辑吾	独幕剧

　　从表1可以明显地看出，除了辛格的三部三幕剧和一部两幕剧之外（郭沫若将辛格的全部戏剧翻译了出来），爱尔兰文艺复兴戏剧运动中其他作家被译介到现代中国的戏剧全部是独幕剧。这从一个侧面可以说明独幕剧这种形式在中国现代文学翻译史上的受欢迎程度。

　　此外，我们也可以以表格的形式来梳理一下中国现代独幕剧选集中爱尔兰文艺复兴戏剧作家所占比例，来作进一步的印证。

表2　　　　中国现代独幕剧选集中爱尔兰文艺复兴戏剧作家作品

选集名称	编纂者	所选篇目简况	所选爱尔兰作家篇目	所占比例
《现代独幕剧（一）》①	东方杂志社编纂，商务印书馆出版(1924)	收4部英语独幕剧	《沙漏》(叶芝)、《遗帽》(唐萨尼)、《市虎》(格雷戈里夫人)	3/4
《近代欧美独幕剧集》	芳信、钦榆译，光华书局出版(1927)	收9部欧美独幕剧	《一个游历的人》(格雷戈里夫人)	1/9
《英文模范独幕剧选》	Henry Huizinga② 编纂，商务印书馆出版(1930)	收20部英文独幕剧	《月亮升起》(格雷戈里夫人)、《金色末日》(唐萨尼)、《心愿之乡》(叶芝)	3/20
《近代英文独幕名剧选》③	罗家伦选译，商务印书馆出版(1930)	收10部英文独幕剧	《月起》(格雷戈里夫人)、《诗运》(唐萨尼)	1/5

---

　　① 该选集作为《东方杂志》二十周年纪念刊物《东方文库》之一种，1924年4月出版。《现代独幕剧》一共出了三册，第二册收4种，第三册收3种，均为欧陆和美国戏剧家作品。第一册除三位爱尔兰作家外(全部由茅盾翻译)，还有一部是英国作家阿尔弗雷德·萨特罗的《街头人》，译者为赵惜迟。

　　② 该书扉页作者英文名字下面有"夏丽云"字样，疑为作者的汉语名字。

　　③ 该著作分上、下两册，上册为译文及著者小传，下册为原文。

续表

选集名称	编纂者	所选篇目简况	所选爱尔兰作家篇目	所占比例
《近代独幕剧选》	朱肇洛编，文化学社出版(1931)	收14篇中外独幕剧	《骑马下海的人》(格雷戈里夫人)	1/14
《独幕剧选·英汉对照》	顾仲彝译注，北新书局出版(1931)	收5部英文独幕剧	《金色末日》(唐萨尼)	1/5
《当代独幕剧选》	赵如琳译述，万人社出版部出版，广州泰山书店发行(1931)	收5部独幕剧	《谣传》(格雷戈里夫人)	1/5
《世界独幕剧》	王学浩编译，新民出版印刷公司(1933)	收4部独幕剧	《明月东升》(格雷戈里夫人)、《遗忘的丝帽》(唐萨尼)	1/2
《翻译独幕剧选》①	张越瑞选辑，商务印书馆出版(1937)	收4部独幕剧	《骑马下海的人》(辛格)	1/4
《爱尔兰名剧选》	涂序瑄译，中华书局出版(1937)	收5部爱尔兰独幕剧	《海葬》(辛格)、《麦克唐洛的老婆》(格雷戈里夫人)、《沙钟》(叶芝)、《亚尔济美尼斯皇帝与无名战士》(唐萨尼)	4/5

　　从表2可以看出，格雷戈里夫人、辛格和叶芝的独幕剧多次入选中国

---

　　①　此书作为"哲学国文补充读本"的第一集，总主编是王云五等。该书《导言》中论辛格作品多写"农人的生活，多半有哀痛的情调在那里动荡着"，并称《骑马下海的人》为"最脍炙人口的独幕悲剧"。该书还有一个配套读本，即《中国文学补充读本，第一集·创作独幕剧选》，还是由张越瑞选辑，收录熊佛西《艺术家》、汪仲贤《好儿子》、丁西林的《压迫》、向培良的《黑暗中的红光》、洪深的《汉宫秋》。

现代独幕剧选集，占有一定的比例，尤其在英语独幕剧中，其比例更高。①如果这还不足以完全说明问题，我们可以来看看中国现代独幕剧研究著作中是怎么谈论爱尔兰文艺复兴戏剧中的独幕剧的。

1928 年世界书局出版蔡慕晖②的《独幕剧 ABC》，该书可能是中国现代文学史上唯一一部专论独幕剧的著作。该书共分六章：独幕剧的价值与特性、主题和材料的选择、剧情草案、性格描写、对话、几个基本条件（动作、紧张、阐明等）。

在第四章第五节（己：描摹性格的方法），作者引辛格《谷中的暗影》为例，说明丹白克的性格是从诺拉那里介绍出来的，即第一种的直接介绍法。之后该书从第 96 页开始专论辛格《骑马下海的人》以及《谷中的暗影》，以说明戏剧中"紧张"为何是独幕剧的必备条件之一，论述一直持续到第 99 页。而在第 102 页开始的"阐明"一条，则继续引述《骑马下海的人》和《谷中的暗影》两部剧作，一直到第 107 页。本书中引用的其他戏剧家及作品有萧伯纳的《陋巷》(*Widower's Houses*) 和《华伦夫人的职业》(*Mrs Warren's Profession*)，但实际上《陋巷》是三幕剧，《华伦夫人的职业》是四幕剧。而

---

①　自 20 世纪 80 年代以来，国内的独幕剧选读中也多次收入格雷戈里夫人和辛格的独幕剧，例如 1980 年湖南人民出版社出版《外国独幕剧选》（中国戏剧家协会湖南分会选编），收有爱尔兰沁孤的《骑马下海的人》、爱尔兰葛莱格瑞夫人的《月亮上升的时候》。1981 年施蛰存、海岑编《外国独幕剧选·第一集》（上海文艺出版社）收有唐萨尼的《小酒店的一夜》（施蛰存译）、辛格的《骑马下海的人》（郭沫若译）和格雷戈里夫人的《月亮上升的时候》（俞大缜译）。2011 年周豹娣编著的《独幕剧名著选读》（上海书店出版社），选了郭沫若译的《骑马下海的人》和俞大缜译的《月亮上升的时候》。2017 年刘秀丽编著的《中外独幕剧选读与赏析》（云南大学出版社），在 16 个中外独幕剧选目中，就有约翰·沁孤的《骑马下海的人》，选的是郭沫若译本。2019 年蔡兴水编著《外国经典独幕剧鉴赏》（上海人民出版社），在 12 个外国经典独幕剧中，就有格雷戈里夫人的《月亮上升》。

②　蔡慕晖（1901—1964），又名蔡希真，浙江东阳人。20 世纪 20 年代初在上海大同大学就读英语专修科，对英语诗歌翻译颇有兴趣，后于 1923 年考入南京金陵女子大学，1935 年赴哥伦比亚大学教育学院留学，获硕士学位。回国后长期从事妇女解放运动，并任教于复旦大学等高校。译有《世界文化史》《艺术的起源》等著作。其丈夫为现代著名教育家、《共产党宣言》首个全译本译者、复旦大学校长陈望道。

在其他部分的论述中，引述的莎翁戏剧《哈姆雷特》也是多幕剧。由此可见论到独幕剧，辛格的剧本才是较为恰当的。

以上我们从爱尔兰文艺复兴戏剧作家被翻译的剧作本身、他们的剧作在中国现代独幕剧选集中的收录比例和独幕剧专论三个方面，来展示爱尔兰文艺复兴戏剧独幕剧在中国现代戏剧发展史上的重要性。那么接下来的问题是，独幕剧在中国现代受到译介者的青睐，其原因何在呢？

我们认为，其主要原因在于独幕剧"经济"的特点符合中国现代历史文化发展的需要。

一般认为，"独幕剧"始于17世纪的欧洲，当时已经有拉开、闭合幕布(即开演和结束)来进行演出的实践。而到了19世纪末，幕布也被用来遮掩舞台上的换景，这样舞台上就可能有两场甚至多场戏，那么"独幕剧"这个词本身就名不副实了。实际上，这里面有一个近代翻译史上的误译现象。在英语世界，"独幕剧"的英文是One-Act Play，在欧洲其他国家语言中，也指同样的意思。这种概念先传入日本后，"我国沿用日本的译名，把Act译为'幕'，其实很不妥当"①。Act是"动作、行为"之意，欧美剧坛在最初使用One-Act Play时指的是剧情中发生一次动作的戏剧。而随着剧情的发展，有时一个重要的动作需要分为几个场景来分别呈现，也就有了景和幕的变化。如此一来，用"独幕剧"来指称由分场来表示一个动作的戏剧就不恰当了。不过，由于约定俗成，"独幕剧"的说法也就传承至今。分场的独幕剧和多幕剧的不同，在于前者根据剧情需要"自始至终，为一个主题所控制"②，不需要再另分动作或主题。

独幕剧的发展也与欧美的"小剧场运动"联系紧密。因为独幕剧剧情集中于一个主题(或一个大的"动作")，演员和道具都可以简单设置。独幕剧的演员可以不是专业的演员，例如毛德·冈就不是专业演员，但她在叶芝

---

① 施蛰存、海岑编：《外国独幕剧选·第一集》，上海：上海文艺出版社，1981年，《引言》第2页。

② 施蛰存、海岑编：《外国独幕剧选·第一集》，上海：上海文艺出版社，1981年，《引言》第2页。

早期的几部剧中都扮演主角。尤其是如下两个特点，可谓独幕剧的核心：演出时间短，演出地点灵活。传统的古典戏剧或者莎翁的经典悲喜剧，大多是一个正规剧院一个晚上的演出时间，但是如果演出独幕剧，一个晚上就可以演出三四个独幕剧。传统的戏剧大多在正规的商业性剧院中演出，而独幕剧的演出则可以是学校的礼堂甚至教室、公园中的一个角落，或者某私人住宅的客厅等。① 独幕剧的这些特点用一个词来概括，就是"经济"（economical），"独幕剧以经济为第一依归"②，即在幕数尽可能少的情况下来包含一个戏剧所应有的基本元素。

正是因为独幕剧道具布景要求简单，演出时间短，演出地点灵活，因此深受小剧场运动的欢迎。巴黎自由剧院和莫斯科艺术剧院都上演过精彩的独幕剧，如莫斯科艺术剧院上演的契诃夫剧作。受其影响，伦敦一度出现一个"独立剧场"，主要演出独幕剧。之后，当时人在伦敦的霍尼曼女士还在曼彻斯特建立了英国第一个业余剧场。当然，"小剧场运动"中影响最大的还是爱尔兰文艺剧院和爱尔兰民族戏剧社。巴黎自由剧院和莫斯科艺术剧院基本还是以艺术探索为主，但爱尔兰文艺剧院和爱尔兰民族戏剧社则被叶芝等人赋予了民族复兴与艺术探讨的重任。他们或直接复兴凯尔特语言和文化，或以英语创作凯尔特为主题的文艺作品，不管哪一种方式，都使得凯尔特历史和文化得以复兴，尤其是戏剧运动的展开，推动了民族复兴的步伐。其次，这些文艺作品的创作伴随着叶芝等人对艺术的探索，而非纯粹的政治口号呐喊。叶芝早期戏剧中的象征和暗示手法，在以凯瑟琳女伯爵等为主题的戏剧中运用自如。格雷戈里夫人的民众喜剧，让观众在轻松的气氛中感受到主题的重要性。辛格的独幕剧则带有悲凉的气氛，使观众反观自身并思考人生与自然的关系。就演出效果来看，叶芝、格雷戈里夫人和辛格的独幕剧都产生了巨大的社会效应，《凯瑟琳·尼·胡力

① 叶芝后期部分戏剧即在家中改装的客厅中演出，叶芝后期的这些戏剧不求轰动性效应，只是进行戏剧家自己笃定的艺术探讨。

② 蔡慕晖：《独幕剧 ABC》，北京：知识产权出版社，2017 年，第 22 页。此书为《独幕剧 ABC》1928 年世界书局版本的新排版。

罕》演出后群情激动，许多民族主义者甚至认为必须像戏剧中展现的爱尔兰年轻人为"凯瑟琳"而牺牲，爱尔兰必须经历"血祭"，才能脱离大英帝国。[1]

以上我们论述了独幕剧这种形式在现代中国受到青睐的原因。那么中国现代戏剧的独幕剧发展到底如何呢？在前文中，我们重点提到五四新文化运动，尤其是"易卜生专号"等一系列活动，成为中国现代戏剧的定型时期，即从之前的文明新戏阶段转入真正的中国现代戏剧时期。我们提到，在 20 世纪 10 年代之后文明新戏有庸俗化、市侩化的趋向，导致其不能进一步发展，过于商业性的演出"终因迁就小市民的封建落后意识与恶俗趣味，以及艺术上的粗制滥造、某些演员的堕落，而失去了观众"[2]。此外，传统"旧戏"的一时"复兴"也是促使胡适等急欲推出"易卜生专号"的直接原因。1917 年左右，昆曲开始在北京的戏院中流行，1917 年年底，昆曲演员韩世昌来到北京演出。钱玄同在《随想录》中称韩世昌为"昆曲大家"，实际上韩世昌此时还只能说是崭露头角，在北京的演出由于部分北京大学学生的口口相传而声誉日隆，由配角而至主角，甚至还吸引了北大教授吴梅（戏曲名家）、黄寄侃等人来观看。在这种背景下，有人说"中国的戏剧（传统戏曲）进步了，文艺复兴的时候到了"，可在钱玄同看来，"这真是梦话"：

中国的旧戏，请问在文学上的价值，能值几个铜子？试拿文章来比戏：二黄西皮好比"八股"；昆曲不过是《东莱博议》罢了。……吾友某君常说道："要中国有真戏，非把中国现在的**戏馆全数封闭**不可。"……那么，如其要中国有真戏，这真戏自然是西洋派的戏，绝不是那"脸谱"派的戏，要不把那扮不像人的人，说不像说的话**全数扫**

---

[1]　周惠民：《爱尔兰史：诗人与歌者的国度》，台北：三民书局，2009 年，第 172 页。

[2]　钱理群等：《中国现代文学三十年（修订本）》，北京：北京大学出版社，1998 年，第 165 页。

除，尽情推翻，真戏怎样能推行呢?①

此时的钱玄同，对于中国"旧戏"的厌恶之情是可想而知了。与钱玄同相比，这一时期的胡适对于旧戏的批判就更不留情面了。在《文化进化观念与戏剧改良》一文中，他认为"旧戏"是"前一个时代留下的纪念品"；

> 这种纪念品在早先的幼稚时代本来是很有用的，后来渐渐的可以用不着他们了，但是因为人类守旧的惰性，故仍旧保持这些过去时代的纪念品。在社会学上，这种纪念品叫做"遗形物"(Vestiges or Rudiments)。如男子的乳房，形式虽存，作用已失；本可废去，总没废去；故叫做"遗形物"。即以戏剧而论，古代戏剧的中坚部分全是乐歌，打诨科白不过是一小部分……②

与钱玄同对昆曲的态度相比，胡适在这一段中的表述确实辛辣至极。此外，与钱玄同发表印象式的意见不同，胡适在《文化进化观念与戏剧改良》一文中用详细的实例把元杂剧以来的传统戏曲几乎梳理了一遍，并使用社会学中的"进化观"来作为分析的视角。在文章的后半部分，胡适简要比较了中西戏剧中的两个方面："悲剧"观念，胡适认为"中国文学最缺乏的是悲剧的观念"；"文学的经济"，胡适认为编戏时应该注意各项"经济的方法"：

> (1)时间的经济：须要能于最简短的时间之内，把一篇事实完全演出。
> (2)人力的经济：须要使做戏的人不致精疲力竭；须要使看戏的

---

① 钱玄同该篇随想录最初刊发于《新青年》1918年第5卷第1号，署名"玄同"，此处引自钱玄同：《钱玄同文集·第二卷·随想录及其他》，北京：中国人民大学出版社，1999年，第13页。

② 胡适，《文化进化观念与戏剧改良》，《新青年》1918年第5卷第4号。

人不致头昏眼花。

(3)设备的经济：须要使戏中的陈设布景不致超出戏园中设备的能力。

(4)事实的经济：须要使戏中的事实样样都可在戏台上演出来；须要把一切演不出的情节一概用间接法或补叙法演出来。①

从这四个方面来看，虽然说胡适在此处论述的是整体的戏剧创作概念，但可以说"独幕剧"最符合以上这些标准，因为"经济"就是独幕剧最明显的特征。这也是胡适为中国"新戏"的发展开出的方子。与胡适同一时期讨论旧戏改革、新戏发展的除钱玄同外，还有周作人、傅斯年、欧阳予倩等人，他们相继在《新青年》上发表文章，批评旧戏，呼吁新戏。有了上述讨论，在昆曲一度在北京"复兴"的背景下，"易卜生专号"横空出世。

此外，中国现代戏剧在正式定型前，有过一段时间的"幕表制"演出。"幕表制"指的是剧本制正式诞生之前的一种演出形式，即演出前没有剧本，组织者只提供一个人物名单、出场次序、大致情节的简要介绍，一般是在一张纸上制成表格的形式，因此称为幕表制。或者是写在纸条上，张贴在后台。或者由导演在演出前将基本剧情告诉演员。后两种情况也叫"放条子"。熊佛西等早期都创作过幕表戏。② 幕表戏在一定程度上能够使演员有自由发挥的空间，考验演员的临场应变能力。但也有问题，就是灵活性太强，如果有多位演员，演员之间的台词有时候很难对得上，容易出戏。幕表戏在有些地方叫"路头戏"，因为形式特别简单，可以在田间路头随时随地演出。"路头戏"虽然一时热闹，但由于没有固定的剧本，缺少严肃的艺术处理，容易变成一时的戏剧而不能长久。

由此，独幕剧的出现便可以解决上述"幕表制"的不足。首先，独幕剧

---

① 胡适，《文化进化观念与戏剧改良》，《新青年》1918 年第 5 卷第 4 号。

② 熊佛西至少创作过 3 部幕表戏——1917 年的《徐锡麟》（汉口辅德中学首演）、1918 年的《水灾》（汉口辅德中学首演）、1920 年的《爱国男儿》（由燕京大学学生在北平米市大街青年会首演）。遗憾的是，这些幕表戏均未发表，原稿佚失。

相对来说比较好写，不用像创作长剧那样花很长时间。其次，有了简短的独幕剧，演员有一定的依据，在较短的时间内排练台词也不成问题，不会出戏。再次，好的独幕剧都是艺术的结晶，都是戏剧家精心构思后的结果。例如美国戏剧名家尤金·奥尼尔，早期致力于给大剧院的正规戏剧写"开头戏"，这些经过奥尼尔巧妙构思、精心设计的"开头戏"大多成了有名的独幕剧。当时尚在南开大学英文系就读的巩思文就敏锐地指出"中国新剧的出路，是要开办西洋式的戏剧学校，建设实验性的剧院，布置完善的舞台，训练良好的演员，编制佳美的剧本，借宣传的力量改革群众的心理"，但这是一种理想的状态，不是一时间可以完成的，在过渡期间，"只好先写独幕剧，先演独幕剧"。巩思文同时指出，独幕剧助力新剧初期发展运动的先例很多，比如巴黎的自由剧院、美国的新兴剧团运动，当然还有叶芝等人的爱尔兰文艺剧院和爱尔兰民族戏剧社，"爱尔兰文艺复兴运动的健将夏芝(Yeats)和葛雷高雷夫人(Lady Gregory)等，也靠着表演短剧，在杜柏林(Dublin)训练演员，鼓励青年戏剧家，确定了爱尔兰戏剧的基础"。[1]

　　由于上述特点，在中国现代戏剧确立之后，独幕剧这一戏剧形式确实在作家群体中深受欢迎。胡适的《终身大事》是独幕剧，田汉的《获虎之夜》是独幕剧，欧阳予倩的《泼妇》、丁西林的《压迫》、熊佛西的《新闻记者》、郭沫若的《卓文君》等都是独幕剧。此外，我们在上文中论述的"小剧场运动"中，上演的戏剧也以独幕剧居多。到了20世纪30年代，随着抗战救国气氛的加强，独幕剧更加受到青睐，出现了独幕剧创作的另一个高潮，不少独幕剧结集成"抗战独幕剧选"等(如啸垄编《抗战独幕剧选》一集(戏剧时代出版社，1937)、二集(大众出版社，1938)。这与叶芝等人发动爱尔兰文艺复兴，尤其是利用戏剧来推动民族复兴，有着相似的时代背景，产

---

　　① 巩思文：《独幕剧与中国新剧运动》，《人生与文学》1935年第1卷第2期，第111页、第112页。

生了相近的艺术效果。这其中独幕剧发挥了不可替代的作用。

以上我们从爱尔兰文艺复兴戏剧与中国现代的"小剧场运动"、"新浪漫主义戏剧"和独幕剧三个方面，综合论述了爱尔兰文艺复兴戏剧对中国现代戏剧的宏观影响。

毋庸置疑，中国现代戏剧是在欧美戏剧的影响下产生的。这种影响主要是通过当时的留学生来进行传递，传递的渠道则主要有三个，一是留学欧洲的学生，二是留学美国的学生，三是留学日本的学生。而就爱尔兰文艺复兴戏剧而言，这三种渠道都是畅通的。留学欧洲的渠道主要是留学英国的一些学生，例如黄佐临等人，将爱尔兰文艺复兴戏剧译介到中国。留学美国的渠道，指的是余上沅、熊佛西、赵太侔、洪深等人对爱尔兰文艺复兴戏剧的译介。留学日本的渠道，则主要指田汉、郭沫若等对爱尔兰文艺复兴戏剧的译介。当然，当时国内的译介也是另外一个渠道，例如茅盾，他当时并未留学，但在商务印书馆工作期间，他翻译了大量的欧美文学作品，其中主要的一部分就是叶芝和格雷戈里夫人的戏剧。而伴随着这三个渠道的译介的是"小剧场运动"。无论是余上沅，还是田汉，都对欧美的"小剧场运动"知之甚深，回国后也都开展了或多或少的"小剧场运动"。

虽然"易卜生专号"等一系列事件的发生，使得"写实主义"成为中国现代戏剧的主要基调，但不可否认的是，与此同时，大量不同风格的欧美戏剧也被译介到国内，包括自然主义、象征主义、唯美主义等，当然还有莎翁那些不朽的戏剧。这其中，"新浪漫主义"是一支重要的流派。欧美的"新浪漫主义"戏剧以现实主义为基础，历经自然主义和象征戏剧的影响，并经过科学和理性的洗礼，多以象征、暗示等为手法，讲究直观和情绪，主要作家有欧洲大陆的梅特林克、霍普特曼等人。而由于凯尔特文化的特质，爱尔兰文艺复兴戏剧运动中诸位作家的戏剧几乎都可以视为"新浪漫主义"作品，这从田汉在《三叶集》中详细开列其作品可以看出其重要性。从某个角度来看，"新浪漫主义"与后来文学史上所说的"现代主义"有颇多相近之处，当然两者是否一致依然有争议。中国现代戏剧中的"新浪漫主义"主要以田汉、王独清、陶晶孙等人为主要作家，尤其是田汉，其"新罗曼主义"的风格可以说贯穿其创作的始终。

独幕剧作为伴随欧美"小剧场运动"产生的戏剧形式，因为其"经济"的特点为欧美戏剧家所青睐。尤其是爱尔兰文艺复兴戏剧运动诸位作家，一方面面临复兴民族的重任，即需要一种能够在较短的时间内起到宣传、鼓动观众的艺术形式；另一方面他们又都是深具艺术探索自觉的作家，因此独幕剧是再自然不过的选择了。在中国现代戏剧产生的初期，也存在相似的情况，民族复兴的需要使得独幕剧这一戏剧形式备受瞩目。无论是爱尔兰文艺复兴独幕剧被译介到现代中国的比例，还是其在中国现代独幕剧选集中的比例，抑或其被作为例子在独幕剧著作中进行阐释的比例，都说明独幕剧确实是受欢迎的艺术形式。

当然，我们想重申的是，中国现代戏剧的发生和发展是多方因素综合作用的结果，并非某一种欧美戏剧单方面的影响使其横空出世并逐步壮大。通过分析，我们想说明的是，爱尔兰文艺复兴戏剧是这些综合因素当中的一个，即便不是最关键的那一个，至少也是重要的一个，值得我们将其与中国现代戏剧之间的关系作出如上的梳理。

结　语

　　爱尔兰文艺复兴戏剧运动因其另辟蹊径的"文艺救国"之策而在世界范围内产生了广泛而深远的影响。那么其对风雨如晦的 20 世纪 20 年代的中国，尤其是中国现代戏剧文学界有何影响呢？我们试图采用韦勒克"内外结合"的方法，通过译文分析和历史文化语境回望，试图还原出爱尔兰文艺复兴戏剧在中国现代的译介这一文学现象的基本样貌，进而对相关影响进行相应的探索。

　　本研究以爱尔兰文艺复兴戏剧运动为切入点，对其诞生的历史语境、演进历程以及运动中的中流砥柱——叶芝、格雷戈里夫人、辛格等作家及其戏剧作品进行梳理和回顾，并从翻译文学史、翻译家研究、研究专著、单篇论文研究四个维度对该运动的产物——"爱尔兰文艺复兴戏剧"在现代中国的译介相关研究进行考察与梳理，并力图阐明本研究的必要性与合理性。

　　本研究的第一章从戏剧理念与主张、戏剧实践活动两个层面系统论述爱尔兰文艺复兴戏剧运动对 20 世纪 20 年代昙花一现般存在的"国剧运动"的影响，力图厘清两者之间的深层关系，明晰前者在我国戏剧走向民族化、现代化、世界化过程中发挥的重要启发与引领作用。通过梳理"国剧运动"中坚余上沅对爱尔兰文艺复兴戏剧的译介，展现余上沅作为翻译家独特的对象选择指向及其以演出和观众为导向采取的翻译策略，佐证爱尔兰文艺复兴戏剧运动乃"国剧运动"之滥觞。

　　本研究第二章至第四章分别探讨了茅盾、郭沫若、田汉对爱尔兰文艺复兴戏剧的译介。通过论述三位作家对爱尔兰文艺复兴戏剧作家、作品的评介或者与爱尔兰文学的"邂逅"以及对爱尔兰文艺复兴戏剧的翻译，勾勒出爱尔兰文艺复兴戏剧作家、作品对中国现代文人的独特吸引力。在此基础上，借助文本细读对三位译者的翻译思想及翻译策略进行分析与总结。同时，对作家们译介爱尔兰文艺复兴戏剧的起因进行溯源，彰显中国现代文人的家国情怀。最后，对译介活动的"反哺"效应——译介活动的影响进行探究。茅盾一章通过阐发茅盾在中国现代较早时期译介爱尔兰文学及其对"被压迫民族文学"的关注，凸显其在中国现代翻译文学史上翻译爱尔兰文艺复兴戏剧的先锋作用，肯定其因热忱译介弱小民族文学而推动 20 世纪 20 年代进步思想和文化发展的贡献。郭沫若和田汉两章则从译介对两者的戏剧创作，甚至文艺思想的陶染出发论述其影响，试图明确地呈现爱尔兰文艺复兴戏剧对于拓宽我国现代戏剧创作范式的重要意义。

本研究第五章对格雷戈里夫人的戏剧《月亮升起》四个中译本的译介特点进行逐一分析。对《月亮升起》在现代中国引起诸多译介的原因及影响进行了发掘和梳理，肯定了《月亮升起》作为独幕剧表现形式之"节制"特质，以及格雷戈里夫人在《月亮升起》中展现的高超戏剧技巧对余上沅、李健吾等戏剧创作的影响，并对爱尔兰文艺复兴戏剧运动末期代表作家奥凯西的戏剧在现代中国的译介状况做了概述。

本研究第六章则试图厘清爱尔兰文艺复兴戏剧运动在现代中国的整体影响。从"小剧场运动"、"新浪漫主义戏剧"以及现代中国独幕剧的发生与发展三个方面论述爱尔兰文艺复兴戏剧对中国现代戏剧发展的影响，试图以具体的案例分析结合宏观历史文化语境来厘清爱尔兰文艺复兴戏剧与中国现代戏剧之间的关联。

本研究试图从爱尔兰文艺复兴戏剧译介活动本身出发，具体而微地探讨其对我国现代戏剧的影响，对相关译者在中国现代翻译文学史上的地位进行客观中肯的评价，其目的在于突出并肯定爱尔兰文艺复兴戏剧在中国现代的译介这一文化现象在中国现代戏剧发展史及中国现代翻译文学史上的重要价值与地位。

鉴于文献搜寻的困难，课题组成员按图索骥、上下求索，目前仍未能找到爱尔兰文艺复兴戏剧在现代中国被译介的个别译文原文，因此其中的翻译特点和横向比较就无法展开。我们将继续努力，在将来找到这些个别译文原文的基础上做出细致的分析，将其补充进我们现有的研究中来。

参 考 文 献

英文文献

[1] A. Norman Jeffares. *A Commentary on the Collected Plays of W. B. Yeats* [M]. London: Palgrave Macmillan, 1968.

[2] A. S. Hornby. *Oxford Advanced Learner's English-Chinese Dictionary (The 7th Edition)* [M]. Beijing: The Commercial Press; Oxford: Oxford University Press, 2009.

[3] C. D. Mackay. *The Little Theatre in the United States* [M]. New York: Henry Holt and Company, 1917.

[4] D. George Boyce. *Nationalism in Ireland* [M]. London: Routledge, 1991.

[5] David Scott Kastan (editor in chief). *The Oxford Encyclopedia of British Literature* [M]. Shanghai: Shanghai Foreign Language Education Press, 2009.

[6] Douglas Hyde. *The Irish Language and Intermediate Education Ⅲ: Dr. Hyde's Evidence, Gaelic League Pamphlet No. 13* [M]. Dublin: Gaelic League, 1901.

[7] Edmund Curtis. *A History of Ireland* [M]. London: Methune, 1950.

[8] Homi K. Bhabha. *The Location of Culture* [M]. London and New York: Routledge, 1994.

[9] Horst Frenz (ed.). *Nobel Lectures: Literature 1901-1967* [M]. New York: Elsevier Publishing Company, 1969.

[10] J. M. Synge. *Collected Works, Plays(Book Ⅱ)* [M]. Ann Saddlemyer(ed.).

London: Oxford University Press, 1968.

[11] J. M. Synge. *The Complete Works of J. M. Synge* (*Wordsworth Poetry Library*) [M]. Aidan Arrowsmith (ed. & intro.). Ware: Wordsworth Editions Limited, 2008.

[12] James D. Hart. *The Oxford Companion to American Literature* (*The 6th Edition*) [M]. Beijing: Foreign Language Teaching and Research Press; Oxford: Oxford University Press, 2005.

[13] Joseph Holloway. *Abbey Theatre* [M]. Robert Hogan & J. O'Neill (ed.). Carbondale and Edwardsville: Southern Illinois University Press, 1967.

[14] Lady Gregory. *Seven Short Plays by Lady Gregory* [M]. New York and London: The Knickerbocker Press, 1915.

[15] Lord Dunsany. *Delphi Collected Works of Lord Dunsany* (*Illustrated*) [M]. Hastings: Delphi Classics, 2017.

[16] R. F. Foster. *W. B. Yeats: A Life: Ⅰ. The Apprentice Mage 1865-1914* [M]. Oxford: Oxford University Press, 1997.

[17] Richard Fallis. *The Irish Renaissance—An Introduction to Anglo-Irish Literature* [M]. London: Gill and Macmillan, 1978.

[18] Seamus Deane. *The Field Day Anthology of Irish Writing* (*Volume Ⅱ*) [M]. London: Faber & Faber, 1991.

[19] Stephan Cwynn. *Irish Literature and Drama in the English Language: A Short History* [M]. London: Nelson, 1936.

[20] W. B. Yeats. *The Collected Works of W. B. Yeats: Volume II The Plays* [M]. David R. Clark and Rosalind E. (ed.). Clark. New York: Scribner, 2001.

[21] W. B. Yeats. *The Collected Works of W. B. Yeats: Volume X Later Articles and Reviews* [M]. David R. Clark & Rosalind E. Clark (ed.). New York: Scriber, 2001.

[22] W. B. Yeats. *Memoirs* [M]. Denis Donoghue (ed.). London: Macmillan, 1972.

［23］W. B. Yeats and Kinsella. *Thomas Davis*，*Mangan*，*Ferguson？ Tradition and the Irish Writer*［M］. Dublin：Dolmen Press，1970.

中文文献

［1］北京师范大学中文系. 纪念黄药眠［M］. 北京：群言出版社，1992.

［2］近代英文独幕名剧选［M］. 罗家伦，译. 上海：商务印书馆，1931.

［3］世界独幕剧(第一集)［M］. 王学浩，编译. 上海：新民出版印刷公司，1933.

［4］檀泰琪儿之死［M］. 田汉，译. 上海：现代书局，1929.

［5］月亮上升［M］. 陈治策，译. 长沙：中华平民教育促进会，1938.

［6］［爱］艾德蒙·柯蒂斯. 爱尔兰史［M］. 江苏师范学院翻译组，译. 南京：江苏人民出版社，1974.

［7］爱尔兰 Gregory 夫人. 月之初升［M］. 黄药眠，译. 上海：文献书房，1929.

［8］安凌. 重写与归化——英语戏剧在现代中国的改译和演出［M］. 广州：暨南大学出版社，2015.

［9］边芹. 被颠覆的文明：我们怎么会落到这一步［M］. 北京：东方出版社，2013.

［10］柏雷. 思想自由史［M］. 罗家伦，译. 长沙：岳麓书社，1988.

［11］蔡慕晖. 独幕剧 ABC［M］. 北京：知识产权出版社，2017.

［12］陈白尘，董健. 中国现代戏剧史稿［M］. 北京：中国戏剧出版社，1989.

［13］陈丽. 爱尔兰文艺复兴与民族身份塑造［J］. 天津：南开大学出版社，2016.

［14］陈丽. 西方文论关键词：爱尔兰文艺复兴［J］. 外国文学，2013(1).

［15］陈平原. 讲台上的学问［M］. 上海：华东师范大学出版社，2017.

［16］陈恕. 爱尔兰文学［M］. 北京：外语教学与研究出版社，2000.

［17］陈恕. 爱尔兰文学名篇选注［M］. 北京：外语教学与研究出版社，

2004.

[18]陈玉刚. 中国翻译文学史稿[M]. 北京：中国对外翻译出版公司，1989.

[19]崔国良. 南开话剧史话[M]. 天津：南开大学出版社，2017.

[20]崔国良. 南开话剧史料丛编·2·剧本卷[M]. 天津：南开大学出版社，2009.

[21]戴维·马加尔沙克. 斯坦尼斯拉夫斯基传[M]. 李士钊，田君美，译. 上海：上海译文出版社，1984.

[22]董健. 田汉传[M]. 北京：北京十月文艺出版社，1996.

[23]马慧. 叶芝戏剧文学研究[M]. 北京：人民出版社，2017.

[24]马慧. 爱尔兰民族戏剧运动与中国国剧运动[J]. 江西社会科学，2012(7).

[25]方梦之，庄智象. 中国翻译家研究·民国卷[M]. 上海：上海外语教育出版社，2017.

[26]冯建明. 爱尔兰作家和爱尔兰研究[M]. 上海：上海三联书店，2011.

[27]傅浩. 叶芝精选集[M]. 傅浩，等译. 北京：北京燕山出版社，2008.

[28]傅浩. 叶芝[M]. 成都：四川人民出版社，1999.

[29]傅浩. 叶芝评传[M]. 杭州：浙江人民出版社，1999.

[30]傅晓航. "国剧运动"及其理论建设[J]. 戏剧艺术，1991(4).

[31]傅勇林，等. 郭沫若翻译研究[M]. 成都：四川文艺出版社，2009.

[32]格雷戈里夫人. 月亮的升起[J]. 李健吾，译. 清华周刊，1927，27(12).

[33]巩思文. 独幕剧与中国新剧运动[J]. 人生与文学，1916(12).

[34]郭沫若. 郭沫若集外序跋集[M]. 成都：四川人民出版社，1983.

[35]郭沫若. 郭沫若书信集[M]. 黄淳浩，编. 北京：中国社会科学出版社，1992.

[36]郭沫若. 郭沫若自传第二卷：学生时代[M]. 贵阳：贵州教育出版社，2012.

[37]郭沫若. 沫若书信集[M]. 上海：泰东图书局，1933.

[38]郭沫若. 沫若译诗集[M]. 上海：乐华图书公司，1929.

[39]郭沫若. 文艺论集(第4版)[M]. 上海：光华书局，1929.

[40]郭沫若. 文艺论集续集[M]. 上海：光华书店，1931.

[41]郭著章，等. 翻译名家研究[M]. 武汉：湖北教育出版社，1999.

[42]何树. 从本土走向世界——爱尔兰文艺复兴运动研究[M]. 北京：军事谊文出版社，2002.

[43]何恬. 重论"国剧运动"的跨文化困境[J]. 同济大学学报(社会科学版)，2015(6).

[44]洪深. 中国新文学大系·戏剧集[M]. 上海：良友图书印刷公司，1935.

[45]胡适. 论译戏剧[J]. 新青年，1919，6(3).

[46]胡适. 文化进化观念与戏剧改良[J]. 新青年，1918，5(4).

[47]胡适. 易卜生主义[J]. 新青年，1918，4(6).

[48]胡星亮. 二十世纪中国戏剧思潮[M]. 南京：江苏文艺出版社，1995.

[49]江韵辉. 章泯生平及创作年表[J]. 北京电影学院学报，2007(2).

[50]罗芃，孙凤城，沈石岩. 欧洲文学史(修订版)(第三卷 上册)[M]. 北京：商务印书馆，2019.

[51]李健吾. 李健吾剧作选[M]. 北京：中国戏剧出版社，1982.

[52]李健吾. 中国近十年文艺界的翻译[J]. 认知周报，1929(5).

[53]李静. 叶芝诗歌：灵魂之舞[M]. 上海：东方出版中心，2010.

[54]李频. 编辑家茅盾评传[M]. 开封：河南大学出版社，1995.

[55]李维音. 李健吾年谱[M]. 太原：北岳文艺出版社，2017.

[56]李宪瑜. 二十世纪中国翻译文学史·三四十年代·英法美卷[M]. 天津：百花文艺出版社，2009.

[57]李醒. 二十世纪的英国戏剧[M]. 北京：文化艺术出版社，1994.

[58]梁实秋. 悼念余上沅[J]. 戏剧杂志，1996(3).

[59]林甘泉，蔡震. 郭沫若年谱长编(第一卷)[M]. 北京：中国社会科学

出版社，2017.

[60]刘方正. 中国早期话剧与传统戏曲[J]. 山东大学学报，2001(1).

[61]刘克定. 黄药眠评传[M]. 广州：华南理工大学出版社，2011.

[62]刘平. 戏剧魂——田汉评传[M]. 北京：中央文献出版社，1998.

[63]刘汝醴. 记上海艺术大学的鱼龙会[J]. 戏剧艺术，1979(C1).

[64]刘宜庆. 赵太侔：鲜为人知的两任山东大学校长[J]. 人物，2010(7).

[65]柳鸣九. 法国文学史·第三卷(修订本)[M]. 北京：人民文学出版社，
2007.

[66]鲁迅. 鲁迅全集(第一卷)[M]. 北京：人民文学出版社，2005.

[67]罗久芳. 我的父亲罗家伦[M]. 北京：商务印书馆，2013.

[68]马明. 论余上沅与国剧运动[J]. 艺术百家，1989(2).

[69]茅盾. 近代文学的反流——爱尔兰的新文学[J]. 东方杂志，1920，17
(6).

[70]茅盾. 近代文学的反流——爱尔兰的新文学·续[J]. 东方杂志，
1920，17(7).

[71]茅盾. 近代戏剧家传·夏脱[J]. 学生杂志，1920(17).

[72]茅盾. 茅盾全集第18卷·文论一集[M]. 北京：人民文学出版社，
1989.

[73]茅盾. 茅盾全集·第31卷·外国文论三集[M]. 黄山：黄山书社，
2012.

[74]茅盾. 茅盾序跋集[M]. 丁尔刚，编. 北京：生活·读书·新知三联
书店，1994.

[75]茅盾. 我走过的道路(上)[M]. 北京：人民文学出版社，1997.

[76]茅盾. 译文学书方法的讨论[J]. 小说月报，1921(4).

[77]茅盾. "直译"与"死译"[J]. 小说月报，1922(8).

[78]孟昭毅，李载道. 中国翻译文学史[M]. 北京：北京大学出版社，
2005.

[79]南一明. 南国社史料拾零[J]. 戏剧艺术，1984(2).

[80]彭耀春. 梁实秋与国剧运动[J]. 艺术百家，1992(4).

[81]蒲度戎. 叶芝的象征主义与文学传统[J]. 外语与外语教学，2007(7).

[82]齐才华. 论20世纪二三十年代新浪漫主义戏剧的社会书写[J]. 文化艺术研究，2019(1).

[83]钱乘旦. 欧洲文明：民族的融合与冲突[M]. 贵阳：贵州人民出版社，1999.

[84]钱乘旦，等. 日落斜阳——20世纪英国[M]. 上海：华东师范大学出版社，1999.

[85]钱理群，等. 中国现代文学三十年(修订本)[M]. 北京：北京大学出版社，1998.

[86]钱玄同. 钱玄同文集·第二卷·随想录及其他[M]. 北京：中国人民大学出版社，1999.

[87]芮恩施. 平民政治的基本原理[M]. 罗家伦，译. 北京：中国政法大学出版社，2005.

[88]上海戏剧学院熊佛西研究小组. 现代戏剧家熊佛西[M]. 北京：中国戏剧出版社，1985.

[89]施蛰存，海岑. 外国独幕剧选·第一集[M]. 上海：上海文艺出版社，1981.

[90]谭好哲. 现代性与民族性：中国文学理论建设的双重追求[M]. 北京：社会科学文献出版社，2005.

[91]谭为宜. 戏剧的救赎：1920年代国剧运动[M]. 北京：人民日报出版社，2009.

[92]谭仲池. 田汉的一生[M]. 北京：人民文学出版社，2018.

[93]唐金梅，刘长鼎. 茅盾年谱(上)[M]. 太原：山西高校联合出版社，1996.

[94]唐萨尼. 丢失了的丝帽[J]. 锦遐，译. 南开大学周刊，1924(96).

[95]唐萨尼. 丢了的礼帽[J]. 余上沅，译. 戏剧与文艺，1924(12).

[96]唐珊南. 遗帽[J]. 雁冰，译. 东方杂志，1924，17(16).

[97]宋玉玲. 王独清的文学道路[J]. 中国现代文学研究丛刊, 1994(3).

[98][英] 特里·伊格尔顿. 历史中的政治、哲学、爱欲[M]. 马海良, 译. 中国社会科学出版社, 1999.

[99]田菊. 爱尔兰戏剧运动在中国的百年回响[M]. 北京：中国社会科学出版社, 2017.

[100]田本相, 吴卫民, 宋宝珍. 响当当一粒铜豌豆：田汉传[M]. 上海：上海古籍出版社, 2013.

[101]田汉. 爱尔兰近代剧概论[M]. 上海：东南书店, 1927.

[102]田汉. 蔷薇之路(第三版)[M]. 上海：泰东图书局, 1926.

[103]田汉. 田汉文集·第1卷[M]. 北京：中国戏剧出版社, 1983.

[104]田汉. 田汉文集·第2卷[M]. 北京：中国戏剧出版社, 1983.

[105]田汉. 田汉文集·第3卷[M]. 北京：中国戏剧出版社, 1983.

[106]田汉. 田汉文集·第14卷[M]. 北京：中国戏剧出版社, 1983.

[107]田汉. 文艺论集[M]. 上海：良友图书印刷有限公司, 1935.

[108]田申. 我的父亲田汉[M]. 沈阳：辽宁人民出版社, 2011.

[109]田寿昌, 宗白华, 郭沫若. 三叶集[M]. 上海：亚东图书馆, 1920.

[110]王德胜. 宗白华评传[M]. 北京：商务印书馆, 2001.

[111]王独清. 貂蝉[J]. 创造月刊, 1927(8).

[112]王独清. 杨贵妃之死[J]. 创造月刊, 1926(4).

[113]王斐. 父权文学传统描绘下的爱尔兰地图——浅论后殖民主义关照下的爱尔兰文学传统与爱尔兰民族主义[J]. 江南大学学报(人文社会科学版), 2012(5).

[114]王建开. 五四以来我国英美文学作品译介史(1919—1949)[M]. 上海：上海外语教育出版社, 2003.

[115]王觉非. 近代英国史[M]. 南京：南京大学出版社, 1997.

[116]王维民, 俞森林, 傅勇林. 郭沫若翻译探源[J]. 西安外国语大学学报, 2009(3).

[117]王延龄. 李健吾译书[J]. 书城, 1997(1).

[118]王志勤. 跨学科视野下的茅盾翻译思想研究[M]. 成都：四川大学出版社，2019.

[119]王忠祥. 易卜生戏剧创作与 20 世纪中国文学[J]. 外国文学研究，1995(4).

[120]韦韬. 茅盾译文全集·第六卷·剧本一集[M]. 北京：知识产权出版社，2005.

[121]韦韬. 茅盾译文全集·第七卷·剧本二集[M]. 北京：知识产权出版社，2005.

[122]韦韬，陈小曼. 我的父亲茅盾[M]. 沈阳：辽宁人民出版社，2011.

[123]吴宓. 吴宓自编年谱：1894—1925[M]. 北京：生活·读书·新知三联书店，1995.

[124]夏芝. 沙漏(中英文对照)[M]. 苏兆龙，译. 英文杂志，1924(10).

[125]夏芝. 沙钟(散文版)[M]. 璎子，译. 文艺月刊，1935，2(4).

[126]夏芝. 心醉之乡[J]. 滕固，译. 狮吼，1924(4).

[127]咸立强. 译坛异军：创造社翻译研究[M]. 北京：人民出版社，2010.

[128]谢天振. 当代国外翻译理论导读[M]. 天津：南开大学出版社，2008.

[129]谢晓晶. 章泯纪念文集[M]. 北京：中国电影出版社，2006.

[130]辛格. 约翰沁孤的戏曲集[M]. 郭鼎堂，译. 上海：商务印书馆，1926.

[131]熊佛西. 佛西论剧[M]. 上海：新月书店，1931.

[132]熊佛西. 戏剧与社会[M]. 上海：新月书店，1931.

[133]熊佛西. 怎样走入大众[M]. 上海：中华书局，1931.

[134]杨茂霞. 象征：发自内心的呼唤——评约翰·辛格的戏剧作品[J]. 南京师范大学学报(社会科学版)，1999(1).

[135]阎折梧编. 南国的戏剧[M]. 上海：萌芽书店，1929.

[136]阎折梧. 中国现代话剧教育史稿[M]. 上海：华东师范大学出版社，

1986.

[137] 叶芝. 伽特琳在霍利亨[J]. 柳辑吾，译. 刁斗，1934(3).

[138] 余上沅. 国剧运动[M]. 上海：新月书店，1927.

[139] 余上沅. 戏剧论集[M]. 上海：北新书局，1927.

[140] 余上沅. 余上沅戏剧论文集[M]. 武汉：长江文艺出版社，1986.

[141] 袁振英. 易卜生传[J]. 新青年，1918，4(6).

[142] 曾小逸. 走向世界文学：中国现代作家与外国文学[M]. 长沙：湖南
人民出版社，1985.

[143] 查明建，谢天振. 中国 20 世纪外国文学翻译史（上卷）[M]. 武汉：
湖北教育出版社，2007.

[144] 张向华. 田汉年谱[M]. 北京：中国戏剧出版社，1992.

[145] 张其春. 翻译之艺术[M]. 北京：外语教学与研究出版社，2015.

[146] 张晓京. 近代中国的"歧路人"——罗家伦评传[M]. 北京：人民出版
社，2008.

[147] 张兴成. 文化认同的美学和政治[M]. 北京：人民出版社，2011.

[148] 张余. 余上沅研究专集[M]. 上海：上海交通大学出版社，1992.

[149] 钟桂松. 茅盾正传[M]. 南京：江苏文艺出版社，2010.

[150] 周惠民. 爱尔兰史：诗人与歌者的国度[M]. 台北：三民书局，
2009.

[151] 周宪. 现代性的张力[M]. 北京：首都师范大学出版社，2001.

[152] 周作人. 论中国旧戏之应废[J]. 新青年，1918，5(5).

后　记

　　由于教读所需，十数年来我都给英语专业的本科生讲授"英国文学"，其间不时有眼光敏锐的学生发问：叶芝不是爱尔兰作家吗？每每遇见此问，我只能简略地向学生勾勒近代以来缠杂错综的英爱历史。2010 年左右，Reid Fritz 来我校任英语外教，几番交谈之后生出惺惺相惜之感，并得知其中文名为冯伟业。一次，伟业手抄一首叶芝诗歌给我，令我颇为惊讶：一来惊讶于已经 21 世纪了还有人以英文花体字在纸页上抄写诗作，二来惊讶于伟业所抄诗作为《一位爱尔兰飞行员预见死亡》(*An Irish Airman Forsees His Death*)①，而不是别的大众熟悉的诗。不久，伟业结束任教回国，我也在刘意青教授的推荐下考入南开大学，跟随王立新教授攻读世界文学博士。读博第一年让我真正体会了什么叫"学海无涯"，学海实际是书海，到学年结束时完成的阅读量尚不及各位导师开列书目的一半，这渡人的苦舟又在哪里横渡？转眼开题时节到，立新师召我入室，端坐桌前，炯炯眼神直照过来，面颊却隐露微笑。何时开题？以何为题？有何问题？余惴惴不安者数十分钟，嗫嚅饶舌，言夜不能寐，忧心如焚，常梦头悬电扇脚放冰箱，随莎翁同赴剧场，携狄更斯夜游雾都，可恍然梦醒俱都消散。

---

　　① 此处所引译名来自傅浩先生的最新版本。在早期的版本中，该诗题被译为《一位爱尔兰飞行员预见自己的死》(叶芝：《叶芝诗集》(中)，傅浩译，石家庄：河北教育出版社，2002 年，第 316 页；叶芝：《叶芝精选集》，傅浩编选，北京：北京燕山出版社，2008 年，第 90 页)，近期的版本中，则译为《一位爱尔兰飞行员预见死亡》(威廉·巴特勒·叶芝：《叶芝诗集》(增订本)，傅浩译，上海：上海译文出版社，2018 年，第 310 页；傅浩：《叶芝诗解》，上海：上海外语教育出版社，2021 年，第 219 页)。叶芝一生不断修改自己的诗作，傅浩先生亦是如此，不断追求译文的精益求精。

"停!"(气氛神似拍剧杀青时那一声 CUT)正沉迷于说梦还想进一步解梦的我，猛听得一声，接着又是洪钟的一声：研究叶芝诗歌吧!

有了方向，我便夜以继日地在南开主图搜索资料，一段时间过后，看门大爷看我进门一提嗓门"别介刷卡了，直介进吧"。又过一段时间，南开统计学生借书册数，我意外地又不意外地进了全校三甲。再过一段时间，立新师面露微笑说：你到香港那边去找些资料吧。没过一段时间，我就站在香港中文大学主图三楼的叶芝专柜前，瞻仰那些以前只在参考文献目录中见过的巨著，例如两卷本的弗斯特《叶芝传》和校刊本叶芝诗集、戏剧集。有了这些资料的加持，加上惬意的写作环境，论文的写作也加快了节奏，终于请得面带微笑的立新师将帽穗从右边拨到左边。熬过那段时间，以上述资料为基础，运用意青师一以贯之的文本细读法和立新师提倡的历史文化视域，我完成了《主题·民族·身份——叶芝诗歌研究》和《借鉴与融合——叶芝诗学思想研究》的写作。

研究叶芝，爱尔兰文艺复兴是绕不过去的。叶芝不懂凯尔特语，一辈子用英语写作，可是那些民间精灵故事、凯尔特英雄传说甚至是接近迷信的所谓"幻象"，都充斥于其作品。诗歌过于曲高和寡，那些象征意味极浓而理解却并不困难的戏剧如《凯瑟琳女伯爵》等，却成为点燃爱尔兰百姓民族独立情绪的导火索。叶芝戏剧如此，辛格和格雷戈里夫人的戏剧亦如此。读他们的戏剧，让我想起少室山下的结义三兄弟：叶芝好比萧峰，早年的《凯瑟琳女伯爵》引得数千民众上街抗议差点引起暴动，好比萧峰带着燕云十八飞骑奔腾如虎风烟举；辛格好比虚竹，《骑马下海的人》中老人穆利亚连失丈夫与三子，最小的四子最终亦溺毙海中，好比虚竹面对生身父母在万众面前自刎自尽，人生还有比这更苦的吗？格雷戈里夫人以喜剧知名，调和了叶芝戏剧日趋玄奥的象征，冲淡了辛格戏剧人生皆苦的悲剧色彩，好比那"一段木头"段誉，其人跳脱喜悦，并成为萧峰和虚竹结拜的牵线人。近代以来，有"刚日读经，柔日读史"的说法。钱锺书留学牛津时有白天读外文书、晚上读中文书的习惯。我也邯郸学步，早晨读辛格戏剧，下午看《天龙八部》，某次课后去学院闲聊，竟引得教办某刘姓同事说我不读正经书。此言如当头棒喝，看来美国学派的"平行研究"已不可行，只好从法国学派的"影响研究"中找思路：叶芝和辛格的戏剧有没有被译介到中国？什么时候到的中国？谁译介的？产生影响了吗？循着这一思路，我邂逅了余上沅与国剧运动、郭沫若的《约翰沁孤的戏曲集》、田汉的《爱尔兰近代剧概论》和茅盾的《沙漏》，进一步研究，发现格雷戈里夫人的名剧《月亮升起》在 20 世纪 20 至 40 年代的中国竟然有十数部之多。锱铢积累，资料日富，遂以此申报国家社科基金项目，幸得中，经四年而得结题。

　　四年以来，立新师在冗忙中给予了巨细靡遗的指导；素未谋面之曹波教授，身膺英国文学学会秘书长，诸事繁忙而概允赐序并指导书稿；玉括院长百忙之中拨冗赐序，令我心内感激之情无以言表；冯象先生给我这个陌生人回信详细解释凯尔特文化中的"视者"（seer）传统；傅浩先生的译文和诗解等一直是我时刻倚仗的权威；曾从工科转文学的学生李蓉撰写了第一章的部分主体内容；武汉大学出版社编辑慷慨允诺，不论此书书稿多长，都将足本出版。学必有师，学贵有师，道之所存，非一谢字可表余衷。寒来暑往，鸿案鹿车，吾心秋月，付诸内子唐慧。